《马巨文集》1

孔子世家

[美] 马巨 著

台海出版社

图书在版编目（CIP）数据

孔子世家/（美）马巨著·—北京：台海出版社，2017.5

ISBN 978-7-5168-1436-9

Ⅰ．①孔… Ⅱ．①马… Ⅲ．①传记小说—美国—当代
Ⅳ．①I712.45

中国版本图书馆 CIP 数据核字（2017）第 130314 号

孔子世家

著　者：（美）马巨	
责任编辑：王　萍	装帧设计：罗　洪
版式设计：匠心永恒图文制作有限公司	责任印制：蔡　旭

出版发行：台海出版社

地　　址：北京市东城区景山东街 20 号，邮政编码：100009

电　　话：010-64041652（发行，邮购）

传　　真：010-84045799（总编室）

网　　址：www. taimeng. org. cn/thcbs/default. htm

E-mail：thcbs@ 126. com

经　　销：全国各地新华书店

印　　刷：三河市信达兴印刷有限公司

本书如有破损、缺页、装订错误，请与本社联系调换

开　　本：710×1000　1/16

字　　数：354 千字　　　　　　　　　印　　张：20

版　　次：2023 年 4 月第 4 次印刷

书　　号：ISBN 978-7-5168-1436-9

定　　价：66.00 元

《马巨文集》序

5月22日，对于马巨来说，时间就永远定格在这一天，他最后望了一眼车窗外的世界，从此，他与这个世界就永别了；而我们，则是永别了这位作家。

没有人想到马巨会成为一位作家，甚至他自己。他原先不过是在网上发表小说的部分章节自娱自乐，没想到极受欢迎，从此一发不可止。我们可以想到马巨写经史，毕竟家学渊源，父亲马宗霍是书法家和经学家，章太炎的亲授弟子，中国文史馆馆员，著有《书林藻鉴》《墨子训诂》等书；当然马巨更可能写IT业，因为他后半生一直就在IT业内混生活；但是写小说么，羚羊挂角，无迹可寻。

马巨的性格也不像一个作家。我们印象中的作家，似乎是相貌淳厚，五官柔媚，说出的话模棱两可，句句真理；表达的观点玄而又玄，左右逢源。但是马巨不是这样，他的性格倔强，表达自己观点时言辞犀利，甚至有些咄咄逼人，让初次见面的人大为不爽，接触多了之后，才知道那是马巨说话的方式，而不是他为人的方式，他做人忠厚，待人热情，很替别人着想，不计较利益得失。因此，马巨这种性格不但不像作家，其实也不适合这个社会，现代的很多人都是说话冠冕堂皇，做事斤斤计较，听其言不观其行，犹如孔孟再生，听其言而观其行，不知何人所生。马巨的性格既然与此相反，作品中对人性的剖析也就刀刀见血。

时至今日，我们仍不清楚马巨写作的目的。一个只在网上发表作品的人，看来是无意去获得什么诺贝尔文学奖，提供自家墙皮让仰慕者收藏；也不会是要创造什么"马学"，用多种外文表述一个绰号以显示自己博学；马巨的写作就是有感而发，如鲠在喉，不吐不快。因此，对于小说的写作风格，读者可以见仁见智，但是对于小说中的史料取舍，读者就不必太认真，小说是古代，人性可穿越，马巨写的是人性。在他看来，古今中外，人性并无很大差异，古代未必比现代淳朴，现代也未必比古代进步。以现代的人心揣测古代，十中八九；把古代的事件放在现代，也大同小异。总之，人物的穿越或无可能，人性的本质却一脉相承。

马巨的历史小说，会让很多读者对于中国古代的美好臆想为之幻灭。近年来，某些吹捧"大帝"的系列小说或是歌颂"明主"的电视剧大为泛滥，让没有读过历史的老百姓真以为中国古代曾经存在过这样载歌载舞的时期，其实那不过是某些人沿袭古代文人的终南捷径，手挥五弦，目送飞鸿，意在言外。在马巨看来，只要是专制政体，就不会存在什么"明主"，只要是权力没有束缚，掌权者就可以为所欲为。一个小女子开辆豪车都可以在大街上撒野，一个君主掌握着无上的权力会有什么顾忌？所谓"明主"，只是在尚未掌握权力时，做个姿态说些动听的话，忽悠老百姓和知识分子，树立"明主"的形象以便攫取政权。一旦权力到手，本性立现，如同山大王打劫之前，豪言壮语激励部下，抢劫之后，无非也就是坐地分赃。"原来一场貌似惊天动地的宫廷政变，其实也不过就是如土匪的打家劫舍，最终目的无非是谋财害命而已"（《玄武门实录》）。很多历史记叙对君主不乏溢美之词，没别的，正如三国时陈琳在《为袁绍檄豫州》中大骂曹操全家一样，所谓"矢在弦上，不可不发"。天威难测，怎么写不由自己做主；胜王败寇，赢的人说了算。那所谓的士大夫的气节呢？士可杀而不可辱，或许在春秋时期还有些痕迹，那时各国纷争，知识分子周游列国，唯才是用，也不存在什么爱国之说。到了战国时期，只剩下几个大国，人才的出路窄了，人才的下场已经不太好看了，孙膑受刖，吴起去国，商鞅灭族，白起自尽，士可杀也可辱。秦一统天下，人才就只有一个出路，学成文武艺，货与帝王家。水不流则腐，人才不能流动，人才就难免成为奴才。如果说，秦一统天下之前，士可杀而不可辱是知识分子的最高境界；那么，秦一统天下之后，士可辱而不可杀就是知识分子的最低要求。从此君臣关系如同主仆，什么"礼贤下士""君臣相得"，不过是彼此作秀，相互利用。"奴才要是不以为能蒙骗主子，一准跳槽，主子要是不以为能操纵奴才，一准叫奴才滚蛋，双方都自以为得计，方能如此融洽相安。"（《刺客列传·专诸篇》）。古今中外的人性一如既往，看看现在大公司的上下级关系，就知道马巨的小说其实很实用。

那是细雨濛濛的夜晚。天很黑，酒很凉。我们喝着威士忌闲聊天下，他感叹说在美国找不到人和他聊这些，我笑着说在中国我也找不到人和我聊这些，不觉半瓶威士忌已尽，我要再开一瓶威士忌，他止住我说，从云南回来再打开，慢慢聊一个晚上。然后……，然后就是他在云南翻车的噩耗。我赶到香格里拉给他清洗遗体，看到他孤零零躺在冰冷的水泥台上，悲恸在心中一点一点凝固，你说好回来后再饮威士忌畅谈呢？容音犹在，如今阴阳两隔，竟成永诀。

马巨生前的计划是写系列的历史小说，不幸的是，天不佑人，计划在5月22日这天嘎然而止；所幸的是，已经写好的作品可以出版，让读者能够暗自体味马巨对人性的分析，以及小说中的悬念，语言的俏皮。因此，《马巨文集》的出版，既是对马巨的纪念，也是让读者欣赏到另一类的历史小说。

念天地之悠悠，独怆然而涕下。睹书思人，情难自已，是为序。

马奕

目　录

"孔子生鲁昌平乡陬邑，其先宋人也……纥与颜氏女野合而生孔子……鲁襄公二十二年而孔子生……字仲尼，姓孔氏。"

司马迁:《史记·孔子世家》

第一回　季子霸桥授业　仲尼陬邑归宗

鲁国大夫孔梁纥去世一周月的这一日，秋气肃杀，日光惨淡。鲁国都城曲阜东南六十里外的尼山上树色斑驳，尼山脚下的孔氏祠庙院内气氛凄凉。孔梁纥的未亡人施氏与七岁的孤儿孔宁，各披一身重孝，一前一后拾级而上。孔氏祠庙正殿之内，正中供着孔氏先祖微子的枣木塑像，塑像之后七八个神主牌位一字儿排开，最右边的牌位上面写着"孔梁纥"三个古篆，墨色犹新。施氏领着孔宁行到孔梁纥的牌位之前，默默地立了片刻，俯首弯腰，正要行鞠躬之礼，冷不防听见身后的孔宁道："娘，万一阿宁将来不生儿子，那谁来给阿宁设牌位呀？"施氏闻言大怒，伸手给阿宁一个嘴巴，吼道："胡说！孔氏怎么会无后！"阿宁欲哭，见母亲勃然，没敢出声，却忍不住掉了几滴眼泪。

当日稍后，孔府议事厅内，施氏坐于中央几案之后的蒲团之上，孔府总管公西不害从门外入，向施氏拱手道："夫人唤我有何吩咐？"施氏道："太老爷、老爷相继去世，孔府内外各项事体都因办丧事而阁置，如今老爷去世已经一月，各项内外事体皆须着手整顿起来。"公西总管道："夫人说的是。只是不知夫人的意思，是要先从哪些事体下手？"施氏道："阙里山庄，除老爷之外，孔府里并无他人使用。如今既无人用，可着人去通知凤老，将山庄关闭。"公西总管道："夫人说的是。不过……"施氏道："不过怎样？"公西总管道："凤老自从卸去总管之职，一直住在山庄，关掉山庄之后，夫人打算如何安置凤老？"施氏道："凤老自从卸去总管之职，并无所司，只是陪着老爷里外走走而已。如今老爷既已不在，孔府里并无用得着凤老之处。凤老在孔府这么多年，忠心耿耿，我也不会亏待他，自会遵孔府惯例给予赡养之费，令其回乡养老。"公西总管道："夫人想得周到。"说罢，稍一犹豫，又道："听说颜鸢诞下一子，适才满月，不知是否便于搬迁，也不知是否有地方可去？"施氏闻言，勃然大怒道："颜鸢那野女人与她那野种与孔府有何干系？"公西总管低头拱手，吞吞吐吐地道："夫人说的是。不过，颜鸢前年没了父母，来投靠看庄的远房叔父颜七，不料颜七又不幸……"施氏不耐烦地挥一挥手，截住公西总管的话道："我就是看在颜七为孔氏效死的分上，格外慈悲为怀，方才让那野女人与她那野种在山庄里勾留这些时日，你难道不知?"公西总管听了,不敢再作分辩,连声道:"夫人说的是。小人糊涂!"施氏道:"那还不快去!"公西总管正要跨门槛而出,却又被施氏唤住。公西总管道:"夫人还有别的吩咐?"施氏道:"方才叫你着人去阙里山庄,现在一想,恐怕是要你这总管亲自去一趟,总管手下的人或许不能了事。明白了吗?"公西总管道:"夫人说的是,我明白了,我这就去。"

次日午后,凤老在阙里山庄大门口与公西总管挥泪话别,回到厨房,见颜鸯头扎白麻巾,身着白麻袍,腰系白麻绦,脚蹬白麻鞋,正在灶前忙碌。颜鸯抬头看见凤老,问道:"公西总管走了?"凤老点头,稍一迟疑,又道:"岂止是公西总管走了,你和我都得走了。"颜鸯闻言不语,过了半晌方才问道:"夫人叫凤老回孔府?"凤老摇一摇头道:"老爷既已不在,孔府里已用不着我,怎么会叫我回孔府?"颜鸯道:"那叫凤老去哪?"凤老道:"阿鸯不必替我担心。孔府有规矩,但凡从总管职位上退下来的人,都会给予一笔不错的赡养费,有了这笔赡养费,不愁衣食。我家中尚有子侄,也不愁膝下无人照顾。我倒是替阿鸯担心。"颜鸯道:"夫人不能容我,这我早就想到了,只是没想到来得这么快。老爷给留下的那笔钱,我盘算过一下,足够在十五、六里外霸桥一带买下一所茅舍尚有剩余,或可供我母子二人维持三五年生计。我虽然一无所长,女工却还做得,或许也能找些针线话做,以资贴补。"凤老道:"如此便好。"说罢,顿了一顿,叹了口气,又道:"真不料小少爷如此薄命。"颜鸯听了,不禁泪如雨下。

五日后,辰时时分,阙里山庄庄门门口,秋阳高照,树色斑驳。颜鸯一身缟素,背负婴儿,骑一匹褐马,旁边用缰绳拴着一匹白马,白马上驮着细软。颜鸯扭身向立在门口的凤老拱手话别,挥鞭策马,不移时早到通往尼山的三岔路口,颜鸯略一迟疑,把缰绳一勒,扭转马头,打马上山。尼山顶上是一块宽敞的空地,空地的尽头有一座破败的庙宇,庙宇之后是一片葱郁的松林。颜鸯在庙门前下马,缓步走进庙门,穿过荒草掩盖的石径,登上歪歪斜斜的石级,跨进油漆剥落的殿门,在灰尘扑扑的供案前立住脚,两眼直视空缺的神主席位,不禁流下泪来。颜鸯默默地立了一回,退后一步,慢慢跪下,磕了三个头,低声道:"谢尼丘山神保佑,颜鸯平安诞下一子。颜鸯遵守诺言,已将儿子以'丘'为名,以'仲尼'为字。孔丘不幸生而丧父,但愿尼丘山神再施神力,保佑孔丘日后归宗孔氏,必令孔丘重新修复尼丘祠庙,光复先前风采。"说罢,又磕了三个头,慢慢站起身,又默默地立了一回。

光阴荏苒,一晃七年。霸桥村外野地,时值初夏。青天白云,风和日丽，草色萋萋，树影历历。三五个六七岁儿童在草地上戏闹。忽然，两男童扭做一团，大打出手。两三回合之后，个头较小者被个头较大者按倒在地。个头较大者骑在个头较小者身上，抡起拳头，照着个头较小者面门便打。不料，拳头尚举在空中，人却被推得仰天一跤，把个头较大的男童推倒在地的，是一个个头更大的男童。这童子上身着一件青灰单衫，下身穿一条深黑短裤，脚下一双草鞋，左手叉腰，右手指着被他推倒在地的童子，大声喝道："原壤！你怎么就会欺负比你个子小的，有种的就跟我来玩玩！"原壤从地上爬起来，往地上吐口唾沫，忿忿地道："我原壤没种？你孔丘有种？你孔丘是个野种！"孔丘道："谁是野种？你才是野种！"原壤道："我有爹有娘，我怎么会是野种！"孔丘道："就你有爹有娘？我难道就没爹没娘？"原壤道："你说，你爹是谁？"孔丘听了一愣，道："我爹死了。"原壤又吐了口唾沫，道："死了？死了也得有个名字呀！"孔丘道："我爹叫孔梁纥。"原壤道："你别逗了，孔梁纥是城里孔府的老爷，怎么会跟你这穷小子扯上关系？"孔丘道："你胡说！"原壤道："你才胡说！不信你到城里孔府去看看，孔府老爷虽然死了，还有个少爷叫孔宁的在。你爹要是孔府老爷，你怎么不跟孔宁一起住在城里的孔府？"孔丘听了一怔，道："你这话是听谁说的？"原壤道："你用不着问是谁说的，反正谁都这么说。"孔丘听了，不再回话，忿忿然扭头奔陬邑方向而去。

当日稍后，陬邑孔府大门门前。两尊高大白石麒麟分立左右，六根红漆廊柱一字排开，对门一扇青砖照壁，壁前立一旗杆，杆上飘一猩红锦幡，幡上绣一金黄"孔"字。孔丘正在孔府大门前徘徊，一匹白马从孔丘对面的远处跑来，马到孔府门前停下，孔宁滚鞍下马，恰好与孔丘打个照面。孔宁问孔丘："你在我家门口转悠干什么？"孔丘道："这是你的家？"孔宁听了，笑了一笑，道："不是我的家，难道还是你的家？"孔丘道："你家里有个叫孔宁的吗？"孔宁听了，又笑了一笑，道："我就是孔宁，孔宁就是我。"孔丘道："你爹叫孔梁纥？"孔宁道："我是孔梁纥的儿子，孔梁纥当然是我阿爹。"孔丘听了，摇一摇头，道："我不信。"孔宁笑道："你凭什么不信？"孔丘道："我阿爹才是孔梁纥！"孔宁听了一怔，道："你也姓孔？"孔丘点头。孔宁问："你阿爹也死了？"孔丘又点一点头。孔宁道："我知道了。"孔丘道："你知道了什么？"孔宁道："你就是那个孔丘。"孔丘道："你怎么知道我叫孔丘？"孔宁得意地笑了笑，道："我不仅知道你叫孔丘，我还知道你娘叫阿鸾。"孔丘摇头，道："我娘不叫'阿鸾'，我娘叫'颜鸾'。"孔宁道："'阿鸾'、'颜鸾'，反正一样。"孔丘道："什么一样不一样？"孔宁道：

5

"反正你就是我的那个庶弟。"孔丘问："什么叫'庶弟'?"孔宁道："'庶弟'就是庶出的弟弟。"孔丘道："什么叫'庶出'?"孔宁道："跟你说了你也不懂，我像你这么大时也不懂，等你长大了你也会懂，懂了吗?"孔丘摇头不语，两滴眼泪夺眶而出，他虽然听不懂孔宁的话，却依稀感觉到原壤并没有胡说。孔宁见孔丘哭了，慌忙哄道："快别哭，庶出也没什么不好，孔氏的老祖宗微子也是庶出，你知道吗?"

孔丘尚未回答，施氏疾步从孔府大门走出。孔宁听见脚步声，扭转头，见是施氏，急忙喊了声"娘!"施氏皱着眉头对孔宁道："宁儿怎么在门外站着，还不快进去!"孔宁左手牵着马，右手握着马鞭对孔丘一指，对施氏道："娘看是谁来了?"施氏抬眼望一望孔丘，扭头对孔宁道："娘怎么知道这孩子是谁?"孔宁道："他就是孔丘。"施氏听了一怔，道："什么孔丘? 哪个孔丘?"孔宁道："就是那个庶出的孔丘。"施氏闻言，勃然大怒，挥起右手，给孔宁一个结实的大嘴巴，喝道："胡说乱道!"孔宁不服，道："不是我胡说乱道，是凤老总管这么说的。"施氏道："宁儿还敢胡说! 凤老总管早已不在府中，宁儿怎么听得见凤老总管说的话!"孔宁道："凤老总管的家就在陬邑南门之外，宁儿常跟翠翠一起去凤老总管家玩耍。"施氏听了又一怔，道："哦? 我怎么不知道? 以后不许再去。听见了吗?"孔宁点头。施氏恨恨地道："你听凤老总管说了些什么，给我如实招来!"孔宁道："凤老总管说，阿爷要是不死，一定会纳阿鸾为妾。"施氏喝道："胡说! 凤老总管又不是你爷肚子里的蛔虫，他怎么知道!"说罢，略一停留，又恨恨地问："凤老总管还说了些什么?"孔宁道： "就说了这么多，没再说别的。"施氏鼻子里"哼"了一声，喝道："既然凤老总管只说了这么多，那'庶出'的话，你从哪听来?"孔宁道："爷爷说：'夫人所生，叫嫡出；妾所生，叫庶出。'阿鸾既然会是阿爹的妾，阿鸾所生的孔丘，难道不就是'庶出的孔丘'吗?"施氏伸手指着孔宁的头，忿忿地道："你阿爹没有妾，你阿爹只有个野女人。你再敢称那野女人生的野种为庶出，娘就撕烂你的嘴!"孔宁吓得倒退两三步。施氏说罢，怒气冲冲转过头来找孔丘时，却见孔丘早已跑了。

光阴依旧荏苒，一晃又是四年。霸桥村外，白石溪畔，柳条轻拂。一条青石板桥之上走来一个十一二岁童子，一身衣褐，腰系麻绳，足蹬草鞋，眉目清秀，精神饱满，左手牵一头水牛，右手执一根柳条，一边走，一边唱道："学而时习之，不亦说乎? 有朋自远方来，不亦乐乎? 人不知而不愠，不亦君子乎?"一位老者，须发皆白，身着一袭青灰长袍，足下一双黑皮软靴，背负一张琴，跨一匹塞驴，从板桥另一头慢腾腾走了过来。老者与童子即将相遇之刻，童子急忙把水牛牵过一边，垂手而立，给老者让道。老者见了，脸露喜色，对童子笑道："童子知礼。"童子闻言，鞠躬称谢。老者见了，更加开颜，手上一抖，把驴勒住，问童子道："方才你唱的那首歌，是谁教你的？"童子道："家母。"老者听了，稍一诧异，道："你阿爹何在？"童子道："家父早已下世。"老者摇一摇首，发一声感叹道："你可是姓孔？"童子道："正是。敢问老先生何以得知？"老者不答，却道："你叫什么名字？"童子道："名丘，字仲尼。"老者听了，又发一声感叹道："那曲子也是你娘教的么？"童子道："不是。家母只教童子识那词句，曲子是我自己信口胡诌而成。"老者微笑道："拍节协调，胡诌得很好。"童子听了，又俯首称谢。老者道："你可愿意跟我学琴？"童子闻言，面露喜色道："我自是喜欢，不过，我不敢擅做主张，须先回家问过家母再做道理。"老者道："这个自然，不知你家在何处，想必离此地不远？"童子用手中柳条向前一指，道："就在前边不远那数株银杏之后。"老者道："我这就跟你去问一问你娘可好？"童子喜道："好！好！老先生请在后面慢走，我在前边领路。"

　　数株高大粗壮的银杏。落晖自发黄的树叶缝隙间透出，洒在一片石板地上。石板地的尽头是一道柴门，两扇大门敞开，对门是一幢简陋茅舍。孔丘把水牛在门边的一根木桩上拴好，老者骑驴正好也到了门口。孔丘扶老者下了驴，把老者之驴也在门另一边的另一跟木桩上拴住，孔丘喊道："娘！我引了一位客人来。"屋内传来一个女子的声音道："你又在哄娘。你哪来的客人？"声音刚止，颜徵从屋内走出。老者举目一望，见颜徵头缠一块青绢巾，身着一件灰绢袍，腰系一条灰绢绦，左手握着一领绿丝衣，右手捏着一根针线；看上去大约三十出头，轮廓姣好，身段俊俏，只是颜色显得憔悴，眼神显得忧郁。颜徵看见孔丘身后的老者，吃了一惊，责问孔丘道："你怎么这么不懂礼！随便带生人来家中？"孔丘尚未回答，身后的老者向前迈了一步，拱手道："娘子请息怒，是老朽冒昧求见，与仲尼无关。"颜徵见老者如此说，只得拱手还礼道："不知老先生因何见访？"老者微笑道："老朽方才在板桥之上听见仲尼唱曲，顿挫合拍，抑扬协律，颇具习乐之资。老朽有意收之为徒，故令仲尼引见娘子，讨个许可。"颜徵道："尼儿顽钝，承蒙老先生夸奖，实不敢当。"老者道："老朽雅好音乐多年，收过的徒儿不下数十，还从来不曾看走过眼。"颜徵略一迟疑，道："果真如此，虽是极好，只可惜尼儿无此福分。"老者道："娘子缘何如此说？"颜徵道："实不相瞒，尼儿家境贫寒，缴纳不起学费。"老者道："娘子既然如此豪爽，老朽也就不说虚文客气话。仲尼家境贫寒，不待娘子明言，老朽早已心知。不贫寒，岂会如此这般年纪便出来放牛？老朽不过觉得仲尼天资聪颖，弃而不学，委实可惜。老朽虽不富有，却也不愁衣食，这学费自然是免了。不知娘子意下如何？"颜徵沉吟片刻道："忘了请老先生进屋坐，失礼得很。"颜徵说罢，让到一边，伸手示意，请老者进屋。老者踱进屋门，举目四望，但见厅中一方白木几案，几案两边各设一副蒲团，左右各有一门，通往两边的房间，几案之后立一扇柞木屏风，屏风之后，炉灶、炊具隐约可见。

颜徵请老者在客席坐下，对孔丘道："你还不快去厨下备一碗浆汤来？"孔丘唯唯，颜徵问老者："敢问老先生尊姓大名？府上何处？"老者道："称我南宫季子便好，出处微贱，不足挂齿。方才听仲尼所唱之辞，语意高雅不凡，料仲尼家道如今虽然清贫，其源必然有自，不知娘子与陬邑城内之孔府如何称呼？"颜徵不答老者所问，却反问道："南宫老先生自称'出处微贱'，然雅谙音律，料其源亦必有自。听说'南宫氏'与'仲孙氏'本是一家，不知南宫老先生与仲孙大夫孟武子如何称呼？"老者听了，大吃一惊道："娘子避居乡野之地，却如何稔知南宫氏与仲孙氏的关系？"颜徵淡然一笑道："先父在时，为仲孙大夫看管庄园。"老者道："原来如此。"话说到此，颜徵与老者皆略显尴尬。孔丘恰于此时双手捧一青竹托盘而出，盘中一个陶碗，碗盛热气腾腾的浆汤。

夕阳在山，树影在地。霸桥西山之侧，南宫季子寓庐。柴门之外，数株桧柏，柴门之内，一条青石小径，两行槐树夹道，石径尽头是三级石阶，石阶之上是一行走廊，走廊之后是一排五开间的圆木平房，正中一间双门敞开。门窗不施漆，廊柱不涂彩，一阵琴声悠扬由房内传出。孔丘自柴门入，沿石径行至石阶之下，立住脚，双手下垂，口称："夫子！"琴声渐止，门内传来南宫季子的声音道："进来！"孔丘进门，向南宫季子行鞠躬之礼。南宫季子双目微闭，盘坐在白木几案之后的蒲团之上，案上一张七弦琴，身后一扇柞木屏风，屏风上刻着："不知声者不可与言音，不知音者不可与言乐，不知乐者不可与言政。审声以知音，审音以知乐，审乐以知政，而治道备矣。"木色深黄，字填墨绿。孔丘问："夫子传唤弟子，不知有何吩咐？"南宫季子缓缓问道："你跟我学琴学了多少日子了？"孔丘道："三年又三月整。"南宫季子依旧闭着眼睛，嘴角微露笑意道："很好。记得如此真切，说明你用心深刻。"孔子俯首称谢道："多谢夫子嘉奖。"南宫季子道："三年为时不能算短，你于音乐想必已有些心得？"孔丘稍一迟疑道："无奈弟子愚钝，虽经夫子精心指点三年，实无心得可言。"南宫季子听了似乎一怔，睁开眼睛问道："我听你演奏'南风'、'大章'、'咸池'、'韶'、'夏'，无不节奏严谨、顿挫合拍，声音悠扬、余韵深远，倘若毫无心得，怎能如此?"孔丘道:"弟子以为但凡能'审声以知音'，便可以做到'节奏严谨、顿挫合拍'，但凡能'审音以知乐'，便可以做到'声音悠扬、余韵深远'。不过，音乐既然以'审乐以知政'为目的，弟子不过是略知皮毛而已，谈不上是有所心得。"南宫季子听了，喜形于色道:"我不曾教你那屏风上的字句，不料你竟无师自通，可见你委实资质过人，不同凡响。不过，想要做到'审乐以知政'，却不是能从琴上学会的。"孔丘问:"弟子敢问如何方能学会?"南宫季子道:"想要做到'审乐以知政'，非读书不可。"孔丘道:"弟子家中有一册字书，那字书上的字，弟子都已认识，却怎么还是不能做到'审乐以知政'呢?"南宫季子笑道:"字书虽然也可以算是'书'，却只能教人认字，不能令人有识。"孔丘问:"什么样的'书'能令人有识呢?"南宫季子从几案后站起身来，推开左手边的房门，对孔丘道:"随我进书房里来。"

孔丘跟着南宫季子跨进书房的门槛，举目一望，只见四壁皆是书架，中央一张极长的书案，架上与案上竹简与木牍堆积如山，不禁惊讶万分道:"这么多的书!"南宫季子指点着书架与书案笑道:"并非是这么多的书，只是这么多的竹简与木牍。这些竹简与木牍加起来只不过是三部书。左边的竹简，记载上古历史，称之为《书》;右边的竹简，汇集历代诗歌，称之为《诗》;中间的木牍，刊录周代制度，称之为《礼》。读懂了《书》与《礼》，就能理解治国之道;读懂了《诗》，就能明白音乐之旨。能够融会贯通《书》《礼》与《诗》，就不愁不能'审乐以知政'了。"南宫季子说罢，见孔丘一脸惊喜之色，又道:"你的琴已经弹得不错，无须再经我指点。你若有志于读书，我愿收你为徒，将《诗》《书》《礼》一一传授予你。"孔丘听了大喜，急忙鞠躬称谢。

数月之后，南宫季子寓庐。斜阳在树，清风徐来。南宫季子坐在堂上弹琴。一青衣童子自外入，对南宫季子拱手道:"仲孙大夫在门外候见。"南宫季子手指不停，问道:"哪一位仲孙大夫?"青衣童子道:"仲孙貜。"南宫季子停下手道:"请他进来。"青衣童子拱手退下。不移时，门外传来中年男子低沉的声音道:"叔父别来无恙?"声音方停，人已经进了厅门，拱手向南宫季子施礼。南宫季子抬头一望，但见仲孙貜发挽随意髻，身着黑底绣红绢袍，腰系深红绲黑边丝绦，右手着一柄麈尾，神情秀朗，须髯飘动。南宫季子拱手还礼，示意仲孙貜在几案对面就座。南宫季子道:"闻贤侄忙碌非常，今日如何得闲来此?"仲孙貜笑道:"仲孙氏的事情总要个仲孙家的人去管，为侄的要不去忙，叔父何得如此清闲？"南宫季子微微一笑，道："我已经改姓南宫，仲孙氏的事情当然是不用我管的了。"仲孙貜道："叔父不想管自家的事，却爱管别人家的闲事。"南宫季子道："此话怎讲？"仲孙貜道："听说叔父收了个弟子？"南宫季子道："开门授徒，难道不是管自己的事？怎么是管别人家的闲事？"仲孙貜道："听说那弟子姓孔名丘？"南宫季子道："不错。"仲孙貜摇着手上麈尾，略一迟疑道："听说这孔丘乃孔梁纥之孽子？"南宫季子笑道："大事情看来还不够你忙，你居然还有时间来打听这些琐屑。"仲孙貜笑道："孔梁纥是叔父的忘年之交，叔父之学不传别人，专传这孔丘，难道是受孔梁纥之托？"南宫季子道："孔梁纥并不知孔丘之生，从何托起？孔梁纥不过告诉过我，他与颜氏之女野合而令颜氏有身，是我自己暗中寻访，得之于偶然。"仲孙貜大笑道："受托已属管别人的闲事，不曾受托而自己暗中寻访，岂不更是管别人的闲事？"南宫季子道："贤侄今日来此，就为说这句笑话？"仲孙貜道："愚侄不日要陪同鲁公去朝见晋侯，如今晋国执政叔向崇尚儒术，于礼节一丝不苟。愚侄于礼节一向甚少关心，为免出错以损国体，特来向叔父请教。"南宫季子冷笑道："叔向也配讲什么礼节？叔向要是懂礼，还能让鲁公朝见晋侯？"仲孙貜道："晋为霸主，鲁为陪臣，鲁国之君朝见晋国之君，势在必然，叔父何出此言？"南宫季子道："鲁国为公国，晋国为侯国，故以爵论，鲁为尊，晋为卑。鲁国之先为周公，晋国之先为叔虞，周公乃叔虞之叔，叔虞乃周公之侄。故以辈论，鲁为长，晋为幼。如果讲究礼节，就须遵守爵位之尊卑、辈分之长幼。如果遵守爵位之尊卑、辈分之长幼，就只有晋侯朝见鲁公之礼，岂有鲁公朝见晋侯之礼？"仲孙貜道："叔父向来通达，今日如何这般拘泥？"南宫季子笑道："不是我拘泥，是我笑叔向这等腐儒拘泥。"仲孙貜道："叔父既然明白这旧的礼节已经不合当今之世，却如何还传授之与孔丘？"南宫季子道："我所传授的，不过是'知'，并不是'识'。教人知道什么是礼，并不等于令人遵守这礼。应不应该遵守这礼？那才是'识'，而'识'乃是各人对于所'知'的自我反应，其实是教不出来的。孔丘将来如果主张守礼，与我南宫季子无关；孔丘将来如果主张不守礼，也与我南宫季子无关。那都是他孔丘自己的主见。"仲孙貜道："原来如此。"仲孙貜说罢，停了一停，又道："叔父以为孔丘人物入何品流？"南宫季子道："上上。"仲孙貜道："愿闻其详。"南宫季子道："人品端正，天资聪颖，好学不倦。"仲孙貜道："人品端正，天资聪颖的人多得很。好学不倦，虽然难能可贵，也未必就能入上上这流品。叔父既以上上相许，孔丘必有过人之处。"南宫季子笑道："贤侄之智，又见其进，难怪在外有'智囊'之称。"仲孙貜笑道:"这孔丘既有过人之处,叔父何不明言?"南宫季子笑道:"贤侄何不自己猜一猜?"仲孙貜笑道:"这叫我从何猜起?"南宫季子道:"什么事情是你我这等人皆不知其中滋味者?"仲孙貜略一犹疑,道:"贫穷?"南宫季子笑道:"贤侄果然善猜。"仲孙貜道:"然则孔丘过人之处乃'贫而无怨'?"南宫季子道:"再往上。"仲孙貜道:"贫而无谄?"南宫季子道:"再往上。"仲孙貜沉吟半晌,方才道:"贫而乐?"南宫季子道:"不错。"仲孙貜听了,一边将须,一边点头。南宫季子道:"只可惜……"南宫季子话到嘴边,欲言又止。仲孙貜从旁怂恿道:"可惜怎样?"南宫季子又一笑,道:"可惜有些迂阔。将来如果不能立功、立事,必然因此一失。"仲孙貜道:"既能好学不倦,又能贫而乐,虽有此失,必能立德、立言。"南宫季子沉默不语。仲孙貜道:"叔父既然知其失之所在,却如何不点拨他,令其去之?"南宫公季子叹了口气,道:"我何尝不曾点拨他,只是此关天性,非人力所能移。"

一日午后,南宫季子寓庐,大雪纷飞,山林寂静。南宫季子坐堂上弹琴,一曲终了,南宫季子冲书房喊:"仲尼!"孔丘应声从书房出,拱手道:"弟子在。"南宫季子问:"书快抄完了么?"孔丘道:"《诗》《书》皆已抄写完毕,《礼》还剩下一卷。"南宫季子道:"很好。"说罢,略一停留,又道:"近一年来你疑问渐少,如今书又抄得差不多了,想必有些闲暇?"孔丘唯唯。南宫季子道:"古人有言:'学而优则仕。'不知你可有此意否?"孔丘道:"弟子也正这般想,以便分担家母之劳。只是弟子出身微贱,恐怕难有所成。"南宫季子道:"古人有言:'谋事在人,成事在天。'你若见难遂不谋,如何可望有成?我听说鲁相季孙意如在曲阜设招贤之馆,明日举行落成庆典,将大开宴席,广招四方贤良有学之士。你何妨去一试?"孔丘道:"夫子既如此说,弟子不敢不遵命。不过……"南宫季子见孔丘面露犹疑之色,遂插嘴道:"不过怎样?"孔丘道:"弟子虽然已经熟读《诗》《书》与《礼》,于当今的政事却所知甚少,且大多出于道听途说,未知的确,所以不免心怯。"南宫季子听了,微微一笑道:"言之不为无理。当今的政事乃是由当今各诸侯国的史官负责记录在案。史官本有左右之分,左史负责记言,右史负责记事,如今大都已经混而为一了,比如,鲁国如今只有左丘明一人充任史官之职,人以'左太史'称之。'言'与'事'这两类记录都存放在各诸侯国的文献馆中,外人无缘一睹,只有等当今的政事变成历史的时候,这些记录才会流传出来,由人汇集成《书》与《礼》这样的书籍。"孔丘道:"如此说来,不参与朝政的人,不就是没办法知道当今的政事吗?"南宫季子听了，又微微一笑，道："这却不尽然。如果有参与朝政的人，或现在虽不参与朝政却曾经参与过朝政的人，愿意把当今的政事讲给你听，你不就能有机会知道当今的政事吗？"孔丘听了，也微微一笑，道："夫子必定是曾经参与过朝政的人？"南宫季子不答孔丘之问，但道："你有什么疑问，尽管问好了。"孔丘道："弟子想知道的事情很多，不过今日只想知道季孙氏和所谓'三桓'，究竟与鲁公有什么样的关系。"南宫季子笑道："问得好。既然是要去季孙意如的招贤馆，当然得先知道季孙意如是什么人。你可知道鲁国先君之中有个'桓公'？"孔丘道："听说过。据说桓公是在齐国被齐襄公谋杀的。"南宫季子道："不错。桓公有子四人，太子即位为庄公，其余三人之子孙改姓仲孙氏、叔孙氏与和季孙氏。因这三个家族都渊源于桓公，所以外人也通称这三家为'三桓'。庄公死后经三传而至文公，文公死，公室衰而三桓强。时至今日，鲁公名存实亡，朝政旁落三桓之手。季孙氏三世为鲁相，其权势于三桓之中又最强，名副其实炙手可热。你若能得季孙意如赏识，何愁仕途不达！"孔丘道："据夫子这么说，如今鲁国岂不是'君不君，臣不臣'的局面？"南宫季子道："自文公经四传而至于今，如此局面为时已久。况且所谓'君臣'，从来并非一成不变，今日为君者，明日未必就不降格为臣，今日为臣者，明日也未必不就升格为君。《诗》曰：'高岸为谷，深谷为陵'，正是影射此意。你难道忘记这两句《诗》了吗？"孔丘道："弟子不敢忘。不过弟子总不免想：长此以往，岂不是会天下大乱。"南宫季子道："古人有言：'不在其位，不谋其政。'你年纪轻轻，出身寒微，当务之急，在于谋个出身。诸侯卿相的事情，留待往后再操心不晚。"孔丘唯唯，拱手退出门外。雪不知于何时早已停息，夕阳在山，暮云飞渡，一行征雁掠空而过。

当日夜晚，孔丘茅舍堂屋之内，白木几案之上一灯如豆，两碟蔬菜、两碗浆汤分列两边。孔丘与颜鸾对案而坐，颜鸾见孔丘举止迟缓，问道："你莫不是有什么心事？"孔丘道："没有。"颜鸾道："你平素从南宫先生处读书回来，总是举箸如飞，狼吞虎咽，没有心事，怎会如此斯文？"孔丘道："并非有什么心事，只不过略有些犹疑而已。"颜鸾道："既有疑问，怎么不在南宫先生处问清楚了再回？"孔丘道："鲁相季孙意如在曲阜设招贤之馆，明日落成，将大开宴席，广招四方有学之士。南宫先生令我前往一试。"颜鸾听了，大喜道："既是南宫先生的意思，料想你的学识已经不差，你又何必犹疑？"孔丘道："我早已听说三桓专鲁国之政，方才南宫先生又说季孙氏的权势又是三桓中之最，如此说来，季孙意如岂不是个不臣之臣？"颜鸾道："你外祖父在时，本替仲孙氏看管庄园，所以我也听说过三桓专鲁政之说。

不过，这是诸侯、卿相之事，与你有何干系？"孔丘听了，不再分辩。

吃罢晚饭，孔丘帮着颜徵收拾过碗箸，返回书房，如常坐在灯下阅简。颜徵手持一领墨绿绣金花丝绵长袍入。孔丘见颜徵进来，急忙起身。颜徵拎起手中长袍，道："娘与你阿爹初次相见之日，你阿爹穿的就是这件丝袍。明日你去季孙意如的招贤馆，总不能衣褐而往，你来试试，看这件丝袍是否合身。若有不合时，娘来替你改一改。"孔丘脱去上衣，接过丝袍，穿上扣好。颜徵将孔丘左右打量一番，大喜道："长短宽窄，皆恰到好处。"

次日，曲阜季孙意如招贤馆。一轮红日当空，天色湛蓝如洗，三两行云如画。深红的围墙高耸，青灰的墙瓦缝隙之间略见残雪。大门敞开，门洞上方悬一块木匾，上刻"精华荟萃"四个大字，匾色漆黑，字色深红。门外一条宽阔的石径，打扫得一干二净，石径两边积雪冻结，堆砌如白石假山。司阍披一袭猩红斗篷，领着七八个身着羊皮短袄的仆人，在门前忙着接待来客。孔丘头戴宽边毡帽，身着墨绿长袍，足蹬牛皮软靴，策马奔到门前，勒住缰绳，翻身下马。司阍跑来问过名姓，唤仆人将孔丘的马牵往马厩，欠身伸手，把孔丘让进大门。

门内一条笔直的石径将一片侧柏树林一切为二，石径的尽头是一座殿堂。殿堂高坐在三层石级之上，殿身高敞，走廊宽阔，青瓦灰壁，重檐覆拱，画栋雕梁，气派非凡。檐下正中也悬一块木匾，上刻"招贤馆"三个大字，匾色也是漆黑，字色仍作深红。殿门之旁，立着两位司客，身披狐裘大氅，一一与来客拱手寒暄。孔丘拾级而上，一位司客迎上前来，问道："先生可有请柬？"孔丘听了一怔，道："但闻季孙大夫开门揖贤，不闻有请柬之说。"司客赔笑道："先生所言不差，来客无论有无请柬，一律欢迎。不过，但凡无请柬者，须先见过招贤使，经招贤使举荐方才得以入席。"孔丘道："招贤使现在何处？"司客道："招贤使正在招贤馆后的听音阁恭候来客，先生请随我来。"

孔丘随司客绕到招贤馆之后，举目一望，但见一条石砌的平台自馆后向前延伸。平台长约三十来步，尽头是一座八角形的建筑，七面尽是落地长窗，正面两扇雕花木门，门框之上挂一块木匾，上刻"听音阁"三字，木作原色，字填墨绿。司客把孔丘领到阁门之前，径自退了。孔丘正要举步进阁门，却适逢招贤使送客出阁。孔丘退让一步，抬头看那招贤使：头缠一块墨绿绲白边丝巾，身着一袭墨绿绲白边丝袍，腰系一条墨绿绲白边丝绦，足蹬一双黑牛皮对缝高底靴；身材魁伟，神气傲岸，长眉阔颡，高颧削颊，直鼻方口，颔下一把浓须，两眼矍矍逼人。招贤使长揖别过客人，直起腰时，正与孔丘相向，见孔丘虽然身材高大，年纪却不过十六七岁上下，心中不禁暗笑，勉强对孔丘拱一拱手，道："鲁相季孙意如令宰臣阳虎权充招贤之使，守听音之阁，恭候四方贤能之士，不知童子因何事而至此？"孔丘见阳虎如此小觑自己，心中不平，拱手还礼毕，遂正色道："陬邑孔丘得见鲁相招贤之使，幸甚！幸甚！丘闻：贤之与否，视德不视年齿，老而无德，不得谓之贤，少而有德，不得谓之不贤。能之与否，视才不视年齿，老而无才，不得谓之能，少而有才，不得谓之无能。丘虽年少，自信德才兼备，不愧'贤能'之称。"阳虎听了，心中一惊，强笑道："不料你年齿虽少，口齿却老练得很。年少而有才如此，想必出身不同凡响？"孔丘道："以丘之见，才非天生，乃好学所致。出身贫贱，好学不倦，何患无才？出身富贵，惰而不学，何可有才？"阳虎连遭孔丘反驳，不禁老羞成怒，忿然作色道："孔生高才，非阳虎所能知。"说罢，径自拂袖回阁，把孔丘撂在门外不管。孔丘不期阳虎竟会如此，无可奈何，正欲退下，却见阁后转出一个人来，对孔丘拱手施礼，道："方才听先生自称'陬邑孔丘'，敢问是否南宫季子弟子仲尼？"孔丘看那人：年纪约莫二十左右，眉清目秀，面净无须，所着衣巾与阳虎一般无二，唯色泽略有不同。孔丘拱手还礼，道："在下孔丘，字仲尼，正是南宫季子之徒。敢问先生尊姓大名？何以得知？"那人走上前来，轻声对孔丘道："仲尼请随我来。"说罢，便疾步走离听音阁门。孔丘会意，缓缓跟上。看看离听音阁远了，那人方才立着脚，转身对孔丘道："在下复姓公山，双名不狃，字子泄，忝列季氏之门，现居典农使之职。不狃先父在日与南宫先生过往甚密。前日我因公事路过陬邑，趁便拜访南宫先生。闲谈之时，我提起季孙意如今日招贤宴客之事。南宫先生盛赞仲尼，称仲尼德才兼备，虽然年少，'贤能'两字，却当之无愧。我今晨去见季孙意如，方知今日之会，实由季氏宰臣阳虎主持，遂急忙赶来，本想在阳虎面前为仲尼说几句举荐的话，却不料晚来一步。方才仲尼与阳虎的对话，我都听见了。仲尼才气横溢，非同凡响，只可惜得罪了阳虎。如今阳虎在季氏之门，有一手遮天之势，仲尼既得罪了阳虎，恐怕是难与今日之盛会了。"孔丘听了，拱手称谢道："子泄有意相助，孔丘不胜感激。丘闻：'谋事在人，成事在天。'孔丘既来之，是已尽人谋，成与不成，在天不在我，孔丘并无遗憾。孔丘就此别过，后会有期。"公山不狃道："且慢。如今季孙氏正缺一员委吏，任免之权，恰在我不狃之手，只是不知仲尼嫌弃否？"孔丘一来急于谋一份薪俸以分母亲之劳，二来也不想驳公山不狃的情面，遂拱手称谢道："委吏职掌粮仓会计，孔丘于算术恰有兴趣，自信力能胜任，必不负子泄之托。"公山不狃听了大喜道："仲尼真豪爽之士，今日能屈，日后必然能伸。这委吏之职，虽然位卑俸薄，却并非没有前途，阳虎的仕途就是从委吏开始的。如今阳虎名为季氏之宰，其实连季孙意如本人也得让他三分。仲尼但须尽职，不狃一定在季孙意如面前为仲尼游扬不遗余力。"

次日下午，孔丘茅舍堂屋。窗映雪光，分外明快。孔丘把在招贤馆的遭遇向颜莺一一详细说过。颜莺道："你虽未能参与季孙意如招贤之宴，得一委吏之职，也算是不虚此行。公山不狃与你素不相识，全凭南宫先生举荐之故，你快去谢过南宫先生。"

当日稍后，南宫季子寓庐。落晖在山，暮云纵横，柴门关闭，寂静无声。孔丘下马叩门，半晌之后，方见一青衣童子，披一件羊皮短袄奔来应门道："南宫先生不在。"孔丘道："想是到后山赏雪，不知去了几时？何时回来？"童子道："南宫先生一早就走了，走时吩咐我留此看守，说是要去远游，一年半载恐不会回。"孔子听了一怔，道："原来如此。"说罢转身，正欲翻身上马，却被童子唤住。童子道："南宫先生走时留下一锦囊与你。"孔子听了又一怔，道："锦囊现在何处？"童子道："南宫先生留在堂屋几案之上，叫你自己去取。"

孔丘疾步走进南宫季子堂屋，从几上拿起锦囊，从锦囊里取出一方素绢，在手上展开来看时，但见绢上写着："良贾深藏若虚，君子盛德若愚。戒骄戒躁，舍难就易，方可以有为。"孔丘看毕，把绢书卷好，放回锦囊，双手握着锦囊，向几案之后南宫季子的坐席三拱其手，毕恭毕敬地道："夫子料事如神。弟子今日之失，正因骄躁不戒之故，弟子谨闻命矣。"

孔丘回到家中，夜色降临，灯火初上。颜莺在厨下忙碌，听见门声，知是孔丘回了，道："你回得正是时候，饭菜将将做好。"孔丘入厨，将饭菜端上几案。案上除去照常两碟素菜，两碗浆汤，中间多了一碗鹿脯。颜莺手捧一竹制托盘自厨下出，托盘之中一把酒壶，两盏酒杯。孔丘自颜莺手中接过托盘，放在几案一头。颜莺与孔丘先后就座。颜莺道："可惜家中窄小，不便请南宫先生过来同庆。"孔丘稍一迟疑，道："娘，南宫先生走了。"颜莺吃了一惊，道："南宫先生走了？"孔丘道："不错，方才我并不曾见着南宫先生。据看门的童子说，南宫先生今日一早就走了，一年半载恐不会回来。"颜莺听了，沉默不语。孔丘从怀里摸出锦囊，从锦囊中掏出绢书，把绢书递给颜莺，道："这是南宫先生留给我的。"颜莺接过一看，道："看样子南宫先生不是一年半载不回，恐怕是一去不复返了。南宫先生于你我母子有大恩，受人大恩而不得报，却如何是好？"孔丘提起酒壶，先给颜莺斟满，然后又给自己斟满，道："我也有此预感，但愿并非如此。"孔丘说罢，端起酒杯，举到齐眉之处，道："娘，这一杯祝娘健康长寿。"颜鸾微微一笑，端起酒杯，正欲有所陈说，忽觉右腹剧痛，急忙放下手中杯，用手按住右腹，口中不禁"啊哟"一声。孔丘正要举杯，急忙住手起身，道："娘！怎么了？"颜鸾不答，数滴冷汗从额上滴下，过了半响，那剧疼慢慢退了。颜鸾道："没什么要紧，只是右腹略有些疼痛，这不已经就好了。"颜鸾一边说，一边从腹部缓缓松开手，重新拿起酒杯，道："你快坐下，与娘喝一杯酒。"孔丘道："娘！这腹疼必是劳累所致，如今我将有一份薄俸，足够家用之需，这针线活以后就不要再做了。"颜鸾一仰头，把杯中酒一饮而尽，道："你能够养家了，娘委实高兴得很。只是娘也不能在家就这么闲着……"颜鸾的话还没有说完，忽然又觉右腹一阵剧痛，不由得又"啊哟"一声，伸手将腹部紧紧按住。孔丘见状，面色惊恐，急忙起身，走到颜鸾身后，双手搀扶颜鸾肩膀，让颜鸾倚靠在自己身上。过了片刻，颜鸾的疼又慢慢地止了。颜鸾道："你放心，只是有些累了，早些歇息便好。"颜鸾说罢，站起身来，拨开孔丘的手，自己走回卧房。颜鸾走到卧房门边，又回首对孔丘道："你也须早点歇息，注意身体要紧。"

孔丘茅舍柴门之外，晨曦穿林，一阵风过，树杈上的残雪飘零而下，孔丘与一老者相向立在树下。孔丘道："一大早就烦老先生跑来，孔丘不胜感激，不知家母的病痛可要紧？"老者神色凝重地道："脉象虚、微、沉、涩，积劳成疾，为时已久，病入膏肓，危在旦夕。"孔丘听了，大惊失色，沉默半响方才道："虽然，还请老先生斟酌处方，以尽人事。"老者道："治本之药，实为无有，唯安心静养，或可稍延。至于止痛，则可用罂粟三钱煎汤一碗，常备在厨，疼时即饮，痛可立止。"老者说罢，略一停顿，又道："听说壶头集的集神祠香火极盛，想必有些灵验，仲尼何不去那集神祠祷告一番？"孔丘道："孔丘不信这类鄙陋之习。"老者道："老朽也并不信，不过是尽人事之意罢了。"孔丘听了，略一沉吟，道："多谢老先生指点。"

孔丘向老者拱手作别，疾步返回颜鸾卧室。颜鸾半躺在榻，见孔丘进来，问道："医师不在我面前说话，想是我病得不轻？"孔丘强作笑颜道："娘不过积劳成疾，医师说只要安心静养，便会康复无恙。娘可放心。"颜鸾道："医师的处方何在？"孔丘不敢撒谎，支吾道："医师嘱儿以罂粟煎汤，以备止疼之用，我这就去药铺买来。"颜鸾听了，叹了口气道："以罂粟止痛，不过治标。医师既然不处方治病之本，可见娘所患的，必是绝症，你岂可相瞒！"孔丘跪倒在颜鸾榻前，失声抽噎。颜鸾伸手抚孔丘之头道："你不必悲伤，自古谁能无死？娘早有随你阿爹而去之愿，如今你已长成，正是娘了此心愿之时。"颜徵说罢，顿了一顿，又道："你与陬邑孔府本是一家，如今孔府里的少爷孔宁，就是你的嫡兄。你年幼之时，娘恐你无知，不能理会，所以不曾将这些事告诉你。你长大成人之后，娘又恐你因此而徒增烦恼，所以也不曾说。如今娘既要走了，不能不对你的身世交代清白。"孔丘抬起头来，用衣袖擦去泪痕，道："娘不用说了，我早已知道。"颜徵叹了口气，道："你从来不曾问过，娘也猜到你已经风闻。娘唯一的遗憾，是不及眼见你回归孔氏之宗。"孔丘道："'死生有命，富贵在天。'倘若有朝一日陬邑孔府令我归宗，固然极好。倘若不能，我一定奋发自立，别树一孔氏门户。"颜徵听了，惨然一笑，道："儿既能如此，娘可以瞑目了。"颜徵说罢，顿了一顿，又道："你生于孔氏阙里山庄，生前娘祷于尼丘神祠，求神保佑我母子平安，所以名你为丘，以尼为字。尼儿既生之后，娘又曾经在尼山神祠许愿，倘若你能回归孔氏之宗，必令你重新修复尼山神祠。到时候你千万不可忘却，让你娘负欺神之罪。"孔丘道："娘放心，尼儿记住了。"说罢，又不禁泪如雨下。

当日午后，壶头集集神祠正殿。一行男男女女，手持香火，跪在神位前磕头如捣蒜。门外是一条宽阔的走廊，走廊之下十二级白石阶梯上略有残雪。孔丘头戴宽边毡帽，身披羊皮长袍，足蹬牛皮软底靴，拾级而上。孔丘登上走廊，见一男一女正从门内出来，遂让到一边。那一男一女见了，并不谦让，径自走了过来。孔丘看那女人有些面熟，不禁注意再看一眼，忽然想起那女人原来不是别人，乃是孔宁之母。孔丘听见那男人道："阿宁这病，须是求医要紧，阿姊却偏来求神。"孔丘又听见施氏道："谁说我不求医？医师已经换了三个，无奈都不见效。再不求神，你叫我怎么办？"孔丘听了不禁一怔，无心细想，转身迈进殿门，往门口的篾筐中扔下三枚铜钱，从立在门边的青衣童子手中接过一把香火，加入祈祷的行列。

当日夜，孔丘茅舍颜徵卧室，一灯如豆，颜徵昏睡在榻，孔丘正襟危坐榻下，一筹莫展。窗外由黑转白，远处传来鸡鸣。大约过了一日一夜，颜徵忽然从昏睡中清醒，勉强挣扎坐起，孔丘急起身相扶。颜徵坐稳之后，指着睡榻对面的五屉柜对孔丘道："最上的抽屉之中有一个锦囊，尼儿去把那锦囊拿来给娘。"孔丘从抽屉中找到锦囊，将锦囊放到颜徵身前。颜徵从锦囊中掏出一个素绢小包，把素绢包皮打开。孔丘看时，见里面包的竟是一双翡翠镶金鱼珥。孔丘从未见过这双耳坠，也绝对不曾料到其母会有如此贵重的耳坠，不禁面呈惊讶之色。颜徵把翡翠镶金鱼珥拿到手中，逐一戴上左右两耳,对孔丘道:"这是你爹送给娘的定情之物,去把五屉柜上的铜镜拿来。"颜鸾伸出左手,接过孔丘递上的铜镜,右手将两边发鬓略一梳理,微微一笑,正欲有所陈说,却忽然合上双眼,两臂下垂,左手一松,手中铜镜"扑哧"一声跌落在榻。孔丘扑倒在榻前,大喊"娘!娘!"。颜鸾不应,四壁传来回声,孔丘放声痛哭。素绢包皮滑到地板之上,平展开来,但见绢上绣着:"学而时习之,不亦说乎? 有朋自远方来,不亦乐乎? 人不知而不愠,不亦君子乎?"三十个大字,下方还绣着六个小字,绣的是:"孔梁纥书并识。"

　　数日后,陬邑孔府孔宁卧室,惨淡的阳光自半开的窗棂间射入。孔宁凭倚高枕,半躺半坐于卧榻之上,面色惨白,口发呻吟。两名使女分立榻旁,一使女用手帕给孔宁揩去额上的汗水;另一使女手捧托盘,托盘之中盛一方唾壶。孔宁手按胸口,口唤:"翠翠!"手捧托盘的使女急忙将唾壶递到孔宁口边,孔宁低头对唾壶大咳。门外响起一片脚步声,施氏自外入,身后跟着施氏之弟施张和一位老者。施氏愁容满面,轻声对孔宁道:"宁儿觉得好些了么?"孔宁有气无力地道:"怎么? 又换了个医师?"施氏道:"先前陈、张、苏三位医师的处方,阿宁服后皆不见效,这位是你舅特地从齐都临淄请来的华老先生。"施氏对身后的老先生一指,接着又道:"华老先生三代以医道名家,四方皆有妙手回春之誉,阿宁快坐起来,好让华老先生探脉。"

　　孔宁挣扎欲起,翠翠急忙放下手中托盘,上前相搀,孔宁勉强坐起。华老先生在榻边坐下,左手托起孔宁的右腕,伸出右掌的食指与中指,在孔宁右腕上切下,双目微闭,若有所思。施氏与施张垂手立在榻旁,神情凝重。过了些许时刻,华老先生放下孔宁右臂,托起孔宁左臂,如前一番切脉。切脉既毕,施氏请华老先生到议事厅,相对坐于几下,施张背手立于施氏身后。施氏道:"老先生意下如何?"华老先生道:"少爷贵庚?"施氏道:"二十有四。"华老先生道:"少爷托天之福,必能度过二十五岁之厄。以后便万事亨通,无复疾病之忧。"施氏听了一怔,茫然问:"老先生的意思是?"华老先生欲言又止。施张见了,从旁插嘴道:"老先生有话不必相瞒,老远从临淄请老先生来,为的就是讨个确实的诊断。"华老先生稍一迟疑,终于道:"实不相瞒,少爷肺疾已深,难得挨过今年……"施氏不待华老先生说完,慌慌张张抢着问道:"难道已经不可救药?"华老先生沉默不语,缓缓地垂下头。

　　施张送走华老先生,回到厅中,与施氏对几案而坐。施氏一边用手帕擦眼,一边啜泣道:"如今神、医都求过了,皆无灵验,叫我再怎么办呢?"施张道："既已不可救药，何不从小民百姓之陋习，给阿宁冲喜？倘若果然有效，则是去凶就吉。退一步说，即使救不了阿宁，或可令孔家免于绝后之患，也是有得无损之举。"施氏略一沉吟，道："阿宁一病，经年不起，谁人不知？指腹为婚的陈家月前业已下书来解除婚约，有谁家会愿意让女儿来扮这冲喜的角色？"施张道："别人家里的人不愿来，这个自然，自己家里的人还怕找不着？"施氏听施张如此说，顿时醒悟，道："你的意思是：在家里的使女之中挑选一个，令阿宁纳之为妾？"施张微微一笑道："阿姊如何聪明一世，糊涂一时？"施氏想了一想，擦干脸上的泪痕，高声唤道："梅香！"梅香应声而入，拱手向施氏道："梅香在，夫人有何吩咐？"施氏道："快去少爷房里替下翠翠，唤翠翠立即来见我。"

数日之后，时值正午，孔府孔宁卧房之内，张灯结彩，气象一新。帷幄、床褥皆换成猩红镶金织锦。一派喜乐声中，孔宁一身大红，在也是一身大红的翠翠的搀扶之下，向施氏行鞠躬之礼，公西总管与其妻立在施氏之后。

次日上午，日影已高。孔府孔宁卧房门外走廊。梅香从院门外入，翠翠怀抱一床白丝床单从房内出。梅香从翠翠手中接过床单，抖开来一看，但见床单上有大、小两块红印。梅香笑道："怎么搞的，流这么多血？"翠翠两颊骤然绯红，道："那大块是少爷咳出来的。"翠翠说罢，又叹了口气，滴下两滴眼泪。梅香见状，顿时收了笑脸，劝道："快别哭。冲过喜了，慢慢就会好起来。"翠翠从怀中掏出条手帕，擦干泪痕，扭头回房。孔宁斜躺在卧榻之上，左手按胸，右手伸前，冲翠翠喊："翠翠！快，唾壶！"翠翠慌忙之中急觅唾壶不见，孔宁等待不及，一声大咳，但见鲜血如泉自喉喷出，孔宁一头歪倒。翠翠冲至榻前，大喊："阿宁！阿宁！"孔宁不应，翠翠伏在榻前号啕大哭。

当日稍后，孔府议事厅。施氏与施张相对而坐。施氏抽泣道："这可如何是好？这可如何是好？"施张戚容满面道："阿姊节哀，事已至此，还能如何？当务之急，在于千万不能让孔氏绝后于阿姊之手。"施氏听了，勃然大怒道："怎么是绝在我的手上？我难道没有为孔氏生子？"施张道："阿姊息怒，阿姊所说虽然不差，但阿宁已经不在，阿姊若不解权宜，如何塞他人之口？"施氏道："什么权宜？难道要我把那野女人所生的野种叫回来传宗接代不成？"施张道："阿姊何必说得如此难听。听说颜姈已经去世，不会再争什么名分。又听说孔丘人品学识都不错，料想也不会玷辱孔氏的名声。"施氏道："你这些话都从哪听来？我怎么一无所闻？"施张道："谁敢在阿姊面前说这些话？要不是万不得已，连我也不敢。"施氏沉默不语，过了半晌，方才道："颜鸢哪来的钱栽培其子？"施张道："听说是南宫季子免费收之为徒，先授之以乐，后又授之以《诗》《书》与《礼》，所以孔丘所学，绝不在公卿大夫子弟之下。"施氏听了，又沉默半晌，道："南宫季子是什么人？我怎么从来没有听说过？"施张道："无怪阿姊不知，因南宫季子不过是个化名。"施氏道："难道你也不知其究竟是谁？"施张微微一笑道："其实说出来，于阿姊也是熟人。"施氏听了一怔，道："究竟是谁？"施张道："据说南宫季子其实就是姊夫生前的忘年之交仲孙乌有，十多年前隐居陬邑城外霸桥之西山，自称南宫季子。"施氏道："怎么会这么巧？难道是梁纥生前有所托付不成？"施张道："姊夫生前并不知孔丘之生，除非已知颜鸢有身，否则，焉能预为之计？"施氏闻言，顿时破涕为笑，高声道："有了！"施张吃了一惊，道："阿姊？有什么了？"施氏道："焉知翠翠不也已有身？"施张略一沉吟，道："同房才一日，有身虽非不可能，毕竟不大可能。况且，就算翠翠业已有身，又焉知其非女？"施氏道："我等。不等到确切的消息，我死不瞑目！"施张望着施氏斩钉截铁的样子，不再开口。

冬去春来，陬邑城外五父之衢墓地。清明时节，阴云四合，细雨纷飞。孔丘一身缟素湿透，跪在颜鸢坟茔之前拜了三拜，抬起头来，两眼直视墓碑，道："娘！尼儿已于月前升任乘田。乘田之职，掌牛羊犬马等家畜，虽然同委吏一样，也是不予政事的卑职，不过，升迁总是好事。知娘悬念，不敢不禀。"孔丘说罢，站起身来，又默默地对墓碑注视了一回，正欲转身，一个青衣童子慌慌张张跑上山来，对孔丘道："马厩失火，司厩请乘田速回。"

一排松木栏杆弯弯曲曲圈起一片草地，数十匹马在草地上或行或止。远处一座半塌的马厩之中隐约可见烧毁的马槽、马桩。司厩身披蓑衣，正指挥七八个马夫清理现场。孔丘策马来到马厩之前，司厩见了，站到一边，拱手向孔丘施礼。孔丘问："可有人受伤？"司厩道："没有。"孔丘道："好，没有就好。"孔丘说罢，打量了一番失火现场，又问："失火的原因何在？"司厩道："有马夫在草料场内点火烘衣，却被风把火苗吹到干草之上，因而失火。"孔丘道："马厩规章明文规定不得在草料场内点火，是谁如此大胆违犯？"司厩道："是新来的马夫张五。"孔丘听了一怔，道："新来的马夫张五？我怎么不知有此人？"司厩道："昨日阳总宰亲自领张五来马厩，我禀告阳总宰：'孔乘田告假回家扫墓，我不能擅自做主收留。'阳总宰笑道：'何须你做主？也不须孔乘田做主。我难道还不能做主？'我本想俟孔乘田回来，立即将此事禀知，岂料火灾竟已发生。"孔丘道："如今张五何在？"司厩道：

"已经将其驱逐。"孔丘道:"这处置之事,也应由我乘田做主。难道又是阳总宰亲自来了不成?"司厩道:"不错。火发不久,阳总宰便亲自赶来,先问有无损失马匹,接着责问失火原因。有马夫指张五违章点火烘衣所致,张五矢口否认。阳总宰道:'虽然查无实据,既有嫌疑,不宜复留。'遂令手下将张五赶了出去。"孔丘听了,沉吟半晌,道:"原来如此。速将失火原因、经过,以及损失细节写好,着人送往乘田治所。"司厩唯唯而退。

孔丘回到乘田治所,还不曾来得及换下淋湿的衣服,听见后面有脚步声,扭头看时,见是公山不狃。两人相互拱手施礼。公山不狃道:"听说马厩不慎失火,不知可有马匹损失?"孔丘道:"一俟司厩的报告呈上,便可知晓。"公山不狃听了一怔,道:"你难道不是刚从马厩回来?如何不知?"孔丘道:"匆忙之际,我只顾问人,却忘了问马。"公山不狃听了,叹了口气,道:"原来如此。你所忘记的,正是常人所不能忘的;你所不曾忘的,又恰好是常人所经常忘记的。你的行事,真是非凡夫俗子如不狃之流可以望其项背!"孔丘拱手谢不敢当。公山不狃道:"这马厩失火之事,职责在乘田,我本不当过问,只因阳虎散布流言,说马厩失火,或因乘田驭下无方所致,所以我想问个清楚,以便在季孙意如面前有个确实的交代。"孔丘听了,微微一笑,道:"马厩为何失火,阳虎应比谁都清楚,却如此这般说法,可笑得很!"公山不狃听了,又一怔,道:"此话怎讲?"孔丘把方才司厩所说的话转述给公山不狃。公山不狃听罢,沉默不语,半晌之后,方才道:"原来如此,你不必操心,我自会在季孙意如面前把事情说明白。"孔丘略一迟疑,道:"多谢你相助。不过,阳虎既不见容,早晚不免有别的闪失,我还是不如就此辞去这乘田之职,以绝后患。"公山不狃想了一想,道:"你此去将何以为生?"孔丘道:"我想回霸桥开门授徒,将诗、书、礼、乐、射、御、算术之道,广授贫寒人家子弟,虽不能致富贵,料想也不至于饥寒。"公山不狃又想了一想,道:"也好。以你的才干,干这乘田之事,本是大受委屈。人生在世,风云际会难以预料,将来有别的机会时,我一定相邀,届时还请你万勿推辞。"孔丘道:"人生在世,当以立功、立事为先,立言、立德为次。开门授徒,充其量不过立言、立德。你将来若有机会令我得以立功、立事,我何敢辞!"

霸桥孔丘茅舍之前,夕阳在地,夏草萋萋,树色浓绿。孔丘坐在廊下的一方白石之上,悠然抚琴。一阵马蹄声由远而近,一辆马车自银杏树林奔出,停在路边,车门开处,跳下一个人来。孔丘停下琴,举头一望,但见来人大约三十左右年纪,眉目爽朗,神情逸秀,似曾相识,却又想不起为谁。

来人走到柴门门口立住，向孔丘拱手道："敢问孔丘先生在否？"孔丘起身拱手还礼，道："在下即是孔丘，敢问先生尊姓大名？"来人道："在下仲孙貜，南宫季子之侄。"孔丘听了大喜，急忙问道："南宫先生可已回来？"仲孙貜道："还没有。叔父在周，与老子不期而遇，两人相得甚欢，暂无回意。"孔丘听了，不免有些失望，站过一边，把仲孙貜让进堂屋。仲孙貜举目四望，见四壁萧然，笑道："叔父称你能'贫而乐'，果不其然。"孔丘笑道："贫穷倒是一眼就可以看穿，只是不知仲孙大夫何以知我心里快活？"仲孙貜道："老远就听见无忧无虑的琴声，心里不快活的人，怎能弹得出这样的琴声？"孔丘在仲孙貜对面坐下，道："问心无愧，就能无忧无虑，无忧无虑只是心情平静的反映，心情平静不等于心情快活。"仲孙貜听了，微微一笑道："说得好！说得好！仲孙貜今日来此，正要同你谈一件一定能令你快活，却不一定能令你平静的事情。"孔丘听了一怔，道："有这等事？孔丘洗耳恭听。"仲孙貜收起笑容，正色道："仲孙貜今日是受人之托而来，谈一件于你、于孔氏皆极为重大的事情。"仲孙貜说到此，停下话来，端起浆碗，又大喝一口。孔丘插嘴道："敢问受谁之托？"仲孙貜道："施张。"孔丘道："施张？我不记得认识这么一个人。"仲孙貜略一踌躇，道："施张就是施氏之弟。"孔丘听了，略微一惊。仲孙貜停了一停，见孔丘不再插嘴，接着说道："孔宁于去冬去世，想你已有所闻？"孔丘默默点一点头。仲孙貜道："昨夜孔宁之妾公西翠产下一女，施氏旋即猝发心疾而亡。你不必添浆，我其实不渴。"俟孔丘重新坐下，仲孙貜接着道："施张托我转达施氏的遗嘱，令你回归孔氏，为施氏主丧。"孔丘略一沉吟，道："回归孔氏，是先母的遗愿，也是孔丘的宿愿。不过……"孔丘尚未说完，仲孙貜抢道："施张还托我转告你，无论你有何要求，只要有益于孔氏传宗接代，一定予以满足。"孔丘道："继承孔氏宗族，是我义不容辞的责任，我岂敢有什么要求？不过，我以为：名不正则言不顺，言不顺则事不成。"仲孙貜道："何为名不正？"孔丘道："先母若无名分，那我凭什么去接孔氏之宗？"仲孙貜道："你的意思是？"孔丘道："先将先母以妾的身份与先父合葬，然后我方可名正言顺视施氏为嫡母，以庶子的身份为嫡母施氏主丧。"仲孙貜道："你想得周到，于情于理皆合，施张乃通情达理之人，必定会同意如此办法。"

数日后，陬邑城外防山孔陵。桧柏森森，青草萋萋，远处一片白色墓碑隐约可见于林草之间。孔梁纥墓左右两边各添一座新坟。左边的墓碑较高，上刻"夫人施氏之墓"六字，右边的墓碑较矮，上刻"妾颜氏之墓"五字。孔丘一身重孝，跪倒在墓前，涕泪纵横，泣不成声。

第二回　孔丘破译古简　阳虎空留烧豚

陬邑孔府议事厅内，帷幄锦帐早已换成素绢，孔丘一身缟素，坐于白木几案之后。公西总管自外入，对孔丘拱手施礼毕，道："主公唤我有何吩咐？"孔丘道："先母丧事已经料理完毕，府内外日常事务皆须恢复正常。我于这一切皆不熟悉，都得靠你悉心办理。"公西总管拱手唯唯。孔丘又道："先父去世的时候，我方才出生；生母去世的时候，我因贫困须谋生计，皆未得行居丧三年谅阴之礼，心中极其不安。如今嫡母去世，我不能再如此苟且。听说阙里山庄自十七年前关闭之后，不曾再启用过，你可着人去把山庄收拾整顿好，我要搬过山庄去住，以便静心守丧三年。"公西总管道："十七年来山庄虽不曾启用过，但我时时着人前往整修花木，维修房屋，所以主公要想搬过去时，只需吩咐我备车马便可。"孔丘道："如此极好，我明日一早就搬过山庄去。"公西总管道："我明白了。主公可还有别的吩咐？"孔丘道："授徒之事，不可因居丧而中断，否则岂不是误人子弟？霸桥的茅舍，现已无人居住，你可着人去把房屋打通改建，以便多收弟子。舍后有一片荒地，也着人去修整为走马与射箭的场地，尽快修好，以便早日复课授徒。"公西总管道："我这就着人去办。"孔丘道："还有一件事。生母在时曾许愿修复尼丘神祠，我虽不信鬼神，但既是先母之命，我敢不尽力而为？你这就去着手请工购料，愈早动工愈好。"公西总管道："明白了。"说罢，又道："我还忘了一件事。"孔丘问："什么事？"公西总管道："阙里山庄虽然无须整顿，却并无人手在，主公既要搬过去住，少不得须选一两个仆人、使女一同过去？"孔丘想了一想，道："这倒不必。弟子无繇与子丕与我年纪相若，愿跟我去山庄服弟子之劳。"公西总管正要退下，却又被孔丘唤住。孔丘道："山庄里虽不必遣人手去，却须带只狗去看门，也须带两三只信鸽去以备通讯之须。"公西总管道："主公放心，一定照办无误。"

阙里山庄大厅之内，孔丘一身缟素，坐在几案之后闭目养神。外面传来敲门之声，公西总管手提革囊自门外入，拱手向孔丘请安。孔丘见了，略微一惊，道："公西总管不召而来，可是府中出了什么急事？"公西总管道："府中一切都好，我只是为尼丘神祠而来。"孔丘道："十数天前你说尼丘山神祠已经开始动工，难道又出了什么差错？"公西总管摇头道："施工并无差错。只是今晨在拆除正殿外墙的时候，发现围墙夹壁之中藏有竹简。我赶到现场一看，见竹简上的字迹几乎全不认识，我想主公或许对这些竹简有兴趣，所以带来一方，请主公过目。"说罢，从革囊中取出一方竹简，放到几案之上。孔丘拿起竹简从头到尾看了两三回，不禁大惊道："这简上一共约有三十来个不同的字，我确切认识的还不足四分之一，能大约猜出意思的也不足四分之一，难怪公西总管大都不认识了。"孔丘把竹简放下，又问："夹壁之中共有这样的竹简多少方？"公西总管道："不曾细数，粗略看去不下七八百之数。"孔丘听了大喜道："想必是用古字书写的古代典籍，赶紧着人去全部细心取出，运到山庄里来，千万不要损坏或遗失。"

数日之后，灯火初上，阙里山庄大厅四周增设了一圈书架，架上堆满竹简，孔丘一身缟素，坐在右边的几案之后对照两方竹简，无繇与子丕垂手分立两边。突然，孔丘放下手中竹简，两手一拍，大喜道："有了！"子丕道："有了什么？夫子这么高兴。"孔丘笑道："我发现这些古文竹简之中有一些写的是诗歌，其中不少与今本《诗》上所辑录的诗歌内容完全相同，通过对照这些古本诗与今本诗，岂不是就可以认识这些古字？认识了这些古字之后，岂不是就可以读懂其他的古文竹简？"

孔丘从此日夜忙于识读古文竹简，不觉过了三个春秋。第三年六月初十之夜，阙里山庄大厅之内，孔丘坐于几案之后，无繇与子丕侍立两边。孔丘道："无繇！去厨下取酒来。"无繇应声而退。孔丘又唤："子丕！"子丕道："弟子在。"孔丘道："去厨下切盘腊鹿肉来下酒。"子丕拱手退下。不移时，无繇与子丕各捧托盘入，将酒壶、酒杯与一盘鹿肉放于几上。无繇一边斟酒，一边问："夫子今日何事这般兴致勃勃？"孔丘微微一笑，道："前日刚满三年谅阴之期，昨日又恰好把尼丘神祠夹壁中所出的古文竹简全部读完，真是所谓双喜临门，焉得不有兴致！"子丕问："这些古文竹简上写的都是诗么？"孔丘端起酒杯，一饮而尽，道："不是。只有一小部分是诗，剩下来的大都是史。"无繇将酒杯重新斟满。子丕又问："既然是史，难道不就是一部用古文字写的《书》么？"孔丘笑道："问得好。我原来也以为不过如此，后来才发现并非这么简单。"孔丘吃下一片鹿肉，又喝了一口酒，接着道："首先，这古文写的史和今本《书》，都是残缺不全的本子，两书所残缺的部分自然不会完全相同，所以这部古文写的史可以补今本《书》之所缺。其次，古文本与今文本的记载，常有不相符合之处。"无繇道："敢问有哪些不同？"孔丘道："不同之处颇多，今日只能略举几例，以后再慢慢同你们细谈。比如，据今文《书》的记载：尧死之后，舜为篡夺天子之位，流放尧之子丹朱；舜死之后，禹为篡夺天子之位，流放舜之子商均；禹死之后，益与禹之子启争夺天子之位，不胜见杀。古文本的记载却不是这样的。"子丕问："古文本是怎么说的呢？"孔丘道："根据古文竹简的记载：尧生前令舜继位，尧死之后，舜让位给尧之子朱，无奈诸侯不从，舜只得即位为天子，乃封朱于丹水，令其为诸侯，故称丹朱。舜生前令禹继位，舜死之后，禹让位给舜之子商均，无奈诸侯不从，禹只得即位为天子，乃封商均于虞，令其为诸侯。禹生前令益继位，禹死后益让位给禹之子启，诸侯从之，于是启乃即天子之位，而令益为其辅佐。"子丕问："夫子以为古文竹简的记载更可信吗？"孔丘道："不错。我以前读今文《书》，至舜、禹、益的篡位之说，始终觉得可疑。南宫先生却说：'以今日天子、诸侯，诸侯、卿相争权之事态推测之，何可疑之有？'不意古文竹简却证明我的怀疑竟是对的。"无繇问："弟子觉得南宫太老师的说法不为无理，夫子为何存疑？"孔丘喝完杯中的酒，又咽下一片鹿肉，道："我之所以怀疑，因我相信古人比今人淳朴厚道，不会做出如此不仁不义的勾当。"子丕道："今文《书》流传已经很久了，古文写的竹简除夫子之外又无他人能够读懂，今文《书》上的错误岂不会继续流布？"孔丘微微一笑，道："我已经用今日的文字把古文竹简抄写了一份，又根据古文竹简把今文《书》改编了一回。从此我将用我改编过的《书》来传授弟子，你们将来也将根据我改编过的《书》来传授你们的弟子，如此代代相传，何愁这些流传已久的错误不被改正过来？"孔丘说罢，站起身来，道："我今夜早些去歇息。你两个若不困乏时，何不也去喝杯酒？"

子丕与无繇请过晚安，孔丘自屏风后退下。子丕与无繇从橱柜中拿出两个酒杯，两人在餐几旁坐下对酌。子丕道："夫子据古文竹简改编今文《书》，你以为如何？"无繇道："将有大功于后世。"子丕道："万一今文《书》上的文字本来不误，而古文竹简上写的并非事实，经夫子这么一改，岂不是会令真相淹没、谬误流传了吗？"无繇想了一想，道："你这话说来令人不寒而栗，快别这么想了。"子丕端起酒杯，将酒一饮而尽，道："但愿我的想法是错的。"无繇也端起酒杯，将酒一饮而尽，道："但愿如此。否则，夫子岂不成了千古罪人。"子丕道："那倒不会。"无繇道："你这话怎讲？"子丕道："如果经夫子改编的《书》真的流传开了，原来的今文《书》岂不就会失传？懂我的意思了吗？"无繇想了一想，道："你的意思是说：即使经夫子改编过的《书》是错的，也就不会有人知道了。"子丕又斟满一杯酒，端起酒杯笑道："我原来以为你比我笨多了，现在看来还只是笨得差不多。"无繇道："即使如今的《书》真的失传，只有经夫子改编过的《书》流传于世，这失传的《书》说不定什么时候又会从谁人的墓葬之中或谁家的夹壁之内冒出来。那时候人们会以为哪一本是对的？哪一本是错的呢？"子丕将杯中酒一饮而尽，道："那就不知道了。"

次日晨，孔丘坐厅中抚琴，门外传来犬吠。孔丘道："怪哉！如何这么早就有人来？"子丕道："让我去看个究竟。"片刻之后，子丕自门外跑入，道："庄外有人自称'公山不狃'，求见夫子，弟子不曾听夫子说起过这么一个人，所以未敢擅自领入。"孔丘听了，略微一怔，道："快去请客人进来。"

子丕与公山不狃一前一后沿石径而来，孔丘立在门厅之外的廊上等候。公山不狃登上台阶，立住脚，向孔丘拱手施礼，孔丘拱手答礼，寒暄过后，三人一同穿过门厅，进入大厅。孔丘与公山不狃分别在左右几案之后就座，孔丘道："什么风把你从费邑吹来？"公山不狃道："是否来得太早，打搅了你的清梦？"孔丘道："我一向早起，而且一向无梦。请用浆。"两人一齐端起浆碗，各自喝了一口。公山不狃道："你以为费宰南蒯是何等人物？"孔丘笑道："你任费丞之职为时已经不浅，想必熟知其为人，却来问我，岂不是笑话？"公山不狃笑道："你不是常道'当局者迷'么？"孔丘听了一笑，道："这么说，你是已在局中？究竟是个什么局？"公山不狃左右溜了一眼，压低声音道："不知此处是否方便说话？"孔丘会意，扭头对子丕与无繇道："你两人还不去打扫院子？"子丕与无繇拱手退下。

公山不狃目送子丕与无繇退出门外，对孔丘道："南蒯与季孙意如的关系，你想必有所闻？"孔丘道："听说两人关系不好，原因却不得其详。"公山不狃道："季孙意如自幼酷好斗鸡，如今仍然乐此不疲。南蒯以先朝老臣自居，时时规劝季孙意如不可玩物丧志。季孙意如起先是表面敷衍，后来听得多了，不厌其烦，对左右道：'南蒯原本不过一季孙氏家奴，如今却装出一副长辈的样子来教训我，真是小人得志！'这话不知如何传到了南蒯耳中，南蒯听了勃然大怒。"孔丘道："原来如此。听说南蒯为人傲岸不群，恐怕不是生生气就罢手的人。"公山不狃道："不错。南蒯昨日向我透露，说他已经约好公子子仲、大夫叔仲一同举事。"孔子听了一惊，道："剪除季孙氏？"公山不狃点头。孔丘又端起浆碗，喝了一口，道："南蒯既为季孙氏家臣，以下叛上，难以成功。其剪除季孙氏之计，想必是以归政于鲁公为名？"公山不狃道："正是如此。据南蒯说，剪除季孙氏之后，季孙氏的封地将归还鲁公，公子子仲将取代季孙意如执鲁国之政。"孔丘道："南蒯自己难道一无所求？"公山不狃道："南蒯自己则由季孙氏家臣晋升为鲁国大夫。"孔丘道："鲁公是否参与其谋？"公山不狃道："据公子子仲说，鲁公欣然同意。"孔丘问："如何措手？"公山不狃道："晋君新立，三日后季孙意如将陪同鲁公去朝见晋国的新君。鲁公行至河岸渡口之时，将托病回鲁，令季孙意如代其前往。南蒯将于此时发费邑兵马北上曲阜，公子子仲与大夫叔仲作为内应，打开城门，放南蒯兵马入城，一同围攻季孙氏府。"孔丘听罢，略一沉吟，道："你以为胜败机会如何？"公山不狃道："既有公子子仲与大夫叔仲为内应，又得鲁公赞同，以理推之，南蒯应当会稳操胜券。不过，不知何故，我却心虚得很。窃料自己并非胆小之人，所以……"孔丘道："所以你想向我这局外人讨教。"公山不狃道："不错。"孔丘道："不是你胆小，换作我，也会心绪不宁。"公山不狃道："愿闻其详。"孔丘道："三桓专鲁国之政，至今已近百年，如今究竟是否还有人认为应当归政于鲁公？"公山不狃听了，略一思量，道："不敢断言。"孔丘道："以我之见，有还是有的，只是不多。况且，这些人想必是主张'君君臣臣'，君臣名分不得有违的人。这些人既不能容忍季孙氏夺鲁公之权，难道就能容忍季孙氏家臣南蒯起而夺季孙氏之权？"公山不狃道："这也不敢断言。"孔丘道："南蒯与公子子仲、大夫叔仲之合，临时而起，只能称之为'苟合'，绝不能如三桓勾结之根深蒂固。三桓之间尚且勾心斗角，南蒯与公子子仲、大夫叔仲是否能有同舟共济的决心？"公山不狃道："还是不敢断言。"孔丘笑道："既有此三'不敢断言'，你之所以心虚，难道不是理由充分得很么？"公山不狃听了，拱手称谢道："多谢指点迷津，果然是'旁观者清'。"

孔丘瞟一眼公山不狃，道："你口上说谢我，脸上却并无喜色，难道别有忧虑？"公山不狃略一迟疑，道："不错。南蒯嘱我今夜携黄金秘密赴齐，贿赂齐国权臣鲍、高两氏，求齐为外援，我已经应允。如果我反悔不去，南蒯必然会要杀我灭口。如果我去了而结果事败，季孙意如又如何会放过我？进退两难，能不心忧？"孔丘道："你不是还有一样选择么？"公山不狃沉吟，道："你的意思难道是说，向季孙意如告密？"孔丘道："不错。"公山不狃道："南蒯既以机密大事相托，就是把我当成心腹，这种卖友偷生之事，我公山不狃还做不出来。"孔丘听了大笑，道："说得好。我就等你说这句话。"公山不狃道："有了这句话，难道你就有替我解难的妙计？"孔丘道："不错。"公山不狃道："然则计将安出？"孔丘道："你这趟秘密出使，责任重大，想必不会只身前往？"公山不狃道："不错。南蒯已令其家臣东门高与我同行。要我扮作商客，东门高扮作车夫。"孔丘略一思量，站起身来，走到公山不狃面前，对公山不狃一番耳语，公山不狃听毕，脸色渐渐转忧为喜。

当日夜晚，月黑风高，荒野小径，东门高驾一辆马车沿小径急奔而来。

突然，一条高大的黑影从路旁的树梢上飘然而下，轻轻落在车顶，东门高不
及反应，早被从树上跳下来的人一拳打落马车之下。来人双手向前一抄，两
条缰绳早已在手，两马顿时立住。来人跳下马，从背上拔出剑来，奔向车
门，正要用剑去挑开车门时，却听得"砰"的一声响，车门早被人从车内端
开，一条黑影从车内飞出，手中持一柄长剑，口中喊道："什么人斗胆来劫
我公山不狃的货色！"从树上跳下来的人并不答话，但挺手中剑来相迎。两
条黑影一来一往，斗不过三合，公山不狃左腿早中一剑，一个踉跄，扑倒在
地上。劫车的人一个箭步，跃上车厢，掀开车座，从座下提出一个沉甸甸的
革囊，纵身蹿入路旁的树丛，立时不见踪影。公山不狃翻身坐起，用剑拄
地，撕下一块衣袖，将伤口包扎好。东门高一瘸一拐跑过来，见到草地上血
迹斑斑，大惊失色。公山不狃双手捂住伤口，道："使命要紧，不必管我，
你赶快走。"东门高苦笑道："车中之物被这该死的强盗抢走了，叫我空手如
何成行？"公山不狃微微一笑，道："东西都缠在我腰上，那革囊中不过盛着
些石头，要不是腰上有这些东西碍事，我又何至于败在那该死的贼人手下！"
公山不狃一边说，一边从腰上解下一条又宽又厚的腰带，交给东门高。公山
不狃看了看马车，道："这马车也不必再用，你解下一匹马去，留一匹马给
我。"东门高道："让我扶你上马，你自己如何能上得去？"公山不狃道：
"我歇一歇便好，你快走要紧。"东门高几番要来搀扶公山不狃，无奈公山不
狃执意不肯。东门高只得拱手向公山不狃话别，翻身上马，绝尘而去。

　　马蹄声渐远，渐小，渐于无声。公山不狃从地上跳将起来，吹一声口
哨，一条高大的黑影从树丛中应声而出，伸手揭去蒙面的黑色纱巾，原来竟
是孔丘。孔丘走近公山不狃，看见地上的血迹，道："我那一剑点到即止，
你从哪弄来这些血？"公山不狃笑道："我在腿上绑了个革囊，囊中盛了些猪
血，专等你那一剑来刺。谁知你并不曾刺破，我只好自己又补了一剑。不弄
出些血来，怎能把东门高吓走！"孔丘笑道："公山不狃的血原来竟是猪血！"
公山不狃笑道："下一步怎么走？"孔丘道："除了去阙里山庄藏身，还有什
么别的路好走。如果南蒯赢了，你就说是受伤之后让我撞见，接回阙里山庄
养伤，只是到时候你腿上得真挨一剑，不留个伤疤骗不过南蒯。如果南蒯输
了，你就说是我接你在阙里山庄打猎，对于此事一无所知。"公山不狃道：
"难道不怕东门高说破？"孔丘道："要是南蒯输了，东门高死活都不一定。
就算他活着而且把你参与的话说出来，他口说无凭，你有实据反驳，有谁信
他的话呢？"公山不狃道："我的实据在哪？"孔丘笑道："你腿上无伤，难
道不就是实据？"公山不狃听了，叹口气，道："这么明白的事情，我怎么就

看不出来!?"

陬邑野外，彤云密布，雪花飘飘，山上山下，树木皆白。孔丘骑一匹白马，跑在前面，公山不狃座下一匹黑马，紧紧跟随。忽然，一大一小两头麋鹿从路边灌木丛中窜出。孔丘见了，取弓拔箭，搭箭上弓，弯弓射箭。箭发如流星，不偏不倚，正中大麋鹿之脖，那麋鹿带箭往前蹒跚数步，一头栽倒，不再动弹。公山不狃策马跟过来，笑道："季孙意如遣大夫叔弓围费，三月不下，以你这手法，还不快去费邑助阵?"孔丘笑道："围费不下，哪是缺弓箭手!"公山不狃道："然则何所缺?"孔丘道："南蒯宰费为时不浅，必能得费人之心。善用兵者：攻城为下，攻心为上。倘若季孙意如明白这番道理，费邑早就攻下了，何须三月!"公山不狃道："没听说南宫季子精通兵法，这兵法，你从何处学来?"孔丘道："《书》中记载战事不下数十处之多，细心阅读，反复琢磨，则胜之所以胜，败之所以败，一目了然，何须有师而后通?"公山不狃道："你怎么不去见季孙意如，说之以'攻城为下，攻心为上'之计，季孙意如听了必然大喜，你也就不愁仕途不达了。"孔丘道："我眼下并无出仕之意。"说罢，顿了一顿，又道："你在阙里山庄藏身，终究不是长久之计。你何不拿这'攻城为下，攻心为上'之计去见季孙意如?"公山不狃道："我不是说过，南蒯待我不薄，这卖友的勾当，我还做不来么?"孔丘道："此一时也，彼一时也。"公山不狃道："此话怎讲?"孔丘道："当时南蒯之计，是剪除季孙意如，归政于鲁公。如今是南蒯攻季孙意如失败，据费降齐，他既已叛鲁降齐，你绝交而攻之，名正而言顺，有何不可?"公山不狃道："原来如此，我怎么又没有想到。难道又是'旁观者清，当局者迷'不成?既然要去，则宜早不宜晚，明日一早就走如何?"孔丘道："且慢。你藏身阙里山庄三月之久，一旦贸然而出，季孙意如如何信得过你?"公山不狃听了，沉吟半晌，道："原本不曾想到这一层，既经你这么一提醒，我倒是想出了个主意。"孔丘道："先去见个季孙意如的亲信?"公山不狃笑道："让你猜个正着。你可听说过冶区夫其人?"孔丘摇头道："不曾。"公山不狃道："冶区夫与我同乡，除善斗鸡之外一无所能，数年前潦倒不堪，我看在同乡份上收留他做名随从，后来听说季孙意如酷好斗鸡，遂将他推荐给季孙意如。季孙意如的斗鸡经冶区夫调教之后，个个精神百倍，季孙意如大喜，恨相见之晚，不久即提拔冶区夫为家臣。除司斗鸡之外，冶区夫时常跟随季孙意如左右，参与机密。"孔丘道："冶区夫既已得意，可还记得你?"公山不狃道："冶区夫虽然不学无术，倒不是趋红踩黑的小人。"

两日后，曲阜季孙氏府议事厅。季孙意如盘坐在漆红描金几案之后，冶区夫跪坐在对面。季孙意如道："鸡翅上的铁甲装成了吗?"冶区夫道："有时成，有时碰碰就掉下来。"季孙意如懊恼地道："如此说来，明夜斗鸡又没有稳操胜券的把握了。"冶区夫笑道："南蒯据费反，叔弓围之三月不拔，士卒伤亡甚多，主公不急，却急这斗鸡的事。"季孙意如笑道："我已遣人携重金入齐行贿，只要齐国的援兵不来，南蒯一定维持不了多久，何急之有?"季孙意如的话刚落音，一青衣童子推门入，道："大夫叔弓遣信使致书。"季孙意如急忙剔开封泥看时，但见上写道："费军趁夜出城袭营，城外费人响应，我军退一舍。"季孙意如看罢，勃然大怒道："区夫! 你明日一早去传语叔弓，叫他遇见费人就给抓起来。看他们还怎么反!"

　　冶区夫步出季孙意如府，正要登车离去，冷不防背上被人拍了一掌。冶区夫吃了一惊，扭头看时，见是公山不狃，转惊为喜。冶区夫道："多时不见，我还以为你与南蒯一同在费邑造反，你原来却在这儿。"公山不狃道："我怎么会跟南蒯一起造反! 陬邑孔丘邀我去阙里山庄打猎，所以耽搁了这些时候，南蒯造反的事，我其实一无所知。"冶区夫道："你怎么不早来见季孙意如?"公山不狃道："早就想来，只是怕季孙意如不信我。"冶区夫道："今日来，却更不是时候。"公山不狃道："此话怎讲?"冶区夫道："南蒯昨夜出城偷袭，城外费人响应，叔弓大败，季孙意如闻讯大怒，叫我明日一早去费，传语叔弓，见到费人就给抓起来。你说这是好说话的时候吗?"公山不狃略一沉吟，笑道："谁说这不是好说话的时候?"

　　次日一早，季孙意如在厅中徘徊。冶区夫疾步而入，季孙意如道："你怎么还没有走?"冶区夫道："我昨夜把主公吩咐的话想了又想，觉得有些不妥。"季孙意如笑道："笑话! 你也知道什么叫妥，什么叫不妥?"冶区夫道："窃以为费邑之所以三月不下，乃因南蒯得费人之心。兵法: 攻城为下，攻心为上。主公叫叔弓见到费人就给抓起来，岂不正是反其道而行之，令费人更加亲南蒯、远季氏?"季孙意如听了又一怔，道："那依你说，该怎么办?"冶区夫道："传语叔弓: 见费人寒者给衣，饥者供食，收养孤寡，扶助老弱。如此，则费人必然亲季孙氏而叛南蒯。"季孙意如听罢大笑，道："这主意甚好。不过，绝不是你冶区夫想得出来的。谁给你出的主意，如实招来!"冶区夫笑道："我冶区夫从不掠人之美，即使主公不问，我也会如实禀告。"季孙意如笑道："谅你也不敢隐瞒。"冶区夫道："主公还记得是谁推荐我给主公的吗?"季孙意如想了一想，道："好像是公山不狃?"冶区夫道："不错。"季孙意如道："公山不狃不在费邑?"冶区夫道："我原来也以为他与南蒯同反，昨日午后在主公府外碰见他，才知南蒯作乱之时，他应孔丘之邀，去阙里山庄打猎，原不知情。"季孙意如道："他怎么不自己来见我？"冶区夫道："岂是不想，只因不敢。"季孙意如道："有什么害怕的？"冶区夫道："怕主公不见信。"季孙意如道："你快去把他唤来。"冶区夫道："他已经来了，正在府门之外候见。"季孙意如道："快去把公山不狃唤进。"不移时，童子在门口禀道："公山不狃候见。"季孙意如正襟危坐在漆红描金几案之后，咳一声嗽，道："进来。"公山不狃入，拱手向季孙意如施礼。季孙意如略一拱手，算是还了半个礼，微微一笑，道："费丞不在费邑，却如何在这儿逍遥？"公山不狃道："不敢随南蒯反叛，所以只得在外逍遥。"季孙意如笑道："要不是碰巧外出打猎，难道你也不在费邑？"公山不狃道："虚拟之事，不敢断言。"季孙意如笑道："不过说句笑话，还不坐下。今日请你来的意思，你当然已经知道了。"公山不狃跪坐于客席，道："是。"季孙意如道："幸亏你阻止了冶区夫，否则我已犯了个大错。南蒯既已叛鲁，当然也就不再是费邑之宰，这费宰之职，非你莫属。你立刻以费宰的身份去费邑，把你教冶区夫的主意变成事实。"公山不狃道："蒙主公提奖，敢不效力。不过……"季孙意如会意，接过话头道："不必担心。我会下书一封予叔弓，告诉他：军事由他，政事由你，职责分明，两不相扰。"公山不狃听了，慌忙起身称谢，谢过之后又道："不敢相瞒，这攻心之计，其实也并非我的主意。"季孙意如听了，略微一怔，道："不是你的主意，能是谁的主意？"公山不狃道："陬邑孔丘。"季孙意如道："这陬邑孔丘，莫不就是曾在你手下做过委吏与乘田的孔丘？"公山不狃道："不错。"季孙意如道："孔丘既是这等人才，你如何将他屈居委吏与乘田那样的卑职？"公山不狃道："皆因阳虎从中作梗。当时孔丘尚未回归孔氏，家境贫寒，不以委吏与乘田之卑职为耻，在职尽力，又因阳虎故意挑衅，遂拂袖而去。"季孙意如道："阳虎居然敢于如此擅作威福！你能将孔丘请回来吗？"公山不狃道："主公倘若真有请孔丘之意，恐怕还是叫阳虎前去为宜。"季孙意如道："言之有理。"

十日后，季孙氏府议事厅。季孙意如、阳虎、公山不狃各就其位。季孙意如喜形于色，道："费人叛南蒯，南蒯逃往齐国，叔弓兵不血刃收复费邑。倘若不是子泄献'攻心为上'之计，焉得有此结果？子泄当受上赏。"公山不狃拱手称谢道："主公升我为费邑之宰，岂不就是已经赏过了？况且这'攻心为上'之计，实出于孔丘。"季孙意如道："你不说时，我倒忘记了。"说罢，扭头问阳虎："你去见过孔丘没有？"阳虎道："我接连去过三次，每次都遭孔府总管挡驾，我想是孔丘故意不见也未可知。"公山不狃道："孔丘长住阙里山庄，恐怕确实不在。"阳虎忿忿然道："这该死的总管，怎么不早告诉我！"公山不狃道："你可曾问过？"阳虎摇一摇头，道："我倒也没有问过。"季孙意如问公山不狃："这阙里山庄离曲阜有多远？"公山不狃道："其实也不必叫阳虎去阙里山庄。"阳虎道："你难道能令孔丘来见我？"公山不狃道："不错。"阳虎道："计将安出？"公山不狃笑道："计策得你自己出，我只能给你一点提示。"阳虎道："阳虎洗耳恭听。"公山不狃道："孔丘是个极其讲礼的人，失礼的事情绝不肯做。"阳虎听了，略一沉吟，道："我知道怎么办了。"

阙里山庄。朔风凄厉，大雪飘飘。孔丘与无繇、子丕立在庄屋走廊之上，背叉双手，仰望雪景。一只灰色鸽子冒雪而下。孔丘道："无繇，快去鸽房把鸽信取来，信鸽冒这么大的风雪而来，莫不是府中出了什么要紧的事情？"无繇疾步走下台阶，片刻之后，无繇跑回，将手中竹管交与孔丘。孔丘接过，从竹管中取出帛书来看时，但见上面写着："阳虎今日又来，赠烧豚一只。"子丕道："出了什么事吗？"孔丘一笑，把帛书递给子丕。子丕拿到手中展开，与无繇一同观看。两人看毕，子丕把帛书交还孔丘，大喜道："天天吃鹿肉，早已吃腻了。夫子还不吩咐公西总管赶紧着人把烧豚送来？"孔丘笑道："你以为阳虎的肉是随便就能吃的？"子丕笑道："阳虎的肉自然是不能随便吃，阳虎送来的烤乳猪肉，难道也不能随便吃？"孔丘道："我说你是利口匹夫，果不其然，居然敢来挑我的嘴！"无繇笑道："夫子是不是要打子丕嘴巴？弟子愿意代劳。"孔丘笑道："那倒不必。子丕既然想吃烧豚，就叫子丕自去取来。"子丕道："这么大的风雪，可怎么好走？"孔丘笑道："要是好走，这阳虎的肉不就是随便就能吃的了吗？"子丕转身欲下，却被孔丘叫住。孔丘道："子丕要往哪去？"子丕道："夫子不是叫子丕去孔府取烧豚吗？"孔丘大笑，道："那不过是讲笑话。你去把车备好，我们三人一同回府。"孔丘说罢，转身把帛书交与无繇道："在这帛书背面写这么几个字：'今晚回府，备酒食。'写好之后立刻让信鸽传回府中。"

两匹白马拉着一辆黑篷车在风雪中疾驰，子丕与无繇并坐在车夫的位子上，孔丘安坐于车厢之内观望两边雪景，雪愈大、风愈紧。无繇倒吸了两口凉气，搓着手道："为吃阳虎的肉，要我师徒三人这么跑一趟，也真是不容易！"孔丘听了，略微一笑，道："你们知道阳虎为什么要留下烧豚吗？"子丕道："烧豚既然带来了，不留下，还能带走？"孔丘道："怎么不能带走，你以为他自己不喜欢吃才送我？阳虎留下烧豚的用意，其实在于叫我非去回看他不可。"子丕一边挥鞭，一边道："为什么非得回看他？"孔丘道：

"既然收了人家的礼，不去回看，岂不是无礼？无礼的事情，是我孔丘能做得出来的吗？"无繇道："夫子回府，就是为了去回看他？"孔丘道："也不全是。"子丕道："还有什么别的用意？"孔丘笑道："还有什么别的用意？难道你不想吃那烧豚了？"子丕道："先吃肉，吃完了再去见阳虎。妙！"孔丘道："先吃肉，不错。吃完去见阳虎就不对了。"子丕道："怎么不对？"孔丘道："我不想见他！"无繇道："夫子既然非见阳虎不可，怎么又可以不见呢？"孔丘微微一笑，道："吃完烧豚，不是我去见阳虎，而是子丕去见阳虎。"子丕听了大惊，问道："怎么是我去？我怎么能去？"孔丘笑道："因你方才挑我的嘴，所以有此一罚。"子丕道："我可不敢替夫子见阳虎，我宁可挨无繇两个嘴巴。"无繇笑道："阳虎又不是老虎，怎么会把你吓成这个样子？"子丕道："我又不是怕他！只是他若问起话来，我怎敢胡乱替夫子作答？"孔丘听了大笑道："好了，我叫你去见阳虎，并不等于叫阳虎也见你。"子丕听了一怔，道："夫子这话玄而又玄，令我如堕五里雾中。"孔丘道："今晚吃完烧豚，好好歇息。明日一早，你随我一同去曲阜。我去南市逍遥楼酒家等着，你去阳虎府门之外监视，一俟阳虎出门，立刻来逍遥楼相报。"子丕听了，转惊为喜，道："原来如此。夫子是要去故意扑空。妙！"无繇道："如此既不失礼，又让他见不着。妙！妙！"

次日晨，阳虎府门之外。一辆马车自府门内缓缓而出，阳虎坐在车厢之内，马车出了府门，车夫将鞭一扬，马车往北疾驰而去。马车跑过三、四条街口，阳虎对车夫喊道："快把马车掉头，忘了文书。"

阳虎马车掉头之时，孔丘恰好到了阳虎府门之外，司阍出来相迎。孔丘道："请报你家主人，陬邑孔丘求见。"司阍正要回话，却听得一阵马蹄声急，举目一望，见阳虎马车疾驰而来，司阍用手一指，道："我家主公正巧回来了。"孔丘听了一怔，转过身来，正与从车厢跳下的阳虎相对。阳虎拱手施礼，道："阳虎四次登门造访，都无缘得见，不期今日幸会，快请到客厅里去。"说罢，不由分说，欠身伸手，把孔丘让进客厅。孔丘举目一望，但见厅中央一盆炭火，两边各设一张柞木几案，四壁皆垂锦帐，对面一扇柞木屏风，屏风上裱着一幅素绢，绢上写着十个大字，写的是："为富不仁矣，为仁不富矣。"左边一行小字，写的是"阳虎识并书"。孔丘与阳虎又拱手行礼，然后分宾主各就座席，阳虎道："听说你开门授徒，除去传授《诗》《书》之外，也讲授仁义之道？"孔丘道："不错。"阳虎指着屏风道："我也喜好讲求仁义之道，不知你以为我的见解如何？"孔丘往屏风望了一望，道："我同你的见识略有不同。"阳虎听了不悦道："'为富不仁，为仁不富'乃至当不移之论，谁能有所异议？"孔丘道："窃以为富与仁并不对立。"阳虎道："此话怎讲？"孔丘道："以我之见，富贵是人所共追之的，仁人义士也不例外。仁人义士虽不必富贵，却也不必不富贵。为仁者未尝不可以富，富者也未尝不可以为仁。"阳虎笑道："依你之见，君子与小人都以富贵为追求目的。君子与小人，岂不是没有区别了？"孔丘笑道："怎么会没有区别？"阳虎道："区别何在？"孔丘道："小人追求富贵不择手段，君子不因追求富贵而忘仁义，不取不义之财，不为不仁之富，这难道不是区别吗？"阳虎听了，不再辩驳，换个话题，道："听说你还教弟子书、算，甚至刀剑、弓马、驾车之术？"孔丘道："不错。"阳虎道："如此多才，令人佩服之至。"

孔丘道："'多才'两字，委实不敢当，只因幼时家境贫寒，为谋生计起见，各种行当不得不都试着学一学。"阳虎道："如今你早已不再愁衣食，既然有才如此，怎么不想参与国之政事？"孔丘道："不在其位，不谋其政，我既不居官位，岂敢有参政的非分之想？"阳虎听了道："想要居官，还不容易。实不相瞒，我阳虎之所以三番五次找你，就是受季孙大夫之托，请你出仕。"孔丘道："承蒙季孙大夫抬举，盼阳总管你替我谢过。不过，孔丘自以为还不具居官参政的资格。"阳虎笑道："孔丘何必故作谦虚？连南宫季子那样的高人，仲孙大夫那样的智士，都对你赞不绝口，你要是还不够资格，谁够资格？"孔丘道："窃以为但凡居官为政者，须能尊尚'五美'，屏除'四恶'。孔丘自料不能，并非是故作谦虚。"阳虎道："'五美'何所指？"孔丘道："惠而不费，劳而不怨，欲而不贪，泰而不骄，威而不猛。"阳虎道："'四恶'又何所指？"孔丘道："虐、暴、贼、吝。"阳虎听罢，冷笑一声道："把标准定得这么高不可攀，谁能办得到？"孔丘道："以孔丘之见，郑国的执政子产就办得到。"阳虎听了一怔，道："子产铸刑书，儒者都不以为然，你不是也以儒者自居么？怎么对子产推崇如此？"孔丘道："先儒有云：'君子怀刑。'可见儒家以为君子应当时刻关心法制。你所谓的儒者，难道都没有听说过这句话？这些人也许根本不是儒，就算是，充其量不过是陋儒、腐儒、不学无术之儒。"阳虎听了，冷笑一声道："外面传闻：你鼓吹礼，子产鼓吹法，难道这些传闻不实吗？"孔丘道："教之以礼，旨在铲除罪恶根源；绳之以法，旨在惩罚，二者并行不悖。子产主张宽猛相济。宽，就是教之以礼；猛，就是绳之以法。相济，就是互为补充。可见子产之见与我孔丘之见，不谋而合。"阳虎听了，忿然不语，孔丘起身告辞。

季孙氏府议事厅上，季孙意如与阳虎对坐。季孙意如道："听说你已经见过孔丘？"阳虎道："不错。"季孙意如道："怎么不请孔丘来见我？"阳虎道：“孔丘哪是我阳虎能请得动的？”季孙意如微微一笑，道：“孔丘当年不得与那招贤盛会，就是因为你这招贤使从中作梗，如今你又重施故技？”阳虎道：“岂敢。当年我也只因看他年纪尚幼，不知天高地厚，只想稍微挫一挫他的锐气，并无他意。岂料如今的孔丘，越发盛气凌人，简直是不可一世了。”季孙意如不以为然地道：“连委吏、乘田这样的卑职，孔丘也肯做，何至于此？”阳虎道：“当时孔丘不过一贫贱村童，今日孔丘乃大夫之后，岂可同日而语？”季孙意如道：“你说了半天，都是些不着边际的废话，你到底有没有把我请他出仕的意思告诉他？”阳虎道：“主公吩咐的事情，阳虎岂敢有违？”季孙意如道：“孔丘怎么说？”阳虎道：“孔丘说：‘不在其位，不谋其政。’”季孙意如道：“仍旧是不着边际的废话！我既请他出仕，当然会有职位给他，你难道连这个也不曾同他说清？”阳虎道：“孔丘心目中的职位，可不是委吏、乘田之类的卑职。”季孙意如忿然作色道：“谁叫你拿这类职位去同他说，你这分明是故计重施！”阳虎赔笑道：“主公请息怒。阳虎虽然不精明，也还不至于蠢到这般地步，怎么会同孔丘提起什么委吏、乘田？”季孙意如道：“那你到底是怎么同孔丘说的？”阳虎道：“我不过泛泛地试探了一下，听孔丘的意思是：除非像郑子产那样的职位，否则他孔丘没有兴趣。”季孙意如听了一怔，站起身来，背着手在厅中踱了两个来回，忽然仰头大笑道：“郑子产？子产不仅执郑国之政，而且是大权独揽，像郑子产那样的地位，连我季孙意如都羡慕得很！”阳虎道：“所以我说我阳虎如何能请得动孔丘！”季孙意如道：“孔丘真的说过要像郑子产那样的位子才能把他请出来？”阳虎道：“他倒也不曾这么直截了当地说。不过，他既说‘不在其位，不谋其政’，又说只有郑子产那样的人才有资格谋政。主公以为除此之外，还能有什么别的意思？”季孙意如听了沉默不语，半晌之后，道：“既然是‘不在其位，不谋其政’，他对于诸侯的事情怎么好像还知道得不少？”阳虎道：“‘不在其位，不谋其政’，当然只是个推却之辞，只是不屑于替主公谋罢了。”季孙意如道：“难道他屑于为别人谋？”阳虎道：“据我所知，仲孙貜时常奔走孔丘之门，而且逢人便说孔丘如何如何了不得，只差没把他说成是圣人。”季孙意如冷笑一声道：“自我祖父季文子以来，三世执鲁国之政，既想谋政，又不屑于为我季孙意如谋，那他孔丘可是打错了主意。”阳虎道：“不要说是主公，就是季文子，孔丘也并不曾放在眼里。”季孙意如道：“他怎么说？”阳虎道：“季文子常说‘三思而后行’。孔丘却说什么：‘何必三思，两次就够了。’这不分明是蔑视季文子么？”季孙意如听了，仰头大笑道：“原来孔丘果然是个狂妄之徒！”

第三回　宋凤刁难快婿　孔丘误说风情

阙里山庄庄屋大厅，斜阳在壁，树影摇曳。孔丘坐于几案之后，双手抚琴，口中唱道："东有启明，西有长庚……"无繇自屏风后出，在屏风边站了一站，转身欲下。孔丘抬头望见，停下琴歌，道："无繇可有话要说？"无繇道："夫子怎么就猜得着？"孔丘微微一笑，道："所谓'察言观色以知心事'，你口虽不言，心意已经形诸颜色。"无繇略一犹疑，道："弟子须告假一句，以便料理一件家事。"孔丘道："看你眉梢上翘，眼神飞扬，必是喜事无疑。"无繇道："昨日家父遣人传语，令弟子回家娶妇。"孔丘抵掌大笑道："果不其然！什么时候动身？"无繇道："弟子想明日一早就走。"孔丘笑道："归心似箭。"顿了一顿，又喊道："子丕何在？"子丕应声从屏风后转出，拱手道："夫子有何吩咐？"孔丘道："写一封短柬，明日一早着信鸽传与公西总管，叫他备钱一千，绢一匹，封以彩缎，立即着人送往无繇之家。"无繇道："夫子何须为弟子破费。"孔丘笑道："弟子娶妇，师傅送礼，礼也，你竟敢不从？"无繇拱手称谢道："夫子既然如此说，弟子何敢辞？"孔丘对无繇道："你这一去，有了家室，怎能还回阙里山庄长住？看来我得找个别人替下你才是。"无繇道："弟子何尝不能回来长住，每旬告假回家一日料理家务即可。"

次日一早，晨曦穿林而下，三两只麻雀自屋檐下飞出，孔丘立在廊下仰头观天。子丕自庄门外走来。孔丘问："无繇走了？"子丕点头。孔丘又问："你比无繇年纪稍长，你父母怎么不张罗着替你娶妇成家？"子丕道："弟子早已有过家室。"孔丘听了一惊，道："我怎么不知？"子丕道："弟子成家在先，师从夫子在后，所以夫子不知。"孔丘道："既有家室，怎么不见你回家？"子丕道："弟子虽然有过家室，但如今却早已无有。"孔丘道："你妻已去世？"子丕道："不曾。"孔丘道："你将妻休了？"子丕道："也不曾。"孔丘道："难道是你妻休了你？"子丕点头。

孔丘缓步蹑下走廊，顺廊下石径往庄门外走去，子丕跟随在后。一阵风过，路旁桧柏婆娑生姿，两三松鼠蹿上蹿下。孔丘道："为何？"子丕道："耐不住贫寒。"孔丘听了，沉默不语。子丕道："夫子长弟子三岁，却如何还不曾娶？"孔丘道："我原本比你更穷，穷得无人问津。尔后居丧，不得行吉礼。"子丕道："如今呢？"孔丘道："如今倒是不断有人来提亲事。"子丕道："难道不曾有合夫子意者？"孔丘沉吟半晌，方才道："既已识得无人问津的滋味，对此事能不觉得索然无味？"子丕道："难道夫子打算终身不娶？"孔丘道："岂敢终身不娶！不孝以无后为大，况且孔丘之所以能回归孔氏，正因有传宗接代的责任在身。"子丕道："既然如此，何不早早娶妇，了却传宗接代之大事？"孔丘不答。子丕道："夫子如今不愁衣食，耐不住贫寒的女人娶了也无妨，为何这般犹豫？"孔丘道："贫寒虽不须耐，却须耐得住寂寞。"子丕道："此话怎讲？"孔丘道："'人不知而不愠，不亦君子乎'？"子丕道："夫子担心娶来的女子，不能为乐天知命的君子？"孔丘道："不错。"子丕道："想要找个君子，那就难了。夫子难道不曾听说过：'唯女子与小人为难养也'的话？"孔丘道："怎么没有听说过？不过，这话下面还有两句话。"子丕道："还有两句什么话？"孔丘道："'近之则不逊，远之则怨'。"子丕道："这是什么意思？"孔丘道："意思是说：如果你同她亲近，她就不把你放在眼里。如果你不同她亲近，她就生你的气。"子丕道："既然是这个意思，为什么要把女子比作小人？"孔丘道："何尝是把女子比作小人！不过说这话的，想必是个男子，又以君子自居。男子不懂女子的心思，所以不善于同女子打交道。正如同君子不懂小人的心思，所以不善于同小人打交道。如此而已。"子丕道："原来如此。"孔丘与子丕说着闲话，孔丘道："娶妇不能只让她看你的脸色，你还得看她的脸色。"子丕道："夫子之所以犹豫，也还因此？"孔丘不答，转身欲回庄里去，却听见一阵马蹄声急，举头一望，见一骑人马自树林之后闪出，骑马者滚鞍下马，对孔丘拱手道："公西总管着小人禀告老爷：公西翠昨夜因心疾暴亡。"

陬邑孔府议事厅。孔丘坐于堂上，公西总管立于堂下，两人皆一身缟素。孔丘道："先兄生前并无正室，今日孔丘就替先兄做主，以正室的名义安葬翠嫂于孔陵。"公西总管啼泪纵横，拱手谢了。孔丘顿了片刻，又道："阿紫何在？"一个使女应声从门外入，手中牵着一个女孩，约莫四五岁，头戴白麻帽，身披白麻袍，脚下一双白麻鞋，满脸泪痕，怯生生地看着孔丘。孔丘起身，走上前去，将这女孩抱起，道："阿紫！从今日起你叔父就是你父亲。"女孩突然放声大哭，令孔丘不知所措。

当日午后，仲孙玃来吊。寒暄既毕，仲孙玃道："仲尼常住阙里山庄，孔府因而久缺主人，如今则更缺主妇。"孔丘低头不语。仲孙玃又道："阿紫亦须人教养，交与使女之手，也不是长久之计。"孔丘微微一笑，道："仲孙大夫来吊是假，又来提那门亲事是真。"仲孙玃笑道："仲尼所谓'假'者，其实是'真'。仲尼所谓'真'者，其实也是'真'。一举而两得之，有何不可？"孔丘道："仲孙大夫上次说起姜姬之姨妹才貌兼备，可也是当真？"仲孙貜道："宋凤《诗》《书》皆通，聪明过人，'才'是绝对一流。至于'貌'，但凡见过宋凤的，都称道不已，除非仲尼之见与众不同。"孔丘道："宋有大夫并官仪，死后谥号'宋文子'。宋文子的后人自宋迁鲁，改姓宋氏，不知你说的这宋凤可与宋文子有些瓜葛？"仲孙貜道："正是宋文子之曾孙，家世无可挑剔。"孔丘道："品德如何？"仲孙貜道："才貌易见，家世易知，品德却难言，非有深交，何以知晓？"孔丘笑道："不娶做妇，何得深交？"仲孙貜大笑，道："说得好！看来仲尼是听天由命了？"孔丘道："不是听天由命，乃是听凭仲孙大夫做主。"仲孙貜笑道："这事却偏偏由不得我做主。"孔丘道："此话怎讲？"仲孙貜道："宋凤要自己做主。"孔丘听了一怔，道："她要怎样做主？"仲孙貜道："她要先看一看你是否才貌兼备再作道理。"孔丘笑道："什么时候去应试？"仲孙貜笑道："等我从宋凤那儿得了回话，自会相告。"

曲阜校场，四面高墙围起，中央一片绿草如茵，纵横各有一箭之地。草坪中间分两行各设五道马障，西端五个箭靶作一字形排开，东端一行笔直跑道由南至北。北面正中一座白石砌就的看台拔地而起，台上周围一圈白石栏杆，南墙正中一座箭楼高耸，与北面的看台遥遥相望。一黑一白两骑人马自箭楼大门并辔而入，缓缓行至草坪东端。孔丘骑在白马之上，背上负一张雕弓，腰下挂一壶羽箭。仲孙貜骑在黑马之上，背上也负一张雕弓，腰下也挂一壶羽箭。仲孙貜道："先跑一回马，再射一轮箭，如何？"孔丘点一点头，两腿一夹，坐下骑便如泼风溜水一般跃过五道马障，早到草坪西端，仲孙貜见了，正要喝彩，却见孔丘拨转马头，马不停蹄，又接连越过五道马障，跑回草坪东端。孔丘把缰绳勒在手中，对仲孙貜道："仲孙大夫请！"仲孙貜笑道："仲尼不是常说'君子不争'么？今日怎么不作谦谦君子？"孔丘笑道："君子不争，唯骑与射不让。"仲孙貜道："原来如此。"说罢，将缰绳一抖，策马下场，从容不迫接连跃过五道马障，跑到西端。掉转马头，歇了一歇，再策马跑回。马到最后一道马障，抬腿偏低，马蹄碰了马障，险些跌倒。仲孙貜勒住马，喘口气道："毕竟年纪不饶人，果然是'后生可畏'！"孔丘笑道："那就请仲孙大夫再看后生跑一回。"孔丘说罢，又风驰电掣般跑了一个来回。仲孙貜道："跑马仲尼既已争先，射箭我就不让了。"说罢，仲孙貜策马跑到第一道箭靶对面，取弓在手，搭箭上弓，弯弓发箭。但听得"嗖"的一声响，箭如流星脱弦而去，又听得"砰"的一声响，箭矢早已穿透对面靶心。仲孙貜策马往北，顺跑道跑了两步，停在第二道箭靶对面，弯弓描了一描，射出第二箭。这一箭也是不偏不倚，正中箭靶红心。仲孙貜如法炮制，一连射了五箭，箭箭中的。五箭射毕，仲孙貜扭头对孔丘笑道："如何？"

孔丘并不答话，等校场差卒把箭靶清理完毕，策马走到跑道最南端，掉转马头，把马勒住，先从背上取下雕弓，再从腰下箭壶中一连抽出五支羽箭，一把抓在手中，松了缰绳，两腿一夹，坐下骑放开四蹄，顺跑道从南往北飞奔。仲孙貜见了，急忙打马退到一边。但听得一串弓弦响，仲孙貜举目向西望时，只见五支羽箭，不偏不倚，一一没入五个箭靶中心。孔丘掉转马头，对仲孙貜笑道："如何？"仲孙貜微微一笑，道："我说好也不相干，我说不好也不相干，得那人说了才算。"孔丘听了一怔，道："谁？"仲孙貜笑而不答，只用手向看台上一指。孔丘抬头望去，见看台之上殿堂之外立着一个女子，容貌看不真切，但见身材绰约，举止娴雅。正要仔细看时，那女子却转身退下，消失于殿堂的廊柱之后。孔丘扭头对仲孙貜道："仲孙大夫邀我来教场骑射，原来却是做假。"仲孙貜笑道："哪是做假？分明是要让她看个真实。"孔丘道："却不曾让我看个真切。"仲孙貜道："不必着急，晚间你或许就能看个真切。"孔丘道："此话怎讲？"仲孙貜道："姜姬已备下一席便宴，恭候仲尼与宋凤。"孔丘道："仲孙夫人既已有了安排，却怎生是'或许'？"仲孙貜道："若宋凤应邀前往，则仲尼就有机会看个真切。"孔丘道："你的意思是说，宋凤也可能不去？"仲孙貜笑道："不错。如果宋凤不去，那就是说仲尼还得在骑射上再下几番功夫。"孔丘听了大笑，道："原来如此！"

陬邑孔府大门之外，门前六根廊柱之间各悬大红灯笼一只，灯笼上用金粉并排写作两个"喜"字。一派箫笙喜乐声中，两行仪仗队伍缓缓前来，仪仗之后，两行乐队，前四人吹箫，后四人吹笙。乐队之后，两匹五花卷毛高头大马，拉着一辆彩车，猩红锦缎为篷，车厢漆红描金。孔丘头戴红缎绣金花高帽，身着红缎袖金花长袍，腰系黄金丝绦；宋凤发挽白玉髻，身披白绢绣红花长裙，腰系加宽猩红镶白丝绦，并肩立在车上。两行随行人马，色彩缤纷，络绎不绝。迎亲人马行至孔府门前立住，孔丘与宋凤相携下车，在宾客、随从的簇拥之下，缓步踱入孔府。

两个月之后，午膳方毕，阳光灿烂，射在孔丘书房走廊之上。书房靠门是一排落地长窗，两侧皆是书架，架上堆满竹简与木牍，靠窗一张白木书案，案前一盏高足青铜烛台，案后一副蒲团，对门墙上张挂两幅绢屏，左边绢屏上写着："学而不思则罔，思而不学则殆"；右边绢屏上写着："温故而知新，可以为师矣"。孔丘坐于书案之后翻阅竹简。宋凤自外入，长发松松挽就，铅华淡淡妆成，足蹬软皮高底靴，颤悠悠走到孔丘身后，道："这么好的天气，也不出去走走？"孔丘略一犹豫，道："待看完这一卷如何？"宋凤道："自从我进孔府，迄今已经两月，我看你翻来覆去读这《诗》，也不知读了多少回。这《诗》上的诗章总共也不过三百来篇，你跟南宫季子读了两三年，自己开门授徒又教了三四年，难道还不曾读厌？"孔丘听了不悦，道："这《诗》上的诗章，篇篇寓意深刻，每读一回，皆可有不同的心得，怎会令人生厌？"宋凤笑一声，道："这些诗章，我也不是没有读过，哪有什么深不可测的奥妙？'寓意深刻'云云，只不过是书呆子的胡思乱想。"孔丘放下手中竹简，忿然道："你从哪听来这些俗不可耐的话？"宋凤听了冷笑，道："你说我'俗'？你以为你'雅'？我倒要做几件'雅'事让你看看！"宋凤说罢，怒气冲冲而出。

黄昏时刻，曲阜斗鸡苑内灯火辉煌，雕梁画栋，气派非凡。十六座斗鸡场分四行排开，场作圆形，场地铺沙，周围一圈松木挡板，挡板之外松木搭成层层看台。斗场中两鸡飞腾搏斗，气氛紧张；看台上人头涌动，喊声震天。一场格斗终了，斗场中败者流血伏倒沙地，胜者振冠展翅高鸣。看台上赌败者唉声叹气，懊恼不迭；赌胜者欢腾雀跃，兴高采烈。一拨伙计下场清理场地，另一拨伙计开盘收取赌金，片刻之后，但听得两声锣响，另两只斗鸡飞下斗场，看台之上立时又响起一片呼叫之声。

季孙意如从大门外入，宋凤从左边第二个看台退下，两人不期而遇于通道之中。季孙意如拱手施礼道："多日不见，宋君想是又有了什么新的消遣？"宋凤拱手还礼道："哪有什么消遣？只是在家中闷坐！"季孙意如笑道："休要讲笑，宋君怎生坐得住！"宋凤道："既为人妇，坐不住也得坐！"季孙意如听了一惊，道："宋君出嫁了？谁有这等福气？"宋凤道："你难道不曾听说孔丘娶妇？"季孙意如道："孔丘娶妇倒是听说了，只是没想到孔丘娶的竟然是你。"宋凤嗔道："怎么就不能是我？"季孙意如道："宋君好福气。"宋凤道："此话怎讲？"季孙意如笑道："孔丘相貌端正、身材魁伟，听说骑马射箭也皆是高手，难道不是大好夫婿？"宋凤冷笑一声，道："岂止如此！《诗》《书》《礼》《乐》也无不精通。仅《诗》就不知道读过多少遍，不用说顺背滚瓜烂熟，就是倒背，也如落花流水，挡不住、斩不断。"季孙意如听了一怔，道："既然如此，宋君怎么好像并不快活？"宋凤道："怎么不快活？不快活能到你这斗鸡苑来消遣！"季孙意如笑道："怎么又成了我的斗鸡苑，这斗鸡苑岂是我季孙意如开的？"宋凤又冷笑一声，道："这斗鸡苑虽不是你季孙意如开的，要是没有你季孙意如这般贵客捧场，这斗鸡苑还不早就关门大吉了？"季孙意如道："宋君今日一准是输多了，没事找人撒气。"宋凤道："找人撒气也得看是谁，谁敢在季孙意如头上撒气？"季孙意如笑道："别人也许不敢，宋君怎么不敢？"宋凤嗔道："少在我宋凤身上占便宜，小心孔丘把你当做箭靶。"

　　孔府膳房之内，正面墙上一块木牌，牌上刻着："食不厌精，脍不厌细。肉不宜多，唯酒无量，不及乱而已。"木色蜡黄，字填深绿。中央一张白木食几，几上浆、酒、菜、肴陈列有序，孔丘跪坐于食几右侧，对席空虚无人。孔丘口喊一声："春梅！"一名使女应声而入，孔丘道："夫人怎么还不来，快去房里催一催！"片刻之后，春梅返回，道："夫人不在房中。"孔丘听了一怔，道："这么晚了，能在何处？"说罢，顿了一顿，又吩咐春梅道："去把公西总管请来。"片刻之后，公西总管入，孔丘问："夫人何在？"公西总管道："夫人午后即吩咐我备车外出，至今尚不曾归。"孔丘道："夫人不曾说要去何处？"公西总管道："没有。"孔丘略一迟疑，道："你不曾问？"公西总管道："我以为主公知道，所以并不曾问及。"孔丘不及作答，春梅自外入，对孔丘道："夫人回来了。"孔丘道："公西总管请退，回来就无事了。"公西总管拱手退下，孔丘问春梅："夫人从哪回？"春梅道："斗鸡苑。"孔丘听了一怔，道："斗鸡苑？"春梅点头。孔丘道："夫人怎么不来吃饭？"春梅道："夫人要先洗澡，叫老爷自己用饭，不要等她。"孔丘沉默不语。春梅道："老爷还有什么吩咐吗？"孔丘道："这儿不用你侍候，你可以走了。"春梅退下，孔丘举杯独酌。

　　约莫过了半个时辰，宋凤自门外入。孔丘举目看宋凤：退了粉脂，去了首饰，长发半湿，用素白丝巾系作马尾，身披一袭墨绿长裙，腰系一条鸦青丝绦。宋凤在对席坐下，将几上杯盘扫了一眼，唤道："春梅！"春梅应声入。宋凤道："酒浆菜肴皆已冷了多时，叫厨下重备热的来换过。"春梅唯唯退下。孔丘道："冷了既不能将就，热的时候怎么不来？"宋凤道："热的不是时候。"孔丘道："什么叫'热的不是时候'？"宋凤道："你不见我有别的事情吗？至于'将就'吗？吃饭不将就，不正是遵守'食不厌精，脍不厌细'的准则么？"孔丘不答，只顾喝酒。宋凤用手一指墙上的木匾，又道："那匾上的话是你自订的教条，还是孔府祖传的家训？要是你自订的教条，你叫我将就，就是自己打自己的嘴巴。要是祖传的家训，你叫我将就，岂不是不孝？"孔丘放下酒杯，作色道："吃饭就应当按时入席，有什么事比吃饭更重要？"宋凤道："吃饭是俗事，我宋凤干的可是雅事。"孔丘冷笑道："你以为我不知道你去干的是什么事？斗鸡是什么雅事？"宋凤道："《诗》曰：'风雨如晦，鸡鸣不已，既见君子，云胡不喜？'《诗》以鸡比君子，怎么不是雅事？"孔丘忿然道："这哪是拿鸡比君子，更何况这《诗》上所说的鸡也不是斗鸡。"宋凤道："《诗》曰：'六月沙鸡振羽。'这张开翅膀在沙上飞腾的鸡，难道也不是斗鸡？"孔丘道："不学无术，一知半解。是'莎鸡'，不是'沙鸡'，'莎'上有个草头。'莎鸡'是只虫，根本不是鸡。"宋凤道："你是胡搅蛮缠！明明写的是'鸡'，却偏偏说是'虫'。"两人正吵着，春梅领童子捧托盘入，帮着童子将食几上浆酒菜肴一一撤换。俟春梅与童子退下，孔丘道："'莎鸡'就是俚语所谓的'纺织娘'，自然是只虫。"宋凤道："我要吃饭了。你不是叫人'食不语、寝不言'么？你爱说什么，随你去说，恕不奉陪。"孔丘听了，气忿不过，道："利口匹妇！"说罢，站起身来，拂袖而去。

次日一早，孔府议事厅中，孔丘衣冠整齐，盘坐于几案之后，公西总管自外入，拱手请安毕，问道："主公唤我有何吩咐？"孔丘道："速备车马。"公西总管道："敢问主公要去哪？等会儿夫人起来问及，我好有个答复。"孔丘道："阙里山庄。"公西总管道："当日赶回么？"孔丘道："今晚不回。"公西总管稍一犹疑，道："明日回？"孔丘摇首，道："回之前自会告你。"

当日稍后，孔府膳房之内，宋凤身披晨衣，盘坐于食几之后，春梅侍立一边。童子捧托盘入，将浆汤、点心一一放置几上。宋凤道："按时入席的，怎么还不见来？"春梅面现不解之色。宋凤见了一笑，道："我是说老爷怎么还不见来？"春梅道："老爷好像是出去了。"宋凤听了一怔，道："出去了？这么早能去哪？"春梅摇头。宋凤正要发话，公西总管自外入，拱手向宋凤请安，宋凤劈头问道："老爷出去了？"公西总管道："是。"宋凤道："到哪去了？"公西总管道："阙里山庄。"宋凤道："阙里山庄？什么时候回来？"公西总管道："老爷不曾说。"宋凤作色道："你难道不会问？"公西总管道："我问了。"宋凤道："老爷难道不曾回答？"公西总管道："老爷说回来之前会通知我。"宋凤略一沉吟，道："两个月来，这阙里山庄他少说也去过三次了，我倒要去看看那山庄里究竟有什么好事在等着他。备车！"公西总管唯唯，遑然退下。

一辆黑色马车出了陬邑大门，不紧不慢往阙里山庄方向而去，车厢里坐着宋凤与春梅。宋凤右手捉一柄象牙如意，左手掀开车窗锦帘探头望了一望，放下窗帘，用象牙如意捅一捅车厢的前板，喊道："跑快些！"车夫听了，将手中马鞭猛甩两下，马车陡然加速。宋凤突然觉得一阵恶心，不及呼喊，低头大吐。春梅见了大惊，一边用手捶打车厢厢壁，一边大声喊道："快停车！快停车！夫人病了！"

午后孔府客厅，孔丘与一老者分别跪坐于主客之席。老者道："夫人只是有身，并无疾病。"孔丘听了大喜，道："原来如此。"老者道："不过昨日夫人略受惊恐，胎气稍动。"孔丘道："然则还请先生斟酌处方。"老者道："处方倒不必，不过，从今之后须令夫人顺心适意，切不可再受惊恐。"孔丘送走医师，返回寝院。寝院位于书房之后，四面青砖围起，别成一院落。进门一块硕大青石，石上刻"居无求安"四个篆字，青石两旁各生一丛紫竹。绕过石与竹，一条石铺小径将院子一分为二。石径左边三株槐树，右边两株柞树，树干粗壮，冠盖相望，石径坐北朝南排开五间平房。

宋凤斜卧在榻，春梅侍立于锦帐之前。孔丘自外入。宋凤道："医师怎么说？"孔丘道："医师说你并无疾病，不过有身。"宋凤道："这我早已知道。医师还说什么来着？"孔丘道："医师还说，胎气稍动，切不可再受惊恐。"宋凤道："我怎么受的惊恐？还不是因你不安分在家！"孔丘道："我这不是当晚就赶回来了吗？"宋凤道："我要是不病，你会赶回？"孔丘道："有身并非是病。"宋凤道："讨厌！就会挑剔字眼。从今日起，你给我好好在家呆着。"孔丘道："在家坐不住的，原本不是我。"宋凤勃然大怒，坐起身来，指着孔丘的鼻子道："怎么？又要同我吵？你是不是又想惊动胎气？"孔丘道："阿凤千万息怒，我不过是就事论事，并无责怪之意。"宋凤鼻子里哼了一声，伸手摸摸肩膀，道："肩膀酸疼，想是让马车给颠的。"春梅凑上前，道："让我来给夫人捏一捏。"宋凤道："春梅！我没叫你。老爷既然在，这儿用不着你。"春梅唯唯退出，孔丘却站立不动。宋凤道："怎么还不动手？难道还要讲什么男女授受不亲之礼不成？"孔丘无可奈何，走到宋凤身后，伸出双手，按在宋凤肩头，捏不过三下，宋凤大叫："啊哟！你的手怎么这么重？难道想把我捏死不成？"孔丘听了，赶紧缩手轻捏。捏不过数下，宋凤又喊道："怎么这么轻？一点感觉都没有。春梅！还是你来。老爷没轻没重，笨得伤心！"春梅应声入，孔丘忿然而出。

宋凤与姜姬相向盘坐于白木几案之后。姜姬笑道："恭喜凤妹有身。"宋凤道："接连呕吐了好几回，难受死了，有什么可喜的？"姜姬道："多少人盼这呕吐还盼不来！你可真是得了便宜还要说风凉话。"宋凤道："得了什么便宜？"姜姬道："你是真不知道呢，还是装傻？"宋凤道："知道什么？又装什么傻？"姜姬笑道："这书看来是真的不能读。你说仲尼是个书呆子，我

43

看你也是个书呆子。"宋凤用手指着自己的鼻子，笑道："我是书呆子？我怎么呆？"姜姬道："女人想要固夫婿之宠，就得早早生个儿子，这都不明白，难道不是呆？"宋凤道："有身不等于有子。"姜姬道："又焉知不是？况且既已有身，只要心诚，就会得子。"宋凤道："怎么叫心诚？怎么叫心不诚？"姜姬道："我说你呆，你还真呆。祈祷就是心诚，不祈祷就是心不诚。"宋凤道："我从来不曾干过祈祷这种傻事。"姜姬道："只有你这种读书读得太多了的人才以祈祷为傻。书读多了，只信书，不信神。不信，所以不灵，并非祈祷不灵，要是都不灵，还有谁去祈祷？"宋凤想了一想，道："管它灵不灵，试试倒也无妨。"姜姬道："这才是句聪明话。"宋凤道："祠庙多多，哪个祠庙最有灵验？"姜姬道："原来人人都去壶头集的集神祠，如今尼丘神祠香火转盛，你何不去那儿试试？"宋凤略一迟疑，道："仲尼肯定又要笑我俗。"姜姬道："我想不会。"宋凤道："为什么不会？"姜姬笑道："听说这尼丘神祠的香火之所以转盛，乃是因仲尼重修祠庙所致。"宋凤笑道："不会吧？仲尼开口闭口'敬鬼神而远之'，怎么会去干这种俗事？"姜姬道："我是听你姊夫说的，信不信由你。"

宋凤送走姜姬，不回寝院，却折回孔丘书房。孔丘正盘坐于书案后弹琴，见宋凤进来，把琴停了。宋凤道："今日怎么不去《诗》中觅心得？"孔丘不予理会，却道："姜姬走了？"宋凤也不予理会，却道："我问你：那尼丘神祠可是你重修的？"孔丘道："不错。怎么了？"宋凤笑道："怎么了？想不到你这么个雅人，竟然会去干那种俗事。"孔丘道："遵奉先母之遗命，只能谓之'孝'，怎得谓之'俗'？"宋凤道："先母怎会有此遗命？"孔丘道："先母因祷于尼山而生我，所以命我重修尼山神祠。"宋凤大笑，道："我明白了，你之所以名'丘'，字'仲尼'，原来如此！"孔丘道："这有什么可笑？"宋凤道："我笑你书呆子一个，没想到还居然有点来头。"孔丘不耐烦地道："什么来头不来头？"宋凤道："因祈祷而出生，难道不是有点来头？"孔丘笑道："哪是因祈祷而出生，不过先母这么说罢了。"宋凤道："你是说：先母说谎？"孔丘道："胡说！先母怎会说谎！先母确信如此。"宋凤道："那你是说：先母迷信？"孔丘道："胡说！先母怎会迷信？先母不过，不过……"宋凤笑道："不过怎样？想不出词了？怎么不说：先母不过诚信。"孔丘笑道："说得好。正是如此。"宋凤道："那我明日也去诚信一回。"孔丘道："什么意思？"宋凤笑道："还不明白什么意思？真是个呆子！我是说：我明日去尼丘神祠祈祷一回。"孔丘道："为什么事祈祷？"宋凤道："你是祈祷来的，你儿子也是祈祷来的。"宋凤说罢，施施然退出书房。孔丘摇头，叹气。然后重新弹琴，一边低声唱道："唯女子与小人难养也！"

尼丘神祠门前，人马络绎不绝。一辆黑色马车在门前空地停下，春梅跳下车厢，扶持宋凤下车。宋凤抬头看那神祠大门：石檐高翘，石柱挺拔，门边两尊石雕麒麟栩栩如生。石门横梁之上刻着"尼丘神祠"四个大字，石头纯白，字填鲜红。宋凤随人流迈进大门，举目一望，原来是个花园。园中一片松柏，一座石山，石山之前一泓池水，一条白石板桥跨过池水，通往里院。宋凤走到石板桥上，一条金色鲤鱼忽然跳上桥来，不偏不倚，正好落在宋凤长裙之上，把裙裾溅湿。春梅见了，急忙跑上前来，把鲤鱼扑下水去，周围的人见了，无不拍手称奇，都说是个好兆头。宋凤本来吃了一惊，听见众人如此说时，也就不禁喜形于色，不顾那裙湿，疾步行入里院。

里院门口一排小贩摊位在卖香火。宋凤挑了一把最贵的线香，叫春梅拿着，主婢二人跟着人流，走过一条宽阔的石径，登上十二级石阶，穿过走廊，迈过大殿门槛。殿内人头涌动，宋凤与春梅等了半晌，好不容易才等到一席空位。春梅先把线香点燃，在香台上插好，再扶宋凤在蒲团上跪好，退到一边。宋凤拱手拜了三拜，口中轻声念道："尼丘山神既已令颜峑得孔丘，何不再令宋凤为孔丘得子！宋凤来时，有鲤跃上我裙，定是吉兆。既得子，当以'鲤'为名，以'伯鱼'为字。"春梅在边上听了，不禁掩口而笑。宋凤祈祷毕，站起身来，退出殿外，春梅紧跟在后。宋凤道："你方才笑什么？"春梅道："人家祈祷，无不战战兢兢，如履薄冰，言辞恭敬，唯恐冒犯。夫人祈祷，却盛气凌人，颐指气使，所以不禁失笑。"宋凤笑道："你从哪儿拣来这些文雅之辞？"春梅道："跟随夫人这么多年，想不拣几个文雅之辞都难。"

数月之后，孔府寝院中槐柞之树由绿转黄，阳光射在宋凤卧室外的走廊，宋凤大腹便便，斜躺在榻，姜姬坐于榻边。姜姬道："仲尼不在？"宋凤道："去了霸桥。"姜姬道："真的去了霸桥？"宋凤撇嘴一笑，道："难道还是假的？"姜姬不以为然地道："你看见了？"宋凤道："我虽没有看见，难道你看见他去了别的地方？"姜姬道："那倒不曾。什么时候回？"宋凤道："明日。"姜姬道："明日？那今晚在哪过夜？"宋凤道："在阙里山庄。"姜姬道："阙里山庄可有女人？"宋凤笑道："没有。看你疑神疑鬼的！"姜姬道："我疑神疑鬼？男人就是男人，你不行时，你就得提防他在外面另找女人。"宋凤道："腿在他身上，叫我怎么提防？"姜姬道："你把我的话当笑话听，等外面的人进了门，你就知道不怎么可笑了。"宋凤略一迟疑，道："你有什么办法？"姜姬道："食色，性也。硬挡是挡不住，你难道不会在家

里给他找一个?"宋凤道:"你是说让他纳春梅为妾?"姜姬道:"春梅本是
媵婢,媵婢虽无妾的名义,其实就是妾。春梅是你多年的使女,即使有了妾
的名义,也绝不敢跟你分庭抗礼。你不让他纳春梅为妾,他到外面自己去找
个妾进来,就不是你好对付的了。"宋凤道:"春梅本当是妾,这我知道。他
要是去碰春梅,我也不会阻拦,只是他自己没有这意思,难道要我替他们做
成不成?"姜姬道:"有什么不成?"宋凤想了一想,道:"你有什么好主
意?"姜姬道:"他睡觉之前喝不喝酒?"

　　数月之后,孔府寝院,宋凤卧房之内灯火通明。宋凤仰卧在榻,口中
"啊哟"之声不绝。三两妇人在榻旁忙于接生,春梅侍立帐前。隔壁宋凤起
坐间里也是灯火通明,孔丘徘徊不已。突然,一阵婴儿啼哭之声传来,孔丘
喜形于色。春梅怀抱婴儿出,道:"恭喜老爷得子!"孔丘道:"阿凤如何?"
春梅道:"老爷放心,夫人平安。"孔丘道:"我昨日已经想好:生女,则名
'朗';生男,则名'朔'。"春梅道:"夫人早已将名与字一并取好,名
'鲤',字'伯鱼'。"孔丘听了一怔,道:"我怎么不知道?这名字于意何
取?"春梅道:"上次夫人去尼丘神祠,有鲤鱼跃于夫人之裙,夫人于是许愿
如此。"孔丘听了不悦,道:"这取名字何必许愿?"春梅道:"怎么?难道
有什么不妥?"孔丘尚未作答。隔壁传来宋凤的声音道:"老爷的名字也是许
愿得来的,有什么不妥!"春梅轻声问孔丘:"当真?"孔丘低头不语。

　　曲阜斗鸡苑内,人声鼎沸。宋凤与姜姬在看台上观战,一个二十五六女
子施施然自门外入。宋凤看那女子:发挽玉髻,耳垂金环,身着一袭猩红绣
白花长裙,腰系一条镶金白丝绦,风采卓绝。宋凤用胳膊肘捅一捅身旁的姜
姬,轻声道:"你看这女人!"姜姬正目不转睛地盯着场中,心不在焉地道:
"什么女人?"宋凤又用胳膊肘一捅,道:"你看呀!"姜姬扭头看时,这女
人正好走过台下。姜姬挥手一笑,喊道:"季姒!"被称作季姒者,闻声猛一
回头,见是姜姬,笑道:"我道是谁,吓我一跳!"姜姬笑道:"又不是偷着
出来,谁能吓着你?"季姒笑道:"休要胡调!"姜姬侧身,让出个位子,道:
"还不上来?"季姒摇头道:"我已约了从姊在里面看台相会,改日再相奉
陪。"

　　季姒说罢,向姜姬挥一挥手,顺着通道往里边去了。宋凤目送季姒走远
了,对姜姬道:"你认识她?"姜姬不答,却道:"你方才大惊小怪地捅什
么?"宋凤道:"你不觉得她特别?"姜姬笑道:"我又不是男人,怎么会觉
得她特别?"宋凤道:"此话怎讲?"姜姬笑道:"男人没有一个不想打她的

主意。"宋凤笑道："你又不是男人，你怎么知道？"姜姬道："你难道还不能从男人的眼神里看出来？"宋凤道："她究竟是谁？"姜姬道："齐大夫鲍文子之女，鲁公从兄季公鸟的未亡人。"宋凤道："一个寡妇还这么水灵！"姜姬笑道："寡妇并不等于守寡。"宋凤笑道："你是说她在偷？"姜姬道："这可是你说的。"宋凤道："是个什么样的人？"姜姬道："你可千万别传出去。"宋凤道："我能往哪传？"姜姬笑道："听说是个不仅能，而且是个招之即来，挥之即去的人。"宋凤笑道："休要拿我取笑！我只是说着玩。"姜姬道："谁拿你取笑！你是说着玩，她可是玩真的！"宋凤道："她上哪去找这么个人？"姜姬道："就在她家里。"宋凤听了一怔，道："家里？"姜姬道："不错，听说就是她的司厨。"宋凤笑了一笑，道："原来如此，她倒挺会省钱。"姜姬道："此话怎讲？"宋凤笑道："司厨本来只管厨房里的事，现在却兼管卧房里的事，令一人而身兼司厨、司卧两职，难道不是挺会省钱？"姜姬听了大笑不止。

宋凤从斗鸡苑回孔府，卸了妆，洗过澡，来到膳房，却见孔丘早已坐在席上，心中吃了一惊。宋凤在席上坐下，道："你不是说明日才回么？"孔丘道："就不能早回？你又干什么去了？"宋凤道："同姜姬一起出去散散心。"孔丘道："散心是假，散出一身鸡毛来是真！"宋凤道："那斗鸡苑也是个社交场所，当朝权贵经常在那儿会面。"孔丘道："你都看见谁了？"宋凤道："季孙意如、臧孙季子、后孙昭伯、季公鸟等等都是那儿的常客。"孔丘道："胡说八道！季公鸟早已作古，你什么时候在斗鸡场看见他？"宋凤支吾道："我不是说季公鸟，我是说季公鸟的未亡人季姒。"孔丘道："季姒？你什么时候看见她？"宋凤道："我方才还看见她？怎么了？你也想见她？"孔丘道："笑话！我为什么想见她？"宋凤笑道："听说男人都想见她。"孔丘道："我看你是喝醉了。"宋凤道："反正你也别想打她的主意，她已经有人了。"孔丘道："她有什么人？又在胡说八道！"宋凤笑道："她用司厨兼司卧，你说她是不是已经有人了？"孔丘听了，先是一愣，道："什么'司卧'？"继而笑道："亏你想得出这么个说法！你这话是听谁说的？"宋凤道："听谁说的？我不是在胡说八道吗？"孔丘起身，道："不同你胡搅蛮缠！"

孔府客厅之中，孔丘与公山不狃相对跪坐，孔丘道："你今日如何得闲来此？"公山不狃道："贱内应季公鸟的未亡人季姒之邀，来曲阜玩耍几日，要我相陪，我遂趁便相过，并非专程造访，失敬得很。"孔丘道："岂敢！岂敢！不知你夫人与季姒如何称呼？"公山不狃道："贱内鲍缙乃季姒之从姊。"孔丘道："原来如此。"公山不狃道："你与季姒相识？"孔丘摇头道："不曾谋面，只闻其名。"公山不狃含笑不语。孔丘笑道："我可没有那个意思。"公山不狃笑道："'那个意思'是什么意思？"孔丘道："季公鸟死后，其家政由其弟季公若主持，我只是听季公若说起过季姒，如此而已。"公山不狃道："仲尼同季公若熟识？"孔丘道："只是偶有往来，并无深交。"公山不狃笑道："听说季公若与季姒的家臣申夜姑对季姒都颇有'那个意思'，只是相互碍着手脚，所以皆不能成其好事。"孔丘道："季公若看起来像个正人君子，应当不会。况且，我听说季姒已另有其人。"公山不狃道："什么人？"孔丘道："听说是其司厨。不过，这也只是道听途说之言，切莫外传，以免坏了人家清白。"公山不狃道："这个自然。"顿了一顿，又道："鲁公公族与三桓之间早晚会有一场恶斗，你同季公若等人来往多了，小心被三桓误以为是公族之党。"孔丘道："三桓也不是一块铁板，我看仲孙貜与叔孙诺都是正人君子，只有季孙意如颇有野心。"公山不狃道："此说甚是。不过，仲孙貜与叔孙诺都已经老了，季孙意如却还年轻，你正须小心提防着他。"孔丘道："多谢关照。"公山不狃起身告辞，道："还得去接贱内，恕不能久留。"孔丘也站起身来，道："如今你我都已有了家室，不比当年，否则，我一定留你在弊舍小住一两日。"

　　季公鸟府第季姒起坐间内，季姒与鲍缙相对而坐。一个三十来岁男子，眉目清秀，身材魁梧，头缠青巾，大步自外入，拱手问季姒："今晚既有客，敢问菜肴如何安排？"季姒问鲍缙道："子泄是否来此用晚膳？"鲍缙道："子泄另有约会，饭后才会来接我。"季姒道："子泄既然不来，你我何不到外面酒楼去用餐？"鲍缙道："随你怎样安排。"季姒挥手，男子拱手退下。鲍缙目送男子出门，轻声问道："这就是那个司厨？"季姒道："司厨就是司厨，什么'那个司厨'？"鲍缙道："别人都知道了，你何必还瞒我？"季姒听了，略显恐慌，道："别人是谁？知道了什么？"鲍缙道："道听途说的人你不用担心，你想想看有谁可能确实知道？"季姒略一沉吟，道："只有府中总管申夜姑可能。"鲍缙道："你怎么不把他辞了？"季姒道："他深得季公若信任，不得季公若同意，我做不了这主。"鲍缙道："你要是辞不掉他，早晚要给你惹麻烦。"季姒道："你有什么主意没有？"鲍缙想了一想，道："你要是能得季孙意如之助，则何愁去不了申夜姑？"季姒想了一想，道："有了！不过还得请你帮个忙。"鲍缙笑道："男人见了你，一个个垂涎三尺，要我帮什么忙？"季姒笑道："休要胡调！季孙意如不合我的胃口。"鲍缙道："你不想让季孙意如得点便宜，那你凭什么叫他帮你的忙？"季姒道："凭两点。"鲍缙道："哪两点？"季姒道："第一，他讨厌季公若。第二，他宠信秦遄。"鲍缙道:"他宠信秦遄跟你有什么关系?"季姒道:"秦遄之妻乃季公鸟、季公若的异母妹,同我要好得很,却正好与季公若不和。"鲍缙道:"你既有了这条内线,还要我帮什么忙?"季姒不答,却对外喊道:"阿琴!"一个使女自外入,拱手道:"夫人有何吩咐?"季姒道:"去秦大夫家传个口信,说我约秦姬明日未时在浣花池见。"阿琴拱手退下。季姒对鲍缙道:"要你帮我做点证据。"鲍缙道:"什么证据?怎么做?"季姒捋起两只衣袖,道:"吃过晚饭回来,你把我两只胳膊都抓破。"鲍缙道:"那你还怎么去浣花池洗澡?"季姒笑道:"就是要洗不得。"

曲阜浣花池内,一间宽敞的大厅,四壁皆镶柚木护板,中央一池温泉,周围一圈几案与木榻,榻上铺猩红锦褥,三五女人在池中闭目养神,六七个使女在池旁侍候。雕花木门开处,季姒进入。听见门声,池内一个女人睁开眼睛向门口张望。季姒走到池边,冲这女人挥一挥手,道:"秦姬!我来晚了。"秦姬见季姒发挽玉髻,身披墨绿绣花长裙,脚蹬高底皮靴,道:"你怎么还不去换了浴装来?"季姒支吾道:"我今天恐怕是洗不成了。"秦姬笑道:"怎么?难道是来了那个?"季姒摇头,突然掉下两滴眼泪。秦姬见了,吃了一惊,道:"怎么了?"季姒不语,却轻轻撩起双袖。秦姬举目看时,见季姒双臂条条血痂。秦姬大惊道:"谁欺负你了?"季姒道:"除去申夜姑,还能是谁!"秦姬道:"你是说申夜姑竟然对你动手动脚?"季姒点头。秦姬道:"简直是个畜生!你告诉公若没有?"季姒又点一点头。秦姬道:"他怎么说?"季姒道:"我叫他把申夜姑赶出去,他不仅不肯,反倒怪我不好。"秦姬道:"他怎能怪你?"季姒道:"他说:谁叫我媚态横生,引得男人个个垂涎三尺,连他自己也按捺不住。"秦姬忿然道:"岂有此理!"季姒不语,从裙袖中掏出手帕,捂住双眼,轻声抽泣。秦姬见了,唤一声"茜茜",一名使女应声过来,扶秦姬起身出池,用浴巾将秦姬裹起。秦姬搀扶季姒到池边木榻上坐下,说道:"这样下去还了得!"季姒泣道:"全凭你与秦大夫与我做主。"秦姬道:"你放心,这次我绝不放过他!"池中一个女人睁开眼,向季姒与秦姬这边望了一眼,又继续闭目养神。季姒道:"那人是谁?我前日在斗鸡院见她与姜姬在一起。"秦姬道:"你说哪一个?"季姒欲用手指点时,却见那人没入池水之中,往水池对岸走去。

季孙意如议事厅内,季孙意如与秦遄相对跪坐于主客之席,季孙意如道:"你今日来得早。"秦遄道:"因为想在众客到来之前谈件私事。"季孙意如道:"什么私事?"秦遄道:"季公若无礼。"季孙意如道:"什么事又同秦姬争吵?"秦遄道:"这回倒与贱内无关。"季孙意如道:"然则何事?"秦遄道："申夜姑非礼季姒，季公若不仅袒护申夜姑，而且自己也出言调戏。"季孙意如道："可有证据？"秦遄道："贱内亲见季姒手臂上伤痕。"季孙意如微微一笑道："这申夜姑不仅是季姒的管家，而且也是季公若的谋主，多次怂恿季公若同我作对。我早就想去掉此人，只愁没有把柄，想不到今日他自己授我以柄。"秦遄道："季孙打算怎么处置？"季孙意如道："你去帮季姒写一状辞，我自会责成司寇严办。"

孔丘在书房刚刚就座，听得门外脚步声，抬头一望，见是宋凤。宋凤进门，劈头就道："都是你惹的祸。"孔丘听了一怔，道："我又怎么招惹你了？"宋凤道："方才来的可是季公若？"孔丘道："是又怎样？"宋凤道："季公若可是为申夜姑的事而来？"孔丘道："不错。"宋凤道："申夜姑的祸，难道不是你惹的？"孔丘道："申夜姑与季姒之间的纠纷与我何干？"宋凤道："你可将季姒私通司厨的话告诉公山不狃？"孔丘道："这话本是你说的。"宋凤道："我可要你把这话传给公山不狃？"孔丘道："我特别叮嘱公山不狃，不可将这流言随意乱传。"宋凤道："传给自己的夫人可算是随意乱传？"孔丘道："鲍缯乃季姒之从姊，即使公山不狃将这流言传给鲍缯，难道鲍缯会张扬出去以中伤其从妹？"宋凤道："这流言早已流传在外，何须鲍缯张扬？"孔丘想了一想，道："你的意思是说：鲍缯会将这流言传给季姒？"宋凤笑道："这么想还差不多。"孔丘笑道："既然是'还差不多'，自然是还有些差错，不知差在哪？"宋凤道："这些流言要是空穴来风也罢，就怕并非是流言。"

孔丘听了，站起身来，道："你的意思是说：身为季府总管的申夜姑最有可能发现季姒私通司厨这秘密，所以季姒要杀他灭口？"宋凤笑道："所以我说都是你惹的祸。"孔丘沉吟不语。宋凤道："季公若之来，可是来求你帮忙？"孔丘道："不错。他知道我在季孙意如面前说不上话，但他知道我同仲孙大夫关系不错，又以为仲孙大夫可以向季孙意如施加压力，免申夜姑一死。"宋凤道："你没有答应？"孔丘道："没有。"宋凤道："因为你不愿蹚这浑水，又以为这事与你无关？"孔丘道："不错。"宋凤道："如今你又想改变主意了？"孔丘道："这祸既是我惹的，我总不能见死不救吧？"宋凤道："即使你肯去找仲孙大夫，也无济于事。"孔丘道："你是说：我不能证明申夜姑无辜？"宋凤道："不仅止此。"孔丘道："愿闻其次。"宋凤道："大夫秦遄如今深得季孙意如信任，而季姒已得秦遄之助。"孔丘道："你怎么知道？"宋凤道："前日我在浣花池亲见季姒与秦姬交头接耳，季姒必然是通过秦姬打通秦遄的关节。"孔丘道："原来如此。"宋凤笑道："还不仅止此。"

孔丘听了一怔，道："难道还有奥妙？"宋凤道："不错。这申夜姑不仅是季姒的管家，也是季公若的谋主，季孙意如早就想去之而后快，季姒这次不过为季孙意如提供了一个方便的借口。"孔丘道："这些事情你都从哪听来？"宋凤道："除了姜姬，还能有谁？"孔丘听了，叹了口气，道："女人真是有女人的办法！"说罢，顿了一顿，又道："如此说来，这祸虽是我惹的，我也只有撒手不管了？"宋凤笑道："你也不必心里过不去，申夜姑与季公若并不是什么正人君子。"孔丘道："说话不能这么随便，你说这两人都不是正人君子，有何根据？"宋凤笑道："据姜姬说，这两人都对季姒垂涎三尺。"孔丘道："怎么又是姜姬？听你这口气，她好像无所不知？"宋凤道："你不是刚才还说'女人真是有女人的办法'么？姜姬不仅是女人，而且是女人中的女人！"

第四回　齐公冒雪访孔　晏子借桃杀英

雪原莽莽，雪花飘飘，万籁俱寂。突然，号角之声四起。旌旗招展，画戟遥临，一片人马黑压压自天际浮现，由远而近，十数条猎犬叫嚣奔腾而过，当先之人，面如冠玉，眉长目秀，颧高口阔，颌下一把浓髯，头戴玄貂冠，腰系紫玉带，骑一匹火红卷毛马，后面追来一匹黑马。骑马者身材短小，其貌不扬，骑在马上的人高声喊道："齐公！齐公！主公与臣等皆已误入鲁境！"齐公把手上缰绳一抖，坐下骑前蹄并举，顿时站住，远处人马纷纷停住，齐公道："当真进了鲁境？"晏婴兜转马首，用手上马鞭向后方一指，道："那山头便是齐、鲁边界的分水岭。"齐公扭头，顺着晏婴手指的方向望去，但见远远一座山头隐约于茫茫白雪之中。齐公道："晏子如何能识得这分水岭？"晏子道："臣并不能，乃是鲁国封人告臣如此。"齐公道："鲁国的封人何在？"晏子道："臣已经把他打发走了。"齐公听了不悦，道："寡人因狩猎而误入邻境，传出去岂不贻笑诸侯？你怎么随便就把鲁国的封人给打发走了？"晏婴道："臣并不曾随便。"说罢，策马向前，对齐公一番耳语，齐公听毕，皱眉舒展。

当日晚间，曲阜仲孙貜客厅之内，仲孙貜跪坐于主位几案之后，叔孙诺跪坐在对面客席之上。仲孙貜道："雪夜造访，不知有何见教？"叔孙诺道："夜间相扰，深不自安。只缘事关重大，不敢有所耽误。"仲孙貜听了，吃了一惊，道："什么大事？"叔孙诺道："齐公现已入鲁，正在我的封邑境内，方才遣使者来，说要与我以甥舅之礼相见。"仲孙貜道："原来如此，我还以为是出了什么大事。齐公之母，乃叔孙侨如之女，叔孙侨如是你伯父，所以齐公与你，本来是甥舅，有什么值得如此大惊小怪的？"叔孙诺微微一笑，道："齐公与我为甥舅，我难道还不知道？"仲孙貜道："你是猜不出齐公为何不请自来？"叔孙诺道："这我倒也猜出来了。齐公近三日来一直沿鲁境狩猎，今日忽然冒雪而来，必因风雪迷路所致，要与我见之以甥舅之礼云云，不过在于掩盖误入鲁境之失而已。"仲孙貜道："你是想问我：如此相见是否合礼？"叔孙诺道："不错。不过不只是想知道是否合礼，而且想知道如果合礼，应当用什么样的仪式相见。"仲孙貜笑道："你以为我比你更懂礼？"叔孙诺笑道："那倒不是。不过，我知道你可以帮我去问一个懂礼的人。"仲孙玃道："家叔虽是礼学专家，现在却在周不在鲁，我虽然可以遣人帮你去问，只恐怕是远水不救近火。"叔孙诺道："南宫季子倘若在鲁，我还不自己就去问了，还用得着来找你?"仲孙玃道："那你是说谁?"叔孙诺笑道："你同孔丘来往密切，你以为别人不知道?"仲孙玃笑道："不是以为别人不知道，只是没有想到孔丘的名气已经大到连你也知道了。"叔孙诺道："我叔孙诺知道了算什么?孔丘已经名声在外，上次我出使晋国，晋侯就向我问起过孔丘其人。"仲孙玃道："原来如此，这我怎么一点都不知道?"叔孙诺笑道："你也不必再装傻，听说你逢人就称道孔丘学识渊博，孔丘的声名远播，与你的吹捧根本分不开关系。"仲孙玃笑道："原来如此，这我怎么也一点都不知道?"叔孙诺道："闲话少说。你到底帮不帮这个忙?"仲孙玃道："明日一早你与我一同去阙里山庄走一趟。"

次日午后，阙里山庄大厅之中，孔丘与仲孙玃、叔孙诺三人相对跪坐于主客之席。孔丘道："齐公不请自来，无论是见鲁公，还是见叔孙大夫，于礼皆不合。"叔孙诺道："仲尼的意思是：我须拒而不见?"孔丘道："以礼而言，本当如此。不过，君子行事，当成人之美，不成人之恶。齐公误入鲁境，是失误，想掩盖，用心可嘉。叔孙大夫见齐公，是成全齐公之美；叔孙大夫不见齐公，则是张扬齐公之恶。"叔孙诺道："这么说，我是应该见齐公的了?"孔丘点头。叔孙诺道："敢问相见仪式应当如何?"孔丘道："齐公与叔孙大夫虽为甥舅，但齐公身为齐国之君，叔孙大夫身为鲁国之臣。齐与鲁，乃兄弟之邦。无鲁公之命，叔孙大夫无论以什么样的仪式见齐公，也都于礼不合。"仲孙玃听了笑道："看来叔孙大夫非做一回小人不可。"叔孙诺道："此话怎讲?"仲孙玃笑道："仲尼不是常说：'君子非礼勿动'么?既然君子不做不合礼的事情，叔孙大夫去见齐公，岂不是只能权充小人?"孔丘笑道："那倒也不一定。"叔孙诺道："愿闻其详。"孔丘道："叔孙大夫可以以鲁公使者的身份去邀请齐公来曲阜与鲁公相会，然后叔孙大夫再以鲁国使臣的身份相陪。"叔孙诺道："这主意不错，只是要先征求鲁公的同意。"孔丘道："齐大鲁小，邀得齐公来与鲁公相见，乃是为鲁增光之事，鲁公何乐而不为?"仲孙玃道："只是不知齐公可愿意如此安排?"孔丘道："齐公一心想要掩盖误入鲁境之失，想来也无拒绝之理。"

次日一早，天蓝、云白、风劲。一辆四匹马拉着的马车，晏婴执缰挥鞭，齐公立在晏婴身后。齐公道："你的意思本想与叔孙诺随便见一面就回国，没想到还要如此正式与鲁公相会。"晏婴道："叔孙诺不是个讲究礼节的人，什么'身为鲁臣，不便私见诸侯'云云，准是孔丘教他这么说的。"齐公道："寡人也风闻孔丘之名，想必是个足智多谋之士。寡人此行，如果能见到孔丘，也可算是意外的收获。"晏婴道："孔丘是否足智多谋，臣不敢置喙，讲究繁琐的礼节则肯定不假。"齐公道："讲究礼节也不见得就不好，人人懂礼，这天下岂不也就太平了？"晏婴道："主公自以为可比得上先君桓公？"齐公道："桓公九合诸侯、一匡天下，寡人岂敢与桓公相比！"晏婴道："主公以为晏婴可比得上管仲？"齐公道："桓公之霸业，皆因得管仲辅佐方能成功，寡人以为晏子恐怕也赶不上管仲。"晏婴道："主公自知远不及桓公，晏婴也自知远不及管仲，以桓公与管仲之贤能，尚且不能以礼服人，更何况主公与晏婴？"齐公听了默然。晏婴又道："鲁国介乎齐、晋之间，主公既有心与晋争霸，绝不能让鲁国小觑。"齐公道："晏子的意思是？"晏婴道："主公这次去见鲁公，如果没有什么表示，让外人看了岂不像是鲁国的陪臣，召之即来，挥之即去？"齐公道："然则奈何？"晏婴道："主公何不邀鲁公随主公入临淄，与齐国结盟？"齐公道："鲁人不敢叛晋，一定不肯应允。"晏婴道："田开疆新破徐国，兵威正盛。主公如令田开疆率众自徐北上，不须一日即可入鲁之南境。鲁人出其不意，必然惶恐从命。"齐公想了一想，道："这主意倒也不错。谁可以充使者？"晏婴道："公孙捷有万夫莫当之勇，又是田开疆的结拜兄弟，主公何不令公孙捷身携虎符，扮成猎户，立即赶往徐国，着田开疆即时北上？"

两日后，阙里山庄大厅之内，火盆中炭火"劈啪"作响，孔丘盘坐在几案之后抚琴，无繇侍立于一旁。子丕自外疾步而入，拱手道："门外来了辆四匹马拉的马车，从车上下来两位富商模样的客人。一人身材高大，气宇不凡，却不开口。另一人黑瘦短小，其貌不扬，口称：'晏婴求见。'这'晏婴'难道就是齐相晏婴？弟子不敢断定，遂叫他们在门外稍候。"孔丘道："那气宇不凡的，是否长得有些像前几日来的叔孙诺？"子丕道："不错。夫子何以猜得出？"孔丘微微一笑，道："俗语曰'外甥多像舅'，你难道没有听说过？"孔丘说罢，站起身来，一边整衣襟，一边往外走。子丕听了一惊，道："难道那气宇不凡的，竟是齐国之君？"孔丘道："谁说不是？你两人还不快去厨下备浆？"无繇道："厅子里只有两张几案，齐公与晏子不便同席，是否要去楼上夫子房间里搬一张下来？"孔丘道："不用。晏子虽贵为齐相，既是随同其国君前来，就只是个随员，只当侍立于齐公之后，并无入席就座之理。"

不移时，齐公与孔丘一同踏进庄屋大厅，晏婴紧随在后。孔丘把齐公让到客席，自己立到主位之后，拱手向齐公施礼，齐公拱手还礼，主客双双相向跪坐。晏婴用眼一扫，见厅中并无他席，略一迟疑，疾步趋到齐公之后，垂手恭立。子丕与无繇分别给齐公与孔丘捧上浆汤，垂手退到孔丘之后，分立左右两边。孔丘道："齐公光临弊舍，孔丘不预知，既不能远迎，又不能设宴款待，实在是失礼得很。"齐公道："寡人乃不速之客，是寡人失礼在先，还请先生不与计较。"孔丘道："岂敢。"晏婴道："先生不预朝政而名扬外邦，身居草莽而抗礼诸侯，敢问先生何以能如此？"孔丘尚未作答，齐公抢先道："先生之所以会名声在外，自然是因为贤能非常人所能企及。"孔丘又道一声"岂敢。"晏婴道："窃闻但凡贤能之士，皆因天生资质过人，敢问先生因何而得如此天生资质？"孔丘一笑道："天生既贤且能，固然最好。不过，天生贤能之士，孔丘并不曾见过。"晏婴也一笑道："外人皆道先生是'生而知之'的天才，先生何必故作谦虚？"孔丘道："道听途说之言，何足道哉！以孔丘之见，即使十户之家的村落，也未必没有天生资质胜过孔丘者。孔丘不过略较常人更为好学而已。"齐公道："原来如此，敢问先生之学，以何为专？"孔丘道："孔丘不才，所学泛而不专。"齐公道："听说先生于《诗》《书》《礼》《乐》皆有独到之见。"孔丘道："孔丘信而好古，潜心钻研古简，于是稍有一些心得，如此而已，并谈不上有独到之见。"晏婴道："晏婴虽孤陋寡闻，于《诗》《书》《礼》《乐》也曾留心。窃以为其中所言，皆涉及远古，并不切如今实用。古人云：'生今之世，仿古之道，灾及其身。'晏婴不明先生何以于古情有独钟？"

孔丘听了道："以孔丘之见，'生今之世，仿古之道，灾及其身'这话说的是那些食古不化的人。孔丘之所以好古，旨在从历史中吸取经验与教训，发扬优良之传统，避免重蹈错误之覆辙。如此而已，何'灾及其身'之有？"晏婴闻言不语。齐公道："秦穆公之世距今不过一百来年，不知在先生心目中是否也算得上是历史？"孔丘道："一百年虽然不算久远，毕竟属于过去，自然是历史的一部分。孔丘恰好读过秦国的史记，对于秦穆公的事迹，虽然不能说是了如指掌，倒也略知一二。"齐公道："秦穆公之世，秦国地方既小且僻，秦穆公何以能据之以成霸业？"孔丘道："秦国地方虽小，穆公的志气却远大。秦国地方虽偏远，穆公的行事却正直。"齐公道："仅凭志气远大与行为正直就能称霸诸侯？"孔丘道："秦穆公也极善用人。"齐公道："寡人愿闻其详。"孔丘道："秦穆公的用人之道，有两点非一般人所能及。其一，任人唯贤。"晏婴打断孔丘的话道："何以知其如此？"孔丘道："晋灭虞，俘获虞大夫百里奚，用之为媵陪嫁秦国。百里奚于赴秦途中逃脱，自卖其身为楚人牧马。秦穆公闻其贤能，施计以五张黑羊皮把百里奚从楚赎回，委以秦国之政。百里奚向穆公推荐蹇叔，蹇叔向穆公推荐由余，穆公皆任之为上卿。百里奚贱为媵奴，蹇叔原本一介村夫，由余乃西戎降人，穆公不问其出身而用为卿相，言听计从。就凭这一点，称王都绰绰有余，何况是称霸！"晏婴道："这百里奚的故事虽然娓娓动听，其实不见得可靠。"孔丘道："这事见诸秦国国史，并非道听途说之辞，晏子以为不可靠，难道有什么不为常人所知的根据？"晏婴大笑道："见诸国史记载的事情不一定就是真的，撰书的人可能说谎，抄书的人可能笔误。如此简单的道理，虽三尺童子也知道。"孔丘听了，也发一声大笑道："晏子之言，极其有理。据齐国国史，齐桓公九合诸侯，一匡天下，不知那是撰书人的说谎呢？还是抄书人的笔误？"晏婴听了一惊，支吾其词道："管仲与百里奚同为阶下之囚，秦穆公任用百里奚，与先君桓公任用管仲如出一辙，想必是踵袭先君桓公的故智。"孔丘笑道："踵袭前人的故智，岂非正是吸取历史的经验？可见史书虽不必尽信，也不可尽不信。"

一阵沉默过后，齐公道："方才先生说秦穆公用人有两点非常人所能及，'任人唯贤'是其一，敢问其二？"孔丘道："不委过于下。"齐公道："寡人愿闻其详。"孔丘道："秦穆公曾轻信郑国细作的消息，令孟明视、西乞术、白乙丙三人为将，越晋袭郑，结果全军覆没，大败而归。秦穆公素服郊迎，向三人哭道：'寡人误信谣言，大败如此，皆寡人之过，与你三人何干！'孟明视等感激涕零，奋发图强，四年后终于大破晋军，以雪前耻，令穆公成其霸业。"齐公手捋颔下浓髯道："'任人唯贤'，寡人自以为或许能办得到。至于'不委过于下'，就不好说了。"孔丘道："据孔丘所知，齐公何尝不能'不委过于下'。"齐公听了一怔，道："先生何以知其然？"孔丘道："听说去冬齐公狩猎之时，先遣使者以弓召虞人，虞人拒不受召，齐公大怒，将其捉拿问罪。虞人道：'召虞人照例以皮冠，今使者以弓而不以皮冠，所以臣不敢奉召。'齐公道：'原来如此。'遂将虞人释放。这岂不正是'不委过于下'的例子？"齐公听了一惊，道："如此小事，先生如何得知？"孔丘道："虞人之弟碰巧是孔丘弟子，因而听说。"齐公大笑道："区区小事，何足挂齿！"孔丘道："以小可以观大。小事既能如此，大事为何不能？"

晏婴咳嗽一声，正欲启齿，门外传来一阵犬吠。孔丘抬眼望晏婴，晏婴面有喜色。孔丘对子丕道："去门外看一看，莫非又有客人？"不移时，子丕匆匆返回，禀道："叔孙大夫遣使者至：请齐公速回曲阜。"齐公听了，匆忙起身，孔丘也跟着站起身来。齐公拱手对孔丘道："寡人不请自来，实在是失礼得很。先生何时能来齐国一游？寡人必定虚席候教。"孔丘拱手还礼道："劳齐公枉驾，实孔丘之幸。孔丘早有游齐之意，至于齐公'候教'之言，则委实不敢当之至。"

孔丘送走齐公与晏婴，回到庄屋走廊，跺去靴底残雪，立在廊下看了一回雪景，返回厅中，吩咐无繇取琴。一曲未竟而外面又传来犬吠。孔丘停下琴，对子丕道："难道又有不速之客？你再去看个究竟。"子丕应声出。孔丘接着弹琴，琴声躁而不安。片刻之后，子丕引仲孙貜入。孔丘道："仲孙大夫前来，可因国事紧急？"仲孙貜道："怎么就让你猜个正着？"孔丘道："琴声急躁不由自已。"仲孙貜道："操琴果然能悟出身外之事？"孔丘笑道："不过讲句笑话。叔孙诺遣人来追齐公去，事出仓促，然而齐公神态自若，晏婴面有得色，所以孔丘猜想一定是齐人在弄什么手脚。"仲孙貜道："不错。昨日齐公见鲁公时，请鲁公随齐公去齐与齐结盟。一来这请求过于突然，大有要挟之意。二来鲁公恐得罪晋国，故不曾答应。岂料田开疆突然率领齐兵自徐而来，已经压境而阵，说是要入鲁境来接齐公回国。叔孙诺追回齐公，就是要问齐公究竟想要如何。"孔丘道："仲孙大夫以为能问出个什么结果？"仲孙貜道："齐人显然是有备而来，窃料不会轻易罢休，不知仲尼可有对策？"孔丘略一沉吟，道："齐兵趁胜而来，其锋不可挡，鲁公除答应送齐公回齐之外，恐怕别无良策。"仲孙貜道："与齐结盟，等于叛晋。倘若晋国兴师问罪，如何是好？"孔丘道："送齐公入齐，并不等于与齐国结盟。"仲孙貜道："鲁公既入齐境，就如瓮中之鳖，如何能不听任齐人摆布？"孔丘笑了一笑，道："仲孙大夫号称'智囊'，怎么会没了主意？"仲孙貜道："休要讲笑，快出主意要紧。"孔丘道："齐公何所好？"仲孙貜道："据说好犬马。"孔丘道："还有呢？"仲孙貜道："好治宫室园林。"孔丘道："还有呢？"仲孙貜摇头道："没听说更有他好。"孔丘笑道："食、色，性也。齐公难道不好色？"仲孙貜听了大笑，道："我怎么偏偏就忘了美人计？"孔丘摇头道："我的意思，说是美人计也无不可，不过与一般人所谓的美人计并不相同。"仲孙貜略一迟疑，道："我知道怎么办了。"说罢，站起身来。孔丘道："且慢。这计策即使见效，最多不过令鲁免于与齐结盟之患。"仲孙貜道："你难道更有其他妙计？"孔丘道："以仲孙大夫之见，晏婴之短处何在？"仲孙貜道："似乎在患得。"孔丘道："但凡患得者，既得之后，大都患失。晏婴事齐灵公、庄公，以及当今之齐公，名副其实三朝元老。灵公、庄公皆死于乱，而晏婴居上大夫之位稳如泰山，晏婴若不是患失，想方设法以保全其位，何以能如此？"仲孙貜道："言之有理。你想在晏婴身上也做点手脚?"孔丘道:"但凡患失者,只须以'失'相威胁,则无所不为。"仲孙貜道:"你的意思是:令人与晏婴争宠而自相残杀?"孔丘笑道:"差不多。"仲孙貜道:"所谓差不多,也就是说并不全对。敢问所差者为何?"孔丘道:"如果能令人与晏婴争宠,固然好,只恐怕须费大力气。"仲孙貜想了一想,笑道:"我明白了。只须让晏婴以为有人与之争宠就行了。"孔丘大笑道:"仲孙大夫果然不愧'智囊'之号!"仲孙貜道:"我得走了,没时间同你讲笑话。"说罢,顿了一顿,又道:"不知可否从你这儿借走一个人?"孔丘笑道:"只要不是我,随便借谁都行。"仲孙貜扭头看子丕道:"子丕可愿去齐国走一趟?"子丕笑道:"夫子既已同意,我何敢不从,只是不知仲孙大夫何事用得着我?"仲孙貜道:"只有两件事。第一件,散布谣言。第二件,游说芮公。"子丕道:"第一件事易如反掌。至于第二件,不知这芮公究竟是谁?又如何结识?"仲孙貜道:"齐公最宠芮姬,芮姬之父,人皆以'芮公'相称,恃芮姬之内宠,在外招权纳贿。我早已用重金买通芮公手下亲随张柄以备不时之需,如何结识芮公,你可去同张柄商量。"子丕道:"既有内线,这第二件也并不难办。什么时候动身?"仲孙貜道:"事不宜迟。你现在就跟我去收拾准备,明日一早动身,日夜兼程赶往临淄,务必要在鲁公与齐公抵达临淄之前将事情办好。"孔丘道:"谣言须流传两三日方才有效,仲孙大夫须设法把齐公在这儿多拖几日。"仲孙貜道:"这个自然。"孔丘道:"敢问仲孙大夫将用何计?"仲孙貜笑道:"用一般人所谓的美人计。"孔丘道:"小心晏婴劝阻。"仲孙貜笑道:"我当然不会忘记给晏婴也安排几个美人。"孔丘听了,抵掌大笑。

临淄南市,灯火初上,路上车水马龙、人声鼎沸,食肆酒楼觥筹交错、生意兴隆。一座两层楼的酒店,二楼飞檐之下悬一块木匾,匾上刻着"醉太平"三个大字。酒楼楼下当街一席坐着四五位客人,其中一人道:"诸位可有什么新闻?"不等别人开口,这人又道:"听说鲁君将献美女十人与齐君。"邻座的客人听了一怔,道:"这消息可当真?"先前说话的客人道:"我什么时候传过假消息?"邻座的客人道:"倘若如此,芮姬岂不是即将失宠?"对座的客人微微一笑,道:"这消息已经传了好几天了,亏你们还当作新闻来说。"席上另一人道:"我倒是另有一条消息。"席上众人异口同声问道:"什么消息?"这人道:"听说齐君要用田开疆取代晏婴为相。"相邻一席也坐四五个客人,其中一人听了,扭过头来笑道:"你这消息又何尝是什么消息?田开疆一表人才,新近平徐,劳苦功高,齐公宠信的两位勇士公孙捷与古冶子又都是其结拜的兄弟,田开疆不为相,谁能为相?晏婴其貌不扬,身材委琐，无尺寸之功，哪是田开疆的对手？”子丕骑一匹褐马，缓缓从醉太平酒楼门外经过，听见酒楼里的谈话，捻须一笑。

次日傍晚，醉太平酒楼二楼之上，中间一条通道，两边各一排包厢。右手边第三间包厢之内，房门紧闭，四壁垂帷，左角青瓦火盆里炭火“劈啪”作响，右角青铜香炉中薰香盘旋而出。中央一张食几，几上酒浆菜肴陈列有序。两人对席而坐，子丕坐在主位，一个五十来岁男子坐在客席。子丕拱手道：“蒙芮公不耻，应我张陆之邀，张陆不胜感激。”芮公道：“张子既是张柄同宗，有什么事情要帮忙，其实开一句口就行，何必如此多礼。我要不是怕张子见怪，张子托张柄送来的玉璧，我早就奉还了。”子丕道：“一点小意思，不成敬意。”芮公道：“张子出手如此大方，料想生意兴旺，不知张子一向都在哪发财？”子丕道：“不瞒芮公说，张陆做的是转祸为福的买卖。”芮公听了一怔，道：“转祸为福的买卖？这行买卖我还从来没有听说过！”子丕道：“芮公虽然从来不曾听说过，可眼下说不定就用得着。”芮公笑道：“我既不居官，也不经商，不知祸从何来，也不知福从何来？”子丕道：“芮公虽不居官，却权倾卿相；虽不经商，却家赀百万。芮公既然已经得之于一朝，难道愿意失之于一旦？”芮公道：“芮坦愿闻其详。”子丕道：“听说芮公本来不过临淄城外一名村夫，日出而作，日落而息，一年辛苦，不免饥寒。只因生女如花似玉，有幸得荐齐公枕席，于是一朝暴发而为钟鸣鼎食之家。不知是真是假？”芮公道：“不错。不过，张子难道不曾听说‘英雄不问出身’这说法？暴发得来的富贵，与世袭得来的富贵，并没有什么不同。”子丕道：“不错。不过芮公的暴发，靠的不是自己的本事，靠的是女儿的姿色。敢问一旦芮姬失宠，芮公将如之何？”芮公道：“我现在已经家赀万贯，即使芮姬失宠，财路因而断绝，仍旧不失为富家翁。”子丕道：“敢问芮公这万贯家赀是怎么得来的？”芮公道：“我不曾强取豪夺，都是人家自己送上门来。”子丕道：“人家怎么不送给我张陆，却偏偏送给芮公？”芮公道：“世上岂有白送之理！人家送给我，不送给你，是因为我可以给人办成你办不成的事。”子丕道：“敢问芮公都能办些什么事？”芮公踌躇满志地道：“得官、受赏、免罪、减刑等等，但凡须打通人事关节的事情，没有我办不成的。”子丕道：“芮公可知这收取钱财、打通关节的勾当，都是犯法的？”芮公道：“法是死的，人是活的。犯法还是不犯法，在人不在法。”子丕笑道：“芮公说得一点都不错，同芮公这样的明白人做生意，真是痛快得很。芮姬一日得宠，芮公可以一日无法无天。芮姬一日失宠呢？难道不会有人记得芮公的无法无天？”芮公听了一惊，道：“张子这么说，究竟是什么意思？”子丕道：“意思明白之至：芮姬一旦失宠，芮公能不倾家荡产、身首异处，已属万幸，还想不失为富家翁，则纯属痴心妄想。"芮公道："所幸芮姬并无失宠之兆。"子丕道："人无远虑，必有近忧。外面摇传鲁公将献美女十人给齐公，芮公难道没有听说？芮公身为男人，当然明白喜新厌旧乃男人的通病，万一齐公宠上了这十名美女中的一个，则芮姬失宠之日，指日可待，而芮公破家灭身之日，岂不是屈指可数？"芮公听了，沉吟半晌，道："张子既然是专做转祸为福的买卖，一定可以有妙计令我转危为安，请张子指教！"子丕笑道："计策倒是有，就看芮公愿意不愿意听。"芮公道："张子既然有计，我胆敢不洗耳恭听？"子丕向芮公招一招手，笑道："这计策只能出于张陆之口，入于芮公之耳。"芮公会意，站起身来，走到子丕跟前，弯腰侧耳。子丕对芮公一番耳语，芮公听了频频点头。子丕说罢，芮公回席，拱手称谢道："多谢张子指教，敢问何以相谢？"子丕道："事若不成，张陆分文不取，事若有成，令张陆稍有斩获即可。"芮公道："张子所赠玉璧暂留弊处，事若有成，必然加倍奉还。如何？"子丕道："加倍就不必了，原璧见还，外加一点'惠而不费'即可。"芮公疑惑不解道："什么叫做'惠而不费'？"子丕道："事情完了，齐公少不得会对芮姬谈起这件事情。齐公怎么说的，芮公照实转告给我，把这些话传给我听，芮公用不着花一个钱，这就是'惠而不费'。如何？"芮公端起酒杯，道："一言为定！"子丕也端起酒杯，道："一言为定！"

　　齐公后宫芮姬起坐间内，灯火辉煌，雕梁画栋，芮姬发挽金钗，身披粉红绣金花长裙，立在紫竹鸟笼之旁，逗弄笼中金丝雀，芮姬之姊与芮姬相向而立。芮姬道："阿爹叫阿姊来说何事？"芮姬之姊道："连夜赶来，当然是要事。"芮姬道："那还不快说！"芮姬之姊道："晏子献策齐公，逼鲁公叛晋与齐结盟。鲁公惧，将献美女十人与齐公。"芮姬听了，停下逗鸟的手，道："可是真的？我怎么一无所闻？"芮姬之姊道："临淄世人皆知，阿妹养尊处优于深宫之中，自然是一无所闻。"芮姬道："然则奈何？"芮姬之姊笑道："然则奈何？阿妹怎么聪明一世，糊涂一时，叫齐公放弃逼鲁结盟之举，这美女不就是不会来了吗？"芮姬整一整头发与衣襟，道："我这就去见齐公。"芮姬之姊道："慢着。阿妹想好了怎么说？"芮姬道："齐公对我言无不从，我怎么说不成？"芮姬之姊道："齐公为何对阿妹言无不从？不就是冲阿妹这张脸和这副身段吗？阿妹可曾想到这一回阿妹要对付的，可是十张迷人的脸和十副媚人的身段？"芮姬听了一怔，道："阿姊有什么好说法？"芮姬之姊笑道："阿姊没有，不过阿爹有个说法令我转告。"芮姬道："阿爹怎么说？"芮姬之姊走近芮姬，对芮姬一番耳语。芮姬听罢，点头笑道："好，我就这么去说。"芮姬之姊道："且慢。"芮姬道："怎么？还忘了什么没告诉我？"芮姬之姊道："倒没忘记什么，我只是想问你：你急什么？难道齐公今晚不来？"芮姬会意地笑了一笑，依旧弄鸟。

夜深时分，芮姬寝室卧榻之上，猩红锦帐深垂，几番云雨暂歇之时，芮姬道："听说晏婴要给主公惹祸？"齐公不以为然地道："惹什么祸？你从哪听来？"芮姬道："临淄世人皆知，只有主公还蒙在鼓里。"齐公笑道："寡人蒙在鼓里？笑话！"芮姬道："主公要挟鲁公来齐，要逼鲁叛晋而与齐结盟，是不是晏婴的主意？"齐公道："不错。"芮姬道："鲁人受逼而盟，会心甘情愿？"齐公道："当然不会。"芮姬道："晋人闻鲁叛晋亲齐，会不会兴师伐鲁？"齐公道："极有可能。"芮姬道："鲁人既不甘心与齐亲，又惧晋人来侵，会不会降附晋国，与晋人合而攻齐？"齐公略一沉吟，道："这倒也有可能。不过……"芮姬道："不过怎样？"齐公道："晏婴素来老谋深算，怎么会就没有想到这一层？"芮姬冷笑道："晏婴素来老谋深算，不错。这一回晏婴也并不是没有老谋深算，只不过他是为自己算，不是为主公算。"齐公望着芮姬，不解道："此话怎讲？"芮姬道："晏婴见田开疆新近立大功，唯恐主公以田开疆代之为相，故出此谋。如果侥幸得逞，则晏婴可以号称有不战而胜之功，令田开疆攻城野战之功相形见绌。倘若晋鲁果真联兵伐齐，则主公必以田开疆为将，晋鲁既联手，田开疆则难言必胜之。如此，则田开疆就会成为败兵之将。无论如何，晏婴皆可立于不败之地，这难道不是老谋深算？"齐公听了，半信半疑道："晏婴难道真的如此奸猾？"芮姬道："主公若不信时，只需着人散布谣言，说主公有意以田开疆为相，晏婴要是劝阻，则其心思如何，不待问而后知。"齐公道："这主意倒是不错，只是鲁公业已来临淄，却如何处置？"芮姬道："这有何难！主公可大开宴席，请鲁国君臣饮酒赋诗，兴尽遣之回鲁，绝口不提结盟之事，不就了了？"齐公略一沉吟，笑道："好！就这么办！"

次日午夜，晏婴书房之内，四壁书架满堆竹简木牍，晏婴盘坐于书案之后，青衣童子自外入，拱手道："越石父候见。"晏婴停手，道："快请他进来。"越石父入，晏婴道："石父夜晚来见，想必有要事相告？"越石父道："外面盛传齐公将以田开疆代主公为相，不知主公有所闻否？"晏婴道："街头巷尾之言，何足在意。"越石父道："街头巷尾之言已经流传有两三天了，我也以为不足道，所以并未来告主公。"晏婴听了一怔，道："难道今日有什么不同的消息来源？"越石父道："不错，今日的消息来自宫中，不仅说齐公将用田开疆为相，而且还说将用古冶子与公孙捷为左右司马。"晏婴沉思半晌，道："田开疆虽有武功，却不谙治国之术，古冶子与公孙捷则不过匹夫之勇，齐公若亲信此三人，绝非齐国之福。"越石父道："然则奈何？"晏婴道："明日朝见齐公时，我先探一探齐公的口气再作道理。"

齐公朝廷正殿，百官退班，晏婴独留。齐公道："晏子独留，必有要事相商？"晏婴略一迟疑，道："外面盛传主公将用田开疆为相，不知确实否？"齐公道："寡人已托国与晏子，怎会忽生此意？晏子切勿妄信这等无根之谈。"晏婴道："如此则甚好。臣并非贪图相位，实因田子为将则可，却无经国济世之才，若用为相，绝非齐国之福。至于古冶子与公孙捷，皆匹夫之勇，更不可大用。"齐公听了，微微一笑，道："晏子所言甚是。"晏婴抬眼望一望齐公，拱手退下，却被齐公唤住。齐公道："且慢，寡人也有事要与晏子相商。"晏婴道："与鲁公之会，晏婴已经安排妥当，不知主公是为此事否？"齐公道："正为此事。寡人反复思量这令鲁叛晋、与齐结盟之策，以为弊多利少。鲁公既已随寡人来齐，则齐国的面子业已挽回，与其逼鲁结盟，不若改为握手言欢为妙。"晏婴犹疑半晌，终于道："主公高见，明日午宴之时，结盟之事自不必再提。"

齐宫延英殿殿堂，殿堂高敞，画栋雕梁，锦帐绣毯，极尽富丽堂皇之美，堂中四席花梨几案分上下两行排开，上行主客两席并列。齐公与鲁公分别端坐于主客席几之后，下行也并列两席，与堂上两席相对。叔孙诺跪坐于鲁公对面，晏婴跪坐于齐公对面。文武百官，按部就班，侍立于三十六级白石阶梯之下。琴声箫声并作，十六名妙龄女郎，发挽高髻，臂拖水袖，分作两排，在堂上翩翩起舞。一曲终了，舞女退下。晏婴起立，面向堂上拱手道："酒酣舞竟，臣晏婴请献珍果。"齐公点头。晏婴转身走出殿门，向阶下一挥手，一名青衣童子双手捧玉盘自堂下拾级而上。童子进门，走到鲁公身前，高举手中玉盘，双膝下跪。鲁公往那盘中一望，但见六枚白桃晶莹透亮，与玉盘掩映争辉，不禁吃了一惊，道："桃乃盛夏之果，如今隆冬之时，敢问此桃从何处得来？"晏婴微微一笑，道："夏日之桃，何敢称之为'珍果'？此桃乃海上仙山所产，故能越冬而不败。"齐公道："齐之土产，不成敬意，敢请鲁公先尝一枚。"鲁公拱手称谢，手取一枚，尝了一口，但觉脆而多汁，甜而不腻，果然不同凡响，不禁连连赞不绝口。童子又捧玉盘跪献于齐公，齐公自取一枚吃了。童子转身，捧盘献桃于叔孙诺之前，叔孙诺推辞不敢。齐公道："贤舅万万不可推辞！"叔孙诺见齐公以"舅"相称，不好再辞谢，也取一枚在手。童子又转身，捧盘献桃于晏婴之前，晏婴也推辞不敢。叔孙诺道："晏子贤能之名远播四方，晏子要是再推辞，叔孙诺就只好把这一枚退回了。"叔孙诺说着，作势要退还手中白桃，晏子见叔孙诺如此说，也不便再退却，遂也自取一枚吃了。

四人吃毕，晏子拱手对齐公道："盘中尚余两枚，主公何不赏赐阶下有功之臣？"齐公道："此意甚好，还请晏子定夺予否。"晏婴步出殿堂，对阶下大声道："齐公有谕：阶下诸臣，凡自信劳苦功高，堪食珍果者，请上殿自陈。"阶下公孙捷应声而出，疾步登殿，拱手对晏婴道："臣徒手杀虎以救主公，自以为功不可没。"晏婴道："公孙所言甚当。"晏婴说罢，挥手示意，童子捧上玉盘，公孙捷手取一枚吃了。公孙捷刚刚退下，古冶子挺身而出，一跃登殿，对晏婴拱手道："杀虎救主，其功固不可没，古冶子纵身河水、斩鼋护驾之功又岂在其下？"晏婴道："古君所言甚是。"说罢，又一挥手。童子捧玉盘于古冶子之前，古冶子取食盘中所剩最后一枚。古冶子尚未下殿，阶下又一人整衣冠而出，步履沉着，登阶上殿。晏婴举目一望，见来者不是别人，正是破徐得胜回朝的田开疆。晏婴迎上前去，拱手道："田子率十万之众，破敌于千里之外，拓地五百里，威震诸侯，其功岂是杀虎斩鼋区区匹夫之勇可同日而语者！只可惜田子晚来一步，宝桃已无剩余。"田开疆闻言，忿然、勃然，忽然冷笑，道："我田开疆立此不世之功，却不得一桃之赏，岂非天意！"说罢，抽剑自刎于殿上。古冶子大惊，道："是我不该抢了田兄大功，有何面目为人！"说罢，也抽剑自刎，伏尸田开疆之旁，阶下公孙捷见了，大喝一声，仗剑在手，道："我三人结为兄弟，不愿同日生，但愿同日死，你兄弟二人既死，我何敢独自偷生！"说罢，但见剑光一闪，鲜血淋漓，公孙捷顿时死于阶下。堂上齐公与鲁公见了，皆大惊失色。叔孙诺发一声感叹，道："三人皆齐之勇士，一朝死于非命，能不令人叹息！"晏婴道："此三人好勇斗狠、不学无术，方才会为区区一桃不顾性命，正孔丘所谓'勇而不学必乱'之流，今日之事，未必不是齐国之福。"

当日夜晚，芮姬起坐间内，芮姬在鸟笼前逗鸟，齐公自外入，一脸不悦。芮姬迎上前去，道："主公为何不快？"齐公道："晏婴果然老奸巨猾！用两枚宝桃杀寡人三名勇士，杀了且不说，知寡人赏识孔丘，又故意把孔丘抬出来以掩盖其阴谋。"芮姬道："这样的人，还不除去，留之何用？"齐公道："晏婴虽然狡猾，不过为保全其相位。寡人心腹之患，不在晏婴而在田氏家族，姑且留晏婴以分田氏之势。况且晏婴名声在外，杀晏婴，是杀人望。杀人望，未见其利。"芮姬道："主公既不杀之，则必不能使之自疑。"齐公道："我自有处置之策。"

齐公入芮姬起坐间之时，晏婴正与越石父在书房相对而坐。越石父道："主公今日以二桃杀三士，齐公口虽不言，心中一定不悦。主公将如之何？"晏婴道："齐公心腹之患在田氏，虽爱田开疆之勇，却也不无提防之心，所以齐公并不会因我以二桃杀三士而恨我深。"越石父道："据谍报，燕、晋皆有侵齐之意。田开疆既死，齐公必然问主公谁能代之为将，主公将推荐谁？"晏婴道："田忌。"越石父道："岂不又是一田氏之人？"晏婴道："田忌是田氏远房所出，又是贱婢所生，田氏嫡系素耻与之同列，田忌对田氏嫡系怀恨在心已久。任用田忌，表面尊崇田氏，实际乃以田攻田。"越石父道："若齐公嫌田忌出身微贱呢？"晏婴微微一笑，道："我自有应付之策。"

次日午后，齐公坐于便殿堂上，晏婴侍立于左，别无他人。晏婴道："主公斥退左右，独留晏婴，想是有机密相商？"齐公道："不错。燕、晋将来侵，田开疆既死，晏子以为谁可以为将？"晏婴道："田忌可。"齐公道："死一田开疆，来一田忌。难道除了田氏，齐国不再有人才？"晏婴道："田忌乃田氏远房所出，贱婢所生，素不为田氏嫡系所礼遇。"齐公听了，略一犹疑，道："晏子的意思是？"晏婴道："以田攻田。"齐公听了一笑，道："好一个'以田攻田'！不过，田忌出身既如此微贱，用之为将，是否会见笑于诸侯？"晏婴道："主公难道忘了孔丘论用人，以'任人唯贤'为先么？主公用田忌，正示人以'任人唯贤'，何惧贻笑之有？"齐公笑道："晏子昨今两日，皆引孔丘之语，晏子什么时候成了孔丘的捧场客？"晏婴道："晏婴不敢以人废言、以私害公。晏婴虽不喜孔丘其人，孔丘说的话，如果言之在理、于齐有利，听之何妨？"齐公道："原来如此，晏子真乃社稷之臣！"顿了一顿，又道："晚上你召田忌前来，寡人将设便宴款待。"

四日后，子丕回到阙里山庄，步入大厅，见孔丘正在弹琴，无繇侍立于门边。孔丘笑道："子丕此行劳苦功高。无繇！去拿酒来。"子丕道："劳苦功高则不敢当，自以为此行堪称'惠而不费'。"孔丘笑道："你好像对这'惠而不费'着了迷。"子丕道："仲孙大夫令弟子携玉璧一双赠予芮公，结果芮公原璧见还，外加两条消息，岂不是'惠而不费'？"无繇捧托盘自厨下出，将盘中一壶酒、三盏杯一一放到几上，又提壶将酒杯一一斟满。孔丘道："什么消息？"子丕道："晏婴以二桃杀三士，齐公虽然不悦，晏婴的相位却不会因而罢免。"孔丘道："因为齐公的心腹之疾，不在晏婴而在田氏？"子丕道："正是。"孔丘道："这是第一条消息。第二条呢？"子丕道："晏婴推荐田忌代田开疆为将。"孔丘道："意在以田攻田？"子丕道："齐公对芮姬正如此说，夫子何以猜得出？"孔丘道："田氏在齐显贵无比，正如季孙氏之在鲁，却从来没有听说过田忌其人，想必出身下贱。晏婴叫齐公擢拔这么一个出身微贱的人，必然旨在从内部分裂田氏。"子丕道："原来如此。"孔丘道："还有什么别的消息？"子丕道："消息倒没有。不过听说晏婴引夫子'勇而不学则乱'，以证田开疆等三人之死，是齐国之福。"孔丘听了，沉吟半响，道："这晏婴果然老奸巨猾，不是个好对付的家伙。"无繇道："只顾说话，这酒还喝不喝了？"孔丘道："喝！怎么不喝！"说罢，三人一同举杯。

孔丘与子丕、无繇谈笑之际，季孙意如正在议事厅里与阳虎对坐。阳虎道："主公身居相位，却未参与这次齐鲁的交涉，不知叔孙诺与仲孙貜都安的是什么心眼？"季孙意如道："他两人一同来找过我，是我自己推辞了。"阳虎道："原来如此。"季孙意如道："我之所以推辞，当然是因为事情棘手，拿不出个主意。原想等他们把事情弄坏了，再出来收拾残局，没想到半路里杀出个孔丘，结果竟然是齐国吃了亏。"阳虎道："我不是早就告诉过主公，孔丘是仲孙貜的谋主么？"季孙意如道："今日早朝，鲁公说要任命孔丘为大夫，以赏其解危之功。"阳虎道："主公怎么说？"季孙意如道："我说要先核实是否有空缺再作道理。"阳虎道："大夫之职，本无固定名额，鲁公当然听得出这不过是推托之辞。"季孙意如一笑道："所以我才找你来商量。"阳虎道："孔丘倡导'君君臣臣'之说，任之为大夫，想必会怂恿鲁公削季孙氏之权，绝不是季孙氏之福。"季孙意如道："这我还不知道？找你商量，不是商量让不让孔丘为大夫，是商量如何不让孔丘为大夫。"阳虎道："主公难道不能直截了当拒绝鲁公？"季孙意如摇头道："仲孙貜与叔孙诺都支持鲁公，孤掌难鸣。"阳虎略一思量，道："既然如此，只有一条路可走。"季孙意如道："哪一条路？"阳虎道："令孔丘自己拒不受命。"季孙意如道："孔丘受不受命，岂能由我做主？"阳虎不答，却问道："鲁公迎亲的日子订在下月，听说迎亲使者尚无人选？"季孙意如道："仲孙貜、叔孙诺、秦遄等人皆以不谙迎亲之礼为由而推辞。你的意思，难道是叫孔丘充任迎亲使者？"阳虎道："不错。"季孙意如道："礼是孔丘的擅长，他难道也会推辞不就？"阳虎道："主公难道以为仲孙貜等人真是因为不谙迎亲之礼而推辞？"季孙意如听了一怔，道："难道另有原因？"阳虎道："据我所知，这三人都是让左太史的一席话给吓住了。"季孙意如道："左太史说了些什么？"阳虎道："左太史说：于礼，同姓不得为婚。鲁与吴同姓姬，鲁公根本就不应当迎娶吴王之女。史官既不便直截了当地指责鲁公，又不愿隐瞒这一错误，于是就会用所谓'曲笔'的手法，把这笔账记到迎亲使者头上，将来鲁国国史上少不得会有这么一句：'某某人使吴迎亲，非礼也'。"季孙意如道："原来如此。"阳虎道："仲孙貜、叔孙诺、秦遄等人素来不以懂礼者自居，尚且不愿看见自己的名字同'非礼也'这三个字连在一起，难道孔丘会不在乎在国史上留下个不懂礼的名声？"季孙意如听了，抵掌大笑道："好！姑且试试这'以礼攻礼'之计。"

次日晨，鲁公正殿之上，百官退朝之际，鲁公将季孙意如唤住。鲁公道："昨日与你谈起用孔丘为大夫之事，你说要核实一下有无空缺再作道理，当时寡人不曾着意，信口应允了。下朝之后方才想起，这大夫之职，原本并无定额。"季孙意如道："是臣不曾说清楚。臣所谓核实者，不是说看看有无大夫职位空缺，是说看看有什么职务缺人掌管。孔丘有贤能的名声在外，倘若主公只给孔丘一个大夫的头衔，却无所职掌，不知道的人听说了，还以为主公徒有好贤之名，并无用贤之实。"鲁公道："言之有理。不知核实可有了结果？"季孙意如道："眼下有一职务正好缺人，又正好是孔丘所擅长。"鲁公道："什么职务？"季孙意如道："主公迎亲的日子订在下月，迎亲使者人选尚无着落。"鲁公道："你的意思，是要用孔丘为迎亲使者？"季孙意如道："正是。"鲁公道："这迎亲使者不过是一个临时性的职务，如何使得？"季孙意如道："臣的意思，是任命孔丘为职掌朝廷礼节的大夫，然后以这掌礼大夫的身份权充迎亲使者。"鲁公听了，喜形于色，道："如此则甚好。你这就去为寡人草谕，明日一早遣谒者送到孔府去。"季孙意如道："主公不必如此着急，这孔丘不是急功近利之人，是否愿意接受这大夫之职尚未可知。万一主公既下谕书而孔丘拒不接受，岂不是令主公徒受招贤无方之恶名？"鲁公道："然则奈何？"季孙意如道："不如先遣人去探探孔丘的口风，再下谕书不迟。倘若孔丘无意出仕，此事也就不必再提。"鲁公道："言之有理，就按你的意思去办。"

仲孙貜府门前，两匹黑马拉着一辆马车由远而近，马车到府门前停下，季孙意如下车，正欲往大门里去，听见门里有人出来，遂退到一边，举头一望，但见从大门出来的乃是姜姬。季孙意如趋前拱手施礼，微微一笑，道："姜姬别来无恙？"姜姬拱手还礼，笑道："什么风把季孙大夫吹来？"季孙意如笑道："无事自然是不敢登门，私事自然是也不敢登门。"姜姬笑道："看你说的，好像心中只有国事。我却有私事要办，不同你啰嗦。"姜姬说罢，冲门内喊道："还不快把季孙大夫请进去。"司阍应声而出，把季孙意如请进大门，一辆马车从门边转出，姜姬登车而去。仲孙貜将季孙意如让进客厅，仲孙貜笑道："季孙大夫不请自来，有何见教？"季孙意如笑道："鲁公想任孔丘为大夫，不知孔丘是否愿意，叫我去探一探孔丘的口风。我同孔丘素无往来，所以想请仲孙大夫代劳。"仲孙貜道："鲁公要任孔丘为大夫，遣谒者携鲁公谕书前往孔府宣孔丘接谕不就行了，何须如此周折？"季孙意如笑道："仲孙大夫怎么好像比我还不了解孔丘？"仲孙貜道："此话怎讲？"季孙意如道："孔丘不是你我这等急功近利的俗人，不一定把这大夫的职位放在眼里。如果就这么直截了当地去请，万一孔丘拒不受命，岂不是令鲁公难堪？"仲孙貜道："依我之见，只要鲁公诚心相请，孔丘绝不会拒绝。"季孙意如道："鲁公为示诚心，特别投其所好。"仲孙貜道："怎么个投其所好？"季孙意如道："孔丘好礼，鲁公因而要任命孔丘为职掌礼节的大夫。"仲孙貜道："如此甚好，孔丘如何会拒绝？"季孙意如道："鲁公迎亲的日子订在下月，孔丘如果接受这任命，那么，上任后的第一件差事，就是充任迎亲使者，前往吴国为鲁公迎娶吴王之女。"仲孙貜听了一怔，道："我怎么就没有想到这一点？"季孙意如听了，道："仲孙大夫没有想到哪一点？"仲孙貜道："孔丘可能不会愿意充当迎亲使者。"季孙意如道："仲孙大夫不肯充当迎亲使者，叔孙大夫不肯充当迎亲使者，秦大夫也不肯充当迎亲使者，都以不谙迎亲之礼为辞。孔丘既是礼学专家，如何会不谙迎亲之礼？"仲孙貜沉默不语，过了半晌，方才道："我姑且去试一试，孔丘是否应允，则不敢说。"季孙意如听了，站起身来，拱手称谢道："如此极好，多谢仲孙大夫相助。就此告辞，静候佳音。"

仲孙貜膳房之内，灯火辉煌，薰香袅袅，炭火旺盛。浆酒菜肴布满食案之上。仲孙貜独坐席上，对席空虚无人，一使女垂手侍立于席旁。仲孙貜道："夫人怎么还不来？快去催一催。"使女正要退下，外面传来姜姬的声音道："有什么好急的，这不已经来了。"话音未落，姜姬已经跨进房门。仲孙貜道："去了哪？回得这么迟。"姜姬道："不就是跟凤妹出去走了走，还能去哪？"仲孙貜道："什么'出去走了走'，还不是又去了斗鸡苑？带凤妹去干点别的好事不好？"姜姬笑道："别的什么好事，难道叫我带凤妹去偷人？"仲孙貜道："好了，不同你胡调，说点正经的。"姜姬道："洗耳恭听。"仲孙貜略一迟疑，道："凤妹真有那事？"姜姬笑道："这叫正经的？凤妹即使真有那事，我能告诉你？我倒要真的问你一点正经事。"仲孙貜笑道："你也有正经事？"姜姬道："我出门时碰见季孙意如，他不请自来，必是有什么事情求你？"仲孙貜道："他要我帮他去探孔丘的口风。"姜姬道："什么口风？"仲孙貜道："鲁公想任用孔丘为大夫，唯恐孔丘拒绝。"姜姬道："这么好的事，为什么会拒绝？"仲孙貜道："你倒说说有些什么好？"姜姬道：

"凤妹正不满孔丘在家赋闲，这岂不是一举三得的事？"仲孙貜道："孔丘任大夫，这是一得。令凤妹满意，这是二得。敢问这第三得从何而来？"姜姬笑道："孔丘当了大夫，每日都得上朝，就得搬回孔府，不能再在阙里山庄常住，岂不是省了凤妹偷人的麻烦？这难道不也是一得？"仲孙貜听了，摇一摇头，道："这话倒是不错。不过，你有所不知。"姜姬道："我不知什么？"仲孙貜道："鲁公要用孔丘为职掌礼节的大夫，孔丘如果受命，上任伊始就得出使吴国，为鲁公迎娶吴王之女。"姜姬道："季孙意如原本想叫你权充这迎亲使者，你因不谙迎亲之礼，不敢受命。孔丘乃礼学专家，这迎亲的事怎么会难得倒孔丘？"仲孙貜道："我不谙迎亲之礼是真，但不知道的事情可以学，这迎亲礼节有多复杂？难道还学不会？"姜姬道："那你推辞不干，究竟为什么缘故？"仲孙貜道："左太史说：同姓不能为婚，鲁与吴同姓姬，所以这迎娶本是不合礼的事情。谁充任迎亲使者，谁就会在国史上留下不懂礼的名声。"姜姬道："孔丘同意左太史的说法吗？"仲孙貜道："我就是问过孔丘之后才拒绝的。"姜姬道："原来如此。那你还去不去探孔丘的口风？"仲孙貜道："我答应替季孙意如去问一问。不过，孔丘一定不会应允。"姜姬道："让我去先同凤妹商量一下，与其你去说，不如让凤妹去说。"仲孙貜想了一想，道："也好。"

次日傍晚，孔丘正在阙里山庄门口散步，远处传来马蹄声。孔丘举目看时，见一辆马车正往庄门口跑来。马车跑到庄门口停下，车门开处，宋凤一跃而下。孔丘见了一惊，道："怎么是你？"宋凤笑道："难道你在等别人？"孔丘道："家里可出了什么事？"宋凤笑道："没事就不能来看你？"孔丘道："你没那么勤快。"宋凤嗔道："你勤快？十天才想着回家一趟。"孔丘道："究竟是什么事？"宋凤道："恭喜你当了大夫。"孔丘听了，不禁喜形于色，道："鲁公已经遣谒者传谕至孔府？"宋凤道："那倒没有。"孔丘顿时收起笑容，道："既然没有，那你瞎恭喜什么？"宋凤笑道："看你急的，你不是素以不急功近利自居吗？"孔丘道："胡搅蛮缠！不急功近利不等于无意进取。"宋凤道："那你的意思是：得之以道，就应当受之不拒？"孔丘道："不错。"宋凤道："如今你既不曾以不正当的手法谋取，而是鲁公诚意相请，你是不应当拒绝的了？"孔丘道："你不是说并没有鲁公的谕书么？"宋凤笑道："没有同有并无区别。"孔丘道："此话怎讲？"宋凤道："鲁公唯恐你拒不受命，令他难堪，所以先叫仲孙大夫来探探你的口气，就看你是点头还是摇头。"孔丘道："仲孙大夫怎么不来？"宋凤听了大笑道："官还没有当，架子已经不小，我来难道不是一样？"孔丘道："仲孙大夫叫你来的？"宋凤笑道："仲孙大夫本来要来见我，又担心你这种讲究'男女授受不亲'的人多心，所以不曾自己来，是姜姬告诉我的。"孔丘道："我什么时候说过'男女授受不亲'这话？你却不止一次把这话栽到我头上。"宋凤道："儒家都这么主张，你虽不曾说过，却也不曾反对过，而且又以儒家自居，你怎能怪别人把你看成这种人？"孔丘道："不同你胡搅蛮缠。仲孙大夫究竟怎么说的？"宋凤道："只是问你干还是不干。你说干，鲁公谕书就会送到孔府。"孔丘想了一想，道："事情恐怕不会这么简单。仲孙大夫有没有说，如果我接受，会叫我掌管何事？"宋凤道："你说你管什么事最合适？"孔丘道："国家之事，孔丘无所不能。"宋凤道："口气倒是大得很！我问你：礼算不算国家之事？"孔丘道："国家之事，莫大于礼。"宋凤笑道："鲁公看来是看透了你的心思。"孔丘道："你是说：鲁公要我去掌管朝廷礼节？"宋凤道："正是。"孔丘听了，略一迟疑，道："不对。"宋凤道："仲孙大夫分明是这么说的，怎么不对？"孔丘道："我是说，这一定不是鲁公自己的主意。"宋凤道："谁的主意不一样？"孔丘道："要是季孙意如的主意，自然就不一样。"宋凤不悦道："我看你不仅迂，而且多疑。"孔丘道："鲁公迎亲的日子订在下月，我要是接受这掌礼大夫的任命，上任第一件事就会是出使吴国，为鲁公迎娶吴王之女。"宋凤道："这有何难？看你一副心惊胆战的样子！"孔丘道："你懂什么？鲁吴同姓，于礼不得为婚。我要是去充当这迎亲使者，岂不会在国史上留下不懂礼的恶名？"宋凤道："谁写国史？难道不是左太史？"孔丘道："是左太史又怎样？不是左太史又怎样？"宋凤道："左太史不是你的朋友吗？你去跟他说一声，请他略而不提不就得了？"孔丘道："我孔丘要是能提得出这种请求，左太史就不会同我做朋友。左太史要是会答应这种请求，我孔丘也不会做左太史的朋友。"宋凤道："难道你宁可放弃这机会？"孔丘道："这哪是什么机会？这不过是季孙意如的圈套！仲孙大夫之所以自己不来，自然也是因为看穿了这圈套。"宋凤听了，撇嘴一笑，道："你以为你不干，就不会落入季孙意如的圈套？"孔丘道："当然。"宋凤笑道："你以为季孙意如在乎你在国史上是留芳，还是遗臭？他不过想阻止你出仕罢了。你辞而不就，他就会趁机对鲁公说你无意仕途，以后鲁公再也不会来请你，这岂不是正好掉进他的圈套？"孔丘道："'谋事在人，成事在天'，要是季孙意如阻挡得住我，那也是天意。"宋凤道："天又不说话，谁知道什么是天意？况且所谓'谋事在人'，也得谋才成。像你这样呆在家里哄几个弟子，也算得上'谋'？"孔丘道："开门授徒，本身就是一种谋事的方法。弟子多了，声名鹊起，不愁没有人找上门来。"宋凤道："我怎么不见有人来找你？"孔丘道："你整天泡在斗鸡苑，来不来你怎么会知道？"宋凤道："这才是胡搅蛮缠，你倒说说究竟有谁来找过你？"孔丘道："齐公不就来过？"宋凤听了，略微一惊，道："齐公来过这阙里山庄？"孔丘道："你不信？"宋凤盯了一眼孔丘，道："要是真来了，我倒要对你刮目相看了，你还居然谋到外邦去了。"孔丘道："季孙意如居心不正，鲁公暗弱，公室无人，鲁国不久必乱，即使不想到外邦去谋出路，恐怕也难免到外邦去逃难。"宋凤又盯了一眼孔丘，道："你今日说起话来怎么像个卜卦的？一会儿谈天意，一会儿又谈未来之事。"孔丘一笑置之，不予理会。宋凤道："话我是给你传过来了，回话还得你自己去回。"孔丘道："今日晚了，你且在阙里山庄住下，明日一早我同你一起回陬邑孔府。"宋凤道："今晚在这儿住下还用你说！至于明日是否同你一起回孔府，那就得看你去了之后是打算在那儿住下呢，还是马上就回阙里山庄？要是马上就回来，我就不跟你去。"

第五回　公子猎场歃血　臧孙酒店偷欢

阙里山庄庄门口，秋高气爽，树色黄绿相间。孔丘与宋凤正要出门行猎，却听见庄门里有人喊道："夫子！夫子！"孔丘与宋凤扭头一望，见是子丕从门内慌张跑来，手上举着一根细小的竹管。孔丘道："哪来的鸽书？"子丕道："仲孙大夫家来的信鸽，不知是否有紧要的事情，所以我就追了出来。"孔丘从子丕手中接过竹管，从竹管中抽出帛书，在手中展开来一看，顿时变了脸色，道："子丕，快去备车。"宋凤一脸扫兴地道："又是什么事要找你去商量？自己来阙里山庄一趟不就行了。"孔丘不答，把手上帛书递给宋凤。宋凤看了，吃了一惊，道："上月仲孙大夫来此，还健康得很，怎么突然就病危了？我同你一起去看看他。"宋凤顿了一顿，又道："何必等子丕备车，就这样骑马去不是更快些？"宋凤说罢，撇下不管孔丘，只把缰绳一抖，坐下骑便一溜烟走了。孔丘一阵发呆，叹了口气，也一抖缰绳，策马绝尘而去。

仲孙玃卧房之内，空气沉闷，仲孙玃斜倚卧榻，头上紧系一块素绢巾，满脸憔悴不堪。姜姬坐于卧榻之旁，愁眉不展。一名青衣童子自外行至门口，拱手向门内道："孔丘携夫人到，现在客厅。"姜姬听了，站起身来，道："快去请到这儿来。"过了片刻，孔丘与宋凤自外入。姜姬在门口迎接，见孔丘与宋凤两人都身佩弓箭，不禁吃了一惊，道："你两个怎生这般打扮？"宋凤道："正要出门打猎，得了你的飞鸽传书，不敢耽搁，所以就这么来了。"仲孙玃挣扎欲起，两使女赶紧趋前相扶。仲孙玃咳嗽一声，道："病不能起，盼仲尼与凤妹不要见怪。"宋凤道："怎么突然病倒？医师怎么说？"仲孙玃正要回话，却被姜姬制止。姜姬道："你既气短，就少说话。"姜姬说罢，又扭头对孔丘与宋凤道："医师说是心疾，须静心调养。"孔丘道："可曾开药处方？"姜姬道："换了三个医师，都开不出什么药方来，只叫用人参、山楂煎汤调理。"孔丘与宋凤听了，皆沉默不语。仲孙玃对孔丘道："我自知是不行了，请你来，就是要将两个不成材的蠢子托付给你。"仲孙玃说罢，喘了口气，又对姜姬道："还不去把他两个唤来？"姜姬向宋凤递了个眼色，宋凤会意，跟着姜姬一起出了房门。

不久，两个十七八岁少年一前一后入。走在前面的，身着黑丝长袍，走在后面的，身着白丝长袍，两人跨进门槛，向仲孙貜拱手长揖。仲孙貜指着衣黑者对孔丘道："长子何忌。"又指着衣白者对孔丘道："这是次子，已过继给家叔为孙，改姓南宫，双名敬叔。"仲孙貜说罢，停了一停，缓了一口气，又扭头对仲孙何忌与南宫敬叔道："还不过来与师傅行礼！"仲孙何忌与南宫敬叔听了，一齐转过身来，面对孔丘，拱手长揖。孔丘连忙拱手回礼，口称"岂敢"。仲孙貜道："仲尼要是推辞，不肯收这两个蠢才为徒，就是令我死不瞑目。"仲孙貜说罢，又对仲孙何忌与南宫敬叔道："还不重新行礼！"仲孙何忌与南宫敬叔听了，又向孔丘重新拱手长揖。

姜姬起坐间内，姜姬与宋凤相对而坐。姜姬一边用手帕擦眼，一边抽泣道："你姊夫看样子是要走了，我不曾生下一儿半女，往后这日子怎么好过？"宋凤道："他这两个儿子都是贱妾所生，想必不敢对你无礼？"姜姬道："对我倒是不敢无礼。不过，毕竟不是自己的儿子，如何能依靠得了！"宋凤正欲开口，一名青衣童子自外入，拱手道："季公若与公子为、公子果、公子贲，奉鲁公之命前来探大夫的病，现在客厅候见。"姜姬道："请客人稍后，我这就来。"姜姬对宋凤道："既是奉鲁公之命，不得不见。你先去通知姊夫一声，我这就去客厅领客人去你姊夫卧房。"

宋凤返回仲孙貜卧房，把季公若、公子为等前来探病的消息告诉仲孙貜。仲孙貜道："你姊怎么不去请他四人进来？"宋凤道："已经去了。"孔丘听了，对仲孙貜道："他四人既是奉鲁公之命，我不便在此相扰，就此别过，改日再来奉看。"仲孙貜对孔丘拱一拱手道："不便相留，改日再聚。"孔丘与宋凤拱手告辞。仲孙貜扭头对仲孙何忌与南宫敬叔道："还不恭送师傅与师母。"仲孙何忌与南宫敬叔听了，一齐向孔丘与宋凤拱手长揖。孔丘与宋凤出了房门，下了走廊，行不十步，见姜姬正领着季公若等四人顺院中石径而来，无可躲避，遂上前一一施礼。寒暄既毕，孔丘与宋凤让到一边，让姜姬领着季公若等人过去。季公若走在最后，既已过去，却又回过头来，对孔丘道："仲尼明日可在陬邑孔府？"孔丘点头。季公若道："我明日午后前往候教，恳请勿辞。"说罢，不等孔丘回答，急急追上姜姬一行，登上仲孙貜卧房外的走廊。

孔丘坐于书房之中，手抚七弦，口中唱道："周道如砥，其直如矢。君子所履，小人所视。……"宋凤淡扫蛾眉，发挽玉髻，施施然自外入。孔丘停下琴，止了唱，道："什么时候再去打猎？"宋凤不答，却道："季公若来找你何事？"孔丘道："来找我算那笔账。"宋凤道："算哪笔账？"孔丘道："你忘了申夜姑的事？"宋凤笑道："休要胡调。他怎么知道是你走漏了风声？"孔丘道："这回他来，倒是为件正经的事情。"宋凤笑道："有心盗嫂的小人也能有正经的事？"孔丘道："有心盗嫂固然是小人，有心复兴公室，也不能不说是胸怀大志。"宋凤听了一怔，道："季公若谋去季孙意如？"孔丘道："不错。"宋凤道："他得找手上有兵的人，找你有什么用？"孔丘道："他难道还不知道找手上有兵的人？他不过想问问我，一旦举事，是胜算多呢，还是败算多？"宋凤笑道："你自己在家瞎做些预测也倒罢了，还居然真有人把你当成先知。你怎么跟他说的？"孔丘道："我说：谋事在人，成事在天。"宋凤听了大笑，道："这种废话亏你也说得出口。"孔丘道："怎么是废话？"宋凤道："你倒跟我说说，这话到底是说胜算多呢，还是败算多？"孔丘道："他要是会听话，听我说'成事在天'，就会知道我的意思是败算多。"宋凤道："此话怎讲？"孔丘道："把事情的成败推到天意，其实就是说人谋没有把握。人谋既无把握，其实也就是说败算多。"宋凤道："他是会听话的，还是不会听话的？"孔丘道："我想他是属于会听话的。"宋凤道："这么说，他就会做罢了？"孔丘道："那倒也不见得。"宋凤道："这又是为何？"孔丘道："因为我虽然说了'成事在天'，却也还说了'谋事在人'。这么说，也就等于告诉他，成功的机会虽小，但我认为值得一试。"宋凤听了又大笑，道："难怪有人来找你，你连算命先生左右逢源的说法都学到了家。"孔丘道："我这说法不是没有根据的，怎么能同算命先生的左右逢源相提并论！"宋凤道："根据何在？"孔丘道："鲁公手下并非没有一兵一卒。"宋凤道："鲁公手下的兵力不足季孙氏兵力的十分之一，靠鲁公手下那点兵去与季孙氏斗，无异于以卵击石。"孔丘道："后孙氏与臧孙氏也不满季孙氏专权，如果季公若能联合后孙恶与臧孙赐，采取突然袭击的手法，出其不意，未必就一定不能成功。"宋凤道："仲孙氏与叔孙氏会站在哪一边？"孔丘道："成败关键，正在于此。季公若想要成事，必须争取仲孙氏与叔孙氏，至少令其中立。如果三桓联手，则季公若必败无疑。"宋凤道："你呢？你站在哪一边？"孔丘道："你不是说，像我这种手上没兵的人没有用？没兵的人只能靠边站。"宋凤道："你也不想充当运筹帷幄的角色？"孔丘道："不在其位，不谋其政。"

宋凤道："既然如此，我看你我还是早早回阙里山庄为妙。"孔丘道："怎么倒是你着急回阙里山庄了？"宋凤道："城门失火，殃及池鱼。陬邑紧邻曲阜，呆在陬邑，难免不为池鱼。"孔丘道："仲孙玃将两个儿子托付给我，就这么匆忙走了，如何能对得起他。况且，季公若也不会仓促行事。躲开虽然是对的，现在却还不必着急。"宋凤道："你既然看好突然袭击的手法，季公若难道就不会？突然袭击一旦发生，你想躲时，却如何躲得开？"孔丘道："突然袭击也要选择时机。"宋凤听了，稍一犹豫，道："你说的机会，难道是指仲孙大夫快要死了？"孔丘道："不错。三桓之中，季孙氏虽然势力最大，季孙意如本人却既无人望，也无能力。季公若最担心的，不是季孙意如，而是仲孙貜支持季孙意如。仲孙貜一死，令季公若少了个劲敌。此外，仲孙何忌生母微贱，仲孙貜死后，仲孙氏家族内部是否稳定，也还是个疑问。万一仲孙氏内讧，又令季孙意如多一件分心的事。你说这仲孙貜之死，难道不是季公若的机会？依我看，这不仅是机会，而且是个难得的大好机会。"宋凤道："你的意思是，仲孙貜一日不死，季公若一日不会动手？"孔丘道："不错。"

鲁公猎场，平川莽莽，远山苍黄。两骑人马一前一后由远而近。跑在前面的是匹白马，骑在马上的公子为，背上负一张雕弓，手上却还拿着另一张弓。一头麋鹿从没腰深的草丛蹿出，公子为见了，勒缰停马，不急不忙从箭壶中抽出一支箭来，等那麋鹿跑出将近一箭之地，方才搭箭上弓，弯弓发箭。那羽箭脱弦而出，破空铮然有声，迅疾如流星飞逝，就在那麋鹿即将奔出射程之际，射入麋鹿右股，麋鹿带箭落荒而逃，公子为并不追赶，只把弓拿在手上，一边抚摸，一边自言自语道："果然是把难得的宝弓。"从后面追上来的是匹火红马，骑在马上的季公若，背上却无弓，手上也没有弓。

季公若追上公子为，把缰绳勒了，道："弓虽是张难得宝弓，却也得有你这般身手方才能显得出奇。这弓在我手上，也不过就是一张普通的弓罢了。你要是喜欢，我就把这张弓送给你。"公子为听了，不禁喜形于色，嘴上却道："如此宝贝，我哪敢当！"季公若道："实不相瞒，这弓乃我请楚人屈大专门为你而制。"公子为听了一惊，道："楚人屈大号称天下第一弓匠，难怪这弓，力量强劲，远非常弓所能及。"公子为说罢，忍不住又将手上弓仔细端详一番。但见这弓朴实无华，通体并无雕琢，只有中央握手之处，两面俱刻一条小鱼。公子为道："这弓既然专为我而制，却为何刻鱼为记？"季公若道："你是鲁公长子，又是嫡出，早当立为太子。之所以迟迟不得立，只因鲁公做不得主。身为鲁君而不能做主，可见鲁国其实无君。国无君，有如天无日。鲁无君，就是鲁无日。'鲁'既无'日'，岂非只剩下'鱼'？"公子为听了，沉默半响，道："季叔把这弓送给我的意思是？"季公若道："望你能拨云见日，化'鱼'为'鲁'。"公子为听了，又沉默半响，道："冰冻三尺，非一日之寒。季孙氏专鲁国之政，迄今业已四世。不是我无心，无奈力不从心。"季公若道："古人有云：'有志者，事竟成。'你难道不曾听说？"公子为道："话虽这么说，事实却未见得如此。首先，鲁公是否同意，尚不可知。若无鲁公之命，则必定乏人响应。其次，即使鲁公有命，以鲁公手下这点兵力去攻季孙氏，也无异于以卵击石，何可成功？"季公若道："后孙恶与臧孙赐不满季孙意如已久，只要鲁公有命，窃料后孙氏与臧孙氏必定会助一臂之力。"公子为道："别忘了季孙氏那边也有仲孙氏与叔孙氏相助。"季公若道："昨日你不见仲孙玃病得不轻？看样子会一病不起。其子何忌，少不更事，必不敢轻举妄动。况且，仲孙玃已将何忌托付给孔丘，遇到这等大事，仲孙何忌少不得会先咨询孔丘的意见。"公子为道："孔丘会如何？"季公若道："孔丘素来主张'君君臣臣'，又与季孙意如私意不合，即使不劝仲孙何忌参与这倒季孙之举，至少会叫他中立。"公子为道："这是季叔的猜测呢？还是他这么说过？"季公若道："我昨日去探过孔丘的口风，他虽不明言，已作如此暗示。"公子为道："叔孙诺呢？"季公若道："叔孙诺为人一向谨慎，又上了年纪，依我看也会见风使舵。"季公若说罢，见公子为仍旧狐疑，又道："季孙意如屡次侵犯郯国，郯人恨季孙意如至深，郯子是我姊夫，如果公子为认为需要，我可以求郯为外援。"公子为听了，略一迟疑，道："事关重大，我须先去同果弟、贾弟商量一下再作道理。"季公若道："什么时候听你的回话？"公子为道："明日卯时猎场门口见。"季公若道："千万小心，不可走漏风声。"公子为道："这个自然。"公子为说罢，顿了一顿，双手握弓，向季公若长揖称谢道："这弓我就收下了。"

曲阜城里季孙意如养鸡场内，一排一人来高的木架，木架上七八个竹制鸡笼，每笼之内，斗鸡一只。木架之后是一个斗场，场地铺沙，周边一圈松木挡板。冶区夫领季孙意如走到第三个鸡笼之前，向笼中一指，道："这乌云盖雪最为凶猛，所以最先把铁翅给它装上。"季孙意如举目一望，但见笼中那鸡一身黑毛，了无杂色，双腿之上却各长一撮白毛，真个是如一片乌云盖雪。那鸡认得主人，高鸣一声，张开翅膀扑到笼边。季孙意如看那双翅膀，一一包裹着一片白铁，在阳光照射之下闪闪发光，不禁喜形于色。冶区夫口喊一声："黄七！"一名小厮应声过来，拱手道："黄七在。"冶区夫道："把火烧云与乌云盖雪放到斗场中去。"黄七走到第四个鸡笼面前，拧开笼锁，揭开笼盖，把那唤做火烧云的斗鸡取出笼来，放下场地。又拧开第三笼的笼锁，把乌云盖雪也取出来，也放到场中。两鸡在场中各据一方，引吭高鸣。冶区夫见了，双手连拍两下，两鸡应声腾空而起，顿时捉对儿厮杀。斗不过三个回合，火烧云跳将起来，高举双爪扑下，乌云盖雪张开双翅，在空中打一个盘旋，镶铁皮的翅膀宛如两把菜刀，扫在火烧云双腿之上。火烧云尖叫一声，负痛倒下，乌云盖雪就势扑上，用爪把火烧云脖子撕开，但见一股鲜血迸出，火烧云挣扎两下，即刻一命呜呼。乌云盖雪见火烧云不再动弹，跃到一边，振冠高鸣。冶曲夫道："如何？"季孙意如大喜道："明晚先用别的鸡挑战后孙恶的木鸡，让他先赢一场。然后下重注，派乌云盖雪上阵，令他输个一败涂地。"

次日一早，晨曦初上，凉风飘然而来。季公若依旧骑那匹火红马，立在鲁公猎场门口。过了约莫一刻时分，传来一阵马蹄杂沓之声，三骑人马由树林之后转出。公子为一马当先，身后跟着公子果与公子贲。三人奔到门前，一齐把马勒住，拱手与季公若施礼，季公若一边还礼，一边打量三人。见公子为一身素白，公子果一身浅绿，公子贲一身猩红，三人皆无弓矢，腰下却皆挂一把长剑。寒暄既毕，四人一起策马跑进猎场大门。季公若道："你们怎么都不带弓箭？"公子为道："季叔送的那张弓，我已经悬挂在正厅，不灭季孙，誓不动用。"季公若笑道："我并不曾问那张弓。"公子果道："季叔不见我们兄弟三人都带了剑么？今日之事，用剑比用弓矢更为便利。"季公若道："所谓今日之事，究竟为何事？"公子贲道："与季叔歃血为盟。"季公若听了，喜形于色，道："原来如此。"

四人正说着话时，远处荒草滚动，蹿出一头麋鹿来。季公若见了，急忙取弓抽箭，搭箭上弓，弯弓射箭，不偏不倚，正中那麋鹿头面，麋鹿应声而倒。季公若持弓在手，笑道："这弓箭也还用得着。刺取心血的事，就留给你们使剑的了。"公子为等三人听了，却都摇头。季公若不解道："难道有什么不妥？"公子为笑道："季孙氏的纛上绣的是什么，季叔难道忘了？"季公若听了，恍然大悟，道："原来你们要杀一头熊！"公子果道："不错。"公子贲道："去年我在黑石峡口猎取过一头，今日要不要还往那儿去？"公子为道："去年我也在那儿猎取过一头，可见那儿是熊经常出没之地。"季公若道："既然如此，径直往那儿去便好，不必在别处耽误时间。"四人于是一齐策马取左道，直奔黑石峡。

黑石峡两边石壁陡峭，壁顶松桧参天，壁底一条碎石小径蜿蜒如羊肠。石色黝黑，小径终年昏暗，石峡因而得名。峡口乱石重叠，灌木丛生，荒草没腰，天然一处野兽藏身之地。季公若等四骑人马来到峡口之外四五十步之处停下，公子为叫季公若取弓箭在手，以备万一。自己与公子果、公子贲一起下马，把马在树上拴了，从腰下拔出剑来，挥剑开路，直往峡口里去。三人行不过二十来步，早已惊动一头棕毛大熊。那熊往前走不两步，忽然人立而起，摇头大吼数声。回声从峡谷传来，草木皆惊，季公若坐下骑听了，惊得前蹄高举，险些把季公若颠下地来。公子为等三人仗剑在手，不为所动，从三面包抄而前。那熊见恐吓并不生效，放倒前爪，向挡在面前的公子为直冲过来。公子为往后一跃，将熊诱出，公子果趁机蹿到熊后，截断那熊奔回峡里的退路。那熊听见身后响动，撇下公子为，转身要扑公子果时，公子贲与公子为一齐跃上，公子贲一剑刺中那熊右胁，公子为一剑刺入那熊背后。那熊负痛又作人立而起，公子果趁机一剑从正面刺出，直取那熊胸口。那熊连中三剑，还要挣扎，三公子一齐将剑一搅，然后一拔，再往后一跃，各自闪到一边。那熊三处剑创顿时血如泉涌，大吼一声，一个跟跄，跌倒在地。三公子一齐奔上，动手将那熊掀起，仰放在地。公子为从腰带上解下一个青铜鎏金觥，左手持觥，右手刺出一剑，直取那熊心脏，等那心血喷出，用觥接着，等那觥满了，三位公子一同撇下那熊，收剑于鞘，退回拴马之处。季公若见了，滚鞍下马，迎上前去，拱手称贺道："三公子勇健如此，何事不成！"公子为将觥递与公子果，从怀中取出一封帛书，递与季公若。季公若接过，在手上展开来看时，但见上面写着："戮力一心，好恶同之，铲除季孙，复兴公室。"季公若阅毕大喜，道："如此极好。"公子果举觥于季公若之前，请季公若先歃。季公若推让道："公子为早当立为太子，我虽居长辈，不敢抢先。"公子为推辞不过，只好当先歃了，既歃之后，将觥递与季公若。季公若伸手来接时，冷不防脚下一滑，那觥一晃，几滴熊血溅到季公若丝袍胸前。公子为赔了个不小心。季公若道："你们三人衣上都溅有熊血，本来唯独我没有，现在我也有了。这岂不正是'戮力一心，好恶同之'之兆！"季公若说罢，哈哈一笑，把血歃了，将觥递与公子果。公子果歃毕，将觥递与公子贲。公子贲也歃了，用手一甩，把觥中余血洒到草上，将觥交还公子为。公子为依旧将觥在腰带上拴好。歃血既毕，季公若道："我去联络后孙恶、臧孙赐与郈子，游说鲁公之事，就由你们三位负责。"公子为道："如此分工甚好。"

四人兴致勃勃，策马出了猎场，奔到丁字路口，一齐右转，折入回曲阜的大道。跑不过数十步，见前面尘土飞扬，两骑人马争先恐后而来。四人一齐勒马，让到路边，举目一望，见来者原来乃是孔丘与宋凤。季公若见了，喊道："仲尼与宋君要往哪去？"孔丘与宋凤听见喊声，先后勒住缰绳，把马停了。六人在马上拱手施礼毕，宋凤道："怎么这么巧，又与你们四人不期而遇！"季公若见孔丘与宋凤皆带着弓箭，道："你们也要去猎场打猎？"孔丘尚未作答，宋凤抢先道："去打猎是不错，只是不知你所谓的猎场，究竟何在？"季公若听了一怔，道："前面见路左转就是鲁公猎场，宋君怎么不知？"宋凤听了，微微一笑，道："我以为你说什么别的猎场，原来你说的是鲁公猎场，那我怎么不知！"季公若道："你这么说，我就更糊涂了。"孔丘对宋凤道："休要胡调！公若只是一时忘记了，外人擅入鲁公猎场是犯法的。"宋凤扭头对季公若等人道："你们想必是从鲁公猎场出来。来得这么早，回去得也这么早，想必是大有斩获，怎么好像四人皆两手空空？"季公若略一迟疑，道："赶早来射雁，却不曾见着，有些扫兴，所以也就早早回去。"宋凤道："你想来射雁，大约不错。三位公子都不曾带弓箭，怎么个射法？"宋凤一边说，一边用手向公子为等三人一指。季公若道："我当然只是说我自己。"宋凤道："既无斩获，怎么四人身上都有血迹？"公子为道："同一头棕熊搏斗了一番。"宋凤道："公若无剑，想必不能上前助阵，怎么身上也是血迹斑斑？"季公若道："他三人将那熊刺倒，我以为那熊死了，走上前去看一看，不料那熊爬将起来，向前一蹿，伤口上的血遂溅到我的身上。"宋凤听了，大笑道："原来如此。准是让那熊给跑了，所以你们才扫兴而归。"季公若微微一笑，道："宋君真是厉害，想瞒都瞒不过。"季公若说罢，向孔丘与宋凤拱手道："别耽误了你们打猎，改日再会。"

公子为三人也一齐向孔丘与宋凤拱手告辞。六骑人马分作两拨，分道扬镳，季公若等四人往曲阜方向而去，孔丘与宋凤继续前趋。看看距离远了，孔丘道："你方才不该如此盘问，几乎令人无路可走。"宋凤听了一笑，道："我要真想盘问时，他们哪有路可走？我明明放他们一马，你还说我不该。"孔丘道："你怎么放他们一马？"宋凤道："我说那熊跑了，所以他们才扫兴而归，难道不是放他们一马？"孔丘笑道："想不到你也会察言观色。"宋凤道："什么察言观色？"孔丘道："你难道不是因为看出他们喜气洋洋，并没有半点扫兴的样子，才这么说？"宋凤笑道："样子是可以装出来的，只有你这种书呆子才会相信什么察言观色。"孔丘道："那你凭什么？"宋凤道："你没看见公子为腰上挂着什么？"孔丘道："一把剑。"宋凤道："还有呢？"孔丘想了一想，道："没看见有箭壶。"宋凤笑道："你的眼睛太大了，只能看见箭壶这样的大东西。"孔丘道："难道你看见了什么别的小东西？"宋凤道："不错。公子为腰带上拴着一只青铜鎏金觥，觥口血迹尚未干透。"孔丘看了宋凤一眼，道："没想到你有这么好的眼力。"宋凤道："我问你，他们四人去猎场究竟有何勾当？"孔丘笑道："我又不是算命先生，我怎么知道？"宋凤道："讨厌！跟你说正经的，你却一味胡调。"孔丘笑道："你是明知故问，想来考我，所以我懒得理你。"宋凤笑道："没想到你还呆得不够彻底，

78

还猜得出我在考你。懒得理我是假，怕考不及格是真。"孔丘道："笑话！你以为我真的不如你？"宋凤道："你没有看见那只鲵，已经是输了，当然是不如！"孔丘道："我不同你争，反正我知道他们去鲁公猎场干什么。"宋凤笑道："你这么说，好像我不知道？"

　　后孙恶府第客厅之内，中央铺一块大红绣金花毡毯，毡毯之上摆两张花梨几案。靠门一排落地长窗，两侧护壁从地板一直镶嵌到天花板，窗棂与护壁皆是花梨所制，雕刻精美非凡。对面墙上正中挂一张枣木雕弓，弓身通体镶嵌金丝饕餮花纹，两端分别刻作龙首与凤头。季公若跪坐在客席之上，侧首看着墙上的雕弓出神。后孙恶缓缓自外踱入，季公若见了，站起身来。两人相互拱手行礼，复分宾主就座。后孙恶道："我看你每次来，都端详这张弓。"季公若道："实不相瞒，我确有好弓之癖，这弓又委实不同凡响。"后孙恶笑道："你可知这弓的来历？"季公若道："不知。"后孙恶道："这弓乃是文公夫人敬嬴的嫁妆。"季公若发一声感叹，道："原来如此。却如何到了你的手中？"后孙恶道："文公卒，敬嬴之子立为宣公。宣公不满季文子专权，谋去季孙氏。先祖公子仲归以勇力闻于当时，参与宣公之谋，宣公遂以此弓见赐。不料宣公暴卒，去季孙氏之谋也就不了了之，空留这弓在人间，成了一件装饰。"

　　季公若听了，又发一声感叹。两人正说着闲话，司阍自外入，拱手对后孙恶道："季孙意如遣人来传语，要于今晚挑战主公的木鸡。"后孙恶听了一笑道："季孙意如想必又从什么地方找了什么新鸡种来，居然又胆敢来挑战我的木鸡了！"季公若道："季孙意如输给你的木鸡几回了？"后孙恶笑道："输了无数回，已经有大半年不敢叫阵了。"季公若道："季孙意如狡诈得很，他这回来，说不定有什么奇招，你要格外小心。"后孙恶略一犹豫，对司阍道："季孙意如派来的人走了没有？"司阍道："没有，还在门房等主公的回话。"后孙恶道："你去唤他进来。"司阍唯唯退下。后孙恶一声喊："琥珀！"一名使女应声而入，后孙恶道："去取两封铜钱来。"

　　片刻之后，司阍领黄七入。后孙恶道："冶区夫大夫又替季孙出了什么高招？"黄七拱手道："小人不知。"后孙恶道："真的不知？"黄七正欲回话，琥珀手持两封铜钱入，将铜钱放到后孙恶身前的几案之上，随即退出门外。后孙恶指着几案上的铜钱，道："这两封铜钱也许与你无缘，也许其中一封与你有缘，也许两封都是你的，就看你怎么回答。"黄七望着几案上的铜钱，咽下一口唾沫，道："季孙的鸡翅膀上装了铁甲。"后孙恶听了，看一眼季公若道："这家伙果然狡诈！"说罢，后孙恶从几上拿起一封铜钱，扔给黄七，道："拿着。"黄七趋前，把铜钱接在手中，点头如捣蒜般称谢不迭。后孙恶道："你还听见季孙同冶大夫说了些什么？"黄七支吾其词道："没有，没有，小人什么也没有听见。"后孙恶从几案上拿起第二封铜钱，向空中一抛，又用手接着，道："真的没有？可惜这钱想给都给不出去。"黄七眼睛跟着铜钱上下溜了一回，又咽下一口唾沫，终于忍不住道："小人还听见了一句话。"后孙恶笑了一笑，道："什么话？"黄七朝司阍与季公若看了一眼。后孙恶道："不用担心，都是自己人。"后孙恶说罢，见黄七依旧犹豫，又指着自己的耳朵，道："你过来，对着这儿说，别人都听不见。"黄七趋前，对着后孙恶的耳朵轻轻咕噜了两句。后孙恶听了大喜，一指几案上的铜钱，道："拿去！"黄七拿起铜钱，又点头不迭谢了，跟着司阍退出门外。后孙恶扭头对季公若道："你今晚何不与我同去斗鸡苑，看我去杀他个片甲不留！"

　　曲阜斗鸡苑内，灯火通明，人声鼎沸。右手边第三斗场看台上人山人海，围个水泄不通。季孙意如与冶区夫立在看台东端中央，身后跟着黄七。斗场西端中央立着后孙恶与季公若，身后跟着一名小厮。季孙意如扭头吩咐黄七，道："放鸡！"黄七弯腰伸手，提起一个竹笼，笼上罩着一圈黑绢。黄七取下绢罩，打开笼盖，从笼中捧出一只斗鸡来。黄七松手，把那斗鸡放下斗场。众人往场下看时，但见那鸡通体纯白，鸡冠赤红挺立，鸡尾颀长飘动，雄赳赳，气昂昂，立在斗场中央，挺脖仰头，一声高叫。众人见了，无不拍手叫好。俟人声静了，后孙恶也回头吩咐一声："放鸡！"后孙恶身后小厮也提起一个竹笼，笼上罩一圈深红绢罩。小厮取下笼罩，打开笼盖，不等小厮伸手，笼中那只木鸡早已跃出鸡笼，飞下斗场。看台上的众人，没有见过木鸡的，早已吃了一惊，那些见过的，也仍然禁不住"啧啧"称奇。大家一起举目往场下一望，但见木鸡身材并不高大，羽毛并不光滑，鸡冠发乌，鸡尾下垂，悄然静立在场边，并不张声。没见过的，又早吃了一惊。那些见过的，却只拿眼睛去盯那鸡腿与鸡爪，但见那双鸡腿依旧粗壮无比，那对鸡爪依旧铁齿一般刚劲，也就忍不住面呈笑容。另一名伙计一手持锣，一手持锤，走到斗场之旁，对场下、台上各自观望了一回，看看一切就绪，把持锣的手臂向前伸直，将持锤的手臂高高举起。看台上顿时鸦雀无声，一双双眼睛无不盯在场中两鸡之上，只闻邻台传来阵阵叫喊。突然，锣声"当当"响了两下，斗场之中季孙意如的白鸡张开两翅，奋力朝后孙恶的木鸡扑去，那木鸡却屹然不动，等白鸡距离近了，突然一跃，腾空而起，让白鸡扑了个空。白鸡转身，作势正要再起，却见木鸡的双爪早已抓到，白鸡躲闪不及，头颈被木鸡抓个正着，顿时鲜血被面，一头栽倒，看台上立刻响起一片欢呼与叹息。后孙恶踌躇满志，向季孙意如看了一看，季孙意如对后孙恶拱一拱手，道："恭喜后孙赢了第一场。"说罢，扭头吩咐黄七，道："放鸡！"黄七弯腰伸手，提出另一个鸡笼，除下笼罩，打开笼盖，放出乌云盖雪。那乌云盖雪也如东方霸主一般，不待吩咐，自己飞下场地。众人但觉眼前一亮，再仔细往场下看时，方才发现这"一亮"，乃是因乌云盖雪双翅之上包裹的白铁铁甲所致，无不惊叹万分。惊叹之声既毕，忽有人道："这装镶铁片，可属违章？"季孙意如反问道："斗鸡苑可有章程禁止？"看台上顿时议论纷纷，邻台的观众听见了，也纷纷挤过这边来看热闹。一片嘈杂声中，忽然听得一口嘹亮的声音喊道："众人请安静！"人声渐渐止了，大家一齐向这说话的声音望去，但见一人来到台前，向台上各个方向皆一一拱手施礼，然后道："在下斗鸡苑总管张方，本斗鸡苑并无章程规定不得在鸡身任何部位装镶物件。"张方总管说毕，又向各赌客拱一拱手，转身退下。大家一齐举目盯着后孙恶，但见后孙恶不慌不忙，平声静气向身后小厮喊一声："放鸡！"还是那只木鸡，依旧如前不声不响飞下场地。眼尖的赌客看了却不禁失声，季孙意如听了，往木鸡仔细看时，也不禁大惊失色，原来那木鸡的腿爪之上多了一层带刺的铁甲。随着两声锣响，乌云盖雪飞腾而起，直扑木鸡，木鸡依旧以逸待劳，俟乌云盖雪扑到，突然跃起，重施故技，却不料乌云盖雪忽然振翅盘旋，裹铁的双翅如两把飞刀，横扫木鸡双腿。无奈翅膀扫到腿上，乃是以铁碰铁，伤不得半点毫毛。乌云盖雪盘旋攻势方停，木鸡带刺的铁爪早到，只一抓，将乌云盖雪抓个头破血流。乌云盖雪不顾鲜血横流，奋力振翅，又施一番盘旋攻势，无奈仍旧伤不得木鸡铁裹的腿爪。盘旋攻势再停时，又被木鸡铁爪抓过正着，乌云盖雪禁不住这两抓，一番挣扎之后，终于倒地不起，看台上一片哗然。季孙意如见了，气得须发并张，举起手指，指着后孙恶道："你这无赖小人！"后孙恶淡然一笑，道："以小人之道，还治小人之身！"季孙意如勃然大怒，捋起衣袖，排开左右人众，要过来找后孙恶动手，被冶区夫死死拽住，苦苦劝下。

当日深夜，季孙意如议事厅内，季孙意如在厅中徘徊，冶区夫立在门口不动。季孙意如突然停步，道："我故意不在第一场露出铁甲翅，他也故意不在第一场露出铁刺爪，有这么凑巧的事吗？"冶区夫道："难道是有人走漏了消息？"季孙意如道："除了你我，只有黄七知道。"冶区夫道："主公的意思，是把黄七叫来审一审？"季孙意如道："不必费那么多麻烦，即使审他，谅他也不会招供。"冶区夫道："然则如何？"季孙意如道："宁我负人，勿人负我。"季孙意如说罢，对门外喊一声："西门彪!"一中年男子应声而入，衣冠俱黑，腰下挂剑，步履轻捷，拱手施礼，道："主公有何吩咐?"季孙意如招手，西门彪趋前，季孙意如对西门彪一番耳语。

残月如钩，微云似水，树影婆娑，夜深人静，两条黑影蹿进两堵高墙夹成的一条小径。黄七走在前面领路，西门彪在后面跟着。走不过十来步，黄七指着左边的墙头，道："这里边就是后孙恶的养鸡场，小心有狗。你有轻功，翻得过去，我只能留在外面替你放风。"西门彪冷笑一声，道："我自有法子让你也进得去。"黄三听了一怔，不及反应，早被西门彪用手指在后颈一戳，顿时口不能言，四肢麻木。西门彪提起黄七，往围墙里一抛，随后纵身向墙头一跃。黄七"砰"的一声跌倒在地之时，西门彪恰好悄然落在墙头。两条狼犬一声不响，从黑暗中蹿出，扑向黄七。西门彪趁机跃下墙头，提剑在手，直奔鸡笼所在。

次日一早，后孙府大门门前，后孙恶自大门出，正要登车，却听见一阵慌乱的脚步声从门里传来。后孙恶扭头一望，见是侍候斗鸡的小厮奔出门来，神色慌张道："主公! 不好了! 鸡被杀了!"后孙恶听了大惊，道："鸡被杀了? 哪一只鸡? 是谁干的?"小厮道："都被杀了，不知道是谁干的。"后孙恶赶到养鸡场一看，见木架上六个鸡笼皆被从中一劈两半，鸡死笼中，鸡血四溅。三十步外，地上仰卧一具尸体，头面早被狼犬吞噬，无可辨认。对面围墙之下，两条狼犬倒在血泊之中，咽喉皆被切断。后孙恶气急败坏地道："季孙意如! 季孙意如!"

后孙恶客厅内，后孙恶与季公若相对跪坐于主客之席，后孙恶道："这季孙意如怎地可鄙! 昨夜竟遣人来将我的鸡都给杀了。"季公若道："季孙意如昨夜要了你鸡的命，今夜说不定还来要你的命。"后孙恶道："谅他还不敢如此放肆。"季公若笑道："自然是讲笑话。不过，别以为他不敢，申夜姑的命难道不就是葬送在他手里!"后孙恶听了，沉吟半晌，道："鲁公也太软弱，竟然容忍季孙意如如此横行!"季公若道："这也不能怪鲁公，毕竟鲁公手下实力单薄，不是季孙氏的对手。"后孙恶道："自己的实力不够，难道不会找人帮忙?"季公若道："并不见有人出来反对季孙氏，你叫鲁公去找谁?"后孙恶："鲁公自己甘心做缩头乌龟，自然不会有别人来替他出头。"季公若道："你是说，如果鲁公肯自己出面，就会有人参加?"后孙恶道："别人我不敢说，至少我后孙恶绝不会袖手旁观。"季公若听了，站起身来，向后孙恶拱手长揖，道："今日我来，就为听这句话，我就知道你是个顶天立地的大丈夫!"后孙恶见了一怔，连忙起身拱手还礼，道："你这是什么意思?"

季公若道："我早已有心铲除季孙、复兴公室。昨日公子为、公子果、公子贲与我四人已歃血为盟，协助鲁公起事。你既有心，何不加盟？"后孙恶道："鲁公已经同意了？"季公若道："公子为将去同鲁公商谈细节，一旦有了消息，我会立刻告诉你。"后孙恶道："一旦鲁公有命，我后孙恶一定全力相助。"季公若喜形于色，道："既得后孙氏之助，这事如何不成！"说罢，拱手告辞，却被后孙恶唤住。后孙恶却道："且慢！"说罢，略一迟疑，走到对面墙边，把墙上的雕弓取下，双手捧到季公若面前，道："这弓当年因谋去季孙而入后孙之家，今日亦因谋去季孙而出后孙之家，堪称有始有终。你既为去季孙之首谋，这弓非你莫属。"季公若举手推辞道："你的意思我领了，但这弓乃后孙氏传家之宝，我何敢受！"后孙恶道："你既邀我入盟，我既应允加盟，你何可如此见外？"季公若听了，拱手称谢道："你既如此说，我何敢辞。虽然，这弓既是宣公遗物，何敢造次领受！"季公若说罢，双膝跪下，双手高举过头，毕恭毕敬，从后孙恶手上将那雕弓接过。

曲阜浣花池内，灯火闪烁，三五个女人在温泉池中闭目养神，六七个使女在池边侍候。宋凤与姜姬裹一身浴巾，躺在池边两张相邻的卧榻之上。宋凤道："下午南宫敬叔来看仲尼，听说姊夫渐好，可喜可贺。"姜姬叹口气，道："时好时坏，我看并不是真的好转。"宋凤道："总比恶化强。"姜姬又叹了口气，道："这病一拖转眼将近半年，老这么拖着不死不活，也令人难受。"两人正说着闲话，大门开处，进来一个眉眼俊俏的女人。那女人走到对面一张空榻之前，脱下罩在外面的一件粉红薄纱长裙，露出一副绰约迷人的身段，"扑通"一声跳下池中。姜姬压低声音道："守不住活寡的女人多的是。你看，那不就是一个！"宋凤道："你认识她是谁？"姜姬道："臧孙赐的夫人曹姬。"宋凤道："你们既然认识，怎么不打个招呼？"姜姬道："她装做没有看见我，我也就装做没有看见她。"宋凤道："臧孙赐得了什么病？"姜姬道："什么病也没有。"宋凤不解道："那你说什么守不住活寡？"姜姬道："臧孙赐出使晋国，被晋人扣在晋国有半年了。"宋凤道："她跟谁搞上了？"姜姬道："外面的流言说是臧孙赐的弟弟臧孙贲。不过，我看臧孙贲不是那种人，臧孙赐的从弟臧孙会是个风流种，长得又同臧孙贲相像，准是把他俩认错了。"宋凤道："怎么有那么多人喜欢盗嫂？"姜姬道："什么叫那么多？你还知道谁？"宋凤道："季公若不就是一个？"姜姬道："他不是没盗成吗？"宋凤道："他既有心，就得算一个。没成，只是因为季姒无心偷叔。"姜姬笑道："因为季姒同你一样，只对'招之即来，挥之即去'的人有兴趣。"宋凤笑道："这可是你寻我开心在先。你既同我不一样，是不是有心偷叔？"姜姬道："无奈你姊夫没有兄弟。"宋凤道："兄弟虽然没有，从弟不是有吗？"姜姬道："你是说仲孙驹？"宋凤道："看你，不打自招。姊夫从弟好几个，你怎么就偏偏只问一个仲孙驹？"姜姬听了，两颊腾红，道："我不同你胡调！"

半个时辰之后，宋凤与姜姬带着各自的使女出了浣花池，宋凤的马车刚刚离开门口，曹姬闪出门外，一辆马车从对面黑暗中跑来，在门口略一停顿，曹姬一跃登车，马车立即绝尘而去。马车在集雅楼门前停下，曹姬面蒙一块黑纱巾，跳下马车，直奔集雅楼二楼，疾步行到第三间包间门口，推门而入，反手将门关紧。门内四壁帷幄深垂，烛光昏暗，榻上斜躺着一个三十上下男子，赤着一双脚，见曹姬把门关好，跳将起来，把曹姬拦腰抱住，平放到榻上，一边迫不及待地剥去曹姬的长裙，一边道："怎么来得这么晚？让我等得好苦！"曹姬道："在浣花池碰见姜姬，怕她识破，等她走了才敢溜出来。"几番云雨过后，曹姬斜倚卧榻，气喘吁吁地道："外面风传赘弟与我有染，是不是你造的谣言？"男子笑道："你是不是真同他有一手？"曹姬道："我要是同他有一手，还要你这死鬼！"男子道："怎么？你以为我不如他？别人都说我臧孙会与臧孙赘虽是从兄弟，却长得比亲兄弟还像。"曹姬神色略显慌张，道："难道是有人看见了，却又把你错看成了他？"臧孙会道："管他这些呢！"曹姬道："臧孙赐就要回来了。这话要是让他听见了，我怎么办？"臧孙会道："你难道不会矢口否认？"曹姬道："蠢才！这种谣言，越是否认，越令人信以为真。"臧孙会道："那依你的意思应当怎么办？"曹姬想了一想，道："不如这样。"臧孙会道："不如怎样？"曹姬道："你明日动身去晋国边境接臧孙赐，预先把这谣言告诉他。他听了将信将疑，必然暗中查访，一旦查无实据，谣言就会不攻自破。"臧孙会道："怎么让他查无实据？"曹姬不答，只伸出食指一勾，臧孙会趋前，曹姬对臧孙会一番耳语。臧孙会听毕，笑道："这主意不错。不过，我上哪去找个女人来冒充你？"曹姬笑道："你别在我面前装蒜了！你以前时常带那梨花院落里一个唤作秋风的妓女来此销魂，你以为我不知道？"臧孙会道："哪是什么销魂？不过画饼充饥罢了。"曹姬道："什么'画饼充饥'？"臧孙会道："那秋风身段与你有些相似，得不着你时，权且拿她当你。"曹姬道："休要胡调！如果当真有些像我，那岂不正好？"曹姬说罢，顿了一顿，又笑道："反正你又要重新尝那'画饼充饥'的滋味了。"臧孙会道："此话怎讲？"曹姬起身，一边穿衣，一边道："臧孙赐回来之后，我哪还能同你在这儿这般鬼混？"

曹姬走了大约半个时辰，臧孙会估计送曹姬的马车快要返回了，缓步踱出集雅楼，冷不防被人从背后在肩上拍了一掌。臧孙会回头看时，见是阳虎，心中吃了一惊，道："怎么是你？"阳虎笑道："怎么？这儿只能你来，我就不能来？"臧孙会道："你是大忙人，哪能同我这种闲人相提并论？"阳虎笑道："你是大闲人，所以来这儿风流。我是大忙人，所以来这儿公干。"臧孙会赔笑道："你真是会讲笑话。什么风流？不过吃顿便饭。这儿是酒楼，又怎能来这儿有所公干？"阳虎大笑道："好一个'吃顿便饭'，只怕是吃得云雨霏霏，欲仙欲死！你问我有什么公干？我专程在此等你！"臧孙会道："等我干什么？"阳虎道："给你点好处。"臧孙会孙会强作镇定道："我看你是喝多了，昏头昏脑，胡言乱语！"阳虎笑道："我又不曾有机会吃那顿便饭，昏头昏脑的怎么会是我？过不了几天臧孙赐就会回来，谁都知道曹姬是他的心肝宝贝，他要是知道他的心肝宝贝被你偷了，他能饶得了你？"臧孙会也笑道："俗话道：'捉贼见赃，捉奸拿双。'你又没有证据，臧孙赐凭什么会相信你？"阳虎冷笑一声，道："你也不问我为什么会在这儿等你？因为集雅楼的伙计之中有我的人！"臧孙会道："臧孙赐凭什么相信集雅楼的伙计？"阳虎道："你居然还嘴硬。我问你：曹姬赏你的那只绣花荷包在哪？"臧孙会听了，慌忙伸手向怀里一摸，却摸了个空，不禁一脸慌张。阳虎用手向自己怀里一指，笑道："不用慌张，并没有丢，在这儿给你好好地保存着。"臧孙会听了大惊，道："怎么到了你手里？"阳虎笑道："我不是告诉了你：集雅楼的伙计是我的人么？"臧孙会泄了气，道："你要怎样？"阳虎又大笑，道："你的记性怎么这么不好？不是刚刚同你说过，我要给你大大的好处吗？这儿不是说话的地方。"阳虎说罢，伸手一招，一辆马车从对面黑暗中跑过来。臧孙会道："你要我去哪？"阳虎道："去见季孙意如。"

　　季孙意如议事厅内，季孙意如跪坐在堂上漆红描金几案之后，阳虎与臧孙会分别跪坐于对面客席之上。季孙意如道："时候不早，不想多打搅臧孙，只想求臧孙帮个小忙。"臧孙会道："阳虎方才说，季孙大夫要给我点好处，怎么变成了要我帮点小忙？"季孙意如笑道："来而不往非礼也。你答应帮我一点小忙，我自会给你好处。"臧孙会道："什么小忙？"季孙意如道："臧孙赐是鲁公的亲信，鲁公事无巨细都同臧孙赐商量，我虽然身为鲁国之相，却时常不得鲁公要领。"臧孙会道："你要我充当你的细作，从臧孙赐处刺探鲁公的消息？"季孙意如微微一笑，道："什么细作不细作的，何必说得如此难听。只要你肯首，我就会令你继承臧孙赐之位。"臧孙会道："臧孙赐要是不肯呢？"季孙意如道："我自会有办法令他就范，你看我可从来有过办不到的事情？"臧孙会想了一想，道："有消息时，我怎么告诉你？往你府上跑多了，会令人疑心。"季孙意如道："你只需于晚间去斗鸡苑露面，我自会有安排。"臧孙会道："一言为定。"季孙意如听了一笑，道："一言为定。"季孙意如说罢，扭头吩咐阳虎道："臧孙寄存在你处的东西，你还不还给他？"阳虎犹豫片刻，终于从怀中摸出那个荷包，递给臧孙会。臧孙会接了，起身拱手告辞。

送走臧孙会，季孙意如与阳虎回到议事厅。不待入席就座，阳虎急切道："主公为什么不留下那荷包？"季孙意如缓步踱到主位之前，慢慢坐下，轻描淡写道："留下那荷包有何用？"阳虎道："那荷包是臧孙会的把柄，没有这把柄，臧孙会岂会跟我来见主公？"季孙意如道："他既然已经来了，那把柄难道不就是已经用过了？"阳虎道："难道主公不怕他反悔？"季孙意如道："要挟远不如利诱，让他继承臧孙赐之位的承诺，远比留下那荷包有用得多。"阳虎道："他要是怀疑主公的承诺呢？"季孙意如道："用人全凭一个'信'字。扣下那荷包，显示你不信他。你既然不信他，又怎能指望他信你？如果他本来并无疑心，留下那荷包，徒徒令他生疑。如果他本来已经生疑，留下那荷包，只会令他更疑。"阳虎听了，拱手道："主公高见，阳虎不如远甚。"

五日后，黄河渡口，烟波渺渺，斜阳西下，倦鸟归林。臧孙会座下骑一匹白马，立在岸边山坡之上向河中眺望。一只渡船乘风而来，船头立着一人，身材高大，浓眉美髯，高颧阔颡，面色略显憔悴，身后立着一名从人，牵着一黑一白两匹骏马。臧孙会见了，策马跑下山坡，渡船靠岸，人马下舟，臧孙会滚鞍下马，迎上前去，拱手施礼，道："赐兄一路辛苦了。"臧孙赐拱手还礼毕，道："怎么是你来了？朱总管呢？"臧孙会道："朱总管本要来接你，我看他太忙，就同他说不如我来就行了。"臧孙赐道："原来如此。家中一切都好？"臧孙会道："一切都好，只是大家都惦记着你。"臧孙赐道："你来前可见着曹姬与赘弟？"臧孙会并不回答，却吩咐臧孙赐的随从道："还不快把马牵过来！"随从牵过黑马，交与臧孙赐。三人先后跨上马背，臧孙赐与臧孙会并辔在前，随从在后紧跟。臧孙会道："我在前面十五里外的枫林驿订好了马车与房间，今晚在枫林驿过夜，明日改乘马车回曲阜。枫林驿对面的醉花间酒楼酒菜俱佳，我在那儿订了一席酒为你洗尘，时候已经不早，我们得快点走。"臧孙会说罢，举手扬鞭，拍马上了驿道，绝尘而去。臧孙赐见了，略一皱眉头，拍马追了上去。

当日稍后，醉花间酒楼二楼包间之内，烛影摇红，薰香袅袅，臧孙赐与臧孙会对坐于食案之后。臧孙赐道："你来前可见过曹姬与贽弟？"臧孙会道："方才你显得颇为疲倦，洗个澡，换了衣服，显得精神多了。"臧孙会说罢，双掌一拍，一名伙计应声而入。臧孙会问伙计："可有漂亮的女人陪酒？"伙计尚未作答，臧孙赐摇手道："何必多此一举，有了外人，不便说话。"伙计望着臧孙会道："都漂亮得很，我去领几个上来让客官挑选一下如何？"臧孙会尚未作答，臧孙赐又摇手道："不要！不要！"臧孙会道："当真不要？"臧孙赐道："当真不要。"臧孙赐说罢，又扭头吩咐伙计："快将酒肴上来！"伙计唯唯退下。臧孙赐道："我问你的话，问了两遍，你怎么还不回答？"臧孙会支吾道："你问我什么话？"臧孙赐不悦，道："我问你来前见过曹姬与贽弟没有？"臧孙会做出一副欲言又止的样子，迟疑道："有句话不知该不该说与你听。"臧孙赐急切道："说呀！有什么不能说的？"臧孙会道："只是谣言，你切莫当真。"臧孙赐道："什么谣言？快说给我听！"臧孙会道："外面有谣言，说嫂夫人与贽弟……"臧孙赐迫不及待插嘴道："说他两人怎样？"臧孙会顿了一顿，道："说他两人有了那个勾当。"臧孙赐听了，满脸涨红，过了半晌，方才道："当真？"臧孙会道："我不是说，只是谣言，切莫当真么？"臧孙赐沉默不语，提起酒壶，斟满一杯，端起酒杯，一饮而尽。臧孙会道："你何必这么紧张，谣言属不属实，暗中查访一下不就水落石出了。"臧孙赐道："怎么个查法？"臧孙会道："当然是跟着谣言提供的线索去查。"臧孙赐道："谣言怎么说？"臧孙会道："据谣言，嫂夫人每逢去浣花池，都暗中溜出，到集雅楼与贽弟相会，你何不遣个心腹的人，暗中跟踪嫂夫人，如果真有那事，那还能逃得脱？"臧孙赐听了，沉吟半晌，道："言之有理。"

曲阜臧孙赐府书房之内，臧孙赐坐在书案之后，朱总管自外入。朱总管拱手道："主公唤我有何吩咐？"臧孙赐道："把门关好。"朱总管关上身后的房门，垂手立在书案之前。臧孙赐道："自我走后，府中可有什么不寻常之事？"朱总管略一迟疑，道："没有。"臧孙赐道："贽弟是否经常来府？"朱总管道："大约每隔三五日来一回。"臧孙赐道："来见你呢，还是来见夫人？"朱总管道："每次来必同我见面，问府中一切可好，有无事情须他帮忙。若夫人在府中，也必同夫人见面。"臧孙赐道："夫人常到哪去？"朱总管道："晚间常去浣花池。"臧孙赐道："可携使女一同前往？"朱总管道："夫人说不用使女相随，总是自己一个人去。"臧孙赐道："你可听到什么有关的谣言？"朱总管略一迟疑，终于点了点头。臧孙赐道："我回来已经两天了，你怎么不早告诉我？"朱总管道："谣言未必可信。"臧孙赐道："你查访过了?"朱总管道:"没有。"臧孙赐道:"既然没有,你怎么知道不足信?"朱总管道:"我看赟老爷不像那种人。"臧孙赐听了,冷笑一声道:"那你的意思是:夫人像那种人?"朱总管仓皇否认道:"不是!不是!不是那个意思!"臧孙赐道:"你听到的谣言是怎么说的,你给我从实招来。"朱总管道:"据谣言说,夫人从浣花池溜出来,到集雅楼与赟老爷相会。"臧孙赐听了,沉默半晌,道:"你去吩咐阿蔡,叫他暗中在集雅楼门前盯梢。"朱总管拱手道:"知道了。主公可还有别的吩咐?"臧孙赐摇头。朱总管退下。

两日后,晚饭既毕,臧孙赐在灯下书写文书,曹姬自外入,站在门口,对臧孙赐道:"我去浣花池泡一泡温泉。"臧孙赐抬头看曹姬:长发用粉红丝带系作马尾,身披一袭粉红长裙,腰系一条粉红丝绦,脚下一双软底皮靴,蛾眉淡扫,绛唇轻点,一副随随便便的打扮,透出万种风情的魅力。臧孙赐道:"你也不带个使女去?"曹姬道:"就是去水里泡一泡,何必带使女?一个人更加自在。"臧孙赐道:"什么时候对泡温泉上了瘾?"曹姬嗔道:"还不是你不在家的这半年!"曹姬说罢,一扭腰,施施然出了房门。

曹姬出门之时,一辆马车在梨花院落门前停下,一个女子从梨花院落门里进入马车。臧孙会坐在车厢里,抬头一望,见女子长发用粉红丝带系作马尾,身披一袭粉红长裙,腰系一条粉红丝绦,脚下一双软底皮靴。女子让臧孙会端详过后,笑道:"打扮得对不对?"臧孙会把女子搂过来,亲了一亲,笑道:"还不错。"女子仰头一笑,道:"我秋风什么时候错过?"臧孙会用脚一踢车厢,喊一声:"浣花池!"马车外车夫扬鞭,马车绝尘而去。秋风道:"不是去集雅楼吗?"臧孙会道:"去浣花池泡温泉是大家闺秀的时尚,让你去过过大家闺秀的瘾,你还嫌不好?"马车在浣花池门前停下,车门开处,秋风跳下车厢。臧孙会道:"半个时辰一准出来,马车会在门口等你。"秋风道:"知道了。"臧孙会目送秋风进了浣花池大门,伸手把车门关了,用脚一踢车厢,喊一声:"集雅楼!"马车在集雅楼门前停下,臧孙会跳下车来。立在门口的伙计趋前相迎,见了臧孙会,满脸堆笑,拱手施礼,道:"臧孙老爷的包间依旧在三号。"臧孙会塞给伙计五枚铜钱,道:"我在包间等候梨花院落的秋风,等会儿如果有人来问,你……"臧孙会尚未说完,那伙计抢先讨好道:"小人明白,小人一定不会泄露。"臧孙会道:"错了。"那伙计听了一怔,道:"小人错了?"臧孙会不答,伸出食指一勾,伙计趋前,臧孙会对伙计一番耳语。伙计一边听,一边点头如捣蒜。

过了约莫一个时辰,一辆马车在集雅楼对面横街之中停下,臧孙赐掀开窗帘,喊一声:"阿蔡!"黑暗中应声闪出一条人影,疾步走到车窗前。臧孙赐道："你都看见了些什么？"阿蔡道："先前有个像挚老爷的男子进去了，一直没有出来。方才……"臧孙赐道："方才怎样？"阿蔡道支吾其词："方才……"臧孙赐道："方才是不是有个像夫人的女子也进去了？"阿蔡点头。臧孙赐道："我既然来了，你可以走了。"阿蔡拱手退下。臧孙赐跳下车厢，跨过马路，走到集雅楼门边。立在门口的伙计迎上前来，臧孙赐递给伙计五枚铜钱，道："方才那女子去了谁的包间？"伙计却不接钱，只顾摇手道："集雅楼的规矩，例不泄露客人消息。"臧孙赐听了，并不答话，又从衣袖里再拿出五枚铜钱来，放在手心，递给伙计。伙计见了，接过铜钱，在怀里揣好，悄声道："臧孙老爷。"臧孙赐听了，心如刀割，强作镇定，道："哪个臧孙老爷？"伙计道："来集雅楼的只有一个臧孙会老爷。"臧孙赐听了，吃了一惊，道："臧孙会？你不会认错？"伙计道："臧孙老爷时常与梨花院落的秋风来这儿幽会，小人绝不会认错。"臧孙赐听了，又吃了一惊，道："你说与他相会的女子是什么秋风？"伙计道："不错。"臧孙赐听了，一脸疑惑。伙计见了，又道："方才进去的那女子就是梨花院落里最当红的妓女秋风，客官原来并不认识？"臧孙赐如释重负道："原来如此。"

臧孙会府客厅，臧孙赐在厅中徘徊，臧孙会自外入，臧孙会道："你来去这么匆忙，难道有什么要紧的急事？"臧孙赐略一迟疑，道："其实也没什么事情，只是那谣言……"不待臧孙赐说完，臧孙会抢先道："那谣言查出个结果了？"臧孙赐道："不错。"臧孙赐说罢，顿了一顿，又道："其实原来是你。"臧孙会故作紧张道："怎么是我？你可千万不要误信了谣言！"臧孙赐听了，微微一笑，道："不要误会。我是说，其实是你与梨花院落的秋风，被人看错了。"臧孙会作恍然大悟状，道："嗨！原来如此，我怎么就没有想出来！"臧孙赐道："这也不能怪你，我也不曾想到。"臧孙会做懊恼状，道："这却如何是好，岂不是因我坏了嫂夫人与贽弟的名声？"臧孙赐道："谣言毕竟是谣言，查无实据，自会烟消云散，你不必为此操心。你既喜欢那秋风，何不娶进来，纳之为妾？"臧孙会道："并非认真喜欢，只是因为闲得无聊。"臧孙赐道："你这毛病倒是应当改一改。"臧孙会道："闲人自会有这些闲毛病，像你这种忙人，自然想不起寻花问柳的勾当。"臧孙赐道："你想不想找点正经事情做？"臧孙会道："那要看是什么事情。"臧孙赐道："我缺个作记录的助手，你肯不肯帮忙？"臧孙会道："既是给你帮忙，我怎敢说不。"臧孙赐道："那你现在就跟我一起去见鲁公。"

曲阜斗鸡苑内，灯火辉煌，人声鼎沸。姜姬与宋凤在左手边第三看台之上，臧孙会从门外进来，举目四望。姜姬见了，用胳膊一捅宋凤，轻声道："盗嫂的来了。"宋凤正聚精会神于斗鸡场内，随口应道："哪个盗嫂的?"姜姬又一捅宋凤道："你快看呀!"宋凤扭头，见臧孙会正从看台下走过，一个伙计前来接着，领往后面会客厅去了。宋凤轻声道："臧孙会?"姜姬道："不错。他今日来，看样子也不是来斗鸡，准是去后面房间里见什么人。"宋凤笑道："你要不要跟着进去看看是个什么人，要是没有别人在，你岂不是有机会一试?"姜姬听了大笑，道："你可真是没羞! 我要告诉仲尼，好好教训你一番。"宋凤笑道："量你也没这胆去同他说，就算你有胆去说了，他也没这胆来教训我!"

宋凤与姜姬逗笑之时，臧孙会跟着那伙计进了斗鸡场后面的会客厅，伙计当即退出，反手将门关了。臧孙会举目四望，见厅中空设两副座席，并无一人，正纳闷时，忽听得"咔嚓"一声响，但见对面雕花护壁旋转而开，露出一道暗门，门内一条石头阶梯连接一条地道。臧孙会正惊讶之际，阳虎自地道中出，拱手对臧孙会道："季孙意如有请!"臧孙会走下地道，阳虎伸手扳动石壁上的机关，身后的暗门"咔嚓"一声关上。臧孙会抬头看时，见石壁之上每隔十来步悬挂一盏油灯照明。地道几番曲折上下，终于见到尽头一扇石门，石门上端有一个透穿的小洞。阳虎在石门上拍了三下，臧孙会见门上小洞一黑，然后又恢复原状，料是有人从洞中窥视。过了片刻，但听得一声响，石门往一边滑开，露出几重锦帐，臧孙会随阳虎拨开锦帐，踏进门去，又听得一声响，身后的石门立时关闭。臧孙会举目一望，见身在一间小阁之内，阁中除一张几案，四副蒲团之外便一无所有。臧孙会正张望之时，对面锦帐分开，季孙意如从帐后闪出，三人分宾主就座，季孙意如道："臧孙有什么好消息见告?"臧孙会道："只是来试试你的见面安排，并无消息奉告。敢问这儿是什么地方?"季孙意如道："实不相瞒，这儿就在弊府院内。"臧孙会笑道："原来如此。季孙大夫有这么巧的机关，难怪没有办不成的事!"季孙意如道："机关是死的，没有像你这样的人才相助，有再好的机关也无济于事。"臧孙会道："'人才'则不敢当。臧孙赐叫我充任他的助手，往后倒是不愁听不着消息。"季孙意如听了大喜，道："我就知道你一定会不负我之所托。"说罢，连击两掌，一名青衣童子应声从锦帐后闪出，手捧一个锦匣，匣中一双玉璧，晶白似雪，润滑如脂，季孙意如接过锦匣，呈到臧孙会面前，道："一点小意思，不成敬意，盼你笑纳。"臧孙会推辞道："季孙大夫既已许我臧孙赐之位，何须另外破费?"季孙意如笑道："那是以后的事情，这是眼前的交易。只叫你传消息，却不予报酬，那叫什么生意?"

第六回　宋凤流连鸡苑　鲁公败走阳州

臧孙会与季孙意如在小阁秘密会见之时，宋凤与姜姬仍在斗鸡苑看台上观战，宋凤似乎赌得不怎么专心，时时扭头往通道方向观望。姜姬笑道："你还在看那风流种？"宋凤道："他早就进去了。"姜姬道："你在盼着看他出来？"宋凤道："休要胡调，我只想看看他来同谁见面。"姜姬笑道："反正不会是曹姬，臧孙赐已经回来了。"宋凤道："你不觉得臧孙会形迹可疑？"姜姬眼睛盯着场下，漫不经心地道："怎么了？"宋凤道："他对斗鸡的热闹场面视若无睹，直奔会客室而去，难道不可疑？"宋凤的话音刚落，看台上突然暴发一阵呼喊，一场搏斗结束。姜姬一脸兴奋，喊道："赢了！咱们赢了！"宋凤对姜姬道："你帮我下注，我去趟盥洗室。"宋凤说罢，下了看台，沿着通道往后走去。通道尽头作丁字形，正中间是两扇雕花木门，木门之内便是会客之所。男女盥洗间分设在会客室左右两边。宋凤走到通道尽头，正要往右转时，听得会客室双门响动，急忙抄起长裙，让到一边。雕花木门开处，臧孙会自内而出，看见宋凤，虽不认识，却也抛过来一个微笑，宋凤假做没有看见，不予理会，扭头进了盥洗室。

当日深夜，孔丘在书房灯下阅简，宋凤自外入。孔丘放下手中竹简，问道："是去了浣花池还是去了斗鸡苑？"宋凤笑道："见到一个盗嫂的人。"孔丘道："这些乱七八糟的事，怎么都让你撞见？"宋凤嗔道："你想不想听？不想听，我就走了。"孔丘道："洗耳恭听。"宋凤道："你听说过臧孙赐没有？"孔丘不屑地摇一摇头，道："臧孙赐没有嫂。"宋凤道："谁说他有嫂了？"孔丘道："你不是说事情因盗嫂而来吗？"宋凤道："自作聪明！事情因盗嫂而来，并不等于说与事情有关的人都盗嫂。"孔丘道："那你是说见着臧孙贽了？"宋凤笑道："还是自作聪明。"孔丘道："臧孙赐只有兄弟两人，不是臧孙贽，还能是谁？除非……"宋凤打断孔丘的话，笑道："除非怎样？"孔丘道："除非你连他的从弟臧孙会也一起算。"宋凤听了又一笑，却不接话。孔丘道："你笑什么？"宋凤道："笑你还不太傻。"孔丘道："你在斗鸡苑听见臧孙会同谁说了些什么？"宋凤道："只见着他一个人。"孔丘道："那有什么值得一说？"宋凤道："他去斗鸡苑，却既不赌鸡，也不看鸡，是不是形迹可疑？"孔丘道："不错。"宋凤道："我猜想他是去会一个人。"孔丘道："你不是说只看见他一个人么?"宋凤道:"所以我才说我'猜想'如此。"孔丘道:"凭什么这么猜想?"宋凤道:"他进了斗鸡苑后面的会客室,过了差不多半个时辰才出来。"孔丘道:"准是有人在会客室里等着他。"宋凤道:"我本来也这么想,可是那会客室里并没有人。"孔丘道:"你又没跟着进去,你怎么知道?"宋凤听了一笑,道:"你也没跟着我去斗鸡苑,你怎么知道我没跟着进去?"孔丘道:"你难道真的跟着进去了?"宋凤听了,笑个前仰后合,道:"那会客室的隔壁就是盥洗室,我往盥洗室去的时候,恰好碰见臧孙会从会客室出来,我趁机往门里溜了一眼,里面除了两副座席,一无所有。"孔丘道:"你肯定没有看走眼?"宋凤道:"公子为腰绦上那么个小小的鎏金觥都逃不过我的眼睛,要是有个人在那儿,我还能看不见?"孔丘道:"那人是不是先走了?"宋凤道:"肯定没有。我站在看台上的地方正好看得见会客室的房门,我因觉得臧孙会形迹可疑,时不时往那门口瞅一眼,绝没有见到一个人从那门里出来。"孔丘道:"也许他等的人没有来?"宋凤道:"我本来也这么想,可我看见他出来时手里多了点东西。"孔丘道:"多了点什么?"宋凤道:"他进去时两手空空,出来时手里拿着个素绢包袱。"孔丘道:"谁是这斗鸡苑的主人?"宋凤道:"这斗鸡苑挂名的主人是个商人,其实季孙意如才是真的老板,这斗鸡苑里极可能有季孙意如的机关。"孔丘道:"这斗鸡苑离季孙意如府第远不远?"宋凤道:"相隔不过两条街。"孔丘道:"莫不是那会客室中有条地道与季孙意如的府第相通?"宋凤道:"我也是这么猜想。"孔丘略一犹疑,道:"事情虽然可疑,但臧孙会是个不相干的闲人,不值得这么琢磨。"宋凤道:"所以我一开始问你,听说过臧孙赐没有。"孔丘听了大笑,道:"原来如此。"宋凤道:"你笑什么?"孔丘道:"笑你还不太傻。"宋凤听了也大笑,道:"不知是谁不傻!"

次日午后,孔府客厅之内,孔丘与季公若相向而坐。季公若道:"近日来仲孙大夫的病情怎样?"孔丘笑道:"公若怎么不去问仲孙大夫?却来问我?"季公若道:"我同仲孙大夫没有私交,我不能总到鲁公那儿去请命。"孔丘道:"既无私交,却如何如此关心?"季公若道:"仲孙大夫乃国之大臣,仲孙大夫之安危有关鲁国之安危,如何能不令人关心?"孔丘笑道:"不过讲句笑话,公若切莫在意。"季公若道:"岂敢!听说仲孙大夫的病有些好转,不知是否当真?"孔丘道:"据姜姬说,好坏反复无常,不能说有所好转,只能说是未见恶化。"季公若听了,愁上眉心,沉吟半晌,道:"这么拖着也不是事。"孔丘道:"仲孙大夫的病,自有姜姬操心,公若何必分忧?"季公若听了,自知失言,仓皇应道:"是!是!仲尼之言甚是。"孔丘道:"近日朝廷有何新闻?"季公若道:"臧孙赐新近从晋回。"孔丘道:"那已经有好几天了,还能算是新闻?"季公若道:"他在家里歇了几日,昨日才见着。"孔丘道:"晋人扣了他半年,肯定是辛苦了。"季公若道:"可不是吗,他说记性都比以前差了,事情不记下来转眼就忘,所以他带了臧孙会去替他作记录。"孔丘听了一怔,沉吟半响,终于道:"臧孙会其人,公若可熟悉?"季公若摇头,道:"只听说是个好色之徒。"孔丘笑道:"'食、色,性也',倘若仅仅好色,倒也罢了。"季公若道:"除此之外,倒也没有听说什么别的。"孔丘道:"他同季孙意如有无交往?"季公若道:"不曾听说。"孔丘道:"他有无把柄落在季孙意如手里?"季公若道:"也不曾听说。难道仲尼有所闻?"孔丘道:"没有。只是随便一问。"顿了一顿,又道:"防人之心不可无。"季公若会意,拱手称谢,道:"多谢指点。"两人又说了阵闲话,季公若起身告辞。

季公若从孔府返回自己的府第,司阍在门口接着,说臧孙赐已在客厅等候多时。季公若疾步走进客厅,问道:"你既在此久等,想必有要事相告?"臧孙赐道:"数月前邾人在费邑之东修建翼城,不知你听说过没有?"季公若道:"听说季孙意如唯恐邾人利用翼城为据点,切断费邑与曲阜的交通,几次想阻挠邾人筑城,无奈翼城在邾国境内,季孙意如恐晋国出面干涉,遂未敢动手。"臧孙赐道:"如今城已经筑成,听说邾人将调筑城兵马回邾邑。邾人来时,取道南山,如今适逢春汛,南山道路为水所淹,不得通行,邾人只能取道武城。武城这条路沿着边界,季孙意如计划在武城设伏,将之围剿。鲁公恐晋人兴师问罪,问我的意见。"季公若道:"你怎么说?"臧孙赐道:"我还没有答复,想先来听听你的意见。"季公若道:"为什么要听我的意见?"臧孙赐道:"因邾子是你的姊夫。"季公若道:"正因有这一层关系,我应当回避才是,你岂可反倒特意来问我?"臧孙赐压低声音道:"这儿可是方便说话的地方?"季公若道:"但说无妨,并无外人。"臧孙赐略一迟疑,道:"当今鲁国之患,在内不在外。"季公若道:"你意思是?"臧孙赐道:"邾人正可用作外援。"季公若淡然一笑,道:"对付谁的外援?"臧孙赐道:"真人面前不说假话,三桓瓜分鲁国之势已成,不早图之,鲁国危在旦夕。"季公若道:"这是你的意思?还是鲁公的意思?"臧孙赐道:"我想鲁公必有此意,只是未敢吐露出来。"季公若道:"俗话道:'射人先射马,擒贼先擒首。'倘若鲁公真有此意,必须首先对付季孙,若想对三桓一齐下手,则必败无疑。"臧孙赐道:"我也是这个想法。"季公若道:"你有什么计划?"臧孙赐道:"你暗中去同邾子商量,倘若邾子同意为我外援,一起对付季孙,我就叫鲁公阻止季孙意如的伏击之计。"季公若想了一想，摇头道："窃以为未尽其善。"臧孙赐道："愿闻其说。"季公若道："鲁公未必能阻止季孙意如，徒让季孙意如生疑，我未必能说动邾子，徒费游说之资。"臧孙赐略一沉吟，道："言之不为无理。然则，你有何妙计？"季公若道："不如将计就计。"臧孙赐道："如何将计就计？"季公若道："你明日去见鲁公，只说季孙意如的计划甚好。"臧孙赐道："如此，岂不是令邾人在武城道上中季孙意如的埋伏？"季公若道："就是要让邾人中季孙意如的埋伏。"臧孙赐道："此话怎讲？"季公若道："邾人丧师，必怀报复季孙之心。我然后于此时，游说邾子为我外援，必然可以无须有所馈赠而有所成功。此正所谓'点将不如激将'。"臧孙赐听了大喜，道："好一个'点将不如激将'，公若果然高明！"季公若道："只是切不可为外人道。"臧孙赐道："这个自然。"季公若道："剪除季孙意如之意，你有没有同臧孙会说起过？"臧孙赐道："没有。怎么，你怀疑他不可靠？"季公若道："防人之心不可无。"臧孙赐听了，缓缓点一点头。

两日后下午，季公若来见孔丘，季公若道："邾人大败于武城，仲尼可听说了？"孔丘道："邾人大败于武城，公若怎么好像面有喜色？"季公若道："身为鲁臣，鲁胜邾败，怎能不喜？"孔丘微微一笑，道："依我看，乃是别有原因。"季公若道："休要讲笑，哪有什么别的原因？"孔丘道："古人有云：'骄兵必败，哀兵必胜。'季孙意如既胜必骄，邾人既败必哀。公若以为可以用必胜之哀兵对抗必败之骄兵，所以才会喜形于色。"季公若听了一惊，道："仲尼这话从哪听来？"孔丘笑道："公若不必担心，我并没有听到什么谣言，只是如此猜想而已。"季公若道："仲尼怎么就偏偏猜得中！"孔丘笑道："公若的激将法，只能瞒得过季孙意如，怎能瞒得过我？"季公若叹了口气，道："仲尼之智，诚非常人所能及！"孔丘道："闲话少说。邾人已经激怒，公若打算如何？"季公若道："打算趁热打铁，明后日即暗中去见邾子，结为外援。"孔丘听了，摇头不语。季公若道："难道有什么不妥？"孔丘道："时机尚不成熟。"季公若道："此话怎讲？"孔丘道："邾子业已遣使者去晋，在得到晋人答复之前，绝不会贸然同公若秘密结盟。"季公若道："季孙意如于晋国六卿皆多行贿赂，晋人一定不会为此兴师动众。"孔丘道："公若之言，不为无理。不过，晋国既为诸侯盟主，也绝不可能对邾人的申诉置之不理。"季公若道："你是说，晋人会出面交涉调解。"孔丘道："不错。晋人极可能会逼迫季孙意如归还邾国俘虏。"季公若道："交涉调解最费时间，三国使者一来一往，又是私下密谈，又是公开会议，讨价还价，搞不好，一年也等不出个结果来。"孔丘道："欲速则不达。但凡举大事，必须有耐心，千万不可造次。"

数月之后，某日下午，孔丘在书房中弹琴，宋凤匆匆自外入。孔丘抬头看一眼宋凤，却并不停手。宋凤疾步走到几案之前，弯腰伸手，在琴弦上只一划，大弦、小弦之声一齐迸发，嘈杂刺耳。孔丘不得不停下手，道："又发什么疯？"宋凤大声道："你整日就知道弹琴，人都要死了！"孔丘道："谁要死了？你要死了？"宋凤道："谁跟你胡调！仲孙大夫要死了！"孔丘道："这我早已知道了。"宋凤听了一惊，道："你早已知道了？姜姬刚刚告诉我，你怎么可能早已知道？"孔丘道："三日前南宫敬叔来过。"宋凤听了一怔，道："南宫敬叔来过？你怎么不告诉我？"孔丘道："就怕你大惊小怪。"宋凤冷笑一声，道："我大惊小怪？仲孙大夫待你不薄，你怎么如此冷淡？"孔丘道："喜怒哀乐都不形诸颜色，那才堪称君子，可惜我还做不到，这几天来整日弹琴，目的正在借助琴声来寄托哀思。"宋凤听了，沉默半响，道："你打算怎么办？"孔丘道："什么怎么办？"宋凤道："你不是估计仲孙大夫一死，那事就随时可能发生么？"孔丘道："一切都已经准备就绪。"宋凤道："什么意思？"孔丘道："明日叫春梅领阿紫、鲤儿并两个使女，携府中细软，先往阙里山庄。只剩下你我两人留在孔府，随时可以走脱。"宋凤道："这么多人，阙里山庄的那几间房哪容纳得下？"孔丘听了一笑，道："等这时候才想起，不是太晚了吗？"宋凤道："什么意思？"孔丘道："我早已吩咐子丕与无繇，在阙里山庄里加盖了数间房屋。"宋凤听了不悦，道："这些事情你怎么都不同我商量？"孔丘道："这都是些俗事，我怕同你商量了，会打搅你泡澡与斗鸡的雅兴。"宋凤听了，忿忿然拂袖而出。

三日之后，时近正午，仲孙貜卧室之内，帷幄衾帐皆已更换成白色，仲孙貜遗体在榻，蒙以素绢，姜姬率仲孙何忌与南宫敬叔，身披重孝，立在门口，孔丘与宋凤一身缟素，缓步自外入。姜姬与宋凤抱头痛哭，仲孙何忌与南宫敬叔向孔丘拱手长揖，执弟子之礼。孔丘与宋凤向仲孙貜遗体鞠躬毕，正要退出之际，一个中年男子，长得与仲孙貜颇有几分神似，身着孝服，从外面跨进门来，仲孙何忌与南宫敬叔见了，一同拱手长揖，口称："驹叔"。宋凤听了，不禁对那男子仔细看了两眼。出了仲孙貜府门，登上马车，宋凤道："你看那仲孙驹何如人？"孔丘道："不曾留意。你看呢？"宋凤笑道："你看他像不像个盗嫂的？"孔丘听了一怔，道："姜姬告诉你的？"宋凤笑道："姜姬怎么会告诉我？"孔丘道："原来如此。姜姬既然自己并没有说，你这么说，不是凭白坏他两人名声？"宋凤道："我什么时候这么说来着？如果这话传出去了，造谣生事的是你不是我。"孔丘听了，不予理会。一阵沉默之后，宋凤道："仲孙貜有没有对你提起过他？"孔丘道："有。"宋凤道："仲孙貜怎么说？"孔丘道："说他是个能人，可惜有点偏袒公室，否则，仲孙貜会请他主持仲孙氏的家政。"

鲁境南关过所窗口一灯如豆，一辆马车由远而近，奔到过所窗前停下，车夫跳下马车，走到窗口之前。过所关吏道："放行时间早过，明晨再来。"车夫将手中十枚铜钱从窗口推入，道："主人张齐暴染寒热，口不能言，急归乡里，还请高抬贵手。"关吏见了，将钱收下，道："既有疾病，姑且放你一回，下不为例。将文书来！"车夫从怀中取出文书，塞入过所窗口。关吏验过文书，道："人呢？"车夫转身掀开车窗窗帘，关吏侧首隔窗一瞟，顺手将文书抛出，喊一声："过！"车夫将文书拿起，跳上马车，将马鞭一扬，口喊一声："咄！"马车行不过五步，一条黑影从路旁灌木丛中蹿出，只一跃，早已登上车厢踏板。车夫见了大惊，勒住缰绳，纵身一跳，跳下车去。来人不顾车夫，左手拉开车门，右手一剑刺入，不偏不倚，正中车中人左胸，却不见鲜血喷出，只听得"扑哧"一声响，来人心知不妙，正欲跃下马车，却已经晚了，十数枚淬毒铁蒺藜从车中人胸口飞出，正中来人面门。来人从车上跌倒在地，车夫从路边一跃而起，用手中马鞭挑开来人的面罩，冷笑一声，道："西门彪！"西门彪勉强睁开眼睛，瞪着车夫，从牙缝里挤出"季公若"三个字，顿时七窍流血，不再动弹。季公若走到车旁，除下车中人的衣巾，把稻草扎的身躯提出车外，只一抖，稻草抖落在地，随风飘散路旁草丛，留下一张机栝在手。季公若把机栝扔回车厢，翻身跳上马车，马车起步，消失在黑暗之中。

臧孙赐府客厅之内，臧孙赐与季公若分坐于主客之席，季公若道："刚从邾国回来，因事关紧急，不敢耽搁，不得不深夜相扰，望勿相怪。"臧孙赐听了一惊，道："怎么？难道邾子不肯为我外援？"季公若摇头道："我刚出南关过所便遭西门彪袭击，倘若不是我预有安排，早已化做西门彪剑下冤魂，哪还到得了邾国！"臧孙赐听了，又吃一惊，道："是谁走漏了风声？难道臧孙会当真替季孙意如作奸细？"季公若道："除此之外，似乎别无解释。"臧孙赐听了，沉默半晌，忿然道："这家伙恁地可恶，我一定饶不了他！"季公若道："你千万不可造次，让他觉察了，反而不美。"臧孙赐道："你的意思是？"季公若道："将计就计。"臧孙赐道："如何将计就计？"季公若道："假做不知，暗中提防。如此，则季孙意如以为尽得我消息，必不预为戒备。"臧孙赐听了，点头称善。季公若又道："我已同邾子商定，邾人将虚张声势攻取费邑，令季孙意如不敢召公山不狃入援。"臧孙赐道："如此极好。举事的日期，鲁公已经亲自选好，定在九月初九，初八申时你我前去听贤馆听鲁公作最后的细节安排。"季公若道："你向仲孙驹透过口风没有？"臧孙赐摇头道："鲁公的意思是，先不通知他，以免打草惊蛇。等到初八日再令谒者召他，令他仓皇失据，必然从命。"季公若听了，略一沉吟，道："如此也好。"说罢，起身告辞，走到门口，又回头道："千万提防家贼！"

　　臧孙赐送走季公若，回到寝院，匆匆洗漱毕，走进卧房，见曹姬斜躺在榻。臧孙赐吃了一惊，道："你怎么还没有睡？"曹姬嗔道："怎么搞到这么晚了才来？"臧孙赐道："季公若来谈点事情，所以晚了。"曹姬道："季公若不是去了邾国么？难道已经回来了？"臧孙赐道："回倒是回来了，只差点没把命送在路上。"曹姬道："怎么了？谁要他的命？"臧孙赐道："除了季孙意如还会有谁！"曹姬道："季公若去邾国不是瞒着别人的么？怎么让季孙意如知道了？"臧孙赐叹了口气，道："只怪出了家贼！"曹姬听了一怔，道："什么家贼？谁是家贼？"臧孙赐在榻边坐下，搂着曹姬亲了一亲，就势将曹姬按倒，曹姬将臧孙赐推开，嗔道："你不告诉我，我不让你那个！"臧孙赐道："你管这些不相干的事情干什么？"曹姬双手抱着胸前的锦衾，道："怎么不相干？你是不是说我？"臧孙赐道："嗨！怎么会是你！"曹姬道："那还能是谁？难道是臧孙会？"臧孙赐趋前，从曹姬手里抢过锦衾，又将曹姬搂到怀里，道："你已经猜到，何必再问？"曹姬道："你打算把他怎么样？"臧孙赐把曹姬放倒在榻，道："不怎么样。"曹姬道："你会这么轻易放过他？"臧孙赐解开曹姬睡袍的腰带，道："等那事情完了，再同他算这笔账。"曹姬道："什么事？"臧孙赐一边把头埋将下去，一边道："除了这件事，还有什么别的事？"

　　九月初八申时，臧孙会在臧孙赐府门前下车，进了大门，径投臧孙赐书房，房门开着，里面无人。臧孙会进门四下张望了一回，见书案之上有一方木牍文书，趋前正要拿起来看时，听见门外脚步声，急忙将手缩回，转身向门，抬头一看，见从门外走来的不是别人，乃是曹姬。臧孙会化惊为喜，笑道："我道是谁，吓我一跳。"曹姬回头看看无人，进到门里，压低声音道："你怎么还敢来这儿？"臧孙会听了一怔，道："什么意思？"曹姬道："他已经发觉你在做贼。"臧孙会吃了一惊，道："那你怎么还好端端的？"曹姬道："我怎么不好端端？我倒纳闷你怎么还好端端的？"臧孙会不解道："他难道不在乎你我……"曹姬抢过话头，道："你搞错了。他不是发觉了你我，他发觉了你替季孙意如做贼。"臧孙会听了，恍然大悟，道："难怪我觉得他在我面前好像有些躲躲闪闪！"曹姬道："他要找你算账，怎么反倒躲着你？"臧孙会道："他现在人去了哪？"曹姬道："听贤馆。"臧孙会听了一怔，道："听贤馆？现在又不是上朝的时候，他去听贤馆干什么？"曹姬道："你问我，我问谁？反正你小心，他说等那事情完了，一定不会饶你。"臧孙会道："你有没有问他'那事情'是什么事情？"曹姬道："他说就是'那事'。"臧孙会道："什么意思？"曹姬道："当时他与我正在干那事。"臧孙会听了一笑，道："他哄得了你，怎哄得了我！"曹姬道："什么意思？"臧孙会趋前，并不答话，左手将曹姬拦腰抱住，右手上下一通乱摸，曹姬喉里一阵呻吟，嘴上却道："死鬼大胆！还想干那事！"臧孙会笑道："我哪有那么大的胆，他都要找我算账了，我还不快逃，只是有些舍不得你。"曹姬道："往哪逃？不能带我一起去？"臧孙会道："只有去季孙意如府里躲一躲，哪能带你去！"臧孙会说罢，放下曹姬，仍在曹姬嘴上亲了两三回，这才松手，匆匆出了书房。曹姬调平喘息，略整发鬓，重系衣襟，步出书房，往寝院方向而去。俟曹姬走远了，从书房门外的廊柱之后转出朱总管。

臧孙会离开臧孙赐书房之时，鲁宫听贤馆内戒备森严，鲁公坐堂上，公子为、公子果、公子贲垂手立在左边，臧孙赐、后孙恶、季公若垂手立在右边。谒者至阶下，拱手道："仲孙驹在馆外候见。"鲁公道："宣他进来。"片刻之后，仲孙驹自阶下拾级而上，行至廊下，举头一望，见堂上立着六人，吃了一惊，向鲁公拱手行长揖之礼。鲁公道："请进到厅里来。"仲孙驹跨进厅堂，立在中央，拱手道："主公唤臣，不知何事？"鲁公咳嗽一声，道："寡人欲去季孙意如，望你与寡人戮力同心。"仲孙驹听了，摇一摇头，道："季孙氏专鲁国之政已久，想要一朝逐之，谈何容易？臣盼主公慎重，千万不可造次。"说罢，顿了一顿，又用手指着公子为、臧孙赐等六人道："准是这些人不忍小忿，不自量力，以主公为赌注，逞其侥幸。事若有成，焉知这些人不成为另一个季孙意如？事情如果不成，这些人逃到外邦去，仍不失为诸侯之臣，主公难道也能跟着逃出去为诸侯之臣？"公子为、臧孙赐等六人听了，无不忿然作色。鲁公摇手，令众人息怒，然后对仲孙驹道："仲孙大夫所说，寡人何尝不知？只是这季孙意如专横跋扈，逼人太甚，不能忍其忿恨的，是寡人自己，与他人无关。人各有志，寡人之意已决，仲孙大夫既不愿参与其事，现在还可以抽身。"季公若等人听了，意欲阻拦，却听得仲孙驹道："臣虽不以为然，既已与闻主公之谋，岂可抽身而退？万一谋泄，徒令臣蒙不白之冤。"鲁公道："仲孙大夫的意思是？"仲孙驹道：

"臣请暂居宫中不出。倘若主公之意已决，臣敢不效力！"季公若听了，转忧为喜，抢先拱手对鲁公道："仲孙大夫之言极其有理，盼主公速允其请。"鲁公略一迟疑，向阶下喊一声："谒者何在？"谒者应声而出，在阶下拱手道："谒者在！"鲁公道："领仲孙大夫去寡人客房，妥善安顿。"仲孙驹拱手退出厅外，随谒者去了。

鲁公对留下来的六人看了一眼，道："举事之期，订在明晚亥时。寡人宿卫亲兵，由公子为率领，臧孙赐、后孙恶与季公若各自率领本部人马，准时于南宫门门口会齐。会齐之后，公子为率宿卫亲兵攻季孙意如府南门，臧孙赐率所部攻季孙府东门，季公若率所部攻季孙府西门，后孙恶部交由公子果与公子贲统领，攻季孙府北门。后孙恶持寡人手令，驰往仲孙何忌府，令仲孙何忌不得擅动。"鲁公说罢，又对六人看了一眼，道："如此安排，各位以为如何？"季公若道："叔孙氏如何处置？"鲁公道："叔孙诺正在去阚邑的途中，寡人已密令阚宰，一俟叔孙诺抵阚，立即将他软禁。叔孙氏群龙无首，自不敢有所举动。"鲁公说罢，顿了一顿，又道："各位尚有无疑问？"众人尚未及回答，却听得谒者在阶下大声禀道："臧孙大夫总管在宫门口，声称有紧急之事，须立见臧孙大夫。"众人听了，无不吃了一惊。鲁公道："速去见过，立时回报。"臧孙赐拱手退下，片刻之后，又匆匆返回。鲁公道："什么事情，如此紧急？"臧孙赐道："走了臧孙会。"季公若道："怎么走了？走到哪去了？"臧孙赐道："臧孙会已躲进季孙意如府。"季公若道："臧孙会知道多少内情？"臧孙赐道："自从得了你的警告，我处处提防着他，料想他所知甚少。"季公若道："他既潜逃，必然是有所风闻，依我之见，事不宜迟，举事之期，是否改作今晚亥时？"鲁公道："诸位以为如何？"片刻沉默之后，公子为道："虽然有些仓促，看来也不得不如此。"臧孙赐、后孙恶、公子果与公子贲一一点头响应。鲁公道："既然如此，立即分头行动，亥时准时在南宫门门口聚齐。"

臧孙赐一行退出鲁宫之时，冶区夫恰好在季孙意如客厅入座，季孙意如道："自从乌云盖雪与木鸡那一战之后，各人都在鸡翅与鸡腿上下功夫，结果是谁也占不了谁的便宜，还是靠鸡自己的本事一决胜负，你得再想出些什么新招才行。"冶区夫尚未答话，司阍行至门口，拱手道："臧孙会有急事求见。"季孙意如听了，略微一怔，道："快请他进来！"不移时，臧孙会疾步入，神色慌张。季孙意如道："何事慌张？"臧孙会道："大事不好。"季孙意如道："什么大事不好？谁有什么大事？"臧孙会道："鲁公在听贤馆召见臧孙赐，想必是策划对你下手。"季孙意如道："你猜，还是你听见了，或者是你看见了？"臧孙会道："西门彪的失手，早已令臧孙赐识破了我的身份，他却假做不知，只在暗中提防，说什么要等办完那件事之后，再同我算账。所谓'那件事'，除此之外，还能是什么别的事？"季孙意如道："'那件事'云云，你听谁说的？"臧孙会道："曹姬闻诸枕席之上，必定可靠。"季孙意如听了，略一沉吟，道："曹姬的话固然可靠，你的推想却未必。"臧孙会道："你不信他们有此胆量？"季孙意如道："不错。鲁公一向懦弱，臧孙赐一贯优柔，何敢铤而走险？"臧孙会道："季公若与后孙恶都恨你深，公子为也因不得立为太子而恨你不浅。这几个人都自以为能，而且都小觑了你，以为你除了斗鸡与行贿之外，一无所长。"季孙意如听了，哈哈一笑，道："区夫，我毕竟比你多懂一样，除了斗鸡，还会行贿。"冶区夫笑道："只要有钱，谁不会行贿？"季孙意如听了，又哈哈一笑，道："大错特错！多少人有钱却舍不得花，多少舍得花钱的人，花得不是地方。"臧孙会道："我知道你在晋国花钱不少，虽然不能说花得不是地方，不过，那毕竟是远水，救不了近火。"季孙意如道："谁说我没有近水？"臧孙会道："费邑之援，也得一日方能赶到，恐怕已经来不及了。"季孙意如道："谁说我恃费邑之援？费邑是季孙氏的根本所在，决不能失守。如今邾人蠢蠢欲动，我已责令公山不狃坚守费邑，万万不得离开。"臧孙会道："然则，你的近水何在？就靠相府的宿卫亲兵？"季孙意如道："相府的宿卫亲兵，无论人数与装备，都胜过鲁公的宿卫亲兵，况且鲁公的宿卫亲兵也未见得忠于鲁公。"臧孙会道："难道你在鲁公的宿卫之中也花了钱？"季孙意如笑道："谁说没有？"臧孙会道："虽然如此，你总得作些准备，以免措手不及。"季孙意如道："言之有理。不过，不必这么着急，等明日同叔孙诺与仲孙何忌商量过之后再作道理不晚。你要是害怕，今晚就在我这儿住下。"臧孙会道："我当然是不走的了。我看你今晚还要早关府门，提高警戒，以备万一。"季孙意如道："区夫，这斗鸡的事情，改日再谈。你可以走了，出门的时候顺便替我吩咐门卫，提早半个时辰将府门、中门一并关好。"冶区夫拱手而退。

冶区夫步出季孙意如府第之时，季公若匆匆踏进孔府的大门，几乎与正要出门的孔丘撞个正着。孔丘道："何事色慌张，莫不是…？"季公若点头道："就在今夜亥时。"孔丘会意，放低声音道："叔孙氏与仲孙氏如何处置？"季公若道："叔孙诺已被拘留于阚，仲孙骝一同举事。"孔丘听了，略一沉吟，道："不妥。"季公若道："有什么不妥？"孔丘道："叔孙诺在，未见得支持季孙意如。如今叔孙诺不在，叔孙氏无人做主，万一季孙意如在叔孙氏中潜伏有内应，则叔孙氏人马反而会为季孙意如用。此不妥之一。"季公若道："愿闻其二。"孔丘道："仲孙何忌对仲孙驹心怀猜忌，仲孙驹既与鲁公一同举事，仲孙何忌必然担心一旦事成，鲁公将用仲孙驹取而代之。仲孙何忌既有如此担心，焉能盼仲孙何忌保持中立？"季公若匆忙道："仲尼之言，不为无理，然事已至此，无可更改。不能久留，就此别过。"孔丘道："多谢见告，后会有期。"

孔丘送走季公若，退回院里，正要往寝院里去，却见宋凤从寝院门里走出来。孔丘道："赶紧回去收拾，立即动身前往阙里山庄。"宋凤道："看你慌慌张张的，你也不睁开眼睛看一看。"孔丘听了一怔，举头看宋凤时，方才发觉宋凤身着猎装，背负雕弓，腰悬羽箭，手提长剑。孔丘见了一惊，道："怎么，还想去打猎？"宋凤笑道："打什么猎？方才你同季公若站在门口的谈话，我都听到了。形势既如此，路上未见得安全，带着点兵器，不过以备万一。"孔丘道："不料你今日动作如此迅速。"宋凤道："该快的时候快，该慢的时候慢，此之谓'静如处女，动如脱兔'，你难道没有听说过？"孔丘道："我还得去换一下衣服，你先去备车马，在大门口等我。"

当夜亥时，季孙意如府第南门之外，黑压压一片人马纷至杂沓而来，马上的人，或持火把，或执刀剑，或张弓箭。公子为头戴铁盔，身披皮甲，手持方天画戟，一马当先，冲到门口，大声喊道："奉鲁公之命，单拿反贼季孙意如！其余人众，一概勿论。倘若胆敢拒不开门，甘为贼守，勿怪刀箭无情！"季孙意如与臧孙会在议事厅中对坐，听见外面传来呐喊之声，正要起身出厅，一名小校仓皇而入，拱手道："公子为率领人马不知多少，将南门团团围住。"季孙意如听了，心中一惊，故作镇静道："从速传语守门士卒，不必惊慌，援兵即刻就到。"小校退下。季孙意如转身对臧孙会道："不料来得如此迅速！"臧孙会道："是守，还是走？"季孙意如略一沉吟，道："西门与叔孙诺府近，叔孙诺手下司马戾又与我深相交结，若能从西门走脱，到叔孙诺府中去躲避一下最好。"季孙意如与臧孙会登上西门楼一望，但见火光之中，数十百骑人马蜂拥而来，季公若一马当先，头戴青铜盔，身穿白铁甲，手持弓矢，口中大喊："不要走了反贼季孙意如！"两人正张望时，一阵乱箭射来，季孙意如与臧孙会几乎同时中箭。季孙意如道："快奔北门！"两人奔到北门门下，早见门外一片火光，又听得"捉拿反贼季孙意如"的喊声铺天盖地而来。两人面面相觑，心知不妙，急忙转身往东。一名小校飞奔前来，向季孙意如拱手道："臧孙赐率领人马不知多少，向东门掩杀而来。"季孙意如尚未答话，又一名小校飞奔而至，口中喊道："南门已破，中门危急。"季孙意如听了，略一迟疑，道："从速传令四门守卫，全部撤至将台死守，以待援兵。"臧孙会道："只有登台这一条死路可走了？"季孙意如道："台上虽无退路，却未必就是死路。兵法不是说：'置之死地而后生'么？"

季孙意如与臧孙会仓皇奔上将台，喘息方定，鲁公人马早已杀到台下，四面围攻，季孙意如宿卫在台上死守，台上台下，箭矢乱飞如雨。鲁公乘战车行到台前亲自督战，季孙意如在台上见了，向鲁公拱手长揖道："主公听信谗言，令臣死非其罪！"鲁公道："你专横跋扈，目中无君，罪过多端，还敢狡辩！"季孙意如道："主公既要治臣之罪，为什么不宣布臣的罪状，责令司寇依法将臣逮捕，公开审讯？"季公若对鲁公道："主公不必与他啰嗦！"季孙意如见鲁公不答，又道："臣愿交出政权，归费自囚，反省思过。"季公若对鲁公道："费是季孙氏的巢穴，让他归费，等于放虎归山，主公万万不可答应。"季孙意如见鲁公仍不理会，又道："盼主公开恩，让臣率车五乘，逃窜外邦，永不回鲁。"臧孙赐对鲁公道："季孙意如一旦离鲁，谁能料其不死灰复燃？今日定须要他性命，以绝后患。"仲孙驹道："主公不如做个人情，放他一马，从速了此事件。倘若久攻不下，叔孙氏与仲孙氏闻变赶来，与季孙氏合流为一，岂不是坏了大事？"鲁公道："仲孙大夫怎生如此胆怯？季孙意如已经走投无路，岂可令功亏一篑，今日不杀季孙，誓不罢休！"说罢，挥剑大喝："生擒季孙意如，封土五邑，拜为上卿！手刃季孙意如，封土三邑，拜为下卿！"

季孙意如受困于将台之时，叔孙诺府大门门楼之上，三五个人戴盔披甲，立在女墙之后往季孙意如府方向眺望，但见火光冲天，烟雾弥漫。其中一人道："主公在阚，没有消息。司马戾也不知去向，形势如此，却如何是好？"正说着，一辆战车飞奔而来，门楼上的人向下看时，见车上的人浓眉阔颡，口大须黄，头戴铁盔，身被皮甲，背负一张弓，腰悬一壶箭，双手各持一把弯刀。众人见了大喜。方才说话的那人道："司马戾来得好，主公不在，我们这儿正没有主意。"司马戾道："你我皆是叔孙氏家臣，不予鲁公国事，诸位以为季孙氏的存与亡，哪样有利于叔孙氏？"门楼上的人异口同声道："三桓鼎立，季孙氏既灭，叔孙氏难得幸存。"司马戾道："既然如此，还有什么可犹豫的？"门上众人道："司马的意思是？"司马戾道："季孙氏危在眉睫，还不快开府门，放出兵马来，同我一起去救援季孙意如！"片刻之后，府门大开，方才门上众人，领着一彪人马奔出门来。司马戾见了，挥刀大喝一声："叔孙氏存亡，在此一举，还不随我赴援季孙意如，更待何时！"

司马戾领兵增援季孙意如之际，仲孙何忌与南宫敬叔身被盔甲，手持刀剑，立在仲孙氏府门楼之上。后孙恶头戴铁盔，身披皮甲，单骑匹马立在门楼之下。后孙恶向门上喊道："奉鲁公之命，传谕仲孙何忌：鲁公讨季孙意如之罪，与仲孙氏绝无关系。望仲孙何忌切勿轻信谣言，干预其事。"仲孙何忌道："仲孙驹何在？"后孙恶道："仲孙驹正为鲁公驾车。"仲孙何忌听了一怔，对南宫敬叔道："驹叔参与鲁公之谋，却瞒着你我，是何道理？"南宫敬叔尚未作答，一名小校奔上门楼，向仲孙何忌拱手道："叔孙氏司马率叔孙氏人马不知多少，增援季孙意如去了。"仲孙何忌道："三桓唇齿相依，如今季孙、叔孙既然已做一处，仲孙氏岂可袖手旁观。"南宫敬叔道："夫子的教谕，长兄不要忘记了。"仲孙何忌道："夫子的话，不过是个原则。今日之事，攸关仲孙氏的存亡，如何听得了他的！"说罢，大喊一声："司马何在？"身后一人应声而出，拱手道："司马喜在！"仲孙何忌道："从速率领人马增援季孙意如！"司马喜唯唯，拱手退下。门下后孙恶听了，心知不妙，正要拨转马头夺路而逃，早被仲孙何忌取弓箭在手，一箭射中面门，跌倒在地，顿时丧命。

季孙意如将台上的士卒望见叔孙与仲孙旗帜，个个精神倍增。台下鲁公人马听见叔孙、仲孙人马呐喊而来，无不大惊失色，混乱之中不知是谁忽然喊道："季孙氏待你等不薄，何必在此为他人卖命！"连喊数声之后，鲁公手下纷纷不战而退。仲孙驹见了，对鲁公道："事急矣，不如趁叔孙、仲孙人马尚未合围，先撤回鲁宫，再作计议。"鲁公道："悔不听仲孙大夫之言！"仲孙驹掉转马头，扬鞭策马，驾车往鲁宫方向夺路而逃。季公若、臧孙赐、公子为等保护鲁公冲出季孙意如府。逃至鲁宫，回头一看，跟随而来的不过五十余骑。鲁公道："一败以至于斯！如何是好？"臧孙赐道："只有先逃往齐国再作道理。"仲孙驹道："不如让主公委过于我，你们各自逃往他邦，我一人留下承担胁持主公作乱之罪。如此，则季孙意如只能拿我问罪，不敢碰主公一根毫毛。"鲁公道："你本不同意此举，如今怎能反而委过于你？寡人以为宜从臧孙赐之言，先逃往齐国再说。"季公若从旁催促道："既然如此，事不宜迟，三桓的人马之所以没有追过来，窃以为其意也正在令主公择路出走。如果主公迟迟不发，万一有人起了野心，追赶过来，那就走都走不掉了。"季公若话刚落音，忽见火光之中，一彪人马呐喊而来。众人吃了一惊，各持刀剑在手，正要上前拼杀，却见当先一人，在马车上向鲁公施礼道："臣迟来了一步。"众人举目一望，原来是大夫左师展，率领鲁公之弟公子宋，以及本部人马一百余骑前来护驾。于是，两拨人马合作一处，奔出曲阜酸枣门，马不停蹄，往齐国边邑阳州方向逃窜而去。

第七回　季孙假传卦意　姜姬暗递私情

　　鲁宫听贤馆上，厅中虚设鲁公席位，季孙意如与仲孙何忌分坐两旁几案之后，叔孙诺自阶下拾级而上，在厅外的廊柱之下立住脚。季孙意如与仲孙何忌见了，一同起身，拱手向叔孙诺施礼。叔孙诺勉强拱手还礼毕，忿然作色道："主公出走，生死不知，你两人怎么可以安然据主公厅堂议事？"季孙意如听了，略微一怔，赔笑道："弊府议事厅、客厅、书房等等皆遭焚毁，目前正在清理废墟，无处可以下脚，只得暂借主公的听贤馆处理政事。"叔孙诺叹了口气道："主公已经出走，还有什么政事可谈？"季孙意如冷笑一声道："主公听信谗言，对季孙氏发动突然袭击，幸亏叔孙氏与仲孙氏两家相助，否则，我早已身首异处固不在话下，你当时既被囚禁在阙，恐怕也是难逃一死。如果主公不是已经出走，政事或许有，只是没了你与我。"叔孙诺听了，为之语塞。仲孙何忌笑道："你们两人都是一死，岂不是就便宜了我仲孙何忌？"季孙意如道："你在做梦！叔孙大夫与我死后，入主仲孙氏的，就会是仲孙驹，哪还有你仲孙何忌的份！"仲孙何忌听了，也沉默不语。季孙意如见了，一笑道："主公固然是冲我季孙意如来，主公出走的责任，却恐怕不能由我季孙意如一人来承当。"叔孙诺稍一沉吟，道："事到如今，追究责任徒劳无益。当务之急，在于如何善后。"季孙意如笑道："这话说得还差不多。我今日请你两人来，正是为商量如何善后。"

　　一阵沉默过后，叔孙诺道："除非去把主公请回来，否则，你我三人难逃乱臣贼子之责。"季孙意如道："只要主公相容，我季孙意如敢不尽为臣之责。不过，主公现在正恨我，要我去接，肯定不宜。"仲孙何忌道："我现居谅阴，重孝在身，恕不能远离家门。"叔孙诺道："你两人既如此说，那就只好由我去走一趟了。"季孙意如道："如此最好，你我三人中，只有你一人不曾直接卷入，说起话来正好可以有回旋的余地。"叔孙诺不答，拱手告辞。季孙意如道："且慢。还有两件事情要同你两人商量。"叔孙诺转身道："两件什么事？"季孙意如道："后孙氏的封地后邑紧邻齐国，齐人早已有觊觎之心。如今后孙恶死而无后，后孙氏人马或者跟着主公出走齐国，或者逃散，齐人极可能趁机侵占后邑，不知你两人有何高见？"叔孙诺道："后邑是鲁国的西北门户，让齐人占据，等于是开门揖盗，万万不可。后邑既然已经空虚，你我须从速遣人去替防才是。"季孙意如道："仲孙大夫意下如何？"仲孙何忌道："叔孙大夫之言甚是。"季孙意如道："我也是这么想。不过，后邑既是后孙氏的封地，你我无论谁去，都有些名不正、言不顺的意思。除非……"叔孙诺道："除非怎样？"季孙意如道："除非将后邑改封。"仲孙何忌道："绝后改封，本是惯例，只是不知你的意思是要改封给谁？"季孙意如道："不明真相的人，都以为我季孙意如是令主公出走的罪魁祸首，所以后邑绝不可归季孙氏，否则，我季孙意如将不仅有逐君之罪，又会多一条夺地之罪，真是跳下河水也洗不清了。"仲孙何忌道："我射杀后孙恶实出于无奈，不过，后孙恶既死于我之手，仲孙氏也绝不宜占有后邑，否则，我仲孙何忌也免不了背上杀人夺地的罪名。"叔孙诺听了，笑道："你两人都怕有罪，难道我叔孙诺就不怕？"季孙意如道："你与后孙恶之死并无直接干系，谁能加罪于你？此外，齐公是你的外甥，外甥总不大好意思与舅舅争地盘。所以，把后邑改封给叔孙氏，也是最有利于保全这门户要地的办法。"仲孙何忌道："季孙大夫之言甚是。"叔孙诺稍一犹疑，道："既然你两人都如此说，我还怎么推辞？"季孙意如笑道："如此极好。这件事就这样定了。"说罢，顿了一顿，又道："臧孙赐是这次事件的主谋之一，臧孙赟虽不预谋，却也同臧孙赐一起流亡在外。我想趁便罢黜臧孙赐，令臧孙会为臧孙氏之主，一来可以昭示臧孙赐的罪恶，二来也可以安定臧孙氏封邑的人心，不知你两人意下如何？"叔孙诺沉吟片刻，道："后孙恶死而无后，后孙氏的事情随你我怎样处置也倒罢了。臧孙赐兄弟如今俱在，而且是同主公一起流亡，在外人眼里，他两人才是正人君子，你我正是犯上作乱的小人。所以，依我之见，如何处置臧孙氏，还要慎重。"仲孙何忌道："固然须慎重，却也不宜延宕，若令臧孙氏久而无主，一旦有人趁机作乱，就不好收拾了。"季孙意如道："你两人所言都极为有理，综合你两人的意思，也就是说臧孙氏的事情，应当从速慎重处理。"叔孙诺道："如何既'从速'，又'慎重'？"季孙意如道："'从速'莫过于立即。'慎重'莫过于占卦。立即占卦决之，岂不就是既'从速'，又'慎重'？"仲孙何忌道："言之有理。"季孙意如道："叔孙大夫以为如何？"叔孙诺想了一想，道："司卦已随主公出走，这卦却如何占法？"季孙意如道："司卦人虽然走了，仓皇之中却忘了把主公占卦用的宝龟带走。曲阜南市便宜坊风敲竹酒楼对面有个卖卦占卜的龟策先生，因占术高明，屡验不爽，人称'通天子'。你我三何不于今夜乔装成行商，去通天子处，请他用主公的宝龟占卜一卦，看看令臧孙会取代臧孙赐之举究竟是凶是吉？"仲孙何忌道："通天子的名声我也听说过，此法甚好。"季孙意如道："叔孙大夫之意呢？"叔孙诺道："今夜什么时候在南市会面？"季孙意如道："戌时如何？"叔孙诺与仲孙何忌皆点头称善。

　　当日将近午时，阳虎左手挽一个革囊，东张西望，踱进南市便宜坊。但见坊北一溜都是食肆酒楼，坊南则间杂日用百货、珠宝首饰、牍简书刀之属。阳虎行不十来步，早已看到一面锦幡挑出于一间酒楼的屋檐之外，幡色深黑，上用白丝绣作"风敲竹"三个大字。阳虎跨进风敲竹酒楼大门，一个伙计迎上前来，要把阳虎让到二楼包间。阳虎摇手道："不必，只要一副临街的坐席，好看看外面的街景。"伙计把阳虎请到一副靠窗的坐席，侍候阳虎坐下，拱手道："客官想必是外地商客，本酒楼陈年黄白皆为曲阜第一，不知客官是要黄酒，还是要白酒？"阳虎道："先煮一壶黄酒，多加子姜，菜肴尽拿手的上，不必多问。"伙计唯唯，点头哈腰去了，片刻之后，把酒菜送上来，阳虎道："对面是个什么铺子，怎么好像还不曾开门？"伙计道："对面是通天子的铺位，不到午时不会开张。"阳虎道："通天子做的什么生意？却要专等午时开张？"伙计道："通天子是曲阜鼎鼎大名的龟策先生，据通天子自称：午时过后方能精聚神会、通天之气，所以不敢于午时之前接待客人。"阳虎听了一笑，道："原来如此。"

　　阳虎慢慢浅尝独酌，酒不过一巡，见对面店铺门前来了个青衣童子，逐一把铺面上的木板取下放到一边，又把铺门上的锁开了，把双扇木门推开。片刻之后，一个老者踱着不紧不慢的四方步，从坊外向对面店铺走来。阳虎停杯看那老者：须眉皆白，高颧阔额，直鼻方口，脚下一双麻鞋，双手背在身后，逍遥自适，迈进了对面的铺门。阳虎仰头，将杯中酒一饮而尽，唤伙计过来付了账，出了风敲竹酒楼店门，径直投对面龟策店铺而去。阳虎进了店门，举目一望，但见店内四壁萧然，中央一方白木几案，两边各设一副蒲团；案前一尊青铜香炉，清香细细，由炉顶镂空花纹盘旋而出；案后一扇紫竹屏风，屏风上裱一幅素绢，绢上用朱墨写着十六个大字。写的是："不通天，焉能知人事？无愧心，然后问神龟。"阳虎正欲张声，方才进来的老者，自屏风后转出，向阳虎拱手施礼，道："客官请坐，宋人司马徽徽失迎。"阳虎拱手还礼毕，与自称司马徽徽的老者先后分宾主坐下，阳虎道："听说这儿的主持唤作'通天子'，敢问司马先生与通天子如何称呼？"司马徽徽微微一笑，道："'司马徽徽'是老朽的真名实姓，'通天子'不过是好事者加在老朽头上的绰号。"阳虎道："原来如此，想我远方来客孤陋寡闻。不过，依我看，这绰号恐怕是司马先生自己加的，与好事者何干？"司马徽徽道："此话怎讲？"阳虎用手一指屏风，道："司马先生不是分明把'通天'两字写在屏风之上了么？"司马徽徽听了，又微微一笑，道："那不过是开个玩笑，岂能当真？"阳虎又用手一指那屏风，道："所谓'无愧心，然后问神龟'，难道不是说：但凡来买卦者，须心诚意实、问心无愧？"司马徽徽点头道："不错。"阳虎道："司马先生叫客人诚心诚意，自己却掉以玩笑之心，敢问道理何在？"司马徽徽道："叫客人诚心诚意，那不过也是开个玩笑。"阳虎听了，略微一怔，道："此话怎讲？"司马徽徽听了，哈哈一笑，道："哪有什么诚心诚意的客人？比如足下自称'远方来客'，难道不是在开玩笑？"阳虎听了，不由得吃了一惊，道："司马先生为何如此说？"司马徽徽道："客人的头巾与直裰，皆从东市清河坊萱草衣庄定制；腰下的鸦青丝绦，是北市朱雀坊黄金缕丝店的招牌货；脚上的黑皮软底短筒靴与手上的革囊，皆出自酸枣门外皮匠张三之手。一个远方来客，如何会有这许多本地土产？"阳虎听了，不由得大吃一惊，道："司马先生未卜先知，果然不愧'通天子'之号！"司马徽徽淡然一笑，道："未卜先知岂敢！不过留心观察而已。不留心观察，如何吃卖卦这碗饭？"阳虎听了，从革囊中取出一个锦匣，从锦匣中取出一块龟背，将龟背轻轻放到几案之上，道："司马先生既然留心观察，想必知道这块龟背的来历？"司马徽徽从几上拿起龟背，放到眼前对空照了一照，把龟背放回锦匣，把锦匣盖好，推到阳虎面前，道："这儿不便说话，里边请。"司马徽徽说罢，站起身来，吩咐童子道："倘若有新客，就说我不在，请过半个时辰再来。"

阳虎站起身来，将锦匣收回革囊，将革囊提在手中，随司马徽徽转到屏风之后。司马徽徽领着阳虎穿过一条过道，推开过道尽头的木门，把阳虎让进里间。阳虎抬头一看，但见里间与外间陈设相若，只是少了那面屏风，多了几个蒲团。司马徽徽与阳虎重新拱手施礼，分宾主就座。司马徽徽道："南海之滨，有沙滩名'偻句'。每隔十年有神龟至偻句产卵十枚，十枚之中仅一枚得以孵化为幼龟，幼龟趁阴雨无星无月之夜潜返大海之时，土人千方百计寻觅截拦，无奈神龟有灵，难得有所寻获，每隔数十年方可偶然幸得一枚。土人既得龟，杀龟取壳，高价售予识货的行商。行商购得，必然献之于诸侯，诸侯赏赐行商，又数十倍于土人所得。诸侯既得龟壳，付予司卦。司卦斋戒沐浴三日，然后取宝刀将龟壳一切为三段。上段用于占天时，中段用于占邦交，下段用于占人事。客官方才所出示的龟背，正是偻句神龟龟壳的下段。听说司卦随鲁公出走，敢问客官何人？又从何处得来？"

阳虎微微一笑，道："司马先生看我像是什么人？"司马徽徽应声道："小盗。"阳虎听了不悦，作色道："此话怎讲？"司马徽徽道："窃国者，谓之大盗；助人窃国者，谓之小盗。"阳虎听了，吃了一惊，道："司马先生已经知道我是谁？"司马徽徽又微微一笑，道："司卦既然不曾将这龟背带走，必然落在季孙意如之手。季孙意如不会自己来，但也绝不会随便把这龟背交给不相干的人。如果我不曾猜错，你就是季氏总宰，姓阳名虎。"阳虎也微微一笑，道："司马先生既然如此善猜，可猜得出我阳虎的来意？"司马徽徽道："阳总宰既持龟背而来，莫不是要我为季孙意如占卦决断一件人事？"阳虎不答，却站起身来，走到司马徽徽身边，对司马徽徽作一番耳语。阳虎说罢，回到客席之上，从革囊中取出一双玉璧，放到几案之上，道："这是季孙意如的一点意思，还请司马先生笑纳。"司马徽徽稍有迟疑，道："吉凶在天不在我，阳总宰所托，恐难……"阳虎不待司马徽徽说完，猛然伸手一抓，早把司马徽徽手中麈尾夺了过来，两手一折，将麈尾一折为二，随手掷到地板之上，道："司马先生若不明白，以后这儿就不会再有通天子，有的只是这柄折断的麈尾。明白了吗？"司马徽徽听了，大惊失色，慌忙咽下尚未说完的话，一边点头，一边道："明白！明白！"阳虎见了，微微一笑，道："我就知道通天子不会不明白。通天子要是不明白，这世上哪还能有明白的人？"

当晚戌时，曲阜南市人来客往，生意兴隆。灯光烛影，气氛热闹。季孙意如、叔孙诺与仲孙何忌三人一同进了司马徽徽的店铺。司马徽徽正襟危坐在几案之后，见了三人，连忙起身，拱手施礼道："宋人司马徽徽失迎！"司马徽徽说罢，转身对童子道："还不快去捧出两副坐席来！"童子听了，转身折入屏风之后，片刻之后，捧出两个蒲团，分放在客席两边。司马徽徽请季孙意如三人坐下，自己重新回归主位。司马徽徽俟三人皆坐定了，又拱一拱手，道："贵客光临，敢问有何赐教？"季孙意如听了，微微一笑，道："到通天子处来的人，都是向通天子讨教的。敢问这'赐教'二字怎讲？"司马徽徽听了，又一拱手，道："占卦之意何在？在客人不在我。所谓'赐教'，就是请客人诚心诚意立下一个占卜的目的。目的既定，不必说给我听，只需在客人心中牢记便成。"季孙意如道："原来如此。"季孙意如说罢，转身对叔孙诺与仲孙何忌道："如何？"叔孙诺与仲孙何忌一齐点头。

司马徽徽见了，吩咐童子："还不快去取龟壳与艾绒来！"童子唯唯，转入屏风之后。季孙意如听了，摇一摇手，从怀中摸出偻句龟背，放到几案之上，道："我自有龟背在此，只需借用你的艾绒。"司马徽徽拿起龟背，对着案上烛光一照，道："端的是一块好龟壳！"季孙意如笑道："通天子果然识货。"司马徽徽又拱一拱手，道："多谢夸奖！"片刻之后，童子捧上一个青铜托盘，盘中一个青铜盏，一把青铜锬，盏内盛满艾绒。童子把托盘放到几案之上，转身从香炉之中取出一把薰香，把艾绒点燃。过了片刻，艾绒烧旺。司马徽徽伸手取锬，用锬把偻句龟背夹住，放到艾火之上，左右各炙了些许时候，然后大吸一口气，猛然一吹，把艾火吹灭，俟艾烟断了，司马徽徽把炙过的龟背平放在青铜托盘之上，仔细端详背上炙开的裂纹。季孙意如道："凶吉如何？"司马徽徽不答，又端详了一回，忽然拍手喊一声："怪哉！"季孙意如听了一怔，道："有何可怪？"司马徽徽对三人各瞟了一眼，略一迟疑，道："实不相瞒，你三人皆不在卦中，所以可怪。"仲孙何忌道："所谓不在卦中，究竟是什么意思？"司马徽徽不答，却道："难道你三人来此，乃是为别人占吉凶不成？"季孙意如、叔孙诺与仲孙何忌听了，相互对看了一眼。叔孙诺道："所谓'名下无虚'，果不其然！我三人的确为别人占吉凶而来。"司马徽徽听了，笑逐颜开，道："如此则不仅不怪，而且大吉大利。"

次日上午，季孙意如、叔孙诺、仲孙何忌三人立在听贤厅中。季孙意如道："改封后邑、罢黜臧孙的谕令已经颁布，还有什么事情需要及时料理？"叔孙诺道："如此极好，我已于昨晚遣司马庚率众五千前往后邑守备。"仲孙何忌道："主公出走的消息，是否须遣使者会知晋国？"季孙意如稍一迟疑，道："依我之见，等叔孙大夫去见过主公之后，有了确切的消息之时，再遣使去晋不迟。叔孙大夫以为如何？"叔孙诺道："我已于今晨遣人去传个讯息给主公，自己将于午后起程，估计明日可以在阳州与主公会面，后日晚可以赶回。为时不过三天，等一等也好。"季孙意如道："如果仲孙大夫不反对，那就这样定了？"仲孙何忌笑道："这本是你分内的事，我怎么会反对？我自己家里的事情还管不过来！"

季孙意如送走叔孙诺与仲孙何忌，屏风后转出秦遄。季孙意如问秦遄："你说叔孙诺能不能请回主公？"秦遄笑道："他要是能请得回，你怎么会同意他去？"季孙意如道："他既提出要请，我怎么好阻拦？"秦遄道："明着不好，暗中有什么不好？"季孙意如道："你的意思是？"秦遄道："先遣一个刺客，再遣一个侠客。"季孙意如疑惑不解，道："遣一个能了事的刺客还不够？"秦遄笑道："就是担心那刺客能了事，所以才要再遣一个侠客，令那刺客了不了事。"季孙意如听了，摇一摇头，道："你越说，我越糊涂。"秦遄道："叔孙诺若死在途中，即使那刺客并非由你派遣，你也难逃嫌疑，更何况那刺客当真是你派遣，难免不露出破绽。"季孙意如道："你的意思是：那刺客不过是虚晃一招？"秦遄笑道："不错。你要让叔孙诺以为那刺客是跟着主公出走的那帮人派的，侠客是你派的。如此这般，叔孙诺就会感激你而痛恨那帮人，自然就不会同意那帮人同主公一起返回鲁国。"季孙意如听了，微微一笑，道："我明白了。臧孙赐、季公若、公子为等人自己回不来，也就绝不会让主公回。否则，一旦失去了随君流亡的名分，必如丧家之犬，无处可以容身。"秦遄道："不错。事不宜迟。我可以替你去物色一名刺客。至于侠客，则当由你派一名手下的人去充当最好。"季孙意如道："好。这件事就这样定了。还有别的事情需要做点手脚的没有？"秦遄道："听方才仲孙何忌的口气，好像是要找仲孙驹算账。"季孙意如道："不错。不过，这是仲孙氏家内的事，与你我似乎没有什么关系。"秦遄道："仲孙何忌年轻气盛，野心勃勃，你要是小觑了他，将来恐怕会后悔莫及。"季孙意如听了，沉吟片刻，道："你有什么主意？"秦遄道："保住仲孙驹，令仲孙何忌始终有这么个隐患。"季孙意如道："计将安出？"秦遄道："仲孙驹跟随主公在齐，仲孙何忌无非是想派刺客去取他性命。"季孙意如道："难道也要我派一名侠客去保护他不成？"秦遄道："当然不成，而且也没有必要。你只须让他心中有数，随时提防就够了。找保镖，当然是他自己的事。"季孙意如道："派谁去提醒他？既不能让仲孙何忌知道那人是我派的，又须令仲孙驹信得过那人不是胡说乱道。"秦遄道："女人。"季孙意如听了一怔，道："女人？"秦遄道："不错，女人。"季孙意如道："哪个女人？"秦遄笑道："三个女人。"季孙意如听了，又一怔，道："三个女人？"秦遄道："不错。听说姜姬与仲孙驹有些那个勾当。"季孙意如略微一惊，道："当真？"秦遄道："无风不起浪。况且，你难道不觉得姜姬是个水一般的女人？那种女人怎能守得了寡？"季孙意如听了，半信半疑，道："就算有这么回事，又怎么把话传给姜姬？"秦遄道："我放出风声给内子，内子与姜姬交好，必然把话传给姜姬。"季孙意如道："姜姬知道了，又怎么传给仲孙驹？"秦遄道："姜姬没办法去齐国找仲孙驹，却可以去阙里山庄找宋凤。"季孙意如道："宋凤把话传给孔丘？孔丘遣弟子去齐把话传给仲孙驹？"秦遄笑道："不错。内子、姜姬、宋凤，加起来岂不正好是三个女人？"季孙意如听了，哈哈一笑，道："原来如此。"

　　当日夜晚戌时左右，秦姬与姜姬并肩泡在浣花池水之中。姜姬道："看你的脸色，好像有什么心事？"秦姬道："你替我担心？"姜姬盯着秦姬，道："你真有什么事？"秦姬道："看来你还真替我担心，你这个朋友我总算没有白交。不过，要担心的并不是我。"姜姬笑道："不是你，难道还能是我？"秦姬道："还当真就是你。"姜姬听了一惊，道："什么事？"秦姬左右观望了一回，见附近并无他人，压低声音道："听说有人要不利于你的那个人。"姜姬听了，心中大惊，嘴上却道："什么我的那个人？休要胡说！"秦姬道："好！算我胡说。我就此闭嘴，不再胡说，行了吧？"姜姬听了，心急道："你倒是把话说清楚呀？"秦姬道："我只能说得这么清楚，你要是还听不明白，那我也没有办法。"姜姬听了，半晌不语。秦姬见了，道："你总算明白了？"姜姬叹了口气，道："明白了又怎么样？我能怎么办？"秦姬道："你自己当然是不能怎么办，你得想法子找别人替你去办。"姜姬听了，恍然大悟，道："有了。"姜姬说罢，就要起身离池，却被秦姬一把拖住。秦姬道："急什么？那么老远，反正你今天晚上也去不了。"姜姬听了一怔，道："你知道我要去找谁？"秦姬笑道："我不知道。你又不曾说，我怎么会知道？"姜姬又沉吟半晌，道："你的消息，是从哪听来的？"秦姬假作正经，道："什么消息？我什么时候跟你说过什么消息？"姜姬笑道："讨厌！你放心，我怎么会把消息来源泄露出去？我不过是想知道那消息究竟可靠不可靠。"秦姬道："宁可信其有，不可信其无。你要是不信，将来可别后悔。"姜姬道："我信！我信！你的话我怎么会不信！"

　　姜姬与秦姬在浣花池戏水之时，一辆马车在汶水南岸的汶阴驿前停下。马黑、车黑、马车夫的衣帽皆黑。黑车窗上的黑窗帘打开，露出叔孙诺的脸，在驿站门前的火把照耀之下，显得疲乏、苍老。叔孙诺探头向后看了一看，一辆同样黑色的马车正向驿站门口靠拢过来。叔孙诺皱了一皱眉头，将头缩回车窗之内。车夫道："下车吗？"叔孙诺道："过河就是齐境，边防过所早已关闭，只有在这儿歇息一夜，别无选择。"车夫跳下马车，把车门开了，服侍叔孙诺下了马车。早有两个伙计迎上前来，其中一个引车夫将马车牵往驿站后院的马厩，另一个俯首哈腰，将叔孙诺让进门里。进门迎面是一个高高的柞木柜台，柜台后立着夜班掌柜。掌柜并不认识叔孙诺，但见叔孙诺仪表堂皇、衣冠出众，知道进来的是个大人物，不敢怠慢，连忙走出柜台，向叔孙诺行长揖之礼。叔孙诺略一拱手，算是还了半个礼，对掌柜道："上等套房，可还有空？"掌柜道："只有一个客人在此下榻，二楼四间上等套房都空着，请客官随意挑选。"叔孙诺道："四间套房都给我留下，另要一间下房供车夫过夜。"掌柜又慌忙拱手长揖，道："是！小人照办！"掌柜说罢，吩咐小二道："领客官去楼上挑一间上等套房，将剩下三套锁好，不得放任何人进去。明白了吗？"小二瞟了一眼叔孙诺，点头如捣蒜，道："小人明白！小人明白！"

　　叔孙诺随小二上楼去了，掌柜退回柜台。隔不多时，门外进来一人，浓眉虬髯，猿臂蜂腰，掌柜见了，略微一惊，慌忙拱手施礼。黑衣人道："下房可有空？"掌柜连声道："有！有！上等套间不巧却已经客满，不过，上等单间也都空着，随客官任意挑选。"黑衣人道："只要一间下房。"掌柜瞟一眼黑衣人，道："难道只有车夫在驿站过夜？敢问客官却往哪去投宿？"黑衣人盯着掌柜道："我就是车夫，车夫就是我。怎么？"

　　次日晨，叔孙诺早早地起了，掌柜道："车夫早已在后院备好马车，在门前等候多时。"叔孙诺出了房门，蹬上马车，喊一声："渡口！"马车应声起步，叔孙诺掀开车窗窗帘望后一看，不见昨晚跟来的马车，舒展须眉，吐了一口大气。马车顺驿路跑了数十步，突然折入路旁树林，杂色树木高大茂密，荒草渐深。马车在树林里颠簸了二三十步，叔孙诺捅一捅车厢厢板，道："道路如何这般崎岖不平？"车夫道："想是车轴出了毛病，让我下车来看一看。"车夫说罢，跳下车来，不去弯腰察看车轴，却从腰下拔出刀来，走到车窗之旁，站着不动。过了片刻，叔孙诺见无动静，一边问："怎么回事？"一边掀开窗帘，探出头来。车夫见了，手起刀落，照叔孙诺头颅切下。叔孙诺见了，大惊失色，躲闪不及，正闭目等死之时，却听得两声响：一声清脆，一声沉闷。过了半响，不再有动静。叔孙诺睁眼看时，但见地上一把腰刀，一把飞镖；刀镖之旁一摊鲜血，血泊之中仰卧一人，身着车夫衣帽，却长得一副陌生面孔，咽喉之上嵌着一把飞镖。

　　叔孙诺缩回头，跳出车外，惊魂未定之际，又听见头上一声响，急忙闪到一边，举头看时，但见树梢上跃下一个人来，正是昨夜尾随叔孙诺的那辆马车的车夫。黑衣人拱手向叔孙诺施礼，道："叔孙大夫受惊了。"叔孙诺道："你认识我？"黑衣人道："在下并不认识大夫，不过遵主人之命，沿途护送大夫而已，方才那贼人要暗算大夫，是我一镖打落了他手中刀，再一镖结果了他的性命。"叔孙诺听了，拱手长揖，道："感谢救命之恩。你主人是谁？"黑衣人拱手还礼，道："恕不能奉告。"叔孙诺指着地上的尸体，道："这人却是谁？并不是我的车夫。"黑衣人道："回汶阴驿站问一问，或可知道。"叔孙诺道："说的是。"黑衣人提起地上的尸体，扔到马车车厢后的行李架上，拱手对叔孙诺道："请大夫上车。"

　　黑衣人把车赶回汶阴驿站门前停下，叔孙诺与黑衣人一前一后下了马车。驿站掌柜闻声奔出门来，见了叔孙诺，大喜道："客官回来就好了！"叔孙诺道："什么好了？分明死了人！"掌柜听了一惊，道："怎么？客官已经知道死了人了？"叔孙诺往车后行李架上一指，道："那不是？"掌柜举目一看，又吃了一惊，道："原来客官那儿也死了一个人！"叔孙诺听了一怔，道："难道你说的死人，是另一个？"掌柜道："昨日傍晚，在客官到来之前，来了个单身客人，自称从河那边来，要了一间下房。今日客官走后，伙计去下房打扫房间时，见那客人房中没有动静，试着将房门一推，房门应手而开，伙计举目看时，不见那客人，却见榻上倒着客官的车夫，早已死了多时。"叔孙诺道："怎么死的？"掌柜道："颈骨折断，想必是死在一位武功高手之手。"叔孙诺指着车后的尸体，道："你过来看看，是不是这位武功高手？"掌柜走过来一看，到："这人正是我说的那位单身客人，怎么却换上了客官车夫的衣服？"叔孙诺道："他冒充我的车夫，把我拉到前面树林中要谋害我的性命，幸亏这位……"叔孙诺说到此，回头一望，却发现那救命的黑衣人不知在什么时候已经走了。叔孙诺叹了口气，道："名姓不知，来历不明，就这么让他给走了！"掌柜不解，道："谁走了？"叔孙诺不答，却吩咐掌柜道："快去唤人把那尸体卸下来，再替我雇个车夫。"掌柜听了，往驿站里去了。叔孙诺走到车旁，对那尸体打量了一番，冷不防看见那飞镖之上系着一条玄薰丝巾。叔孙诺将飞镖拔出，提起丝巾在手上一看，但见玄薰丝巾之上赫然用黑线锈作一个熊头。叔孙诺看罢，不禁一惊，自言自语道："万不料那救命的恩人竟然是季孙意如的手下！"叔孙诺说罢，顿了一顿，又自言自语道："所谓河那边来的人，难道不正是那帮人派来的刺客？竟然敢在鲁境下手，企图嫁祸季孙意如，用心何其险恶！"

汶水北岸阳州迎宾馆正厅之中，鲁公坐于厅上，仲孙驹、臧孙赐、季公若立于右侧，公子为、公子果、公子贲立于左侧。鲁公道："叔孙诺不久就到，你等意下如何？"公子为道："叔孙诺与季孙意如一个鼻孔出气，主公不要见他。"仲孙驹道："事发之时，叔孙诺被主公软禁在阚，叔孙氏助季孙意如之举，显然不是他的主意。再说，叔孙诺之来，肯定获得季孙意如的同意，季孙意如之所以会同意，必然是因为担心晋国等诸侯出面干涉。所以，依臣之见，叔孙诺之来，未必不是诚心请主公回鲁。主公如果不见叔孙诺，岂不是白白把这机会给放弃了？"季公若道："齐公昨日遣使者来，愿以莒邑封主公，与其回鲁去听任季孙意如摆布，还不如接受齐公之封，在莒为君。"仲孙驹道："放弃周天子之封，受制于齐，未见其可。"臧孙赐道："回鲁难道不是受制于季孙意如！"仲孙驹道："回鲁至少名义上堂堂正正是周天子的诸侯，在莒受齐之封，名不正、言不顺，岂可同日而语！再说主公与季孙氏都是桓公之后，本是一家，齐公虽是亲戚，毕竟疏远多矣。况且齐公一向轻诺寡信，与其投靠齐国，还不如投奔晋国，请晋人助主公回鲁。"臧孙赐正欲分辩，鲁公摇手制止道："你等不必再争，寡人已决意与叔孙诺一见，听听他如何措辞再作道理。"仲孙驹听了，拱手称善，率先退下。臧孙赐、季公若、公子为等也拱手唯唯，相继退出。季公若走下石级之时，对臧孙赐与公子为使了个眼色，两人会意，跟着季公若折入右边西厢房，公子果与公子贲见了，也尾随而入。季公若示意最后进来的公子贲把门关了，压低声音道："如果主公决意回鲁，你我怎么办？"臧孙赐忿忿然道："季孙意如已令臧孙会那贼子取代我，我是无论如何回不去的了！"公子为道："季孙意如一向与我兄弟三人作对，他绝不会同意我兄弟三人同主公一起回鲁。"季公若道："跟随主公流亡在外，名正而言顺，不愁没人收留。一旦主公回鲁，你我将如丧家之犬，何处可以容身？"公子为道："不如刺杀叔孙诺，令主公死了这回鲁之心。"臧孙赐道："怎么下手？"公子为道："设法把主公与他见面的时间安排在明日，晚间在他下榻之处结果他的性命。"季公若摇头道："不妥。"公子为道："怎么不妥？"季公若道："方才主公业已看出你我不愿主公见叔孙诺，如此将他杀了，主公一定猜测是你我所为。主公一旦于你我有疑心，势必更加愿意向季孙意如妥协。"臧孙赐想了一想，道："言之有理。你有没有什么别的主意？"季公若道："不如让他见过主公，然后在他回程途中下手，嫁祸于季孙意如。你等以为如何？"公子为、臧孙赐等听了，皆点头称善。季公若道："此事须绝对保密，不宜假手他人。"季公若说罢，用眼一瞟公子为。公子为会意，道："季叔不必担心，我会亲自去了断此事。"季公若听了，喜形于色，道："倘若如此，定然万事大吉。"季公若等出了厢房，最后出门的公子贲顺手把门带关。门外脚步声渐远、渐于无声。左师展从梁上跳下，落地无声，轻轻拨开房门，闪出门外。

　　鲁公在阳州迎宾馆于季公若等商量对策之时，孔丘在阙里山庄廊下背手仰面观天，一只信鸽自林外飞来。孔丘喊："无繇！"无繇应声从庄屋内出，道："夫子有何吩咐？"孔丘道："有只信鸽到，你快去鸽房看一看。"无繇道："好久不曾有信鸽来了，夫子不会看错？"孔丘道："问人何如去看？"无繇尚未作答，身后传来宋凤的声音，道："求人不如求己，你怎么不自己去看？"孔丘尚未作答，无繇抢先下了走廊，道："我去！我去！"孔丘扭头对宋凤道："干你什么事？又出来和我作对！"宋凤道："干我什么事？那鸽信难道不可能是给我的？"孔丘听了，不屑道："谁会飞鸽传书给你？"宋凤冷笑一声，道："除了仲孙大夫，又有谁飞鸽传书给你？仲孙大夫死了经年，难道还能从九泉之下寄一封书来？"孔丘笑而不答。不移时，无繇手持鸽书竹管而来，道："那鸽子好像是仲孙大夫家的？"孔丘与宋凤面面相觑，一同伸手向无繇道："拿来！"无繇正不知所措之际，子丕从庄屋内出，道："还不交给师母，更待何时？"无繇犹犹豫豫道："为什么不先交给师傅，却要先交给师母？"子丕正要作答，宋凤抢先道："先古之时，人只知有母而不知有父。"孔丘道："现在何尝是先古之时？"宋凤道："你自称'好古'，却原来是个见利忘古之徒！"孔丘笑道："利口匹妇！"说罢，又对无繇道："还不交给师母！"宋凤一笑，从无繇手中抢过竹管，抽出帛书，在手上展开来一看，但见上面写道："今日酉时，壶头集壶中天，姜。"宋凤看毕，又一笑，道："果然是给我的鸽书！"孔丘道："谁给你的？"宋凤将帛书递给孔丘，道："你去不去？"孔丘把帛书接过，瞟了一眼，道："她又不曾请我，我怎么去？"无繇道："师母要上哪去？我这就去备车。"宋凤道："你师傅既然不去，你就不用备车，我宁可骑马。不是大夫，不拿当大夫的架子。"宋凤说罢，转身回屋。孔丘背手仰面观天，叹口气，道："唯女子与小人为难养也！"

当日酉时上下，壶头集，灯火初上，车马熙攘。宋凤在壶中天门前下马，掌柜见了，迎上前来，点头哈腰。宋凤道："仲孙夫人包间。"掌柜扯起嗓门喊道："仲孙夫人贵客到！"一名伙计应声奔下楼来，把宋凤领到二楼过道尽头左手一间包间门口。姜姬在门里见了，起身相迎。宋凤进了房间，举目一望，但见地铺猩红丝毯，墙垂黄金锦帐，四尊高脚青铜烛台分立四隅，烛台上红烛摇曳，中央一张漆红描金食几，几上酒浆菜肴已经布满。两人相互请安，分宾主入席。姜姬看宋凤：发用猩红丝带系作马尾，垂在肩后，露出一双白玉镶金鱼珥，身着一袭墨绿锈金花丝袍，腰系一条黄金绳白边丝绦，足下一双深蓝绣金花长筒靴，脸上薄施粉脂，胸下飘出清香。姜姬道："数日不见，怎么就出落得越发水灵了？准是山里的风水好，看来我也应搬到仲孙氏的翡翠山庄去住才是。"宋凤笑道："休要胡调！飞鸽传书把我叫来，总该不是为了说这么几句废话吧？"姜姬道："急什么？先喝酒！"说罢，提起席上青铜酒壶，给宋凤斟满一觞，又道："壶中天的陈年醪醴最佳，胜过曲阜城里的风敲竹酒楼，这醪醴偏宜女人，你我多喝它几杯。"宋凤听了一笑，道："这偏宜女人的醪醴，我多喝几杯倒也罢了。你喝多了，却怎么消受？"两人一边说笑，一边吃喝，片刻之后，酒过三巡，席上的菜肴半空。宋凤道："该说正经的事情了，再喝下去，要把正事都忘了。"姜姬听了，咳嗽一声，道："我今日来，是要求孔丘帮个忙。"宋凤道："求孔丘帮忙，怎么不请孔丘却请我？"姜姬道："你难道没有听说过'最怕枕边人'这话？"宋凤笑道："这话在我家那口子上好像用不上。"姜姬道："没个用不上的，准是你不会撒娇。"宋凤又笑道："我是不会。你会。你怎么不自己到孔丘枕边去撒一撒娇？"姜姬笑道："这可是你说的，到时候别醋瓶醋罐都打翻一地。"宋凤收起笑脸，举杯一饮而尽，道："说正经的，究竟是什么事？"姜姬道："有人告诉我说：仲孙何忌要对仲孙驹下手。"宋凤听了，不禁又大笑，道："那干你何事？"姜姬道："就算我愿意多管闲事，行了吧？"宋凤道："好一个多管闲事！司卧的事情要是也算闲事，这天底下恐怕就没有正事了。"姜姬道："又说废话。你到底肯不肯帮这个忙？"宋凤道："怎么帮？我总不能叫我家那口子去当你那人的保镖吧？"姜姬道："一味胡调！只要他去传个讯息，让他多加小心。"宋凤笑道："叫'他'去传个讯息，让'他'多加小心，哪个'他'是'他'呀？"姜姬笑道："讨厌！其实他也不用自己去，派个弟子去就成了。"宋凤道："你又不是师母，也想指使弟子替你办事！"姜姬不理宋凤的玩笑，继续道："听你姊夫说，子卫办事能干得很。叫他去就成，准不会误事。"宋凤笑道："不仅要指使弟子，还要指定弟子。"姜姬道："你倒是有完没完？"宋凤道："好！好！好！说正经的。他两人素不相识，你怎么叫你那人信得过他？"姜姬犹疑半晌，道："这倒也是。我怎么就没想起来？亏你提醒我。"宋凤道："这叫做当局者迷！"说罢，顿了一顿，又道："你有什么东西是他送的？"姜姬听了，喜形于色，道："又亏了你！"说罢，晃一晃头，摘下一对水晶耳坠，交给宋凤，道："耳坠底部镶有一颗桃形鸡血石，'桃'是我的乳名，就拿这个去做信物，一定错不了。"宋凤接过，一边观赏，一边笑道："一个还不够？还要拿一双？"姜姬道："一个怎么戴？"宋凤道："谁叫你戴着，自己收起来还不成？"姜姬道："留着一个在手，徒徒招人疑心。"宋凤听了，大笑道："倒是让你偷人偷出经验了！"

　　阳州迎宾馆叔孙诺卧室之内，叔孙诺与左师展对坐在几案两侧。叔孙诺叹了口气，道："万万没有想到你我会如此相对！"左师展道："主公的意思如何？"叔孙诺道："主公要我先回去同季孙意如商量出个如何迎接的细节，看样子是有回鲁的意思。"左师展听了，摇一摇头，道："只怕没有这么容易。"叔孙诺道："你的意思是：臧孙赐、季公若等会从中阻挠？"左师展道："想要阻挠的，还不止这两个人。"叔孙诺道："公子为兄弟也不肯罢休？"左师展道："岂止是不肯罢休而已。"叔孙诺道："我知道了。来的时候我就遭人暗算，几乎丧了性命，一准是这帮人干的。"左师展听了，略微一惊，道："有这等事？这我倒没有听说。不过……"叔孙诺道："不过怎样？"左

116

师展道："你明日回去时倒是得格外小心。"叔孙诺叹了口气，道："暗箭难防！"左师展微微一笑，道："让他们自以为是暗箭，岂不就比明枪更容易防！"叔孙诺听了一怔，道："你已经得了消息？"左师展道："不仅已经得了消息，也已经给你安排好了脱身之计。"说罢，站起身来，走到叔孙诺跟前，对叔孙诺一番耳语。叔孙诺听罢，站起身来，拱手称谢，谢过之后又道："还有件事得求你帮忙。"左师展道："什么话？你的事难道不就是我的事？"叔孙诺道："你有没有办法让主公摆脱这帮人独自回鲁？"左师展想了一想，道："办法不是没有，把握却没有。"左师展说罢，起身趋前，对叔孙诺一番耳语。叔孙诺听了，点一点头，道："不妨一试。"左师展拱手告辞道："不便久留，就此别过，后会有期。"

次日晨，叔孙诺步出迎宾馆的大门，但见车夫已将马车备好，在门外等着。叔孙诺上了马车，关好车门，喊一声："回鲁！"车夫举手扬鞭，马车缓缓上了驿道，往西南渡口方向奔去。马车在驿道上跑了数十步，叔孙诺掀开车窗窗帘，远远望见路边柞木林外一颗垂柳，树冠硕大如盖，树干倾斜欲催。叔孙诺喊一声："在前面柳树下折入右边林子里去，我要下车方便一下。"车夫应声把缰绳一抖，放慢马步，马到柳树前，又将缰绳一抖，把马车赶下驿道，进入路旁柞木林里。马车在树林里颠簸了十来步，一辆堆满柴火的敞篷车，套着两匹劣马，从树林中缓缓驰了出来。叔孙诺举目一望，见那赶车的人虬髯阔颊，左边眉角一块紫色胎记，上长一撮黑毛，与左师展的描述正合。叔孙诺看罢，叫车夫把车停了，纵身一跳，跳下马车，顺手扔给车夫一吊铜钱，对车夫道："这是给你的赏金，我在这儿有件勾当，你把空车赶回汶阴驿去。"

车夫谢过赏钱，掉转马头，把马车赶回驿道。又跑了大约十来里，路旁的树林越发茂密，一阵凉风从林间吹来，令车夫精神为之一爽，不禁得意扬扬，挥鞭向天，张口唱道："风凉树茂，马快车空；一吊赏金，得来轻松；归去买醉，其乐无穷；泡个俏妞，春梦融融。"车夫正唱得惬意，冷不防一箭飞来，不偏不倚，正中马头，马失前蹄，一头栽倒。马车失去平衡，将车夫颠下地来，车夫从地上爬起，抬头一望，但见一匹黑马从前面飞奔而来，马上一名蒙面大汉，背负一张弓，腰挂一壶箭，左手握缰，右手仗剑。车夫见了，大吃一惊，撇下马车，落荒而逃。来人并不追那车夫，直径奔到马车面前，手起剑落，将车厢纵劈为二，又横砍一剑，把车厢斩去半截。停手看时，才发现原来车内空空，连个人影也无，抬头四下张望，车夫早已逃得渺无踪迹。那人不禁大怒，挥剑乱砍，把业已支离破碎的马车砍得粉碎。那人正砍得起劲，前面尘土飞扬，两骑人马一前一后跑来。跑在前面的是公子果，跑在后面的是公子贲。那人见了，停下手中剑，扯下蒙面的青绢，忿忿然掷到地上，露出公子为气急败坏的面孔。公子果朝马车看了一眼，道："怎么？难道让他走了？"公子为道："不过是辆空车，那老贼根本不在！"公子贲道："难道让那老贼猜到了？果然老奸巨猾！"公子为沉吟片刻，摇一摇头，道："不大可能，我叫你监视他的行踪，你可看到他同谁见过面？"公子贲道："只有左师展昨夜去见过他。"公子果道："难道左师展探听到消息？"公子为听了，又沉吟片刻，吩咐公子贲道："监视左师展，看他还有什么动静。"

阙里山庄大厅之中，孔丘独坐弹琴。宋凤自屏风后转出，施施然道："昨夜从壶头集回，有话要跟你说，却找你不着。"孔丘不答，弹琴不止。宋凤见了，略微一笑，又道："我没好意思到春梅房中去找，怕你会错意。"孔丘停下琴，道："姜姬何事找你？"宋凤笑道："怎么听我这么一说就把琴停了？"孔丘道："不同你胡调，你究竟有没有正经话说？"宋凤道："当然有啦！没有还敢来打搅你的清兴。"孔丘道："洗耳恭听。"宋凤道："姜姬要过一过当师母的瘾。"孔丘道："这难道也是正经话？"宋凤道："这话怎么不正经？"孔丘道："你倒说给我听听看，姜姬怎么过当师母的瘾？"宋凤笑道："跟你说正经的，姜姬是要借用一回你的高足。"孔丘道："借谁去都成，干什么也都成，只是不能干一样。"宋凤道："哪一样不成？"孔丘笑道："不能司卧。"宋凤嗔道："我说你这人讨厌不讨厌？同你开玩笑，你假做正经。同你说正经的，你又东拉西扯！"孔丘道："她究竟要借谁去干什么？"宋凤道："她要借子丕去帮她传个口信。"孔丘道："传给仲孙驹？"宋凤道："不错。"孔丘道："仲孙何忌要杀仲孙驹？"宋凤道："你倒是会猜。"孔丘道："她听谁说的？"宋凤道："别人不好说的话，我从来不问。"孔丘道："你同姜姬不是无话不谈吗？"宋凤笑道："正是因为知道什么可以问，什么不可以问，所以才能无话不谈。像你这种书呆子，不知好歹，什么都问，让人见了就怕，所以一个能说知心话的朋友也没有。"孔丘道："君子之交淡若水，小人之交甘若醴。像你同姜姬这般如胶似漆的交情，正是所谓小人之交，我才不稀罕！"宋凤道："闲话少说。你究竟同意不同意让她借人？"孔丘道："说正经的，子丕与仲孙驹素不相识，仲孙驹怎么会信得过子丕？"宋凤道："看看我！"孔丘道："我这不是看着吗？"宋凤道："看见什么了？"孔丘将宋凤仔细端详一番，笑道："春山淡扫，秋水含情，朱唇流霞，玉面凝霜。"宋凤嗔道："叫你看我，谁叫你哄我！"孔丘笑道："怎么叫哄你？难道我说的不是实话？"宋凤道："看错了地方！往两边看！"宋凤说罢，晃一晃头，左右两耳各露出一只水晶耳坠。孔丘道："水晶耳坠？"宋凤道："还有下文没有？"孔丘摇头道："除此之外，一无所见，还有什么下文？"宋凤笑道："你也不问这水晶耳坠是谁送的？老婆被人偷了都不会知道！"孔丘笑道："知道了还能叫'偷'，知道了只能叫'送'。"宋凤道："讨厌！就知道咬文嚼字！"宋凤一边说，一边摘下水晶耳坠，放到孔丘身前的几案之上。孔丘道："这就是信物？"宋凤道："不错。"孔丘道："仲孙驹送姜姬的东西，你戴着干什么？"宋凤笑道："怎么，吃醋了？我还就是要过一过被偷的瘾！"

　　孔丘与宋凤正说着笑话，子丕从外来。孔丘道："来得正是时候。"子丕向孔丘与宋凤请安毕，道："夫子有何吩咐？"孔丘道："是你师母有事找你。"子丕转眼看宋凤。宋凤对子丕道："你别听他胡说，我哪有什么事？"子丕又转眼看孔丘。宋凤趁机撤身，转入屏风之后。孔丘看宋凤走了，摇一摇头，对子丕道："你上次替仲孙貜办事办得名声在外，现在又有人找上门来，点名要你。"子丕道："谁要我去做什么？"孔丘道："姜姬要你去传个口信给仲孙驹。"子丕听了一怔，道："姜姬已然是个未亡人，怎能如此不避叔嫂之嫌？"孔丘笑道："怎么不避叔嫂之嫌？要是不避，不就自己去了，还用得着找你去传话？"子丕想了一想，道："也是。不过，我与仲孙驹素不相识，仲孙驹怎会信得过我？"孔丘用手朝几上的水晶耳坠一指，道："有信物在此。"子丕看见耳坠，吃了一惊，道："叔嫂之间不明不白的情话，叫我怎生去传？"孔丘笑道："谁说要你去传情话来着？"子丕道："这耳坠难道不是定情之物？"孔丘道："这耳坠原本是干什么的，你可以装糊涂，假作不知。现在只不过是为你取信于仲孙驹的一件器物，要你传的话也与这耳坠并不相干。"子丕道："要我传句什么话给仲孙驹？"孔丘道："叫他小心提防刺客。"子丕道："谁要刺杀他？"孔丘道："仲孙驹是明白人，他不会问你，所以你也无须知道。"子丕道："什么时候动身？"孔丘道："你这就去收拾，明日一早动身。"子丕拱手欲退，却被孔丘唤住。孔丘道："且慢，你这次去阳州，固然是为姜姬传句话，也正好趁便去见一见季公若。告诉他：我的意思，久在外面流亡不是办法，不如攻占一座鲁国的城邑，作为他日复兴的据点。"子丕道："夫子的意思，哪座城邑最好？"孔丘道："郓邑既与齐为邻，又与晋接壤，易得齐、晋两国之助，当为最佳选择。"子丕点头，拱手而退。

第八回　二左孔丘中计　南宫孔氏联婚

　　叔孙诺回曲阜的第五日，季孙意如与秦邋相对坐于听贤馆中。秦邋道：
"听说叔孙诺回来就病了？"季孙意如道："不仅是病了，而且病得不轻。"
秦邋道："那你怎么好像还心事重重？"季孙意如道："他虽然病得不轻，可
并不曾忘记三番五次遣人来催我草拟恭迎主公回鲁的奏章。"秦邋道："怎
么？难道那场刺客与侠客的戏演出了差错？"季孙意如摇头道："那场戏要是
演出了差错，叔孙诺岂不是死了？怎么还回得来？只是结果并非如你我所
料。"秦邋道："叔孙诺难道不恨那帮人？"季孙意如微微一笑，道："怎能
不恨？"秦邋道："叔孙诺难道不感激你？"季孙意如又微微一笑，道："怎
能不感激？"秦邋道："既然如此，他怎么会愿意让臧孙赐、季公若、公子为
等人与主公一起回鲁？"季孙意如道："谁说他愿意来着？"秦邋道："你不
是说结果并非如你我所料么？"季孙意如道："出你我意料之外的，并非在
此。"秦邋听了一怔，道："然则何在？"季孙意如道："叔孙诺在那边有他
自己的人。"秦邋道："什么意思？"季孙意如道："叔孙诺说，他或许可以
有办法令主公摆脱那帮人独自回鲁。"秦邋道："谁会帮他这么做？"季孙意
如道："他不曾说，我不便问。你猜是谁？"秦邋摇着手上麈尾，想了一想，
道："仲孙驹或者有此意。不过，他手下无人，即使有心，也必然是心有余
而力不足。"季孙意如道："不错。仲孙驹为人小心谨慎，力不足的事情，从
来不肯冒险。"秦邋又想了一想，道："难道是左师展？"季孙意如道："但
愿不是他。"秦邋听了一笑，道："怎么？居然还有令季孙意如害怕的人？"
季孙意如道："左师展不仅诡计多端，而且胆大包天，端的不好对付。"秦邋
道："我倒但愿是他。"季孙意如道："怎么？你不以我的话为然？"秦邋笑
道："岂敢！你只是忘了一件事？"季孙意如道："哦？我忘记了什么事？"
秦邋道："你忘了他姓左。"季孙意如疑惑不解，道："姓左姓右有何干系？"
秦邋又一笑，道："当然有干系。"季孙意如不语，只拿眼睛盯着秦邋。秦邋
见了，继续道："他要是姓右，你我只有硬对付。他既然是姓左，你我就可
以与之迂回周旋。"季孙意如仍然不解，道："此话怎讲？"秦邋道："朝廷
上还有谁姓左？"季孙意如道："你是说他的从弟左丘明？"秦邋道："不
错。"季孙意如听了一笑，道："你以为你可以左右左丘明？"秦邋道："谁

也左右不了左丘明。不过，我或许有办法让左丘明以为他可以左右我。"季孙意如听了，略一沉吟，道："我有些懂了，你再说具体些。"

秦遄并不答话，却站起身来，走到季孙意如跟前，俯下身去，对着季孙意如的耳朵，轻声说了一大段话。季孙意如听了，渐渐面呈笑容。秦遄说罢，坐回原席。季孙意如道："原来如此，这主意也许不错。不过……"秦遄道："不过怎样？"季孙意如道："倘若叔孙诺的人不是左师展呢？"秦遄道："充其量不过是徒劳无益，好像并无损失可言。"季孙意如道："好像是这样。不过……"秦遄笑道："'不过'之后，居然还有'不过'？"季孙意如道："我已经暗中传下命令：对但凡家中有人随主公出走者严加防范，左丘明想必有所风闻，不知他会不会以为无法把消息传递出去？"秦遄道："这已在我的计算之中。"季孙意如道："你如何让他消除疑虑？"秦遄道："我会让他去找孔丘。"季孙意如听了大笑，道："你又打孔丘的主意？"秦遄道："不错。不过，这一回不是三个女人，而是三个男人。左师展与左丘明关系敦睦，胜过一般亲兄弟，孔丘与左丘明志同道合，交谊不浅。只要安排得当，不愁他三人不入我彀中。"季孙意如道："孔丘极其精明，两左也都不是省油的灯，别搞不好，自己掉到自己设的圈套里去。"秦遄道："神都会有算错的时候，何况是人！孔丘与二左都不过是凡人。况且，你难道不闻'利令智昏'之说？"季孙意如道："这同孔、左又有何干系？"秦遄道："他三人都极力想让主公回鲁，想让主公回鲁，不就是他们的利之所在？"季孙意如想了一想，道："言之不为无理。那我就照你的意思，草拟一份上主公的奏章，先深自谴责，请辞鲁相之职，归费邑反省思过；然后指责臧孙赐、季公若与公子为等挑拨离间，肇事生非，请主公将之流放在外；最后恭请主公率仲孙驹、左师展、公子宋等回鲁。奏章拟就之后，交叔孙诺与仲孙何忌过目，俟他两人同意之后，就遣人送到阳州去。"秦遄道："窃料叔孙诺与仲孙何忌皆不会有异议。你自己可想好了？万一主公真的回来了，你可别怪我。"季孙意如微微一笑，道："主公倘若能回，那是天意，我季孙意如如何阻挡得了？不过……"秦遄笑道："不过，季孙意如也不会不尽人力。"季孙意如听了，哈哈一笑，道："知我者秦遄！"

三日后清晨，阙里山庄大门外，树色驳杂，山气爽朗。孔丘立在门外仰头观天，无繇与子丕跟在孔丘身后。一阵马蹄声由远而近，片刻之后，树林后奔出一骑人马。马色深褐，骑马的人一身素白。孔丘扭头望去，还没有看清楚马上人的面目，却听到那骑马的人喊道："仲尼别来无恙？"孔丘听了，笑逐颜开，大声回应道："多日不见，丘明无恙？"左丘明将马放慢，行到孔丘跟前将马勒住，翻身下马，向孔丘拱手行礼。孔丘拱手还礼毕，道："你怎能这么一早就到得这儿来？"左丘明道："从兄师展有一座山庄，唤做霁霞园，他随主公出走前，嘱我将其家眷安顿到霁霞园避乱，我就便将自己家小一同带来在霁霞园暂住。他这霁霞园离你这阙里山庄不过五里之遥，所以能来得这么早。"孔丘道："原来如此，快请庄屋里边去坐。"左丘明道："秋高气爽，不如先在外边走一走？"孔丘笑道："正合我意。"说罢，转身吩咐无繇与子丕道："快把左太史的马牵到马厩里去。再去厨下准备些酒浆菜肴，送到后山听流亭去。"无繇牵过左丘明的马，与子丕一同折回阙里山庄。孔丘引左丘明往后山方向走了几步，忽又扭头，对着子丕与无繇的背影喊道："师母倘若问起，就说我与左太史一同去游后山，早餐不必相候。"

孔丘与左丘明顺着林间小路曲曲折折行了一里许，早已望见一座凉亭筑在一堆白石之上，亭心一座石头几案，周围一色枫木栏杆。两人一前一后进了凉亭，左丘明立在栏杆之后向前一望，但见一条山涧从枫林中转出，静静地从亭下流趟而过。枫叶火红，溪水清澈见底，涧边白石之上绿苔斑驳。孔丘道："如今水落石出，溪静无声。春潮来时，溪水上涨，几乎与亭相平。坐于亭中，闭目养神之际，水声哗然不绝于耳，听流亭方才名副其实。"左丘明道："如今虽然名实不副，却别有一番情致。"孔丘与左丘明相对坐在栏杆之上。两人面向溪流，静坐了片刻之后，左丘明道："局势如此，你有何高见？"孔丘摇一摇头，道："公室如此不得人心，委实令我吃了一惊。"左丘明道："不仅令你吃了一惊，听说也令季孙意如吃了一惊。"孔丘听了，顿了一顿，道："令季孙意如吃一惊可不是什么好事。"左丘明道："你得了什么风声？"孔丘又摇一摇头，道："没有。以理推之，必然如此。"左丘明道："我倒是听到点消息，与你的推理正相吻合。"孔丘道："你听到什么消息？"左丘明道："有人告诉我，说季孙意如见鲁人并不在意鲁公的去国，遂起了野心，想向周天子讨个爵位，正式做起诸侯来。"孔丘听了，叹了口气，道："我经常对弟子说：正名最关紧要。名不正则言不顺，言不顺则事不成。弟子们口上虽然不曾反驳，可我看得出他们心里都以为这话不过是不着边际的老生常谈，只把这话当做西风贯马耳。其实何尝如此！你听来的这消息正好就是个证明。人人都说周天子早已名存实亡，形同虚设；也都说季孙意如早已有了诸侯之实，只缺个诸侯之名。如今季孙意如不仅还想要个诸侯之名，而且也还要从这名存实亡的周天子手上去讨这个名。可见这名，绝非虚物！"

左丘明尚未回话，却听见子丕笑道："我可不在那些把这话当做不着边际的弟子之列。"孔丘与左丘明扭头一看，见子丕已挑着一个担子来到亭下。

孔丘道："无繇不曾同你一起来？"子丕道："师母有事叫他留在庄里。"子丕一边说，一边把食盒、酒浆等等从担子上卸下来，一一放到亭中的石几之上。左丘明见了，笑道："我是不速之客，你府上却能如此快速备下这许多酒肴来，可见嫂夫人持家有方。"孔丘不屑道："她哪……"孔丘说到这儿，见子丕向他挤眼，遂把话顿住，伸头向子丕身后一望，但见树林后转出一个人来，发挽金钗，耳垂玉坠，身披一袭墨绿绣金花丝袍，原来正是宋凤，慌忙咳嗽一声，笑道："又多了一位不速之客！"左丘明扭头，见了宋凤，慌忙起身。孔丘也陪着立起身来。宋凤与左丘明相互拱手施礼毕，宋凤笑道："什么风把左太史吹下乡来？"左丘明顺口应道："秋风。"宋凤听了一笑，道："幸亏孔丘还不是诸侯，否则，你这话就犯了他的名讳了。"孔丘作色道："又来胡说！我同诸侯有何相干？居然说什么'还'不'还'的？"宋凤道："你过去不是诸侯，现在也不是诸侯。至于将来，恕我不能预知，所以说'还不是'。这有什么不妥？怎么就是胡说？"三人一起就座，左丘明笑道："原来始终不解仲尼的辩才怎么会愈见犀利？今日我左丘明总算是寻得了答案。"宋凤笑道："你以为是从我这儿学去的？"左丘明道："那倒不是。"宋凤听了，略微一怔，正要发问，却听子丕道："是同师母对话磨炼出来的。"左丘明听了大笑，道："此所谓知师傅莫如弟子。喝浆！喝浆！再不喝时，当真要凉了。"宋凤端起面前的浆碗一饮而尽，站起身来，道："左太史慢慢用酒，我还要去后山走一走，不在这儿打搅你们清谈的兴致。"宋凤说罢，一扭身，走下亭子，转眼间遂消失在树林之后。子丕见了，道："夫子这儿倘若无事，我也先回山庄里去，过一个时辰之后再来收拾杯盘碗碟。"孔丘挥手点头，子丕拱手退下。

　　俟宋凤与子丕走远了，孔丘道："让内子胡搅了一场，休要见怪。"左丘明道："哪的话！听嫂夫人说话，有趣得很。"孔丘道："方才你说的那消息，来源可靠吗？"左丘明道："秦遄有个亲随，姓赵名昌，与我家总管苏大同乡里，以前偶然来与苏大说起些秦府与季孙府中的事，我于无意中听到了，觉得颇有助于我编写国史春秋，遂叫苏大多予酒食款待，令其常来说这些话予苏大听，我因而时时听到些不为外人所知的内幕。前晚赵昌又去找苏大，对苏大说起这消息，苏大以为事关重大，遂于昨日连夜赶来霁霞园相告。"孔丘用手指敲一敲亭子的栏杆，道："可有细节？"左丘明道："有。今日我来，正为同你探讨这细节。"孔丘道："洗耳恭听。"左丘明道："据赵昌说，季孙意如为谋得诸侯之位，正着手两件事。"孔丘道："哪两件事？"左丘明道："其一，阻止鲁公回鲁。其二，买通晋国六卿，令其游说晋侯。他大概是以为，只要晋侯点头，不愁周天子不允。"孔丘道："这两件之中，当然又以你说的第一件至关紧要。鲁公一旦回鲁，季孙意如做诸侯之想，自然就不过是一场白日梦了。"左丘明道："不错。据赵昌说，季孙意如将亲自料理行贿晋国六卿之事，至于这阻止鲁公回鲁一事，却交由秦遄处理。"孔丘道："早已听说季孙意如倚重秦遄为其谋主，果不其然！"左丘明道："据赵昌说，季孙意如碍于叔孙诺之敦促，不得不假意恳请鲁公回鲁。秦遄教季孙意如上书鲁公，先深自谴责，然后归咎于臧孙赐、季公若与公子为兄弟，明确向鲁公表示：鲁公必须应允流放这帮人，季孙意如方会迎接鲁公回鲁。"

孔丘听了，道："秦遄之计，旨在令季公若、臧孙赐与公子为兄弟胁持鲁公，令鲁公即使想回也回不来。"左丘明道："不错。赵昌还说，季孙意如最为担心家从兄师展，以为师展可能会不顾他人的反对，一意孤行，设法把鲁公送回。不过，秦遄却叫季孙意如不必担心。"孔丘道："秦遄难道以为师展兄并无此意？"左丘明道："那倒不是。不过，秦遄在跟随鲁公流亡的人中潜伏有他自己的人，据这些人提供给秦遄的消息说，公子为已经遣人日夜把守大路；又已疑心师展，遂早于暗中传下命令：绝不让师展替鲁公驾车。所以，秦遄以为师展即使有此意，也是无能为力。"孔丘听了，略一沉吟，道："难道师展兄不会与鲁公骑马偷偷从小路遛走？"左丘明听了，抵掌大笑，道："我今日来，就想看看你是不是也会这么想？"孔丘道："难道你已经这么设想过？"左丘明道："不错。不过，看来季孙意如与秦遄都不曾想到这一着。"孔丘听了一笑，道："想不到这些小人居然还不忘礼，以为诸侯除畋猎之外，出门都必须依礼乘车。"左丘明道："这也难怪，习惯使然。不要说是诸侯，就是卿大夫出门，不也是一向都乘车，只有庶人方才骑马乘牛么？只是最近才有一些卿大夫贪图方便，不乘车而骑马。我平日出门，也是乘车。今日骑马来，不仅是贪图方便，而且也是为了机密，多个车夫，少不得多个走漏风声的机会。"孔丘道："不错。你这话还提醒我一件事。"左丘明微微一笑，道："你担心师展也想不到让鲁公骑马？"孔丘点头一笑，道："知我者，莫如太史。"左丘明道："我也正因有此担心，所以才来找你。"孔丘笑道："你想叫我遣弟子去把这乘马之计告诉师展？"左丘明道："不错。但凡家中有人随鲁公在外者，季孙意如早已严加防范，唯恐里外互通消息，所以我不便遣家臣前去。听说子丕方才从阳州回，可见你的弟子出入鲁境并不在监视与管制之列。"孔丘道："子丕去阳州的消息，你从哪听来？"左丘明道："也是听赵昌说的。"孔丘听了，略一犹疑，道："不好。"左丘明听了一怔，道："什么不好？"孔丘道："莫不要中了秦遄那厮的诡计！"左丘明道："此话怎讲?"孔丘想了一想,摇一摇头,道:"也说不出个所以然,只是这秦遄对我这儿的事了如指掌,令我觉得有如芒刺在背,坐立不安。"

左丘明尚未作答,却听得宋凤的声音道:"疑心生暗鬼!秦遄怎么会对你这儿的事情都了如指掌?他之所以知道子丕去阳州,不过因为姜姬那消息肯定是从秦遄的夫人那儿听来。"宋凤的话音刚落,宋凤的人早已出现在听流亭的栏杆之外。孔丘与左丘明见了,都不禁吃了一惊。孔丘道:"你什么时候折了回来?"宋凤微微一笑,道:"我走的那条小路不过是条短短的圆形弯道,我早已折回亭下多时,你以为你在与左太史密谈,岂知亭外有耳!"左丘明道:"嫂夫人又不是外人,我与仲尼所说,当然仍是不为外人所知的秘密。"宋凤道:"我不过讲句笑话。说正经的,秦遄那人的确诡计多端,想要对付秦遄,不妨三思而后行。"

孔丘听了,扭头问左丘明道:"师展兄可是个轻易改变主意的人?"左丘明尚未作答,宋凤道:"何必是个轻易改变主意的人?我看你执拗得很,不过,一旦遇到不易抉择之事,却也主张随大流。"孔丘道:"笑话!我什么时候有过这种主张?"宋凤道:"我分明听你不止一次对弟子说什么'吾从众'。所谓'吾从众',难道不就是'我随大流'吗?"孔丘听了,只是摇头,却说不出话。左丘明道:"嫂夫人想必是另有高见,何必深藏不露?"宋凤笑道:"我哪有什么高见!我不过以为,但凡可行又不为对方所知之策,都可以视之为上策。这乘马走小路之计,显然可行。只是不知是否早已在秦遄与季孙意如的意料之中?"孔丘道:"即使在秦遄与季孙意如的意料之中又何妨?左大夫要瞒过的只是公子为那帮人,又不是秦遄与季孙意如!"宋凤道:"他们难道不会合做一路?"孔丘不屑道:"他们是死对头,怎么会合做一路!"左丘明道:"推之以常理,当以仲尼之言为是。"宋凤听了一笑,道:"左太史难道没听说过'不怕一万,就怕万一'的说法?所谓'万一'者,恰好就是不能以常理推之者。"孔丘道:"左太史专心致志于经典史籍,怎么会像你一样深谙这些街头巷尾听来的无稽之谈!"宋凤听了,又笑了一笑,道:"不谙街头巷尾之事者,却如何能对付得了深谙街头巷尾之事者?"宋凤说罢,站起身来,向左太史拱一拱手,道:"我先走一步。"又转身对孔丘道:"我已吩咐厨下为左太史备好一席便餐,不要只顾同左太史说话,把用膳的事给忘了。"左丘明拱手还礼,孔丘目送宋凤施施然下了听流亭,消失于林木之后。宋凤走后,孔丘与左丘明两人皆面向溪流,静坐无言。半晌之后,左丘明方才道:"嫂夫人所言,似乎也言之成理。"孔丘道:"你未尝不谙街头巷尾之事,我那么说,不过故意气她一气。再说,秦遄与季孙意如也未必就深谙街头巷尾之事。"左丘明道："是否深谙街头巷尾之事倒不怎么相干，关键在于季孙意如是否当真会同公子为等人联手？"孔丘道："你的意思呢？"左丘明道："实不相瞒，嫂夫人不说，我根本没有想到这一层，既经她说出来，我也不能不心存顾虑。"孔丘笑道："所以你想听听我的看法，以便也来个'吾从众'？"左丘明笑道："正是。"孔丘道："依我之见，可能性极小。再说，倘若他们当真勾结，你我与师展兄反正只有一条路可走，别无选择。"左丘明道："一条什么路？"孔丘道："一条有输无赢之路。"左丘明听了，沉默不语。孔丘道："古人有云：'谋事在人，成事在天。'你我总不能眼见季孙意如干这窃国的勾当而袖手旁观吧？"左丘明稍一犹疑，终于点头，道："既然如此，事不宜迟。子丕何时可以动身？"孔丘道："明日即可。"孔丘说罢，顿了一顿，又道："如果我记得不错，子丕随我去你府上时曾同师展兄见过一面，不知师展兄还认得子丕否？"左丘明道："别人都说我的记性好，其实，我的记性远远赶不上师展，他的记性才是名副其实过目不忘。他一定会记得子丕，你不必担心。"

　　阳州迎宾馆正厅。鲁公坐堂上，仲孙驹、臧孙赐、季公若、左师展立于右侧，公子为、公子果、公子贲立在左侧。鲁公道："季孙意如上呈寡人的奏章，寡人已经交你们传阅过。你们意下如何？"片刻沉默之后，仲孙驹道："臣以为主公不妨接受季孙意如的条件，由左大夫与公子宋陪同回鲁。季孙意如虽不指明要流放臣，臣自觉责无旁贷，愿意长流在外，引咎自责。"鲁公听了，摇一摇头，道："寡人何忍心于见你等流放在外！"仲孙驹道："主公不回鲁，臣等何尝不也是流亡在外？主公一旦回鲁，则季孙意如不得不辞去相位，臣等虽然身不在鲁，心中未尝不能分享去季孙意如之快。"鲁公听了，半晌无话，只拿眼光去望臧孙赐、季公若与公子为等。一阵沉默过后，季公若道："仲孙大夫所言，不为无理。不过，臣以为季孙意如一向狡诈无赖，其奏章之中所谓愿辞去相位，归费自省云云，主公切不可轻信。"臧孙赐道："公若所言，极为有理，还盼主公三思。"鲁公不答，貌似沉思。过了片刻，仲孙驹道："公若之言，也不为无理。不过，臣以为阳州不是久留之地。晋侯既然已经迎主公去乾侯暂住，臣以为主公若不肯依季孙意如的条件回鲁，则当早日去乾侯。否则，晋侯见怪，指望晋人协助主公打回鲁国去的想法又会落空。"季公若道："去乾侯岂不凭空得罪齐公？齐公已经答应助主公拿下郓邑，再以郓邑为据点，攻取成邑。仲孙何忌失了成邑，必然仓皇失据。主公然后以退还成邑为饵，利诱仲孙何忌。如此，仲孙何忌必然去季孙氏而归主公。季孙氏一旦失去仲孙氏之援，必有众叛亲离、土崩瓦解之势，放弃如此大好机会而汲汲于去乾侯，臣深以为不可。"季公若说罢，臧孙赐与公子为等一齐点头称善。左师展却不开口，只在一旁冷笑。鲁公见了，问道："左大夫何以笑而不言？"左师展道："臣以为仲孙大夫与公若所言，大半都不过是空话，所以不禁发笑。"季公若道："怎么大半都是空话？"左师展道："齐师说来还不曾来，郓邑仍在季孙意如之手，成邑仍在仲孙何忌之手，于此时说什么季孙氏必有众叛亲离、土崩瓦解之势，难道不是空话？至于恃晋国之援，也不过是一厢情愿之论。晋侯失权柄已久，权在六卿，六卿貌合神离，难得一致。况且六卿皆受季孙意如之贿，哪会真心协助主公？"鲁公道："然则依你说，寡人应当何去何从？"左师展笑道："臣也没有主意，所以只好聊发一笑。"鲁公听了，叹一口气，道："既然你们一时拿不出个主意，权且退下，等有了主意，再来见我。"鲁公说罢，摆一摆手，众人一齐退下。

当日夜晚，鲁公寝室之中，鲁公斜倚卧榻，左师展垂手立在门口。鲁公打个呵欠，道："师展这么晚来见寡人，想必是想出了主意？"左师展道："主意倒是有了。不过，与其说是想出来的，倒不如说是逼出来的。"鲁公听了，微微一怔，道："此话怎讲？"左师展道："左太史暗中遣人来，告诉臣一个消息，臣听了心中一急，遂逼出个主意来。"鲁公听了，精神为之一振，道："曲阜有什么消息？"左师展道："不是什么好消息，主公未必想听。"鲁公道："事已至此，还能有什么更坏的消息？"左师展道："据说季孙意如想取主公而代之。"鲁公听了，似乎不敢置信，直愣愣地对左师展望了半晌，猛然从卧榻上跳将起来，气急败坏地喊道："什么？季孙意如想干什么？"鲁公一边喊，一边摇摇欲倒，两名侍女见了，赶忙上前扶持。

俟鲁公重新坐定，左师展道："季孙意如正在谋划请天子立之为诸侯。"鲁公道："天子岂会从其请！"左师展道："国家不可长久无君。主公流亡在外之日愈久，天子允其请求的可能性也就愈大。"鲁公道："寡人明日就去临淄见齐公，请齐公兴师送寡人回鲁。"左师展道："齐公要是有意，主公早已身在曲阜了，岂会仍在阳州做客？况且据臣所知，齐之权臣也都受季孙意如之贿，即使齐公有心，无奈臣下不肯。"鲁公听了，半晌不语。左师展道："仲孙大夫早晨劝主公接受季孙意如的条件回鲁，臣以为未必不可行。"鲁公道："季孙意如既已谋划自立为诸侯，他请寡人回鲁之辞，自然不过是些假话，却如何能信他得过？"左师展道："臣以为，季孙意如请主公回鲁之辞，亦假亦真，并非全假。主公用其真，舍其假，有何不可？"鲁公道："此话怎讲？"左师展道："季孙意如其实不愿主公回鲁，却假意恭迎，这是假的一面。季孙意如之所以要如此做假，乃因形势所迫。这形势，却是千真万确，一丝也不假。"鲁公道："你所谓的形势，究竟何所指？"左师展道："季孙意如眼前所面临的形势，大致可以归结为三。其一，叔孙诺有迎主公回鲁的诚心。其二，仲孙何忌不愿见季孙氏坐大，主公回鲁，牵制季孙意如，正合他心意。其三，迄今为止，并无任何诸侯公然支持季孙意如。"鲁公道："如此说来，形势倒是于寡人有利。"左师展道："不错。不过，形势并非一成不变之物。主公流亡在外之日愈久，形势将愈于主公不利。"鲁公听了，略一沉吟，道："你所谓'用其真'、'舍其假'，又是什么意思？"左师展道："主公装做不知季孙意如在做假，只把他恭迎主公回鲁的话当真。他说望主公早日回鲁，主公就当真早早回去，他逼于形势如此，不得不假戏真做。这就叫做'用其真，舍其假'。"

鲁公听了，沉默不语，过了半晌，方才道："话是不错。不过，寡人恐怕力不从心。"左师展道："主公所谓'力不从心'，难道是有难言之隐？"鲁公叹了口气，道："其实也不是什么秘密。公子为他们既然回不去，又岂会让寡人回去！"左师展向前迈出两步，压低声音道："臣有一计。"鲁公道："这儿没有外人，尽管道来，不必犹疑。"左师展道："据臣所知，公子为已将车辆全部控制在手，没有他的允许，任何人不得动用。从阳州去鲁境的驿道，也在公子为的监视之下。主公身为诸侯，于礼，出门固然应当取驿道、乘驷车；不过，眼下情况特殊，何不舍车乘马，从小路奔回鲁国。"鲁公想了一想，道："小路崎岖，如何行得？"左师展道："从阳州取小路东南行，不过三十里便是汶水水滨。路虽崎岖，毕竟不远。臣可预先在水滨安排好渡船，并会知叔孙诺，叫他安排车辆卫队在汶水对岸铸邑相候。"鲁公道："你有把握安排妥当？"左师展道："臣虽无能，这点事还办得来。上次叔孙诺也是靠臣这么安排，方才脱险，平安返回曲阜的。"鲁公听了，又沉默半晌，终于道："既然如此，你这就去安排。只是千万不可走了风声，让公子为等听到了。"左师展道："这个自然。"

公子为客房之内，三公子围案而坐。公子为放下手中的酒杯，先望一眼公子果，又望一眼公子贲，道："秦遄遣人送来的消息，你两人以为可信不？"公子贲道："秦遄那厮诡计多端，千万小心，莫要中了他的圈套。"公子果道："左师展原本与你我不是一条心，上次准是他放走了叔孙诺，这次又想重施故技。我看并无圈套可言，用不着多疑。"公子贲听了，扭头向公子为道："长兄之意以为如何？"公子为微微一笑，道："依我之见，圈套是

128

有。不过，秦遄想要套住的并不是我。"公子果与公子贲齐声道："然则是谁？"公子为道："左师展。"公子果道："秦遄如何能知左师展之谋？"公子为笑道："你方才不还说秦遄那厮诡计多端么？诡计多端的人说不定在你我身边埋伏有人，也说不定在左师展身边埋伏有人，他怎么就一定不能知道左师展之谋？"公子果道："依我之见，这种事，宁可信其有，不可信其无，即使秦遄之言为无稽之谈，盯住左师展也绝不会坏事。"公子为听了，又笑了一笑，道："不要盯得太紧，令他下不了手，留在身边，永为隐患。"公子果道："然则奈何？"公子为道："欲擒故纵。让他以为有机可乘，方才可以将他抓个正着。"公子贲道："然则如何着手？"公子为对公子贲道："自从叔孙诺逃走之后，我已从土人处打听清楚：从阳州去鲁，除去驿道之外，尚有一条小路往东南方向行走。从明日起，你称病不起，白天在房里养精蓄锐，入夜则带领四五个亲信去小路埋伏，但见人马往来，便用绊马索绊倒，看他如何走得脱？"公子贲道："此计甚好，我这就去安排人手。"公子贲说罢，起身拱手告辞。俟公子贲走了，公子果也站起身来，道："有没有要我做的事？"公子为道："你照常看管车马，却于夜间故意放松对马厩的监视。倘若发现有人来盗马，切莫打草惊蛇，只于暗中跟踪，明白了么？"公子果会意，点头一笑，拱手而退。

次日辰时上下，迎宾馆正厅。鲁公坐堂上，仲孙驹、臧孙赐、季公若、左师展立于右侧，公子为、公子果立于左侧。鲁公道："寡人昨日叫你们有了主意就去见我，从早至晚却连一个人影也不曾见着。"鲁公说罢，拿眼睛左右一扫，立在两边的人却无一个接话。鲁公见了，叹了口气，道："怎么都成了哑巴？"左师展听了，微微一笑，道："公子贲还不曾来，说不定他不是哑巴。"公子为听了，也微微一笑，道："公子贲感冒伤风，喉咙嘶哑，还当真成了哑巴。不仅今日来不了，恐怕这三、五日内都会缺席。"左师展冷笑一声，道："原来如此！我还以为他夜游晚归，早上起不来。"公子为也冷笑一声，道："局势如此，谁还能有兴致夜游！"鲁公道："闲话少说！谁有正经的话？"仲孙驹道："依臣之见，但凡有主意的，已经把主意说了出来。但凡不曾开口的，大概是并无主意。臣以为眼下并不缺主意，只缺拿主意的人。"左师展听了，又冷笑一声，道："没有说话的人，也不见得就没有主意。有人不曾开口，却已经有了行动。既有行动，说明不仅不缺主意，而且也不缺拿主意的人。"公子为道："左大夫能不能把话说明白些？究竟是谁？有了什么行动？"左师展道："公子怎么不去问那人自己？"公子为道："我要知道那人是谁，自然不来问左大夫。"左师展道："那人既然不肯开口自陈，自然是不想人知道他是谁，也不想人知道他要做什么，公子何必追问？"公子为道："倘若不是左大夫挑起这话头，我又从何追问起？"季公若道："何必纠缠这不相干的小事？管他是谁在干什么，反正这主意是要由主公自己来拿。"鲁公道："公若之言甚是。既然有主意的人都已经把主意说出来了，何必再争？徒伤和气。你们都给寡人退下，以便寡人静心思考，好早日做出个断决来。"众人拱手长揖而退。

当日正午时分，左师展缓步踱进迎宾馆对面来鸿酒楼，举目四下张望，并不见子丕踪影，正在犹疑，冷不防被人在背后拍了一掌。左师展吃了一惊，急忙扭头看时，却见子丕正在他身后微笑。左师展笑道："鬼鬼祟祟，令我吃了一惊。"子丕笑道："心不怀鬼胎，何吃惊之有？"两人正说笑时，一名伙计早已迎上前来，把二人让到二楼雅座包间，子丕与左师展各就宾主之席。酒过三巡，子丕道："左大夫可有了什么消息？"左师展道："好坏兼而有之。"子丕道："先说说那好消息。"左师展道："鲁公同意乘马走小道之计。"子丕道："坏的呢？"左师展道："公子为好像有所警觉。"子丕听了，微微一笑，道："该不是心怀鬼胎，遂不禁心惊肉跳吧？"左师展笑道："笑话！我左师展要是那种胆小的人，又怎么会自找麻烦，跟着鲁公出走？"子丕道："不过讲句笑话，左大夫切莫在意。不过，虽说是笑话，也不尽是笑话。"左师展道："此话怎讲？"子丕道："左大夫说'公子为好像有所警觉'。所谓'好像'，难道不是并无证据之意？既无证据，不也就可能是疑心生暗鬼么？"左师展道："言之不为无理。不过，我之所以说'好像'，只是因为没有确凿的证据，并不是信口开河。"子丕道："既然如此，愿闻其详。"左师展道："今晨朝见鲁公，公子贲缺席，公子为说他感冒伤风，喉咙嘶哑，口不能言，卧病不起。"子丕道："天气乍凉，感冒伤风乃常见之疾，何足怪哉？"左师展道："公子为面无忧容，却有得色。"子丕道："区区小疾，何致令人生忧？"左师展道："然亦不致令人喜。"子丕道："那倒也是。难道公子贲在暗中替公子为有所勾当？"左师展道："我正是这么猜想，所以我想稍等几日。"子丕道："左大夫的意思，是想等公子贲露面之后再作道理？"左师展道："不错。公子为既说他只是感冒伤风，他总不能十天半个月还不露面。"

子丕听了，犹豫半晌，终于道："有件事本来不想告诉左大夫，左大夫既然打算多等几日，我想还是告诉左大夫的好。"左师展听了一怔，道："有什么事瞒着我？"子丕道："叔孙诺大夫病危，不知还能维持几日，一旦叔孙大夫不起，局势将如何？难于逆料。"左师展听了，大吃一惊，道："怎么可能？上次叔孙大夫来时还健康得很？"子丕摇一摇头，叹了口气，道："此所谓'天有莫测风云，人有旦夕祸福'。"左师展道："你的消息从何处听来？莫不是谣言？"子丕道："四日前南宫敬叔曾往叔孙大夫府上探病，过后来阙里山庄看望孔子时，亲口说如此，绝非谣言。"左师展听了，略一犹疑，道："既然如此，事不宜迟，今晚就走，即使公子为当真已经有所警觉，说不定还没来得及准备好怎么对付我。"子丕道："左大夫当机立断，令人佩服之至。只是事起仓促，不知左大夫可来得及安排人手？"左师展道："人手早已选定，各自的任务也早已交代清白，只等我一声令下，料想不会有误，只有一件事，令我略有担忧。"子丕道："敢问是什么事？或许我能帮得上忙。"左师展道："那小路的尽头，虽临汶水，却并无渡口，只有一个唤做萧老的渔翁，独自在水边结庐，兼营摆渡的生意。上次叔孙大夫走时，就是事先托这萧老在水滨相候，如今来不及遣人去相约，只怕他今晚万一不在。"子丕道："这有何难！我这就从小路去，找到这萧老，预先付他一笔赏钱，叮嘱他今晚千万在水滨等着。"左师展听了大喜，道："子丕既肯如此相助，我左师展还有什么顾虑可言！"左师展说罢，从怀中摸出一封铜钱来，交予子丕，道："烦你把这封钱带去给萧老做赏金。"子丕接过，揣入怀中，站起身来，对左师展拱手道："时候不早，就此别过，后会有期。"左师展也站起身来，拱手还礼。子丕走到门边，又扭过头来，对左师展道："万一我在小路上发现可疑之处，或者在水滨找不着萧老，我就返回运通客栈。左大夫可先遣人去运通客栈打探消息，如我不在，便可放心行事。"左师展听了，略微点头，似乎并不经意。

子丕策马奔往东南渡口时，公子为进了公子贲的客房。公子贲见了，慌忙从几案之后站起身来相迎。公子为故作正经道："你有病在身，当卧榻静养，却在客房内做何勾当？"公子贲笑道："长兄倒是装得活灵活现。"公子为没好气地道："只怕还装得不够像！"公子贲听了一怔，道："怎么啦？"公子为道："方才早朝时，左师展特别问起你，又说什么有人口虽不言，暗中却有所行动，好像你我之计，让他猜个正着似的。"公子贲听了又一怔，道："不可能吧？"公子为道："没有不可能的事，只有料想不到的事。"公子贲道："那怎么办？难道今晚先不去了？"公子为道："哪能不去？只是须格外小心。"公子贲听了一怔，道："怎么？难道你已得了什么消息？"公子为道："方才有人看见左师展与个陌生人在来鸿酒楼见面，不久又见那陌生人先出酒楼来，策马望东南方向去了。"公子贲道："你猜那陌生人是去替左师展探路？"公子为道："想必如此，幸亏不曾叫你白天就去等，否则……"

公子为的话还不曾说完，门外传来忽然脚步之声。公子贲急忙闪入卧房，公子为咳嗽一声，问道："谁?"公子为一边问，一边打开房门，举目一望，却见来的不是别人，乃是季公若，心中顿时松了一口气。公子为向季公若拱手施礼，道："季叔来探病?"季公若不答，直径进了门，顺手把门带关，方才拱手还礼，道："不是来探病，难道还是来探消息?"公子为笑道："还是不曾瞒得过季叔。"季公若四下张望了一回，道："公子贲不在?"公子为用手向卧房房门一指，笑道："卧病在榻，怎么不在?"季公若道："你打算叫他去干什么勾当?"公子为笑道："季叔还真是来打听消息!"季公若道："你为何瞒着我?"公子为道："岂敢相瞒!只是还没来得及奉告。"季公若道："那还不尽快道来!"公子为道："昨夜有人从曲阜来，叫我提防左师展劫持主公从小路回鲁，我于是叫贲弟装病，白天在房里歇息，入夜去小路上等他。"季公若听了一笑，道："原来如此，只怕左师展已经识破你的计策。"公子为道："他识破了也好，没有识破也好，反正不能让他把主公劫走。"季公若听了，道："那我就放心走了。"

当日夜晚，子时将过，迎宾馆后院马厩之内，一片火光忽然冲天而起，厩内马匹奋蹄嘶鸣，纷纷冲出厩外，看守马厩的士卒惊慌失措，乱作一团。马群奔出院门之时，黑暗之中突然窜出二十来个身着黑色夜行服的汉子，一个个纵身跃上马背，将马一拍，直奔东南方向而去，转眼之间便消失于黑暗之中。片刻之后，一彪人马从外赶来，火光之中，但见公子为手持方天画戟，一马当先，喊道："公子果何在?"一名小校奔到公子为跟前，拱手禀道："公子果吩咐我在此指挥灭火，自己追赶那帮劫马的贼人去了。"公子为道："来了多少劫马的贼人?"小校道："仓皇之中不曾看得确切，少说也有二三十人。"公子为道："公子果可带人同去?"小校摇头道："来不及召集人马，只单骑追了过去。"公子为听了，自言自语道："他两人恐怕对付不了这么多贼人。"说罢，扭头向身后二十来骑大喝一声道："统统跟我去追。"

阳州东南小路，一片漆黑，一片沉静。忽然，西北方向火光冲天而起。公子贲从没腰荒草丛中站起来，低声喝道："小心!必有贼人来!"不久，远处果然传来一阵马蹄声急。片刻之后，一骑人马闯了进来，两边伏兵将手上绊马索只一抄，早将闯来的人马弄个人仰马翻。公子贲仗剑在手，向人马翻倒的地方奔去，却听见那人"啊哟"一声喊。公子贲听出那是公子果的声音，急忙收了剑，过去把公子果扶起，道："怎么是你?"公子果气急败坏地道："你怎么放走了他们，却绊倒了我!"公子贲道："但见火起，并无他人经过。我以为你就是为首的贼人。"公子果道："左师展纵火烧了马厩，领着二三十人抢了马匹，夺路往这边奔来。你怎么没见着他们？难道另有别路？"两人正在纳闷，又一阵马蹄声由远而近，声音急切、杂沓、众多。公子贲道："这回准是，想是你跑到了前面。"公子果道："听声音人多马众，你我这四五个人恐怕对付不了。"公子贲道："擒贼先擒王，把领头的绊倒再说。"两公子与众士卒刚刚把绊马索重新安排妥当，一匹高头大马率先闯了进来。公子贲急喊一声："拿！"两边伏兵慌忙将绊马索一兜，早把人马兜翻在地。两公子听见一声"啊哟"，同时大吃一惊，急忙奔上前去看时，不禁叫苦不迭。原来被绊倒在地的不是别人，却是公子为。

公子为落马之时，左师展领着鲁公悄悄策马从迎宾馆前门而出，径投西南驿道而去。鲁公见了略微一怔，问道："不是说走小路的么？怎么又走驿道？"左师展微微一笑，道："兵不厌诈，此之谓'声东击西'。"左师展与鲁公顺着驿道一口气奔到渡口，一路无碍，心中各自窃喜。到了岸边，两人先后下马。鲁公道："夜间恐无艄公，却如何过渡？"左师展举头向渡头一望，看见一只渡船正泊在栈桥旁边，用手一指，对鲁公笑道："那不是渡船！既有船在，何须艄公！"两人急忙牵马下了渡船，左师展正要转身解缆，船舱忽然大亮，十来个人，人执一只火把，从船舱中走了出来。左师展与鲁公借着火光望去，只见当先一人，朝服衣冠，从容不迫，竟是季公若。季公若拱手向鲁公施礼毕，道："迎宾馆失火，令主公受惊了。"鲁公惊慌失措地道："公若怎生在此？"季公若不答，却反问道："主公如何在此？"鲁公支吾其词道："寡人与左大夫从火场逃出，慌不择路，不知如何就到了此地。"季公若听了，微微一笑，道："臣也是慌不择路，不知如何就到了此地，岂料与主公不期而遇，真所谓'人算不如天算'。"左师展听了，冷笑一声道："季公若！你竟敢劫持主公！"季公若也冷笑一声道："我倒要听主公说一说，究竟是谁在劫持谁？"鲁公道："休要争吵！谁也不曾劫持寡人。不如一起上岸，先回阳州，再从长计议。"季公若道："主公之言极是。"说罢，扭头对从人喊一声："还不侍候鲁公上岸！"左师展想要阻拦，无奈力不从心，眼睁睁见季公若手下先架起鲁公，上了河岸，又牵走鲁公坐骑，只留左师展与左师展所乘马在船中。季公若服侍鲁公上了马背，叫从人斩断缆绳，把渡船推离河岸，对左师展拱一拱手，笑道："左大夫声东击西之妙计，季公若领教了，就此别过，后会有期。"鲁公见了，大惊道："公若怎么不让左大夫一起回阳州。"季公若道："依臣之见，左大夫不如就此回鲁为妙。回到阳州，公子为怎么会放过他！"鲁公叹了口气，道："小子无礼，竟敢如此放肆！"左师展立在船头，听鲁公如此说，摇了摇头，自言自语道："当断不断，反受其乱！"说罢，抄起船篙，把渡船撑往汶水南岸而去。

孔丘与宋凤双双立在阙里山庄走廊之上，一只信鸽盘旋而下，孔丘视若无睹，宋凤道："你今日怎么不抢着去看鸽信？"孔丘道："准是给你的。"宋凤笑了一笑，道："你总算是有了自知之明。如今不仅是仲孙貜死了，连叔孙诺也死了，还会有谁惦记着你？"孔丘听了，不予分辩。宋凤见了，径自下了台阶，施施然往鸽房而去。不多久，宋凤手持鸽书返回，面有喜色，孔丘只做不曾觉察。宋凤踏上走廊，兴冲冲对孔丘道："姜姬已经搬过翡翠山庄来住。翡翠山庄离这儿不过七八里路，来往方便，她说今日午后就会过来看你与我。"孔丘道："她只说来看你，你何必自己把我给添上？"宋凤摇一摇头，道："你怎么心眼儿越来越小？你不是常说'不在其位，不谋其政'么？你既不在其位，何必让朝中之琐屑坏了你的兴致？况且，姜姬今日这鸽书，还分明写着来看你。不信你看！"说罢，不由分说，径把鸽书塞到孔丘手中，孔丘不得不接了，展开来一看，只见上面些着："午后自翡翠山庄来看仲尼与你。姜。"孔丘看毕，略一沉吟，道："姜姬今日来，必然有事。你去吩咐厨下准备酒菜，以便留她用膳。"宋凤一脸狐疑，道："怎么就见得有事？"孔丘道："姜姬与你的书信，从来不提我。今日破例，绝非偶然。你若不信时，可敢与我打赌？"宋凤听了大笑，道："难得你也破例。"孔丘道："我破什么例？"宋凤道："你要打赌，难道不是破例？"

当日晚，阙里山庄膳房之内，姜姬坐在上席，孔丘与宋凤分坐两边，无蘦与子丕立于两旁侍候。食几之上，杯盘狼藉，三人都停杯放箸。宋凤对孔丘笑道："酒菜都吃得差不多了，还不见有文章，看来你是输定了。"孔丘尚未作答，姜姬笑道："打什么暗语？把我蒙在鼓中。"宋凤道："孔丘说你今日来，一定有事。我不以为然，同他打赌。我看如今已经酒醉饭饱，你还不曾开口说句要紧的话，所以料他必定输了。"姜姬笑道："凤妹，你怎么偏挑料事如神的人打赌？"宋凤听了一惊，道："难道你真有事？怎么不早说？"孔丘笑道："事情愈重大，愈不便启齿，也就愈不会早说。"宋凤瞪着姜姬道："究竟有什么大事？"姜姬略一沉吟，道："并没有什么大事。"说罢，顿了一顿，又道："本来只有一件事，临出门，南宫敬叔从曲阜来，又多了一件事。两件事本不相关，也都没有什么不好启齿，只怕同时说起来，让外人误以为两事相关，所以，不知怎么说才好。"宋凤道："还说没什么大事，说了半天也说不清的事，难道还不是大事？"孔丘对宋凤道："你别着急，让姜姬慢慢道来。"宋凤道："这儿没有外人，谁也不会误会。你就先说那本来要说的第一件事。"姜姬尚未开口，却听子丕说道："酒菜要是用完了，仲孙夫人与师傅、师母何不回到客厅里去，好让无繇与我来收拾杯盘？"孔丘微微一笑，道："说的是。姜姬请！"

孔丘与姜姬、宋凤一同回到客厅，先后分宾主就席。姜姬咳嗽一声，对孔丘道："如果我不曾记错，阿紫今年十八？"孔丘道："不错，姜姬记得不差。"姜姬道："我听凤妹说，阿紫还不曾许人？"孔丘道："阿紫不幸，幼失父母，婚嫁之事，当然是由我负责。不是我不用心，只是这种事须得随缘，机缘未到，着急也没有用。"姜姬道："我今日来，就是要来给你说一段机缘。"孔丘听了，喜形于色，道："洗耳恭听。不知姜姬要说的机缘，来自谁家？"姜姬淡然一笑，道："自己家。"孔丘听了一怔，失口反问道："自己家？"宋凤道："姜姬所谓'自己家'，难道不就是仲孙氏！"孔丘问姜姬："当真？"姜季道："凤妹所言，也是，也不是。"孔丘道："是南宫氏。"宋凤听了，扭头望姜姬，姜姬笑而不语。宋凤道："你当真来给南宫敬叔提亲？"姜姬笑道："算你会猜。"孔丘听了，先是惊喜，接着又叹了口气，道："南宫季子于我有恩，可惜已经不在人间，不能亲眼见到这件喜事。"姜姬道："这么说，这机缘是说定了？"孔丘尚未作答，宋凤抢先道："那还用说！"

一阵沉默过后，孔丘道："姜姬要说的第二件事呢？"姜姬稍一犹豫，道："临出门时，南宫敬叔从曲阜来，说起一件于你不利的消息。"孔丘听了一笑，道："我身居草莽，与世无争，谁来找我的麻烦？"宋凤道："既有仲孙氏家的人来同你攀亲，你自己说与世无争，别人恐怕却不会这么想。"姜姬道："季孙意如要作威福，卿大夫但凡与季孙意如不和者，季孙意如都要将之驱逐出境，左师展从阳州回来不过三日，便被迫逃亡宋国。"孔丘道："我又不是卿大夫。"姜姬笑道："所以还没有轮到你。"孔丘道："难道下一个就轮到我？"姜姬道："那倒不见得。总之，据仲孙何忌听到的消息，季孙意如在阳虎的怂恿之下，把你也列上了要驱逐出境的名单之上。仲孙何忌听了，赶紧叫南宫敬叔来告，我正好要过来，就替南宫敬叔省了这趟差。"宋凤听了笑道："什么你替他省了这趟差，他自己不好意思同你一起来罢了。"

孔丘与姜姬都不接宋凤的话。又一阵沉默之后，姜姬道："依我之见，阿紫与南宫敬叔的婚事，不如立即就办。一来，万一仲尼要流亡，这婚事可不就耽搁了？二来，结下仲孙氏这门亲，也好叫季孙意如对孔氏另眼相看，想要动手脚，也须三思而后行。"孔丘听了，淡然一笑，道："姜姬方才所谓怕外人误会云云，其实乃是怕我唯恐因结下这门亲事有投靠仲孙氏之嫌遂予绝。"姜姬笑道："不错。不过，如今你既然已答应这门亲事，你我就不再是外人，何妨把这好处说穿了给你听？"孔丘听了，叹了口气，却不说话。宋凤笑着对姜姬道："你知道他想说什么吗？"姜姬摇头。宋凤道："他想说：'唯女子与小人为难养也。'只是当着你的面，没好意思说出口。"子丕捧出一个托盘从屏风后转出，走到几案之前，将盘中三盏一一放到几上。宋凤道："什么酒？"子丕道："不是酒，是醒酒汤。方才席上所饮，乃是庄上自酿陈醪，后劲十足，无繇担心仲孙夫人与师傅、师母喝醉，特意做了些醒酒汤叫我送来。"孔丘听了大笑，道："送来正是时候，她两人都已经醉态毕露。"

　　次日午后，孔丘坐于几案之后，宋凤自外入。孔丘停下琴，道："姜姬不是说要留你在翡翠山庄过夜的么？怎么就回来了？"宋凤道："马上就再过去，姜姬的马车还在庄门外等着。"孔丘道："忘了什么东西？"宋凤道："姜姬提议明日同我一起去曲阜替阿紫办嫁妆，我说得先回来一趟拿钱。姜姬说你须准备流亡，如果手头拮据，她可以先替你我垫上，什么时候宽裕了再还她不迟。"孔丘冷笑一声，道："笑话！我孔丘虽然穷，也还没穷到须借钱嫁女的地步，倘若与仲孙氏相比，则永远也谈不上宽裕，难道能让她永远垫着？"宋凤道："姜姬所谓先垫着，不过是个婉转的说法，其实就是愿意替你我出这钱。若依着我，她既愿意出，就让她去出，反正仲孙氏不缺这几个钱。"孔丘道："你难道答应了？"宋凤道："你说你呆不呆？答应了还会回来跑这一趟！我就知道你放不下这面子，所以我已经谢绝了她的好意。不过，你也不能如此不通情理，好像她姜姬说错了什么话似的。"孔丘听了，赔笑道："算我说错了话，行了吧？"顿了一顿，又道："不过，姜姬也的确说错了话。"宋凤听了不悦，道："认错总是要附带条件。姜姬说错了什么？"孔丘道："她以为流亡须花自己的钱，难道不是说错？"宋凤道："俗话道：'在家千日好，出外一时难。'在家时都须花自己的钱，流亡在外时难道还能花别人的钱？"孔丘笑道："我劝你少听这些街头巷尾的俚鄙之谈，你不听。这些街头巷尾的俚鄙之谈，说的都是市井小人的情理，怎能适应于我？"宋凤笑道："我倒想听听你同所谓的市井小人究竟有什么不同。"孔丘道："不同的地方多了。不过，我懒得同你废话。仅举一端，已足以令你哑口无言。"宋凤道："哪一端？"孔丘道："我问你，市井小人可有流亡这种事？"宋凤听了大笑，道："兵荒马乱之时，谁不须逃难？难道只有你所谓的君子才要命？"孔丘笑道："逃难，自己掏腰包；流亡，别人掏腰包。不同之处，正好在此！"宋凤笑道："本不想看你逃窜在外，如今我倒真想看看，你要是流亡在外，有谁会替你掏腰包？"孔丘道："公山不狃已经遣人来过，问我愿不愿意到费邑去避难。"宋凤听了一怔，道："他好久不同你通消息了，怎么会突然想起你？再说，他难道肯为你反叛季孙意如？"孔丘淡然一笑，道："我跟你说'君子之交淡若水'，你笑我迂。今日你知道什么是'君子之交淡若水'了吧？"宋凤道："难道你真准备去投靠公山不狃？"孔丘道："流亡的目的，是为了避难，而不是为了增添更多的麻烦。去费，季孙意如怎么会罢休？除非是公山不狃有意与我一起据费邑起事，否则，去费自然不是上策。"宋凤听了，微微一笑，道："你是还没这个意思呢？还是没有这个胆量？"孔丘道："意思和胆量都不仅须我有，也须公山不狃有。他既请我去，可见他有此胆量。不过，他既然不提起事，可见他并无此意，至少现在没有。将来他如果有意请我去，你以为我不敢？"宋凤道："不同你争将来的事，眼前除去公山不狃，还有谁愿意收留你？"孔丘笑道："并不止一个。"宋凤道："多也没用，一个好的就够。你想去找谁？"孔丘道："你今早与姜姬离去之后，我已遣子丕去齐。"宋凤道："找齐公？"孔丘道："齐公上次来时，倒是说过随时欢迎我去。不过，我料晏婴会从中作梗，恐怕一时不能成功。"宋凤道："那你叫子丕去找谁？"孔丘道："高张。"宋凤听了，略微一惊，道："高氏与国氏、鲍氏同为齐国世家，高张怎么会同你有交情？"孔丘又淡然一笑，道："交情是谈不上，不过，他不止一次遣人来致意，要请我去做他的家臣。我没有答应，但也没有拒绝，只说时机来时一定不负他相请之意。"宋凤听了，不禁一笑，道："没想到你这个呆子居然也懂狡兔三窟之道！"宋凤说罢，转身要上楼去。孔丘道："且慢！先兄只有此一女，嫁妆虽不须从侈，也不宜从简。多带着些钱去。"宋凤笑道："多带着些去也只有那么多，你以为你有多少钱？"孔丘不答，重新弹琴，口中唱道："食无求饱，居无求安，贫而乐道……"宋凤施施然转入屏风之后，侧耳听了一回，掩口暗笑，抄起长裙，上楼去了。

第九回　仲尼逃亡齐国　晏子误导景公

　　曲阜鲁宫听贤馆内，大雪纷纷，院墙宫瓦尽白。季孙意如与秦遄各着一身貂裘大氅，立在走廊之上看雪。一名戎服使者自外入，行到台阶之下，拱手对季孙意如道："郓邑失守，鲁公一行已在齐师护送之下自阳州进驻郓邑。"季孙意如听了，不动声色，淡然道："知道了。有新消息再来报过。"使者拱手退下。

　　俟使者退出院门，季孙意如问秦遄："你以为齐人下一步将如何走法？"秦遄道："我军主力结集在曲阜之北，深壕高垒，眼见郓邑陷落，并不增援，其坚壁不出、以逸待劳之意已十分明显。齐师远来，利在速决，料想不会前来攻坚。"季孙意如道："难道齐人攻陷郓邑就罢手不成？"秦遄道："齐师虽然拿下郓邑，只能算是小胜，齐公亲自前来督战，绝不会满足于小胜。"季孙意如道："然则齐公计将焉出？"秦遄道："倘若齐公问计于我，我会献上三计，任其抉择。"季孙意如道："愿闻其详。"秦遄道："虚张攻曲阜之声势，却于暗中袭取成邑，此为上计。以郓邑为据点，纠合莒、邾、杞等小国，蚕食我周边城邑，令我顾此失彼，疲于奔命，此为中计。虚张攻曲阜之声势，却于暗中袭取费邑，此为下计。"季孙意如想了一想，道："依我看，你所谓的下计，正是上计；你所谓的上计，正是下计。"秦遄听了一笑，道："愿闻其说。"季孙意如道："上次鲁公袭我，功败垂成，正因为未能争取到仲孙氏与叔孙氏的支持。成邑是仲孙氏之都，攻成邑，就是攻仲孙氏，如此岂不是重蹈覆辙？费邑是季孙氏之都，攻费而不问其他，方有可能游说仲孙氏与叔孙氏，令仲孙氏与叔孙氏不介入主公与我之争。"秦遄听了，又笑了一笑，道："攻成邑之意，正在争取仲孙氏。"季孙意如道："此话怎讲？"秦遄道："上次鲁公之所以未能令仲孙氏中立，你以为主公失策在什么地方？"季孙意如道："不曾给仲孙氏甜头？"秦遄道："不错。不过，不仅止于此。主公之失策，还在于不曾令仲孙氏尝着苦头。攻成邑，用意正在令仲孙氏尝尝苦头。攻取成邑之后，再将成邑退还给仲孙氏，从而令仲孙氏得到甜头。仲孙何忌既尝着了苦头，又得到了甜头，你还能指望他跟你走？"季孙意如道："原来如此，亏你想得出这条一夺一与的妙计！"秦遄道："实不相瞒，这计策并不是我想出来的，我不过偷师老子而已。"季孙意如听了一怔，道："老子什么时候说过这种话？"秦遄道："老子说'将欲夺之，必固与之'。我不过反其意而用之，先'夺之'，然后再'与之'。目的不同，所以次序相反。"季孙意如叹了口气，道："听人说话，原来还得这么听！"

秦遄与季孙意如论策之时，郓邑城楼之上，风静，雪止，寒气袭人。鲁公与仲孙驹、季公若、臧孙赐、公子为、公子果、公子贲等，各自外披裘氅，内被错甲，立在城楼之上。季公若仗剑在手，踌躇满志，道："月前左大夫笑臣取郓之计为空谈，今日复如何？"鲁公微微一笑，道："仲孙大夫与左大夫都以为齐公不足恃，也都料错。"仲孙驹听了，慌忙向鲁公拱手道："但愿齐公能率师长驱直入，令主公不日即回曲阜。"臧孙赐道："季孙意如主力结集于曲阜之北，深壕高垒，坚壁不出，正面强攻，恐非良策。"仲孙驹道："齐师远来，利在速战，若不强攻，计将焉出？"季公若道："方才齐公召臣至齐营，问臣破季孙意如之计，臣献虚张声势进攻曲阜，暗遣奇兵偷袭成邑之策，齐公以为甚妙，欣然采纳。"鲁公道："如何虚张声势？"季公若道："有明张与暗张两法。"鲁公道："寡人愿闻其详。"季公若道："齐公已经传下命令：结集三军人马，于郓邑城外大营休整三日，然后进军曲阜。并已遣使致书季孙意如：劝季孙意如趁早出走，否则，城破家亡，身首异处，勿谓言之不预。这就是所谓'明张'。"仲孙驹道："季孙意如未必不识破这'明张'之计。"季公若淡然一笑，道："所以仍须'暗张'。"鲁公道："什么是'暗张'？"季公若道："所谓'暗张'，就是令季孙意如自以为得我秘密消息，令他误信齐师强攻曲阜是假，偷袭费邑才是真。"臧孙赐道："这'暗张'之计，也许能哄得过季孙意如，却恐怕哄不过秦遄。"季公若道："明张与暗张兼施并下，即使哄不过季孙意如与秦遄，至少会令他们左右狐疑，不知所措。"鲁公道："这'暗张'之计，又如何施行？"

季公若不答，却走近鲁公身边，对鲁公一番耳语。鲁公一边听，一边点头。季公若说罢，站回原位。一股怪风突然从城下席卷而上，"咔嚓"一声，将鲁公身后的旗杆一折为二。众人见了，无不大惊失色。鲁公略一沉吟，大声唤道："司卦何在？"一人应声从城楼里迈出来，向鲁公拱手长揖，道："司卦在。"鲁公道："还不速占一卦，以卜凶吉，却更待何时！"司卦听了，神色慌张，支吾其词道："臣仓皇出走之时，将偻句神龟忘在鲁宫，不曾携出。"鲁公听了不悦。季公若道："这旗帜上虽然绣着'鲁'字，旗杆却是季孙意如所立。季孙意如所立之旗杆被风一折为二，分明是季孙氏破灭之兆，何须卜而后知？"臧孙赐道："公若所言甚是，盼主公勿疑。"三公子也一同附和。鲁公听了，遂转忧为喜。

鲁军大营之中，阳虎与三四个身着戎装的将官一同立于将台之上。一只灰色鸽子自郓邑方向飞来，阳虎望见，取弓箭在手，搭箭上弓，手松箭去，早把那鸽子射倒在雪地之上。片刻之后，一名传令官手持那被阳虎射死的鸽子登上将台。阳虎迎上前去，将鸽子接过，从鸽腿上解下竹管，剔开竹管上的封泥，挑出竹管内的帛书，拿在手上展开来一看，顿时脸色一沉，疾步走下将台。

鲁宫听贤馆内，季孙意如与阳虎立在堂上，秦遄自外入。季孙意如见了，喜形于色，道："你来得倒快。"秦遄笑道："你说有急事，敢不从速？"季孙意如并不答话，只将手上帛书递给秦遄。秦遄接过，在手上展开来一看，但见帛书上写道："仲尼别来无恙？请往见公山不狃，令公山不狃不疑齐师有攻费之谋。公若。"秦遄反复看了两遍，将帛书交还季孙意如，道："你以为如何？"季孙意如笑道："叫人请你来，当然是想听你的意见，你却反过来问我！"秦遄道："先听听你的想法又何妨？"季孙意如道："看来你所谓的下计，不仅在我看来是上计，在季公若心目中也是上计。"秦遄摇头，淡然一笑，道："假的。"季孙意如道："阳虎亲自射下那信鸽，截获这帛书，如何会假？"秦遄道："我不是说这帛书是假的，我是说这帛书上的消息是假的。"季孙意如道："谁做这假？要想骗谁？"秦遄道："当然是季公若做假，除去骗你，还想骗谁？"阳虎道："孔丘与公山不狃以往交情不浅，季公若请孔丘利用旧日的交情去骗公山不狃，不以齐师为备，以便齐师偷袭费邑。言之成理，如何会是假的？"秦遄笑道："倘若言之不成理，难道还能骗得了你这样的聪明人？"阳虎听了，忿然不悦，却说不出话。季孙意如道："你的意思难道是说：季公若故意让我截得这封鸽信，哄我调兵遣将增援费邑，致令成邑空虚，以便其偷袭？"秦遄微微一笑，道："大致不差。"季孙意如道："什么叫做'大致不差'？难道还是有些差错？"秦遄道："偷袭成邑，是我的主意，不一定也是季公若的主意。我只敢说季公若想骗你分兵增援费邑，至于他想偷袭什么地方，我却不敢断定。这是差错之一。"季孙意如听了一怔，道："除此之外，难道还有别的差错？"秦遄笑了一笑，道："下这书信之人，大有一箭双雕之意，却不料看这书信的人，竟将这意思错过了。"季孙意如道："此话怎讲？"秦遄道："季公若不仅想哄你分兵援费，而且也想令你对公山不狃心生疑忌。临战之际，最忌将帅不和、上下二心。倘若你既担心费邑守兵不足恃，又担心费邑守将不可靠，这仗还怎么打？"季孙意如听了，冷笑一声，道："我季孙意如用人从来不疑，季公若是枉费心机了！"阳虎道："不管这帛书所说是真是假，主公只把它当成真的，至少能替主公办成一件事。"季孙意如道:"什么事?"阳虎道:"主公本来想要驱逐孔丘,没想到孔丘成了仲孙氏的亲家,碍于仲孙氏的面子,没好意思动手。这回有了这封帛书,乃是孔丘里通外国的明证。拿去给仲孙何忌看了,料他不便替孔丘辩护。"季孙意如略一沉吟,道:"这事就由你去办。"季孙意如说罢,将帛书递给阳虎。

秦遄目送阳虎疾步出了院门,对季孙意如道:"逐孔丘,并非当务之急。"季孙意如道:"这我难道还不明白?不过,阳虎讨厌孔丘,必逐之而后快。现在又正是用得着阳虎的时候,只好随他去。"秦遄道:"你如此纵容他,将来恐非季孙氏之福。"季孙意如听了,淡然一笑,道:"你也想得太远了,防范阳虎又何尝是当务之急?"秦遄听了,不再说话,拱手告辞。季孙意如道:"你别急着走。如何却齐师,还要向你讨教。"秦遄略一沉吟,道:"如何破齐师,你也许须问计于我。至于如何却齐师,却是你的擅长,何须问我?"季孙意如听了一怔,随后一笑,道:"我只是信口一说,你听我说话,何必也那么认真!"秦遄不以为然地道:"所谓'信口',其实就是'随心'。信口说'却'而不说'破',正好说明你心中根本不曾想过如何'破'齐师,只是在想如何'却'齐师"。季孙意如道:"就算你说的不错。这'却齐师'怎么就成了我的擅长?"秦遄笑道:"你不是自以为擅长行贿么?买通齐公宠臣,劝齐公班师,难道不是却齐师之上策?"季孙意如道:"这计策我倒还真想过。不过,齐公这次好像是下了决心送主公回鲁,为杜绝齐臣受我之贿,齐公已下令严禁从鲁进货。货既然进不去,贿赂如何行得通?"秦遄道:"禁止从鲁货进,只是一时之计,不可长久实行。目前大宗货物虽然进不去,少量样品如何查获得着?送点样品过去,让贪货的人看了,趁其心动唯恐不得之时,许以一旦开禁,便馈赠若干,难道不成?"季孙意如听了大喜,道:"行贿可以分两步走,这我还从来不曾想到过,看来你才是行贿高手。"秦遄道:"岂敢!我不过是空有些想法,从来不曾有过实践经验。如何下手,一概不知。"季孙意如笑道:"那你就先别走,看看我如何下手,也好得点经验。"说罢,向厅外喊一声:"谒者何在!"一名谒者应声从外入,季孙意如道:"速唤仲梁怀!"

片刻之后,仲梁怀疾步自外入,先后向季孙意如与秦遄施礼,仲梁怀道:"主公唤我,有何吩咐?"季孙意如道:"齐公遣人来下战书,要取我首级。我的首级既然还在,不得不回一封书去。否则,岂不成了来而不往,有失君子之道?"仲梁怀道:"主公要遣我去致这封回书?"季孙意如道:"不错。还要你顺便带点东西过去。"仲梁怀道:"什么东西?"季孙意如笑道:

"当然不是我的首级。"说罢，走到厅中几案之旁，从几案之上拿起一块镇圭，递与仲梁怀。仲梁怀将镇圭接在手中，看了一看，道："使者晋见诸侯，照例双手持镇圭而进，怎么是件顺便带去的东西？"季孙意如又笑了一笑，道："齐国严禁鲁货的消息，你可听到了？"仲梁怀点头。季孙意如道："顺便带去的东西要附在这镇圭之上，才能不引人疑心。"仲梁怀听了，略微一怔，道："小小的镇圭，能附带什么东西？"季孙意如道："听说齐公宠臣梁丘据的如夫人殷姬最好鲁产织锦，你去选两疋色彩鲜艳的，各裁剪下半寸宽、三寸长的一条，制成饰带，穿在这镇圭上端的孔上。"仲梁怀道："主公的意思，难道是叫我见过齐公之后，把这两条织锦饰带从镇圭上解下来，然后送给梁丘据？"季孙意如摇头，道："这两条饰带能值多少钱！又能派什么用场？再说，你也不宜直接去见梁丘据。"仲梁怀："那主公的意思是？"季孙意如道："你可知道谁是高齿奇？"仲梁怀道："听说他是梁丘据的家臣。"季孙意如道："岂止是家臣而已！"仲梁怀道："难道他还有别的职务？"季孙意如笑道："别的职务倒没有。不过，他是梁丘据的亲信家臣，就像你同我的关系一样。明白了？"仲梁怀点头，面上掠过一丝喜色。季孙意如道："你可知道这高齿奇最好什么？"仲梁怀摇头道："说不好。"季孙意如道："高齿奇最好囤积居奇，眼下正是囤粟的大好时机。"仲梁怀听了，稍一沉吟，道："主公的意思，是叫我去见高齿奇，许他以粟若干，请他拿着饰带作为样品去见梁丘据？"季孙意如笑道："这么说还差不多。"仲梁怀道："粟与织锦，各许多少？"季孙意如道："粟八万斗、织锦二百疋。"仲梁怀道："什么时候动身？"季孙意如道："致齐公的回信早已写好。你今日去把织锦的事办妥，明日一早来此，取好书信，立即动身。"仲梁怀拱手而退。

俟仲梁怀走远了，秦遄道："你不仅知道齐公的宠臣是谁，知道这宠臣的如夫人是谁，还知道这宠臣的宠臣又是谁，不仅知道这宠臣的如夫人之所好，还知道这宠臣的宠臣之所好，出手又这么大方，这行贿高手的头衔，还真是非你莫属。"季孙意如听了，哈哈大笑。

仲孙氏府客厅之中，仲孙何忌与阳虎对坐于几案两边，仲孙何忌将手上帛书递还阳虎，道："季孙大夫要阳总宰把这帛书拿来给我看，不知是什么意思？"阳虎笑道："仲孙大夫是明白人，何须我说穿？说穿了颜面上或许不好看。"仲孙何忌冷笑一声，道："说穿了，颜面上不好看的恐怕是你！"阳虎听了，略微一怔，道："这封帛书牵涉孔丘，却如何挨得上我阳虎？"仲孙何忌道："你虽哄得了季孙意如，却如何哄得了我仲孙何忌？谁知道这封鸽书是不是你阳虎自己做的假？"阳虎听了，忿然作色，道："我今晨在鲁军大营将台之上射下那只信鸽，仲孙大夫若不信时，阳虎可立即传唤证人来。"仲孙何忌听了，又冷笑一声，道："笑话！什么证人？你不过找几个亲眼见你射下那鸽子的人来罢了！"阳虎道："亲眼见我射下那鸽子的人，难道还不能算是证人？"仲孙何忌道："阳总宰自己这么聪明，怎么总把别人当呆子？"阳虎道："此话怎讲？"仲孙何忌道："阳总宰既要做假，难道不会自己写好那封帛书之后，拴在鸽子之上，令亲信带了那鸽子，在预先约好的时间与地点，将那鸽子放上空中，专等阳总宰来演一场弯弓射鸽的戏？"阳虎听了忿忿然，怒发冲冠，半晌说不出话。仲孙何忌见了，淡然一笑，道："即使阳总宰不曾如此弄虚作假，请问这帛书又与孔子何干？"阳虎气急败坏地道："这帛书乃孔丘与季公若相互勾结的明证，怎能说与孔丘无干？"仲孙何忌道："说这帛书是季公若想勾结孔丘的明证，也许还差不多。不过，季公若想勾结孔丘，并不等于说孔丘也想勾结季公若。"阳虎冷笑一声，道："孔丘若不同季公若相互勾结，季公若怎会将如此机密的大事相托？"仲孙何忌也冷笑一声，道："孔丘倘若真同季公若有勾结，季公若岂会枉费心机，往阙里山庄寄这封鸽书去？"阳虎听了不解，道："仲孙大夫此话怎讲？"仲孙何忌道："孔丘已应齐大夫高张之请，早于十日前离开阙里山庄前往临淄。我还以为阳总宰天上事知晓一半，地上事全知，原来并不尽然！"阳虎听了，大吃一惊，又是半晌说不出话。仲孙何忌见了，向门外喊一声："送客！"喊罢，径自站起身来，撇下阳虎不管，拂一拂衣袖，扬长而去。

两日后傍晚，齐营梁丘据营帐之内，梁丘据立在帐篷中央，伸手向火盆取暖。帐帘开处，高齿奇自外入，向梁丘据拱手施礼毕，解下外面的羊裘大氅，扔到地毯之上，也将双手伸到火盆之上，望着梁丘据神色诡秘地一笑。梁丘据道："这贼冷的天气，你居然好像还兴致不浅。"高齿奇道："要是能早日回临淄，兴致还能更高。"梁丘据不屑地道："别在那儿做梦！"高齿奇不答，却从怀里摸出两条织锦饰带，在梁丘据眼前一晃。梁丘据道："什么东西花花哨哨？"高齿奇道："殷姬最喜欢什么？"梁丘据听了一征，道："鲁产织锦？你从哪得来？这么两小条又有什么用？"高齿奇道："当然不止这两小条，主公只需问殷姬想不想要？"梁丘据道："她吵着要都吵了好几回了，她怎么会不想要？"高齿奇听了，走近梁丘据，放低声音道："方才仲梁怀来见我，告诉我季孙意如愿以二百疋见赠主公。"梁丘据听了，又惊又喜，道："二百疋？"高齿奇伸出两根手指，在梁丘据面前晃了一晃，道："不错，二百疋。一旦开禁，便会送货上门。"梁丘据道："什么条件？"高齿奇道："没有比这更好的条件了。"梁丘据略一沉吟，道："尽快回家？"高齿奇微微一笑，点一点头。梁丘据稍一沉吟，道："主公之意好像颇坚决，我还得想着点说辞才好。"高齿奇道："也还得想着点时机。"梁丘据道："什么意思？"高齿奇道："夜深、气寒、风声凄紧之时，人心无不思归。"梁丘据会意一笑，道："言之有理。"高齿奇将手中织锦饰带扔到火盆里，拱手告辞。火盆之中顿时升起两道火苗，瞬间化作两股青烟，消失于空中。

　　齐营齐公寝帐之内，梁丘据垂手面向齐公而立。齐公道："你这么晚来，可有急事？"梁丘据笑道："哪会有什么急事？风声凄厉，寒气袭人，不禁想起在临淄无寒殿内与主公一起饮酒赋诗，赏雪之乐而已。"齐公听了一怔，道："有这般巧的事！寡人也正做此想。"梁丘据道："可见去艰难而就安乐，乃人之常情，主公何苦来哉？"齐公道："寡人若不是有心恢复桓公的霸业，又怎会于此天寒地冻之时，来此不毛之地自讨苦吃！"梁丘据道："倘若能送鲁公回鲁，虽不一定能从晋侯手中夺回霸主的称号，至少能威慑鲁、宋、陈、卫等小国诸侯，与晋侯分庭抗礼，尝点艰难困苦的滋味倒也值得。"梁丘据说到此，稍微一顿，又接着道："只怕徒劳无益，白白辛苦一场不说，还引得各国诸侯在暗中窃笑。"齐公道："你说这话是什么意思？莫不是受了季孙意如之贿，前来替他游说？"梁丘据道："主公决意护送鲁公回鲁，以便威震四方诸侯，恢复桓公霸业。臣岂敢受季孙意如之贿，以坏主公之大计。况且，主公业已下令，严禁从鲁进货。就算臣有此胆，又如何能从季孙意如处收取贿赂？主公若不信臣，可立即遣人去臣帐中搜查，看看可有一丝鲁货的痕迹。"齐公道："寡人不过说句笑话，你何必如此认真？"梁丘据拱手称谢，道："臣知主公明察秋毫，所以方才敢于说句不中听的真话。"齐公道："你当真以为寡人胜不了季孙意如？"梁丘据道："主公雄才大略，英姿威武，季孙意如岂是主公对手！不过，我师远来，利在速战。季孙意如胆小如鼠，坚壁不出，令我欲战不能。"齐公道："季公若劝寡人虚张攻曲阜之声势，于暗中偷袭成邑，你难道不以为然？"梁丘据道："计虽是条好计，只怕还是哄不过鲁大夫秦遄。万一攻成邑久而不下，季孙意如遣兵出我之后，断我粮道，令我师进退失据，军心崩溃，却如何是好？"齐公听了，沉吟不语。梁丘据又道："况且，季孙氏窃鲁国之政，至今业已四世。鲁人安之，诸侯听之，天子任之。似乎是冥冥之中，自有天意。否则，又怎么会怪事频频发生！"齐公道："什么怪事？"梁丘据道："叔孙诺诚心请鲁公回鲁，结果自阳州返回曲阜就得了怪病，一病呜呼。接着，宋元公为鲁公求援于晋，行至曲棘，无疾而卒。难道不都是怪得很？"齐公听了，沉默半晌之后，道："然则依你之见，寡人应当如何？"梁丘据道："依臣之见，主公不如挟下郓邑之威，与邾、莒、杞、鲁四国诸侯结盟于郓城之下，然后主公率大军凯旋，留卒五千，交由公子俎带领，协助鲁公攻城。倘若天意在鲁，鲁胜，主公得以居战胜之功；倘若天意不在鲁，鲁败，主公得以远失利之祸。此所谓两全之计，有得而无失，有利而无弊。"齐公听了，略一犹豫，道："言之不为无理，寡人就照你的意思去办。"梁丘据听了，拱手告辞，道："夜已深，风雪却仍然不止，主公请早安歇。"

齐都临淄郊外，风和日丽，堤柳新黄，沿河赏柳之人络绎不绝。孔丘衣黑，子丕衣白，立在河滩之上。两人皆峨冠博带、阔袖长裾，服式与众略有不同。孔丘望着淄水滔滔不绝往东流去，不胜感叹地道："逝者如斯乎？不舍昼夜！"子丕道："别人都说旅居在外，度日如年，夫子怎么反而感叹日子过得快？"孔丘道："出来不过三月，难道你已经有思归之心？"子丕道："我上无父母，下无家室，跟随夫子这么多年，夫子所在之处，就是我的家，我怎么会有思归之心？"孔丘听了，微微一笑，道："如此说来，你是在说我应当归心似箭了？"子丕道："夫子家室都留在阙里山庄，只身在外，换做常人，想必会如此。"

孔丘弯腰从河滩上拣起一片残瓦，直起身来，挥起右手用力一甩，向河中打个水漂，瓦片在水中三起三落。孔丘晃一晃肩膀，又摇一摇头，自言自语道："多日不曾锻炼，胳臂已经不怎么听使唤了。"说罢，顿了一顿，又道："你所谓的常人，不过是庸庸碌碌、无所作为之辈。真男儿，志在四方。合则留，不合则去，何思归故乡之有？"子丕听了，稍一犹疑，道："所谓'合则留，不合则去'，难道是说：什么地方能够令我得志，我就应当留下？什么地方不能令我得志，我就应当离去？"孔丘道："不错。"子丕道："夫子经常教导弟子'事君以忠'，这'合则留，不合则去'之说，难道不是与'事君以忠'相抵触吗？"孔丘听了，摇一摇头，道："想是我平日不曾把这'事君以忠'的意思讲解清楚，令你误会了。所谓'事君以忠'，只是说一日为某君之臣，一日应当为某君尽忠效力。并不是说一旦为某君之臣，一生一世就只能为某君之臣。况且，既已发觉与君'不合'，如何还能尽忠？所以，'不合则去'恰好是'事君以忠'的表现。'不合而留'，隐瞒与君之不同，以求苟合或者以企迎合，貌似'事君以忠'，实为'事君以不忠'。"子丕道："所谓'忠君'，难道没有'合则效力，不合则效死'之意吗？"孔丘听了，又摇一摇头，道："这说法虽然古已有之，不过，依我看，必是陋儒、腐儒的鄙俗之见，应当在这所谓的'忠'字之上再加上一个字才名副其实。"

子丕道："加一个什么字?"孔丘道："加一个'愚'字。"子丕道："'愚忠'?"孔子道："不错。'愚忠',并非我心目中的'忠'。"子丕道："如此说来,所谓'效死',难道是荒唐不经之论?"孔丘道："死了还能有什么效?无论是立功、立事,还是立言、立德,都须活而后能。所谓'效死',绝对荒唐。举例而言,管仲原本为公子纠之臣,公子纠死于齐桓公之手,管仲不仅不效死,反而为齐桓公之臣,竟成九合诸侯、一匡天下之大功。管仲倘若误信了愚忠之说,为公子纠效死,管仲自己身死名灭,默默无闻于后世且不说,华夏之天下早已亡于夷狄,你我皆须披发左衽,或者留辫子、穿马蹄袖的短褂,哪还能穿这样的衣服?"

孔丘一边说,一边举起双臂,任河滩上的轻风吹起宽大的衣袖。子丕似乎还想说什么,未及开口,却听到一个熟悉的声音呼道："师傅!子丕!"孔丘与子丕同时扭头一看,但见无繇风尘仆仆,从人堆里挤出,奔下河滩而来。孔丘见了,略微一怔,道:"你怎么来了,家中可平安无事?"无繇道:"夫子放心,全家大小都平安无恙。不过稍有些变动,所以师母遣我前来奉告。"子丕道:"你怎么会找到这儿来?"无繇道:"先找到高张大夫府上,高府总管遣人陪我到师傅宅第,司阍说师傅与你用过午膳就出了门,想是沿河赏柳。我问这河沿赏柳之地何在,司阍道:今日临淄城里不分男女老幼,只要是出南门的,都是往河沿去,只需跟着别人走,用不着问路。果不其然!"孔丘道:"家里有了些什么变动?"无繇道:"季孙意如自从败齐师于成邑,更加嚣张跋扈。阳虎自从在仲孙何忌那儿碰了个钉子,一肚子晦气,没地方发泄。南宫敬叔担心季孙意如纵容阳虎暗中不利于夫子家室,遂于数日之前护送师母及举家人众搬过翡翠山庄去,与仲孙夫人姜姬同住。翡翠山庄有仲孙氏卫队守护,料季孙意如与阳虎不敢妄动,夫子可以放心。"孔丘道:"你没有也搬过翡翠山庄去?"无繇道:"翡翠山庄里管事的人多得很,用我不着。家里边儿子已经六岁,请不起师傅,还不认识字,我趁此机会搬回家去,正好自己去教他。"孔丘听了,又发一声感叹,道:"日子真是过得快,我记得你儿子满月之时,你从家里返回阙里山庄,说你给你儿子取名为'回',要我给你儿子取个字,我说等长大几岁之后再取个字不迟。没想到这孩子竟然已经六岁。"无繇道:"夫子不说,我倒忘了。这回夫子可以赐个字了吧?"孔丘向河水望了一望,道:"以'渊'为字,你以为如何?"无繇拱手称谢,道:"夫子赐的字,那还能不好?"孔丘道:"等他长大了,叫他也来做我的弟子。"子丕道:"夫子难道还想开门授徒?"孔丘道:"怎么?你不想见我再收弟子?"子丕道:"我只希望夫子从此得志,再也不用开门授徒。"孔丘听了，略一沉吟，道："能不能得志，在天不在我。"子丕道："难道人世间的一切当真都由天来主宰?"孔子举头望了望天，道："所谓天意，也不过就是顺其自然的意思。但凡自己虽已尽力却又做不了主的事情，成与不成，只好推到天身上去。其实，天又不说话，谁能知道天究竟是有意呢，还是无意?"

一阵沉默过后，无繇道："夫子来临淄，已经将近三个月，可曾见过齐公?"孔丘道："据高大夫说，齐公已经不止一次说过要见我，却不知何故至今尚无确切消息。"子丕道："怎么不知何故? 分明是晏婴从中作梗。"孔丘道："并无确凿证据，岂可如此断言?"子丕道："高大夫不是说: 晏婴在朝廷上散布谣言，说什么儒家'妄自尊大，事君不忠，侈谈礼节，迂腐无能'么? 这难道不是确凿的证据?"孔丘道："儒家本有小人儒与君子儒之别，像他说的那种儒家，正是所谓小人儒。他的错，在于不加区分，一概而论，把但凡儒家，都说成小人儒。"子丕道："我看他大概也不知道如何区分'忠'与'愚忠'，以为不'愚忠'，就是不'忠'。"孔丘道："这话倒可能不错，这世上知道有这种区别的人本来就不多。"孔丘说罢，顿了一顿，又道："其实，即使撇开愚忠不论，臣事君是否应当以忠，还取决于君使臣是否以礼。"无繇道："夫子的意思，难道是说: 如果为君的不以礼使臣，为臣的就不必对君尽忠?"孔丘道："不错。"子丕道："如此说来，'事君以忠'这四个字，过于简单片面。不如改为'君使臣以礼，臣事君以忠'这么两句话为好。"孔丘听了，微微一笑，道："改得好!"无繇道："夫子怎么不把这些道理去同晏婴分辩清楚?"孔丘道："他并不曾点名指到我孔丘的头上，叫我如何去同他争? 况且，在齐国他是主人，我是客人，做客人的，总是客气些为好。"子丕道："夫子同他礼让，他不同夫子礼让，岂不是让他占尽便宜?"孔丘道："如果齐公真是能够让晏婴如此这般蒙蔽得住的人，见与不见又有什么区别? 既无区别，同晏婴去争个明白，又有什么意思?"孔丘说罢，转身登上河堤，又道："今日出来本是为了沿河看柳，方才人声嘈杂，几乎坏了兴致。现在人大都走了，你我正好趁这清静，上堤来看一看。"子丕与无繇应声登上河堤。师徒三人一起举目向东南方向望去，但见东风渐紧，浑浊的河水翻起白色的浪花; 阴云渐近，夕阳将云影投上鹅黄色的新柳。

转眼春秋皆去，冬至之日，临淄大雪。齐公在无寒殿大宴宾客，孔丘应邀出席。宴席散去之时，齐公将孔丘独自留下，俟侍者撤去座席，齐公与孔丘一起立在殿中观赏殿外的雪景。齐公道："六年前寡人与先生在阙里山庄相见，也是大雪纷飞，与今日一般无二，真是巧得很。"孔丘道："只是今日身在无寒殿中，虽然眼见殿外雪花飞舞，却感觉不到半点寒意，这富贵气象与阙里山庄就大不相同了。"齐公听了，得意地笑了一笑，道："这无寒殿有柱而无墙，四面皆空，殿堂之内不设火盆，却能将寒气逼出殿外，先生可看出了其中的奥妙？"孔丘进来时，跟在谒者身后，亦步亦趋，目不斜视，并不曾看清这无寒殿究竟如何结构。听齐公如此说起，方才举目四下张望，但见殿外周遭皆为沸水环绕，四面蒸气上腾，形成阵阵暖流，穿殿堂而过。孔丘看毕，道："殿堂四面皆为沸水环绕，遂能将寒气逼在殿堂之外。"齐公微微一笑，道："沸水环绕，有目共睹，岂可谓之奥妙？"孔丘又举目四下张望了一回，然后用脚跺一跺地板，道："难道这地板之下也是沸水？"齐公听了大笑，道："不错，这无寒殿貌似四面环水，实乃架空在水池之上，水池之下挖空作火炉，每逢启用这殿堂之时，先遣人在火炉中填入木炭千斤，将水烧沸，脚下与四周皆有热气升腾，方能致此无寒之效。"孔丘道："原来如此。这构思绝妙超凡，非大智大慧者莫办。"齐公听了，又大笑一声，道："大智大慧岂敢！寡人窃好治宫室，不过偶然生此巧思而已。"孔丘道："孔丘不知这无寒殿原来竟是齐公匠心独具之杰作。齐公有如此巧思，真是齐人之福。"

齐公听了，略微一怔，道："晏婴总是劝寡人少在治宫室上动心思，以为有害而无利。先生却以为是齐人之福，寡人愿闻其详。下次晏婴再来进谏时，寡人也好有个回击的说辞。"孔丘听了，微微一笑，道："想不到晏婴竟然如此不识大体。"齐公听了又一怔，道："此话怎讲？"孔丘道："齐公设计这无寒殿的用心，难道不是为宴请宾客之时免使宾客受寒？"齐公稍一迟疑，道："不错。"孔丘道："齐公对宾客都这么悉心照顾，对于齐国百姓难道不会爱护有加吗？晏婴拘泥细节，不能以小观大，揣摩不出齐公的心思，难道不是不识大体么？"齐公听了，先是略微一惊，随即面现笑容，向殿外高喊一声："谒者何在！"一名谒者应声自殿外入，齐公道："立即传令司空：遣使者查访齐国境内贫穷百姓人家，但见衣裳单薄、不能御寒者，立赐冬衣一领。"齐公目送谒者走远了，转身对孔丘道："据寡人所知，儒家鼓吹'富贵于我如浮云'之说。方才先生谈起'富贵气象'，却好像心向往之，晏婴指先生为儒，难道晏婴搞错了？"孔丘听了，淡然一笑，道："孔丘素以儒者自居，这一点晏婴倒不曾搞错。不过，孔丘自以为堪称通儒、雅儒、君子儒，晏婴却错把孔丘当成腐儒、陋儒、小人儒。"齐公听了，略微一怔，道："寡人一向以为'儒'就是'儒'。今日方知所谓'儒'，竟然还有如此这般区别，寡人愿闻其详。"孔丘道："简言之，'通儒'、'雅儒'、'君子儒'可以统称之为'真儒'。'腐儒'、'陋儒'、'小人儒'可以统称之为'伪儒'。"齐公道："然则这'真儒'与'伪儒'之别究竟何在？"孔丘道："真儒以为'君子'为先，以为'儒'为次。伪儒以为'儒'为唯一目标。真儒以为：为君子而非儒，远胜于为儒而非君子。伪儒以为：为儒即为君子，非儒即非君子。真儒因而能容忍甚至赞同非儒的君子，伪儒却因此而排斥一切异己。"

　　齐公听了，道："排除异己者，原来竟是'伪儒'！据先生所言，晏婴倒像是个'伪儒'。"孔丘对齐公的评论不置可否，却接着道："真儒也并不反对追求富贵，但凡标榜清高、诋丑富贵的，都是伪儒。比如季孙意如家臣阳虎，在客厅的屏风上大书'为富不仁矣，为仁不富矣'，便是一个典型的伪儒！"齐公道："先生可还记得六年前在阙里山庄相见之时，先生提到有个弟子，其兄正好是寡人的虞人？"孔丘道："齐公不提，孔丘倒是忘了。既经齐公提起，孔丘却也想起来了。"齐公道："寡人回齐之后，特意召见那虞人，问他可从其弟口中听到先生的言论。那虞人道：听过不少，但大都不甚了了，所以忘却，只有一句，记忆犹新。"孔丘道："一句什么话，令他印象如此深刻？"齐公微微一笑，道："就是寡人方才说的那句'富贵于我如浮云'。"孔丘听了大笑，道："原来如此！万不料我说的话被他如此断章取义。"齐公听了，略微一怔，道："先生的原话难道不是这个意思？"孔丘摇一摇头，道："如果我不曾记错，我的原话是：'邦有道，贫且贱焉，耻也。邦无道，富且贵焉，耻也。不义而富且贵，于我如浮云。'"齐公听罢，点一点头，道："国家政治清平，不能取富贵，可耻。国家政治腐败，贪图富贵而不能去，可耻。说得好！说得极好！不是'富贵于我如浮云'，乃是不以正当方式谋取富贵，才是'于我如浮云'。说得好！说得极好！"说罢，略微一顿，又道："敢问为政当以何事为先？"孔丘道："正名。名不正则言不顺，言不顺则事不成。"齐公道："名的正与不正，当真如此重要？"孔丘道："齐公亲见鲁国之乱。鲁乱因何而起？难道不正是因为'君不君、臣不臣'，名实不副、名分不合所致的么？"齐公道："季孙氏窃鲁国之政，为时已久。所谓'冰冻三尺，非一日之寒'。鲁公望一旦去之，之所以败，窃以为败在力不从心，未必名实不副所致。"孔丘道："鲁公之败，诚如齐公所言，败在力不从心。不过，鲁公既为君，却如何会无力胜臣？难道不是因为鲁公徒有君之名而无君之实，季孙意如虽无君之名却有君之实所致？齐公说得好：'冰冻三尺，非一日之寒。'奸臣窃国，必由细枝末节开始，为君者倘若不善防微杜渐，鲁国之乱，就是前车之鉴。"

齐公听罢，顺着廊柱间的栏杆踱了两个来回，走回孔丘站立之旁，道："先生之言，如以匕钻木，入木三分，令寡人不胜佩服之至。晏婴久居相位，自以为无所不知，其见识实远出先生之下，不可同日而语。寡人盼望恢复桓公的霸业为时已久，与晏婴、田乞、高张、鲍牧、国夏等人谋划，皆不得要领，不知先生何以教寡人？"孔丘略一迟疑，道："足兵、足食、立信于民。"齐公听了，沉吟半晌，道："倘若万不得已，得从这三项之中去掉一项，敢问该先去哪一项？"孔丘道："去兵。"齐公道："兵马不足，如何还能称霸？"孔丘道："倘若粮食不足，用什么来养兵？"齐公听了，点一点头，道："倘若万不得已，得从剩余的两项之中再去掉一项，敢问该先去哪一项？"孔丘道："去食。"齐公道："粮食不足，还怎么称霸？"孔丘听了，道："想要称霸，足兵、足粮、立信于民，自然是一项也不能少。不过，失信于民，乃自取灭亡之道。所以，万不得已，不能足兵、足食之时，唯有不失信于民，或可幸存、免于覆灭。"齐公道："寡人早就想要向先生请教，皆因晏婴阻挠，方才迟至今日。今日有幸听先生一席话，真是胜读十年书。"孔丘道："孔丘今日得与盛宴，又蒙独留单见，不胜感谢之至。"齐公道："晏婴辅佐寡人之日久，寡人不忍一旦弃之。不过，寡人闻：国事为重，私情为轻。寡人不敢以私情废国事，早晚会罢免晏婴，请先生执齐国之政。不过，此话切不可泄露，让晏婴预先知道了，令寡人为难。"孔丘道："齐公放心，如此机密大事，孔丘岂敢外泄。"齐公道："如此极好。俟时机成熟，寡人当会遣谒者召先生，届时还盼先生千万勿辞。"孔丘拱手称谢，道："蒙齐公不弃，以政事相托，孔丘岂敢辞！"齐公听了大喜，向殿外高喊一声："谒者何在？"又一名谒者应声而入，垂手听命。齐公道："发寡人的副车，送孔先生回府！"

晏婴书房之中，晏婴与越石父相向对坐，晏婴道："夜已深，石父不请自来，想必有要事相告？"越石父道："齐公昨日传令司空：令赐冬衣予贫寒百姓人家，可是主公的意思？"晏婴摇头道："我倒是有这个意思，不过，我并不曾对齐公说起，因为我想即使我对齐公说了，齐公也不会听从，却万万没有料到齐公会突施如此仁政。"越石父听了，略一沉吟，道："主公既然不与齐公之政，主公的相位，看来是坐不稳了。"晏婴笑道："自我初为齐国之相，屈指算来迄今业已二十有三年，怎么会因这么一件小事就轻易把相位给丢了？"越石父道："俗话道：'阴沟里翻船。'主公切不可大意。"晏婴道："石父向来识大体，今日怎么在这区区小事上如此认真？"越石父道："齐公赐冬衣之令，正因有人讥笑主公不识大体所致。"晏婴听了一惊，道："此话怎讲?"越石父道:"昨日齐公在宴会之后独留孔丘,在无寒殿外当班的两名谒者碰巧是我的相与。"晏婴道:"他两人听孔丘如此讥笑我?"越石父点一点头,道:"不错。不过,尚不止此。"晏婴道:"孔丘还说我些什么?"越石父道:"孔丘倒不曾说什么。不过……"晏婴迫不及待抢道:"不过怎样?"越石父道:"齐公有意用孔丘取代主公。"晏婴听了,淡然一笑,道:"原来如此。怎么不见齐公传下令来?"越石父道:"齐公嘱咐孔丘切勿泄露机密,看来是还没有决定如何措手。"晏婴听了,端起浆碗,道:"只顾说话,忘了喝浆,浆都快要凉了。"越石父也端起浆碗,却只喝了半口,又将浆碗放下,道:"主公已经有了对策?"晏婴笑而不答,只顾喝浆。越石父见了,拱手告辞。

次日晨,齐宫正殿,早朝既毕,百官退班,晏婴独留。齐公道:"晏子独留,可是有要事相商?"晏婴整一整衣襟,拱手长揖,道:"恭贺主公择相得人。"齐公听了一惊,道:"此话怎讲?"晏婴道:"听说主公已经决意用孔丘为相。"齐公道:"晏子这话从哪听来?"晏婴道:"孔丘自己不说,臣能从哪听来?"齐公支吾道:"寡人不过设问孔丘:为政当以何事为先?孔丘想必误会了寡人的意思,把设问当成了实话。"晏婴道:"原来如此。孔丘侈谈古礼,酷好繁文缛节,又妄自尊大,不能事君以忠,主公倘若当真用孔丘为政,孔丘必然会篡改齐国的法度,败坏齐民的风俗,绝非齐国之福。"齐公道:"寡人不是说了,只是一句设问,却被孔丘这呆子误会为实话了么?晏子何必还如此担心?"

当日夜深,齐宫芮姬起坐间,锦帐重垂,烛影摇红,薰香缭绕,芮姬立在房中鸟笼之前弄鸟。长发用玉髻挽就,系作马尾,散落在肩;身披一袭粉红绣金花丝袍,腰绦松系,酥胸微现,玉腿半露。齐公发挽随意髻,身着素丝睡袍,缓步自外入。芮姬放下弄鸟的如意,将粉脸向齐公一偏。齐公上前,勉强在芮姬腮上一吻。芮姬噘嘴扭腰,嗔道:"怎么啦?什么事情不痛快?"齐公见了,道:"人说孔丘呆,果不其然!"芮姬道:"主公昨日还说孔丘见识不凡,怎么今日就改了口?"齐公道:"寡人本来有意用他为相,特意嘱他不可将这消息泄露出去,叫晏婴听见了,令寡人为难。谁知晏婴今日就听到了风声,你说孔丘呆不呆!"芮姬道:"这也难说,是晏婴奸也未可知。"齐公道:"此话怎讲?"芮姬道:"晏婴耳目众多,专会刺探别人机密。"齐公道:"孔丘他自己不说,晏婴纵有三头六臂也无从打听起。"

孔丘宅院之内,阳光灿烂,桃李争妍。孔丘坐于走廊之上弹琴,子不侍立于一旁。孔丘一边弹琴，一边唱道："唐棣之华，偏其反而。岂不尔思？室是远而。"孔丘反复唱弹了两三遍，突然停手，自言自语道："真有思念，岂会因其远而不思？"子丕道："夫子似乎心绪烦乱。"孔丘听了，略微一怔，道："是吗？你从琴声中听出来的吗？"子丕点一点头。孔丘叹一口气，道："本来不应当说。不过，这事料想不会再发生，说不说倒也无所谓了。"子丕道："什么事本不当说？"孔丘道："你还记得去年冬至之日，齐公请我赴无寒殿之宴吗？"子丕又点一点头。孔丘道："齐公在宴会之后，与我单独谈了近一个时辰，临分手时说要用我为齐相，嘱咐我千万不可将这话泄露出去，以免让晏婴预先听到了，令他为难。如今三个月都过去了，还不见有消息，料想齐公已经变了主意。"子丕道："原来如此。一定又是晏婴从中使坏。"孔丘道："我连对你都从来不曾说过这事，晏婴从何得知？"子丕道："夫子可听说过越石父这么个人？"孔丘点头道："听说是晏婴的上客。"子丕道："不错。夫子可知这越石父是个什么人物？"孔丘道："略有所闻，不知其详，你难道知其来历？"子丕道："我少时曾在临淄胡乱混过一两年，相识的人大半都出越石父门下。"孔丘听了一笑，道："原来如此，我说你上次替仲孙大夫在临淄办事，怎么会那般顺当，如虎之归山、如鱼之得水！"说罢，顿了一顿，又道："原来这越石父同我一样，也是个开门授徒之人。"子丕听了大笑，道："他同夫子判若天渊，岂可同日而语！"孔丘听了一怔，道："此话怎讲？"子丕道："越石父其实并不开门授徒，更不教人为仁为义。那些自称越石父门下的人，大都是些鸡鸣狗盗之流，也并不一定与越石父相识，不过倾倒于越石父的为人而已。"孔丘听了又一怔，道："晏婴虽然与我志趣不尽同、言论不尽合，至少也还是个以君子自命的人，怎么会延引越石父这样的人为其上客？"子丕道："临淄城里，憎恶越石父的人，称越石父为'剧贼'，仰慕越石父的人，称越石父为'大侠'。多年前几个自称越石父门下的人在临淄南市醉太平酒楼内盛赞越石父之贤，旁边一个儒生听了，多嘴道：'越石父专以奸诈违犯国法，何贤之有！'当夜那多嘴的儒生就被人砍死在家。有司捕凶手不得，将越石父捉拿归案。越石父自辩既不知此事，也不认识这些自称为其门下的人。有司以为越石父虽然不知，却'等同指使杀人'，又以为这'等同指使杀人'之罪，甚于自己动手杀人，罪无可赦，遂将越石父问成死罪。晏婴却以为：齐国法律之中并无'等同指使杀人'的条文，故有司不能如此定罪。齐公听从了晏婴的话，将越石父无罪释放。从此，越石父就成为晏婴的座上客，为晏婴奔走不遗余力。"孔丘道："原来如此。不过，越石父这人，与晏婴如何能得知齐公与我的谈话又有何干系？"子丕道：

"听说齐公宫内宦者、殿外谒者，皆不乏越石父门下。"孔丘道："你的意思难道是说：齐公谒者偷听到齐公与我的谈话，把话传给了越石父？"子丕道："我猜必然如此。夫子若不信时，子丕可替夫子取个证实。"孔丘道："我常教你们不可'患得患失'。齐公不任我为相也就罢了，何必还去追究原因？"子丕道："追究原因并不等于'患得患失'。事情不成，总得将原因弄个水落石出，以免重蹈覆辙。"孔丘听了，略一沉吟，道："也好。那就随你去办。不过，千万不可干不仁不义的勾当。"子丕道："夫子尽可放心。子丕跟随夫子这么多年，别的不见得学会，不为不仁不义的勾当这一点，倒是牢记在心，绝不会有半点违犯。"

火初上之时，临淄南市醉太平酒楼二楼雅座包间之内，子丕与芮公对坐于食几两旁，几上酒浆菜肴摆满一席。子丕道："芮公真是记性好，居然还记得有我张陆这么个人。"芮公笑道："张子专做转祸为福的买卖，做这行买卖的人，我芮公岂敢相忘！"子丕举起手中酒杯，对芮公笑道："子丕敬芮公一杯。"芮公听了，大吃一惊，道："张子怎么成了子丕？"子丕道："张陆不过是个化名，子丕才是个真人。"芮公道："听说高大夫从鲁国请来孔丘，孔丘携其高足子丕同来，你难道就是那个子丕？"子丕道："不错，我就是孔子弟子子丕，高足之称则谢不敢当。"说罢，又将酒杯举起，道："怎么？芮公不肯赏脸？"芮公满脸狐疑，从几上拿起酒杯，对子丕举一举，道："岂敢！岂敢！"两人相向一仰头，将杯中酒一饮而尽。芮公放下酒杯，道："不知子丕今日邀我来此，是为做什么买卖？"子丕笑道："人虽换了名字，买卖却还是老行当。"芮公道："还是转祸为福的买卖？"子丕点头道："不错。还是转祸为福的买卖。"芮公道："有什么祸福？我洗耳恭听。"子丕道："何必着急，先用酒菜。"说罢，用手中箸向芮公面前的两盘菜肴一指，道："这葱烧鱼白、姜烩羊肾，既是醉太平酒楼的拿手好菜，又偏宜老年，芮公切莫错过。"芮公唯唯。两人一同举箸。

酒过三巡，芮公道："这转祸为福的买卖……"子丕打断芮公的话，道："何必着急，再叫伙计煮一壶黄酒来，这陈年黄酒，也是偏宜老人，芮公尽可多喝。"子丕说罢，不由芮公分说，双掌一击，大声向门外喊道："来人！"一伙计应声而入，拱手道："客官有何吩咐？"子丕伸手向食几一指，道："把残羹剩酒撤去，再煮一壶陈年黄酒，换四样拿手下酒好菜来！"片刻之后，伙计托盘而入，将新酒新菜重新摆上食几。子丕举起酒杯，又敬了芮公一杯，然后道："齐公与芮公，谁年长？"芮公道："我虚长三岁。"子丕道："这么说来，齐公年纪也早过中年。"芮公道："不错。"子丕道："齐公既已早过中年，却还不曾立太子，芮公可知个中原因？"芮公道："这种事，非鄙夫所知，子丕何不教我？"子丕道："芮姬既生公子荼，为何不趁宠幸未衰之时求齐公立公子荼为太子？否则，一旦齐公归天，芮姬母子何所寄托？"芮公道："我虽然鄙陋无知，这点浅显的道理倒也还明白，芮姬早就求过齐公，齐公自己的意思也在公子荼，无奈大臣多不肯首，所以齐公犹疑不绝。"子丕道："大臣多不肯首，原因何在？"芮公将杯中酒一饮而尽，叹口气，道："无非是嫌我芮家出身贫寒。"子丕摇一摇头，道："非也。"芮公道："然则子丕以为原因何在？"子丕道："皆因你父女不善结交大臣。"芮公听了，略一迟疑，道："子丕之言，也许不错，如何结交，还请子丕教我。"子丕又端起酒杯，却停在空中，笑道："芮公愿意同我子丕做买卖了？"芮公道："子丕要价多少？我芮公绝不敢吝啬。"子丕举杯仰头，将杯中酒一饮而尽，道："区区小事，何须芮公破费！"芮公微微一笑，道："买卖，买卖，有买才能有卖。不破费怎么买？子丕何必讲笑话？"子丕听了大笑，道："芮公真是个买卖人，买卖经这般烂熟。不过，芮公却忘了一件事。"芮公听了一怔，道："忘了一件什么事？"子丕道："值钱的东西，不止于钱财。"芮公狐疑不解道："愿闻其详。"子丕道："只要芮姬肯帮我子丕办成一件事，子丕一定替芮姬结交上高大夫。"芮公听了，摇一摇头，道："高大夫的门路，芮姬早就试过了，无奈高大夫不肯赏脸。"子丕道："高大夫为何请孔子来？"芮公道："当然是敬重孔子的才能品德。"子丕道："孔子为何携我子丕同来？"芮公道："当然是因为你是孔子的得意门生。"子丕道："高大夫既然敬重孔子，又知我是孔子的得意门生，由我去替芮姬出面，难道高大夫还会不赏脸？"芮公道："子丕当真肯替芮姬出面？"子丕道："君子一言既出，驷马难追。"芮公道："子丕要芮姬帮的忙，可是件大事？难办得很么？"子丕望着芮公微微一笑，道："大与小，难与易，那要看叫谁来办。叫我子丕来办，就是件大得不能再大的事，比登天还难。叫芮姬来办，就是件小得不能再小的事。"芮公道："究竟是件什么事？如此神神秘秘？"子丕不答，只伸出右手食指一勾，芮公会意，站起身来，凑到子丕身前，子丕压低声音对芮公一番耳语。芮公听毕，回归原席，子丕笑道："是不是很容易？"芮公点头大笑。

齐宫芮姬寝室之内，齐公与芮姬双双气喘吁吁，仰卧在榻。俟呼吸稍匀，芮姬道："主公可听说过越石父其人？"齐公听了一笑，道："寡人当然知道。你却从哪听说？"芮姬道："临淄城里百姓，个个闻他大名。"齐公不屑地笑了一笑，道："哦？没想到他竟然如此出名。"芮姬道："岂止出名而已，如今临淄城里流行一句话。"齐公道："一句什么话？"芮姬道："宁爵无越。"齐公道："什么意思？"芮姬道："意思就是说：宁可碰上有爵位的人，可千万别碰上越石父。"齐公道："笑话！晏婴也不可能令人畏惧如此，何况他不过是晏婴的一个门客！"芮姬听了一笑，道："原来主公有所不知！"齐公道："有什么不知？"芮姬道："越石父的势力可不是凭借晏婴得来的。"齐公听了一怔，道："那他凭的是什么？"芮姬道："主公可知当年晏婴为何替他开脱？"齐公道："晏婴说：据法，越石父不当罪。"芮姬听了大笑，道："就这么简单？"齐公道："不这么简单，难道还有什么别的奥妙？"芮姬道："据法不当罪的人多如过江之鲫，岂止越石父一人！"齐公狐疑不解，道："你的意思是？"芮姬道："越石父神通广大，上至主公左右谒者、宦官，下至市井豪强、无赖，无不甘心愿为越石父奔走效力。"齐公听了一惊，道："有这等事？你的意思难道是说：晏婴之所以救越石父，乃是想借用越石父的势力替他晏婴效力？"芮姬道："主公若不信时，我有一计可以替主公取证。"齐公道："你有什么妙计？"芮姬道："主公可还记得去年冬至之日在无寒殿大宴宾客之后独留孔丘的事？"齐公道："怎么会不记得！寡人本想用孔丘取代晏婴为相，谁知这呆子将寡人的话泄露出去，让晏婴听到了，令寡人为难。"芮姬道："主公可还记得那日当班谒者是谁？"齐公道："这可不记得。不过，史官有记录在，一查便知。"芮姬道："明日主公令史官把那两名谒者的姓名查出来，换他二人后日当班。"齐公道："什么意思？"芮姬不答，却用胳膊撑起头来，咬着齐公耳朵细说了一番耳语。

两日后。齐宫正殿，齐公唤谒者召见芮公，齐公道："芮姬告诉寡人，说芮公将去鸷山一游。寡人想请芮公顺道往尼溪走一遭，不知芮公意下如何？"芮公道："主公既有命，芮坦岂敢辞，敢问主公要芮坦去尼溪有何公干？"齐公道："并无特别事务，只烦芮公替寡人去看看当地的民情风俗。"芮公道："听说尼溪民风强悍不雅，敢问主公为何对尼溪兴趣有加？"齐公道："寡人想以尼溪五百里之地封孔丘，令孔丘得以有机会行周公之道、施仁义之教。倘若孔丘能在尼溪移风易俗、教化大行，寡人将以齐国之政相托。"芮公道："原来如此。尼溪地方偏僻，不知孔丘可肯去否？"齐公道："寡人业已遣人私下探过孔丘的口气，孔丘欣然欲往。不过，这话切不可为外人道，让晏婴听到了，令寡人为难。"芮公唯唯告辞。

次日晨，齐宫正殿，早朝既毕，晏婴请独留。齐公笑道："晏子有大事相商？"晏婴稍一迟疑，道："大事倒没有。臣不过听说主公欲将尼溪五百里之地封孔丘？"齐公做狐疑不解之状，道："这话晏子从哪听来？"晏婴道："孔丘自己不说，臣从哪打听得到？"齐公听了大笑，道："真是天大的笑话！

寡人连做梦也梦不出这主意!"晏婴道:"孔丘鼓吹的礼节,表面动听,实则不切实用。比如说葬礼吧,如果遵照孔丘所说的那套厚葬的规矩去办,贫穷人家倾家荡产都办不成。尼溪地方民风本来纯朴,要是让孔丘去尼溪移风易俗,肯定会把尼溪搞得乌烟瘴气。要是在齐国各地都试行孔丘鼓吹的教化,一定会把齐国搞得大乱。臣请主公……"齐公不耐烦地挥一挥手,打断晏婴的话,道:"寡人不是说连做梦都不曾梦过封孔丘于尼溪么?晏子怎么还是放心不下?"晏婴道:"主公没这心思便好,臣为社稷之计,不敢不尽言。"晏婴说罢,拱手长揖而退。

齐公站起身来,目送晏婴出了殿堂之后,步出正殿后门,顺着青石铺砌的宫道左行十来步,跨进一间六边形的小阁。阁内六壁皆是书架,中央一方花梨几案,案后一扇锦绣屏风。齐公正要往屏风后去,却见芮姬从屏风之后转出来。芮姬道:"如何?"齐公道:"果然不出你所料。"芮姬得意地笑了一笑,道:"我不是早就说过不见得是孔丘呆,也许是晏婴奸么!"齐公道:"不过,晏婴说孔丘鼓吹的礼节不切实用,那话倒也不见得就不对。"芮姬道:"怎么?主公还是不想用孔丘?"齐公道:"不是不想,只是有些犹豫。"芮姬道:"有什么可犹豫的?主公难道当真怕晏婴不成?"齐公不屑地一笑,道:"笑话!寡人怎么会怕晏婴!不过,有晏婴替寡人料理朝中一切,寡人可以无所用心。倘若用孔丘,寡人少不得要打点精神,振作起来同孔丘一起干一番事业。寡人近来常有力不从心之感,想是渐有老态了,所以不能不有所犹豫。"芮姬听了,稍一迟疑,道:"自知老了,还不快把太子立定?"齐公道:"你不说时,寡人倒忘了。昨日高张夜间来见,正谈起立太子之事,谈得晚了,寡人疲乏,就在这屏风后的便榻上独自睡了,所以不曾去你的寝宫。"芮姬扭一扭腰,道:"高大夫怎么说?"齐公道:"高张说,无论立谁为太子,只要是寡人的意思,他一定不辜负寡人之所托,还说他已经探过国夏的口气,国夏也同他一个意思。"芮姬道:"有了高、国两氏的支持,立荼儿为太子,应当是不成问题了?"齐公点一点头,道:"应当如此。不过,反对荼儿为太子的人不少,也还得从缓计议,不得造次。"芮姬听了不悦,嘬嘴道:"总是说'从缓'、'从缓',却从来不见有开头!"齐公道:"怎么没有开头?寡人已经叫高张把寡人意在荼儿的话传给田乞、鲍牧、晏婴等大夫知道。"芮姬道:"晏婴不止一次说荼儿无行,肯定不会赞同。"齐公道:"晏婴为人圆滑,会见风使舵。关键不在晏婴而在田乞,田乞与阳生往来密切,不止一次劝寡人立阳生为太子。"芮姬道:"那怎么办?"齐公道:"所以说还得从缓计议,不得造次。"

孔丘盘坐于书案之后阅简，子丕自外入。孔丘放下手中竹简，对子丕道："你这几日好像天天都回来得晚，在外面都忙些什么？"子丕道："我不是说过要为夫子取个证实么？"孔丘道："看样子你是取到了？"子丕道："不错。现已查清，去年冬至日在无寒殿当班的谒者，果然是越石父的人。"孔丘道："你怎么打听到的？"子丕道："我同芮姬做了笔买卖。"孔丘听了一怔，道："你怎么见得着芮姬？"子丕道："芮姬我自然是见不着，买卖是通过芮公间接做成的。"孔丘听了不悦，道："芮公凭借芮姬之势，在外面招权纳贿，不是个正人君子，你怎么去同他这样的人打交道？"子丕道："夫子只嘱咐我切莫为不仁不义之举，并不曾嘱咐我只能同正人君子打交道，况且这世上正人君子少如凤毛，势利小人多如牛毛，要是只同正人君子打交道，我看是什么事也办不成。"孔丘听了，微微一笑，道："利口匹夫！"子丕道："除去证实了晏婴从中作梗外，还有点额外收获，夫子想不想知道？"孔丘道："既已探知，何妨道来。"子丕道："齐公经已明白上次走漏风声与夫子无关。"孔丘听了一笑，道："好！就凭这一点，我明日请你去醉太平买醉一场。否则，齐公不是把我当成呆子，就是把我当成急功近利的小人了！"子丕听了，略一迟疑，道："除此之外，还有点坏消息。"孔丘道："什么坏消息？"子丕道："据芮姬说，用不用夫子为政，齐公仍然犹豫不决。"孔丘道："可知原因何在？"子丕道："齐公自叹老了，已无雄心壮志。"孔丘略一沉吟，道："来齐固然是避难，其意也在待价而沽，齐公既然已经无意振作，我想我也就不必在齐逗留了。"子丕道："芮姬的话未必十分可靠。况且，芮姬也只是说齐公犹豫不决，并不是已然下了决心。夫子何不等齐公亲自对夫子如此这般说时，再作去留之计？再说，夫子不是常说：'危邦不居，乱邦不入'么？齐国虽不见得有机会，至少无危险，鲁国却是乱成一团糟，夫子今日离开齐国，明日能到哪去？"孔丘听了，淡然一笑，道："言之不为无理。"说罢，站起身来，道："走！你我现在就去醉太平酒楼，何必更待明日！"

　　晏婴立在厅中，越石父自外入。越石父道："主公唤我来，不知有何吩咐？"晏婴道："高张本不同意立公子荼为太子，这两天却四出奔走，替公子荼游说，不知你在外面听到什么消息没有？"越石父略一沉思，道："前几日有人看见芮公在醉太平酒楼与子丕相会，不知与此有关否？"晏婴听了，点一点头，道："想必是孔丘出的主意，令高张与芮姬相交结，将来公子荼即位为齐公，高张与孔丘就都可以得意。"越石父道："主公的意思是？"晏婴道："公子荼无行，不是为君的料。"越石父道："主公之意在谁？"晏婴摇一摇头，叹了口气，道："诸公子之中，没有一个让我看得上的。"越石父道："既然如此，何不就随他去算了？"晏婴道："不行。高张得志倒无所谓，孔丘一旦执政，必然在齐推行所谓的'先王之道'，把齐国搞得一团糟。"越石父道："主公要不要把孔丘……"越石父把话顿住，伸出手掌在脖子上一砍。晏婴见了，慌忙摇头，道："千万使不得！孔丘虽与我志不同、道不合，毕竟是个君子。"越石父道："主公视孔丘为君子，孔丘却不见得视主公为君子。"晏婴道："不知我者，以为我不择手段。其实，我的不择手段，用心都在维护齐国的社稷，未尝谋图私利。孔丘与我不相知，所以不明白我的用心，这也不能怪他。"越石父道："那依主公之见，应当如何？"晏婴道："把他吓走。"越石父道："孔丘有些呆，呆的人都有些倔。要是吓他不走呢？"晏婴道："就算他自己不怕吓，会有别人替他担心。"越石父听了，稍一迟疑，道："南宫敬叔？"晏婴道："不错。"越石父道："怎么吓法？"晏婴略一沉吟，道："来个一箭双雕，以便令齐公对田乞多加小心。"

临淄南市醉太平酒楼门前，灯火初上，人客熙攘。孔丘与子丕正要往醉太平酒楼里去，猛然听得背后一声大喝："孔丘休走！"孔丘与子丕听了，大吃一惊，急忙回头看时，但见一名彪形大汉，手持一把弯刀，径直向子丕砍去。子丕躲闪不及，左肩上早中一刀，一个踉跄，跌倒在地。孔丘拔出腰下长剑，照那汉子后心刺去，那汉子见了，撇下子丕，转身挺刀，与孔丘相斗。街上的人众见了，一片哗然。有两个胆大的，急忙上前，将子丕扶起，拖到一边。众人大都胆小，纷纷躲到一边观看。孔丘与那汉子一来一往，斗了十来个回合，那汉子渐渐力怯，落了下风。孔丘看在眼里，卖个破绽，一剑虚刺那汉子左胸，待那汉子挺刀相格之时，将手腕一抖，手中剑早已刺在那汉子右手手腕，那汉子忍痛不住，弃刀在地，转身逃窜。孔丘并不追赶，将剑插回剑鞘，慌忙赶到子丕身边。子丕早已撕下衣襟，将伤口扎了，对孔丘道："只是皮肉之伤，并无大碍。夫子可以放心。"孔丘道："那汉子口中分明喊'孔丘休走'，却一刀照你砍去，想是错把你当成了我。"子丕道："不知是什么人，要找夫子的麻烦。"孔丘走回方才格斗之地，拣起那汉子扔下的弯刀，拿在手中看时，但见刀柄之上镂刻着一个'田'字。

孔丘客厅之内，孔丘与晏婴分据宾主之席，寒暄既毕，晏婴道："早就想登门求教，只因国事缠身，一直不能分身，不好意思得很。"孔丘道："岂敢！岂敢！孔丘也早就想往相府候教，因知晏子国事繁忙，所以未敢造次。"晏婴道："昨晚令孔子受惊了。"孔丘微微一笑，道："不过一场虚惊。"晏婴道："幸亏那刺客认错了人，而且功夫低下，否则，一刀砍中，也就不是一场虚惊了。"孔丘道："刀剑弓马，孔丘都不生疏，就算那人不曾错把子丕当成我，也未见得就能一击得手。"晏婴道："孔子文武双全，令晏婴佩服之至。不过，窃以为还是要小心为上。以孔子之才，万一栽在这等小人之手，真是冤哉枉也！"说罢，顿了一顿，又道："听说那刺客是田府的人，难道孔子得罪了田乞不成？田乞为人狠毒，绝不会轻易罢休。"孔丘道："刀柄上倒是镂刻着一个'田'字，不过，那刺客也未见得就是田府中人。"晏婴做狐疑不解之状道："此话怎讲？"孔丘道："倘若那刺客当真认错了人，又当真功夫低下，不得已而扔了那把刀，他也许就当真是田府的人。倘若那刺客故意认错人，又故意扔下刀，那他不就是假装成田府的人了吗？"晏婴听了，略微一怔，道："孔子见识真是高明，晏婴望尘莫及。"孔丘听了，道："晏子精明，世所罕见，何必同孔丘讲笑话。"晏婴听了，慌忙将话岔开道："子丕伤势如何？若须刀创膏药，我家中略有收藏，尽管开口，切莫客气。"孔丘道："多谢晏子关心。子丕伤得不重，早已将药敷好，不日即可痊愈。"晏婴道："如此便好。不多打搅，就此告辞。"孔丘道："晏子国务繁忙，孔丘不敢相留。"

孔丘送走晏婴，回到书房，见子丕倚门而立。孔丘道："你怎么不在房里静养，却来这儿做什么？"子丕道："躺了一上午，都躺累了。"孔丘笑了一笑，道："你无非想听听晏婴来说了些什么，却不肯说实话。"子丕笑道："躺累了是真，想听晏婴来说什么也不假。"孔丘道："他来暗示我：如今齐国于我孔丘已然成了'危邦'。"子丕道："'危邦不居'，他是想暗示夫子离开齐国为妙？"孔丘道："大概是这个意思。"子丕道："那刺客难道是越石父手下？"孔丘道："管他是谁手下，想吓唬我走，我偏不走，看能把我怎么样？"

第十回　孔子遭逢老子　庚桑泄露天机

仲孙何忌府后庭之内，地上一色磨光白石，四周尽是参天赤松，庭院长约一百步，宽约五十步。西首中央置一个一尺来高的纯白石雕卧虎座，座上立一口二尺见方的青铜镂花酒壶，壶嘴朝天。仲孙何忌手执一竿三尺六寸长的羽箭，立在庭院东首正中，与青铜酒壶遥遥相对，仲孙何忌举起手中羽箭向前疾奔三步，猛然一投，羽箭飞起，破空有声，瞬时穿过庭院，不偏不倚，正好落入青铜酒壶壶嘴。箭落壶嘴之时，南宫敬叔从赤松树后转出，喝声彩，道："你这投壶的功夫越发了得了！"仲孙何忌转过身来，道："你也来投一把！"南宫敬叔摇头，用手指着身上的素丝长袍，道："我这身打扮，怎投得过你？"仲孙何忌笑道："换过衣裳，又何尝投得过我？"南宫敬叔也笑道："不同你争。"仲孙何忌道："可有什么要事？"南宫敬叔道："孔子在临淄遇刺的消息，你听到了？"仲孙何忌道："不是孔子遇刺，只是子丕遇刺。"仲孙何忌一边说，一边接过一名青衣童子递上的羽箭，走回东首尽头。南宫敬叔见了，退到一边，道："刺客的目标本是孔子，并非子丕。"仲孙何忌不答，但将羽箭握在手中，向前疾奔三步，将手上羽箭猛然一掷，羽箭铮然脱手而出，飞过庭院，眼看又要落入壶嘴，却不巧偏了半分，碰到壶嘴之边，反弹落地。仲孙何忌叹息一声，道："看你，分了我的心思，坏了我的手气！"南宫敬叔道："你难道不替孔子担心？"仲孙何忌对南宫敬叔道："也许只是有人想吓唬孔子。"南宫敬叔道："怎么会？"仲孙何忌："我总觉得有些可疑。"南宫敬叔道："什么地方可疑？"仲孙何忌道："刺客不当认错人，这是可疑之一。"南宫敬叔道："刺客认错人的事也不是绝无仅有。之二呢？"仲孙何忌道："你不觉得消息传来得过快，也过于清楚，好像是唯恐你我错过似的？"南宫敬叔听了一怔，道："这话倒好像不错。"说罢，顿了一顿，又道："不过，虽然可疑，并无实据。你我总不能充耳不闻，装做没听见吧。"仲孙何忌道："你想怎么办？"南宫敬叔道："要不要去把孔子接回来？"仲孙何忌摇头，道："孔子若想要回来，早就遣人来同你我联络了。"南宫敬叔听了，略一沉吟，道："这话也不错。鲁国现在这样子，他大概是不肯回。"一阵沉默过后，仲孙何忌道："我有了个主意。"南宫敬叔面现惊喜，道："什么主意？"仲孙何忌道："齐师败于成邑之后，驹叔趁机怂恿主公去投靠晋侯，如今晋侯已将主公在乾侯安置妥当，日前遣人来召季孙意如去晋，旨在调解主公与季孙意如之争。季孙意如虽然已经贿赂了晋大夫士鞅，还是不敢只身前往，邀我相陪，我还没有答应他。我看不如你去，顺便替孔子另找个落脚之处。"南宫敬叔道："我与你有什么不同？"仲孙何忌听了大笑，道："不同之处多了。投壶投不过我，射箭也是我手下败将……"南宫敬叔打断仲孙何忌的话，道："好了，好了，我一百个不如你。行了吧？说点正经的。"仲孙何忌忍住笑，道："说正经的，你姓南宫氏，不属'三桓'，主公与手下的人都不会不见你。你又是孔子的侄女婿，其实跟女婿也没有什么两样，替丈人周旋，名正言顺。"南宫敬叔道："这还像个话。不过，怎么替孔子另找落脚之处？"仲孙何忌微微一笑，道："这是机密，过来！"说罢，伸出食指向面前一勾。南宫敬叔笑道："看你神神秘秘的。"南宫敬叔一边说，一边站起身来，走到仲孙何忌身边，把耳朵凑上。仲孙何忌对南宫敬叔一番耳语。南宫敬叔听毕，回到原位，道："但愿这办法可行。"仲孙何忌道："我包你可行。"南宫敬叔道："何以见得？"仲孙何忌道："孔子眼下在齐的处境，有如鸡肋，弃之可惜，食之无味，有这么一个冠冕堂皇的理由离开，何乐而不为？"南宫敬叔道："主公那边要是不肯合作呢？"仲孙何忌听了大笑，道："那就要看你的本事了！"

晋国乾侯城内，鲁公端坐于行宫正殿之上，仲孙驹、臧孙赐、季公若立于右侧，公子为、公子果、公子贲立于左侧。鲁公忿忿然道："晋侯本来要召见季孙意如，当面予以指责，然后令季孙意如来乾侯向寡人请罪。孰料中途变卦，变成叫季孙意如直接来此与寡人协商。寡人的意思是拒不与之相见，你等意下如何？"仲孙驹道："难得晋侯出面调停，主公不见，总得有个冠冕堂皇的理由。否则，岂不是驳了晋侯的面子？"臧孙赐道："听说士鞅受季孙意如之贿，在晋侯面前替季孙意如文过饰非，所以才会有此一变。这次季孙意如来，正好由士鞅陪同，依臣之见，主公不如先见士鞅，当面戳穿他受贿欺君之罪，看他如何自辩，然后再作道理。"季公若听了，摇头道："臣以为不妥。"鲁公道："怎么不妥？"季公若道："士氏三世执晋国之政，晋侯本人拿他都无可奈何，更何况主公不过是晋侯之客？再说，士鞅受季孙意如之贿，并无凭据捏在主公之手，主公如何戳穿得他？"鲁公道："那依你的意思，寡人应当怎么办？"季公若道："除士鞅之外，陪同季孙意如前来的还有南宫敬叔，主公不如只见南宫敬叔。"鲁公道："南宫敬叔不是能够做得了主的人，见南宫敬叔又有什么用？"季公若道："除非主公愿意忍气吞声，跟季孙意如回鲁，照旧受制于季孙意如，否则，做得了主、做不了主，又有何相干？"鲁公尚未作答，公子为插嘴道："季叔之言，极其有理。"鲁公看了一眼公子为，又扭转头对季公若道："寡人见南宫敬叔，应当怎么说？"季公若道："依臣之见，主公不妨在南宫敬叔面前尽情数落季孙意如之罪，表明主公绝不与季孙意如妥协的态度。主公也不妨对南宫敬叔揭穿士鞅受贿之丑，南宫敬叔势必会将此话转告士鞅，士鞅不愿丑闻张扬，回复晋侯之时，必然不敢一味袒护季孙意如。如此这般，主公就既拒绝了季孙意如，又不会得罪晋侯。"鲁公听了，沉吟半晌，然后举目向仲孙驹、臧孙赐、公子为等人一扫，道："寡人以为公若所言，言之成理，你等以为如何？"殿上一片寂静。鲁公道："那就这样定了。"

当日午后，鲁公依季公若之计，在行宫正殿见过南宫敬叔。南宫敬叔回到宾馆议事厅，季孙意如与士鞅接着，三人施礼毕，季孙意如请士鞅在上席就座，士鞅略一谦让，也就不再推辞。南宫敬叔让季孙意如坐了次席，自己奉陪末座。士鞅问南宫敬叔道："鲁公的意思如何？"南宫敬叔摇一摇头，道："只怪你两人干的好事！"季孙意如故做惊慌之状，道："此话怎讲？"南宫敬叔淡然一笑，道："你两人心里明白就行了，何必要我说破？"士鞅道："鲁公不想见季孙大夫？"南宫敬叔点一点头，道："也不想见你。"士鞅与季孙意如相对看了一眼。季孙意如不语。士鞅踌躇片刻，道："看来鲁公对季孙大夫的怨气还不曾消，不见也就算了。你两人就此回鲁，我去回复晋侯，就说调解的时机尚不成熟，须从缓计议。你两人以为如何？"南宫敬叔不置可否。季孙意如喜形于色，道："如此极好。"

当日夜晚，南宫敬叔立在季公若客厅之中，举目张望，但见四壁萧然，一无所有，中央一方白木几案，两边各置一个蒲团，地板之上不铺毡毯，窗纱之外别无锦帐，四隅分立一盏青竹烛台，台上各点一把碗口粗细的白蜡，惨白的烛光将空荡的客厅照个一览无余。南宫敬叔正在打量，季公若疾步自外入。季公若四下扫了一眼，道："流亡在外，一切简陋，盼敬叔不以怠慢见责。"南宫敬叔道："公若流亡，乃自讨苦吃，无可埋怨，却如何凭空把朋友也拖下水？"季公若听了，略微一怔，道："此话怎讲？"南宫敬叔道："如果不是公若写下那封鸽书，孔丘如今应当仍在阙里山庄优哉游哉，逍遥自适，怎么会也像公若一样流亡受苦？"季公若赔笑道："听说孔丘现居临淄，暂为齐大夫高张家臣，不日将受齐公重用。依公若之见，孔丘可谓因祸得福，岂可与公若如今茫茫然如丧家之犬的境况相比！"南宫敬叔冷笑一声，道："公若是当真不知，还是装聋作哑？"季公若听了一惊，道："敬叔此话怎讲？"南宫敬叔道："看来公若是当真不知？"季公若茫然道："难道孔丘出了什么事故?"南宫敬叔道:"若不是刺客错把子丕当成了孔丘,孔丘早已饮恨黄泉!"季公若听了,半晌说不出话。南宫敬叔道:"公若可知给孔丘惹下多大的祸了!"季公若道:"万不料竟会如此!想必是齐国权臣之中有人唯恐孔丘执齐之政,遂下此毒手。看来孔丘在齐国是不能再住下去的了。"南宫敬叔道:"不错。齐国不能再住,鲁国又不能回,这才当真是茫茫然如丧家之犬!"季公若道:"这可如何是好?如今不比往日,我自身都难保,更不用说助人一臂之力了。"南宫敬叔听了,冷笑一声,道:"如今且不说,往日公若又有何能?"季公若道:"往日我公若虽然无能,至少还能在鲁公面前说得起话。"南宫敬叔微微一笑,道:"今日鲁公见我而不见士鞅与季孙意如,难道不是公若的主意?"季公若听了一怔,道:"敬叔从何得知?"南宫敬叔不答,又笑了一笑,道:"可见即使是如今,公若也还是能在鲁公面前说得起话。"季公若道:"敬叔是明白人,何必开玩笑?"南宫敬叔道:"分明如此,怎么是开玩笑?"季公若道:"如今鲁公自己的话,已经一钱不值,仍然能在鲁公面前说得起话,又有什么用?"南宫敬叔道:"谁说鲁公的话一钱不值?我南宫敬叔就专等鲁公一句话。"季公若满脸狐疑,道:"一句什么话?"南宫敬叔道:"下一道谕旨:令孔丘为鲁国使者,发车一乘,携金千镒,去东周京城雒邑,朝见新近登基的天子,观摩典礼,尽读柱下阁中藏书。"季公若道:"原来如此。要鲁公下这道谕旨不难,发车一乘也不难,不过,这黄金千镒却不知从何筹措?"南宫敬叔道:"只要公若请鲁公下这道谕旨,车马与黄金,自然不用公若操心。"季公若听了大喜,道:"一言为定。"南宫敬叔道:"君子一言既出,驷马难追。不过……"季公若道:"不过怎样?"南宫敬叔道:"切不可走漏风声。让孔子知道了底细,孔子一定拒而不受。"季公若笑道:"这个自然。你丈人的脾气,我清楚得很。"

　　半月后,鲁公遣谒者一名,怀鲁公亲笔谕旨,驾车一乘,携金千镒,来到齐都临淄,先见过齐公,说明来意,然后在宾馆与孔丘相见,恭请孔丘适周。孔丘见过鲁公谒者,回到宅中,在书房中坐下,片刻之后,子丕自外入,拱手道:"夫子唤我,有何吩咐?"孔丘道:"你的刀伤可已痊愈?"子丕道:"早已好了多时。"孔丘略一踌躇,道:"携你同来临淄,本意在给你也找个出仕的机会,岂料时运不齐,我自己不遇且不说,还连累你中了一刀。"子丕笑道:"夫子不是说过'有事弟子服其劳'么?代夫子吃一刀,也不过就是'服其劳'而已,何必放在心上?"孔丘听了一笑,稍一迟疑,又道:"我虽不怕人恐吓,齐公既然无意用我,长在齐国住下去也不是个办法,今日鲁公遣谒者来,令我以使者身份适周,代表鲁公朝见天子,观摩典礼，在京城雒邑长驻，尽读柱下阁中藏书，我想我不如趁此机会，离开齐国这是非之地。"子丕道："如此其好。俗话道：'明枪易躲，暗箭难防。'临淄既有小人暗算夫子，夫子还是以离开为妙。"孔丘道："这出使周朝廷的任命，虽然冠冕堂皇，实则无所事事。周朝廷名为天子之朝，其实早已成了晋国的附庸。留在雒邑，也绝无前途可言。你要是愿意跟我去，我自然是欢迎之至。不过，如果你在临淄另有出路，则千万不可因此而放弃。"子丕稍一犹豫，道："东阿宰臣新近病故，昨日高大夫问我愿不愿去就这东阿宰臣之职，我还没有回复他，正想先征求夫子的意见，然后再作道理。"孔丘听了大喜，道："东阿是高氏之都，高大夫要你去为东阿之宰，说明高大夫对你信任得很。如此大好机会，你自然是要答应他。你既有了这个出处，我去齐适周，也可以放心了。"子丕道："我从来不曾为一邑之宰，更何况是东阿这么一个大邑，还望夫子教我如何措手。"孔丘道："东阿人口众多，当务之急，是要让大多数人都富裕起来。"子丕听了，略微一怔，道："夫子经常说的都是仁义道德，怎么为宰之急务却是以致富为先？"孔丘道："仁义道德，那是修身之道。修身，以仁义道德为先。为宰臣，是治民。治民，以致富为先。衣食不足，仁义道德从何谈起？"子丕道："夫子的意思难道是：先致富，然后再教之以仁义道德？"孔丘道："不错，正是这个意思。"子丕道："除此之外，还应当做些什么？"孔丘听了大笑，道："你以为办到这两件事容易？我看单是令民致富就够你忙个三年五载了，你还顾得上其他！"子丕听了，沉默不语，过了半晌，方才道："夫子什么时候动身？"孔丘道："去意已决，多留无谓。我明日一早先去齐宫辞别齐公，齐公见与不见都无所谓了，然后辞别高大夫，之后，再与其他一二相识别过，后日一早与鲁公谒者一道起程。你要准备赴东阿上任，事务繁多，就此别过，后会有期。"子丕听了，先是略微一愣，然后涕泪俱下。孔丘见了，勃然不悦，道："男儿志在四方，如何为此儿女悲涕。还不退下，更待何时！"子丕听了，以袖遮面，疾步退出门外。

俟子丕的脚步声远了，孔丘慢慢站起身来，走到门边，将门关了，坐回席上，将案上琴身摆正，举手欲弹，却不禁掉下两滴泪水，正落琴中。孔丘见了，不免一怔，放下举起的双手，默坐了片刻，猛然抬起右臂，一掌切下。但听得一声巨响，七根琴弦一齐折断，花梨琴身顿时化作一片粉碎。孔丘一头栽倒在案，放声大哭。

东周雒邑太庙门前，孔丘立在门前向门里看了一回，迈步进门，解下腰下的长剑，交与门房，道："鲁国使臣孔丘。"门房将剑接了，一名司客出来，伸手示意，将孔丘让入门内。孔丘从怀里摸出白玉镇圭，双手握好，头微低，腰微欠，缓步迈进太庙大门，举目一望，但见一片纯白花岗铺就的广场，纵横各有两箭之地。广场中央立一根三丈来高的旗杆，上悬一面猩红绲金边三角锦旗，风过旗动，显出正中一个用金线绣成的"周"字。两条由白石栏杆围起的通道，自大门左右两边一直延伸到广场的尽头，与同为白石砌就的石阶相接。石阶砌成三层，每层九级。石阶之上十二根青铜镂花圆柱成一字形排开，柱高两丈，直径三尺。铜柱之上，双重飞檐，覆以金黄色的铜瓦，行云流过，铜瓦片片生辉。

孔丘看毕，回首低声问跟在身后的司客道："敢问登殿应取左道，还是取右道？"司客道："取左道。"孔丘唯唯，缓步沿左道而进。孔丘登上石阶，举目再望，但见走廊深约九尺，走廊之后，三扇殿门大开。孔丘看毕，又回首低声问跟在身后的司客道："敢问入殿应进何门"？司客道："由左门。"孔丘缓步由左门而入。进了殿堂，孔丘又举目一望，但见雕梁画栋，斗拱重叠，两行铜柱高耸，每行九根，直径与廊柱不相上下。铜柱之间，白石砌成四层台阶，每层又分作三行，中间为人行通道。

孔丘看毕，又回首低声问跟在身后的司客道："敢问行礼当从何处始？何处终？"司客道："先从正中开始，然后转左上，再转左下，再转右上，至右下而止。"孔丘又问："敢问行礼当行拜上之礼，还是拜下之礼？"司客道："以往大都拜下，如今大都拜上。拜上、拜下，皆无不可。"孔丘又问："倘若拜下，先屈左膝，还是先屈右膝？"司客道："照例先屈左膝。"孔丘又问："既跪之后，三叩首，还是九叩首？"司客道："以往大都九叩，如今大都三叩，三叩、九叩，皆无不可。"

孔丘唯唯，遵循司客所云次序，一一行九叩之礼。行礼既毕，又低声问司客："敢问出殿当出何门？"司客道："既是从左门入，自然是从右门出。"孔丘缓步由右门而出，既出殿门，孔丘又回首低声问司客："下殿当取左道，还是取右道？"司客道："既是取左道入，自然是取右道出。"孔丘唯唯缓步沿右道而出。行到大门口，孔丘把镇圭收入怀中，向门房讨回自己的长剑，在腰上挂好，回首向司客拱手告辞，司客勉强拱手还礼毕，道："先生当真是鲁国孔丘？"孔丘道："不假。"司客摇一摇头，道："外面盛传鲁国孔丘知礼，原来是个笑话！"孔丘道："怎么是个笑话？"司客道："先生要是当真知礼，方才怎么事事都要问我？"孔丘听了，微微一笑，道："你读过《礼》吗？"司客不屑地一笑，道："倘若没有读过《礼》，怎能回答得上先生的问题？"孔丘道："既然读过，敢问《礼·入太庙》条下第一句是怎么说的？"司客又不屑地一笑，道："谁去记那些琐屑！"孔丘道："《礼·入太庙》条下，第一句就是：'入太庙，每事必问。'我方才要是不每事都问你，那才是当真不知礼。"司客听了一怔，孔丘淡然一笑，拂一拂衣袖，扬长而去。

司客目送孔丘走远了，摇一摇头，道："真是一个呆子！"司客的话尚未落音，忽听得背后一声大吼道："你说谁是呆子？"司客听了，慌忙回头，举目一望，但见路对面走过来一条大汉，看上去大约二十七八岁，头戴一顶宽边白纱帽，上插一根蓝雉翎；项上系一条赤丝巾，上悬三颗野豕獠牙；上身着一件白葛短衫，胸扣不齐，露出一撮黑毛；腰勒一条黄皮带，上挂一口腰刀；足下蹬一双黑皮长筒靴，靴筒之上各镶一行铜钉。司客见了一惊，拱手赔笑道："说的自然不是先生。"那汉子道："这儿只有你与我，不是说我，难道是说你自己不成？"司客听了，又吃一惊，急忙用手向孔丘背影一指，道："是说方才离去的那位客人。"那汉子朝孔丘背影看了一看，转身要进太庙的大门。司客见了，慌忙挪步挡在门前，用手一指那汉子的衣着，道："衣着不整，恕不得入内。"那汉子听了大笑一声，道："什么呆子定的这种规矩？"司客又用手向孔丘背影一指，道："就是那样的呆子。"那汉子听了，不再同司客纠缠，随即转身，大步向孔丘追去。司客见了，慌忙闪入门里，将大门关了。

那汉子追到孔丘身后，伸手在孔丘背上一拍，大声喊道："呆子！给我站住！"孔丘吃了一惊，急忙闪开一步，回转身来，对那汉子打量一番，拱手道："鲁国孔丘，不知因何得罪了先生？"那汉子听了，略微一怔，道："你就是鲁国孔丘？"孔丘道："不错。"那汉子听了大笑，道："我正要找你，却不料得来全不费功夫。"孔丘道："敢问先生尊姓大名？找我孔丘有何贵干？？"那汉子道："卞人仲由，认识我的人都唤我子路。听说你开门授徒，专教仁义礼智信，所以找你。"孔丘听了一笑，道："仲由难道也想来拜我孔丘为师，学一学仁义礼智信？"子路听了，又大笑一声，道："笑话！谁有功夫同你学那些废话！"孔丘道："然则，你为何找我？"子路道："你欠我一笔账。"孔丘摇一摇头，道："我不记得同你做过生意，你想必是找错了人。"子路道："笑话！我怎么会找错人，你方才不是分明自认专教人以仁义礼智信么？"孔丘道："专教人以仁义礼智信，怎么就是欠你一笔账？"子路道："休要巧言狡辩！我子路专门尚勇，你却只教人以仁义礼智信，偏偏把'勇'给遗漏，难道不是欠我一笔账！"孔丘听了，摇头一笑，道："想不到世上竟有这样的呆子！"子路听了，勃然大怒，道："真是笑话！人家笑你呆，你倒反过来笑我呆，我倒要看看究竟是谁呆！"孔丘听了，又一笑，道："我看你不仅呆，而且蛮横无理！"子路听了，更不答话，却从腰下拔出腰刀，向后一跃，两腿岔开，立个门户，将刀在胸前一横，喊道："看你无备，让你一个先手，你若赢得了我手中刀时，我便是不仅呆而且蛮横无理！否则，那既呆且蛮横无理的，就是你鲁国孔丘！"孔丘又摇一摇头，道："你走吧，我不同你计较。"说罢，将衣袖一拂，转身便走。子路晃着手中刀，一路赶来，嘴上喊道："有种的休走！有种的休走！"眼看赶得近了，孔丘纵身向前一跃，长剑早已在手。子路见了，喝声彩，道："身手不凡，却如何这般胆小！"说罢，挺刀便上。孔丘一边用剑格住，一边道："是你无理取闹，休怪我剑下无情。"

片刻之间，两人你来我往，早已斗了不下十来个回合。路上行人见了，纷纷止步观战。三十回合过后，子路渐渐落了下风，只有招架之功，全无还手之势。斗到第四十回合之时，孔丘卖个破绽，子路不知是计，一刀抢入，却扑了个空，心知不妙，正要退时，孔丘长剑早到子路眉心，眼见子路避无可避之时，孔丘剑尖却改而上挑，错过子路门面，只将子路宽边纱帽挑落在地。子路头发散落，心中大惊，窜到一边，横刀守住门户，嘴上却还在不住喊道："来！来！来！再与你来斗五十回合！"孔丘立住脚，用剑指着地上的帽子，道："帽子都掉在地上了，还不认输？"子路听了大笑，道："帽子又不是脑袋，帽子掉了干我个鸟事？"孔丘道："你没有听说过'君子死而冠不免'么？君子身虽死，帽子却还要戴在头上，你连帽子都保不住，真是苟且偷生！还自以为尚勇，真是笑话！"子路道："我不懂什么'君子死而冠不免'，你能夺走我手中刀，我便服输，拜你为师。"孔丘听了，哈哈一笑，道："有何难哉！"孔丘"哉"字方才出口，手中剑早已到了子路眉间，子路措手不及，仓皇用刀来格时，但见孔丘手腕一翻，用剑背在子路持刀的右腕上一拍，正中子路右腕麻穴，子路"啊哟"一声，一个踉跄，往后便倒，手指一松，腰刀落地。孔丘见了，撇下子路不管，只用剑尖将地上腰刀一挑，把刀挑起在空中如风车般翻转几个来回，腰刀落下之时，孔丘伸出左手，不偏不倚，将刀把接个正着，观战的人众见了，一齐喝彩不迭。孔丘向子路笑了一笑，道："如何？服输了么？"说罢，将剑插回剑鞘，掸一掸袖上的尘土，转身便走。

孔丘走不过十步，突然听见子路的声音在背后大叫："师傅休走！师傅休走！"孔丘听了，忍不住立住脚，扭头一望，但见子路追到身后，跪倒在，纳头便拜，口中大喊："师傅！师傅！"不绝。孔丘见了，淡然一笑，道："你当真要拜我为师？"子路叩头如捣蒜。孔丘道："学仁义礼智信，还是学刀枪棍棒、好勇斗狠？"子路道："唯师傅所教，弟子何敢置喙！"孔丘道："你这话可当真？"子路道："子路从来不会说假话。"孔丘道："你可听说过'有事弟子服其劳'这话？"子路道："要弟子为师傅去死都不敢辞，何况服劳！"孔丘听了一笑，道："谁叫你去死？死了还怎么服劳？"子路道："弟子不敢先师傅死。"孔丘听了又一笑，道："我这儿正缺个车夫，你会赶车么？"子路道："赶车？赶车我子路绝对一流！"孔丘摇一摇头，道："我不收说大话的弟子。"说罢，转身就走。子路从背后一把拖住孔丘的长袍后摆，道："弟子知错了！弟子绝不再说大话！"孔丘立住脚，略一迟疑，终于转身，对跪在地上的子路道："好了。还不快起来，趴在地上成何体统！"子路从地上爬起来，拍一拍手，对孔丘长揖，道："谢师傅。"孔丘对子路上下打量一番，又摇一摇头，道："还不快回去换过衣服，明日一早卯时准时来见我。"子路道："衣服要换成什么样子才行？"孔丘不答，用手指指自己的衣服。子路点头，拱手道："弟子明白了。敢问师傅要与弟子在什么地方相见？"孔丘道："出正阳门向左，向左，再向左。记住了？"子路一边点头，一边道："出正阳门向左，向左，再向左。弟子记住了。"孔丘道："记住了还不快回去？"子路拱手告退。

雒邑赤桥门外胜武客栈。门前两棵平淡无奇的垂柳，院内一排东倒西歪的客房。砖铺的庭院冒出几根野草，石砌的台阶缺了几块边角。庭院侧面用竹竿与茅草搭起一个马厩，厩里拴两三匹杂毛劣马，厩外停一辆油漆剥落的无篷马车。子路蓬首垢面，衣裳不整，急忙忙奔入客栈，高声大喊："子开！子开！"一扇客房门"咿呀"一声打开，一个与子路年纪相若的男子，头缠方巾，身着长袍，走出房门，立到廊下，见了子路，不禁大笑。子路道："有什么可笑？"被子路唤做"子开"的人闪过一边，把子路让到房里，道："你自己去照照镜子便知。"子路疾步入房，并不照镜，却对子开道："借一身衣服与我。"子开听了，疑惑不解，道："你身上的衣裳虽然既脏且破，你衣箱里不还有的是衣服？"子路道："那些衣服都不能穿了"子开听了一怔，道："为什么？"子路道："少啰嗦！快拿一套来，等会儿我去衣铺买了就还给你。"子开不再问，转身从榻旁衣箱中找出一套长袍，递给子路。子路接过，换了子开的衣服出来，道："走，陪我上街去买几套儒服。"子开听了，大吃一惊，道："你说什么？"子路道："我已拜孔丘为师，要你陪我去买几套儒服。"子开道："你方才上街之前还说要去找孔丘的晦气，怎么回来就成了孔丘的徒弟?"子路道:"快走!在路上我再同你细说。"

次日晨,将近卯时,子路头戴步摇冠,身着白丝长袍,在前面急忙赶路,子开头缠黑丝巾,身着黑丝袍,在后面紧紧跟随。两人一前一后奔到路的尽头,举目一望,却见洛水滔滔横前,并无去路。子开道:"你一定是把路记错了。"子路道:"不可能。师傅分明说:'出正阳门向左,向左,再向左。'"子开道:"还说没有记错,再向左就掉下水去了。孔子难道会在水下等你?"子路道:"水有什么可怕!要依往日的脾气,我就当真跳下水去。不过,师傅既以仁义礼智信教诲弟子,绝不会教我做这种好勇斗恨的事。"子开道:"那怎么办?"子路略一沉吟,道:"既然再向左已经走不通,何不回头另寻出路?"子路说罢,正欲转身,却听见背后传来孔丘的声音,道:"竖子可教矣。"子路与子开一起转身看时,但见孔丘缓步从路旁一棵柞树之后转出。子路见了大喜,口称"师傅",纳头便拜。孔丘道:"起来!以后见我,不必如此多礼,拱手即可。"子路听了,慌忙起身,又重新拱手施礼。子开向前迈进一步,也向孔丘拱手施礼,道:"鲁人漆雕开,字子开,子路之友,也愿执弟子之礼。"孔丘对子开打量了一眼,拱手还礼,道:"子开也是尚勇之徒么?"子开道:"远逊子路。"孔丘道:"却如何能为子路之友?"子开道:"有不如子路者在,更能显出子路之勇。"孔丘听了,不禁又打量子开一眼,道:"子开有何能?"子开道:"子开一无所能。"孔丘点一点头,道:"言语不俗,识趣不浅。好,我也收你为弟子。"子开听了,拱手称谢道:"谢师傅。"孔丘道:"你俩人现居何处?"子路道:"子开与我在赤桥门外胜武客栈合租一套房间。"孔丘道:"客栈可还方便?"子开道:"除去客栈名称合子路之意外,别无可取。"孔丘听了大笑,道:"既然如此,你二人何不搬去与我同住?我的下处宽敞,你二人可各自独占一套房间。搬去之后,子路主外,为我驾车。子开主内,为我管家。如何?"子路与子开听了,一齐拱手称谢。

孔丘从此每日皆由子路驾车前往柱下阁阅读阁中藏书,晚间归来,或与子路、子开一同谈天说地,或携子路、子开一起去酒楼畅饮,如此半年下来,却始终不曾在柱下阁中见过柱下史老子的踪迹。孔子心中纳闷,问柱下阁内执事,皆说老子或者常来,或者常不来,没有一定。光阴荏苒,转眼又是新春。一日早出,子路照例将车赶往柱下阁方向而去。孔丘却道:"且慢!今日风和日丽,你我何不去赤桥门外青草湾踏青散心?"子路把车赶到路边停下,道:"雒邑人家踏青,或去正阳门外龙门峡,或去齐天门外白鹭渚。赤桥门外青草湾一片荒凉,除去水草树木,一无所有,夫子当真要往那儿去?"孔丘道:"所谓踏青,难道不正是要寻个水草丰茂、林木幽静的去处?倘若喜欢赶热闹,何不去车水马龙的南城夜市?"子路听了,喊一声"咄!",双手将缰绳一兜,把马车掉转头,直奔赤桥门。出赤桥门不久,人烟渐稀。再沿驿道跑出十来里,子路把马车赶下一条碎石铺成的小路。小路曲折蜿蜒,左边是洛水支流,右边是龙门余脉。河水平稳,清澈见底,山木参天,间或渗透数道阳光。子路道:"前面就是青草湾。"孔丘道:"路窄而曲,快把车速减缓!小心不要与来人相撞。"子路道:"这地方哪有什么人来!"子路话音未落,前边拐弯抹角之处蓦地出现一头青牛,缓缓迎面而来,牛背之上坐一老叟,鹤发童颜,浓眉虬髯,身披一袭青丝袍,脚踩一双黄麻履,手捉一柄麈尾。子路不及躲闪,大喊一声:"不好!"眼看牛马就要相撞,却见那牛背上的老者不慌不忙,用手中麈尾在青牛背上一点,那青牛及时向右一转,放开四蹄,跑下河去。马车冲过数十步方才慢慢停下。孔丘道:"还不快下去与那老者赔礼!"子路唯唯,跳下马车。

　　子路跑到河边一望,见那青牛正驮着老者往河岸游过来。子路垂手立在路边,等青牛驮老者上了河岸,上前拱手长揖,口称:"卞人仲由奉夫子之命,向老先生赔礼道歉。"牛背上的老者摇一摇手中的麈尾,道:"雒邑城里有个好勇斗狠的无赖,也自称'卞人仲由',怎么与你这谦谦君子恰好同籍同名?"子路道:"士别三日,便当刮目相看。"老者听了一笑,道:"原来你就是那个无赖!"子路正不知所措之时,却见孔丘缓步走了过来。老者望见,道:"那就是你的师傅鲁国孔丘?"子路道:"老先生怎么知道?"老者淡然一笑,道:"不是鲁国孔丘,如何降伏得了你这个无赖!"孔丘趋前,向老者拱手道:"鲁国孔丘与弟子子路,莽撞无礼,将老子逼下河水,盼老子宽大为怀,不与计较。"子路听了一愣,道:"原来夫子认识老子?"孔丘摇头,道:"道貌岸然如此,不是老子,还能是谁?"子路听了,又向老者拱手长揖,道:"子路有眼不识泰山。"老子不理子路,却对孔子拱手还礼,道:"孔子能收拾得这样的徒儿,手上功夫想必不弱。"老子一边说,一边用麈尾在长袍下摆上缓缓一拂,但见水珠滴滴滚下,沾湿的袍摆不拧自干,子路见了大惊失色。孔子见了,也不禁一怔,道:"孔丘略会一些外功,却如何能与老子这运气的内力同日而语!"老子道:"运气之道,是急流勇退人的学问,于时于世,皆无所裨益。孔子志在立功、立事,所以不屑为之,何必故作谦虚!"孔子道:"实在是不能为,并非不屑为。"老子道:"能与不能,皆缘有心与否,有心即能,无心即不能。"说罢,举起麈尾向前一指,道:"前边山坡之上有一座凉亭,景致不俗,你我何不上亭去稍事歇息?"孔丘道："如此极好。"

孔丘随老子徒步登上凉亭，举目四望，但见山不高而有势，水不宽而有致，上有白云纵横，下有绿茵缤纷，寥廓与幽邃共存，有穷与无涯相接。孔丘看了一回，忍不住赞道："端的是个好去处。"老子用麈尾向亭边栏杆一指，道："何不坐下？"说罢，并不故作谦让，径自坐了。孔子用手上麈尾在老子对面的栏杆上轻轻拂拭了一回，方才就座。老子见了，微微一笑，道："栏杆上的尘土与衣襟上的尘土，难道不是同为尘土？"孔丘道："孔丘好洁，衣裳之上，素来一尘不染。"老子道："黄帝之时，有人名眇眇，物无巨细，在眇眇眼中看来，皆数十百倍大于凡人肉眼所见。孔子自以为衣裳之上一尘不染，若是在眇眇看来，恐怕是满幅尘埃，无一净处。"孔丘道："孔丘的眼光不能如眇妙那般清明，眼不见为净。"老子道："孔子的眼光既然不能如眇眇之清明，却为何不能如我之浑浊？索性连同栏杆上之尘土，也一同视而不见？"孔丘道："人之所以有眼，是为看得清，不是为看不清。只会有人希望眼光清明，岂会有人希望眼光浑浊？"老子听了一笑，道："孔子之言差矣！眇眇之所以名'眇眇'，正因眼光太清明，以致只能看见细枝末节而不能识大体，结果与双目皆盲并无二致，所谓'眼太清则无睹，水太清则无鱼，人太清则无伴'。既无伙伴，想要立功、立事，难矣哉！"孔丘道："老子想必不乏伙伴，周道衰矣，何不聚众而兴之？"老子道："兴衰相替、祸福相依，乃天之道。周兴已久，其衰势在必然，非人力所能挽回。"孔丘道："老子难道不闻'力挽狂澜'之说？"老子听了，淡然一笑，道："狂妄小子之言，不知天高地厚之语，何足道哉！"

孔丘听了，沉默不语。过了片刻，老子道："据柱下阁中执事称：孔子每日皆去柱下阁读书，近一年来风雨无阻。这柱下阁中所藏典籍，孔子想必早已读完？"孔丘道："粗略读过不止一遍。"老子道："一遍难道还不够？"孔丘道："有些地方文字残缺，所以不得不反复琢磨。"老子听了一笑，道："琢磨懂了又怎样？"孔丘听了一怔，道："老子不远千里自楚来周，甘心居这柱下史的微职，难道不正是为读懂这些典籍吗？"老子道："当初来时，确有此意。不过，既经读罢之后，却觉得懂与不懂，甚至读与不读，其实都没有什么关系了。"孔丘听了一怔，道："不学如何能有识？学而不求甚解，如何能去伪存真？"老子道："我像你这年纪之时，也是如此斤斤计较，如今老了，却别有一番见地。"孔丘道："别有一番怎样的见地？"老子道："道可道，非常道；名可名，非常名。"孔丘听了，略一沉吟，道："孔丘不才，愿闻其详。"老子道："但凡明确的'道'，绝非永恒的'道'；但凡明确的

'名'，绝非永恒的'名'。所谓求知，无非有关闻道与正名。既然'道'与'名'，琢磨得愈加透彻，离永恒的境界反而愈远。懂与不懂，学与不学，又有什么相干？"孔丘道："善与恶，真与伪，总不能不有个明确的定义吧？否则，善恶混搅、真伪不分，岂不会天下大乱？"老子道："美丑、善恶、高下、多寡、有无，都是相对而言，何能有明确的定义？大家都以为'美'，这所谓'美'也就会变成'丑'。大家都以为'真'，这所谓'真'也就会变成'伪'。没有'低'，怎么能显出'高'？没有'寡'，怎么能显出'多'？没有'无'，怎么能知其'有'？善恶、真伪，既然无可区分，怎么能依靠区分善恶、真伪而致天下大治？"孔丘道："老子这话，玄而又玄。然则依老子之见，怎样才能天下大治？"老子应声答道："无为。"孔丘听了一笑，道："这话就更玄了。什么都不做，怎能令天下大治？"老子道："所谓'无为'，并非无所事事。"孔丘道："那又是什么意思？"老子道："所谓'无为'，就是不为所谓'先王'之所为。先王'尚贤'，'无为'就是'不尚贤'；先王'贵宝货'，'无为'就是'不贵难得之货'；先王'有欲'，'无为'就是'不见可欲'。"孔丘道："'不尚贤'，如何能推广道德？"老子道："被推崇为贤、为圣者，难免不趾高气扬，落选不中者，难免不心怀嫉妒。上有傲气，下有怨气，徒徒致人争胜，何所裨益于道德之推广？"孔丘道："物以稀为贵。好贵恶贱乃人之常情。'不贵难得之货'，如何实行得了？"老子道："所谓'上有所好，下有所阿'。当年楚灵王好细腰，宫人多饿死，就是极好的明证。倘若在上位的人不贵难得之货，民间自然也不会以难得之货为宝。货无贵贱，偷盗自可绝迹。"孔丘道："敢问'先王有欲'之说，究竟何所指？"老子道："宫室、车马、兵甲、玉帛、钟鼎、琴瑟等等，怎么来的？难道不都是因为先王有欲而来。倘若在上位的人'不见可欲'，小民百姓自然会安于原始朴素，鸡狗之声相闻、老死不相往来的生活。有欲然后心贪，心贪然后乱生。"孔丘道："依老子这般说，上自尧、舜，下至文武、周公，人称古之圣贤者，岂不都成了罪人？"老子淡然一笑，道："谁说不是？"孔丘听了，又沉默不语。老子见了，仰面观天，貌似自言自语般道："尧、舜、文武、周公，这些人不仅已经死了，连尸骨都早已腐朽。这些人说过的话，怎么还能当作治理当今之世的准则？"孔丘听了，不以为然，正要发话，山下传来子路的喊声。孔子扭头一望，但见老子的青牛奔上山来，后面跟着子路，气喘吁吁。孔丘道："叫你替老子把牛看好，却怎么让它跑了！"老子笑道："这却不怪子路。这牛与我有默契，知我心动，有下山之意，遂跑上山来接我，谁也阻挡不住。"老子说罢，用麈尾在栏杆上只一点，飞身腾空亭外，早到牛背之上。子路见了，大吃一惊，老子回首，对孔丘拱一拱手，道："不期而遇，皆因有缘。既然有缘相见，临别不能不一无所赠。古人云：'富贵者，赠人以财；仁人者，赠人以言。'我不能富贵，却有'仁人'的名声在外。我就送你这么一句话吧：'戒骄寡欲，应时而动，深藏不露，明哲保身。'就此别过，后会有期。"说罢，青牛放开四蹄，驮着老子，如履平地一般跑下山去。子路目送老子与青牛走远了，方才回过头来，对孔丘道："夫子早已想见老子，今日有幸不期而遇，谈了这半天，想必投机得很？"孔丘道："道不同，不相为谋。"子路听了一惊，道："难道老子名不副实？"孔丘不语，过了半晌，方才道："鸟善飞，鱼善游，兽善走。善飞者，可以射之以箭；善游者，可以钓之以钩；善走者，可以捕之以网。至于龙，腾云驾雾，乘风破浪，非我所知。今日见老子，恰如见龙！"

孔丘与子路一同下山，回到车上。孔丘整一整衣襟，挺胸收腹，双手紧握车前横木，道："回宅第。"子路听了，略微一怔，道："不去柱下阁了？"孔丘不答。子路把马车驰上了驿道，往赤桥门奔去。回到孔丘宅，子开接着，问道："夫子今日怎么回得早？"孔丘不答。子路道："见着了老子。"子开道："老子今日总算去了柱下阁？"子路道："不是在柱下阁，是在赤桥门外青草湾。"子开道："夫子约好老子在青草湾相见，怎么不带我去？"孔丘仍不答。子路道："并非约好，只是不期而遇。"子开对孔子望了一眼，道："夫子今日有些不舒服？"孔丘仍不答，只将头一摇，撇下子开与子路在门厅，径自往里院去了。子开目送孔丘入了里院大门，低声问子路："出了什么事？"子路摇头，也放低声音道："除了与老子相遇，别无他事。"子开用手向里院一指，道："怎么若有所失，像是得了一场大病？"子路道："大概是听了老子一席话所致。"子开道："老子说了些什么？"子路道："他们在山上说话，我在山下看守车马与牛，没有听到。"子开听了一怔，道："看什么牛？"子路道："老子既不乘车，也不骑马，却跨一头青牛。"子开道："原来如此。这老子为人也够神的。"子路笑道："这倒让你说中了。"子开道："此话怎讲？"子路道："夫子说，见老子，如同见龙，龙可不是神得很么？"

次日晨，子路照例把车马备好，在门厅等候孔丘出来，久等不见孔丘，却听见磬声从里院传出。子路走到孔丘书房门口，见孔丘盘坐于几案之后敲磬，子开侍立于一旁。子路进门，拱手请安毕，道："夫子今日不去柱下阁？"孔丘停下手，道："从今以后，不用再去柱下阁。"子路道："夫子怎么突然对柱下阁中藏书失去了兴趣？"孔丘道："柱下阁中藏书我其实早已读完。"子路听了，略一沉吟，道："难道夫子这些日子去柱下阁的目的，原来只是想见老子而已？"孔丘道："不错。昨日既然已经见过，所以柱下阁也就不用再去了。"说罢，顿了一顿，又道："我原本以为但凡阁中藏书残缺不全之处，都可以向老子请教，却不料老子将读书的价值一笔抹杀。"子开笑道："早知如此，我倒是应当去拜老子为师，省却这读书的功夫。"孔丘道："你倒是想得好，像老子那样的人，岂肯开门授徒！"子开道："老子究竟是个怎样的人？"孔丘道："老子自称'急流勇退'人。"子开道："敢问'急流勇退'，于意何取？"子路道："这都不明白？所谓'急流勇退'，不过是个婉转的说法，其实就是胆小。"孔丘听了一笑，道："休要强不知以为知。"子路道："见急流就退，难道不是胆小？"孔丘道："不能一概而论。有时候，知难而退是胆怯。有时候，知难而退却比知难而进更加需要勇气。"子开道："夫子以为老子属于后者？"孔丘点头。子路道："夫子自以为何如人？"孔丘道："'急流勇进'人。"子路道："这么说，夫子自认不如老子有勇气？"孔丘笑道："我什么时候这么说过？"子路道："夫子方才不是说：'知难而退却比知难而进更加需要勇气'么？"孔丘尚未作答，却听子开道："夫子何尝以'急流'为难？"孔丘听了，微微一笑，道："子开自称一无所能，我看子开至少善于听人说话。"子路道："原来如此。这么说，夫子自以为高老子一等？"孔丘听了，又微微一笑，道："道不同，如此而已，何必有高下之分？"子开道："敢问夫子之道与老子之道，其不同，究竟何在？"孔丘道："老子之道，是出世之道。孔丘之道，是入世之道。"子开道："敢问能否殊途同归？"孔丘摇头，道："出世之道，是独善其身之道。入世之道，是奋不顾身之道。一出，一入；一为己，一为人。恰好相反，如何能够殊途同归？"孔丘师徒三人正说着闲话，一青衣童子自外入，拱手道："夫子在鲜鲜坊定下的三牲已经抬到门口，司阍问要不要抬进厨房里去？"孔丘道："不必，就放在门口等着。"孔丘转身问子路："车马已经备好？"子路道："不错。夫子备下这三牲，却要往哪去？"孔丘道："齐天门外白鹭渚。"子路听了一怔，道："夫子今日怎么有兴趣去那儿赶热闹？"孔丘道："谁去那儿赶热闹！今日是南宫季子的忌日，南宫季子的墓正巧在白鹭渚之上。"孔丘回答过子路，扭头吩咐子开道："你也一同去，上祭时好有个帮手。"

当日稍后，东南风起，天色渐阴。一辆黑色马车出了齐天门，往白鹭渚方向疾奔而去。子路、子开一左一右，立在车外，孔丘立于车内，身后置一口黑色漆箱。三人皆头缠麻巾，身着麻袍，足蹬麻鞋。子路道："这南宫季子是个什么人物？"孔丘道："是我的恩师。没有南宫季子，我只怕还在放牛，岂有今日！"子路道："我以为夫子是无师自通的圣人，原来也还有个师傅。"孔丘听了一笑，道："无师自通，也得有书才行。我少时家境贫寒，只有一本书，年过十岁，只不过认识上千个字而已，于《诗》《书》《礼》《乐》，一概不知。"子开道："夫子《诗》《书》《礼》《乐》之学，都是南宫季子传授的？"孔丘道："那倒也不尽然。南宫季子藏书千卷，《诗》《书》《礼》《乐》皆备，令我一一熟读。不过，南宫季子并不将自己的意思传授与我，却任我自己理解发挥。此外，我在尼山神祠夹壁之内获得一批古代竹简，其中记载多有与如今流传的《诗》《书》《礼》《乐》不同之处。我根据这些竹简，又参照鲁国公室所藏古本，将如今流传的《诗》《书》《礼》《乐》一一校对改写过。"子路道："如此说来，夫子《诗》《书》《礼》《乐》之学，虽然不是无师自通，却是自成一家之言。"孔丘道："这么说还差不多。"

三人正说着话，天空不觉飘下细雨蒙蒙。子路举鞭向前一指，道："前边就是白鹭渚，想是因天气不好，并无游客。"孔丘顺子路手指的方向望去，但见一片水草浩浩荡荡，中有一条浅浅的石堤，石堤两岸垂柳新绿，石堤尽头有一座小丘，小丘之上树木茂密，以松树为主，杂以槐、柏、桧、柞。孔丘叫子路把车赶到路边林子里停下，三人先后下车。孔丘吩咐子路选棵松树将马拴了，然后与子开一起抬起漆箱，跟着孔丘，出了林子，顺小路徒步而进。走不到二十来步，听见前面松林中传来人声。孔丘挥手示意，叫子路、子开停住脚步，将漆箱放到地上，自己一人缓步走上前去，拨开松枝看时，但见前面开阔之处，有一座不高不矮的青冢，冢前一块石碑，碑上刻"南宫季子之墓"六字，碑色纯白，字填墨绿，冢后树林之内隐约可见三辆马车，冢前立着三个人，各着一身缟素，指手划脚，有所分说。一人身材魁伟，浓眉密须，口方鼻直，声音沉着，指着另两人道："说好午时准时到，你两人都晚了，当然由我先祭。"说罢，弯腰打开身前的一口黑漆箱，只一提，把漆箱提到齐腰，正要迈步往碑前走，冷不防身后传来一声沙哑的声音道："佛肸！且慢。"说话的人身材清瘦，面白无须。佛肸扭头笑道："怎么？窦鸣犊还想争先？"窦鸣犊道："谁同你争这先后！"佛肸道："那你喊什么'且慢'？"窦鸣犊道："你把漆箱放下让我看一看。"佛肸把漆箱放下，道："不过是牛、羊、豕三牲，有什么可看！"窦鸣犊道："于礼，祭诸侯陪臣方用三牲。南宫季子虽为仲孙氏，却不曾继承仲孙氏的爵位。"佛肸道："那依你应当怎样？"窦鸣犊向前迈开一步，弯腰打开身前的黑漆箱，指着厢中的烤乳猪，道："你看，我只备下一牲。"说罢，一边搬起漆箱，一边道："你

175

既然搞错了，还得拿出两牲来，当然就由我先祭了。"窦鸣犊正要起步，却被一声洪亮的声音喝住。开口的是个白净胖子，左眉角上一颗黑痣，颔下三撮黄须。佛肸听了大笑，对窦鸣犊道："你不让我，舜华也不让你。"舜华笑道："我又何尝同他争这先后！"窦鸣犊道："那你要怎样？"舜华道："你说不能用三牲，依我看，用一牲也不妥。"窦鸣犊道："然则，依你要如何？"舜华迈前一步，弯腰打开身前的漆箱，用手向漆箱一指，道："南宫季子虽不曾继承仲孙氏的爵位，自己却曾经任过大夫之职。用三牲，过重；用一牲，过轻。用三牺方才正好。"窦鸣犊与佛肸伸过头来一看，只见厢中放着一只烧雁、一只烧鹜，一只烧雉。舜华让他两人看毕，道："既然你两人都错了，自然由我先祭。"

孔丘在树后见他三人如此争执，不禁一声失笑。三人听了，一齐吃了一惊，同时扭头，喝道："什么人在那儿偷听？"孔丘从树后走出，对三人拱手道："鲁国孔丘，无意中听了三位的高论。失礼！失礼！"三人听了，又吃一惊，一同拱手，异口同声道："你就是南宫季子的弟子鲁国孔丘？"孔丘道："正是。敢问三位与南宫季子如何称呼？"佛肸道："我三人也都要拜南宫季子为师，无奈南宫季子不允，只肯以晚辈相待。今日是南宫季子忌日，我三人约好一同前来私祭先生。"孔丘道："原来如此。我也是为此而来。"孔丘说罢，向树丛后一击掌，子路与子开抬着漆箱应声而出。孔丘指着子路与子开对三人道："孔丘弟子子路、子开。"子路与子开将漆箱放到孔丘身前，拱手对三人施礼，三人一一还礼毕，子路与子开退过一边，垂手而立。孔丘指着身前漆箱道："方才听三位论三牲、一牲、与三牺之说，有意思得很。孔丘不假思索，也是备了三牲在此。"佛肸听了大笑，道："我有了一位同道，你两人都输了。"窦鸣犊道："孔丘自认不曾思索，方才备下三牲。倘若同我一样思索过，谁知不也只备一牲？"舜华道："谁知不是同我一样，备下的正是三牺？"窦鸣犊与舜华说罢，都扭头望孔丘。孔丘笑道："实不相瞒，我孔丘也不知究竟应当如何方才合礼。"佛肸道："既然如此，不如各自陈列各自的牺牲，不分先后，一同拜祭，然后再探讨礼节不迟。"窦鸣犊、舜华与孔丘听了，一齐点头称善。于是，四人一起将牺牲捧到墓前，作一字排开。然后一同退下五步，各自行跪拜之礼。风渐紧，雨渐密，两声鹭鸣自天际传来，听在耳中，分外凄厉。

行礼既毕，佛肸道："前边有一座水榭，孔丘若无他事，何不与我三人同去那儿坐一坐？"孔丘道："正合我意。"说罢，转身吩咐子路与子开道："你两人可先去车中相候。"子路与子开抬起空漆箱，退出林外，孔丘跟着佛令三人出了松林，折往山后，行不过五十步，早已望见一座水榭以青竹为架，以芦席为篷，背山面水，半在山，半在水。四人进入榭中，凭栏远眺，但见近处芦苇翻动，远处春水无涯，细雨迷蒙，天水相接，令人看不清何者为天，何者为水。佛肸道："孔丘来周，有何感想？"孔丘道："在鲁时，只觉得鲁国君不君、臣不臣。虽知周天子名存实亡，毕竟缺乏实感。"舜华听了一笑，道："如今想必不再缺这实感。"窦鸣犊道："依孔丘之见，这复兴周室，可还有望？"孔丘道："昨日与老子不期而遇，也谈起周之兴衰。老子以为：周之衰，乃天意，非人力可以挽回。"佛肸道："孔丘也这么想么？"孔丘道："古人云：'天定，胜人；人定，胜天。'由此可见，狂澜并非不可挽，天意并非不可回。"舜华道："孔丘既为鲁国使臣，想必已经见过天子？"孔丘道："见过一面。"舜华道："当今天子可有复兴周室之才？"孔丘摇头一笑，道："看上去不像。"窦鸣犊道："依你之见，复兴周室，要靠谁？"孔丘略一沉吟，道："晋侯本来最有希望，岂料晋国之权渐入六卿之家，如今晋侯本身也自身难保了。"佛肸道："晋国六卿之中，如今以士氏最强，不知日后是否会取晋侯而代之？"孔丘道："士鞅祖父孙三代皆执晋国之政，不乏才干，但为人贪鄙。依我之见，但凡贪得者，皆难持久，恐怕前途不如魏氏与赵氏。"佛肸笑道："孔丘所见，与我不谋而合，只可惜无缘见过魏舒，不知为人究竟如何。"孔丘道："如此说来，你是见过赵鞅的了？"佛肸瞟一眼窦鸣犊与舜华，道："实不相瞒，三年前赵鞅率晋军平定王子朝之乱，护送天子回雒邑之时，窦鸣犊、舜华与我都有幸见过赵鞅一面。"孔丘道："你三人以为赵鞅何如人？"佛肸道："礼贤下士，见识卓绝。"窦鸣犊道："雄姿英武，有谋有断。"舜华道："不拒谏，能改过。"孔丘听罢大笑，道："既然如此，你三人为何不早去投奔赵鞅，却还在雒邑无所事事？"佛肸道："实不相瞒，赵鞅已经遣使者来接，只是我三人还没有拿定主意。"孔丘道："还有什么担心？"窦鸣犊道："赵鞅长颈鸟喙。据相法：长颈鸟喙者，易于谋始，难以共成。搞不好，会有杀身之祸。"舜华道："我也因此而犹疑不决。"孔丘道："相法鄙俚，恐不足为信。"佛肸听了大笑，道："孔丘之见，又与我不谋而合。"孔丘道："三位若去，何时起程？"窦鸣犊道："赵鞅的使者已在此等了三日，不便拖延过久。倘若应允，动身之日就在十日之内。"孔丘听了，叹口气道："自来雒邑，颇觉寂寞。与你三人虽属初交，却觉气味相投，有如故知。岂料不出十日，又将分作他乡之客！"佛肸道："孔丘何必叹息！我三人去不去还不一定。倘若当真去了，我三人必定力荐孔丘于赵鞅，不多日便在晋阳重逢也未可知。"佛肸说罢，转身对窦鸣犊与舜华道：

"今日幸会孔丘，晚间何不约孔丘一起去熙攘酒楼聚会一场？"窦鸣犊道："如此甚好。"舜华笑道："你两人自做主张，也不问问孔丘意下如何？"孔丘笑道："正合我意。"佛肸道："如此极好。时候不早了，你我各自先回去换过衣服，酉时准时在熙攘酒楼见。"

当晚酉时将近，雏邑南市，灯火初上，车水马龙。熙攘酒楼门前，树两根一丈来高竹竿，竿上各挂一幅素面绲金边锦幡，幡上用黑丝线绣作十六个大字。左边幡上绣的是："天下熙熙，皆为利来。"右边幡上绣的是："天下攘攘，皆为利往。"两根竹竿之间，用花梨木搭起一座门楼，门楼之上镶一块黄杨木横匾，匾上刻"天下第一酒楼"六个大字。木不施漆，字填深红。孔丘来到门前，正见佛肸、窦鸣犊与舜华连袂过街而来。孔丘与佛肸等三人拱手施礼毕，早有伙计出来将四人让到二楼雅座。四人选了一间面街的包间，佛肸叫伙计把窗推开，楼下繁华夜市景色尽收眼底。

四人序齿就座，佛肸年最长，坐了上席；窦鸣犊小佛肸一岁，坐了次席；舜华小窦鸣犊一岁，长孔丘半岁，坐了三席；孔丘年最少，奉陪末坐。既坐之后，伙计捧盘而入，把酒肴布满一席。佛肸提起酒壶，将四盏杯一一斟满，拿起眼前的一杯，举到眉间，道："敬新知孔丘一杯！"窦鸣犊与舜华也举起酒杯随声附和。孔丘见了，慌忙也将杯举到齐眉之处，说一声："请！"四人一齐仰头倾杯，将杯中酒一饮而尽。酒过一巡，孔丘道："老子可也是这儿的常客？"佛肸道："不错。酒醉饭饱之余，也常去对面那个龟策摊位，与那卖卦的庚桑子闲谈。"说罢，用手对窗外一指。孔丘顺着佛肸手指的方向看去，但见与熙攘酒楼对面有两家卖书刀、竹简、木牍、印章的店铺，中间夹一个小小的摊位。摊上坐着一位先生，年纪五十上下，头缠白丝巾，身着白葛袍，脚下一双麻鞋，眉长目细，面白须黄，便便大腹。旁边一方白木几案，案边置两个蒲团，供客人之用。孔丘道："这庚桑子与老子如何称呼？"佛肸道："有人说是老子之徒，有人说是老子之友。因景仰老子而自称为老子之徒者多如过江之鲫，不过，据我所知，老子至今不肯正式收徒。这庚桑子与老子大约是个师友之间的关系。"佛肸道："饭后窦鸣犊、舜华与我都想去找庚桑子一占吉凶，庚桑子占卦不用龟背，专用蓍草，释卦也时出新意，与众不同，孔丘何不与我三人同去，顺便结识庚桑子？"孔丘道："如此甚好。"

孔丘、佛肸、窦鸣犊、舜华四人酒醉饭饱，缓步下了熙攘酒楼，一同踱入对面庚桑子的摊位。庚桑子起身相迎，佛肸、窦鸣犊、舜华三人都是庚桑子的熟客，只有孔丘是头一回来。佛肸正要引见，却被庚桑子摇手止住。佛兮笑道："怎么？庚桑子难道还想凭占卦猜出这位新朋友是谁？"庚桑子笑道："什么话？既然是占卦，怎么是猜？乃是断定。"佛兮道："好！我倒要看看你怎么个断法。"庚桑子扭头喊一声："还不快多搬两个蒲团来！"一青衣童子应声捧出两个蒲团，挤入原有的两个蒲团之间。庚桑子请四人坐下，然后自己也在主位坐了，从几案之上拿起一个竹筒，用左手手掌捂住筒口，右手手指握住筒身，双手将竹筒上下摇晃了三下，喊一声："开！"左手猛然一松，早有几根蓍草从竹筒抖落几案。五人一齐伸头看时，但见蓍草在几上布成一个"屯"卦。庚桑子让四人看明白了，将蓍草收回竹筒，如法炮制，开出第二卦为"巽"卦。庚桑子又让四人看个明白，再将蓍草收回竹筒，又如法炮制，开出第三卦。五人伸头一看，见是个"萃"卦。佛兮道："三卦都已开过，庚桑子还不快快道来，这位新朋友究竟是谁？"庚桑子闭目沉思了片刻，然后慢慢睁开眼，用手指在便便大腹上敲了两敲，道："鲁国孔丘。"孔丘听了，略微一怔，佛兮大笑，窦鸣犊与舜华不敢置信地摇一摇头。佛兮道："我倒要听一听，你如何据这'屯'、'巽'、'萃'三卦，断定出一个'鲁国孔丘'来？你要是说不出个所以然，那就还是猜出来的。"庚桑子笑了一笑，道："有何难哉？'屯'者，'蒙'也。有山名'蒙'，在鲁国境内。所以由'屯'而推断出'鲁国'。'巽'者，'入'也。如何能入？有孔方才能入，所以由'巽'而推断出'孔'。'萃'者，'聚'也。聚土成丘，所以由'萃'而推断出'丘'。"佛兮听了大笑，道："说得极其巧妙。不过，'蒙'也可以是'蒙水'，何必是'蒙山'？有'门'也可以入，何必有'孔'？聚'水'则成'泽'，聚'人'则成'群'，何必聚'土'而成'丘'？"庚桑子笑道："言之不为无理。不过，你不是称孔丘为'新朋友'么？既须与这三卦相应，又须是来雒邑不久，还须能够与你三人结交为友，这样的人，除去鲁国孔丘，还能是谁？"佛兮笑道："如此说来，难道还不是猜出来的？"庚桑子道："我不同你争。不过，我倒是当真猜出一件事。"佛兮道："猜出一件什么事？"庚桑子道："你与窦鸣犊、舜华三人都是有所为而来，只有孔丘是来看热闹的。"

　　佛兮、窦鸣犊与舜华听了，都不禁一怔，异口同声道："你凭什么这么猜？"庚桑子笑道："先别问我凭什么这般猜，先承认让我猜个正着再说。"佛兮道："好，算你会猜。"庚桑子听了，扭头望窦鸣犊与舜华，道："你两人怎么不说话？"窦鸣犊笑道："看你一副小人得志的样子！算你会猜。"舜华笑道："我要说的，窦鸣犊已经替我说出来了，料你也不想听再我重复一回。"庚桑子笑道："好。既然三位都服我善猜，我何妨说与你三人知道，你

179

三人眉宇之间各有一股动气。"佛兮、窦鸣犊与舜华听了，又都不禁一怔。佛兮对孔丘道："你看我眉宇之间可有什么动气？"孔丘摇头笑道："我要是看得出时，我还不就座在庚桑子的位子上了。"庚桑子瞟了孔丘一眼，道："孔丘见识不凡，往后前途必然无量。"佛兮道："你不是说孔丘只是来看热闹的么？怎么撇下我们不管，却去看他的吉凶？"庚桑子道："因为你三人的吉凶，已经不用占卦。"窦鸣犊笑道："庚桑子今日当真是要逞能，连卦都未曾占，就说已经看出了吉凶。"庚桑子道："卦随心转，心不定，则据卦而后定。心已定，则吉凶已决，何须占而后知？"舜华道："你说我的心意已定，敢问我的心意已经决定了什么事？"庚桑子笑道："你已决意去投奔晋大夫赵鞅。"舜华听了，沉默不语。窦鸣犊道："我呢？"庚桑子道："你也一样。"窦鸣犊听了，也沉默不语。佛兮见了，大吃一惊。庚桑子道："佛兮不想问么？"佛兮道："我也决意去投奔赵鞅，何须问而后知！"庚桑子捧腹大笑。孔丘道："他三人心中既然已经有了决断，如何还会来向庚桑子请教？"庚桑子道："因为他三人自己并不知道心中已经有了决断。"孔丘道："然则，庚桑子又如何能知？"庚桑子道："因他三人眉宇间的动气之中皆隐含一股静气。'动'者，有所去也。'静'者，有所止也。既有所'去'，又有所'止'，因而知其去意已决。"孔丘道："敢问庚桑子何以知他三人皆欲去投奔赵鞅？"庚桑子用手指敲一敲便便大腹，微微一笑，道："此是天机，恕不能泄露。"说罢，又道："孔丘既来此，如何不顺便一占吉凶？"孔丘道："心中并无不决之事。"庚桑子道："有事，占事；无事，占命。心中无不决之事的时候，正是占一生命运的大好时机。"

　　佛兮等三人一齐从旁怂恿，孔丘不便执意相拒，只好点一点头。庚桑子见了，抖擞精神，从几上拿起竹筒，道："占事之吉凶，三卦而决；占一生之吉凶，九卦而后决。"说罢，将竹筒摇了三摇，开出第一卦来，五人伸首一望，见是个"否"卦。佛兮见了，眉头一皱。窦鸣犊与舜华见了，略一摇头，唯庚桑子与孔丘无动于衷。庚桑子将蓍草收入竹筒，持筒在手，又摇了三摇，开出第二卦来。五人伸头一看，竟然又是个"否"卦。佛兮、窦鸣犊、舜华三人见了，不免一声叹息，庚桑子与孔丘仍然无动于衷。庚桑子如法炮制，接连再开出六卦，居然卦卦都是"否"卦。开到第八卦时，佛兮、窦鸣犊、舜华不再叹息，只是摇头不已，庚桑子略微一怔，唯孔丘仍然无动于衷。开过第八卦之后，庚桑子略微起身，将身下蒲团稍一挪动，抖一抖双臂，再从几上拿起竹筒，静气平心，将竹筒摇了三摇，喊一声"开"，蓍草抖落几案，眼看就要布成"大有"卦，却不知是谁的膝盖将几案一碰，蓍草一震，位置全非，俟蓍草一一重新落定之时，竟然又成了个"否"卦。佛兮道："是谁碰了一下几案，这一卦不准，应当重新开过。"庚桑子道："准与不准，全在机缘。是谁碰了几案，正是所谓机缘。何不准之有？"窦鸣犊道："每开卦一次，可以有六十四种不同的结果，开九次而居然次次皆'否'，机会少之又少，我还从来不曾听说过，想必是有什么不妥。"舜华道："九卦皆'否'，否之极也。你难道不闻'否极泰来'之说？依我之见，当视之为大吉。"庚桑子道："言之不为无理。不过，'否极泰来'之'泰'，并不在九卦之内，将显现于九卦之后。"佛兮道："此话怎讲？"庚桑子道："九卦概括一生，所谓九卦之后，就是死后的意思。"孔丘笑道："如此说来，我孔丘虽然一生不遇，死后却能大行其道？"佛兮扭头看庚桑子道："当真如此？"庚桑子点一点头，道："当真如此。"窦鸣犊道："死后大行其道是什么意思？难道孔丘有子孙称王天下？"庚桑子摇头，道："占命只管占卦者自己一生，与子孙无涉。"舜华道："人死不能复生，既然又与子孙无涉，那这死后大行其道如何能够实行得了？"庚桑子道："你难道不见圣人之言，虽百世而不朽么？"佛兮道："从古至今的所谓圣人，比如尧、舜、禹，都是得天下的天子，只有周公可以勉强算个例外。即使是周公，虽无天子之名，实有天子之权与势。在生不遇，死后大行其道，这事还从来不曾有过。"庚桑子听了，淡然一笑，道："凡事都有第一回。"佛兮道："庚桑子的意思，难道是说孔丘将是在生不遇，死后却能大行其道的第一人？"庚桑子摇一摇头，微微一笑，道："不是我庚桑子的意思，是卦的意思。"

第十一回　鲁公他乡客死　孔子阙里归来

　　晋国乾侯鲁公行宫之内，鲁公仰卧在榻，奄奄一息。仲孙驹、季公若、公子宋、公子为、公子果、公子贵侍立于榻前，个个愁容满面、忧心忡忡。曲阜鲁宫听贤馆外，彤云密布，大雪纷飞。季孙意如身披一袭貂裘大氅，脚蹬一双长筒牛皮厚底靴，立在走廊之上，背叉双手，仰头望天。不移时，秦遄疾步自外而入，季孙意如见了，笑道："你来得正好，一个人赏雪闷得发慌。"秦遄登上台阶，道："只可惜我没你这份闲情逸致。"季孙意如听了，略微一怔，道："你难道又从乾侯那边得了什么新消息？"秦遄不答，只默默地点一点头。季孙意如见了，吃了一惊，道："主公已经故去了？"秦遄摇一摇头，道："还不敢这么肯定。不过，方才有人从乾侯来，说主公已经三日不省人事。"季孙意如道："你手下这人在路上花了几日？"秦遄道："日夜兼程，不敢耽搁，还是花了一日一夜。"季孙意如听了，稍一沉吟，道："这么说来，主公这时候已经去世了也未可知。"秦遄道："不错。"季孙意如道："你的意思是：我应当有所准备？"秦遄道："不错。你这儿倘若不做好善后的准备，噩耗传来之时岂不会措手不及？"季孙意如道："你要我怎么准备？"秦遄道："你难道还在做那晋升为诸侯的梦？"季孙意如摇头，淡然一笑，道："那梦早已醒了多时。"秦遄道："主公流亡在外，至今业已七年，鲁国不能长久无君，你既然已经梦醒，还不趁此机会了此乱局？也好在史册上留个清白的名字。"

　　季孙意如听了，沉吟半晌方才道："公子为兄弟与我势同水火，料想仲孙何忌与叔孙不敢也不会接受他们。"秦遄道："公子宋呢？兄终弟及，鲁国素来有此传统。"季孙意如道："公子宋与我毫无嫌隙，也不曾参与主公倒季孙氏之谋，迎立公子宋为鲁君，在我是绝无问题。料想仲孙何忌与叔孙不敢也不会反对。不过……"秦遄道："不过怎样？"季孙意如道："如何措手？你难道已经有了主意？"秦遄道："你担心公子为兄弟从中作梗？"季孙意如道："公子为兄弟当然不会袖手旁观。"秦遄听了，微微一笑，道："这难道不是你的擅长？你怎么会没了主意？"季孙意如道："你的意思是：贿赂晋国权臣，令晋侯出面送公子宋回鲁？"秦遄道："不错。如此，则公子为兄弟如何阻挡得了？"季孙意如摇头一笑，道："要是能这么简单，我还会向你讨教？"秦遄听了，略微一怔，道："此话怎讲？"季孙意如道："如今执晋国之政的，不是士鞅而是魏舒。魏舒为人廉洁，不肯受贿。"秦遄道："当真廉洁到连你这行贿高手都无可奈何的地步？"季孙意如点头，道："不错。我已经试过不下五次，无奈次次碰壁。"秦遄略一沉吟，道："既然如此，不如干脆省下这笔行贿的开销。"

季孙意如听了，精神为之一振，道："愿闻其详。"秦遄道："据我所知，仲孙驹与公子为貌神俱离，料想不会反对迎立公子宋。臧孙赐已经死了，少了一个对头。如果你能争取到季公若的支持，则公子为兄弟势必孤掌难鸣，不成气候。"季孙意如道："季公若恨我至深，又是唆使主公反我的主谋，我怎么能争取得他到手？"秦遄道："试试又何妨？听说他在外面流亡的日子也难熬得很，早已归心似箭。"季孙意如道："你能替我去打通季公若的关节？"秦遄听了一笑，道："我怎么行？他恨我，不下于恨你。不过，有一个人也许行。"季孙意如道："谁？"秦遄道："孔丘。"季孙意如听了，叹口气，道："孔丘怎么会肯替我去办事？"秦遄道："孔丘与你本来并无嫌隙，都是阳虎从中作梗所致。你上次要是听了我的话，不纵容阳虎去找孔丘的麻烦，如今又怎么会有此一叹？"季孙意如听了不悦，道："如今再来说这些，还有什么意思？"秦遄听了一笑，道："我秦遄从来不说没有意思的话。"季孙意如听了，慌忙收起不悦之色，道："愿闻其详。"秦遄道："我有办法令孔丘替你办这件事，不过……"季孙意如道："不过怎样？"秦遄道："你得担保绝不再纵容阳虎难为孔丘。"季孙意如道："这个自然。我这就去把阳虎叫来，当你的面说个清楚。"秦遄摇头，道："用不着当我的面说，当我的面说也无济于事。"季孙意如一脸狐疑，道："此话怎讲？"秦遄道："我只是说我有办法令孔丘替你去办这件事，我并没有说我能说服孔丘去替你办这件事。"季孙意如略一迟疑，道："你是说去求南宫敬叔？"秦遄又摇一摇头，道："依我之见，与其求南宫敬叔，不如求仲孙何忌。迎立公子宋，也关系到仲孙氏的利益，仲孙何忌是仲孙氏之主。再说，上次阳虎去找孔丘的麻烦，见的也正是仲孙何忌。"季孙意如正欲作答，却见一名谒者走了进来，向季孙意如拱手施礼，道："晋国使者在宫门外求见。"季孙意如听了，略微一惊，扭头对秦遄道："难道主公已经不在了？"秦遄摇头，道："即使当真如此，晋国使者如何能来得这么快？想必还是为修建京城之事而来，不必惊慌。"季孙意如点一点头，道："言之有理。"说罢，扭头对使者道："快请晋使到迎宾馆去。"

鲁宫听贤馆内，雪止，风静，天地皆白。季孙意如与秦遄立在堂上，仲孙何忌拾阶而上。三人相互拱手施礼毕，季孙意如入坐上席，仲孙何忌入坐次席，秦遄入坐末席。仲孙何忌道："听说昨日晋国遣使者来？"季孙意如道："今日请你来，正为此事。"季孙意如说罢，从几上拿起一封帛书交与仲孙何忌。仲孙何忌接过，在手上展开来一看，但见帛书上写道："晋大夫魏舒奉天子之命，致书各国诸侯执政：修建新京城之计已经拟定，速遣大夫率人工、督钱粮与会雒邑，及早动工……"仲孙何忌看毕，将帛书交还季孙意如，道："上月魏舒奉天子之命，召集各诸侯执政与会雒邑，协商如何修筑新京城，本来就该是你去，结果是我替你去了。这回总不能还叫我去不成？"季孙意如笑道："所谓'能者多劳'。这回还当真又须偏劳你。"仲孙何忌不屑地道："休要讲笑！"季孙意如道："上次我不曾去，并非我有意偷懒，我不过是遵魏舒之意，给主公留些面子，这你又不是不知道。至于这一回，还真是非你去不可，绝不是讲笑话。"仲孙何忌听了，望一眼季孙意如，道："有什么奥妙？愿闻其详。"季孙意如道："主公恐怕是已经不行了。"仲孙何忌笑道："这是什么秘密？曲阜城里早已传得满天飞扬。再说，这同雒邑之行又有什么关系？"季孙意如道："你我同公室的纷争总得有个了结，主公之死正好带来一个绝好的机会。所谓'机不可失，时不再来'。你我千万不可错过这个机会。"仲孙何忌略一迟疑，道："你的意思是：一旦主公归天，你我应当趁机迎立公子宋为鲁君？"季孙意如听了大笑，道："真是所谓英雄所见略同。"仲孙何忌道："若得晋人出面支持，这迎立公子宋之计，自然是没人能阻挡得了。"季孙意如听了，又大笑一声，道："又是所谓英雄所见略同。"仲孙何忌道："既然如此，为什么非我去雒邑不可？魏舒不肯受你季孙意如之贿，难道就肯受我仲孙何忌之贿？"季孙意如听了，故作惊慌之状，道："你怎么知道魏舒不肯受我之贿？"仲孙何忌笑道："古人云：'若要人莫知，除非己莫为。'这句话你难道没有听说过？"季孙意如淡然一笑，道："你既然知道行贿这条路走不通，你就应当知道我请你去雒邑，并不是为了见魏舒。"仲孙何忌道："除了晋人，还有谁能帮得上忙？"季孙意如道："我的意思是：我愿与季公若尽释前嫌、化敌为友，若能得季公若肯首，迎立公子宋之举，不就在自己人之间解决了？又何须外求晋人？"仲孙何忌道："季公若虽与我无嫌隙，但与我也无交情。况且，季公若也不在雒邑。"季孙意如笑道："你好像忘记了一件事。"仲孙何忌道："我忘记了一件什么事？"季孙意如道："你忘记了你是孔丘的弟子。"仲孙何忌不屑一辩地道："笑话！我什么时候忘记过。"季孙意如道："你要是不曾忘记，你怎么猜不到我请你去雒邑的目的，是为了见孔丘。季公若既与孔丘有交情，又欠孔丘一笔人情，只要孔丘愿意从中斡旋，季公若未尝不愿意与我言归于好。"仲孙何忌听了大笑，道："原来如此！我看忘记了一件事情的并不是我，而是你自己。"季孙意如故作不解之状，道："此话怎讲？"仲孙何忌道："当初要不是你蓄意难为孔子，如今孔子不在陬邑孔府，就在阙里山庄，你自己就可以去见他，既不用求别人，更无须远去雒邑。"季孙意如笑道："我何尝忘记我干的那件蠢事，我要是忘记了，还怎么会说非你去雒邑不可！"仲孙何忌道："解铃还须系铃人，你自己不去向孔子赔礼道歉，我怎么能替你化解你与孔子之间的嫌隙？"季孙意如道："能否成功迎立公子宋为鲁君，于你、于我，利益皆至关重大。"季孙意如说到此，顿了一顿，瞟了仲孙何忌一眼，又接着道："你师傅的脾气你是知道的，我去了，他或者不肯见我，或者虽然见了，却因一言不合，拂袖而去，岂不是坏了大事？"仲孙何忌听了，稍一沉吟，道："事成之后，你怎么处置孔子？"季孙意如道："我待之以上宾之礼，令世子斯执弟子之礼。"仲孙何忌道："一言为定。"季孙意如道："君子一言既出，驷马难追。我专请秦大夫在此，就是为这句话作个见证。"仲孙何忌听了一笑，道："原来如此，我说秦大夫今日怎么一言不发。"说罢，顿了一顿，又道："仲孙驹与晋侯关系甚深，不得仲孙驹的支持，即使季公若肯首，此事也难成功。"季孙意如笑道："也是英雄所见略同。"仲孙何忌道："谁去游说仲孙驹？"季孙意如道："叔孙诺生前与仲孙驹交往颇密，叔孙不敢去最为相宜。"仲孙何忌道："如此便好。"说罢，起身告辞。

公子为、公子果、公子贲披麻戴孝，俯首恭立于乾侯鲁公行宫正殿之中，仲孙驹、季公若、公子宋三人各自一身缟素，先后自外入。仲孙驹道："主公生前委我以晋国之事，所以我已于昨夜遣人将主公去世的消息禀告晋侯。至于致天子与各诸侯的正式文书，例由继位者签署，我不敢私自做主。"一阵沉默之后，公子为道："主公生前因历患难，故不曾立嗣。不过，我是嫡出长子，依据惯例，自应由我继承鲁公之位。"仲孙驹道："倘若能够依据惯例，自然是极好。不过，如今是非常时期，能否如此，恐怕是由不得你我做主。"公子为听了不悦，道："你这话是什么意思？"仲孙驹道："我的意思明白得很，不得晋侯肯首，谁也继承不了这鲁公之位。"又一阵沉默过后，季公若道："那倒也不尽然。"仲孙驹听了，略微一怔，道："愿闻其详。"季公若道："倘若你我戮力一心，晋人又怎能奈我何？"仲孙驹踌躇片刻，道："公若之言，不为无理。不过，除非你所谓的'你我'，也包括季孙意如在内。否则，既然仍须晋人庇护，又如何能不看晋人的眼色行事？"公子为冷笑一声，道："季孙意如怎么能同你我一条心！"仲孙驹淡然一笑，道：

"不能同你一条心，也许不错。不过，除你之外，不是还有别人么？"公子为听了，勃然大怒，道："你倒是把话给我讲清楚！谁是'别人'？'别人'是谁？"季公若见了，从旁劝道："休要争吵，徒伤和气，无益于事。我看大家都累了，不如先各自回去休息几日再作计议不晚。"仲孙驹道："公若之言，极其有理。"说罢，向众人拱一拱手，率先退下。公子宋见了，也向众人拱一拱手，跟着退出殿堂。季公若目送仲孙驹与公子宋出了院门，转身对公子为兄弟道："凡事须冷静，小不忍则乱大谋。"说罢，也拱手而退。

侯季公若退出院门，公子赍问公子为："你怎么不留下季叔。"公子为摇一摇头，道："他要是想留，自己就不会走。"公子果道："今日之事，恐怕是要先下手为强。"公子为道："怎么个先下手？"公子果道："仲孙驹所谓的'别人'，无非是指宋叔，如此不就成了？"公子果一边说，一边用手掌在脖子上一砍。公子为见了，慌忙摇手，道："千万不可造次。在乾侯固然只有宋叔，在齐国还有公子衍，难道你也能如此？况且，宋叔为人懦弱，绝无与我争位的野心，只要看住他不被别人利用就行。"公子赍道："你所谓的'别人'，又是指谁？"公子果道："除了仲孙驹，还能有谁？"公子为摇一摇头，道："谁说没有？"公子果听了，吃了一惊，道："难道季叔也须防范？"公子为缓缓地道："防人之心不可无。"公子赍道："如何防法？"公子果道："除去盯梢之外，还能有什么别的法子？"公子赍道："这我还不知道，我的意思是问：谁去盯谁？"公子果道："两边都是三人，正好一对一。"公子为听了，摇一摇头，道："盯人难免不被人发现，除非万不得已，不盯为妙，否则，打草惊蛇，反而不美。依我之见，盯两个人就够了。"公子果道："盯哪两个？"公子为道："我盯季叔，你盯仲孙。"公子赍道："这么说，是用我不着了？"公子为笑道："你也别想闲着。"公子赍道："难道还有别的事要做？"公子为道："你每晚带人去各客栈查访，看看新近来乾侯的旅客之中有无可疑人物。"公子赍道："你所谓的'可疑'，究竟何所指？"公子为道："倘若你不想引人注意，你会如何穿着打扮？"公子赍略一思量，道："穿最平常、最普通、最乏特色、最无个性的衣服。"公子为听了一笑，道："我所谓的'可疑'，正是指穿着最平常、最普通，最乏特色、最无个性而言。"

雒邑孔丘宅第客厅之内，孔丘与仲孙何忌对几案而坐，仲孙何忌道："月前来雒邑，公务繁忙，来去匆匆，不曾有空拜见夫子，失礼得很。"孔丘听了，略微一笑，道："你身居大夫之位，自然是公务缠身，不能与一般弟子相比，些须失礼，何足挂齿。料你今日来，也绝不仅仅是因为有空得闲。"

仲孙何忌听了，不禁一惊，道："实不相瞒，今日弟子来见夫子，的确是兼顾他事。"孔丘道："前两天有客从乾侯来，说鲁公已经不省人事。你所谓的'他事'，想必与此有关。"仲孙何忌道："不错。我离曲阜之时，听说鲁公已经危在旦夕，如今已经故去也未可知。季孙意如与弟子之意是：一俟鲁公去世，随即迎立公子宋为鲁君，料想叔孙不敢也是这个意思，不知夫子以为如何？"孔丘道："迎立新君回鲁，结束鲁国七年无君的混乱局面，自然是件好事。公子为兄弟与季孙意如势同水火，绝不能相容，迎立公子宋乃唯一可行之策。况且，兄终弟及，在鲁国也不乏先例。不过，跟随鲁公流亡的人不少，季孙意如倘若处置不善，鲁国之乱，尚无已时。"仲孙何忌道："季孙意如的意思是：除公子为兄弟外，但凡愿意随公子宋一起回鲁者，季孙意如愿与之尽释前嫌，化干戈为玉帛。"孔丘道："季孙意如倘若真能如此，则既是鲁国之福，也是季孙氏之福。"仲孙何忌道："弟子行前，季孙意如还特地嘱咐弟子转告夫子一句话。"孔丘道："一句什么话？"仲孙何忌道："季孙意如将待夫子以上宾之礼，并令其世子季孙斯拜夫子为师。"孔丘听了，淡然一笑，道："季孙意如前倨如彼，后恭如此，必然是有所求于我。如果我猜得不错，季孙意如必定是求我去乾侯游说季公若！"仲孙何忌听了大笑，道："夫子真是料事如神！"孔丘道："你回去告诉季孙意如：为了结束鲁国七年之乱，我孔丘自愿尽力而为。季孙意如愿以何等方式待我，随他自便。至于他要季孙斯拜我为师的这份敬意，我心领了。不过，这事还得从缓计议，因我现在并无重新开门授徒之意。"仲孙何忌道："夫子的话，弟子记住了。"说罢，顿了一顿，又道："公子为颇工心计，身手亦不弱，季公若意向如何，也不敢确定，夫子这趟乾侯之行，还须格外谨慎。倘若夫子需要，我可以暗中遣人保护。"孔丘听了，道："你父生前绰号'智囊'。你年纪轻轻，用心已经周密如此，往后必能继承这'智囊'之号。不过，我自有人手，无须烦你。"

当晚稍后，孔丘盘坐于书案之后，子开垂手立于对面，子路自外入，站到子开一起，拱手道："夫子唤我有何吩咐？"孔丘道："你的行头可还在？"子路道："什么行头？"子开笑道："除了那根蓝雉翎和那三颗野豕獠牙，你还有什么别的行头？"孔丘笑道："怎么没有？不是还有一条绣着飞螭吐舌的黄麻窄腿裤和一双镶一行铜钉的长筒靴么？"子路听了大笑，道："还问那些东西干什么？早就扔了。"孔丘道："那类行头，市上可有卖的？"子路狐疑不解，道："夜市就有。谁要买？"孔丘笑道："你要买。"子路听了，大吃一惊，不敢置信地道："我要买？"孔丘道："不错。趁夜市还没关门，赶紧去买一两套来。"子路道："给谁穿？"子开笑道："这还用问？当然是给你自己穿。"孔丘站起身来，笑道："我也要去夜市买一两样行头。你这就去备车，路上我再同你细说。"子路退下。俟子路的脚步声远了，子开道："我虽不如子路好勇，手上功夫却并不在子路之下，夫子当真不需我同去？"孔丘摇头，道："路上有一人相伴已足，家里也不可缺人，明日我与子路走了，你须小心守紧门户，但凡有人来访，只说我卧病在榻，切不可将我去乾侯的消息走漏。短则六七日，长不出十日，我与子路自当返回。"

次日一早，孔丘与子路各跨一匹杂毛劣马，并辔出了雏邑赤桥门，往乾侯方向奔去。子路头戴一顶宽边毡帽，帽上插一根蓝雉翎；项上系一条赤丝巾，巾上悬三颗野豕獠牙；上身着一件翻毛羊皮短袄，下身穿一条浅黄牛皮裤，裤腿外侧各绣一条飞螭吐舌，足蹬一双长筒牛皮靴，靴筒之上各镶一行铜钉，腰下勒一条加宽牛皮带，皮带上挂一口腰刀。孔丘头戴一顶獭皮软帽，左眉角上多了一颗朱砂痣，右颧骨外多了一条刀伤疤，两耳之下各多了一把络腮黄须，肩上披一袭狐裘大氅，内穿一件绣花丝绵长袍，脚蹬一双长筒黑皮厚底靴，腰勒一条加宽黄牛皮带，带上挂一柄长剑。子路侧头望了一眼孔丘，忍不住笑道："夫子看上去宛然一个江洋大盗。"孔丘瞪了子路一眼，道："仲老二就是仲老二！哪来的夫子！"子路笑道："是！仲老二，弟子知错了。"孔丘又瞪了子路一眼，道："卞三就是卞三，哪来的弟子！"子路又笑道："是！没有弟子，卞三知错了。"孔丘道："不要掉以轻心！否则又何须乔装打扮？"子路压低声音道："公子为兄弟当真手段高强得很？"孔丘道："无论对手高强与否，皆须小心谨慎。好勇斗狠，轻敌自信，乃自取灭亡之道。"子路道："仲老二之言极其有理，卞三佩服之至。"孔丘道："卞三什么时候多了这油嘴滑舌的毛病？"子路不再开口，一阵风过，将一片马蹄踏石之声吹得老远。

乾侯公子为宅客厅之内，公子为与公子果相向而立，公子贲自外入。公子为道："今夜可有新客？"公子贲道："鸿宾楼来了两个引人瞩目的客人，一个帽子上插一根蓝雉翎，脖子上挂三颗野豕牙，裤腿上绣一条飞螭吐舌；另一个左眉角上一颗朱砂痣，右颧骨上一条刀伤疤，浓眉虬髯，一脸杀气。集雅居来了三个行商模样的客人，相貌平庸、服饰平常、举止平淡，其他客栈皆无新客。"公子为道："鸿宾楼的那两人可是一起同来？"公子贲道："一前一后，相隔约莫半个时辰。"公子为道："集雅居那三人呢？"公子贲道："那三人却是结伴同来。"公子为道："你吩咐手下的人怎么做？"公子贲道："盯住集雅居那三人。"公子为点头称善，道："很好。鸿宾楼那两人，也许会在乾侯干些不三不四的勾当，但与大事无关，不要去多惹闲事，以免因小失大。"

次日午后，季公若缓步自鲁公行宫门内出，正要登上在门前等候的一辆马车，冷不防被人在背后拍了一掌，季公若吃了一惊，扭头看时，但见一个陌生人：头戴一顶宽边毡帽，帽上插一根蓝雉翎；项上系一条赤丝巾，巾上悬三颗野豕獠牙；上身着一件翻毛羊皮短袄，下身穿一条浅黄牛皮裤，裤腿外侧各绣一条飞螭吐舌，足蹬一双长筒牛皮靴，靴筒之上各镶一行铜钉，腰下勒一条加宽牛皮带，皮带上挂一口腰刀。季公若正要开口相问，却听那陌生人道："你秦八以为我卞三的钱是好骗的？"季公若道："你想必是认错了人。我既不是什么'秦八'，也不认识什么'卞三'。"自称卞三的人冷笑一声，道："还想抵赖！"说罢，伸出右手就来抓季公若的衣襟。季公若慌忙举双手来格时，却见卞三伸开左掌，照季公若门面一晃，嘴中喊一声："看掌"，手掌却并不拍下，只是又在季公若眼前晃了一晃，然后停下不动。季公若心觉蹊跷，急忙抬眼往卞三张开的左掌一看，但见上面写着三行小字。第一行写一个"酉"字；第二行写一个"醉"字，一个"乡"字；第三行写一个"丘"字。季公若见了一怔，又听得卞三嘴上喊一声："看你往哪逃！"同时觉得衣襟一松，季公若会意，用手猛然一推卞三前胸，卞三一个踉跄，跌倒在地。季公若趁机跃上马车，喊一声："还不快走！"车夫慌忙扬鞭拍马，马车疾驰而去。卞三从地上跳起身来，指着季公若的马车，气急败坏地大喊："秦八这混账！跑得了今日，跑不了明日！"两个随从模样的人从宫门里探出头来，看了一回，又缩了回去。

当晚酉时将过，醉乡酒楼门前挑出两根望竿，竿上各悬一幅鹅黄织锦，织锦之上各用绛色丝线绣作七个字。右边锦幡上绣的是："醉后偏知身是客。"左边锦幡上绣的是："乡思恰似酒情深。"季公若缓步踱到门前，立在门口接客的伙计认识是熟客，慌忙迎上前来，点头哈腰道："季大夫的客人已经在二楼堆云间里恭候。"季公若走到第三间房门门前，在门上轻轻一拍，门里传来一个熟悉的声音道："公若来何迟？仲老二在此等候多时矣！"季公若听了，慌忙踏进门里，举目一望，但见中央一张雕花食案。案上酒浆菜肴已经摆满，主客席上虚设两张锦绣坐褥。季公若正张望时，门背后转出一个人来。季公若扭头看时，只见这人身材魁伟，左眉角上一颗朱砂痣，右颧骨上一条刀伤疤，两耳之下各垂一把络腮黄须。季公若见了，先是一惊，继而一笑，拱手施礼道："仲……老二别来无恙？"孔丘拱手还礼毕，指着自己的脸，笑道："不曾吓着你？"季公若笑道："面貌虽然全非，声音依然如旧，怎么吓得了我？"

孔丘请季公若入坐客席，季公若不肯，道："你远道而来，自然是客。"孔丘道："焉有主人后至，客人先来，替主人点下菜肴之说？"季公若争执不过，只得把主位让给孔丘，自己坐了客席。两人坐定之后，季公若道："你怎么知道这儿的伙计会认识我？"孔丘道："鸿宾楼客栈的掌柜告诉我：乾侯本来没有鲁菜酒馆，鲁公设行宫于此之后方才开设两三家，其中又以醉乡酒楼最为地道。我一早事先来看过，见到门口锦幡上的两句话，猜想是出自你的手笔，向伙计一打听，果不其然。"季公若道："原来如此。那自称'卞三'的传信人，是你在雒邑新收的弟子？"孔丘道："不错。"季公若笑道："你什么时候又改行教功夫了？"孔丘笑道："他的功夫要是我教的，你怎么能一掌就把他推倒？"季公若道："你这么神神秘秘而来，想必是负有使命？"孔丘稍一踌躇，拿起酒杯，一饮而尽，放下酒杯，道："你想不想回鲁？"季公若听了，略微一怔，道："听你这口气，好像是只要我想回就可以回？"孔丘道："不错。"季公若拿起酒杯，持杯在手，道："这话可是季孙意如说的？"孔丘道："不错。"季公若仰头举杯，将杯中酒一饮而尽，放下酒杯，道："想不到仲老二竟然成了季孙意如的说客！"孔丘道："君君臣臣，名实相副，本当如此。所以当年你谋去季孙意如，我虽然窃料难以成功，却并不曾劝阻，岂料你我都小觑了季孙意如的本事，倒季孙意如之举不仅不成，反而致令鲁国七年无君，落得个名实俱废的结果。"季公若道："你如今的意思难道是：与季孙意如言和，再回到君不君、臣不臣的局面去？"孔丘道："不错。有名无实，虽不如名实相副，至少胜于名实俱无。"季公若听了，略一迟疑，道："言之不为无理。可惜晚了一步。"孔丘道："此话怎讲？"季公若道："鲁公已于五日前去世。"孔丘道："这消息虽然尚未正式宣布，其实早已不是秘密。新君登基，难道不正好是个大好机会？"季公若道："新君是谁？谁是新君？新君要是比先君更恨季孙意如，岂不就是晚了一步？"孔丘道："季孙意如、仲孙何忌、与叔孙不敢都愿意迎立公子宋，料想仲孙驹不会反对，所以，只要你也支持，公子宋就是新君。公子宋原本不曾卷入与季孙意如之争，想必不会反对与季孙意如和解。"季公若道："公子为怎会罢休？"孔丘道："没有你的撑腰，他兄弟三人孤掌难鸣，如何能成得了气候？"季公若道："随鲁公流亡在外的人不少，季孙意如打算怎样处置？"孔丘道："除公子为兄弟外，季孙意如愿意尽释前嫌，化干戈为玉帛。"季公若道："你相信季孙意如的话？"孔丘道："君子喻于义，小人喻于利。季孙意如虽不是守信的君子，于自己的利益却清楚得很。季孙意如本有自立为诸侯的野心，无奈内外皆乏人支持，只得死了那条心。诸侯既然做不成，迎立公子宋，与跟随鲁公流亡的人言和，从而了结公室与季孙氏之争，于季孙意如有百利而无一弊，季孙意如如何乐而不为？"季公若听了，犹疑半晌，道："言之不为无理。你要我怎么做？"孔丘道："晋侯得了鲁公去世的消息，必定会遣人来乾侯试探仲孙驹与你的意思。你只需表示意在公子宋即可，其他的事一概不用你操心。"季公若道："就这么简单。"孔丘道："就这么简单。"季公若提起酒壶，先给孔丘斟满，然后也给自己斟满，举起酒杯，道："一言为定。"孔丘举杯应道："一言为定。"两人一齐仰头倾杯，将杯中酒一饮而尽。

孔丘与季公若各持空杯在手，尚未放下，却听得门上有人敲了两下，接着听到公子为的声音道："是季叔么？"季公若将食指竖在嘴边，示意孔丘不要张声，仓皇应道："是我，你有……"季公若的话还不曾说完，公子为已经推门而入，见季公若与孔丘相对而坐，假做一惊，拱手道："听门口的伙计说季叔也在，只道是一人独酌，遂想来奉陪，岂知是有客。失礼！失礼！"公子为说罢，却不退出，只拿眼光盯着孔丘。季公若支吾道："并非是什么客人，时局非常，我不过在寻觅一名保镖，以备万一。"公子为道："原来如此。打搅！打搅！"公子为说罢，又向季公若拱一拱手，转身退出。俟公子为的脚步声下了楼梯，孔丘压低声音道："他以前也这么闯进来过？"季公若不答，只摇一摇头。孔丘道："看来他已经对你起了疑心，派人盯上了你。"季公若道："你猜他可认出了你？"孔丘道："从他的眼神来看，似乎没有。不过，他大概看出了破绽。"季公若道："什么破绽？"孔丘道："你要是在面试保镖，怎么会坐在客席？"季公若听了，神色慌张，道："这却如何是好？"孔丘略一迟疑，道："幸亏我进门时原本对伙计说是你的客人，他可以从伙计那儿讨个证实。"季公若道："他亲眼见我坐在客席，如何会去盘问伙计？"孔丘听了，站起身来，走到季公若身旁，俯首对季公若一番耳语。季公若听罢，点一点头，道："也只好这么试一试。"

公子为回到自己的客厅，唤来公子果，把在醉乡酒楼所见略述了一番。公子果道："你没有看出那人是谁？"公子为摇一摇头，道："没有。不过，那人既然坐在主位，显然并不如季叔所说，只是个保镖人选。"公子果道："没想到季叔果然心怀鬼胎！"公子果的话音刚落，一青衣童子进来禀道："季大夫来访！"公子为与公子果相对看了一眼，慌忙站起身来，季公若正好到了门口。三人相互施礼毕，公子为要请季公若入坐。季公若道："不必，马上就走，方才在醉乡酒楼因有俗务，未便相留，专来道歉。"公子为听了一笑，道："季叔何必如此多礼？那保镖如何？"季公若叹口气，道："不行，还得另找。"公子为道："怎么？手段不成？"季公若摇头，道："全然不懂规矩，这样的人手段再高明，我也不能用。"公子为道："怎么个不懂规矩？"季公若道："约好酉时相见，他早到片刻，居然入坐主席，先行叫酒点菜，你说这样的保镖，如何能用？"季公若说到此，顿了一顿，对公子为与公子果看了一眼，接着道："你两人想必有事，我不多打搅，就此告辞。"说罢，对两公子拱一拱手，转身退出门外。俟季公若的脚步声远了，公子果道："你信他这话？"公子为稍一沉吟，道："醉乡酒楼的伙计倒的确是说那人自称是季叔约见的客人。"公子果道："然则如何？"公子为尚未回答，公子贲仓皇走了进来，没头没脑地道："有人来了！"公子为伸头往公子贲身后一望，道："谁跟你来了？"公子贲道："没人跟我来。我是说集雅居又来了两个行商打扮的客人，其中一人一望便知是个武功高手……"公子为打断公子贲的话道："那就令你紧张成这个样子？"公子贲摇头，道："这人不过是个保镖。"公子为道："你怎么能这么肯定？"公子贲道："因为我认出了另一人是谁。"公子为与公子果异口同声道："谁？"公子贲道："叔孙不敢。"公子为与公子果听了，皆不禁大吃一惊。公子为道："你不会看错？"公子贲道："绝对不会。"公子果道："他胆子倒不小！"公子贲道："我看他不是胆大，而是有恃无恐。"公子为道："既然是有恃无恐，为何还须乔装成商人？"公子贲道："只是不想张扬而已。"公子为道："此话怎讲？"公子贲道："自从他来了之后，集雅居门前门后突然多了一批晋国的便衣。"公子为道："你的意思是说：他来乾侯是会知了晋人的？"公子贲点头，道："想必如此。"公子为听了，沉默半晌，方才道："他有没有出门？"公子贲道："他刚刚进了仲孙驹的大门。"公子为道："那些便衣呢？也跟着去了？"公子贲点头。公子果道："看来晋人是不足恃了，季叔也不见得靠得住，你我怎么办？"公子为忿忿然叹了口气，道："怎么办？除去投奔齐国，还能有什么别的办法！"

半年后，鲁人迎鲁公之丧于乾侯，谥为"昭公"，晋人遣公子宋自晋归鲁，登基为新的鲁君；公子为兄弟奔齐；仲孙驹自愿留晋；季公若以及其余随昭公流亡在外者，皆随公子宋返回鲁国；为时七年的鲁乱，于是告一段落。

六月盛夏，赤日当头，阙里山庄门前，一辆马车到门前停下。子路握住缰绳，子开拉开车门，孔丘从车厢跃下。随着几声犬吠，庄门打开，从庄门里一前一后走出三个人来。孔丘举目一望：但见走在前面的是春梅，身后跟着一个男子、一个女童。春梅身着一袭纯白长丝裙，两鬓竟然已经添了数茎白发，令孔丘不禁一惊。春梅向孔丘屈膝请安，孔丘慌忙扶起，见春梅热泪盈眶，孔丘遑然不知所措。春梅身后的男子，看上去二十出头年纪，身材颀长，略显清瘦；旁边的女童大约六七岁，俟孔丘扶起春梅，男子喊声"爹！"纳头便拜。孔丘见了，又不禁一惊，失口道："鲤儿都这么高了！"俟孔鲤站起身来，孔丘指着那六七岁模样的女孩，问道："这女孩是谁？"女孩见问害羞，躲到春梅身后。春梅将女孩拽到身前，道："还不向爹行礼！"女孩羞涩地喊了声："爹"，跪到地上，对孔丘磕了三个头，站起身来，又躲到春梅身后。孔丘见了大惊，失口道："谁家的女儿？怎么叫我做'爹'？"春梅道："你去齐之时，夫人已经有身，九月之后就产下朗儿。"孔丘听了，一脸狐疑，道："朗儿？"春梅道："你还记得鲤儿出生之时，你说生儿取名为'朔'，生女取名为'朗'么？你既不在，我就擅自做主，遵照你多年前的意思，将她取名为'朗'。"孔丘抬头，往庄门方向望了一望，道："夫人呢？难道不在家中？"春梅闻言，失声大哭道："夫人早已去世多时。"孔丘听了，一脸惶惑，道："你说什么？"春梅道："夫人生朗儿之时难产，产后不一日便去世。"孔丘道："怎么一直都瞒着我？是谁的主意？"春梅泣不成声。孔鲤从旁插嘴道："南宫敬叔唯恐爹爹在外受惊，孩儿也是这般担心，遂不曾将噩耗禀告。"孔丘听了，沉默半晌，方才对孔鲤道："你娘的坟墓何在？"孔鲤道："就在后山听流亭畔。"孔丘道："怎么不葬在陬邑孔氏陵园？"春梅一边抽泣，一边道："夫人生前遗嘱如此，我不敢违拗。"孔丘听了，又沉默半晌，然后扭头，对子路与子开道："还不过来见过师母？"俟子路、子开与春梅施礼毕，孔丘又引子路与子开见过孔鲤与孔朗，然后吩咐春梅道："你领子路与子开将马车行李拉进庄里去安置，我先去夫人坟墓看过再回来。"

孔丘独自一人行到后山听流亭，登亭一望，但见一座青冢，隔着溪流，与亭相对，几束阳光穿过树叶的缝隙，正好射在坟茔之顶。冢前是一块白石墓碑，碑上刻着"孔丘夫人宋凤之墓"八个大字，字作古篆之体，填以墨绿之色。孔丘静静地站在亭中，头脑空空如也，没有一丝思绪。一只青鸟自林外飞来，立在孔丘对面的栏杆之上，左顾右盼，怡然自得，然后泰然举步，在栏杆上缓缓地踱了几个来回，方才展翅高飞，仿佛浑然不觉有孔丘其人的存在。青鸟飞走之后，孔丘又静立了半晌，猛然想起七年前与左丘明同坐于亭上与宋凤谈笑的情景，如今亭依旧，人不见，隔岸却凭空添了一座坟墓，一种难以名状的感觉陡然而生，令孔丘不寒而栗。孔丘忽然觉得疲乏，顾不得拂拭尘土，斜倚亭柱，坐到栏杆之上，微闭双目，但听得溪流之声，哗哗不绝于耳。孔丘不知在亭上静坐了多久，忽然听到一声"爹"，声音颤悠悠、怯生生，仿佛深藏着无限忧郁，又仿佛蕴涵着无限期待。孔丘睁开眼来，见是孔朗立在亭中，举头一望，又见春梅立在亭外。孔丘将眼光收回，凝聚到孔朗脸庞之上，忽然惊讶方才在庄门口怎么没有发觉孔朗长得酷肖宋风。孔丘正沉思之时，忽听得春梅道："晚饭已经好了。"孔丘略微一惊，扭头往宋风的坟茔望去，但见坟茔顶上那几束阳光早已不知去向，树影幢幢，令坟前的草地显出一片凄凉。孔丘回头起身，孔朗走过来，向孔丘伸出小手，孔丘略一迟疑，终于伸出左手，牵起孔朗的右手，走下听流亭。春梅举头望着孔丘，向前迎过来一步，孔丘见了，又一迟疑，终于伸出右手，让春梅挽着。三人一起，缓步往阙里山庄大门方向而去。

当晚稍后，阙里山庄膳房之内，孔丘盘坐于席上，春梅侍立于门边，酒浆菜肴摆满一席。孔丘指着对面虚设的席位，对春梅道："你站着干什么，怎么不坐下？"春梅道："那是夫人的席位，我照例应站在门边侍候，你怎么好像忘了。"孔丘听了，摇头一笑，道："七年为时不短，我是忘了。不过……"孔丘说到此，收起笑容，顿了一顿，又道："夫人既已去世多时，我又无意续弦，从今之后，你就是夫人。"春梅听了，不敢置信，仓皇失措地道："不，我怎么行？我怎么可以是夫人？"孔丘伸手向春梅一招，道："快来坐下！怎么不行？谁是我孔丘的夫人，难道我孔丘自己说了还不算数？"孔丘说罢，见春梅仍旧一脸慌张，不肯移动，只得站起身来，走到春梅身后，把春梅推到席前，按到席上。孔丘坐回原席，举起酒杯，正要饮时，却见春梅跪在对席之上，涕泪纵横，欷歔不已。孔丘摇一摇头，似乎要说什么，终于没有说，只是叹了口气，然后仰头倾杯，将杯中酒一饮而尽。春梅擦去泪水，道："你好像有话想说，怎么又咽下去了？"孔丘迟疑半晌，终于道："我只是想起先母，她没有你这份福气。"

孔丘坐厅中，子路与子开侍立。孔鲤从屏风后出，往大门走去。孔丘对孔鲤道："你往哪去？"孔鲤停下脚步，道："到园子里随便走一走。"孔丘道："你小时候我本要给你请个师傅，你娘坚持说她自己教你，我只好由了她。你娘去世之后，你自己可另请师傅？"孔鲤道："没有。"孔丘听了不悦，道："那你这学业岂不都荒废了？"孔鲤不答。孔丘道："你娘在日，都教了你些什么？"孔鲤道："最先读的是《书》。"孔丘道："然后呢？"孔鲤道："然后是《易》。"孔丘道："还有呢？"孔鲤摇头。孔丘道："没有教过你《诗》？"孔鲤道："娘说《诗》易懂，没什么好教的，自己看看就行了。"孔丘听了，摇一摇头，道："那你自己看了没有？"孔鲤道："没有。"孔丘瞪了一眼孔鲤，道："叫你自己看，为什么不看？"孔鲤又不答。孔丘道："你娘也没教过你《礼》？"孔鲤道："娘说《礼》上所说的礼节，大都过时，不切实用，用不着学。"孔丘听了，气从中来，吼道："胡说！"孔鲤不服，道："娘是这么说的。"孔丘一掌拍在几上，大声吼道："你听她胡说！不读《诗》，怎能有文采？不读《礼》，怎么会社交？还不快去读《诗》、读《礼》！"孔鲤见孔丘如此生气，吓了一跳，慌忙转身，从屏风后退下。

俟孔鲤的脚步声听不见了，孔丘站起身来，对子路与子开道："昨日师母领你二人去各处都看过了？"子路道："大致看过。"子开道："也许不一定处处都走到。"孔丘道："再跟我去走一遍。离家七年，庄园里的花草树木都久违了。"孔丘三人步出房门，走到廊下，正要下台阶，却见一人从大门方向走过来。孔丘停下脚步，还没看清那人是谁，却听那人一边喊："师傅！师傅！"一边三步并作两步奔了过来。孔丘听了大喜，道："无繇！你来得正好。"无繇登上走廊，拱手向孔丘施礼，道："夫子别来无恙？"孔丘对无繇上下打量一番，见无繇两鬓飘霜，额上纹深，道："我还好。你怎么倒见老了。"无繇道："种地辛苦，如何能与夫子日子过得清闲潇洒相比！"孔丘道："你怎么不开门授徒？"无繇道："试过两三次，学生并不好找，也就算了。"孔丘道："你怎么没想到把鲤儿收去作徒？也省得他荒废这七年。"无繇道："实不相瞒，不是我没想到，无奈伯鱼不肯。"孔丘听了，略微一怔，道："哦？原来如此，他为什么不肯？"无繇稍一迟疑，道："他说师母说我笨，不配教他。"孔丘听了，勃然大怒，道："岂有此理！我一定要好好教训教训他。"无繇道："师傅息怒，当时伯鱼不过十二岁，年幼无知，我也不曾放在心上。"孔丘摇头叹气，顿了一顿，指着身后的子路与子开，道："这是你的两个师弟。"无繇、子路、子开相互施礼，各自报上名姓。无繇道："听说子丕在齐仕宦得志？"孔丘听了，微微一笑，道："我离开齐国的时候，高大夫张请他去做高氏封邑东阿之宰，往后不曾通过消息，不知现状如何。东阿之宰，不过是大夫的家臣，如何谈得上'得志'？"无繇道："总比我这种地的强多了，下次夫子再有这种机会，也分一个给我。"孔丘瞟了无繇一眼，道："这个自然。不过，眼下我自己都成了白丁，哪还有机会可言？再说，子丕的机会，也是他自己谋得的，与我并无多大关系。"说罢，又对子路与子开道："你两人是否也想出仕？"子路道："夫子不是说过：夫子之道，是入世之道么？所谓'入世'，难道不就是'出仕'的意思？"孔丘对子开道："你呢？"子开道："子路之言，不为无理。不过，我自以为修养还不够。"孔丘听了一笑，道："还是你有自知之明。"说罢，转身对无繇道："我本来正要领子路与子开去庄园各处走一走，既然你来了，不如你领他二人前去。"无繇道："这个自然。"子路道："夫子方才不是说，想看看园里的花草树木吗？"孔丘道："花草树木没有腿，跑不了，改日再看还来得及。"说罢，转身进入大厅。

孔丘进门，顺手将门带关，坐回原席之上，听见走廊上的脚步声消失了，大喊一声："鲤儿！"没人答应。孔丘提高嗓门，又大喊一声："鲤儿！"春梅一脸惊慌，从屏风后奔出，道："出了什么事？鲤儿在那边自己房里，听不见这边喊。"孔丘道："你快去把他唤来！"不移时，孔鲤与春梅一前一后自屏风后转出。孔丘见了，伸手向孔鲤一招，道："过来！"孔鲤一脸惶惑不解，慢慢走到孔丘身前，双手叉在背后。孔丘道："把手放好！一点规矩也不懂。"孔鲤勉强垂手而立，一脸不悦。孔丘道："无繇既然肯教你，你怎么不肯跟他学？"孔鲤不答。孔丘道："你说他笨，你以为你聪明？"孔鲤道："不是我说他笨，是娘说他笨。"孔丘道："你娘对他说他笨，还是对你说他笨？"孔鲤道："对我说他笨。"孔丘道："你娘叫你把这话转告他？"孔鲤道："没有。"孔丘道："没有？既然没有，你为什么要去说？"孔鲤不答。孔丘道："当人的面说人笨，没有比这更笨的人了！"孔鲤道："爹现在不就是对我说我笨吗？"孔丘听了，勃然大怒，一掌拍下，将几案拍个粉碎，道："真不料我孔丘生儿如此！还不给我跪下！"孔鲤见了，大惊失色，慌忙跪倒在地。孔丘慢慢站起身来，走到孔鲤面前，静静地立了一回，猛然抡起右掌，一正一反，给孔鲤两个结实的嘴巴，打得孔鲤鼻青腮肿，嘴角流血，一头栽倒在地。春梅见了，慌忙跑上前来，拦腰一把抱住孔丘，道："快些住手！别把孩儿打坏了，你不知道你的手有多重。"孔丘气急败坏地道："别说是打坏，像这样不成才的东西，打死都在所不惜！"春梅道："你要是真把他打死了，岂不是绝了孔氏之后？"孔丘听了一怔，推开春梅，绕到孔鲤身后，口喊一声："还不给我滚！"喊罢，飞起一脚，踢在孔鲤臀上，将孔鲤踢出数步之外，孔丘余怒未息，忿忿然撩袍拂袖，推门而出。春梅急忙奔到孔鲤身边，将孔鲤搀扶而起。

次日晨，孔丘坐堂上，子路、子开立于对面，孔鲤跪在孔丘对面。孔丘道："子开！"子开应声道："子开在。"孔丘道："过来！"子开向前迈了两步。孔丘道："站到我这边来！"子开走到孔丘身边，转身而立。孔丘对孔鲤道："把头抬起来！"孔鲤抬头。孔丘道："从今日起，子开就是你的师傅，还不给师傅磕头！"子开听了一惊，慌忙摇手，道："子开不才，不堪担此重任。"孔丘不由分说，吩咐子开道："站直了！受孔鲤三拜。"子开不得已，挺起腰板，受了孔鲤三拜。孔丘对孔鲤道："你娘教你的，若有与师傅所说不相吻合之处，皆以师傅所说为准，听明白了？"孔鲤点头。孔丘又道："但有疑惑不解之处，只问师傅，不得来问我。听明白了？"孔鲤又点一点头。孔丘略一沉吟，又对子开道："从今以后，我这边的事情你就不用再过问，专心替我管教这儿子。阙里山庄人多事杂，你不如与鲤儿一起搬到陬邑孔府去住。"子开道："弟子明白了。"说罢，扭头对孔鲤道："还不起来同师傅一起去收拾行装！"孔鲤瞟一眼孔丘，见孔丘不予理会，慌忙起身，跟着子开从屏风后退下。

　　俟子开与孔鲤的脚步声听不见了，子路道："夫子怎么不自己教伯鱼？"孔丘道："古人云：'易子而教。'你难道没有听说过？"子路道："听是听说过，只是不明道理何在。"孔丘道："道理简单得很。自己教自己的儿女，管教严，难免坏了父子之情；管教不严，如何能教得成才？你先师母不信这话，偏要自己教，却又一味溺爱，你看教出个什么结果？文武一窍不通，规矩一点不懂。"子路道："我看夫子的要求也太高了，这世上要是人人都像夫子一般文武全才，那还了得？"孔丘道："我有什么了得？年过四十还一无所成，将来死后还不是默默无闻，就如同不曾在这世上活过一样！"子路听了，略一迟疑，指着屏风道："'人不知而不愠，不亦君子乎？'这话难道不是说：君子不应当在乎成名与否？"孔丘摇头，道："所谓'人不知而不愠'，是指'不应当因别人不知道自己而生别人的气'。"子路道："夫子的意思难道是说：虽不应当生别人的气，却应当生自己的气？"孔丘道："不错。"孔丘说罢，起身走到与屏风相对的墙边，取笔蘸墨，在墙壁上写下十个大字，但见春梅从屏风后转出，子路见了，拱手向春梅施礼，道："师母可有什么吩咐？"春梅道："子开与鲤儿收拾得差不多了，你可去把车备好，送他们去孔府。"

　　子路退出门外。孔丘指着墙上的字迹对春梅道："你认识这几个字吗？"春梅对墙望了一望，道："君子疾没世而名不称焉。"孔丘道："不错。你懂这句话的意思吗？"春梅又对墙上的字迹看了一遍，道："意思是：君子担心死后不被人称道。"孔丘道："看来夫人教鲤儿不行，教你倒还教得不错。"春梅叹口气，道："认识这几个字又怎样？懂得这句话的意思又怎样？难道我死后会有人因此而称道我不成？像我这样的人，学与不学，知与不知，还不都一样是白活一场？"孔丘听了，道："你什么时候成了老子之徒？我看这'士别三日，刮目相看'之说，得改作'妇别三日，刮目相看'了。"春梅笑道："我不同你讲笑话，我有正经话要同你说。"孔丘道："你有什么正经话要说？"春梅道："等鲤儿他们走了，我要你陪我出去一趟。"孔丘道："你要去什么地方？"春梅道："尼丘神祠。"孔丘听了，摇一摇头，叹一口气，道："你去求过多次，皆无灵验，难道还不死心？"春梅道："我什么时候说过去求了？"孔丘道："不是去求，难道还是去谢？"春梅道："有求不应，难道还不能去骂？"孔丘摇头一笑，道："怎么会？但凡去求的，倘若不应，只会责怪自己心不诚，哪敢去骂？"春梅笑道："算你会猜，正是要去谢神。"孔丘听了一怔，道："难道你已有身？"春梅听了大笑，道："你刚回来几天？要是就有了，那还不是偷来的？夫人在日总说你呆，我还为你抱屈，没想到你真是呆得很！"孔丘道："你难道还求过什么别的事？"春梅道："我难道就不能求山神保佑你平安归来。怎么？你不信？"孔丘笑道："不信。"春梅嗔道："我每日早晚都领着鲤儿与朗儿在家祈祷一回，你既不信，我这就去唤鲤儿与朗儿来作证。"说罢，作势转身要走。孔丘见了，慌忙赔笑，道："我信！我信！不过……"春梅道："不过怎样？"孔丘道："就为这事去谢？"春梅道："不错。"孔丘道："既然如此，那就用不着去了。"春梅道："怎么用不着？你这不是平安归来了么？"孔丘道："我之所以能回，是因为季孙意如有求于我。否则，不要说你只是安坐家中祈祷，你就是每日去尼丘神祠磕一百个响头也无济于事。"春梅道："季孙意如为什么不去求别人，却偏偏去求你？焉知不是为山神所差？"孔丘听了，略一沉吟，道："同你说不清，陪你去走一趟倒也无妨。不过，你去了恐怕会失望。"春梅道："为何失望？"孔丘道："你去了就会知道。"

当日午后，孔丘与春梅到尼山脚下，但见石径残破、野草蔓延，一片无限荒凉、人迹罕至之状。春梅见了一惊，道："怎么会这样？"孔丘道："我方才不是说过，你去了恐怕会失望的么？"春梅道："你已经来看过？"孔丘摇头，道："我怎么会无事找事，到这儿来消遣！"春梅道："你怎能料到如此？"孔丘道："以理推之，必然如此。"春梅道："什么理？"孔丘道："自我上次修复尼丘神祠，至今已经二十五年。我出走之前，每隔三五年，都请人油漆粉刷、修补破败。我出走这七年间，有谁会出钱来维修？求神的人眼见神祠油漆剥落、石级倾斜、花草荒芜，却无人理睬，怎么还会再来？来的人越稀，神祠就越败落；神祠越败落，来的人就越稀。如此七年下来，还能不如此？"春梅听了，两眼发呆。孔丘道："走，既然来了，还不上去看看！"

孔丘率先来到山顶，远远望见神祠大门洞开，却无一个人影。等春梅到了，抬头一望，但见石门横梁之上所刻"尼丘神祠"四个大字依然完好无缺，只是颜色剥落殆尽；门旁两尊石雕麒麟，左边的一个略有些许破损，右边的一个则不仅砍掉了半边头，而且断了一条腿。孔丘走到门口，往门洞里探头一望，但见左扇门倾斜，倚墙而立，右扇门翻倒，横躺在地，两扇门上的铜钉皆已不知去向。孔丘回头，对春梅喊了声："小心！"抬腿踩着木门，穿过门洞，进到花园里，举目四望，只见石山依然如故，松柏略显憔悴，池水却早已干涸，池中板桥也早已断塌。孔丘进到里院，又张目四下一望，但见石径野草丛生，石阶倾斜残缺，廊柱油漆剥落，斗拱燕泥凋零。孔丘看了一回，拾残破的石级而上进入殿堂，一阵风来，几扇门窗同时"咿呀"作响。一股香灰夹尘土的气息扑鼻而来，几乎令人窒息。孔丘举头一看，但见神主牌位蒙尘受垢、翻倒在地；回头一看，但见三两个鱼烂的蒲团弃置一边。

孔丘正看时，听见身后响起一阵脚步声，知是春梅来了，转身道："当年先母来此，所见荒凉景象，想必与此相差无几。"春梅跨进殿堂，摇头一声叹息，道："当年我陪夫人来时，所见繁荣景象，却不可与此同日而语！"孔丘道："神祠的一兴一衰，皆因钱之力而非神之力。可见求神只是枉费功夫，谢神也自是多此一举。"春梅道："依我之见，并不见得如此。"孔丘听了，略微一怔，道："愿闻其说。"春梅道："你当年为何而出钱修复这神祠？"孔丘道："不过为了却先母的遗愿。"春梅道："先母难道不是因为求神有应，方才有此遗愿的么？可见神祠的兴衰，只是貌似因钱之力，其实却还是因神之力。"孔丘道："先母求神有应，不过是偶然巧合。"春梅道："夫人求神，屡应不爽，难道也是巧合？"孔丘道："她不也就求过一次吗？怎么到你嘴里，就成了'屡应不爽'？"春梅道："谁说夫人只求过一次？夫人临终将朗儿托付与我时，告诉我说：她已祈求尼丘山神保佑我由妾晋升为夫人。这不也应了？既然是一应再应，难道不是'屡应不爽'？"孔丘道："你来谢神，分明是为你当了夫人而来，却说什么是为我平安归来而来。这难道不是哄我？"春梅道："我又不曾求神保佑我为夫人，要谢也得夫人来谢，怎么该得着我？况且，你若不平安归来，我这夫人又怎么当得成？可见即使该我谢，不也得首先谢神保佑你平安归来才成么？"孔丘笑道："走一宋凤，又来一宋凤。"春梅嗔道："我怎么能同夫人相提并论！"孔丘听了，淡然一笑，道："怎么不能？一个是利口匹妇，另一个也是利口匹妇！"

第十二回　季孙父子倾轧　阳虎兄弟夺权

　　东野季孙意如避暑山庄之内，湖水悠悠，远接青山。一叶画舫在湖心荡漾，季孙意如与秦遄相向而坐，船头立着一个艄公，面色苍老，须发尽白，手持一根竹篙，不时举篙往水中轻轻一点，画舫便缓缓向前移动数尺。季孙意如道："上连天，下接水，旁无他人，相商机密之处，莫过于此。"秦遄不答，却用手中麈尾对着艄公之背一指。季孙意如见了，道："既聋又哑，绝对不会走漏风声。"秦遄道："原来如此。可见你邀我来这避暑山庄，并非为避暑，却为避人耳目！"季孙意如道："十二年前你对我说过一句话，当时我说并非当务之急，你可还记得？"秦遄道："我怎么会忘记？我倒以为你早忘了，想不到十二年后你竟然会旧话重提。不过，现在再来提，是不是有些太晚了？"季孙意如道："好像是有一点。不过，我季孙意如一日在，他阳虎一日不敢妄为，我只是担心我死之后，斯儿不是他的对手。"秦遄道："既然如此，你怎么不趁你还在的时候将他剪除？"季孙意如道："他投在季孙氏门下多年，用心尽力，功劳不少，苦劳偏多，外有贤能之名，内无显著之过。如果杀之不以罪，徒令我季孙意如蒙上心狠手辣、嫉能杀贤的恶名，有这么一个名声在外，以后还怎么会有能人肯投我季孙氏门下？能人不肯为我季孙氏所用，季孙氏又怎能长盛而不衰？"秦遄听了，略一沉吟，道："既然不便杀之，逐之如何？"季孙意如道："既经驱逐，他或者西走晋，或者东走齐。齐晋两国权臣皆已受他贿赂，定会受他怂恿，加兵于鲁，于我不利。"秦遄笑道："想不到你这行贿高手，今日却栽在行贿之上。"季孙意如道："我今日请你来，可不是为了听你讲这些闲话！"秦遄笑道："既不便杀，又不便逐，不讲闲话，还有什么别的话好讲？"季孙意如道："替他换个对手如何？"秦遄听了，略微一怔，道："难道你想更换世子？"季孙意如道："不错。"秦遄道："是不是也有些晚了？"季孙意如道："此话怎讲？"秦遄道："季孙氏家臣之中，不少人眼看你老了，都私下与季孙斯深相交结，比如仲梁怀，本经你一手提携，如今却成了季孙斯的谋主。我的意思是：季孙斯羽翼已成，罢黜之不易，搞不好别搞成搬起石头砸自己的脚。"季孙意如听了，轻蔑地一笑，道："仲梁怀胸无大略，不过会在小事上搞些阴谋诡计，他要是真有本事，我又何愁斯儿对付不了阳虎？"秦遄道："那你的意思在谁？"季孙意如道："瘄儿如何？"秦遄道："季孙瘄不乏才干。不过，既是庶出，又是少子，季孙斯身为嫡长，又无错过，凭空用庶少替换嫡长，如何令季孙氏族内人心服？族人心不服，难免内讧。内讧一起，岂不是等于赐给阳虎一个篡权的良机？"季孙意如道："三日后晋人会来索质子，我可以暗中收买晋使，叫他点名索斯儿为质，我于是假作不敢违拗晋人之意，不得已遣斯儿去晋，俟斯儿走后，再慢慢树立瘄儿的威信不迟。"秦遄听了，沉吟半晌，道："依我之见，多一事不如少一事。"季孙意如道："我看你是心存嫡庶的偏见，叔孙诺难道不是庶出，贤能岂在叔孙豹之下？孔丘乃野合而生，连庶出都不是，不也是文武双全，而且日渐德高望重？"秦遄道："我哪有什么偏见？我的意思不过是：事关重大，慎重为宜，仓促断决，未必为妙。"季孙意如道："古人云：'当断不断，反受其乱。'这话你难道没有听说过？"秦遄不答，只来回摆弄手上的麈尾。

仲梁怀府第客厅之内，仲梁怀与季孙斯对坐于主客之席。仲梁怀道："主公邀秦遄去东野避暑山庄，不知是为何事？"季孙斯道："无非是去湖上饮酒赋诗。"仲梁怀道："泛舟平湖，举酒嘱客，弹琴赋诗，的确是一大快事。不过，这种乐趣须有众多宾客方能兴致飞扬、气氛热烈，单请一个秦遄，你难道不觉得过于冷清？"季孙斯道："你的意思是？"仲梁怀道："泛舟湖上，固然是饮酒赋诗的好去处，也是秘商大计的好去处。"季孙斯道："近日朝廷并无大事，有什么机密要跑到避暑山庄去相商？"仲梁怀道："即使朝廷有大事，也用不着跑到避暑山庄去相商。"季孙斯听了一怔，道："此话怎讲？"仲梁怀道："主公与秦遄也许如你所说，不过去湖上饮酒赋诗，倘若并非如此，而是如我所料，乃是去秘商大事，那么，这大事必然是家事而非国事。不在家里谈，却跑到东野避暑山庄去谈，无非是想避开家里人。"季孙斯不以为然地道："家事？家里有事，我还能不知道？"仲梁怀道："与你不相干的事，你也许的确是无所不知。"季孙斯道："你这话是什么意思？你难道以为大人想避开的正是我？"仲梁怀道："你何妨去打听打听？"季孙斯道："怎么打听？上哪去打听？"仲梁怀道："当然是去避暑山庄。主公去避暑山庄业已一旬，即使无事，你也该去请安了。"季孙斯听了一笑，道："你以为我去大人面前请个安，大人就会把他同秦遄商量的秘密告诉我？"仲梁怀摇头道："当然不是。"季孙斯道："那你叫我去山庄里问谁？"仲梁怀略一迟疑，道："去问那艄公。"季孙斯大笑，道："你原来不知，那艄公既聋又哑！"仲梁怀诡秘地一笑，道："我怎么不知！你难道没听说过'士别三日，便当刮目相看'这句话？"季孙斯大吃一惊，道："你在那艄公身上做了手脚?"仲梁怀又诡秘地一笑,道:"你去见过了就知。"季孙斯听了,立刻起身。仲梁怀道:"且慢!你这就急着要去?"季孙斯道:"事不宜迟。"仲梁怀道:"你也不问问怎么才能令那既聋又哑的艄公开口?"季孙斯听了又一怔。仲梁怀站起身来,走到季孙斯跟前,对季孙斯一番耳语。

季孙意如避暑山庄膳房之中灯火通明,两张食几相向而设,季孙意如坐在上席,季孙斯坐在下席,四青衣童子垂手分立于四隅。晚膳已近尾声,食几之上杯盘狼藉。季孙意如停箸挥手,两青衣童子走上前来,撤走席上杯盘碗箸。片刻之后,季孙意如站起身来,对季孙斯道:"我有些累了,先去休息。你明日一早须赶回曲阜,也不宜睡得过迟。"季孙斯听了,慌忙站起身来,拱手称是。俟季孙意如出了膳房,季孙斯重新坐下,拿起银箸,举目往食几上一看,但见杯盘空空如也,方才醒悟自己其实早已吃完,不禁失笑。季孙斯将银箸放落在几案之上,模仿季孙意如的神气将手一挥,两青衣童子过来,将杯盘撤了。片刻之后,季孙斯也模仿季孙意如的姿势,站起身来,走出膳房。

季孙斯沿湖畔小径疾步行至船坞旁的一幢茅舍,举手在柴门上重拍三下,轻拍两下,又重拍三下,无人应门,季孙斯举手推门,柴门"呀"的一声打开。季孙斯踏进门里,举目一望,但见一条狭窄的石径穿过一个小小的院落,对门一排三间木板草房,季孙斯直奔中间一间房,举手拍门如前,然后侧耳一听,房里并无动静,身后却传来一声咳嗽。季孙斯慌忙转身,但见艄公立在垂柳之间,两眼发直,神色迷惘,一副既聋又哑的样子。季孙斯略一迟疑,一字一拍缓缓念道:"夜船吹箫,风雨如晦。"艄公听了,伸出右手食指向房门一指。季孙斯推门而入。月光自敞开的窗户射入房中,照见房间中央有一张白木几案,几案两边各有一个蒲团,对面墙角立着三两根竹篙、一两把木桨,此外便一无所有。艄公跟在季孙斯身后进了门,反手将门带关,转过身来,令季孙斯大吃一惊:原来的艄公不知去向,站在季孙斯面前的却是一个中年汉子,生得颧高颊削、唇薄嘴方,眉隐杀气、眼藏寒光。中年汉子见季孙斯惊讶不已,将左手一抖,轻声笑道:"老艄公的面孔在此!"季孙斯抬眼望去,但见中年汉子左手提着一副面具,须发俱白、惟妙惟肖。季孙斯道:"你是?"中年汉子道:"蒲人宋无存。"季孙斯道:"仲梁怀将你安置在此?"宋无存点头,伸手示意季孙斯就座上席。季孙斯并不谦让,在上席坐下,也不叫宋无存就座,只问道:"老艄公呢?"宋无存淡然一笑,一边用手抚摸面具的胡须,一边漫不经意地道:"大概早已成了鱼食。"季孙斯听了,不禁打个冷战,咳嗽两三声,方才道:"昨日秦大夫来,可与主公同去湖上？"宋无存闭口不语，只点一点头。季孙斯道："在船上饮酒赋诗？"宋无存摇一摇头。季孙斯道："弹琴吹箫？"宋无存又摇一摇头。季孙斯道："清谈闲话？"宋无存还是摇头。季孙斯顿了片刻，道："相商机密？"宋无存把头一点。季孙斯道："说些什么？你可听见？"

宋无存不答，却走到季孙斯身边，弯下腰来，对季孙斯一番耳语。宋无存说毕，站回原处。季孙斯听了，半晌不语。一阵沉默过后，宋无存道："据我所知，晋使不出三日就会到曲阜，事不宜迟，所谓'当断不断，反受其乱'。"季孙斯不解，道："什么事？如何断？"宋无存微微一笑，道："我早已买通主公的庖人，事情办起来易如反掌，只需你拿个主意，不必紧张。"季孙斯犹疑半晌，终于道："后日一早下手，千万不可留下半点蛛丝马迹。"宋无存不答，只将左手面具往头上一扣，恢复老艄公苍老呆痴的面孔，一转身拉开门，欠身送客。季孙斯略一迟疑，走到门外，又停住脚步，扭头吩咐宋无存道："不得令主公受苦！"

后日晨，季孙意如坐席上进早餐，季孙意如取匙尝羹，咽下一口，投匙于食几，站起身来，皱眉大呼："咸！咸！"庖人应声捧青铜水瓶而出，双手将瓶举到季孙意如面前，口称："小人该死，一时不慎，在羹中下多了盐。"季孙意如接过水瓶，接连大喝数口，道："岂止是羹而已，样样都咸得很。"庖人低头拱手，口称："小人该死！"。季孙意如仰头倾瓶，还要喝时，却发现水瓶早已空了。季孙意如将水瓶递还庖人，道："这就起程回府，你快去将水瓶盛满，带到车上去，以免路上口渴难当。"庖人退到厨下，四下一望，只见一个杂工蹲在灶边捅火，此外并无他人。庖人吩咐杂工道："快去后院打一桶泉水来！老爷等着要。"杂工慌忙起身，抄起身旁一个水桶，疾步而出。庖人目送杂工出了厨房房门，从怀里摸出一个细小竹筒，拔开筒塞，对着水瓶瓶口抖了几抖，但见些许白色粉末抖入水瓶之中。眼看竹筒空了，庖人将竹筒连同木塞一起投入灶口，重新将水瓶盖好。竹筒与木塞燃起的明火刚刚熄灭，杂工提水桶入，庖人灌水入瓶，匆忙奔出门外。

当日稍后，三辆双马拉的马车在驿道上疾驰。跑在前面的是辆兵车，车上立着四名腰挂弓箭、手持长矛的卫士。跑在最后的是辆普通客车，车厢漆黑，窗垂葛帘。中间一辆马大车高，车厢漆红描金，顶插锦旗，旗上绣一"季"字，季孙意如斜倚车厢之中，双手提水瓶，仰头倾瓶，却发现水瓶已空，将瓶盖盖好，忽然觉得胸口一紧，手指一松，水瓶滑落到脚下。大约一个时辰之后，季孙意如的车队驰入道旁的驿站，管家走到季孙意如的马车门前，举手轻拍车门，低头拱手道："已到房邑驿站，敢问主公是否须下车方便？"管家低头拱手恭候了片刻，不见反应，抬起头来，再次举手拍门。连拍三下，仍不见动静。庖人走过来，道："想是睡着了，你把车门打开，我要看看水瓶里的水是否喝光了，要不要加水。"管家将门拉开，探头一望，但见季孙意如斜躺在座，双目阖闭，口角微开，青铜水瓶侧倒在脚边。管家伸手取瓶，手臂不慎，轻轻在季孙意如膝盖上一碰，季孙意如顿时栽倒。管家见状大惊，慌忙将手中水瓶扔到地上，双手托起季孙意如，口中疾呼："不好，快来人！"四名卫士应声赶到，五个人七手八脚把季孙意如拖出车厢，抬进驿站。庖人从地上拾起青铜水瓶，绕到驿站后院泉水池边，用瓶接取半瓶泉水，将瓶盖好，双手捧瓶上下摇晃数下，将瓶盖打开，将水泼到草地之上。庖人将水瓶洗涮数次，然后用瓶接取少许泉水，将瓶盖好，提着水瓶，跑回驿站门前，四顾无人，将水瓶扔回原处，双手一甩，在衣襟上一擦。庖人收拾妥当，正欲往驿站里去，恰遇管家仓皇而出。庖人道："老爷可是中暑？醒了没有？"管家摇头，道："已经故去。"庖人一副惊慌失措之状，道："上车时还好端端的，怎么就过去了？"管家道："医师说是猝犯心疾，虽然去得突然，倒也去得无忧无痛。"

　　管家与庖人正说间，一辆马车从驿道驰下，在季孙意如车旁停了，车门开处，车上跳下一个人来，长眉阔颊，高颧削颊，神气傲岸，身材魁伟。管家与庖人皆认得是季氏总宰阳虎，慌忙上前拱手施礼。阳虎道："正要去避暑山庄去接主公，却不想在这儿碰着。主公在驿站里休息？"管家拱手道："主公故去了。"阳虎听了，大吃一惊，道："你说什么？"管家道："主公在车中故去，驿站医师说因猝犯心疾而终。"阳虎扭头朝季孙意如的马车一望，发现地上的水瓶，道："那水瓶怎么扔在地上？"管家道："我去车中取水瓶时，主公正好倒下，我慌忙扔下水瓶，双手将主公托起。"阳虎道："去把那水瓶给我拿来。"管家从地上拾起水瓶，双手捧到阳虎跟前。阳虎接过水瓶，问庖人道："这水瓶是你送上车的？"庖人拱手道："是。"阳虎道："你送上车时，这水瓶是满的？"庖人又拱手称是。阳虎将手中水瓶晃一晃，道："如今这水瓶里剩下的水已经不多，可见主公临终前喝过这水瓶中的水。医师说是猝犯心疾，我看是因为喝水中毒也说不定。"庖人满面惊恐，道："这水是我亲自灌的，怎么会有毒？总宰若不信时，让我把这剩水喝了。"阳虎听了，一声冷笑，道："这水万一真有毒，你喝了岂不会死了？你既死了，还怎么查得出谁是下毒的主谋？"说罢，扭头吩咐管家道："去驿站叫人牵条狗来！"片刻之后，管家领一名驿站伙计牵来一条黄狗，阳虎将手中水瓶递与驿站伙计，道："把这水叫狗喝了。"伙计略一迟疑，接过水瓶，将水灌下狗嘴，黄狗喝毕，摇头摆尾，欢腾雀跃，并无丝毫不适之状。阳虎观望了一阵，终于吩咐伙计把黄狗牵走，道："主公死得突然，不能不令人生疑，既然这水无碍，想是医师说得不错。"

季孙意如府议事厅中，季孙斯披麻戴孝，仲梁怀一身缟素，阳虎迈进厅门，也着一身缟素，见仲梁怀在，不予理会，只向季孙斯拱手施礼。季孙斯拱手还礼毕，道："阳总宰不知有何要事？"阳虎道："先公下世已经三日，主公怎么还不吩咐我准备安葬之事？"季孙斯道："先公下葬之事，仲梁怀早已安排妥当。"阳虎听了，瞟一眼仲梁怀，道："原来如此。"说罢，顿了一顿，又道："敢问国之宝玉何在？"季孙斯道："在我手中。"阳虎正要发话，却被仲梁怀抢先道："不知这宝玉何在，与阳总宰何干？"阳虎听了，不悦之情形诸颜色，道："先公在日，偏好此玉。我的意思是：此玉不宜留在人间，当陪葬先公之陵，不知主公意下何如？"季孙斯听了，一时语塞。仲梁怀道："这宝玉本是鲁国传国之宝，先君昭公仓皇出走之时，来不及带走，方为先公所得。据我所知，先公早已有意将此宝玉归还鲁公，只是一直未找到合适的机会。如今先公去世，正是物归原主的大好时机，用之陪葬，岂不是昭彰先公之过？"阳虎道："先公真有归还之意？我怎么不知道？"仲梁怀向季孙斯递过一个眼色。季孙斯会意，支吾道："先公确有此意，同我说过不止一次。"仲梁怀道："可见先公的意思，阳总宰不知道的还多得很！阳总宰不知道，有什么稀奇！"

阳虎白了仲梁怀一眼，忿忿然拱手告辞。俟阳虎的脚步声消失了，仲梁怀道："阳虎盛气凌人，简直不把主公放在眼里。我看这阳虎，还有费宰公山不狃，都以先朝元老自居，不会为主公所用，主公若不将这二人剪除，早晚是个隐患。"季孙斯道："继位伊始就剪除先公亲信，难以服众人之心。搞不好，众叛亲离，岂不是搬起石头砸自己的脚？"仲梁怀道："主公既然担忧人心不稳，何不于既葬先公之后，巡视季孙氏封地，就便慰劳赏赐各地邑宰、司马？"季孙斯道："此计甚好。你这就去替我把行程安排妥当。"

曲阜风敲竹酒楼二楼雅座包间之内，阳虎与阳越对食几而坐，食几之上酒浆菜肴摆满一席。酒过一巡，阳越举杯在手，道："有什么机密，还不能在你府上说，却要跑到这儿来讲？"阳虎道："你整日在赌场、妓院厮混，近日可听到什么流言？"阳越放下酒杯，道："听说季孙斯要用仲梁怀取代你，这话是空穴来风呢，还是其来有自？"阳虎道："这季孙氏总宰的卑职，我早已当腻了，不当也罢。"阳越笑道："好大的口气，嫌季孙氏总宰的职务卑微，难道还想执鲁国之政不成？"阳虎道："你以为我不行？"阳越听了一惊，道："酒方过一巡，你怎么好像就醉了？"阳虎道："你才在那儿说醉话！我跟随季孙意如这么多年，他玩的那些权术，大都由我经手，他季孙意如连鲁公都能撵走，我阳虎做个安分的执政有什么不成？"阳越道："还说没有喝醉！你连季孙氏是公族世家，阳氏不过是季孙氏家臣都给忘了。"阳虎道："《诗》曰：'高岸为谷，深谷为陵。'你懂不懂？"阳越摇头，嗤之以鼻。阳虎叹口气，道："我劝你读书，你总把我这话当成耳边风。不学，所以无知。"阳越笑道："闲谈之时，引几句《诗》曰，不过装潢门面而已，有什么实用？"阳虎道："谁说没有实用？你要是懂得'高岸为谷，深谷为陵'的寓意，就应当明白大夫未尝不可以取代诸侯，家臣未尝不可以取代大夫。"阳越听了一怔，道："这两句《诗》曰，当真是这个意思？"阳虎道："我哄你干什么？你不信时，去问孔丘。"阳越笑道："你果然在哄我，孔丘什么时候成了你的顾问？"阳虎道："谁说孔丘成了我的顾问？如今人人都道孔丘是《诗》学大师，不叫你去问孔丘，叫你去问谁？"阳越笑道："我信。成了吧？不过，《诗》这么说，你就这么信？岂不成了诗呆？"阳越说罢，斟满酒杯，又一饮而尽。阳虎道："少喝点！你已经在疯言疯语了，我还有正经话吩咐你，你替我去费邑走一趟，告诉公山不狃，我正策划驱逐仲梁怀，望他不要插手干预。"阳越道："你不是嫌季孙氏总宰之职卑微，不想干了，怎么又去同仲梁怀争？"阳虎道："谁去同他争！"阳越狐疑不解，道："然则为何？"阳虎道："仲梁怀是季孙斯的谋主，季孙斯不过一酒囊饭袋，逐走仲梁怀之后，再夺季孙斯之权，自会易如反掌。"阳越道："你还真想夺季孙斯的权？哪那么容易？"阳虎道："所以我叫你好好练习射箭，射箭射成那样子，干什么能容易？"阳越不予理会，道："就算季孙斯是个酒囊饭袋，难道仲孙何忌与叔孙不敢都会袖手旁观，任你为所欲为？"

阳虎稍一迟疑，道："叔孙不敢快要死了。"阳越听了，大吃一惊，放下手中箸，道："叔孙不敢不曾去吊季孙意如，只说是热伤风，怎么就会死？你这消息是从哪来的？"阳虎道："热伤风不过是掩饰之辞，其实是病入膏肓，危在旦夕。"阳越道："倘若叔孙不敢真的死了，由谁继主叔孙氏？是叔孙不敢之子叔孙州仇？还是叔孙不敢之弟叔孙辄？"阳虎道："谁继主叔孙氏，眼下对你我都无关紧要。不过，叔孙辄与公山不狃深相交结，你去见公山不狃时，正要利用这关系作为讨价还价的筹码。"阳越道："你的意思是要我告诉公山不狃：只要他公山不狃不干预你驱逐仲梁怀，你也绝不干预他公山不狃支持叔孙辄？"阳虎道："意思不错。不过，何妨说得动听一些？"阳越道："我嘴笨，怎么说得动听，那还得你教我。"阳虎道："你只需告诉公山不狃：倘若他有意支持叔孙辄，我阳虎一定竭力相助。公山不狃是个明白人，我阳虎为何会竭力相助？不用你说，他自会明白。"阳越却提起酒壶，先给阳虎斟满，然后给自己斟满，举杯齐眉，笑道："季孙斯是个饭桶，叔孙氏自顾不暇，仲孙何忌孤掌难鸣，还有什么事情不成？"阳虎也举杯齐眉，却并不笑，只道："但愿如此。"

费邑城外十里长亭外，赤日当头，炎气腾空。天际无半点云彩，地上没一丝风凉。数十名仪仗，身披银甲，手擎画戟，夹驿道而立，个个汗流浃背。公山不狃立在驿道中央，额上涔涔渗汗，喉里焦敝生烟。不久，一阵马蹄声急，一行车队由远而近，仲梁怀驾车率先跑到，把缰绳勒了，季孙斯从车上一跃而下。公山不狃向前迈出一步，拱手道："费宰公山不狃参见主公。"季孙斯见了，慌忙拱手还礼，道："天热如此，子泄何必自苦远道郊迎！实不敢当之至。"仲梁怀立在车上，将马鞭一甩，道："家臣参见主公，本当如此，主公何必谦让！"公山不狃听了，不动声色，转身向仲梁怀拱手道："多日不见，梁怀别来无恙？"仲梁怀并不下车，手执马鞭，双手约略一抱，算是还了半个礼，道："为主公驾车，不敢失职下车，望不狃不要见怪。"季孙斯瞟一眼仲梁怀，仲梁怀假作不见。季孙斯对仲梁怀道："你领车队先行进城，我同子泄到长亭里说两句话再来。"说罢，把公山不狃拖到一边，联袂往长亭而去。仲梁怀见了，满脸不悦，无可奈何领着车队绝尘而去。

费邑迎宾馆正厅之内，正面一扇屏风上刻八个大字，刻的是："不忮不求，何用不臧。"屏风前一张几案，季孙斯踱入厅中，对屏风一望，道："这两句《诗》倒也选得好。"仲梁怀跟着踏入厅中，笑道："只可惜搁错了地方。"季孙斯听了一怔，道："此话怎讲？"仲梁怀道："把这两句《诗》搁在迎宾馆中，岂不等于告诫来宾：'不要嫉妒，不要贪求。'好像只有他主人才是君子，来客都是小人。"季孙斯道："我看你是有心挑剔他。"仲梁怀正欲回话，两青衣童子各捧一青铜托盘入，将托盘放到几案之上，盘中一壶酒、一盏杯、两双银箸、四碟下酒腊味。司客随后入，拱手道："请先小斟一回，公山费宰将于酉时来接主公与仲大人同赴晚宴。"季孙斯坐了上席，仲梁怀坐了对席。酒过一巡，季孙斯道："你方才在长亭对公山不狃失礼得很，晚宴时千万小心，不要再得罪他。"仲梁怀道："我是有意煞一煞他的威风，让他知道主公对他客气，并不是怕他。"季孙斯道："一个阳虎已经够你我对付的了，何必又树一敌？"仲梁怀道："阳虎有什么可怕？他一向不过仗着先公之势欺人。如今先公既没，他失去了靠山，还想妄作威福，不过自寻死路！"

季孙斯与仲梁怀在费邑迎宾馆中饮酒之时，公山不狃在费宰官邸客厅中徘徊数度，陡然立住脚，喊一声："来人！"一青衣童子入，公山不狃道："快去客房请阳大夫来。"片刻之后，阳越入，两人各就宾主之席，公山不狃道："昨晚你说起那宝玉的事，我还以为仲梁怀既有保全先公名誉之心，又有忠于鲁公之意。方才见着他，才知道他果然如阳总宰所说，不折不扣一个得志小人！"阳越道："既然如此，昨夜同你谈过的那话，你是拿定主意了？"公山不狃道："你回去告诉阳总宰：他若无意逐仲梁怀，就留给我来逐！"阳越听了大喜，起身拱手，道："有你这句话，我就放心了，先替家兄谢过你。晚上你还要宴请主公与那得志小人，我就此告辞，不再打搅。"公山不狃站起身来道："且慢！"阳越听了，停下脚步，公山不狃道："你从我这儿带一只信鸽去，下手之前，不用寄书，只需将空鸽放回，我知道了好有个戒备。否则，万一曲阜须我增援，我这儿不免措手不及。"阳越拱手称谢，道："难怪家兄一向佩服你，果断缜密，确乎非寻常人所能企及。"

孔丘立在阙里山庄走廊之上，背叉双手，仰面观天，子路侍立于旁。一阵凉风骤然刮地而起，天际乌云滚滚自西而来。孔丘正要走下台阶，一只信鸽从庄外飞来，在廊前打一个盘旋，往鸽房方向去了。不移时，子路手持一竹筒返回，将竹筒递交孔丘。孔丘接过，剔开封泥，取帛书在手上展开来一看，但见帛书上写着"勿适鲁"三个小字。子路道："飞鸽传书，想是有要紧之事？"孔丘不答，只把帛书递给子路。子路看了，狐疑不解，道："谁写这三个字来？究竟是什么意思？"孔丘道："先不说谁写来这三个字。至于'勿适鲁'这三个字，不就是说：不要去曲阜么？这意思不是明白得很？"子路道："这意思虽然明白得很，可也神秘得很，令人猜不透所以然。"孔丘道："一定是曲阜即将有大事发生，这人担心我去曲阜不巧赶上，所以飞鸽传书来示警。"子路道："这人能是谁？"孔丘道："只有仲孙何忌、南宫敬叔与公山不狃有信鸽认识往来阙里山庄的路径。"子路道："由此可见这鸽书必然是南宫敬叔或者仲孙何忌所寄。"孔丘道："何以见得？"子路道："公山不狃在费，如何能知曲阜之事？"孔丘道："这理由并不充分。依我之见，这鸽书恐怕正是公山不狃所寄。"子路道："夫子这般推想，又有什么根据？"孔丘道："我的根据也就是你的根据，也是由公山不狃不在曲阜这一点推断而出。"子路不解，道："愿闻其详。"孔丘道："身居曲阜的人，叫我不要去曲阜，想必会写：'勿来鲁'。如今这鸽书既写作：'勿适鲁'，可见这下书的人同我一样，并不在曲阜。"子路听了，懊恼道："原来如此，我怎么就没想到从文字上琢磨！"孔丘道："假设我的判断不错，这鸽书的确系公山不狃所寄，你猜猜看曲阜会有什么大事即将发生？"子路略一沉吟，道："莫非季孙斯要对阳虎下手？"孔丘道："根据呢？"子路道："季孙斯五日前去费邑，听说曾与公山不狃在费邑城外十里长亭密谈。"孔丘道："你这推断至少有四点破绽。"子路道："愿闻其详。"孔丘道："破绽之一，季孙斯与公山不狃在费邑城外十里长亭会晤，当着大庭广众，没有谁会挑选那样的场合密商大计。破绽之二，如果公山不狃早在五天前就得了消息，定会早遣亲信使者前来送信。既然是飞鸽传书，必然是消息得来仓促，来不及遣人。破绽之三，我虽婉拒季孙斯为弟子，季孙斯对我一向执礼甚恭。倘若这即将发生的大事，是季孙斯对阳虎下手，曲阜虽然或许会有些混乱，我并用不着格外小心。破绽之四，公山不狃是季孙意如的亲信，并非季孙斯的亲信。季孙斯以仲梁怀为谋主，据说仲梁怀在费对公山不狃傲慢无礼，想必不会引之为同谋。"子路道："然则夫子以为将如何？"孔丘道："极可能是恰恰相反。"子路道："夫子的意思难道是：阳虎将对季孙斯下手？"

孔丘点一点头，正欲有所陈说，电光一闪，一个闷雷从天而降，不偏不倚，正巧打在走廊之下，紧接着，铜钱大小的雨点夹着蚕豆大小的冰雹打到地下，溅上走廊。孔丘吃了一惊，不禁向走廊里面退了两步。子路却反而向前迈一步，任凭雨水与冰雹溅上衣摆，笑道："雷有什么可怕？"孔丘道："你以为你站到屋檐边把衣裳沾湿了，平白无故遭雷打死，叫做'勇'？那叫'傻'！遇雷电、狂风，慎重避开，所谓'迅雷风烈必变'，那才是君子处事之道"。子路听了，立刻退后几步，与孔丘一般，倚墙而立。师徒二人沉默不语，静静地观望着漂沱大雨在顷刻之间将台阶下低洼之处变成溪流。不久，冰雹停了，狂风不息，大雨依旧如注。子路道："伯鱼与子开在孔府，毗邻曲阜，要不要我去把他们接回来？免得城门失火，殃及池鱼。"孔丘道："我也正作如是想，你去时顺便将消息告诉南宫敬叔，也好让他心中有数。"子路拱手告辞。孔丘道："且慢！等雨停了再走不迟。现在就走，路上倘遇山洪暴发，反而坏事。"子路道："事不宜迟，谁知这场雨要下多久？"孔丘道："'飙风不终朝，暴雨不终夕'，这话你难道没有听说过？暴风骤雨没有能够经久的。其实，岂止风雨如此，世上一切事物未尝不如此。所谓'其进疾者，其退速'，此之谓也"。

当日深夜，曲阜仲梁怀府外，一片火光之中，黑压压不知多少人马杀奔府门而来。阳越一马当先，背负雕弓，腰悬羽箭，手挥长剑，口中大喊：

"休要走了反贼仲梁怀！"仲梁怀卧室之内，一名使女在门外慌忙拍门，喊道："老爷！老爷！不好了！"仲梁怀与一个女人从锦被中探出头来。仲梁怀怒不可遏，道："什么事这么大惊小怪！"使女道："门外官兵不知多少，将府第团团围住，要捉拿老爷。"仲梁怀冷笑一声，道："官兵？没有我的命令，谁能调动官兵？"使女道："有人认识为头的官人是阳总宰之弟，门卫已经抵挡不住，眼看就要进了。"仲梁怀听了，大惊失色，慌忙披衣起身，将女人推下卧榻，掀开卧褥，露出一个把手。仲梁怀将把手一扳，但听得"咿呀"一声响，卧榻翻转，人去榻空。

不过片刻，阳越带领士兵破门而入。阳越左手执火把，右手仗剑，张目四望，但见一个赤裸女人，怀抱一张锦被，缩在卧房一角吓得发抖。阳越道："仲梁怀何在？"女人用手哆哆嗦嗦朝卧榻一指。阳越不禁又朝空榻看了一眼，扭回头来，用剑尖指着女人，道："榻上无人，你还不从实招来？"女人用手哆哆嗦嗦朝下一指。阳越走到榻前，用剑尖挑起锦褥，露出光光的花梨木板，阳越用手拍一拍木板，空然有声。阳越挥剑一招，早有一名小校领着四名士兵奔上前来。阳越道："把这木板扳开！"四名士兵又橇又扳，忙个不迭，木板却依然不动。阳越气急败坏，道："拿斧头来，给我劈开！"不移时，两名士兵手持斧头入，一阵猛劈之下，木板终于迸裂，露出一个地道入口。小校从旁问道："要不要遣人下去追？"阳越略一沉吟，摇头道："他既有备如此，必然追他不着。下面说不定还设有机关陷阱，遣人下去，枉自送了性命。"阳越说罢，对缩在墙角的女人盯了一眼，道："仲梁怀居然想在阳总宰头上动手动脚，当是有眼无珠。不过，他看女人，却好像眼光还不错。"小校会意，趋前拱手道："我这就小心将她护送到大人府上去。"

次日晨，季孙斯府大门之外，季孙斯登上等候在门口的马车，喊一声："鲁宫！"车夫举手挥鞭，马车绝尘而去。不久，季孙斯的马车进了阳虎府第后门。马车停下，季孙斯开门下车，举头一望，但见圆柏参天，夹杂几棵古槐，并无房舍，不禁一怔，道："这是什么地方？"阳虎应声从车后转出，道："弊舍后园。"季孙斯闻言转身，见是阳虎，大吃一惊，道："怎么回事？是你着车夫将我拉到这儿？"阳虎笑道："不错，是我买通你的车夫将你拉到这儿。"季孙斯道："你想怎样？难道还想扣留我在此不成？"阳虎又一笑道："有什么不成？"季孙斯道："鲁公与仲梁怀在鲁宫听贤馆等我，见我不去，仲梁怀定会发都城卫戍全城搜索。仲梁怀早就疑心你图谋不轨，你这府第必是他搜索的第一个目标。"阳虎听了大笑，道："仲梁怀凭什么发都城卫戍？"季孙斯道："当然是发兵的虎符。"阳虎伸手从怀中取出半边虎符，递给季孙斯，道："是不是这块虎符？"季孙斯接过虎符一看，顿时变了脸色，道："这虎符怎么落在你手中？"阳虎道："因为仲梁怀已经不知去向。"季孙斯听了，额上冒出冷汗，道："你把他怎样了？"阳虎道："我能把他怎样？不过放他一条生路走了，他如今或许已经到了齐国也说不定。"季孙斯听了，心中叫苦不迭，嘴上却赔笑道："阳总宰跟随先公多年，一向忠心耿耿。仲梁怀向我要这总宰之职，我其实并无意给他。"阳虎听了一笑，道："这季氏总宰之职，我阳虎早已当腻了，你想给谁都成。"季孙斯道："那你究竟要如何？"阳虎道："与我歃血为盟，将你这执政之职让给我。"季孙斯听了一怔，摇头道："你不过季孙氏的家臣，居然想执鲁国之政？真是异想天开！"阳虎道："《诗》曰：'高岸为谷，深谷为陵。'这两句诗你难道没有读懂？"季孙斯道："不管你引什么《诗》曰、《书》曰，你这妄想万万办不到。"阳虎听了，口喊一声："来人！将季孙斯押到马厩草料房去，什么时候他想通了，什么时候带他来见我。"四个如狼似虎的汉子应声而出，将季孙斯拖将下去。

阳虎扣下季孙斯之时，仲孙何忌步出府门，正欲登车，望见一辆马车疾驰而来，马蹄还不曾立定，车上已经跳下一个人来。仲孙何忌抬头看时，但见不是别人，却是南宫敬叔。仲孙何忌见了一怔，道："你一早匆忙跑来，难道有什么急事？"南宫敬叔道："立即传令各门守卫，速关大门，登楼备战。再发一封鸽信给成邑邑宰公敛处父，告他曲阜有变，戒备待命。"南宫敬叔一边说，一边把仲孙何忌拽到门里。仲孙何忌听了，大吃一惊，道："你从哪得了消息？"南宫敬叔道："今日凌晨，子路奉师傅之命，从阙里山庄赶来，将这消息传与你我。"仲孙何忌道："究竟是什么事？"南宫敬叔道："子路说：传消息给师傅的人不曾明说，据师傅揣测，可能是阳虎要对季孙斯下手。"仲孙何忌听了一惊，道："阳虎竟敢如此？"南宫敬叔道："我也不敢置信。不过，既然师傅如此揣测，宁可信其有，不可信其无。"仲孙何忌道："你跑来我处，你府中安全却交给谁？"南宫敬叔道："子路来接子开与伯鱼回阙里山庄，我已托子路一行就便将妻室家小送往翡翠山庄暂住，你不必担忧。"

仲孙何忌与南宫敬叔在议事厅上坐下，司阍疾步入，拱手道："阳越在大门外求见。"仲孙何忌与南宫敬叔听了，皆略微一怔。仲孙何忌道："他是一人前来，还是带领人马？"司阍道："只有一人，并不曾带着人马。"仲孙何忌与南宫敬叔相对看了一眼。南宫敬叔道："他来得正好，可以打探得出些确切的消息。"仲孙何忌吩咐司阍道："请他进来。"不移时，阳越自外入，仲孙何忌与南宫敬叔起身还礼。寒暄既毕，各就宾主之席。阳越道："昨夜发生一起不大不小的事件，两位大夫想必已有所闻？"仲孙何忌道："我仲孙何忌一向不打听他人的私事。"阳越道："我阳越岂敢用私事打搅仲孙大夫！"仲孙何忌道："倘若是国事，我身为次卿，如何不予闻？"阳越赔笑道："事发仓促，未及预先奉告，还盼仲孙大夫多多包涵。"南宫敬叔道："什么事情如此仓促？"阳越道："仲梁怀图谋不轨，我奉命将他捉拿归案，却被他走脱。"仲孙何忌道："仲梁怀如今安在？"阳越道："大概逃在齐国。"南宫敬叔道："你口称'奉命'，不知是奉谁之命？"阳越道："奉鲁国执政阳虎之命。"仲孙何忌与南宫敬叔听了，皆大吃一惊。仲孙何忌道："阳虎不过季孙氏家臣，怎么成了鲁国执政？"阳越道："《诗》曰：'高岸为谷，深谷为陵。'两位大夫都是孔丘之徒，想必于这两句诗，并不陌生。"

　　仲孙何忌与南宫敬叔听了，面面相觑。沉默片刻之后，仲孙何忌道："季孙斯如今安在？"阳越道："在家兄马厩切草。"仲孙何忌与南宫敬叔听了，又皆大吃一惊。南宫敬叔道："曲阜卫戍尽在季孙斯掌握之中，阳虎与你竟敢如此胆大妄为？"阳越听了大笑，伸手从怀中取出半边虎符，在仲孙何忌与南宫敬叔面前一晃，道："我阳越早已领了都城司卫的卑职。"仲孙何忌道："仲孙氏驻曲阜的精兵不下一千，成邑步骑兵车早已作好准备，招之即来。"阳越听了，淡然一笑，道："阳氏若打算与仲孙氏为敌时，我怎么还会在仲孙大夫府上做客？"南宫敬叔道："你来此究竟打的什么主意？"阳越道："不过想同仲孙大夫做个买卖。"仲孙何忌道："什么买卖？"阳越道："倘若仲孙大夫应允支持家兄为鲁国执政，家兄就会刀下留人。否则，季孙斯就会身首异处。"仲孙何忌道："买卖之所以能成交，因买卖双方皆有利可图。阳虎刀下留人，于我仲孙何忌有何利可言？"阳越道："杀了季孙斯，家兄将拥立季孙寤为季孙氏之主。季孙斯是个酒囊饭袋，季孙寤雄才大略，此为有目共睹、不容争议的事实。不知季孙氏是有个英明之主对仲孙氏有利呢？还是有个庸碌之主对仲孙氏有利？"仲孙何忌思量片刻，道："你要我如何做？"阳越道："我在你府上作人质，你遣南宫敬叔去家兄府上见季孙斯，告诉季孙斯：仲孙氏支持家兄为鲁国执政。"仲孙何忌道："如此而已？"阳越道："如此而已。"仲孙何忌口喊一声："来人！"两个彪形大汉应声而入，垂手听命。仲孙何忌道："将阳越押到马厩草料房去！"阳越听了，大吃一惊，道："你这是什么意思？"仲孙何忌一笑，道："你不是要充当人质吗？我让你如愿以偿。"阳越还要有所陈说，仲孙何忌将手一挥，两条汉子不由分说，将阳越拖将起来，架了出去。

　　俟脚步声听不见了，仲孙何忌道："你的意下如何？这买卖是做，还是不做？"南宫敬叔道："我看还是做好。季孙寤不仅狡诈多端，而且野心勃勃，外加一个阳虎，绝对于我仲孙氏不利。"仲孙何忌道："不过，如此一来，阳虎便成了上卿，你我都得屈而下之。"南宫敬叔道："所谓上下，其实也不过就是个没有多大意思的名义。真正有实际意义的，是有无封地？有多大的封地？阳虎即使攫取执政之位，身无寸土，如何能维持得长久？"仲孙何忌道："小人得寸进尺。阳虎今日得了执政之职，明日岂不会要求裂土封爵？"南宫敬叔道："到时候再同他为难不迟，当务之急，在于保全季孙斯性命。"仲孙何忌稍一迟疑，道："说的是。不过，既要做这笔买卖，你少不得去阳虎府走一趟，我有些放心不下。"南宫敬叔道："有阳越在此为质，谅阳虎不敢胡作非为。"

南宫敬叔驱车行到阳虎府第，阳虎拱手相迎，请南宫敬叔就座客席。南宫敬叔道："不必。南宫敬叔并非来阳府作客，不过为见季孙斯一面。"阳虎道："好！快人快语！我阳虎最愿意同痛快人做买卖。"说罢，口喊一声："司客何在？"司客应声而入，阳虎道："快领南宫大夫去马厩。"南宫敬叔道："且慢！谁说我要去马厩？"阳虎道："你不是要见季孙斯么？季孙斯正在马厩草料房里。"南宫敬叔道："不错，我是要见季孙斯。不过，我并没有说我要去见季孙斯。"阳虎听了，略微一怔，道："此话怎讲？"南宫敬叔道："我要季孙斯来见我！"阳虎踌躇不语。南宫敬叔道："既然阳总宰好像不愿做这笔买卖，南宫敬叔就此告辞。"说罢，拂袖举步，往门外便走。阳虎见了，慌忙赔笑道："敬叔请留步。"说罢，扭头吩咐司客道："还不快去请季孙大夫来！"南宫敬叔道："阳大夫也请回避一下。"阳虎听南宫敬叔改称他为"大夫"，喜形于色，道："这个自然。"说罢，退出厅外。不移时，季孙斯入，见了南宫敬叔，大吃一惊。季孙斯道："你怎么也被扣在这儿？"南宫敬叔微微一笑，道："我要是也被扣在这儿，还不因在马厩，怎能在客厅里优哉游哉？"季孙斯听了一怔，道："如此说来，你同阳虎做了一路？"南宫敬叔又微微一笑，道："我要是同阳虎做了一路，你还不早已魂断黄泉？"季孙斯道："然则你来救我出去？"南宫敬叔道："这么说还差不多。"季孙斯道："既然如此，还不快走，更待何时？"南宫敬叔道："要走也没那么容易，你得先卸下一副担子才能走得了。"季孙斯一脸狐疑，道："什么担子？"南宫敬叔道："阳虎要求什么？"季孙斯道："他要我将执政之位让给他。"南宫敬叔道："我说的正是执政这副担子。"季孙斯道："这如何使得！"南宫敬叔道："你使得，他也得；你使不得，他也得。"季孙斯道："此话怎讲？"南宫敬叔道："阳虎已同季孙寤勾结在一起。你肯将执政之位让给阳虎，你依旧是季孙氏之主。你不肯将执政之位让给阳虎，阳虎杀你，拥立季孙寤为季孙氏之主，季孙寤自会将执政之位让给他。所以说：你使得，他也得；你使不得，他也得。"季孙斯听了，愕然不知所云。南宫敬叔道："我劝你还是不如答应阳虎的要求，先留下性命再说。其余之事，容后缓图。"季孙斯道："小人得志，得寸进尺。今日让他得了执政之位，明日他要我季孙氏的封地，难道也让给他不成？"南宫敬叔道："他不是要与你歃血为盟么？你何不要他当众发誓，决不再有其他索求？"季孙斯不屑道："他这种人发的誓，难道可信？"南宫敬叔道："所以要他当众发誓，往后他倘若食言违誓，必然因此而致众叛亲离。"季孙斯犹疑片刻，终于点头，道："看来也只好如此。"

当日稍后，阳虎府第议事厅外，石阶之下，人头涌动。走廊之上，季孙斯与阳虎相向而立。三通鼓响既毕，司祭自厅中出，行至季孙斯与阳虎之间，口喊一声："取鸡血来！"一青衣童子应声自厅出，双手捧一青铜托盘，盘中盛两只青铜鎏金觥，觥中盛满新刺的鸡血。司祭取出左边的觥，双手捧着，递与季孙斯。季孙斯双手接过，举到齐眉之处，口中念道："阳虎久掌机要，深谙政事，才宏识远，德高望重，季孙斯自愧弗如，愿辞执政之职，举阳虎以自代。指日为誓，何敢食言！"念罢，仰头倾觥，将觥中鸡血一饮而尽。司祭见了，从盘中拿起右边的觥，也用双手捧着，递与阳虎。阳虎双手接过，也举到齐眉之处，口中念道："窃闻让贤乃君子之美德。季孙斯以阳虎为贤，让执政之位，阳虎敢不成季孙斯之美！阳虎既居执政之位，便当一心为鲁，尽忠效力，倘若心怀叵测，图谋私利、侵凌季孙，天诛之！地灭之！指日为誓，何敢食言！"念罢，仰头倾觥，也将觥中鸡血一饮而尽。司祭见了，口喊一声："歃既！"

转眼之间，秋去冬来。阙里山庄内外，大雪纷飞。孔丘与子路立在走廊之上，观赏雪景，门口传来犬吠之声。片刻之后，南宫敬叔从庄门方向冒雪而来，远远望见孔丘与子路，加快脚步，登上台阶，向孔丘施礼，孔丘道："曲阜局势如何？"南宫敬叔叹口气，道："阳虎既握大权，顿时作威作福，但凡与阳虎不协者，或遭杀害，或遭驱逐。"孔丘道："秦遄呢？"南宫敬叔道："秦遄要不是跑得快，早已成了阳虎刀下冤魂，真没想到朝廷上下，竟然没有一个是阳虎的对手！"孔丘道："并非阳虎真有那么大的本事，他既居执政之位，挟鲁公以令大夫，谁敢不从？"子路道："弟子不才，愿提三尺之剑去曲阜取他性命！"孔丘道："休要胡说！阳虎出入必定戒备森严，你恃匹夫之勇，以图一逞，枉自断送自己的性命！"子路道："专诸能刺吴王僚，要离能刺公子庆忌，弟子为何独不能刺阳虎？"孔丘道："且不说你的剑术不能与专诸、要离相提并论。专诸与要离皆处心积虑，谋划经年，兼有内应，方能成功。你如今仓皇独往，内外无援，何能有成？"子路道："难道就如此听任阳虎横行霸道不成？"孔丘道："大夫篡诸侯之权，少有能过五世不亡的。家臣篡诸侯之权，充其量不过三世，必亡无疑。况且阳虎虽然已经篡取执政之位，却无尺寸之土，何能长久？依我看，其身败名裂，指日可待。"南宫敬叔道："弟子当初也是这么想。"孔丘道："既称'当初'，可见你如今已不这么想？"南宫敬叔道："据仲孙何忌在齐国的细作报告，阳虎已遣人去齐，贿赂齐国权臣，意在阴谋占据一块地盘。"孔丘闻言，捋须不语。南宫敬叔道："弟子还要去翡翠山庄接眷回曲阜，不便久留，就此告辞。师母处请代为请安。"孔丘道："且慢！阳虎既有这般野心，你与何忌宜早为备，不能坐以待毙。"南宫敬叔道："弟子闻命，师傅放心。"说罢，拱手下阶而去。

侯南宫敬叔的身影不见了，子路道："弟子方才说要去行刺阳虎，本来是想激一激南宫敬叔，不料夫子把话给岔开了。"孔丘听了一笑，道："原来如此。你说话从来直来直去，什么时候学会了拐弯抹角？怎能不叫我会错意？"子路道："仲孙何忌兄弟也太懦弱，手下人马不下数千，却听凭阳虎坐大，不敢有所作为。"孔丘摇头，道："你是只知其一，不知其二。"子路道："愿闻其详。"孔丘道："季孙氏兵力远出仲孙氏之上，如今皆在阳虎掌握之中。叔孙不敢新死，叔孙州仇与叔孙辄相争，族内不和，不能依之以为援。仅凭仲孙何忌手上这点实力去与阳虎硬拼，无异于以卵击石。"子路听了，哑口无言。一阵沉默过后，孔丘发一声叹息，道："孔丘生不逢时，遭此乱世，夫复何为！"子路道："夫子方才不还在说阳虎之亡，指日可待么？怎么忽然又悲观起来？"孔丘道："你难道没有听见南宫敬叔的话么？阳虎要是占据一块封邑，想要见阳氏之亡，说不定真要等上三世了。况且，即使阳虎之亡指日可待，我已年近五十，我又还有多少日子可待！"子路听了，又哑口无言。师徒二人静静地立着，风雪不知于何时早已停息，天际暮色苍茫，树梢寒鸦点点。

阳虎府第膳房之内，阳虎与阳越隔食几相对而坐，几上酒浆菜肴摆满一席。阳越道："今日怎么得闲请我？"阳虎道："该杀的都已杀却，该逐的都已逐走，也该是松一口气的时候了。"阳越道："好像还差一个没有逐走？"阳虎道："你还想逐谁？"阳越道："不是我想逐，是你要逐，怎么给忘了？"阳虎端起酒杯，一饮而尽，道："笑话！我要逐谁，我怎么会忘记？"阳越道："十二年前你想逐孔丘，结果不仅没逐成，还在仲孙何忌府上碰了个软钉子。如今孔丘还在，你难道不是把他给忘了？"阳虎又斟满一杯酒，一饮而尽，笑道："我道你说谁，原来你是说孔丘！此一时也，彼一时也。"阳越道："此话怎讲？"阳虎道："当年我不过季孙氏家臣，孔丘也不过小有名气，争一口闲气，无人理会。如今我身居执政之位，孔丘享德高望重之誉。为一国之执政，逐一国之人望，必然贻笑诸侯。"阳越道："听你这么说，你不仅不打算逐孔丘，还打算待之以上宾之礼了？"阳虎道："谁说不是？季孙意如能够弃前嫌，待孔丘如上宾，我阳虎为何就不能？"阳越也斟满一杯，举杯在手，笑道："你难道真的以为你可以与季孙意如相提并论了？"阳虎道："有什么不成？"阳越道："鲁国三分之一的国土都是季孙氏的封地，你阳虎徒有执政之名，却身无寸土。"阳虎笑道："你别急，马上就会有了。"阳越道："当真？"阳虎道："怎么会假！今日请你来小酌，其实正为告诉你这个喜讯。"阳越道："你发誓不谋私利、不侵凌季孙氏，你这地盘从何处得来？"阳虎道："不出三日，齐人就会来袭取阳关与郓邑。齐人侵占阳关与郓邑之后，我出面与齐人交涉，齐人然后答应归还阳关与郓邑，不过，不是归还予鲁，而是归还给我阳虎。鲁人失之，阳虎得之，与我当日所发之誓并不相悖，何为而不可！"阳越听了，道："你今日喝了不少，无疑是喝醉了，怎么说起话来像个龟策先生，说的尽是未来之事？"阳虎道："我已买通齐之权臣国夏、高张，他两人应允如此，我何须卜而后知？"阳越道："你花费多少才能做成这笔买卖？"阳虎道："黄金两千镒、白璧十双、织锦二百匹。"阳越道："你哪来这么多钱？"阳虎道："季孙意如在日，行贿之费，有过之无不及，你以为他花的是他季孙氏的钱？他季孙意如能从鲁国国库中提取，我阳虎为何就不能？"阳越道："如此这般，难道不是贪赃枉法？"阳虎道："位卑职微，如此这般，就是贪赃枉法；居执政之位，如此这般，就是例行公事。"阳越听了大笑，道："原来如此，难怪你要当这执政！"

鲁宫听贤馆中，宫墙庭院尽白，鹅毛大雪纷纷。鲁公坐厅上，阳虎与仲孙何忌分立左右两边。鲁公道："两位大夫还有什么事情禀奏？倘若无有，就此退朝。"仲孙何忌道："据细作报告，齐大夫国夏与高张率师结集于阳关与郓邑境外，臣以为当加强两地守备，以防齐人入侵。"鲁公举头望阳虎，道："阳大夫意下何如？"阳虎道："臣以为可令公敛处父率成邑兵马增援阳关与郓邑。"仲孙何忌听了，慌忙摇手，道："使不得！成邑有如曲阜之北门锁钥，调走成邑守兵，等于是开门揖盗。"鲁公又举头望阳虎，道："可还有别处兵马以供调遣？"阳虎道："季孙氏重兵在费邑，费宰公山不狃割据费邑已久，季孙意如在日已经指使他不动，臣拿他更无可奈何。叔孙氏重兵在后邑，后宰公若藐与叔孙州仇不协，叔孙州仇也指使他不动。"仲孙何忌道：

"阳越辖下兵强马壮，臣以为可令阳越率领都城卫戍前往增援。"阳虎听了，也慌忙摇手，道："这如何使得！曲阜安全至关重要，都城卫戍决不可动。"鲁公道："然则奈何？"阳虎道："容臣等从缓计议。"鲁公道："既然如此，等有了结果再来禀奏。"鲁公说罢，挥一挥手，阳虎与仲孙何忌一同退下。

　　风停雪止，寒气逼人。鲁宫宫门外，五辆马车作一字排开，前后四辆皆是兵车，每车各立四名卫士，中间一辆套两匹卷毛高头白马，顶篷之上左右各插一面猩红三角锦旗，锦旗中央用金线绣作一个"阳"字。阳虎趾高气扬从宫门出，登上中间的马车，喊一声："回府！"马车起步，阳虎扭头一看，方才发觉车厢里已经坐了一个人，不禁失口道："季孙寤！吓我一跳！"季孙寤笑道："你一向都会吓人，原来你也有吓着的时候？"阳虎道："你怎么上了我的车？"季孙寤道："你能买通季孙斯的车夫，我难道就不能买通你的车夫？"阳虎笑道："你倒是学得快。"季孙寤不屑道："笑话！你那绑架的劣招也值得一学？"阳虎道："好了，不同你讲笑。你溜上车来想必有事？"季孙寤道："不错。"阳虎道："什么事？只要不是绑架我，别的事我阳虎一定助你一臂之力。"季孙寤冷笑一声，道："你以为别人都有求于你？"阳虎道："你溜上我的车，不是有求于我，难道还是我有求于你？"季孙寤道："你虽不曾求我，我却是来替你解难的。"阳虎道："笑话！我有什么难？"季孙寤道："鲁公不是还等着你的回话么？"阳虎听了一怔，道："你怎么知道？"季孙寤道："我在宫门口碰见仲孙何忌，他说你心怀叵测，图谋搞垮仲孙氏。"阳虎听了又一怔，道："仲孙何忌怎么会对你讲这些话？你什么时候成了他的心腹？"季孙寤道："这才是笑话！我怎么会成为他的心腹？他不过有意叫我把这话传给你听，让你知道他仲孙何忌不是傻瓜，别打他的主意。"阳虎道："言之有理。"季孙寤道："齐师不会无缘无故在阳关、郓邑境外结集，我猜一定是你在搞鬼。"阳虎道："倘若齐人侵占阳关与郓邑，于我阳虎有何利可言？"季孙寤道："你哄得了别人，哄不了我。你肯定是买通了国夏与高张，叫齐人拿下阳关与郓邑，然后再还给你。如此这般，你就可以占有一块地盘，作为日后扩展的基地。"阳虎不答。季孙寤道："你以为你这计策高明？"阳虎道："你难道以为不够高明？"季孙寤道："你这计策不过一箭一雕，怎么谈得上高明？"阳虎道："难道你有一箭双雕之计？"季孙寤道："不错。你去回复鲁公，就说可叫季孙斯率领季孙氏府卫队前去增援，剩下的事情由我来安排，不用你操心。"阳虎假做糊涂，道："什么是剩下的事情？"季孙寤道："让季孙斯阵亡。"阳虎道："好一个借刀杀人之计！季孙斯死了，你就好成为季孙氏之主，果然是一箭双雕。不过，虽是两只雕，有一只却于我阳虎无缘，我又何须多花力气去射下来？"季孙癯道："阳关与郓邑，不过区区两城。我一旦为季孙氏之主，立即分季孙氏所属十城与你，如何？"阳虎沉吟片刻，道："一言为定。"季孙癯道："君子一言既出，驷马难追。"

阳关城外，白茫茫一片，天地难分。一座山头之上，两面三角锦旗迎风招展。一面深黑绲白，中央用白线绣作"齐"字；另一面深红镶金，中央用金线绣作"高"字。高张与子丕立在锦旗之下，往阳关方向望去，隐隐约约望见一彪人马不知多少，打着季孙斯的旗号从曲阜方向奔来。阳关守将开门，接了进去。高张道："阳虎向我担保不会遣兵增援阳关与郓邑，难道季孙斯敢于不受阳虎之命，擅自做主？"子丕道："季孙斯为人优柔怯懦，况且新失执政之位，恐怕不敢如此。"高张道："难道阳虎设下骗局哄我？"子丕摇一摇头，道："阳虎志在得地，设下骗局哄主公，于他得地有何利可言？"高张道："然则为何？"子丕道："或许是借刀杀人之计。"高张略一沉吟，道："借我的刀杀季孙斯？"子丕道："不错。"高张道："他怎么知道我一定可以杀得了季孙斯？"子丕尚未作答，却见一名使者策马疾驰而上，跑到高张与子丕面前，把缰绳勒了，拱手道："山下寨前斥候抓着一个奸细模样人物，却口称有要事禀告大夫。"子丕听了一笑，道："想是教你如何杀季孙斯的人来了。"高张道："快将这人押上山来！"使者道："已着人押了上来。"使者的话音刚落，三匹杂毛劣马一起跑上山来，两边马上各骑一名小校，中间马上绑着一个行商打扮的人。高张见了，大声喝道："大胆奸细，敢来我营寨之前打探消息！"那行商模样的人道："小人并非奸细。"高张道："不是奸细，却是何人？"那人左右一望，道："人多口杂，不便奉告。"高张听了，向使者递过一个眼色，使者领着两名小校一同拍马下山去了。高张目送使者等三人下了山，扭头对那行商模样的人道："这儿别无外人，有话尽可放心说。"那人不语，却瞟一眼子丕。高张见了，策马行到那人跟前。那人会意，伸过头来，对高张一番耳语。高张听毕，将那人松了绑，那人拱手谢过，策马奔下山去。子丕道："我猜得如何？"高张道："果然如你所料。不过，这人并非阳虎所遣，乃是季孙癯亲随，说季孙癯已经买通季孙斯的车夫，必令季孙斯的战车陷阵，走脱不得。一旦季孙斯阵亡，阳关与郓邑将不战而降。"子丕道："季孙癯可曾许下什么好处？"高张道："令齐师兵不血刃，轻取阳关与郓，难道不是好处？"子丕道："就这点好处？"高张点头。子丕道："季孙癯为人狡诈多端，野心勃勃，他成了季孙氏之主，未见得是齐国之福。"高张道："然则依你之见，将如之何？"子丕策马行到高张跟前，对高张一番耳语，高张一边听，一边点头。

阳关敌楼之上，季孙斯立在女墙之边，眺望远处齐师营寨。一名戎服使者登上城楼，拱手禀道："城外有人求见季孙大夫。"季孙斯道："什么人？"使者道："那人自称是大夫故人，却不肯通名报姓。"季孙斯略一沉吟，道："放他进来！"不移时，一行商模样人登上城来。季孙斯举目一望，但见来人眉长目秀，颧高颊削，鼻直口方，颌下一把浓须，似曾相识，却又想不起究竟是谁。那人向季孙斯拱手施礼，道："一别经年，别来无恙？"季孙斯略一迟疑，拱手还礼，道："季孙斯记性不济，不记得在何处同先生相见过？"那人听了一笑，道："人道'贵人多忘'，果不其然！一年前你随你先公出使齐国，高大夫宴请你父子，我有幸出席作陪，正与你坐对席。"季孙斯听了，慌忙重新手施礼道："原来却是子丕！失礼！失礼！不料当年席上举酒言欢，如今却成了对阵之敌！"子丕举目环顾，见有两三随从立在不远之处，压低声音道："此处不便说话。"季孙斯道："都是亲信随从，但说无妨。"子丕听了一笑，道："不是亲信，如何能将你出卖得了？"季孙斯听了一惊，转身挥手，斥退从人，问道："什么人要出卖我？"子丕一笑道："倘若都能依我，我就会把话直说给你听，可惜我不过是奉高大夫之命。"季孙斯会意，赔笑道："我这人真是糊涂！高大夫有什么需求？尽管道来。"子丕道："要出卖你的人向高大夫担保：能令齐师兵不血刃，轻取阳关与郓邑。"季孙斯略一踌躇，道："这我也能办到。"子丕又一笑道："倘若你仅能如此，高大夫又何须将消息告诉你？"季孙斯又一踌躇，道："外加黄金千镒、织锦百匹。"子丕道："一言为定。"季孙斯道："君子一言既出，驷马难追。"子丕听了，走到季孙斯身边，对季孙斯一番耳语。季孙斯听了大吃一惊，道："多亏你救我性命，我虽已酬谢过高大夫，却还不曾谢你，黄金、白玉、织锦，任你挑选。"子丕道："这些我都不要，我只要你记住一句话。"季孙斯听了一怔，道："一句什么话？"子丕道："阳虎篡权，作恶多端，其身败名裂，指日可待。阳虎覆灭之后，鲁国之乱政，非孔子不能矫枉。"季孙斯道："此言至当不移，季孙斯一定记取不忘！"

第十三回　孔子重操旧业　颜回见黜荆妻

　　暮春三月，桃花夹流水，芳草杂落英。一条羊肠小道，左接山、右临水，蜿蜒曲折。山回路转之处，先后转出两骑人马。孔丘头戴白帽，身着白袍，跨一匹白马当前；子路头缠黑巾，身着黑袍，跨一匹黑马随后。孔丘策马，时快时慢、时行时停；子路策马，亦步亦趋、紧随其后。不多久，山势突然终止，左面出现一片平川，右面流水豁然开阔。孔丘勒住缰绳，举目远眺一回，口中吟道："'天之降罔，维其优矣！人之云亡，心之忧矣！天之降罔，维其几矣！人之云亡，心之悲矣！'"子路把马勒了，也观望了一回，听见孔丘吟这几句《诗》曰，略皱眉头，道："风和日丽，踏青散心，却又吟这诗句，令人心忧，何苦来哉！"孔丘道："当年季孙意如迫使昭公流亡在外，天子、诸侯听之任之，如今阳虎既窃鲁国之政，又窃鲁国之地，天子、诸侯也是视若无睹、置若罔闻。世道如此，能不令人心忧！"子路正要答话，却听见一阵马蹄声急。孔丘与子路一起回首望去，但见子开骑一匹褐马疾奔而来。孔丘见了，略微一惊，老远就大声问道："庄里出了什么事？"子开跑近了，把缰绳勒住，向孔丘拱手道："夫子放心，家中无事，不过公山不狃遣使者到，师母遂叫我来追夫子从速回庄。"

　　当日稍后，孔丘送走公山不狃的使者，返回庄屋大厅。孔丘在厅中徘徊数度，忽然停住脚步，喊道："子路！"连喊两声并无人应，却见春梅从屏风后转出。孔丘道："人都到哪去了？"春梅道："你我难道都不是人？"孔丘道："我说你是利口匹妇，你就越发变本加厉了。"春梅笑道："难道我说错了？"孔丘道："不同你胡缠！怎么不见子路？"春梅道："方才使者在时，你叫他回避，他要是就退到屏风之后，那也叫回避？"孔丘道："你怎么知道我叫他回避？难道你方才藏在屏风后窃听？"春梅又笑了一笑，道："你是去，还是不去？"孔丘稍一沉吟，道："你是问我是否答应公山不狃之请去费？"春梅笑道："难道他还请你去别的地方？我怎么没听见？"孔丘道："公山不狃想请我去费干什么，你也听见了？"春梅道："听倒是听见了，只是有些听不明白。"孔丘道："什么地方听不明白？"春梅道："我听使者说什么公山不狃想请你去举'汤武之事'，什么是'汤武之事'？"孔丘道："'汤武'，指商朝与周朝的开国之君汤王与武王。所谓'汤武之事'，指的就是汤王起兵灭夏、武王兴师灭商之举。"春梅听了一惊，道："这么说，公山不狃请你去费，原来是要你同他一起造反？"孔丘道："你要是这么说，也不能算错。不过，汤武之事，上应乎天，下顺乎人，故史称之为'革命'。"春梅道："我不懂什么'上应乎天'、'下顺乎人'，依我看，但凡造反成功了，就被说成是'革命'，否则，就依旧是'造反'。公山不狃据费造反，难道有成功的把握？"孔丘沉吟半晌，方才道："机会是有的，把握则难说。"梅春道："既然没有把握，你还打算去？难道不怕史称你为乱臣贼子？"孔丘道："我什么时候说过我打算去了？"春梅笑道："你是没说，可你是个心里藏不住话的老实人，看你一脸兴奋的样子，就知道你是打算去。"春梅说罢，正欲退下，却见子路从屏风后走出。孔丘对子路道："我同师母的对话，你都听见了？"子路略一踌躇，道："哪里不能举汤武之事？夫子为何偏要去费？"孔丘听了，冷笑一声，道："哪不能举汤武之事？你倒给我说说看：除去公山不狃，还有谁来请我？"子路道："公山不狃同阳虎有什么不同？难道不都是不忠于其主的小人？夫子为何愿与这样的小人混做一伙？"孔丘道："胡说乱道！公山不狃与我自年少时相识，往来多年，他的为人，我清楚得很。他有意举汤武之事，怎么能与阳虎干那鼠偷狗窃的勾当相提并论！"子路道："公山不狃割据费邑其实已经多年，如今见阳虎坐大，唯恐被阳虎给吞并了，请夫子去，不过想利用夫子的人望，假托汤武的旗号，令其割据名正言顺，以便对抗阳虎。夫子要是真去同他做一路，岂不是辱没了一世清白的名声？"孔丘听了，又冷笑一声，道："好一个清白的名声！清白的名声能当饭吃？"春梅道："看你说的？你又不是无米下锅！"孔丘道："有米下锅又怎样？人生一世难道就满足于做个饭桶？"孔丘说罢，忿忿然将衣袖一拂，撇下春梅与子路，径自走到几案之前盘腿坐下。春梅走到孔丘跟前，道："我看这事你还得好好想一想，别搞不好，搞成一失足成千古恨。"孔丘道："你难道没听见我对使者说：容我思量再作答复么？所谓思量，难道不就是好好想一想？"春梅道："如此便好。"

当日夜深，孔丘卧房之中，春梅斜倚在榻，孔丘推门而入。孔丘一边宽衣，一边道："你怎么还没有睡？"春梅道："思量了大半天，思量出个结果没有？"孔丘上榻，与春梅并肩斜倚，叹了口气，道："你与子路公然反对，子开默不作声，心下也不以为然。我成了孤掌难鸣，还有什么好思量的！"春梅道："那你是拿定主意不去了？你得想个好借口回复公山不狃，不然又会把他得罪。"孔丘道："他不催问，我不回复，以不了了之。"春梅道："万一他遣使者来催问呢？"孔丘道："我还是不答，他是明白人，绝不会一问再问。"春梅道:"看你,拖泥带水!"孔丘道:"像你:言必信,行必果,硁硁然小人哉!"春梅嗔道:"我要是小人,你还能是君子?"孔丘道:"你是你,我是我。你是小人,我怎么就不能是君子?"春梅掩口而笑,道:"我要是小人,你岂不就是小人之夫?"孔丘把头一摇,道:"不同你胡调!"春梅道:"说正经的,你既不去造反,又没有人请你去执政,你不如死了立功、立事这心思,重新开门授徒,专意于立言、立德。"孔丘不答。春梅又道:"上次你开门授徒,收的弟子大都年幼,以识字读书为主,也许没有多少意思。这回你何妨专收成年人,以传道授业为主?说不定正好应了庚桑子为你占的那卦,生虽不遇而言垂不朽,也不枉为人一世。"孔丘仍旧不答,却侧身吹灭榻旁之烛。

次日午后,春阳熙熙,春风煦煦。孔丘与子路又乘马到了昨日去过的那片山开水阔之处。孔丘勒住马,回首向山看了一回,又扭头对水看了一遍,对子路道:"你喜欢看山,还是喜欢看水?"子路也对眼前山水各自观望了一回,道:"水波流动,山势凝聚。依我之见,水色略胜山光一筹。敢问夫子意下如何?"孔丘不答,却策马缓步前行,自言自语道:"智者乐水,仁者乐山;智者动,仁者静;智者乐,仁者寿。"子路听了,沉思片刻,正欲开口有所问,忽听见有人吟唱的声音。子路侧耳细听,那唱词仿佛竟然是:"学而时习之,不亦说乎?有朋自远方来,不亦乐乎?人不知而不愠,不亦君子乎?"子路听了,不免一怔,顺着声音传来的方向望去,但见远远一头青牛驮着一个村夫模样的人,慢慢从河滩上走了上来。子路道:"什么人竟会唱那'学而时习之'?"孔丘道:"也许是以前教过的幼童,如今长大成人了。"待到牛与人走近了,孔丘看清那坐在牛背上的人大约二十上下,额头高敞,脸颊消瘦,鼻梁略发青色,眼光微现呆气,腰上系一条粗麻绳,绳内插一把柴刀,赤着一双脚,左右各踩一只草履。孔丘回想半晌,想不起昔日弟子之中有谁会长成这副模样。

那人见了孔丘与子路,并不答话,也无意回避,听任座下青牛径直走来。孔丘与子路见了,慌忙策马,让到一边。俟那人与牛走过了,孔丘道:"敢问先生姓甚名谁?从何处听来'学而时习之,不亦说乎'这几句话?"那人把牛唤停了,自牛背上回首问道:"老先生是问我么?"子路听了,不禁插嘴道:"除你之外,这儿别无他人,不是问你,还能是问谁?"那人听了,把牛掉过头来,就在牛背上对孔丘拱一拱手,道:"鲁人姓颜氏,名回,字子渊。"孔丘听了,不禁一怔,道:"原来你就是无繇之子!"颜回道:"正是。敢问老先生是何人?如何知道我的家世?"孔丘道:"你可知道你的字是谁取的?"颜回道:"据家父说,是家父之师,鼎鼎大名的孔子。"子路道:"你认识孔子?"颜回摇头,道:"仅闻其名,尚无缘谋面。"子路笑道:"近在眼前。"颜回听了,先看一眼子路,又看一眼孔丘,愣了片刻,忽然从牛背上滚下,跪倒在孔丘马前,纳头便拜,口称:"弟子颜回拜见师傅!"孔丘见了,慌忙摇手道:"快起来,不必如此多礼。"颜回不予理会,一连磕了三个响头,方才趴起身来,垂手立在一边。子路道:"你既是无繇之子,怎么不称夫子为'太师傅'?"颜回道:"据家父说,夫子早就答应收我为徒,只是机会不巧,未能实现。今日不期而遇诸途,难道不正是天意?"子路一脸狐疑,扭头看孔丘。孔丘略一迟疑,长叹一口气,道:"不错。昨夜正起重新开门授徒之意,不期今日就遇着你,真是天意也未可知。"孔丘说罢,又扭头对子路道:"还不下马,与你师弟见过。"子路听了,滚鞍下马,对颜回拱一拱手,道:"卞人仲由,认识我的人都称我做子路。"颜回拱手还礼,道:"原来是子路,久仰!久仰!听家父说,你有万夫莫当之勇。我却是手无缚鸡之力,绝不敢与你较量。"子路听了,顾左右而言他。孔丘对颜回道:"你明日可有空?"颜回道:"我身体羸弱,干不了什么正经农活,整日得闲。"孔丘道:"那你明日来阙里山庄,正式见过。"颜回拱手谢过,重新跨上牛背,口喊一声"咄!"青牛起步,慢腾腾往山里去了。俟颜回与青牛转过山头不见了,子路道:"夫子当真要收他为徒?"孔丘道:"怎么?你看他有什么不妥?"子路道:"夫子难道不觉得他神情呆板、言语唐突?"孔丘听了,莞尔而笑,道:"我在雒邑初见你时,你神情疯癫、言语猖狂,你以为你比他高明?"子路听了大笑,道:"疯癫已胜过呆板,猖狂又胜过唐突,怎么不比他高明?"孔丘叹口气道:"你先师母说无繇笨,其实无繇不过老实而已。她要是见着了颜回,还不知会怎么说?"子路道:"夫子的意思是:颜回才是当真笨?"孔丘笑道:"休要胡乱揣测!所谓'大智若愚',这话说不定正应在颜回身上。"

孔丘一边说,一边跳下马来,把马在岸旁的柳树上拴了,往河滩下走去。子路见了,也把马拴了,跟着走下河滩。两人在河滩上眺望了一回,一叶轻舟自上游缓缓漂下,在不远不近之处泊了。孔丘扭头一望,只见从船上先后走下两个人来,走在前面的身着白丝袍,长得身材魁梧,眉目清秀,髭须疏朗,神采飞扬,看上去大约二十来岁。走在后面的身着青丝袍,生得浓眉大眼,高颧直鼻,颔下一把黄须,身材略较前者为小,气宇昂扬却不在前者之下,年纪看上去也是二十上下。两人下了船,缓步踱到一棵倾倒在岸的柳树跟前站住,面向流水静静地看了一回。青袍者道:"方才你我谈起鲁、卫之政，你说鲁、卫一向号称兄弟之邦，相差无几。依我看，如今鲁、卫其实已经不能相提并论了。"白袍者道："愿闻其详。"青袍者道："鲁君早已失政权于陪臣季孙氏，季孙氏如今又失政权于家臣阳虎，鲁国的政局如此不成体统，鲁国还怎能谈得上是礼仪之邦？"白袍者道："卫君外宠幸臣弥子瑕，内宠夫人南子，内政外交，诸多失度，早晚也是个乱局，卫国又何尝还能谈得上什么礼仪之邦？"青袍者道："卫国毕竟现在还未曾乱，将来之事难以逆料。"白袍者道："难者不会，会者不难。"着青袍者道："你不也就猜中一两回么，口气竟然这么大，好像你每猜必中似的。更何况你猜中的不过是物价的升降，并不是政局的变化。"白袍者笑道："商与政，固然不同，未尝不可类比。既善揣测物价，逆料政局又有何难？"青袍者也一笑道："你既然如此自信，你倒说说看：阳虎执鲁国之政，能否长久？"白袍者听了大笑，道："我以为你会找什么难题来难我！阳虎如何能长久得了！"青袍者道："我也但愿他长久不了，不过，他既篡取执政之位，又割据阳关、郓城两邑之地，势若方兴未艾，你凭什么说他长久不了？"白袍者道："物价暴涨必然暴跌。阳虎之兴，正如物价之暴涨，所以阳虎之败，必然指日可待。所谓'其进疾者，其退速'。"青袍者道："'其进疾者，其退速'，这话说得极妙。不过，这话并不见诸典籍，你从何处听来？"白袍者道："这话是鲁国孔丘说的，你难道不知？"青袍者不答，却问道："你认识孔丘？"白袍者摇一摇头，道："我要是认识他，早就拜在他门下了，只可惜无缘。他早年有个弟子叫子丕，现在在齐国为齐大夫高张的总宰，我在齐时与他结识，这话我是从他那儿听来的。"青袍者道："据我所知：孔丘谈义而不谈利；教人为儒而不教人为商。你于一年之内三致千金，踌躇得志于发财致富之道，你怎么会想到拜孔丘为师？我倒是真的早就想拜在孔丘门下了，只可惜无缘。"白袍者道："依我看，你对孔丘乃是一知半解。据子丕告诉我，孔丘并不反对发财致富，只是反对以不仁不义的手段发财致富。孔丘其实也不教人为儒，只是教人为君子。儒者未尝不可以是小人，商人未尝不可以是君子，我想拜孔丘为师，就是想学学如何为君子。"青袍者听了，不以为然地道："子丕的话未见得就可信。"白袍者听了一笑，道："子丕的话不可信？难道你道听途说来的话反倒可信？"青袍者道："谁说我的消息来源于道听途说？你认识子丕，我认识南宫敬叔。"白袍者略微一怔，道："你说的南宫敬叔，莫不就是仲孙何忌之弟？"青袍者道："不错。南宫敬叔不仅是孔丘的弟子，而且还是孔丘的侄女婿，他的话难道不比子丕更加可信？据南宫敬叔告诉我：孔丘之学，以《礼》为主，主张'非礼勿视、非礼勿听、非礼勿言、非礼勿动'。《礼》既然是儒家经典，孔丘之学当然也就是儒学。"白袍者道："你于儒家经典《诗》《书》《礼》《乐》等等，不是早已背诵得滚瓜烂熟了么？那你为什么还想去拜孔丘为师？"青袍者道："据南宫敬叔说：孔丘之学精深博大，知前人之所不能知，言前人之所不能言，绝不是《诗》《书》《礼》《乐》所能概括得了的。"白袍者道："既然儒家经典不能概括孔丘之学，孔丘之学又何尝是儒学？"

孔丘与子路恰巧立在下风，这两人的对话一一传入孔丘与子路之耳。子路道："我看这两人谈吐不俗，远胜颜回，既然他两人都有意拜夫子为师，夫子又恰好有意重新开门授徒，何不就便将他两人收在门下？"孔丘道："不必着急，何妨再听一听。"师徒二人侧耳听去，却不再听见说话的声音，一起扭头看时，但见船上下来两个青衣童子，各捧一个青铜托盘，行到两个年轻人面前。两人各自将托盘接了，坐到倾倒的柳树树干之上，从盘中提起酒壶，往杯中筛酒。筛毕，举杯齐眉，互道一声"请"，然后各自仰头倾杯，将杯中酒一饮而尽。白袍者持杯在手，咋一咋舌头，道："好酒！比曲阜城里风敲竹酒楼有名的陈年黄酒还要略胜一筹。"青袍者听了一笑，道："这是宋国名酿'黄无忧'，黄酒中之极品，一向号称天下第一，岂止是略胜一筹而已。"

两人饮毕，相对一笑。一阵沉默过后，青袍者道："你这回来鲁，打算停留多久？"白袍者道："少则三五日。"青袍者道："多呢？"白袍者道："多则不知。"青袍者道："什么意思？"白袍者略一迟疑，道："我准备明日去拜访孔丘，倘若孔丘肯收我为徒，我就在此长住下去也未可知。"青袍者道："据南宫敬叔说，孔丘眼下杜门谢客，否则，我早就请南宫敬叔为我引见了。你这么贸然撞去，恐怕是不得其门而入。"白袍者道："谁说我是贸然撞去？"青袍者听了一笑，道："难道你已经同孔丘预先约好了不成？"白袍者道："那倒没有。不过，我请子丕修了一封书信在此。我去替子丕下书，孔丘绝不会拒而不见。"青袍者听了又一笑，道："孔丘难道不会叫个弟子出来收下书信就打发你走路？"白袍者道："我想不会。倘若当真如此，我也早就想好了对策。"青袍者道："什么对策？"白袍者道："天机不可外泄。"说罢，取壶斟酒，却发现酒壶已空。青袍者道："故弄玄虚！况且这儿又没有外人，能泄露给谁？"白袍者压低声音道："那边不是有两个游人么？那两人恰好处在你我下风，说不定方才你我的对话早已让那两人听个一清二楚。"青袍者向孔丘与子路立着的方向望了一眼，也压低声音道："那两人看上去皆已年过四十，长你我一倍，我方才不曾留意，否则，早该送一壶酒过去以示敬老之意。"白袍者道："船上若还有酒，现在送去也不迟。"青袍者道："好像还有，待我去看一看。"说罢，站起身来，白袍者也跟着起身，两人一同返回船上。

不移时，一青衣童子双手捧一青铜托盘从船上走下，盘盛一壶酒、两盏杯，青衣童子捧盘行到孔丘与子路跟前，道："我家主人敬请两位长者小酌一回，不成敬意，盼多包涵。"孔丘略一迟疑，叫子路接下，取壶斟酒，仰头倾杯，一饮而尽，道："果然好酒！不愧天下第一的称号。"说罢，又斟满一杯，见子路站着不动，道："人家是请你我两人喝，你怎么还不动手？"子路听了，也略微一笑，道："言之有理，恭敬不如从命。"说罢，也取壶斟满一杯，一饮而尽。孔丘饮毕，问青衣童子道："你家主人姓甚名谁？"青衣童子道："姓冉氏，名求，字子有。"孔丘道："是那青袍的，还是那白袍的？"青衣童子道："我家主人是那青袍的。"孔丘道："那白袍的是什么人？"青衣童子道："主人之客，从卫国来。"孔丘道："你可知他姓甚名谁？"青衣童子摇头道："不知。只听见主人唤他做'子贡'。"孔丘道："你去回复你家主人：来而不往，非礼也。他请我喝酒，我请他吃饭。明日午时我在阙里山庄恭候，请他的客人也一起同去，听清楚了？"青衣童子点一点头，捧盘回船而去。

青衣童子回到船上，进到舱里。冉求道："回来得这般快？"青衣童子道："要不是那老先生问了我几句话，回来得还要快。"冉求道："他问你什么？"青衣童子道："他问主人姓甚名谁，还问客人姓甚名谁。"冉求道："他还说了些什么？"青衣童子道："他还说：'来而不往，非礼也。他请我喝酒，我请他吃饭。明日午时我在阙里山庄恭候，请他的客人也一起同去。听清楚了？'"子贡听了一惊，道："阙里山庄？难道那老先生竟是孔丘？"冉求摇头，道："据我所知，孔府在陬邑城内，并不在什么阙里山庄。"子贡道："我说你对孔丘是一知半解，你还不服。阙里山庄是孔氏的别墅，你竟然不知！"冉求道："此话当真？"子贡道："我哄你干什么？你既不信，何不下船去向那老先生问个明白？"冉求稍一迟疑，急忙起身，走出船舱一望：但见夕阳在地，柳条拂水，空荡荡的河滩上早已没有一个人影。冉求踱回舱内，不无失望地道："两人都已经走了。"说罢，扭头问青衣童子道："那老先生没有自通名姓？"青衣童子摇头。子贡道："明日我备一份拜师的礼去。你若不信，你空手去好了。到时候拜师不成，别怪我言之不预。"冉求道："你打算备一份什么样的礼？"子贡道："珍珠一斗，白璧一双。"冉求道："你送得这么重，叫我这穷人如何措手？"子贡道："量力而行，各尽心意而已，何必相比？况且你又何尝穷？比你穷的有的是！"冉求略一思量，又扭头问青衣童子道："那老先生有没有称赞那酒？"青衣童子点头，道："老先生说：'果然好酒！不愧天下第一的称号。'"冉求听了一笑，道："有了！珍珠家中没有一斗，黄酒窖里倒是还有十坛。我送十坛黄无忧，外加一双白璧。"

冉求吩咐艄公开船回府之时，颜回跨青牛行到一幢茅舍之前，翻身下牛，把牛撇在门外，推开虚掩的柴门，走进一个不大不小的院落。近门一块草地，草地的尽头三间茅屋。三两只花毛鸡在草地上觅食，一条黄犬趴在树荫下打瞌睡，见了颜回，跳将起来，跑到颜回面前摇尾乞怜。颜回厌烦地挥手呵斥了三两声，黄犬方才垂头丧气跑回原地趴下。颜回的媳妇莘莘闻声从茅屋出来，对颜回道："叫你去后山砍些柴火来，怎么一去这半日才回？"颜回道："我看今日春光明媚，风和日丽，顺便去浅水湾踏青散心，所以耽搁了。"莘莘把双手在围裙上擦了一把，道："柴火呢？你怎么两手空空？"颜回听了，不由得心中一慌，赶忙赔笑道："我把砍柴火的事给忘了。我这就再去过。"说罢，扭头就要往外走。莘莘道："给我站住！太阳就要下山了，还怎么去？"颜回站住，回过头来，看着莘莘，一脸惶惑。莘莘道："看你这出息！叫你干这么点事都干不成！幸亏还不等着柴火用！"颜回又赔笑道："因为见着了师傅，所以才把砍柴的事给忘了，下回一定不敢。"莘莘听了一怔，道："什么师傅？你拜了什么人做师傅？"颜回道："我方才拜了孔子为师。"莘莘嗤之以鼻，道："我还以为你拜师傅学门手艺，拜孔丘为师有什么用？"颜回道："手艺不过雕虫小技，孔子之学乃修身治国之大道，岂可同日而语！"莘莘道："你爹不就是跟孔丘学了大半辈子么？结果怎么样？难道还不是一贫如洗？"颜回道："孔子说过：'君子忧道不忧贫。'一贫如洗有什么可担忧的？"莘莘道："人家说的'君子'，是仕宦之家。'不忧贫'，是因为用不着担心无米下锅。你出身本微贱，经商既无资本，务农又乏力气，一日三餐稀粥都要靠我一个女人张罗，亏你不知羞耻，还整日里满嘴《诗》曰、《书》曰，自鸣得意。"颜回道："孔子说：'耕也，馁在其中矣。学也，禄在其中矣。'种地免不了挨饿受冻，读书早晚会有俸禄，你何不耐心等一等？"莘莘听了，冷笑一声，道："你爹学了大半辈子，可曾见过半点俸禄？"颜回道："那是因爹不曾学得好。"莘莘听了，又冷笑一声，道："你以为你比你爹聪明？我看你比他还傻！"颜回正要回嘴，却听见外面有人骂道："你那该死的牛又到我家地里去偷吃庄稼了！畜生不懂事，人也不懂事？就不知该把那该死的畜生给拴好！"莘莘听了，气得满脸通红，一手叉腰，一手指着颜回的鼻子骂道："你这该死的，又忘了拴牛？还不快去把牛给拖回来！"颜回不敢则声，慌忙奔出门外。

次日颜回起个大早，到后山砍了柴火，回到门口，把牛拴牢，扛着柴火进到院里，把柴火卸在廊下，正想坐在石阶上歇口气，却见莘莘从房门里出来，慌忙站直了身子，让到一边。莘莘一眼看见颜回左手中指上包扎一条草绳，没好气道："怎么？又把手给砍了？看你这出息！"颜回赔笑道："不碍事，只是划破点皮。"莘莘道："平日叫你干点事情，总要我三请四催，今日怎么这么勤快？"颜回道："孔子昨日吩咐我今日去行拜师之礼，所以早早把柴打了，免得等会儿又忘了。"莘莘道："原来如此！跟你说拜孔丘为师，早晚饿死，你偏不听。"颜回道："别的事情都可依你，唯独这问道之事不敢依从。"莘莘鼻子里哼了一声，道："问道？问道就不用吃饭了？"颜回道："孔子说：'朝闻道，夕死可矣'。既闻道，就可以去死，当然不用再吃饭。"莘莘听了，冷笑一声，忿忿然下了走廊，走出门外。颜回见了，慌忙问道："你这是要到哪去？"莘莘并不回头，只甩下一句话道："你想死，你自己去死，休想叫我赔上一条命！"

颜回听了一愣，往前迈了一步，仿佛是要去追，终于又缩回脚步，叹声气，转身正要进屋，却听见门外有人笑道："怎么，又挨嫂子的骂了？"颜回扭头一看，见是邻舍的巫马子期。颜回道："女人只知柴米油盐，我要去拜孔子为师，学君子之大道，她死活不肯。"巫马子期道："我听说孔子隐居在家，杜门谢客，怎么会答应收你为徒？"颜回道："我昨日在浅水湾与孔子不期而遇，孔子吩咐我今日去阙里山庄行拜师之礼，想是已经开了谢客之禁。"巫马子期道："这话当真？"颜回道："我什么时候骗过人？"巫马子期道："昨日嫂子向我借了一斗米，说是你家里已经无米下锅了。你今日去拜师，带什么礼物去？"颜回听了一怔，道："幸亏你提醒我，我怎么竟然忘了这送礼的事！"说罢，略一迟疑，又道："据《礼》，赠师至少须用十条腊肉，扎成一个束修，你能不能再借我十条腊肉？年底一总还你。"巫马子期听了一笑，道："你同我借米，我什么时候叫你还过？"颜回道："腊肉不同米，这回我一准还。"巫马子期听了又一笑，道："米贱肉贵，米都还不起，肉如何还得了？"颜回听了又一怔，哑口无言。巫马子期道："十条腊肉我可以借给你，你也不用还，只须答应我一件事。"颜回道："别说是一件，一百件也行。"巫马子期笑道："难怪嫂子说你傻！你也不问问我是什么事，就一口答应我。我要你去把月亮给摘下来，你也答应？"颜回道："我知道你是正人君子，怎么会如小人一般刁难？"巫马子期道："你今日去见孔子，带我一同去，我也早就想拜孔子为师了。"颜回听了大喜，道："这有何难？一言为定。"

当日将近午时，一辆牛车在阙里山庄门口停下，颜回跳下车来，对驾车的巫马子期道："你先在车上等着，待我去拍门。"颜回行到门口，庄门大开，司阍出来，向颜回拱手施礼道："请问先生尊姓大名？"颜回拱手还礼道："颜回字子渊。"说罢，又用手对巫马子期一指，道："颜回之友巫马施，字子期。"司阍听了，略一迟疑，正要开口，却听见一阵马蹄声急，伸头望去，但见一匹纯白卷毛高头大马，拉一辆漆黑描金马车急奔而来，马车在牛车后面停下，冉求与子贡从车上先后跳下。司阍对冉求与子贡打量一眼，趋前拱手道："两位先生可是应邀前来午膳的？"子贡与冉求道："正是。"司阍听了，又拱手行礼道："主人吩咐我来门口恭候，两位来得正是时候，里边请。"冉求正要抬腿迈步，却被子贡从背后一把拽住。子贡用手一指颜回与巫马子期，对司阍道："那两位先生也是来拜见孔子的么？"司阍尚未作答，颜回抢先道："正是。"子贡对颜回与巫马子期拱一拱手，道："两位既然先来，怎么不先进去？"巫马子期听了，从牛车上跳下来，对子贡拱手还礼毕，笑道："我也正这么想。况且我这牛车挡在前面，我不先把牛车拉进去，你的马车又怎么进得去？"巫马子期说罢，挽起牛车就要往大门里去。司阍见了，慌忙迈步挡在巫马子期前面，道："且慢！这两位客人是主人吩咐过我的，主人见不见你，我还得先去问过。"颜回道："师傅吩咐我来行拜师之礼，难道没有吩咐过你？"司阍道："主人只向我交代过你颜回，可并不曾提及他巫马子期。"颜回道："他是非同我一起进去不可的，否则，他不肯借给我腊肉，我这拜师之礼岂不就行不成了？"司阍摇头道："我不懂你说些什么？"颜回正要分辩时，子路从门内出，对司阍道："还不快去唤人把牛车、马车一起拉到马厩里去！"子路目送司阍进了庄门，对四人拱一拱手，道："司阍不知高低，怠慢了客人，请四位一同跟我进庄。"颜回听了，慌忙转身，疾步行到牛车边，双手各拎下一个蒲包，对巫马子期道："哪个是我的？哪个是你的？"巫马子期道："大的是我的，小的是你的。"颜回对左右两手各看了一遍，一边将右手上的大包递给巫马子期，一边半信半疑地道："你不要弄错了？"巫马子期笑道："弄错了，就让你占了便宜，你操什么心？"颜回道："孔子说：'君子喻于义，小人喻于利。'可见好占便宜的是小人。你要是弄错了，我岂不是成了小人？我怎能不操心？"巫马子期道："我绝不会让你做小人。"颜回道："如此便好。"

四人随子路一起进到庄里，沿石铺小径行到庄屋走廊之下。子路道：

"你四人先在这儿等一等，待我去问一问夫子如何与你们相见再来相请。"四人唯唯。不移时，子路出，对颜回道："夫子要先见你。"颜回随子路走进庄屋大厅，抬头一望，见孔丘正襟危坐在北面的几案之后，慌忙放下手中蒲包，纳头便拜，口中喊道："弟子颜回拜见师傅！"孔丘道："快起来！我昨日不是已经吩咐过你，不必行磕头之礼么？"颜回听了，趴起身来，对孔丘毕恭毕敬行了三鞠躬，从地板上提起蒲包，举到齐眉之处，道："束修一扎，不成敬意，盼师傅笑纳。"孔丘吩咐立在身后的子开接了，放到一边，对颜回道："听说你还带来一位朋友？"颜回道："正是。"孔丘道："以后带朋友来，须先问过我，知道了吗？"颜回听了一惊，慌忙低头拱手道："弟子无知，犯了过错，请师傅处罚。"孔丘道："不知不为过。知过不改，那就是过了。记住了？"颜回拱手道："谢师傅。弟子不敢忘。"孔丘道："你可知道你的朋友为何要见我？"颜回道："他也想拜师傅为师。"孔丘道："他的学问比你如何？"颜回道："弟子学识浅陋，不能同他相比。"孔丘道："此话当真？"颜回道："弟子不敢说谎。"孔丘道："既然如此，你去唤他进来。"

颜回唯唯，退出门外。不移时，巫马子期随颜回入，放下手中蒲包，拱手道："鲁人巫马施，字子期。愿拜孔子为师。"孔丘道："谁是你的启蒙师傅？"巫马子期道："我并不曾正式拜过师傅，自幼与颜回一起玩耍，颜老先生教颜回之时，我也跟在一旁窃听。"孔丘道："原来如此。《诗》《书》《礼》《乐》，你都读过了？"巫马子期道："大约都能背诵。"孔丘道："既然已经都能背诵，何必再寻访师傅？"巫马子期道："虽能背诵，却还不会使用。"孔丘捻须称善，道："知道学以致用之理，见识不俗，可以留在我门下为徒。"巫马子期闻言大喜，向孔丘三鞠躬，礼毕，提起蒲包，双手捧着，也举到齐眉之处，道："束修两扎，不成敬意，盼师傅笑纳。"孔丘也吩咐子开接了，放到一边。春梅自屏风后转出，对孔丘道："酒浆菜肴皆已上席，你请的客人怎么还不来？"孔丘见了，一边站起身来，一边道："你来得正好。"说罢，转身对颜回与巫马子期道："快来见过师母。"颜回与巫马子期听了，一同向春梅三鞠躬。子路道："要不要我去请客人进来？"孔丘道："他两人是我请来的客，既是客，则不得怠慢，待我自己去接。"说罢，推门而出。

冉求与子贡背叉双手，面向庄门而立，听见背后房门响，一齐扭头，见是孔丘，慌忙转过身来，行长揖之礼。孔丘拱手还礼，把冉求与子贡让到厅里。孔丘道："昨日孔丘携弟子子路踏青，蒙赐酒食，不胜感谢之至。"冉求拱手道："区区一壶酒，何足挂齿！鲁人冉求，字子有，久仰孔子大名，早有拜在门下为弟子之愿，盼孔子不以不才见拒。"孔丘一笑，道："南宫敬叔不止一次在我面前提起过你，称道你博学多才，我如何能以不才为借口，拒你于门外?"冉求听了大喜，向孔丘三鞠躬，道："弟子冉求拜见师傅。"说罢，从怀里取出一个锦匣，双手捧到齐眉之处，道："白璧一双，车上另有黄无忧十坛，不成敬意，盼师傅笑纳。"孔丘叫春梅接过锦囊，对冉求道："过来见过师母。"冉求趋前，向春梅三鞠躬。孔丘吩咐冉求站到一边，转身对子贡道："昨日远远地见过，却还不知尊姓大名?"子贡拱手道："卫人端木赐，字子贡。子丕有书一封在此，托我面呈。"说罢，从怀里取出一卷帛书，双手捧到孔丘面前。孔丘接过，并不展开，却道："子丕推荐你来拜师?"子贡拱手道："正是。也盼孔子不以不才见拒。"孔丘道："既有子丕推荐，至少口才不差，我如何能拒绝!"子贡听了，喜形于色，慌忙趋前，对孔丘三鞠躬，口称："谢师傅。"说罢，也从怀里取出一个锦匣，双手捧到齐眉之处，道："白璧一双，不成敬意，盼师傅笑纳。"孔丘也叫春梅接了。不待孔丘吩咐，子贡径自趋前对春梅三鞠躬，口称："弟子端木赐拜见师母。"说罢，又伸手向怀，取出一个锦囊，双手捧到春梅面前，道："珍珠一斗，不成敬意，盼师母笑纳。"春梅吃了一惊，略一迟疑，拱手谢过，将锦囊接在手中。孔丘起身，吩咐子开道："菜肴早已备好，再不去就冷了，你快领新来的弟子去膳房序齿入席。"子开唯唯，领颜回、巫马子期、冉求与子贡一齐转入屏风之后。孔丘转身吩咐子路："叫庖人把冉求送来的黄无忧小心煮好，送到膳房去替换席上的家酿黄酒。"俟众人的脚步声听不见了，春梅解开手上的锦囊，捧出一把珍珠来，看了又看，笑道："像子贡这样的弟子多收几个就好，我也不白做一场师母。"孔丘道："真是所谓'小人喻于利'！还不快去膳房，饭菜都要凉了。"春梅道："你既不喻于利，怎么不把弟子送来的礼物一一退还?"孔丘摇头，道："胡搅蛮缠。"说罢，撇下春梅不管，径自转入屏风之后。

阙里山庄膳房之中左右并排各设一席，孔丘居中，堂下左右分两行对设三席，子路居左行之首，子开居右行之首，颜回居子路之下，冉求居子开之下，巫马子期居颜回之下，子贡年最少，居冉求之下，奉陪末座。酒过三巡，孔丘道："三十年前我在霸桥开门授徒，我自己年方二十，弟子大都幼童，只有无繇与子丕与我年纪相若。十年前我在雒邑不期而遇子路与子开，他两人皆小我十岁上下。今日再收弟子四人，皆小我三十左右。如今我老了，子路与子开正当壮年，自颜回至子贡，都还年轻得很，正是意气风发、立志奋进之时。你们不妨把各自的志向、意愿说给我听一听。"子路听了，不假思索便道："假设有那么一个不大不小的国家，夹在两个大国之间，腹背受敌，屡年饥荒。如果我有机会执该国之政，我敢担保不出三年，必能使之成为足兵足食的礼仪之邦。"孔丘听了，道："口气不小！子开呢？"子开略一迟疑，道："隐居于野，读书自娱，聊以卒岁。"孔丘道："未免过于消极。颜回呢？"颜回道："我愿不吹嘘自己的优点，不标榜自己的功劳。"孔丘道："既然是想着功劳，也是有心出仕的了。冉求呢？"冉求道："假设有那么一个方圆六七十里的小国，让我去执政，三年之后我大概可以使国民丰衣足食。至于礼乐教化，那还得有待高明，非我所能办。"孔丘道："冉求倒是懂得谦虚。巫马子期呢？"巫马子期道："治国之道，我还不会，不过我愿意学。目前如果让我去治理一座城邑，我相信不出三年，我或者可以使人民安居乐业。"孔丘道："巫马子期也还懂得谦虚。子贡呢？"子贡道："但凡我不想别人加在我身上的事情，我也绝不愿加之于人。"孔丘听了一笑，道："我的为人准则是：己所不欲，勿施于人。你的想法与我不谋而合。不过，我料想你还办不到。不要说你还办不到，我自己也都还办不到。"颜回道："师傅何必过分谦虚？师傅要是还办不到，这世上还能有谁办得到？"春梅道："别以为你师傅无所不知、无所不能。"颜回道："师傅怎么会有不知道的事情？"春梅道："我哄你干什么？不信，你问他人死后会怎样？他肯定答不上来。"子路听了，扭头问孔丘："此话当真？"孔丘举杯在手，道："不知生，焉知死？"说罢，仰头倾杯，将杯中酒一饮而尽。颜回道："说得好！'不知生，焉知死'？"春梅道："这怎么叫说得好？他这不是分明告诉你：他不仅不知死后如何，而且也不知生前如何么？"颜回听了，为之语塞。子贡道："依我看，人生一世的意义不过在既生之后、未死之前，生前与死后并无意义可言。既无意义可言，又何必知道？师傅之所以不知，乃是不屑于知，并非不能知。况且，那些侈谈生前死后的人，难道当真知生知死？依我看，不过是信口开河，强不知以为知。据子丕告诉我，师傅说过：'知之为知之，不知为不知，是知也。'师傅不知生，就承认不知生；不知死，就承认不知死，这才正是真知！胜过那些自欺欺人者远矣！"春梅笑道："你师傅有了你这么个巧嘴的徒弟替他游扬，从今以后是用不着'疾没世而名不称'的了。"孔丘举杯在手，道："闲话少说，好酒难得，喝酒！"

当日傍晚，颜回回到家中，里外不见媳妇，心中正在纳闷，听见柴门之外有人喊道："颜回在家么？"颜回匆匆走出房门，望见是岳父立在柴门之外，慌忙趋前，行长揖之礼，要请岳父进门。岳父道："不必。我来不过告诉你一句话：莘儿回了娘家。"说罢，转身就走。颜回见了一愣，追出去问道："莘莘什么时候回来？"岳父只顾走，并不回头，道："莘儿说你家中已经无米下锅，却还要去跟孔丘学什么君子之大道，你什么时候能让她不挨饿，她什么时候就回。否则，她只好将你休了另嫁。"颜回听了又一愣，张开嘴巴，却又说不出话，眼睁睁看着岳父的背影从树丛后消失。颜回叹了口气，低头转身，正要进门，却听见身后传来一个声音道："怎么？叫嫂子给休了？"颜回转身抬头，见是巫马子期。颜回道："休要胡说。她不过回娘家暂住，等我能不让她挨饿时就会回来。"巫马子期道："你有了不让她挨饿的法子？"颜回道："眼下虽然没有，终究会有。"巫马子期道："等你终究有了时，她还不早已将你休了？"颜回略一迟疑，道："然则奈何？"巫马子期尚未作答，却听见一阵马蹄声由远而近，两人一齐扭头望去，见是冉求与子贡驾着马车而来。巫马子期道："你两个怎么找到这儿来了？"子贡道："晚间无事，忽然起意，想接你一同去壶头集逛一逛。"巫马子期道："怎么只想起我，难道不叫颜回同去？"冉求道："颜回是有家有室之人，怎能同你我单身汉一般闲逛？"子贡伸头向敞开的柴门里望了一望，道："这儿是你的家，还是颜回的家？"巫马子期道："弊舍还在那一头，这儿是颜回的家。"子贡听了，扭头对颜回道："如此甚好，正当拜见嫂夫人。"颜回听了，慌忙支吾道："拙荆是山野粗人，不识礼节，还是不见的为好。"子贡道："这是什么话？焉有过门不见之理？"巫马子期道："颜回说的固然是客气话，嫂夫人却当真见不着。"冉求道："怎么？不在家？"颜回点头道："不错。拙荆回娘家暂住，家里只有我一人。"子贡道："原来如此。既然你也是单身一人，如何不同我们一起去壶头集？"冉求道："他什么时候说过不去？快坐到车厢里来！"巫马子期率先上了车，颜回略一犹豫，也将柴门关了，登上马车。冉求挥鞭，马车绝尘而去。

壶头集壶中天酒楼二楼雅座包间之内，子贡坐在主席，颜回、冉求、巫马子期依次坐在客席。酒过三巡，几上杯盘狼藉。子贡双掌一击，高喊一声："来人！"一名伙计应声而入，问道："客官有何吩咐？"子贡道："将席上杯盘撤走，再煮四壶陈年黄酒，多加子姜，换几样贵店拿手好菜，重新上过一席。"伙计唯唯，将席上杯盘碗碟尽行打扫干净。巫马子期道："我看已经吃得差不多了，子贡何须如此破费？"冉求笑道："你只管尽兴，不必在意他破费多少，他赚钱容易过你我走路。"颜回听了，将信将疑，道："当真如此？"子贡道："你听他胡说。不过，发财的确也并不难。"巫马子期道："愿闻其详。"子贡道："生财之道，不过八个字。"颜回道："敢问是哪八个字？"子贡提起酒壶，给各人斟满，举杯齐眉，道："祝各位财运亨通！"四人一齐干了一杯。颜回道:"敢问那八个字是?"子贡放下酒杯,道:"人弃我取,人取我予。"颜回听了,一脸疑惑,道:"别人都不要,你偏要。别人要,你就给。这就能发财?"冉求笑道:"你听他说得那么简单,做起来谈何容易!"颜回道:"此话怎讲?"冉求道:"想要做到这八个字,既要魄力,又要眼光。魄力不够,眼看别人都卖,自己如何还敢买?眼看别人都买,自己如何按捺得住?眼光不够,不是买错就是卖错,不是买迟就是卖早,想不赔都不成,还有什么钱赚?"子贡道:"别听他说得那么复杂。眼下就有一笔买卖好做。"巫马子期道:"什么好买卖?"子贡道:"吴、楚交战以前一百鲁钱只能换八十楚钱,尔后楚国节节败退,楚钱一贬再贬,如今一百鲁钱可换一百二十楚钱。依我看,战局即将逆转,不出一月将以和局告终,届时楚钱必然回升。如果你今日用一百鲁钱换取一百二十楚钱,一月之后这一百二十楚钱说不定就可变成一百五十鲁钱。"巫马子期道:"上哪去换?"子贡道:"子钱家。"巫马子期道:"什么是子钱家?"子贡道:"所谓子钱,就是利息。所谓子钱家,就是做借贷生意的商家。"巫马子期又道:"上哪去找子钱家?"冉求道:"你何必自己去找,叫子贡去替你代换就行了,他知道哪家子钱家靠得住,你自己去找,还说不定上当。"子贡道:"叫我去替你兑换不在话下,不过,多少价钱买进,多少价钱卖出,得你自己拿主意。"冉求道:"买进卖出,我都随你,如何?"子贡道:"你要投资多少?"冉求道:"鲁钱五千。"巫马子期道:"买进卖出,我也都随你。不过,我拿不出那么多的钱。我只有一千。"颜回只顾喝酒,并不插话,子贡见了,笑道:"你我都是俗人,只有颜回能安贫乐道。"颜回道:"休要取笑,实不相瞒,不过因为没有资本,无从做起。"子贡道:"原来如此,你怎么不早说?你想做多少?我可以先替你垫下。"颜回摇头,道:"不行。万一输了,我可赔不起。"子贡道:"这笔买卖要等一月左右方才能见分晓,也不怪你担心。你若想现买现卖,何不去做期货的生意?"颜回道:"期货的生意如何做法?"子贡道:"丝麦皆有期货市场,一日之内价格数变。跌时购入,见涨即抛。利润虽低,聊胜于无。"颜回沉吟不语。巫马子期见了,摇头道:"你若还不肯做时,如何能将嫂子……"颜回听巫马子期说出"嫂子"二字,慌忙抢道:"试一试倒也无妨。不过,本钱还是须从子贡处借。"子贡道:"这个自然,你要借多少?"颜回犹豫片刻,道:"一千如何?利息多少?"子贡听了一笑,道:"你说一千,就是一千。我怎么会同你要利息?自然是无息借贷。"说罢,顿了一顿,又道:"你无经验,明日我同你一起去期货市场,先教你一回。"颜回听了,拱手称谢。

次日，子贡领颜回去期货市场，一边对颜回面授机宜，一边买贱卖贵。半日下来，几番出入，替颜回净赚五十。接连下来四日，颜回日日独往，遵子贡之教，见跌买入，见涨即抛，每日皆略有斩获。五日下来，一共净赚一百有余。第六日恰逢期货市场歇市，颜回用五十钱去米铺买了十石米，要还一石给巫马子期。巫马子期不肯，道："现在还不是还米的时候。你还不快去买一坛酒去孝敬你的岳父，买一对手镯去讨嫂子开心？把嫂子先接回家来再说其他不迟。"当日夜间，颜回卧房之中，一灯如豆。颜回与莘莘斜倚在榻，莘莘一边搬弄手镯，一边道："说你傻，你还不服气。有这般容易发财的机会，你怎么就不知道？"颜回道："知道又怎样？要不是子贡借给我本钱，知道了不是也还是做不成？"莘莘道："如今你既借着了资本，仍旧是不会做。"颜回道："这不是赚了一百么？怎么是不会做？"莘莘鼻子里哼了一声，不屑地道："五天才赚一百，这也叫赚，真个是没出息！"颜回道："只有一千本钱，如何能赚得多？"莘莘道："你要是等多涨几分时再卖，不就是能多赚么？这都不懂！"颜回道："这么简单的道理我怎么不懂？不过，子贡特别嘱咐，说这期货生意风险极大，切忌贪心，只有见涨即抛方可有赚，贪得久等必然亏本。"莘莘撇一撇嘴，道："子贡怎么说，你就怎么听？你怎么从来不这般听我的话？"颜回道："不是我不听你的话，别忘了这本钱是借来的，要是亏了本，拿什么还人家？"莘莘道："你就这点出息！什么都怕。什么都怕，还能不穷死？"颜回听了，哑口无言。莘莘叹了口气，张嘴吹灭油灯，脸朝外侧身躺下。

次日早晨，颜回就两根咸菜，喝了一碗粥，从葛布包中取出本钱来数了一遍，又将铜钱放回包里，将包口重新系好，把包缠在腰上，走出房门，正要下台阶时被莘莘从背后叫住。莘莘道："你今日若赚不到一百，就别回来见我！"说罢，不待颜回回话，"乓"的一声关上房门。颜回听了，吓了一跳，扭头看了一眼，不敢则声，疾步走出柴门。当日傍晚，颜回返回家中，推柴门而入，莘莘闻声从房门出，劈头问道："赚够一百没有？"颜回低头不答。莘莘道："看你这副垂头丧气的样子，一准没赚够！你究竟赚了多少？"颜回依旧不应。莘莘道："你倒是说话呀？看你这出息！"颜回仍不则声。莘莘道："难道赔了不成？"颜回略一迟疑，终于点一点头。莘莘道："你这该死的！怎么会赔？"颜回道："起先上了五分，因赚不够一百，我没出手。孰料此后一跌再跌，收市时稍有回升，只跌了两分。我担心明日再跌，赶紧卖了，所以赔了。"莘莘道："你说你傻不傻？上了五分不卖，等跌了两分却卖！"颜回道："是你说赚不够一百别回来见你，所以我才将那机会错过。"

莘莘道："你这该死的！你这般听我的话？我叫你赚不够一百别回来见我，所以你才没卖？我现在叫你去死，你去不去？"颜回不应。莘莘提高嗓门，吼道："我叫你去死，你怎么不去？"媳妇一边吼，一边冲到颜回跟前，伸出右掌，用力一括，给颜回一个结实的大嘴巴。颜回左手捂着脸，右手指着莘莘道："你居然敢打我！"莘莘道："我就打你这该死的呆子，我打了你又怎样？"莘莘说罢，伸手又要再打时，冷不防被人一把拖住。莘莘抬眼一望，见是巫马子期，捶胸顿足，号啕大哭，道："你两个男人一起来欺负我一个女人！"巫马子期道："分明是嫂子要打人，我不过来劝解，怎么成了两个男人来欺负你一个女人？"莘莘不予理会，一边哭喊，一边冲出柴门。颜回要去追赶，被巫马子期一把拽住。俟莘莘的背影不见了，巫马子期道："我还不知道嫂子原来如此这般凶，这样的媳妇，走了也就算了。"

　　两日后，颜回岳父持一张休书来，叫颜回在休书上画押，听任莘莘另嫁。颜回无可奈何，请来巫马子期做见证，在休书上画了押。又过一日，颜回去子贡处把借来的本钱还了，从此不再做生意，又把黄犬送了邻居，把鸡拿到壶头集卖了，整日关起门来在家读书，饿了，就舀一瓢水喝，实在饿得不行，才喝一碗稀饭充饥。数日之后，午时将过，颜回喝罢稀饭，走出房外，口中唱道："不患人之不己知，患不知人也。"颜回唱毕，正想在石阶上坐下，听见柴门外有人问道："颜回在么？"颜回走到大门口一看，见是子贡，慌忙迎进院里。子贡走进柴门，立住脚，四下张望一回，但见石径残破，杂草侵阶，去秋落下的黄叶比比皆是，三两棵古槐经虫蛀得半死不活，一棵参天柞木让雷劈个一分为二。子贡道："你这院子倒是幽静，只是欠缺收拾。"颜回道："唯恐玩物丧志，荒废了学业，所以不敢去干这些收拾的杂务。"子贡道："原来如此。"颜回道："朋友见访，于礼，当请入厅中就座，站在门口，不成体统，快进屋里来。"子贡唯唯，跟着颜回穿过院子，登上台阶，走进房门，举目一望，只见四壁萧然，地板之上铺一张苇席，席上设一张白木几案，两边各一个蒲团。席边鱼烂，案面发黑，蒲团上歪歪斜斜地打着几个补丁。颜回请子贡坐在客席，从厨房里端出一碗水来，放在子贡面前，自己坐在主席，道："以水代浆，盼子贡不嫌简陋。"子贡道："不敢。"子贡说罢，端起碗来要喝时，却见碗边一块黑指纹，不禁略皱眉头，放下水碗，笑道："嫂夫人怎么又不在家。"颜回摇头，道："我已将她休了，你原来还没有听说？"子贡听了一惊，道："为何将嫂夫人休了？"颜回道："她本是山野之人，不谙君子之大道，又耐不住贫贱，只好由她另择佳婿。"子贡道："原来如此。"子贡说罢，又四下一看，道："也难怪，耐得住这般清贫的人委实不多，你既不再做生意，也得想点别的办法以为生计，否则，长此以往，能不令人担忧？"颜回整一整衣襟，道："此话差矣！夫子不是说过：'君子谋道不谋食'么？一箪食、一瓢饮，曲肱而枕之，乐在其中，何忧之有？"子贡听了一怔，慌忙赔笑道："你胸怀如此高雅，令我自惭形秽。不过，虽说是'一箪食'，也得有个来源才成。我听巫马子期说，你整日在家，除读书之外一无所为，那十石米总有吃完的时候。夫子不是也说过'人无远虑，必有近忧'么？"颜回听了，摇头道："依我之见，夫子所谓的'虑'与'忧'，都是指的'道'，与'贫'无关，与'食'更无关。夫子不是说'朝闻道，夕死可矣'么？闻道即可死，何贫之忧？"子贡道："假如你那十石米吃完的时候，你还不曾闻道，那你怎么办？"颜回听了一怔，道："夫子说的话难道不就是'道'？你我时时听夫子论道，怎么还能假设不曾闻道？"子贡听了又一怔，迟疑片刻之后，道："你的话令我茅塞顿开。你既然无忧，我又何必为你担忧。"说罢，站起身来，道："不多打搅，就此告辞。"颜回起身，将子贡送出柴门，转身顺手将门虚掩，一边往屋里走，一边吟道："发愤忘食，乐以忘忧。不义而富，于我如浮云。"

数月之后，斜阳懒散，树影婆娑。孔丘背叉双手，立在阙里山庄走廊之上仰头观天，听见一声门响，扭头一望，见是春梅。孔丘道："想不到我开门授徒的消息不胫而走，不出数月，登门拜师者竟然不下百人。"春梅笑道："你得好好谢我。"孔丘道："此话怎讲？"春梅道："你每收一个弟子，至少得束修一扎。弟子源源不断，你的财源也就源源不断。你要不是听了我的主意，重新开门授徒，哪来这好处？"孔丘道："除了想着钱，你还能不能想些别的？"春梅道："如何教授弟子，那是你做师傅的事，难道也要我这做师母的操心？"孔丘道："你也不想想：弟子越来越多，这阙里山庄如何应接得了？"春梅道："你原来在为这事操心，何不把霸桥那校舍重新收拾好，叫弟子到那儿去讨教？"孔丘道："这主意还用你出？我早已想到了。不过，我不能每日去霸桥，得叫个弟子去那边主持，不知叫谁去好？"春梅道："阙里山庄离不开子路与子开，在新收的弟子之中，我看以子贡最为能干，怎么不叫他去？"孔丘道："我想叫颜回去，只是有些担心众弟子不服。"春梅道："我看颜回在弟子中最笨，你怎么偏偏看得上他？"孔丘笑道："我要是不知道他最笨，又怎么会担心众弟子不服？"春梅听了不解，道："你既知他最笨，却为何还想用他？"孔丘道："主理霸桥，每月可得米一石。在众弟子之中，子贡最富，颜回最穷。君子周急不济富，所以我想把这差事交给颜回，以便让他一日三餐能有个着落。"春梅道："既然如此，你何不故意在弟子面前多抬举他？你把他捧得高高的，有谁还敢小觑他？"孔丘略一思量，道："言之有理，不妨一试。"

孔丘坐在阙里山庄大厅之中，颜回自外入，拱手道："夫子唤我，有何吩咐？"孔丘道："弟子渐多，阙里山庄不便接纳，我已经着人去把霸桥校舍重新收拾妥当，供弟子读书、切磋、听讲之用。我每隔三五日去霸桥一次，其余的时候你替我在那儿备顾问，每月我支付你一石米作为酬劳。你意下如何？"颜回道："弟子不才，恐怕不能担此重任。"孔丘道："《诗》《书》《礼》《乐》，你不是已经都读过了么？你的责任不过是替学识浅陋的弟子解释字句上的疑难。至于高深的疑问，一概留待我自己去答复，我会把这一点向众弟子交代清白。"颜回道："如此便好。不过，夫子说过'有事弟子服其劳'，替夫子办事，是弟子的职责，酬劳断不敢收。"孔丘道："所谓'有事弟子服其劳'，不过是说：做弟子的应当替师傅服劳，却并不是说：做师傅的可以叫弟子免费服劳。"颜回道："原来如此。弟子会错了意。"孔丘道："那就这样讲定了？"颜回点头。孔丘道："你在众弟子之中最穷，倘若有人问你为什么这么穷，你怎么说？"颜回犹豫片刻，道："弟子才智低下，所以生财无道。"孔丘摇头，道："你的才智何尝不如人！"颜回道："当真如此？我能比得上子贡么？"孔丘道："师傅怎么会哄你？子贡闻一而知二，你闻一而知十，子贡怎么比得上你！"颜回狐疑不解，道："既然如此，子贡为什么最富？我为什么最穷？"孔丘道："生死有命，富贵在天。"颜回听了大笑，道："生死有命，富贵在天。好！师傅说得真好。我这回总算是明白我为什么穷了！"孔丘道："贫穷却快乐，这是最难得的品德。你已经做到了这一点，你知道吗？"颜回茫茫然道："我做到了吗？"孔丘道："你方才不是分明在大笑吗？大笑难道不是快乐的表现？"颜回点头，道："不错。我是大笑来着，我的确是很快乐。"孔丘道："你这就去子开处支米一石，从明日起每日辰时至寅时去霸桥充任助教之职。"

颜回走后不久，子贡自外入，拱手施礼毕，道："夫子唤我，有何吩咐？"孔丘道："弟子渐多，阙里山庄不便接纳，我已经着人去把霸桥校舍重新收拾妥当，供弟子读书、切磋、听讲之用。我每隔三五日去霸桥一次，其余的时候我打算叫颜回去充助教之职，为后进弟子解释文字上的疑难，你以为如何？"子贡略一迟疑，道："夫子难道不觉得颜回有些倔，也有些迟钝？"孔丘笑道："你所谓的'倔'，在我看来正是'刚毅'；你所谓的'迟钝'，在我看来，正是'木讷'。'刚毅'与'木讷'，虽然还谈不上是'仁'，却已与'仁'相去不远。"子贡道："原来如此。恕弟子眼光浅陋，不曾看出。"孔丘道："你也不必过分谦虚，你的眼光何尝浅陋？不过略逊颜回罢了。"子贡听了，低头不语。孔丘道："你自以为闻一而能知几？"子贡略一思量，道："弟子不才，闻一不过仅能知二。"孔丘点头道："不错，你倒是有自知之明。"子贡道："敢问夫子以为颜回如何？"孔丘道："依我看，颜回大约闻一而能知十，在众弟子之中，谁也赶不上他。"子贡道："原来颜回如此出类拔萃。我看他从来不发问，夫子怎么说，他就怎么听，所以误以为他有些呆傻。"孔丘道："也不怪你以为他呆，我当初也错以为他不聪明，后来才渐渐发觉他原来是大智若愚。"子贡道："早就听说过'大智若愚'这说法，没想到见着了这样的人，自己竟然还不知道！"孔丘道："在众弟子之中，你最富，颜回最穷。富有富的为人之道，穷有穷的为人之道。你以为富人应当如何？穷人应当如何？"子贡又略一思量，道："贫而无谄，富而无骄，夫子以为如何？"孔丘听了，点一点头，道："贫穷而不巴结，富有而不骄傲，能做到这地步已经很不错了。"子贡道："听夫子的意思，似乎还有比'贫而无谄，富而无骄'更高的境界？"孔丘道："不错。"子贡道："愿闻其详。"孔丘道："富而好礼，胜过富而无骄；贫而乐，胜过贫而无谄。"子贡道："原来如此。敢问颜回是否已入'贫而乐'的境界？"孔丘道："不错。"孔丘的话音刚落，子路从屏风后转出，笑道："夫子这么称道颜回，我倒是想知道，倘若夫子统帅三军，会叫谁一同去？"孔丘道："徒手搏虎，泗水渡河，虽死而无憾，这样的人，我不要。凡事小心翼翼，唯恐谋划不周，这样的人，才是我的人选。"子路道："在众弟子之中，谁是'凡事小心翼翼，唯恐谋划不周'的人？"子贡笑道："除了颜回，还能是谁？"孔丘听了一笑，道："颜回却也有一点不如子贡。"子路道："哪一点？"孔丘道："善揣人意。"子路道："不善揣人意，不正是'木讷'么？木讷不是与仁相去不远么？怎么又成了缺点？"孔丘听了大笑，道："原来子路也'木讷'得很，我怎么竟然没有看出来？"

　　子路正要接话，司阍推门而入，拱手道："门外有人求见，自称弟子颜仆，我不认识，未敢放他进来。"孔丘听了，略微一怔，道："快请他进来！"不移时，门外走进一个彪形大汉，长得高颧阔颡，浓眉虬髯，向孔丘行长揖之礼，口称："夫子别来无恙？"孔丘不答，却向子路与子贡各瞟了一眼。子贡会意，趋前拱手道："夫子可还有别的吩咐？"孔丘道："别无他事，你两人都可以走了。"俟子贡与子路双双退出门外，孔丘压低声音道："你来想必是有紧要的消息？"颜仆不答，却走到孔丘跟前，俯首对孔丘一番耳语。孔丘听了，神色凝重，略一迟疑，站起身来，也对颜仆一番耳语。颜仆一边听，一边点头，听毕，拱手道："弟子不便久留，就此告辞。"孔丘送颜仆到门口，道："千万小心，不得有误！"颜仆又点一点头，转身出门。孔丘坐回原席，喊一声："春梅！"春梅应声从屏风后转出，笑道："你这回学会了乖巧，知道不喊子路，可你怎么偏偏知道我在屏风之后？"孔丘笑道："你不是说我学会了乖巧么？既然乖巧，自有乖巧的办法。"春梅道："什么乖巧的办法？难道你能看穿屏风不成？"孔丘道："眼睛看不见的，鼻子可以闻得着。谁叫你一身脂粉气息？"春梅道："原来如此。"孔丘道："你这回想必是枉费心机，一点也没有听着。"春梅道："谁说我没有听着？"孔丘道："你休想哄我，你倒说说看，你听着了什么？"春梅道："颜仆说他不便久留，你叫他千万小心，不得有误。"孔丘笑道："就听见这两句话，有什么意思？这也能叫听着了？"春梅也笑道："有没有意思，那要看是谁听着了。我听着了，也许是没什么意思。要是让阳虎听着了呢？难道也没有意思？"孔丘笑道："利口匹妇！我不同你争，快去把子路与子贡唤来。"春梅道："何须我去唤？你难道听不见脚步声？除了是子路与子贡，还能是谁？"

春梅的话刚落音，子路与子贡一起推门而入。子路道："方才来的这人究竟是谁？我怎么从来不曾见过？"孔丘略一迟疑，道："颜仆不过是个化名，其实乃是颜刻。"子路吃了一惊，道："颜刻乃是阳虎的亲信，经常替阳虎驾车，夫子什么时候收了这么个弟子？"孔丘道："颜刻是我早年弟子，是我叫他投在阳虎手下，也是我嘱咐他：没有重大消息，不要来见我，以免暴露身份，所以你等都不曾见过。"子路听了，又吃一惊，道："原来夫子在阳虎手下埋伏有人。"孔丘道："别人的事情我从不过问，不过，阳虎是个例外。你要是不防着他，自己怎么死的都不知道！"子贡道："颜刻今日既来，必然是得了紧急消息？"孔丘道："不错。阳虎明日设晚宴款待季孙斯之时，将于席上刺杀季孙斯，然后着季孙寤发季孙氏之众、阳越率都城卫戍之众，一齐夜袭仲孙何忌府。"春梅听了大惊，道："然则奈何？"孔丘淡然一笑道："不必惊慌，我已将破阳虎之计面授颜刻。"说罢，伸出右手食指对子路一勾，子路趋前，孔丘对子路一番耳语。子路听毕，道："这般危险的勾当，夫子怎么不叫那'凡事小心翼翼，唯恐谋划不周'的人去？"孔丘道："事关重大，没心思同你讲这些闲话！"子路扭头就要出门，却被孔丘唤住。孔丘道："且慢！冉求对我说过：冉氏有精壮圉人三百，可备紧急之需。你见过南宫敬叔之后，立即去见冉求，叫他率领这三百精壮圉人赴仲孙何忌府增援。"

俟子路的脚步声消失了，子贡道："夫子不叫我去见冉求，想是有别的

240

事情要我去办？"孔丘笑道："不错，你果然善揣人意。你连夜赶去齐国见子亓，叫他设法阻止齐人支持阳虎。"子贡道："夫子不是已经有了破阳虎的妙计了么？为何还担心他逃奔齐国？"孔丘道："破阳虎，十拿九稳，生擒与杀死，则难说。叫你去齐国，正所谓'小心翼翼、唯恐谋划不周'之意。"子贡拱手而退。春梅道："我看你收这么多弟子，只有这一个有用。"孔丘道："念念不忘他送你一斗珍珠，真是所谓'小人喻于利'！"春梅道："休要胡说！我说的又不是他！"孔丘听了一怔，道："你不是说子贡，是说谁？"春梅道："我是说颜刻。要不是他来把这个消息传递给你，阳虎杀了季孙斯、仲孙何忌，下一个岂不就会轮到你？"孔丘道："依我看，众弟子虽然学识有差，贤能有别，志趣有异，其实人人都有用，就看你会不会用。比如，倘若我有机会执政，冉求可以替我主管内政，子贡可以替我主管外交，子路可以替我掌管兵马，子开可以替我掌管图书。"春梅道："颜回呢？我看他一无所能，难以派上用场。"孔丘笑道："谁说难以派上用场？他虽然一无所能，却老实忠厚。我把他树立为德行的模范，一定错不了。"春梅笑道："看你说得眉飞色舞，好像真会有人请你去执政似的！"孔丘道："阳虎既败之后，鲁国恐怕还真会须我来收拾残局。不信，你等着瞧好了！"

第十四回　子路穷追国贼　高柴计捉奸臣

次日卯时，曲阜城中灯火初上，两匹高头卷毛白马拉一辆漆红描金马车顺着朱雀坊前的大道缓缓跑来，颜刻左手把缰，右手挥鞭。马车跑过第一个十字路口，车窗锦帘掀开，阳虎探出头来，看见十字路口两边皆有兵车把守，嘴角微露笑意。两匹火红骏马，也拉一辆漆黑描金马车，不紧不慢，尾随其后，车窗锦帘开处，季孙斯探出头来，略一张望，又缩回头去。阳越跨一匹黑马，领着十数名骑兵，远远地跟在季孙斯的马车之后。颜刻驾车跑过第三个路口，左手松了缰绳，从怀里摸出一把铁针向两马马股上一撒，两马受惊，引颈嘶鸣，放蹄狂奔。阳虎掀开窗帘，伸出头来道："怎么搞的？"颜刻道："两马不知何故，都受了惊恐，挣脱了缰绳。主公不必惊慌，我已重新将缰绳操好在手。"阳虎听了，缩头进车之时，马车早已跑到第四个十字路口。子路头戴皮盔，身被铁甲，立在路口右边的兵车之上，双手紧握缰绳，只等阳虎的马车跑过，便将手中缰绳一提，把兵车放出路口来，截住季孙斯马车的去路。季孙斯的车夫见了，慌忙将缰绳一兜，将马车煞住。季孙斯从车窗中伸出头来一望，正欲开口发问，却见子路弓身一跃，跳上季孙斯的马车，随即一拳，把车夫从车上打翻在地，双手抄起缰绳一兜，把马车折入右边的横街，把缰绳松了，猛一挥鞭，纵马飞奔而去。季孙斯见状大惊，道："什么人敢来劫持我季孙斯的马车？"子路道："阳虎将在蒲园席上杀你，我是孔子弟子子路，奉孔子之命，专来救你性命。"季孙斯听了，又大吃一惊，道："原来如此！你我这是逃往哪去？"子路道："仲孙何忌府。"子路的话刚落音，背后一箭射来，从季孙斯头上飞过，季孙斯吓了一跳，慌忙将头缩进车窗。子路见了，回头一看，但见阳越手持弓箭，一马当先，领着一队骑兵从后面追了过来。子路正看时，阳越又射来一箭，从子路肩头一尺左右的地方飞过，子路见了一笑，道："箭法如此稀松，却偏有胆量造反！"

不移时，子路驾车早已跑过十几个路口，远远望见仲孙何忌府前的栅栏。阳越的马快过子路的车，看看追得近了，阳越从箭壶中取出五支箭来，一把攒在手中，觑准子路后心，连发五箭，却一一射偏。阳越见了，气急败坏，扔下手中弓，从腰下拔出剑来，纵马狂追，眼看就要追上之时，子路驾车到了栅栏门口，门卫见了，放子路进去。阳越冲到栅栏之前，栅栏里一阵乱箭射出，阳越躲闪不及，面门早中一箭，翻身落马。后面骑兵见了，纷纷掉转马头，夺路而逃。跑不过五个路口，正遇阳虎与颜刻各乘一马迎面奔来。阳虎见了逃散的骑兵，拔剑在手，横眉叱道："季孙斯何在？"骑兵纷纷将马勒住，其中一人道："逃到仲孙大夫府中去了。"颜刻听了，假做惊恐之状，道："每个路口皆由我手下驾兵车把守，季孙斯如何走得脱？"那人道："灯火之中，看不真切，我见阳大夫追出横街，方才发觉季孙斯已经走脱。"阳虎道："怎么不见阳大夫？"方才回话的那人又道："阳大夫在栅栏前中箭落马，顿时丧命。"阳虎听了大惊，半晌说不出话。颜刻道："一定是有人走漏了消息，成邑兵马想必不久就会赶来。"阳虎略一迟疑，道："不错。事不宜迟。我去发都城卫戍围攻仲孙何忌府，你去北门督战，绝不可放公敛处父人马进来。"颜刻拍马而去。

　　仲孙何忌、南宫敬叔、子路与冉求各着戎装，立在仲孙氏府敌楼之上。火光之中，黑压压不知多少兵马，从四面八方杀奔而来。骑兵当先，左手执盾，右手执火把，轮番向栅栏冲击。栅栏里弓箭手乱箭射出，一些骑兵中箭落马，一些骑兵冲到栅栏跟前，将手中火把掷入栅栏之内。一阵混战之后，栅栏内火起，烟雾弥漫，弓箭手纷纷撤退至第二道栅栏。骑兵如前轮番冲击，几番恶斗之后，第二道栅栏眼看又将不济。子路道："事急矣，待我率冉求手下三百围人冲出去，杀他个出其不意。"仲孙何忌听了，略一沉吟，道："再稍微候一候，成邑兵马应当随时可到。都城卫戍乃鲁军之精锐，骁勇善战，不可轻敌，俟成邑兵马到时，前后夹击，方可成功。"正说时，阳虎阵后人马忽然骚动，一片呐喊之声由远而近。子路道："想是成邑援兵到了，此时还不出击，却更待何时！"说罢转身，疾步走下敌楼。

　　子路走下敌楼之时，阳虎策马，行到第二道栅栏之前亲自督战，听见背后呐喊之声，心中正疑惑之时，一名小校骑马飞奔而来，跑到阳虎跟前，将缰绳勒了，拱手道："北门失守，公敛处父领兵马不知多少，正杀奔这边而来。"阳虎大吃一惊，道："如何失守得这般快？颜刻何在？"小校道："正是颜刻开门放进公敛处父，否则，北门岂会失守！"阳虎听了，忿忿然咬牙切齿道："颜刻小人！胆敢卖我！"阳虎的话刚落音，仲孙何忌府敌楼上三通鼓响，府门开处，子路握槊在手，发一声喊，一马当先，领三百围人杀奔而来。阳虎见了，无心恋战，正欲夺路而逃，却见季孙寤乘马飞奔而至。季孙寤道："你想往哪走？"阳虎道："颜刻那厮将我出卖，走了季孙斯，越弟丧命；偷袭仲孙何忌之计不成，成了强攻；如今公敛处父又领成邑兵马从北杀来，令我腹背受敌。我的意思是先撤离曲阜，退据阳关坚守，再从长计议。"

季孙寤听了摇头，道："你这一走，军心立时瓦解。俗话道：'兵败如山倒。'你如何还能走得脱？"阳虎道："然则奈何？"季孙寤道："赶紧传下令去：叫前军改作殿后，挡住子路。后军改作前军，迎战公敛处父。我往季孙斯府，诓说季孙斯不知去向，或已死于乱军之中，然后率领季孙氏人马前往鲁宫，假护驾之名，行劫持主公之实。你领中军督战，倘若前军与殿后能够抵挡得住公敛处父与子路，胜负尚未可知，何逃之有？倘若不敌，再退入鲁宫不迟。你我既有主公在手，谅仲孙何忌必然投鼠忌器，不敢逼人太甚。如此方可从容撤离曲阜、退守阳关。"阳虎道："幸亏你及时赶到，不然，险些坏了大事。"

一夜巷战，斗至黎明时分，仲孙氏险胜，阳虎率手下退入鲁宫，闭门坚守。子路率先追到，正要攻门，仲孙何忌、南宫敬叔、公敛处父、冉求等各乘兵车赶到。仲孙何忌止住子路，道："不忙急攻。"子路道："怎么不妥？"仲孙何忌道："急攻之下，阳虎必然挟持主公一起突围。如果你我力战，万一主公死于乱兵之中，我仲孙何忌岂不是蒙上弑君的罪名？如果你我放他走脱，他胁持主公一同入阳关，一边坚守，一边求援于齐。倘若齐公以协助鲁公拨乱反正为名，兴师而来，你我如何抵挡得住？"子路道："然则奈何？"冉求道："不如与阳虎妥协，他留下主公，我等放他走入阳关。"子路听了不悦，道："如此还不是遗患无穷？"南宫敬叔道："事已至此，似乎别无良策。"仲孙何忌道："我看也是如此，只是不知以谁去见阳虎为宜？"南宫敬叔道："我去如何？"冉求道："见阳虎，不如见季孙寤。你去，不如我去。"南宫敬叔道："此话怎讲？"冉求道："如今阳越既死，阳虎依季孙寤为其谋主。与其直接与阳虎交涉，不如先见季孙寤，以便有个回旋的余地。你的身份太重，倘若阳虎将你扣押以相要挟，反而不美。我不过一介白丁，又与季孙寤略有一些交情，况且阳虎与季孙寤并不知道我奉孔子之命前来增援，料想阳虎不会对我如之何。"仲孙何忌听了大喜，道："如此甚好。"

鲁宫听贤馆内，阳虎与季孙寤相对而坐。阳虎道："你叫我不要早走，如今受困于此，却如何走得脱？"季孙寤道："仲孙何忌不曾乘胜急攻，可见正如我所料，投鼠忌器，怕伤了主公。仲孙何忌既有所忌，你我也就不愁无路可走。"阳虎道："话虽这么说，计将焉出？久困于此，不是办法。"季孙寤正欲作答，却见谒者自外入，拱手施礼道："宫门外有人自称冉求，要见季孙大夫。"阳虎道："冉求是什么人？"季孙寤一笑道："正是替你我排纷解难之人。"阳虎不解，道："此话怎讲？"季孙寤道："冉求既是南宫敬叔之客，也与我略有一些交情，他于此时此刻求见，必然是为仲孙何忌做说客而来。仲孙何忌既遣说客，必然是要与你我妥协，既是要与你我妥协，必然要与你我一条出路。"阳虎听了，半信半疑，道："但愿如此。"季孙寤吩咐谒者："快去将客人请进来！"俟谒者出了院门，季孙寤对阳虎道："冉求既是点名要见我，我看你还是先到屏风后去回避一下为好。"阳虎略一迟疑，道："这个自然。"说罢，站起身来，转入屏风之后。

不移时，冉求随谒者入，季孙寤略整衣襟，下阶相迎。寒暄既毕，季孙寤请冉求进到厅中，分宾主就座。冉求笑道："你一向自诩算无遗策，今日怎么受困于此，走投无路？"季孙寤道："'受困'，不错。'走投无路'？我看不见得。"冉求道："仲孙何忌令公敛处父在鲁宫之外扎营结寨，将鲁宫团团围住，你如何走得脱？"季孙寤道："你既然进得来，我如何出不去？"冉求听了一笑，道："不过，我虽为你去而来，你出不出得去，却还得靠你自己。"季孙寤道："此话怎讲？"冉求道："我不过替仲孙何忌传一句话，你能让阳虎听从，你就出得去。你不能让阳虎听从，你就出不去。"季孙寤道："一句什么话？"冉求道："只要阳虎肯留下鲁公，仲孙何忌就网开一面，放阳虎与你去阳关。"季孙寤道："仲孙何忌这句话倒是说得中听，不过……"冉求道："不过怎样？"季孙寤道："如何叫人信得过他？"冉求道："你要怎样方才信得过？"季孙寤略一思量，尚未作答，阳虎从屏风后转出，道："叫孔丘公开出面担保，我才信得过他。"季孙寤听了一怔，道："你什么时候成了孔丘的信徒？"阳虎笑道："我何尝是孔丘的信徒？无奈别人都信他，不要说我奈何他不得，他自己也奈何他自己不得。"季孙寤道："此话怎讲？"阳虎道："孔丘既已德高望重，自然不得不爱惜自己的名声，既要爱惜自己的名声，又何敢食言？所以叫孔丘出面担保，必然万无一失。"季孙寤道："原来如此！"阳虎笑道："这叫做'立德自缚'，你难道不知？"季孙寤听了大笑，道："好一个'立德自缚'！"阳虎扭头对冉求道："你回去告诉仲孙何忌，他请得动孔丘，就照他的话办；他请不动孔丘，休怪我阳虎不敢从命。"

冉求回到仲孙何忌府，仲孙何忌、南宫敬叔等人接着。仲孙何忌道："如何？"冉求道："季孙寤极愿这般妥协，无奈阳虎信你不过，非要孔子公开出面担保方肯应允。"仲孙何忌道："阳虎这厮端的可恶！孔子一向恪守'不在其位，不谋其政'的原则，请孔子暗中斡旋，他也许不会拒绝；叫孔子公开出面，他怎么会肯？"季孙斯道："这有何难？你我一起恭请孔子居执政之位，不就是变'不在其位，不谋其政'为'既在其位，必谋其政'了么？"仲孙何忌听了一怔，笑道："这么好的主意，怎么偏偏就让你季孙斯想到了？"季孙斯道："并非我的主意，我不过是记住了子丕的一句话而已。"

南宫敬叔道："子丕说了句什么话？"季孙斯道："子丕说：阳虎既败之后，鲁国的乱政，非孔子莫能收拾。"仲孙何忌道："子丕可谓有先见之明。事不宜迟，你我赶紧修书一封，飞鸽传往阙里山庄去。"说罢，向外面喊一声："取笔墨来！"南宫敬叔道："且慢！"仲孙何忌道："怎么？难道有什么不妥？"南宫敬叔道："据《礼》，执政之位，须经鲁公亲自任命。孔子最守礼，这封书既不是鲁公谕旨，孔子恐怕不肯接受这执政之位。"仲孙何忌听了一惊，道："言之有理。然则奈何？"冉求道："何不将'恭请孔子居执政之位'改写作'恭请孔子摄执政之位'？所谓'摄执政之位'，就是'代理执政之职'。据我所知，但凡'摄'职，皆无须经由诸侯亲手下谕。"南宫敬叔道："你这说法，可见诸《礼》？"冉求道："虽不见诸《礼》，《书》《传》之中，皆有例可援。"仲孙何忌听了，扭头望南宫敬叔道："你以为如何？"南宫敬叔道："孔子博通《书》《传》，又极善权变。依我看，改'居'为'摄'，必定可行。"子路道："行不行，也都只有姑且这么试一试。"仲孙何忌道："子路之言，正合我意。"

当日傍晚，夕阳高挂树梢，天际一抹微云。孔丘立在阙里山庄走廊之上，一只鸽子穿林而下，往后院飞去。孔丘见了，口喊一声："子开！"不移时，子开从厅内出，拱手道："夫子唤我么？"孔丘道："飞来一只信鸽，想必是曲阜方面有了消息。"子开道："我这就去鸽房看一看。"子开的话音刚落，却听见廊下传来春梅的声音道："用不着去，我已经把鸽信取来了。"孔丘道："我说怎么找你不见，原来你一直守在鸽房，这般沉不住气！"春梅疾步登上走廊，将手中竹管递给孔丘，笑道："你沉得住气？昨晚不停辗转反侧，叫我想睡都睡不成！"孔丘不予理会，接过竹管，剔开封泥，挑出帛书，匆匆在手上展开来看了一遍，嘴角微露一丝笑意。春梅道："怎样？将阳虎杀却了？"孔丘摇头。春梅道："生擒了？"孔丘又摇头。春梅道："难道让他走脱了？"孔丘还是摇头。春梅见了，略一迟疑，道："难道还在厮杀，胜负未分？"孔丘道："也不是。"春梅道："这也不是，那也不是，还能是怎样？"孔丘不答，却吩咐子开道："速去备车。"春梅听了一怔，道："这么晚了，你还要到哪去？"孔丘道："阳虎战败，挟持主公于鲁宫之内，闭门自守，仲孙何忌围而不攻，专等我去处置。"春梅道："怎么非等你去不可？你不是说'不在其位，不谋其政'么？你既不居官，你又怎么肯去处置？"孔丘将手中帛书递给春梅，道："你自己看了便知。"春梅接过帛书看毕，往走廊之下瞟了一眼，看子开已经走远了，压低声音道："你不是常说'君子祸至不惧，福至不喜'么？别这么喜形于色，叫弟子看见了，以为你急功近利。"孔丘不屑一辩地道："你从我这儿拣去这么几句话，一知半解，就来我面前说嘴，我问你：急鲁国之功、近鲁国之利，喜于振兴父母之邦，有何不可？"春梅嗔道："翻云覆雨，你总是有理，不知究竟是谁利口？"

鲁宫听贤馆之中，鲁公坐堂上，孔丘独立于左，季孙斯、仲孙何忌、叔孙州仇依次立于右。鲁公道："阳虎如今虽然败走，仍然窃据阳关，或将勾结齐人，不利于我。卿等以为当如之何？"孔丘道："臣以为当急攻之，否则，后患无穷。"鲁公道："孔大夫之见，与寡人不谋而合。孔大夫以为遣谁去为宜？"孔丘道："季孙氏重兵驻在费邑，握在公山不狃之手，一时不易调动，驻曲阜的人马大都随季孙寤逃往阳关，所剩无几，不足以为用。仲孙氏人马与阳虎一番恶斗，伤亡不轻，急需休整。依臣之见，以遣叔孙大夫领叔孙氏兵马前去为宜。"鲁公听了，将头微微一点，抬起眼来看叔孙州仇。叔孙州仇支吾道："臣不谙军旅之事，恐怕不堪此重任。"孔丘道："臣弟子子路，勇而有谋，如果叔孙大夫不愿领兵，可使子路为将。"叔孙州仇听了，慌忙摇手道："使不得！叔孙氏重兵驻在郈邑，握在公若藐之手，公若藐专横跋扈，连我自己都指挥不动，更何况是外人？"鲁公道："然则奈何？"叔孙州仇略一沉吟，道："看来还是只有我勉为其难。"孔丘道："如此甚好，不知叔孙大夫几时可以起程？"叔孙州仇道："少说也要一月方才能准备就绪。"孔丘道："阳虎新败，仓皇逃入阳关，军心不稳，利在急攻，如此拖延，岂不是误了战机？"叔孙州仇听了，冷笑一声，道："我虽不谙军旅之事，如此简单的道理，我难道还不懂？不过，兴师动众不如征引几句《诗》曰、《书》曰那般轻而易举。准备不足，急于成功，难免不失败。听说孔大夫平时常说'欲速则不达'，怎么事到临头，却如此沉不住气？"仲孙何忌道："我看孔大夫不过是担心夜长梦多，并无叫你仓促出战之意。"叔孙州仇道："阳虎众叛亲离，龟缩于阳关，早晚是一条死路，有什么夜长梦多？"仲孙何忌道："万一齐国出兵协助阳虎，岂不就是夜长梦多？"叔孙州仇道："听说孔大夫早已遣弟子子贡赴齐游说，齐公慑于孔大夫的清望，如何敢于与阳虎同流合污？"仲孙何忌听了，也为之语塞。季孙斯道："所谓早晚，也不过就是十日、五日之差，你我千万不可因这三五日伤了和气，让阳虎看笑话！"鲁公道："季孙大夫之言，正合寡人之意，叔孙大夫亦须抓紧，不得延误。"叔孙州仇道："主公放心，臣不敢怠慢。"鲁公打个哈欠，道："可还别有他事？"说罢，用眼向左右两边一瞟，见无人答话，口喊一声："退朝！"

当日稍后，曲阜执政府大门之前，两匹杂毛劣马拉一辆深红描金马车由远而近，车厢左右各插一面三角锦旗，左边锦旗红底金边，中央用金线绣做

247

"鲁"字，右边锦旗黑底白边，中央用白线绣做"孔"字。车到门前停下，子路从车上跃下，拉开车门，孔丘下车，向大门打量了一番，道："曲阜本无执政府，季孙氏执政之时，就用季孙氏府作执政府。这执政府是阳虎所建，多有不合规矩之处。你看，这大门居然有三重飞檐。"说罢，用手上麈尾对门檐一指。子路对门檐瞟了一眼，不以为然地道："为政当从大处着眼，这些琐屑，夫子何必在意！"孔丘听了不悦，道："以小可以观大。据《礼》，诸侯宫门方才可以筑檐三重，阳虎竟然也用三重檐，可见其居心叵测！"子路听了，沉默不语。

司阍闻声自门内出，看见车上锦旗，知是新执政到了，慌忙趋前行长揖之礼，将孔丘与子路让到门里。孔丘跨进大门，举目一望，但见对门立两根一丈来高的白石华表，华表之后是一条八尺宽的白石路径，路径两边各栽八株参天圆柏。孔丘见了，摇头道："诸侯宫门内方可立华表，他阳虎居然敢立华表！诸侯宫道方可有八尺宽，他阳虎居然敢修八尺宽的路！诸侯宫中方可用八株圆柏夹道，大夫府内只能用四株侧柏夹道，他阳虎居然如此大胆！"子路听了一笑，道："要不是颜刻报信，他阳虎连季孙斯、仲孙何忌都一齐杀却，种几棵树有什么不敢！"孔丘白了子路一眼，沿石径缓步而进，行至石阶之前立住脚，又举头一望，但见石阶三层，每层九级，石阶之上，立十六根廊柱，廊柱之后，一座漆红描金大厅，高敞宽阔，重檐覆拱，气派非凡。孔丘见了，又摇一摇头，却只叹了口气，不曾说话。

孔丘拾级而上，迈进厅门，又举头一望，但见正中一方漆红描金几案，案后一扇花梨屏风，屏风上悬一幅素绢，绢上用黑墨写着"高岸为谷，深谷为陵"八个大字，孔丘见了一笑。子路跟着孔丘迈进厅门，见孔丘发笑，问道："屏风上这幅字要不要给换掉？"孔丘道："那倒不必。君子不以人废言，更何况这两句话出自《诗》，并非出自阳虎之口。"子路道："阳虎在执政厅写下这两句诗，将其篡夺的野心表露无遗，夫子留下这两句话派什么用场？难道夫子有意举'汤武之事'不成？"孔丘正色道："休要胡说！"说罢，顿了一顿，又道："换几个别的字也罢，免得像你这种蠢人看见了，也像你这般胡思乱想。"子路道："换几个什么字为好？"孔丘道："我倒要听听你的意思。"子路略一沉吟，道："'道之以政，齐之以刑'，如何？"孔丘一笑道："以政令为指引，以法律相约束，为政能做到这地步，也可以算是相当不错了。"子路道："夫子想必有更高明的意思？"孔丘道："用'政令'，不如用'道德'；用'法律'，不如用'礼教'。"子路道："夫子的意思是：'道之以政，齐之以刑'，不如'道之以德，齐之以礼'？"孔丘道："不错。"

子路道："敢问'道之以政，齐之以刑'与'道之以德，齐之以礼'，相差究竟何在？"孔丘道："'道之以政，齐之以刑'，可以使人不敢犯法，却不能使人羞于犯法。'道之以德，齐之以礼'，则不仅能使人羞于犯法，而且能使人明白正道之所在。"子路道："原来如此。"

子路说罢，走到屏风之前，将屏上素绢取下，回转头时，见冉求踏进厅来。冉求道："怎么？要把屏风上的字换了？"孔丘道："岂止是要换这几个字而已！你来得正好，快去唤人来，把大门的三重飞檐改为单层，把门内的华表拆毁，把八尺宽的石径改成四尺宽，把石径两边十六株圆柏统统拔掉，换种八株侧柏。"冉求听了，略微一怔，道："厅下的石阶、厅前的廊柱，还有这厅本身的尺寸，也都不合于《礼》，难道也都要拆了重建不成？"孔丘道："重建厅堂，劳民伤财，姑且不动。"冉求道："依我看，门檐、石径、柏树也都可以算了。鲁国不合于《礼》的事情多的是，何必在意这些琐屑？"孔丘听了不悦，道："你也同子路一样，不懂得以小观大的道理。况且，谁说我会放着不合于《礼》的大事不管？不过大事不如小事这般容易措手，须从缓计议，欲速则不达。"冉求听了，不再争辩，换个话题道："今日是夫子首次早朝，敢问可还顺适？"孔丘摇头。子路见了一怔，道："什么事情棘手？"冉求道："岂有事情可以难得倒夫子？我看必是有人从中作梗。"孔丘道："人事难道不也是事？人事处理不善，别的事情更加无从下手。"子路道："谁同夫子作对？"孔丘道："我叫叔孙州仇去攻阳关，他借故拖延。我叫他从速，以免失了战机，他却说什么'兴师动众不如征引几句《诗》曰、《书》曰那般轻而易举'。"子路忿然道："他这分明是嘲笑夫子只会动口，不会动手。"冉求道："夫子打算怎么对付他？"孔丘尚未作答，司客自外入，拱手道："颜刻在门外候见。"孔丘道："快请他进来。"

不移时，颜刻入，向孔丘拱手道："夫子遣人唤我，不知有何吩咐？"孔丘道："你跟随阳虎之日久，可知叔孙州仇与阳虎有无勾结？"颜刻道："据我所知，叔孙州仇与阳虎不仅并无勾结，而且关系紧张。"孔丘道："因何事而紧张？"颜刻道："因阳虎有意支持叔孙辄为叔孙氏之主。"孔丘道："原来如此。"说罢，顿了一顿，又道："听说叔孙州仇与后宰公若藐不睦，可是事实？"颜刻道："不错。公若藐曾力劝叔孙不敢传位于叔孙辄，故叔孙州仇对公若藐一直怀恨在心，据说曾令后邑司马侯犯暗杀公若藐，却未曾得手，不知的确与否。"孔丘道："公若藐与阳虎有无勾结？"颜刻道："据我所知，也并不曾有。"孔丘道："朝廷之中有谁与叔孙州仇往来密切？"颜刻道："大夫少正卯与叔孙州仇关系最密，据阳虎说，叔孙州仇依之以为谋主。"孔丘道："少正卯何如人？你可曾相识？"颜刻道："我只与他见过一面，谈不上相识。据阳虎说，此人阴险狡诈，难以对付。"孔丘听了一笑，道："连阳虎都嫌他棘手，想必不是等闲之流。"说罢，略一沉吟，又道："你原来在阳虎手下何所执掌？"颜刻道："除替阳虎驾车外，兼掌执政府卫队。"孔丘道："你还愿意继续干这两件差事么？"颜刻道："唯夫子之命是从。"孔丘道："既然如此，这两件差事就仍然由你掌管。"颜刻拱手称谢，道："夫子还有什么吩咐？"孔丘道："我这驾车的两匹马都是从阙里山庄带来的，毛色、体态与执政的马车皆不相匹配，你去执政府马厩里另择两匹换上。"

　　颜刻拱手退下。子路笑道："夫子当了执政，不仅嫌马不好，而且也嫌车夫不成，不仅要换马，而且也把我这车夫给罢免了。"孔丘笑道："我虽嫌你不成，却有别人看得上你。"子路听了一怔，道："什么人看上了我？"孔丘道："自从阳虎篡夺执政之位，季孙氏总宰之职一直虚设。昨日季孙斯向我讨你去充任这总宰之职，我已经替你答应了，你这就去季孙氏府上任。"子路听了，喜形于色，道："这话当真？"孔丘道："我什么时候哄过你？"子路拱手称谢，整一整衣襟，转身欲退，却被孔丘唤住。子路道："夫子还有什么吩咐？"孔丘道："季孙氏自季孙意如以来，所作所为多有不合于《礼》之处。你既为季孙氏总宰，当尽力予以矫正。"子路道："夫子可否举一两个例子？"孔丘道："比如，天子设宴，方可用六十四名舞伎，诸侯只可用四十八人，大夫只可用二十四人，季孙氏竟然也用六十四人。是可忍，孰不可忍？又如，天子祭祀结束之时吟唱'相维辟公，天子穆穆'这两句诗，意思是：'诸侯助祭，天子肃立'。季孙氏祭祀时居然也莫明其妙地予以模仿，简直岂有此理！"子路道："弟子记住了，夫子可还有别的吩咐？"孔丘略一思量，道："想靠叔孙氏攻阳虎看来是靠不上的了，你就任季孙氏总宰之后，当立即着手整顿并扩充季孙氏人马，做好进攻阳关的准备。"子路道："夫子放心，不出三月，我必能准备就绪。"孔丘道："如此便好。"

　　子路拱手而退。冉求目送子路退出门外，笑道："子路失车夫之职，得宰臣之位，堪称得其所哉！"孔丘道："各有因缘，你又何必羡他？"冉求道："难道也有大夫请我去当总宰不成？"孔丘道："孔大夫这儿不是正缺一名总宰么？"冉求听了大喜，慌忙趋前，拱手称谢。孔丘道："孔大夫不比季孙大夫，并无家族之事需要处理。你名为孔氏总宰，实为执政助手。明白吗？"冉求点头，道："弟子并无为政的经验，敢问为政之道。"孔丘道："为政之道，众说纷纭，莫衷一是，其实只消一个字就能概括。"冉求道："敢问是哪一个字？"孔丘道："一个'正'字。"冉求道："敢问其详。"孔丘道："为政者自己正，百姓谁敢不正？为政者自己不正，又岂可指望百姓正？"冉求道："原来如此。"

叔孙氏府议事厅中，叔孙州仇斜倚几案而坐，口中吟道："'三事大夫，莫肯夙夜；邦君诸侯，莫肯朝夕。'"司客进来禀道："大夫少正卯求见。"叔孙州仇道："快请少大夫进来。"不移时，门外进来一人，额阔颧高，面白须黄，身材中等，年纪三十上下。叔孙州仇走到门口相迎，少正卯道："你怎么看上去忧心忡忡？"叔孙州仇道："新执政偏袒季孙氏与仲孙氏，叫我去攻阳关，能不令我心忧！"少正卯道："谁是新执政？"叔孙州仇道："你装什么糊涂？你难道不知孔丘新任执政？"少正卯淡然一笑，道："我道你说谁？原来是说孔丘！孔丘不过是摄执政之位，怎么到你嘴里就成了新任执政？"叔孙州仇道："摄与不摄，不过是名义有别，其实有什么不同？"少正卯道："名义既然有别，其实又怎能无别？孔丘不是常说：'名不正则言不顺，言不顺则事不成'么？你难道不曾听说过？"叔孙州仇道："听说过又怎样？"少正卯道："孔丘既讲究名分，你就用名分去牵制他。"叔孙州仇道："愿闻其详。"少正卯道："但凡孔丘欲有所举动，你就放出谣言，说必须执政方能有权如此如此，摄执政无权如此如此。谁也说不清执政与摄执政的职权究竟有无区别，不过，既有这样的流言，孔丘必然束手，不敢轻举妄动。"叔孙州仇听了，轻蔑地一笑，道："我以为你有什么高招妙法，这两下手脚如何行得通？"少正卯道："为何行不通？"叔孙州仇道："孔丘之所以是摄执政而不是执政，不过是因为当时主公为阳虎所挟持，得不着主公的手谕。如今季孙斯与仲孙何忌向主公讨张手谕，去掉这'摄'字，易如反掌。"少正卯道："你若袖手旁观，自然就是易于反掌。"叔孙州仇道："季孙斯与仲孙何忌联手，我孤掌难鸣，想不袖手旁观，难矣哉！"少正卯道："何不各个击破？"叔孙州仇道："愿闻其详。"少正卯道："仲孙何忌与南宫敬叔都是孔丘的弟子，南宫敬叔又是孔丘的侄女婿。你派人放出流言，说仲孙何忌与南宫敬叔之所以极力要把孔丘推上执政之位，目的在于排挤季孙氏，令仲孙氏取而代之。谣言一旦传开，仲孙何忌为避嫌疑，必然不敢请主公抹去孔丘头上这个'摄'字；季孙斯听了，必然心生疑忌，也绝不会请主公将执政之职正式授予孔丘。"叔孙州仇道："好一各个击破之计，只可惜远水不救近火。"少正卯道："你所谓的'近火'，究竟何所指？"叔孙州仇道："阳关不易攻取，搞不好损兵折将，叫我更拿公若藐无可奈何。"少正卯道："听说你已令侯犯将他暗杀，难道侯犯拒不从命？"叔孙州仇道："暗杀之计，本当是绝密，如今却成了众所周知，而侯犯仍然迟迟不见下手，你说这侯犯还靠得住么？"少正卯道："何妨另遣刺客？"叔孙州仇道："杀公若藐不难，令我担心的是：公若藐既死，侯犯又拒不受命。"少正卯道："我有一箭三雕之计。"叔孙州仇听了一怔，道："洗耳恭听。"少正卯道："先遣人刺杀公若藐，再嫁祸于侯犯，侯犯必然会据后反叛，你然后以平反为名，兴师围攻后邑。"叔孙州仇听了，略一沉吟，道："剪除公若藐与侯犯，不过是一箭双雕，敢问三雕之说，从何说起？"少正卯道："你去讨伐侯犯，岂不就躲开了攻阳关之役？"叔孙州仇听了大喜，道："好一个一箭三雕之计！"少正卯道："这一箭三雕虽能解燃眉之急，遏制孔丘，还得靠那各个击破。"叔孙州仇道："你尽管放心，我这就差人去放那谣言。"

孔丘执鲁之政，不觉已过一月。某日夜晚，孔丘在书房检阅文书，春梅自外入，面带愁容，立在灯下不语。孔丘并不抬头，只道："你怎么还不歇息？"春梅道："听说侯犯造反，叔孙州仇去了后邑，这攻阳虎之事，岂不是更无着落了？"孔丘听了，放下手中文书，笑道："看你一副郁郁寡欢的样子，没想到是在替国事担忧。"春梅嗔道："你连头也不曾抬，怎么就知我郁郁寡欢？"孔丘道："听你的口气，难道还听不出来？"春梅道："我是替你担心。"孔丘道："你担心阳虎打回来找我算账？"春梅道："阳虎难道不是你心中的隐患？"孔丘道："据细作传来的消息，齐、晋两国都持观望的态度，无意支持阳虎。阳虎既无外援，一时必不能兴风作浪。"春梅听了，转忧为喜，道："原来如此。阳虎既不足忧，你岂不是可以着手还鲁国以'君君臣臣'的局面了？"孔丘听了，摇头道："谈何容易！"春梅听了一怔。孔丘道："名不正则言不顺，言不顺则事不成。"春梅道："你常说：'君君臣臣，礼也'。叫人守礼，怎么会是名不正言不顺？"孔丘道："你不看我这'执政'的头衔之上还有个'摄'字么？"春梅道："难道有人在这'摄'字上作文章？"孔丘道："可不是！朝廷内外一时风传什么摄执政不能如何如何，只有执政方能如何如何。"春梅："这有何难？请鲁公下一道谕旨，正式任命你为执政不就得了？"孔丘道："叫谁去请？总不能我自己去请吧！"春梅道："季孙斯与仲孙何忌本来都是要请你居执政之位，难道这两人都变了主意？"孔丘道："外面有谣言，说南宫敬叔与仲孙何忌想把我推上执政之位，以便排挤季孙氏。"春梅听了，略一迟疑，道："原来如此！仲孙何忌因这谣言而不便启齿，季孙斯因这谣言而不愿启齿。好一个一箭双雕之计！你可打听到这是谁的主意？"孔丘摇头，道："谣言不胫而走，来源难以捕捉。"

孔丘的话音刚落，门外传来一个声音道："我已经替夫子捕捉到了。"春梅扭头一看，见是子路。子路进门，又道："杀却少正卯，谣言不禁而止。"孔丘道："听说你上任伊始便忙着替季孙斯筹粮征税，怎么今日得闲来这儿说这话？"子路道："夫子不是叫我扩充季孙氏人马么？钱粮不足，人马由何扩充？"孔丘道："季孙氏富过鲁公，你还担心他用度不足？"子路道："季孙氏的地盘比鲁公的大，人众也比鲁公的多，倘若财源不及鲁公富，将何以维持？"孔丘道："季孙氏的地盘应当比鲁公的小，季孙氏的人众也应当比鲁公的少。"子路听了一笑，道："所以我说要将少正卯杀却。"春梅道："此话怎讲？"子路道："少正卯昨日去见季孙斯，说夫子与仲孙氏营私结党，早晚将不利于季孙氏，劝季孙斯与叔孙州仇联手，将夫子排挤出局。夫子既出局，还怎么还鲁国以'君君臣臣'的局面？"孔丘略一迟疑，对子路道："你亲耳听见少正卯如此这般说？"子路道："少正卯知道我是夫子弟子，怎会当我的面说这种话？"孔丘道："然则你从何得知？"子路道："季孙斯告诉我如此。"孔丘道："季孙斯难道不知你是我的弟子？却如何肯说与你听？"子路道："人说季孙斯是个庸才，果不其然。经不住我几番盘问，就把少正卯的话和盘托出。"孔丘道："少正卯挑拨离间，固然可恶，却并不犯罪，更别说是死罪了。你说将他杀却，难道不是疯话？"子路道："听说少正卯与阳虎暗中勾结，挑拨离间固然不犯罪，勾结阳虎不就不仅是有罪，而且是死罪么？"春梅听了，插嘴道："据颜刻说，少正卯与叔孙州仇是一伙，阳虎与叔孙辄是一伙。少正卯怎么会与阳虎相勾结？"子路道："此一时也，彼一时也。如今叔孙辄去了费邑，投靠公山不狃，与阳虎早已散伙。少正卯野心勃勃，阴谋夺取执政之职。谁能助他实现其野心，他就愿意与谁结伙。"春梅道："阳虎如今新败，自身难保，如何能助少正卯一臂之力？"子路道："俗话道：'有钱能使鬼推磨。'阳虎出走之时，将鲁宫宝藏掠去不少。人虽然败走，手上却有的是钱。少正卯想当执政，既须外交诸侯权臣，又须内结朝廷大夫。外交内结，皆须使钱行贿。少正卯要用钱，阳虎有钱供他用，所以一拍即合。"孔丘道："定罪须有确凿证据，岂可依靠道听途说之言、凭空推想之理？"子路道："夫子倘若遣人暗中察访，何愁找不到证据？"孔丘道："察访之职权，在司寇而不在执政，我身为执政，不得越俎代庖。"子路道："阳虎执政之时，身兼司寇之职，如今这职位还正好空着，夫子何不也兼任这司寇之职？"孔丘道："执政兼任司寇，本有先例，并不自阳虎始。不过，我不能像阳虎那般擅自兼任，须得鲁公谕旨方可。"子路道："这有何难？我明日就去见季孙斯与仲孙何忌，叫他两人请鲁公下这么一道谕旨不就行了？"孔丘听了，略一迟疑，道："既兼司寇之职，还得找个可靠的人替我处理司

253

寇府的日常事务才成。"子路道："弟子近来结识一位朋友，姓高名柴，字子羔，想拜夫子为师。子羔于《诗》《书》虽不甚精，刀剑射御的功夫不比我差，为人谨慎、办事干练，堪比子开。夫子何不收他为徒，并委他充任司寇府有司之职？"孔丘道："你于明日午后带子羔来见我，让我见过他再作决定。"子路道："这个自然。"

孔丘执鲁国之政已过九旬。六月初三，孔丘与季孙斯对坐于执政府正厅之中。季孙斯道："孔大夫相召，不知有何见教？"孔丘道："据司寇府有司高柴察访得知：阳虎与大夫少正卯暗相勾结，阳虎以金钱贿赂少正卯，少正卯将朝廷消息泄露给阳虎。"季孙斯听了一惊，道："少正卯虽不是我的相与，却时常来我府中闲谈。我或者不小心说漏过嘴，让他刺探了些消息也未可知。孔大夫既然知情，如何不早相告？"孔丘笑道："倘若及时相告，你与少正卯断了交往，今日岂不是用你不着了？"季孙斯道："此话怎讲？难道孔大夫要拿我当钓饵！"孔丘笑道："岂敢拿你喂鱼，不过叫你传点消息给他。"季孙斯道："什么消息？如何传法？"孔丘伸手从几下取出一个锦囊，递与季孙斯，道："计在囊中，你回府慢慢细读不迟。"季孙斯满脸狐疑，接过锦囊，起身告辞。

季孙斯刚刚退下，司客进来禀道："高柴在门口候见。"孔丘道："快去唤他进来！"不移时，门外进来一人，年纪二十上下，长得短小精悍，面净无须。来人向孔丘施礼毕，道："夫子遣人唤高柴，不知有何吩咐？"孔丘道："少正卯近来有何动静？"高柴道："少府总管贾信五日前乔装商客去费，昨晚才回，想必是去笼络公山不狃。"孔丘笑道："贾信是个大忙人，不出一两日又将出门。"高柴听了一怔，道："夫子如何得知？难道夫子在少府里另外埋伏有人？"孔丘摇头一笑，道："你进来时见着季孙斯了么？"高柴道："我进来时正逢他出去。"孔丘道："我叫季孙斯透露些消息给少正卯，少正卯听了，必定会遣贾信去阳关。"高柴道："原来如此。夫子既是有意将消息传过去，我自会吩咐手下的人不予干扰。"孔丘道："去则由他去，回却不由他回。"高柴道："然则奈何？"孔丘道："半路上将他秘密拿下。不仅须是活口，而且不得受伤。明白了么？"高柴点头。

三日后，夜深时分，阳关阳虎客厅之中，阳虎与季孙寤对坐于几案两边。季孙寤道："深夜相邀，莫非有要事？"阳虎道："少正卯遣贾信来，要与我做笔交易，专请你来相商。"季孙寤道："你同少正卯又不是头一回做买卖，为何这次偏要请我？"阳虎赔笑道："不相干的小买卖，何敢惊动你？"季孙寤道："这回有何不同？"阳虎道："孔丘纠合季孙斯与仲孙何忌之众，要来围攻阳关。"季孙癯将手上麈尾左右一甩，道："这是早晚的事，何须少正卯来相告？除非他少正卯能设法阻挡或者拖延，否则，有何买卖可谈？"阳虎听了大笑，道："你果然善猜。"季孙癯道："他难道真有却敌的妙计？"阳虎道："计策不曾有，不过，他送来一个秘密。"季孙癯道："什么秘密？"阳虎道："他说据他打听，主公畏我如畏虎，其实并不想来撩拨我这只大虫，只因我从鲁宫窃走宝玉与大弓，令主公无颜面对先君之灵，方才勉强同意孔丘来攻打阳关。如果我归还宝玉与大弓，这一仗或许就能免了。"季孙癯笑道："他倒是会把别人当傻瓜，就凭这'或许'两字也想做成买卖？"阳虎道："所以我请你来商量，想听你这智囊有什么高见？"季孙癯听了，略一思量，道："你不曾断然拒绝，居然找我来商量。可见这'或许'两字，也许还真能做成买卖？"阳虎道："宝玉与大弓，是两件至宝，我凭什么用这样的宝贝去换取'或许'两字？"季孙癯道："宝玉与大弓，在主公手中才是两件至宝，在你手中不过如同鸡肋，弃之虽然觉得可惜，留之其实无用。"阳虎道："我难道不会送人？"季孙癯道："你从鲁宫窃取这两件宝贝，远近皆知，谁好意思从你手中接受这贼赃？你要是能送人时，还不早已出手了？"阳虎道："你与少正卯皆有'智囊'之号，果然是棋逢对手！"季孙癯道："少正卯也这么说？"阳虎道："不错。"季孙癯道："你将宝玉与大弓归还主公，他少正卯一无所得，他岂肯做这样的买卖？"阳虎道："他向我索取黄金百镒，白璧十双。"季孙癯道："原来如此。"阳虎道："你说他送来的这秘密，值这么多么？"季孙癯道："秘密一经到手，就不再是秘密。既然不再是秘密，自然是一钱不值。不过，我看你还是如数付讫为宜。"阳虎道："你的意思是说：倘若我不如数付讫，他少正卯就会从中作梗，令我白白归还这宝玉与大弓。"季孙癯摇头一笑，道："你只说对了一半。"阳虎略一思量，摇一摇头，道："我想不出另一半。"季孙癯道："少正卯也许是中了孔丘之计。"阳虎听了一怔，道："此话怎讲？"季孙癯道："少正卯同你勾勾搭搭，你以为他瞒得过孔丘？"阳虎道："倘若不曾瞒过，孔丘还不早已把他杀却？"季孙癯道："孔丘难道不会放长线、钓大鱼？"阳虎道："你的意思是说：孔丘假少正卯之手，骗取宝玉与大弓？"季孙癯又摇头一笑，道："你又只说对一半。"阳虎听了又一怔，道："除此之外，还能有什么别的用意？"季孙癯道："我猜孔丘的意思是：能骗取宝玉与大弓固然好，更主要的是想骗你放松警惕，以为既然归还了宝玉与大弓，便可高枕无忧。如此他来攻打阳关，岂不是就可以不费吹灰之力？"阳虎道："所以你叫我不仅归还宝玉与大弓，而且如数付讫少正卯，好叫孔丘以为我完全蒙在鼓里，彻底上了他的当？"

季孙寤道："你还是只说对一半。"阳虎道："休要胡调！我就不信我总是输你一半。"季孙寤笑道："谁有心思同你胡调？倘若我错估了孔丘，少正卯并非中计，你不将宝玉与大弓归还主公，并且如数付讫少正卯，岂不就白白放过一次却敌的机会？"阳虎听了，沉吟半晌，道："我同孔丘打过交道，我看还是不要低估他的为好。"季孙寤道："既然如此，当须趁早预为逃走之计。"阳虎听了不悦，作色道："三个月前曲阜城里混战之时，你劝我力战。如今怎么还没打就先说走？"季孙寤道："此一时也，彼一时也。如今军心早已动摇，倘若不预为逃走之计，城破之际再想走时，还如何走得脱？"阳虎听了，又沉吟半晌，道："言之不为无理，然则计将焉出？"季孙寤道："阳关莱门内外草木茂盛，又当风口，一旦点燃，火借风势，风助火威，势必一发而不可收。依我之见，不如预先储灯油干草于莱门之下，城破不济之时，将灯油点着干草，烧及草木，你我乘车趁烟突围，必能死里逃生。"阳虎道："既出阳关，何去何从？"季孙寤道："我以为以逃奔晋国为宜。"阳虎略一思量，道："齐国权臣大都受我贿赂，为何舍齐而去晋？"季孙寤道："孔丘在齐有人，所以去齐未见其利。"阳虎道："子丕如今身为高张的总宰，不得违背高张之意，高张业已收了我的重金，还有什么可担心的？"季孙寤道："你别忘了还有一个子贡。"阳虎听了，冷笑一声，道："子贡年方二十，乳臭未干，纵有三寸不烂之舌，能奈我何？"季孙寤听了，笑而不答，起身告辞。

阳虎送走季孙寤，回到厅中，踱了三两个来回，走到几案之后，盘腿坐下，向门外喊一声："东门仪！"门外应声进来一个中年汉子，生得面白须黄，额高嘴阔，向阳虎拱手道："东门仪在。"阳虎道："打发少正卯的东西都收拾停当了？"东门仪点头，道："黄金与白璧皆已用麻袋捆好。"阳虎道："怎么装车？"东门仪道："混入二十麻袋铺路的碎石之中，装上一辆柴车，套一骡一马。"阳虎道："贾信与你同行。你扮做佣人，赶柴车前行；他扮做东家，乘一匹劣马殿后。听明白了吗？"东门仪点头。阳虎道："阳关之南一百二十里外的黑风岭是你必经之地，听说近日时有强人在岭上出没，抢劫过往私贩。你不多带几个随从以备万一？"东门仪摇头，道："不用，真有人来劫时，一发都先跑了，徒徒招人显眼，反而坏事。"阳虎听了，道："言之有理。"说罢，从怀中摸出一个竹管，又道："竹管内是回执，务必要少正卯在回执上画押，以免他日后抵赖说不曾收着。"东门仪从阳虎手中接过竹管，揣入怀中，点一点头，道："主公还有什么吩咐？"阳虎摇一摇头，道："明日一早起程，路上千万小心。"东门仪拱手告辞，走到门边，却又被阳虎唤住。阳虎道："你既扮做佣人，不能佩剑，你带什么武器以备万一？"东门仪道："马鞭手柄之内藏有一把匕首，另有飞镖一把别在腰下，袖箭五杆藏在袖里，主公尽管放心。"阳虎道："如此便好。"东门仪拱手转身，退出门外。

次日一早，东门仪驾柴车一辆，贾信乘劣马一匹，一前一后出了阳关南门，往曲阜方向而去。行了约莫两个时辰，赤日当头，炎气蒸腾，骡马淌汗，前面不远处望见一座山岗，岗上岗下阴森森一片松树林。贾信用衣袖擦把汗，挥手扬鞭，策马赶到东门仪并排之处，道："不妨快走几步，赶到前面岗下林子里去歇一歇汗，再上岗子去。"东门仪道："这岗唤做'黑风岭'，时有强人出没，哪能在这儿歇？过岗有个村落，村口有家酒店，唤做'阳关引'，往来客人都在那儿打尖，你我也到那儿去歇不迟。"贾信道："这条路我少说也走过不下十回了，哪见过半个强人的影子？都是些捕风捉影的空话！"东门仪道："你每次往来，不过单身匹马，没有油水可捞，谁来找你麻烦？"贾信道："今日虽有柴车一辆，谁知这柴车上藏有宝货？"东门仪道："人家不会过来看一看？"贾信道："阳大夫说你有万夫莫当之勇，即使真来几个强人，你还怕对付不了？"东门仪听了一笑，道："阳大夫怎么说，你就怎么信？当大夫的要是不会哄人，还怎能当得上大夫？"贾信听了一惊，道："你难道没有真功夫？"东门仪尚未作答，却见前面山口松林里跑出两匹马来。东门仪见了，口喊一声："小心！"贾信慌忙把缰绳一勒，拍马折入柴车之后。但听得一阵马蹄声急，那两匹马早已一左一右擦边而过。贾信扭头一望，见那骑马的人皆做行商打扮，松了口气，道："原来只是一场虚惊。"东门仪道："但愿如此。"

东门仪与贾信一前一后进了山口。行不数十步，路径渐狭，山势渐陡，峰回路转之处，忽然闪出两骑人马，挡住了前面的去路。马上一人双手握槊，闭口无言；另一人横刀在手，口中喊道："小人爱财，君子惜命。君子小人，不可兼得！"贾信听了，魂飞魄散，拨转马头，正要跑时，却见方才跑过去的那两骑人马早已折转回来，马上的两人各持弯刀在手，挡住了后面的退路。贾信又拨回马头，滚鞍下马，五体投地，张嘴再三，却哑然失声，只闻上齿下齿相碰之音，半晌说不出一句话来。东门仪见了，俯首抱拳，向前面发话的强人道："柴车上并无财物，不过一车碎石。大王若不信时，请亲自验过。"说罢，跳下车来，倒提马鞭，站到一边。发话的强人瞪一眼东门仪，并不答话，只将手中弯刀向前一招。身边那握槊的见了，策马趋前，行到柴车跟前，翻身下马，举槊往车上一阵乱捅，麻袋纷纷破裂，碎石哗哗撒落一地。东门仪见了，叫苦不迭，道："将麻袋都捅破了，叫我拿什么装回石头？"握槊的人不予理会，纵身一跃，跳上柴车，将面上三两个麻袋推到地上，手起槊落，捅着底下一个麻袋，但听得"嘶啦"一声响，麻袋破裂，却不见石头撒出。握槊的人见了，抬头冷笑一声，道："这麻袋里莫不是藏了宝贝？"笑声未落，东门仪左臂一晃，早有一只袖箭射出，不偏不倚，正中握槊人眉心，握槊人一个踉跄，跌倒在地。发话的强人见了，大吃一惊，失口喊一声："不好！"纵马向前，挥刀直往东门仪后心砍来。东门仪并不转身，只举马鞭反手一格，刀鞭相撞，"咔嚓"一响，一把匕首从马鞭头上射出，正中发话强人咽喉。后面马上两个强人见了，无心恋战，拨转马头便跑。东门仪从容不迫，扔下手中马鞭，双手向腰间一摸，摸出两只飞镖在手，口喊一声："小人哪里走！"两只飞镖同时飞出，两个强人后心一齐中镖，双双落马，跌倒在地，不再动弹。东门仪从地上拾起马鞭，跳上马车，回头看贾信时，仍然跪倒在地，磕头如捣蒜。东门仪道："你怎么还不起来，难道要我来扶？"贾信听了，抬起头来，道："强人都走了？"东门仪道："强人都做了小人。"贾信听了一愣。东门仪挥鞭向前后一指，道："你没听见那强人说'小人爱财，君子惜命'么？爱财而不惜命，岂不是小人？"贾信扭头前后看了一回，不禁大喜，翻身上马，道："将军原来真有万夫莫当之勇！"东门仪道："我看你日后必然也能当上大夫。"贾信听了又一愣，道："此话怎讲？"东门仪笑道："我不过是阳大夫身边护卫，到你嘴里却成了'将军'，方才不过来了四个毛贼，到你嘴里却成了'万夫'。如此会哄人，难道还不是当大夫的料？"贾信道："休要取笑。快快赶过岗去，我在岗下酒店买酒为你压惊。"说罢，将马一拍，率先跑了。

黑风岭下路侧，树丛之中挑出一根望杆，望杆之上悬一块深黑葛幡，葛幡之上用白线绣一个"酒"字，望杆之下一排松木草房。草房正中大门之上挂一块木匾，匾上刻"阳关引"三个篆字，门前三五个马桩，其中一个拴一匹杂毛劣马。酒店门口站着一个伙计，双臂交叉，斜倚门框，两眼朝天。店里当门一个曲尺形的柜台，柜台后一个木架，大小酒坛摆满一架，店家立在柜台之后。店里共有六副坐席，分两行排开，中间一条过道，两边都是落地长窗，窗扇大开，穿堂有风。对门紧靠柜台的席上有一个客人醉倒在几，口角流涎，鼻息浑浊，面前一壶一盏，别无菜肴。贾信与东门仪一前一后来到门前，贾信下马，东门仪下车，各自把车马在门前马桩上拴好。门口的伙计把贾信与东门仪让进门里，店家走出柜台来拱手相迎。贾信道："快煮两壶黄酒来压惊！肥牛、烧鹅各切一盘，其余下酒小菜，拣好的上。"店家听了一怔，扭头对伙计嗔道："怎么？你让客官受了惊恐？"贾信听了，摇手道："不关他事，方才在黑风岭上遇到四个强人，虚惊一场。"店家道："原来如此。想是客官车上载有宝货，遂令强人起了贼心？"贾信道："有什么宝货？不过一车铺路的碎石，那伙强人有眼无珠，遂化作四股冤魂。"店家听了，对贾信上下打量一回，道："客官原来这般有本事！小人也是有眼无珠，不曾看出来。"贾信听了，面上略显赧颜，嘴上却道："区区几个毛贼，何足道哉！"说罢，走到过道尽头，在靠门边的角落坐下。东门仪举目张望了一回，对醉客盯了一眼，也走到过道尽头，与贾信对席而坐。

　　店家退回柜台之时，顺手捅一捅那醉客，道："快醒一醒，只顾打鼾，也不怕吵了别的客人！"那醉客半醒不醒，抬起头来，原来不是别人，却是高柴。高柴侧首望见贾信与东门仪，对店家道："好……好不容易来了两个客人，还不好……好生侍候？却来找我……我的啰嗦。"说罢，倒头又睡。店家摇一摇头，对贾信赔笑道："这客人喝醉了，望多包涵。"贾信道："听听鼾声倒也无妨，但须酒好菜好。"店家又赔笑道："酒菜包好，客官尽管放心。"店家说罢，扯起嗓门向厨房喊一声："快将陈年加料黄醪煮好！"东门仪听了，略一迟疑，道："加料是什么意思？"店家正要回答，却见高柴抬头，醉眼惺忪道："加……加料，就是好……好酒。"说罢，又倒头睡去。店家道："这客人没有酒量，却偏要喝陈年加料黄醪，喝不过两壶，就醉成这副模样。"贾信道："这人好没见地，但凡上路，最忌喝醉。"店家听了一笑，道："客官不仅武功高强，而且见识高明。方才客官叫了两壶黄酒，是否要改成一壶，免得像这客人一样喝醉？"贾信道："那倒不必。我这儿不是放着两个人么？两人两壶，不就是一人一壶，你那加料黄醪再好，这人不也是喝了两壶方才醉倒的么？"东门仪对贾信道："还是听店家的好，你我先分喝一壶，倘若不醉，再叫一壶不迟。"贾信道："你的酒量真的这般不行？"东门仪点头。贾信吩咐店家："就听你的，先来一大壶。"店家听了，又扯起嗓门向厨房喊道："酒菜怎么还不上来！"伙计应声从厨房出，手捧一个青铜托盘，托盘之中一盘牛肉、一盘烧鹅、四碟下酒腊味、两双竹箸。伙计行到贾信席前，将菜肴与箸在席上罢好。贾信取箸在手，先尝一块烧鹅，道："不错，快将酒来！"伙计唯唯，倒提托盘，退入厨房。贾信举箸，夹起一片牛肉，对东门仪道："你怎么还不动手？"东门仪道："等酒来了再吃不迟。"不移时，伙计又捧青铜托盘入，盘盛一壶酒、两盏杯。伙计先给贾信斟满一盏，又要给东门仪斟时，东门仪伸手将盏捂住，道："我自己来斟。"伙计提着托盘退下。贾信拿起酒盏一饮而尽，咋一咋舌头，道："果然好酒！"说罢，自己斟满一盏，又一饮而尽，对东门仪道："你说自己斟，怎么还不动手？"东门仪拿起席上竹箸，又到烧鹅盘中，道："我的酒量不成，先吃些菜

259

垫底，以免醉倒。"贾信道："既然如此，随你自便。"说罢，又喝一盏。贾信一连喝了五盏，面上渐渐泛红，见东门仪只顾吃菜，又道："还不喝时，酒都要凉了。"东门仪听了，提壶取盏，却并不斟满，只斟了大半盏，端在手中，先将酒盏晃了一晃，又放到鼻前嗅了一嗅，然后方一饮而尽，也咋一咋舌头，对手中空盏看了一看，道："果然好酒！"东门仪话刚落音，手指一松，酒盏落几，一头栽倒，酒壶打翻，酒倾在地。贾信见了大惊，道："你的酒量真的这般不行？醉成这样还怎么赶路？"贾信的话音落，却见高柴抬起头来，面上醉意全消，笑道："不是他的酒量不行，只因你的酒中不曾加料。况且，他也不用再赶路，从此一路由我相陪。"贾信听了一怔，道："我两人分明喝的是一壶酒，怎么说我喝的酒不曾加料？你是什么人，却要来陪我？"高柴道："你两人虽然喝的是一壶酒，用的却不是一个盏。料加在盏中，不在酒里。所以他着了我的道，你却不曾。"贾信心中一惊，嘴上支吾道："他着了你的什么道？为何偏叫他着道？"高柴笑道："因你武功高强，我想同你较量较量，如果也让你着了道，同他一般烂醉如泥，还怎么较量？"贾信道："武功高强的，其实是他不是我。"高柴又笑了一笑，道："现在才肯说真话，岂不是晚了。"说罢，口喊一声："还不给我拿下，却更待何时？"

伙计手持麻绳，应声从厨房走出。贾信见了，跳将起来，伸手指着伙计，喊道："我是少大夫府上总宰，你是什么人，敢来拿我？"高柴道："你急什么？要拿的又不是你。"伙计走到东门仪跟前，先将麻绳结成一个活扣，套在东门仪脖子之上，接着伸手在东门仪身上一通乱搜，先在腰下搜出三只飞镖，又在袖口里搜出四只袖箭，一一扔到地上，复从怀中摸出一根竹管，把竹管扔给高柴，然后把东门仪结实捆了。高柴接过竹管，向空中抛了几抛，道："少府的大总管还不从实招来？"贾信道："你是什么人？我有什么可招？"高柴道："我是司寇府有司高柴，专等你供招私通阳虎的死罪。"贾信听了"死罪"两字，吓得两腿一软，一头跪倒在地，口称："有司大人明察：私通阳虎的并不是我。"高柴手起一掌，拍在几案之上，道："胡说！不是你，能是谁？"贾信道："是小人的主子少大夫，小人不过供奔走、传消息。大人若不信时，取出竹管内的帛书一看便知。"高柴听了，冷笑一声，道："伙同私通阳虎，也是死罪。"贾信听了，磕头如捣蒜，口称："还盼大人格外开恩！"高柴喊一声："取药来！"店家应声从柜台出，将三颗丸药递给高柴。高柴接过，走到贾信跟前，道："服下这三颗丸药，我就饶你一死。"贾信抬起头来，道："当真？大人莫不是要药死小人？"高柴笑道："我要是想药你死，方才还不就在那酒里加料了？"贾信迟疑半晌，将药丸接过，和酒吞下。高柴见药丸下了咽喉，道："你服下的是'三三断'，你若听话，事成之后，我给你解药，免你一死；否则，三日之后，肠断为三。"贾信听了，慌忙磕头，道："小人唯大人之命是从！"

次日晚，贾信疾步行入少正卯书房，少正卯见了，起身离席，劈头就问："买卖谈得如何？"贾信低头拱手，道："客人携同货物，正在客厅候见。"少正卯听了，喜形于色，道："快着客人将货物带到这儿来？"贾信退出门外，不移时，领高柴同入。高柴拱手施礼，口称："东门仪拜见少大夫。"少正卯拱手还礼，道："使者不必多礼。敢问货物何在？"高柴双掌一击，门外应声进来两个挑夫，正是黑风岭下那店家与伙计。两人各挑一副担子，担子两头各挂一个竹筐。高柴叫挑夫把担子歇了，掀开筐盖，露出四个麻袋。高柴指着麻袋道："都在四个麻袋之中，请少大夫验收。"少正卯吩咐贾信："还不将麻袋打开，却更待何时？"贾信唯唯，将麻袋逐个打开。少正卯趋前一看，但见三袋都是黄金，一袋正是白璧。少正卯又吩咐贾信："逐一点数。"贾信弯腰，将四个麻袋一一清点毕，立起身来。高柴道："可曾有所短缺？"贾信摇头，道："并无短缺。"少正卯道："你可点清楚了？"贾信点头，道："不敢有误！"高柴听了，微微一笑，从怀中摸出个竹管来，递给少正卯，道："既然如此，还请少大夫在回执上画押，免得主公疑心我东门仪从中捞取油水。"少正卯接过竹管，剔开封泥，取出帛书来在手中展开来看了一回，顺手从书架上取笔蘸墨，在帛书上画了押，将帛书递还高柴。高柴双手接过，举在眼前看了一看，口喊一声："还不给我拿下，却更待何时！"两个挑夫应声趋前，将少正卯双臂反拧，按倒在地。少正卯惊慌失措，挣扎道："你是何人？竟敢在我府上撒野！"高柴道："司寇府有司高柴，奉鲁公之命，专来拿你这勾结国贼阳虎的奸细。"高柴说罢，吩咐贾信从担子里取出绳索来，把少正卯结实绑了。少正卯对贾信道："忘义小人！我待你不薄，你为何叛我？"贾信不答，却反身一头跪倒在高柴面前，道："盼大人开恩，给小人解药。"高柴道："我答应饶你一死，绝不食言。不过，我哪有什么解药？你也用不着什么解药。"贾信听了，抬起头来，一脸狐疑，道："此话怎讲？"高柴笑道："这世上是否真有'三三断'？我不敢说。不过，你昨日服下的，只是用马尿和的三颗泥丸而已。"

阳关城外，车辚辚，马萧萧，旌旗招展，鼙鼓之声震天，呐喊之声动地。季孙斯、子路、仲孙何忌、公敛处父各率战车、骑兵、弓手，不知多少，分四路杀到阳关城下，将阳关四面团团围住。阳虎与季孙寤身着戎装，在数名将校簇拥之下，登上敌楼，立在女墙之前向下看，忽然一声号角冲天，鼙鼓之声与呐喊之响戛然而止。四匹高头卷毛火红马，拉一辆漆黑描金战车，从阵中缓缓驰出。孔丘立在车外，左手执盾，右手握缰。鲁公头戴银盔，内着铁甲，立在车内，左手紧握车梁，右手仗一柄宝剑。阳虎与季孙寤正看时，但见鲁公将手中宝剑向上一举，围城将士一齐发喊："专拿国贼阳虎，胁从一概不问。"鲁公将剑连举三回，围城将士一齐高喊三次。阳虎笑道："这么喊几声就能把城攻下来么？"季孙寤道："主公不识如此这般做，想必是孔丘教他的攻心之术，叫我等弃甲曳兵而走，只留你一人守一座空城。"三声大喊方歇，又一声号角冲天而起。阳虎与季孙寤举头看去，只见一匹杂毛劣马拉一辆刑车从阵后驰到阵前。行刑架上绑着少正卯，一名刽子手手持快刀，立于架后。鲁公将手上宝剑一挥，口喊一声："斩首！"刽子手应声手起刀落，少正卯顿时身首异处。鲁公见了，又将宝剑向上连举三回，围城将士一齐高喊三次："追随阳虎，身首异处！"阳虎见了，冷笑一声，道："利诱与威胁，双管齐下，好一个攻心之术！"季孙寤道："这回想是要来攻城了，还不令弓箭手取箭持满，却更待何时？"阳虎转身，正要下令时，城下金声大作，围城兵马纷纷掉头后撤。季孙寤见了，吃了一惊，对阳虎道："你难道瞒着我去请了救兵来不成？"阳虎摇头一笑，道："看来你这智囊也有失算的时候，不知孔丘的葫芦里卖的究竟是什么药？"

当日夜晚，阳虎在厅中徘徊，季孙寤自外入。寒暄既毕，季孙寤道："傍晚遣去的探子可得了什么消息回？"阳虎点头，道："四面鲁军皆后退十里结寨安营。"季孙寤听了，略一思量，道："我明白了！"阳虎道："你明白了什么？"季孙寤道："你不是想知道孔丘的葫芦里卖的究竟是什么药么？"阳虎点头。季孙寤道："反客为主。"阳虎道："什么意思？"季孙寤道："兵临城下，本是客；不攻而守，遂成主。"阳虎道："难道他不来攻城，却等我去攻寨？"季孙寤道："反客为主之计，本意正是如此。不过，我猜这并不是孔丘之意。"阳虎道："你猜孔丘之意何在？"季孙寤道："围城急攻，则守城将士即使有叛逃之意，却苦于走投无路。如今他退兵十里，正是给这些人出走的机会。"阳虎听了，半信半疑，道："然则奈何？"季孙寤尚未作答，却见董司马疾步自外入，神色慌张。阳虎道："何事慌张？"董司马道："大事不好，守城将士纷纷逃亡。"阳虎听了大惊，道："难道城门已经没人把守？"董司马道："那倒还没有，逃亡的人都是从城墙上垂绳索跑掉的。"季孙寤道："逃走了多少？"董司马道："大致清点，走了大约四分之一。"季孙寤道："四面鲁军营寨由谁统领，可曾打听明白？"董司马点头，道："南面赤松门外子路，西面细柳门外季孙斯，北面青草门外仲孙何忌，东面莱门外公敛处父。"季孙寤道:"季孙斯最弱,依我之见,宜于今夜出细柳门偷袭季孙斯,杀他个出其不意,必然得手。如此方能稳定军心,否则,如何遏止叛逃?"阳虎略一沉吟,吩咐董司马道:"季孙大夫言之有理。你选敢死之士五百,打我的旗号先行,于今夜三更之时出西门,偷袭季孙斯营寨。季孙斯一向畏我如畏虎,见我的旗号必然望风披靡。我然后驱战车一百,从左右两边包抄,势必杀他个片甲不留。"董司马拱手而退。

　　俟董司马的脚步声听不见了,季孙寤道:"你想虚声击西,其实从东走脱,叫董司马去做替死鬼?"阳虎笑道:"我不过按你安排的既定方针行事,从莱门突围而已。不过,这孔丘果然狡诈,偏偏挑选公敛处父把守在莱门之外,令我心忧。"季孙寤道:"孔丘失策。"阳虎听了不解,道:"公敛处父于四人之中最为饶勇,又与我有私怨,恨我至深,孔丘用他守在莱门之外,怎么能说孔丘失策?"季孙寤道:"公敛处父自视甚高,专好与人立异,尤其不喜儒家之道,绝不肯听孔丘调摆。"阳虎道:"但愿如此。"季孙寤道:"你我什么时候抽身"?阳虎道:"三更一刻放火,二刻出门。既出莱门,你我分道扬镳,你往西投晋,我往东奔齐。"

第十五回　齐公劫盟夹谷　鲁相力堕三都

齐都临淄南市，灯火初上之时，子贡跨进醉太平酒家的大门。掌柜望见，认得是熟客，慌忙走出柜台相迎，嘱咐当门的伙计领上二楼雅座包间好生侍候。子贡摇手，道："且慢！今日我来作客，不做主人。"掌柜赔笑道："大官人难得做一回客，不知主人是谁？"子贡道："高氏总宰子丕，店家可曾相识？"掌柜笑道："大官人子丕也是弊店常客，怎么会不认识？"说罢，向楼上高喊一声："大官人子丕贵客到！"早有一名伙计飞奔下楼，将子贡领上二楼。子丕闻声，出来相迎。两人进了包间，各就宾主之席。酒过一巡，子丕道："阳虎逃脱，现居齐国西鄙境内，你想必已经听说了？"子贡点头。子丕道："阳虎今日上书齐公，说什么鲁国主黯臣奸、士气低下、国库空虚，若用阳虎为先锋，兴师讨伐，鲁国不堪三战，必然灭亡云云。"子贡道："齐公之意如何？"子丕道："鲁昭公客死晋国乾侯之时，昭公之子公子衍流亡在齐，齐公本想送公子衍回鲁，立之为鲁君，正犹豫不决之时，季孙意如与晋人里应外合，先下手为强，拥立昭公之弟公子宋为鲁君。齐公懊悔莫及，耿耿于怀，一直伺机一吐胸中之不快。"子贡道："如此说来，阳虎所献之策，正中齐公之怀。"子丕道："不错。"子贡道："齐国大臣之意又如何？"子丕道："据我所知，高张、国夏、梁丘据等皆受阳虎贿赂，只会替阳虎帮腔，不会与阳虎作对。"子贡听了，一笑道："你身为高张的总宰，自然也不便唱反调。"子丕道："不错。"子贡端起酒杯，一饮而尽，笑道："我说怎么我来临淄已经三月有余，你忽然于今日才想起请我喝酒，原来这酒并不是白喝的。"说罢，又斟满一杯，一饮而尽。子丕笑道："夫子不是常说'君子周急不济富'么？你既是财主，平日出来清谈论道，任你解囊付账，我扪心自问，并无愧意。今日约你，因有俗事相托，所以才不好叫你破费。"子贡道："反调我可以去唱，不过，我不如你知悉内幕，你得告诉我去唱给谁听。"子丕道："你认识犁弥么？"子贡摇头，道："仅闻其名，未见其人。"子丕道："这人新得齐公宠信，以我之见，早晚会取代梁丘据为齐公的谋主。不过，目前这人尚不大为外人所知。阳虎行贿，也正巧就把他给漏了。"子贡道："原来如此。犁弥是个什么样的人物？"子丕道："自以为能够运筹帷幄之中，决胜千里之外，却还不曾有机会一显身手。"子贡听了，略一沉吟，道："敢问这犁弥有何嗜好？"子丕道："听说喜好弄鸟。"子贡道："如此便好。"子丕道："你已经有了如何游说犁弥之计？"子贡点头，道："不错。"子丕提起酒壶给子贡斟满，道："既然如此，何妨开怀畅饮！"

次日午后，犁弥手持白玉如意，在后园鸟房逗弄一只红头绿背鹦鹉。犁弥说一声"说谎"，鹦鹉回应一声"说谎"。犁弥听了，用如意在鹦鹉嘴上轻轻一敲，道："巧嘴！巧嘴！"犁弥弄鸟正在兴头之时，司客进来禀道："有客人自称端木赐，求见主公。"犁弥听了，略一沉吟，道："端木赐？莫不是孔丘弟子子贡？"司客道："不错。"犁弥将手中如意冲司客一挥，道："定是为孔丘做说客而来，你去回他，就说我公务缠身，无暇见客。"司客退下。犁弥又将如意伸进鸟笼，一边逗弄，一边调教道："无暇见客！无暇见客！"一连教了数回，鹦鹉始终学不上来，张嘴便道："说谎！说谎！"犁弥听了大笑，道："说得好！犁弥说谎！"笑声刚落，司客又匆匆转了回来。犁弥见了一惊，道："怎么？又有不速之客？"司客摇头，道："还是那个子贡。"犁弥道："你怎么撵他不走？"司客道："他说主公无暇见客，却有暇弄鸟，非君子待客之道。"犁弥听了，瞪一眼司客，道："谁叫你多嘴！"司客分辩道："小人并不曾说。"犁弥道："你不曾说，他怎么……"犁弥不曾把话说完，一眼看见司客素白长衫之上沾了两撮绿色羽绒，顿时改口，道："这子贡倒是不乏心眼，快请他到客厅里去！"司客唯唯，拱手退下。

犁弥略整衣襟，不慌不忙，踱入客厅之时，子贡已经立在客厅等候。寒暄既毕，犁弥道："方才误把你当成俗客，借故推辞不见，还盼子贡多多包涵。"子贡道："怎么不移时就改了看法，把我当成雅士了？"犁弥道："你看见司客衣襟上的羽绒，就知我在弄鸟，凡夫俗子如何能办得到？"子贡道："犁大夫过奖，我不过是稍具眼力而已。"犁弥道："岂止是具眼而已，有心方才会留心观察，无心的人，即使有眼，也是有眼无珠，必然视而不见。"子贡道："犁大夫如此有心，想必不用我开口，已知我登门拜访之意。"犁弥道："窃闻孔丘常道'有事弟子服其劳'。你既是孔丘弟子，必然是替孔丘作说客而来。"子贡道："子丕说你料事如神，看来他说得还真是差不多。"犁弥道："什么叫差不多？难道我还猜得不够准？"子贡道："说我来做说客，是。说我为孔子而来，不是。"犁弥道："你不为孔丘来，难道还能是为我来？"子贡道："实不相瞒，正为犁大夫而来。"犁弥听了大笑，道："听说子贡有三寸不烂之舌，果然善于强词夺理！阳虎上书齐公，请齐公兴师伐鲁，鲁国危在旦夕。孔丘身为鲁国执政，退敌无策，所以叫你来见我，你却偏能说是为我而来！"子贡道："据我所知，齐国是否兴师侵鲁，齐公还不曾拿定主意。就算拿定了，齐国未见得就稳操胜券。就算齐国稳操胜券，孔子或者可以去卑就高，而犁大夫却是只见其祸，不见其福。"犁弥道："笑话！孔丘身为鲁国执政，我犁弥身为齐国大夫，齐胜鲁败，怎么会是孔丘得利，我受其祸？"子贡道："数年前齐公要用孔子为相，只因晏婴作梗而罢，如今晏婴失宠，焉知齐公既胜鲁国之后，不会请孔子执齐国之政？齐大鲁小，失小国执政之位，得大国执政之权，难道不是去卑就高？"犁弥听了，为之语塞。子贡瞟一眼犁弥，接着又道："高、国两氏是齐国的世家大族，齐公倚之以为社稷之臣。梁丘据出使诸侯，入参机要，齐公倚之以为谋主。你日夜侍候齐公左右，无所事事，名为朝廷大夫，其实不过齐公之弄臣。阳虎以重金贿赂高张、国夏、梁丘据，却偏偏把你漏掉，也正是把你看成弄臣。倘若齐公决意侵鲁，替齐公决胜千里之外的是高张与国夏，替齐公运筹帷幄之中的是梁丘据，与你都不相干。一旦齐胜鲁败，高张、国夏、梁丘据三人劳苦功高，愈得齐公倚重；你在齐公眼中的地位也就愈加一钱不值，不过如你笼中之鸟，兴致来时，逗弄两下，弄不好，弄死了，也无关紧要，换过一只即可。所以说，齐胜鲁败，于你却是只见其祸，不见其福。"犁弥听了，忿然作色，道："运筹帷幄、决胜千里，我犁弥兼能并善。高张、国夏、梁丘据三人加起来也未必赶得上我！他阳虎有眼无珠，以为买通了他三人就能万事大吉，难怪是孔丘手下败将。"子贡道："我也相信你有这般能耐，否则，我又怎么会来见你？只可惜你不善把握时机，凭白成全了有眼无珠的阳虎。"犁弥道："此话怎讲？"子贡道："眼下现成一个机会，你不能见机而作，却在家中弄鸟！岂不是听任阳虎与高张、国夏、梁丘据得其所哉么？"犁弥听了，不觉双膝前移，赔笑道："如何见机而作，还请子贡教我。"子贡走到犁弥跟前，对犁弥一番耳语。

次日下了早朝，犁弥陪齐公在齐宫后园散步。犁弥道："阳虎昨日方才上书，今日早朝之时，高张、国夏、梁丘据三人就都替阳虎游说不遗余力，主公难道不觉得蹊跷？"齐公冷笑一声，道："他三人都受了阳虎的重贿，你以为寡人不知？"犁弥道："主公既然知道，却如何不点破？"齐公道："老子云：'水太清则无鱼，人太清则无伴。'谁无贪财好色之心？一一点破了，还有谁肯为寡人尽力？况且，孔丘不是说过'君子不以人废言'么？阳虎虽然是个反复无常的小人，高张、国夏、梁丘据虽然贪鄙，阳虎所陈伐鲁之计，未必就不是良策。"犁弥听了，假做一番沉思，然后道："依臣之见，用阳虎伐鲁，不过下下之策。"齐公听了一怔，道："寡人愿闻其详。"犁弥道："阳虎既叛季孙氏，又叛鲁国，臭名昭著于诸侯。主公用阳虎，难免不被招降纳叛之恶名。鲁国未必如阳虎所说的那么不堪一击，否则，阳虎怎么会一战败走阳关，再战败走西鄙？晋国未必坐视鲁国灭亡而不救，倘若晋、鲁联手，我军以一敌二，谁胜？谁负？难以预料。吴王阖闾野心勃勃，早已有心争霸中原。倘若吴人趁机自海上偷袭，令我军进退失据，却如何是好？既被恶名于外，又招隐患于内，这用阳虎伐鲁之计，难道不是下下之策？"齐公听了，半晌不语。犁弥又假作一番思量，然后道："臣有一计，倘若成功，可以兵不血刃，拓地千里；即使不成，外有以德服人之名，内无腹背受敌之忧。"齐公道："你既有妙计如此，早朝之时怎么不说？"犁弥道："高张、国夏、梁丘据不仅受阳虎之贿，而且心怀妒忌，我要是当着他三人的面说出来，他三人一定会暗中作梗，令臣之计不得成功。"齐公点头一笑，道："亏你如此谨慎小心。你只管放心道来，寡人绝不泄露给任何人知道。"犁弥道："主公先下一道谕旨，数落阳虎叛国欺君之罪，将阳虎就地扣押，然后以遣返阳虎为饵，邀请鲁公与会夹谷。"齐公道："然后呢？"犁弥不答，用眼瞟一瞟齐公身后侍从，齐公会意，扭头挥手，将侍从斥退，犁弥趋前，对齐公一番耳语。

五日后，鲁宫听贤馆中，鲁公高坐堂上，孔丘立于左，季孙斯与仲孙何忌立于右。鲁公道："齐公遣使下书，说已将阳虎扣押于西鄙，请寡人与会夹谷，臣等意下如何？"季孙斯道："齐大鲁小，得罪不起。齐公相邀，不宜拒绝。"仲孙何忌道："齐人将阳虎扣押，不将他遣返鲁国，却于此时邀主公与会夹谷，臣恐齐人有要挟之意。"鲁公听了，举头望孔丘，道："孔大夫以为如何？"孔丘道："季孙大夫与仲孙大夫之言，皆言之有理。臣以为主公既不宜拒绝齐公之邀，也不能不预作准备，以防齐人劫盟。"鲁公道："如何准备？"孔丘道："可着左右司马各领骑兵、弓手五千，偃旗息鼓，分藏于夹谷南北两边树林之中。与会之时，但听得号角之声，便鸣金击鼓，摇旗呐喊。齐人见我有备，必不敢轻举妄动。"鲁公道："孔大夫之计甚妙。只是不知万一齐公相责，寡人如何答复？"孔丘道："倘若齐公相问，主公只做不知，臣自有应对之方。"鲁公道："如此便好。"

十日后，子路率骑兵一百，举鲁国旗帜为前导；高柴领骑兵一百，执方天画戟作殿后。孔丘驱车载鲁公居中，浩浩荡荡，来到夹谷，抬头一望，见齐人早已在谷中将树木伐倒，开出一块空地，用砍倒的树木在空地中央架起一座高台，台上四周尽是齐国的仪仗与锦旗。孔丘见了，吩咐子路与高柴各遣旗手、戟手五十登台，夹杂于齐人之间。台上齐公见了，知鲁公已到，着晏婴下台相迎。鲁公见过晏婴，便欲登台，却被孔丘止住。孔丘道："臣请先登，主公当候齐公下台相迎时再登不晚。"晏婴违拗不过，只得与孔丘一起先登。齐公不见鲁公上台，心中不悦，作色道："鲁公怎么不来？"孔丘道："据《礼》，两国相会，诸侯迎接诸侯，大夫迎接大夫。方才齐公只遣晏婴下台相迎，鲁公不敢失礼，只得先遣孔丘。"齐公听了，不得已，亲自下台，迎接鲁公一同登台。台上早已备下两席，南北相对。齐公并不谦让，径自行到北席之前，将南席留给鲁公。两公正要入席，孔丘道："且慢。台上怎么少了一个席位？"晏婴道："台上分明有两席，怎么说是少了一席？"孔丘道："据《礼》，天子见诸侯，方才可以北面而坐。今日之会，天子虽不曾来，北面的席位，当是为天子所虚设。南面只有一席，难道不是少了一席？"晏婴听了，为之语塞。齐公道："天子既然不来，何必虚设一席？"孔丘道："既然不为天子虚设，两席须东西相对。"说罢，不由分说，向台下厉声喊道："还不将席摆正，更待何时？"子路与高柴应声而上，将北席换成西向，南席换成东向。两席重新摆过之后，孔丘拱手道："请齐公入坐东席，鲁公入坐西席。"

两公入坐既毕，晏婴立于齐公之后，犁弥登台，立于晏婴之下。孔丘见了，只遣子路下台，却将高柴留下。酒过一巡，犁弥趋前，对齐公拱手道："两君相会，无乐何能尽欢？今有莱人女乐，舞姿奥妙新奇，不同于华夏，敢献于两公之前。"齐公点头。犁弥向台下挥手一招，台下管弦齐奏，早有妙龄舞女三十六名登上台来，一个个袒胸裸臂，扭腰摆臀，眼波飞动，媚态横生。一曲未罢，早看得鲁公目瞪口呆，口角流涎。孔丘见了，口喊一声："华夏诸侯相会，怎么用夷狄的女乐？齐国有司何在？"齐公、晏婴与犁弥听了，皆不予理会。孔丘见了，又道："齐鲁乃兄弟之邦，鲁之有司，也就是齐之有司。齐国的有司既然不在，鲁国的有司当代行其职。"说罢，口喊一声："鲁国有司何在？"高柴应声而出，拱手道："执政有何吩咐？"孔丘道："还不将这帮莱女撵走，更待何时！"高柴听了，用手一招，台上鲁国仪仗见了，执戟在手，将莱女尽行赶下台去。齐公见了不悦，犁弥趋前，对齐公拱手道："鲁公既然不喜欢女乐，请献剑舞。"齐公点头。犁弥又向台下挥手一招，早有三十六条汉子跳上台来，或持长剑，或握弯刀，气势汹汹，捉对儿厮杀。舞不多时，刀光剑影，渐渐逼近鲁公身前。鲁公见了，神色张惶。孔丘急忙递给高柴一个眼色，高柴走到台边，双掌一击，子路应声一跃而上，手持两剑，将一柄递给高柴，一柄自己拿着，与高柴一起，分立鲁公左右。俟子路与高柴立定了，孔丘从衣袖里取出号角来，只一吹，夹谷之中顿时金鼓大作，呐喊震天。齐公听了一惊，不禁站起身来举目一望，但见夹谷南北树丛之中旌旗招展，尘土飞扬。齐公见了，惊慌失措，问鲁公道："这是什么意思？"鲁公尚未作答，孔丘趋前，拱手道："齐献剑舞，鲁献金鼓与呐喊，聊以助兴而已，别无他意。"齐公听了，勉强坐下，不安之情，形诸颜色。晏婴见了，趋前拱手道："两君交好，以和为贵，何须剑舞？请退剑舞，更奏韶乐。"齐公点头，晏婴挥手，将三十六条汉子斥退。孔丘又取号角一吹，金鼓呐喊之声戛然而止。齐鲁两公面面相觑，各自松了一口气。

酒过三巡，齐国有司登台，捧上鸡血两盏，请两君歃血为盟。两君一起读罢盟书，齐公请鲁公先歃，鲁公推辞不过，执盏在手，正将鸡血咽下之际，犁弥忽然趋前，高声赞道："齐师出境，鲁敢不以兵车三百乘相从，有如此盟！"鲁公听了一惊，无奈鸡血已经在喉，欲罢不能，只得如此将血歃了。俟鲁公歃毕，齐公拱手称谢，道："鲁国愿为齐国之附庸，跟随齐师征讨，幸甚！幸甚！"说罢，仰头倾盏，正要饮下盏中鸡血，冷不防孔丘趋前，高声赞道："齐敢不归还侵鲁之汶阳，亦有如此盟！"齐公听了也一惊，无奈鸡血已经在喉，欲罢不能，也只得如此将血歃了。俟齐公歃毕，孔丘递给鲁公一个眼色，鲁公会意，向齐公拱手称谢道："齐国愿与鲁国交欢，归还鲁之汶阳，幸甚！幸甚！"

歃血既毕，齐鲁两公一起下台，各归营寨。齐公回营，怅然不乐，道："劫盟之计不成，反倒损失汶阳田地三百里！"犁弥道："劫盟之计虽不成，我归还十年前侵鲁之地，换取鲁为齐之附庸，在外人眼中看来，不正好是以德服人么？况且，阳虎还在我手中不曾遣返，这汶阳的田地说不定还能要回来。"齐公道："你的意思是说：叫孔丘用汶阳之地来换取阳虎？"犁弥道："不错。听说孔丘极恨阳虎，必欲得之而后快。这笔交易，他想必会肯。"齐公尚未作答，谒者进来禀道："鲁国孔大夫求见。"犁弥道："他来得正好。"齐公略一迟疑，吩咐谒者道："快请孔大夫进来！"不移时，孔丘入，子路跟在孔丘身后，左右手各提一个锦囊。施礼既毕，孔丘道："鲁公贵体欠安，已经打道回曲阜，不能亲自前来辞行，令臣转致歉意，并代赠白璧一双，请齐公勿以礼轻见却。"说罢，从子路手中接过一个锦囊，双手捧到齐公之前。齐公略一踌躇，接过锦囊，说了几句道谢的闲话。俟齐公把话说完，孔丘又从子路手上接过另一个锦囊，也用双手捧到齐公面前，口称："上次孔丘避难居齐，蒙齐公不弃，多次赐见，洽谈甚欢，孔丘未尝敢忘。仅献玉环一双，亦望齐公笑纳。"齐公接过，又说了些道谢的客气话。孔丘听罢，道："夹谷之会，虽为两国交好，也为遣返阳虎，敢问齐国将于何时将阳虎遣归鲁国？"齐公听了，犹疑未答之时，犁弥抢先道："齐公本欲即时遣返阳虎，不过，鲁公既然想得汶阳，这归还阳虎之举就只好从长计议了。"孔丘不理犁弥，却问齐公道："齐公之意如何？"齐公略一迟疑，道："孔丘若想得阳虎，寡人愿以阳虎交换汶阳。"孔丘听了，道："这交换之事，得问明鲁公，鲁公既不在，孔丘岂敢擅做主张？况且阳虎本是祸水，齐公既然不怕祸水横流齐国，孔丘并无兴趣将他索回。就此别过，后会有期。"孔丘说罢，拱手长揖，率子路一同退出帐外。齐公沉吟半晌，自言自语般道："孔丘相鲁，于齐不利，早晚得想办法叫他去官才好。"犁弥道："主公高见，不过，如今孔丘正在得意之时，不可心急，须见机而作方能有成。"

三日后夜晚，孔丘在书房阅读文书，子路来见。请安既毕，子路笑道："夫子笑我上任伊始便替季孙氏筹粮征税，昨日夹谷之会，夫子怎么也替季孙氏争回失地不遗余力？"孔丘道："汶阳是鲁国之地，怎么成了季孙氏之地？"子路道："夫子原来有所不知。十年前齐国侵占汶阳之时，汶阳本是鲁国之地。尔后鲁公赏季孙意如迎立之功，将汶阳赐给季孙氏，当时这赏赐不过是一纸空文，如今夫子却令季孙氏得了一块实地。"孔丘听了一怔，道："当真如此？"子路道："夫子这回堪称歪打正着。"孔丘道："怎么个歪打？又怎么个正着？"子路道："季孙斯以为夫子替季孙氏力争失地，感激涕零。我趁便叫他请鲁公抹去夫子官衔上的'摄'字，季孙斯欣然应承，当即令我起草奏章，他已亲自呈送鲁公，想必明日早朝之时，鲁公就会下一道谕旨，真除夫子为执政。"

孔丘尚未答话，却听见一个声音道："这下可好，不用再愁有人在'摄'字上做文章了。"子路扭头一看，见是春梅笑盈盈走了进来，慌忙拱手请安。孔丘道："看你一脸兴奋的样子，好像是你真除了什么官似的。"春梅道："你真除执政，我岂不是真除执政夫人？执政夫人虽不是官，毕竟也是个名分。"孔丘道："你难道找我有事？"春梅止住笑，道："公冶长府上遣人来过，打听公冶长的平反有无进展。"孔丘道："你怎么不叫来人见我？"春梅道："你不是说碍于'执政'头上的'摄'字，难于给他彻底平反么？所以我就替你挡了驾。谁知这'摄'字明日就会抹掉！"孔丘听了，略一思量，道："待我明日真除执政，即刻动手处理两件事。"春梅道："哪两件事？平反算不算一件？"孔丘道："第一件就是彻底平反阳虎罗织的冤案。"子路道："第二件呢？"孔丘道："堕三都。"春梅道："'堕三都'？'堕三都'是什么意思？"孔丘道："季孙氏以费邑为都，仲孙氏以成邑为都，叔孙氏以后邑为都。三座都城的城墙修得比鲁国都城曲阜的城墙还高，必须拆毁重新修过。所谓'堕'，就是拆毁的意思。"子路道："第一件不难，只需夫子签署一道命令，着冉求协同高柴处理即可。第二件不易，恐怕非夫子亲自出马才成。"春梅道："拆毁城墙有什么难？"孔丘道："岂止是拆毁城墙这么简单！费邑在公山不狃之手，季孙斯完全管不着。侯犯据后邑反，叔孙州仇围城三月不下，结果如何尚不可知。成邑……"孔丘的话还不曾说完，春梅插嘴道："你与公山不狃不是什么'君子之交'么？既有这般交情，写封信给他，叫他自己把城墙拆过重修不就成了？"孔丘听了一笑，道："所谓'君子之交'，意思是'和而不同'。如今他与我之间的'不同'，正在这'拆'与'不拆'之上。信么，我当然是要写，不过，一封信去，如何就能了事？"春梅道："他为什么不肯拆？"孔丘道："公山不狃名为费邑之宰，其实割据费邑已久。把城墙修矮了，易攻难守，他还怎么好割据？"春梅道："原来如此。这么说，仲孙氏之所以把成邑的城墙修得高高的，也是以备万一在鲁失势，好去成邑坚守？"孔丘笑道："你什么时候变得聪明了，居然能够闻一知二。"春梅不理孔丘的调笑，认真道："这么说，仲孙何忌恐怕也不肯堕成？"子路道："可不是么！所以我说这堕三都之举，恐怕非夫子亲自出马不可。"春梅听了，略一迟疑，道："这堕三都之举既然不得人心，我看还不如算了，何必自寻烦恼？"孔丘正色道："三都不堕，如何能还鲁国以'君君臣臣'的局面？不能还鲁国以'君君臣臣'的局面，我执鲁国之政，与阳虎执鲁国之政，又有什么区别？"春梅道："听你这口气，万一堕三都不成功，你这执政就不当了？"

孔丘尚未作答，门外传来一个声音道："夫子要做的事情，怎么会做不成？"春梅与子路扭头一看，见是颜回。孔丘听了，道："我说什么，你都说好，从不同我争。我要干什么，你都说行，从来不反对。你说我收了你这么个弟子，能得着什么好处？"春梅道："怎么没有好处？你刚才还绷着个脸，听了他这话就笑逐颜开。能让你高兴，难道不也是好处？"子路问颜回："听说你在霸桥忙得不可开交，今日怎么得闲？"颜回道："是夫子遣人唤我，我何敢擅离职守！"孔丘对颜回道："我因政事繁忙，这三个月来不曾去过霸桥一次，不知众弟子可都还好？"颜回道："人倒是都还好。不过，自从夫子任命巫马子期为单父宰之后，弟子大都羡慕不已，都想着找出仕的机会，读书的风气似乎大不如前了。"孔丘道："书读通了，有了闲暇方才可以想着出仕。你怎么不同他们说说这'学而优则仕'的道理？"颜回道："我反复说过多次，无奈肯听的人不多。前两天宰予公然躺在教室里睡午觉，我叫他起来，他居然说什么'夏日炎炎正好眠。谁像你，只会死读书，读死书，早晚会落得个读书死的下场。'惹得哄堂大笑。"孔丘听了，忿然作色道："朽木不可雕也，粪土之墙不可圬也！真没想到宰予会堕落到这地步！"春梅道：

"天热人困，睡个午觉，也不是什么了不起的大事。至于'死读书，读死书，读书死'这笑话，夫人在时不也常说么？何至于这么生气？"孔丘气愤愤地道："夫人常说又怎么样？你难道还想抬出夫人来压我！"春梅不理孔丘，却对颜回道："方才我还说你能让你师傅笑，怎么一转眼你就惹师傅生气了？"说罢，退出书房。

孔丘瞪着春梅出了房门，转眼一望，但见颜回局促不安，子路掩口而笑。孔丘定了定气，咳嗽一声，然后吩咐颜回道："你回去告诉众弟子，叫他们安心读书，有什么疑难，都记下来，我过几天会抽空去霸桥一趟。"颜回点头，略一踌躇，道："方才我进来时，听见师母说什么'万一堕三都不成功'，敢问师母说的这'堕三都'究竟是什么事？"孔丘道："这事与《诗》《书》《礼》《乐》都不相干，你不知道也就算了。"说罢，顿了一顿，又道："时候已经不早，你先去客房歇息，明日一早你还得返回霸桥去。"颜回拱手退下。俟颜回的脚步声消失了，子路笑道："夫子就这么打发颜回走了，不是当真叫他去'死读书，读死书，读书死'么？"孔丘道："休要胡说！人各有所长，也各有所短。德行、政事、言语、文学，不必兼能并善。"子路道："我擅长哪一样？"孔丘道："你自己在干什么你还不知道？"子路道："除去政事之外呢？"孔丘一笑，道："道不行，乘桴浮于海，敢跟我去的，也许是你。"子路听了大喜，道："夫子之道万一不能实现，真要出海去？"孔丘道："你怎么也成了颜回？我怎么说，你就怎么信？"

一场暴雨刚过，天际乌云行走如飞，地上绿草光滑如油。公山不狃头戴铁盔，身被铁甲，在四名校官簇拥之下登上费邑校场将台，立在白石栏杆之后。栏杆之上，水珠欲滴；忽然一声号角破空，鼙鼓之声雷动。数百辆战车分作四行，从南门驰入校场，各奔东西。不移时，排作一字长蛇之阵。俟阵脚定了，号角鼙鼓之声戛然而止，场中顿时寂静。将台之上但闻水珠下滴之声，锦旗翻动之响。公山不狃看了，不禁喝一声彩。一阵寂静过后，又一声号角破空，鼙鼓之声随之大作。但见战车左冲右突、前奔后继，令人眼花缭乱。一阵混乱过后，一字长蛇早已化为鸥鹬扑鼠。公山不狃看了，不禁又喝一声彩。号角鼙鼓之声戛然而止之时，将台上传来皮靴踩踏石阶之音。公山不狃扭头望去，但见石阶终端走出叔孙辄，叔孙辄道："你这一身戎装，也不嫌热？"公山不狃笑道："我着戎装，不正好是省得你着戎装么？还来说这风凉话！"叔孙辄道："你这话是什么意思？难道真要动武了不成？"公山不狃道："鲁公的谕旨与孔丘的私函，我都给你看过了。你这不是明知故问么？"叔孙辄道："鲁公的谕旨不过叫你堕费，孔丘的私函不过敦促你遵旨行事、尽早动工，并没有要来攻打费邑的意思。"公山不狃道："你装什么糊涂？我不遵旨呢？难道还能免这一战？"叔孙辄略一迟疑，道："你待孔丘不薄，他怎么如此不讲情义？"公山不狃道："他同我是君子之交，和而不同。如今他与我之间的'不同'，不巧正在这堕与不堕。"叔孙辄道："听说当年你请他来费邑共举汤武之事，他虽不曾来，却并非不曾动心，怎么转眼之间就对鲁公如此忠心耿耿了？"公山不狃道："此一时也，彼一时也。当时阳虎执鲁国之政，孔丘蛰居阙里山庄，战战兢兢，如临深渊，如履薄冰。他之所以动心，也是想凭借费邑复兴周朝。如今他自己执鲁之政，自然是想凭借鲁国来成其复兴的大计了。"

　　公山不狃的话音刚落，台下又一声号角破空，鼙鼓随之齐鸣。叔孙辄举目向台下望时，但见战马奔腾、兵车滚动。不移时，阵脚停稳，鸱鸮扑鼠早已化作双龙出洞。叔孙辄道："你这阵法变化多端，似攻而不似守，难道你有先发制人的意思？"公山不狃听了一笑，道："没想到你也精通阵法。龟缩于费，让人瓮中捉鳖，自然是下策。"叔孙辄道："既有所谓下策，想必还有中策与上策？"公山不狃道："不错。"叔孙辄道："中策如何？"公山不狃道："北取平邑，西取东郭，与费邑构成掎角之势，分兵坚守，以逸待劳。"叔孙辄听了，略一踌躇，道："如此说来，上策难道是偷袭曲阜？"公山不狃听了一笑，道："英雄所见略同。"叔孙辄道："你一向以谨慎见称，没想到你的胆子竟然如此之大！"公山不狃笑道："兵法所谓'出奇制胜'，此之谓也。"叔孙辄道："所谓'出奇制胜'的'奇'，不仅指策略，也指时间。你打算何时动手？"公山不狃道："就在明日。"叔孙辄听了，大吃一惊。公山不狃道："兵贵神速。况且，叔孙州仇于五日前攻下后邑，据细作探知，后邑城墙严重毁坏，反正必须重修，叔孙州仇于是做个顺水人情，将城墙完全拆除，回禀鲁公，说已经遵旨将后邑堕毁。孔丘得了这消息，喜出望外。喜出望外之时，警惕必然松懈。机不可失，时不再来。此时还不动手，却更待何时！"叔孙辄听了，略一思量，道："时机倒是选得不错，攻城的策略是否已经拟定？"公山不狃道："既进曲阜，先攻鲁宫，挟持鲁公在手之后，挟诸侯以命大夫，假托鲁公之命，再攻季孙氏府，必然势如破竹。"叔孙辄道："好一个挟诸侯以命大夫之计！只是不知你如何进得去曲阜？"公山不狃道："今日请你来，正为此事。"叔孙辄笑道："原来请我观阵不过是虚晃一招！你难道是想叫我替你撞开曲阜城门不成？"公山不狃道："不错。我已经替你选好二十名武功高强、精明干练的敢死之士，你领他们乔装做行商，今晚动身，明日傍晚前赶到曲阜，潜伏于南门之内，夜晚但见门外火起，便偷袭守门士卒，打开城门，放下吊桥，接我进城。"叔孙辄听罢大笑，道："你方才说什么省得我着戎装，我还以为我可以优哉游哉，坐享其成，原来却是叫我去打头阵！"

孔丘坐于执政府堂上，颜刻、子路、冉求、子贡、高柴分立两边。孔丘道："公山不狃的回函，你们方才都已传阅，有些什么想法，不妨说给我听一听。"子路道："他在回函中说什么一定遵旨堕城，不过须待冬季农闲时方才有人力开工云云。我看他是借故拖延时间。"孔丘道："拖延时间的目的何在?"冉求道："如今后邑城墙虽然已经拆毁，重新修好之后是个什么结果还难以预料。至于成邑，仲孙何忌虽然口头应承，至今仍毫无动静。公山不狃大概就是在等着看后邑与成邑的结果，然后再作决定。"高柴道："仲孙何忌之所以毫无动静，也可能正是在等费邑方面的消息。如此等来等去，等到什么时候方才能有个结果?"颜刻道："公山不狃究竟打的是什么主意，我不敢说。不过，据我所知，提起他，连阳虎都心怯，夫子务必小心。"孔丘向各人扫了一眼，眼光停在子贡身上，道："子贡平时话多，今日怎么沉默?"子贡略一迟疑，道："公山不狃若是个一般的人，也许只会鼠首两端、徘徊观望。不过，他既然能是夫子之友，又能令阳虎发怵，显然不是一般的人。既然不是一般的人，就得提防他出奇招、出险招。"子路、颜刻、冉求与高柴听了，皆作思量之状，并不接话。孔丘道："你倒说说看，他可能会出什么奇招? 又可能会出什么险招?"子贡道："比方说，偷袭曲阜，就是既奇又险。"孔丘听了，道："你猜他什么时候会来?"子贡："兵贵神速，他今晚就来都说不定。"子路听了，不以为然地笑了一笑。孔丘正色道："有什么可笑! 大敌当前，最忌疏忽大意。"高柴道："夫子唤我等前来，是不是已经有了却敌的安排?"孔丘道："不错。从今晚起，你负责鲁公的安危。鲁宫卫队实力单薄，不足以应急，一旦有警，你立即护送鲁公前往季孙斯府将台。明白了吗?"高柴点头。孔丘道："事不宜迟，你这就去鲁宫安排，以免措手不及。"

高柴拱手而退。子路道："季孙氏人马如何使用? 夫子是否也有了安排?"孔丘道："立即着五百弓手把守将台，四百弓手分守四面府门。从今晚起每到夜晚你亲自领骑兵五百，藏于府南华林园中，倘若公山不狃来袭，放他兵马过去，等他同府内守军斗得难分难解之时，再从背后掩杀。明白了?"子路退下。司客进来禀道："仲孙何忌与南宫敬叔在门外候见。"孔丘道："快唤他两人进来。"不移时，仲孙何忌与南宫敬叔联袂而入，一同向孔丘施礼。仲孙何忌道："夫子唤我兄弟，不知有何吩咐?"孔丘道："据我推测，公山不狃可能偷袭曲阜。"仲孙何忌道："据我所知，公山不狃行事一向谨慎，恐怕不敢如此大胆。"孔丘道："善用兵者，虚则实之，实则虚之。公山不狃精通兵法，正因他有行事谨慎之名，更须防他铤而走险。"仲孙何忌听了，略一踌躇，道："夫子若须仲孙氏人马协助守城，任凭夫子调拨。"孔丘道："如何守城，我已有安排，用不着你。我的意思是：你拥重兵，谨守仲孙氏府，着南宫敬叔领骑兵五百去姑蔑埋伏。"南宫敬叔道："姑蔑地势南高北低，公山不狃从南来，居高临下，不易阻击。"孔丘道："公山不狃来时，士气旺盛，不要说是居高临下，即使是自下逆上，也不易阻拦。况且，我的意思也不是要将他逼回费邑。"南宫敬叔道："然则夫子的意思是?"孔丘道："公山不狃来时，放他过去。等他从曲阜败退时，你居高临下，摇旗呐喊，以逸待劳，令他不敢回费邑，只有逃奔齐国一条出路。"南宫敬叔道："原来如此。"仲孙何忌道："夫子可还有什么别的吩咐?"孔丘摇头，道："事不宜迟，你两人就此回去，从速部署兵马为要。"仲孙何忌与南宫敬叔拱手退下。子贡问道："听夫子的口气，似乎是有意放走公山不狃?"孔丘道："兵法曰：'穷寇勿追。'当年昭公讨季孙意如，要是懂这'穷寇勿追'的道理，放季孙意如一条生路，又岂会落得败走阳州、客死乾侯的下场?"片刻沉默之后，颜刻道："夫子自己的安危，难道不须有所安排?"孔丘捋须一笑，道："不是有你么?"颜刻道："执政卫队不过骑兵五十人，真有危急，如何能应付得了?"孔丘笑道："尽管放心，公山不狃一定不会来找我的麻烦。"冉求道："夫子当真这么信得过他?"孔丘道："与人交而不信，又怎么谈得上是君子之交?"

次日夜晚，时近三更，曲阜南门内外火光冲天，叔孙辄率手下敢死之士，砍翻守门士卒，打开城门，放下吊桥。公山不狃一马当先，率领费邑兵马不知多少，齐声呐喊，杀进城来，直奔鲁宫。一路并无抵抗，公山不狃与叔孙辄来到鲁宫南门之下，两人举头一望，但见宫墙之上既无灯火，也无守备，心中不禁生疑。叔孙辄道："看来孔丘有备，你我恐怕是中了他的空城之计。"公山不狃道："既来之，有进无退。杀进去看个究竟便知。"说罢，仗剑大喝，身后骑兵一拥而上，不移时便将宫门砸开。公山不狃与叔孙辄率先冲进门内，指挥人马直扑鲁公寝殿。行到寝殿门前一看，但见院门大开，里外不见人影。正疑惑之时，忽然呐喊之声大作，乱箭从四面八方射来。叔孙辄口喊一声："不好! 你我中了埋伏。"公山不狃道："休要惊慌!"随即一声令下，手下骑兵纷纷将皮盾高举，排出一个乌云盖地的阵势来，箭矢虽如雨下，却伤不着多少人马。过不多时，箭矢渐弱、渐稀，公山不狃见了，吩咐身后传令官吹响号角，乌云盖地之阵顿时化作四条飞螭吐舌，直扑东南西北四个方向。数番冲杀之后，鲁宫弓手寡不敌众，纷纷败走。几个跑得迟的，被公山不狃手下抓获，盘问之下，方知鲁公早已由高柴护送去了季孙氏府。叔孙辄道："我说孔丘有备，果不其然！走了主公，你这挟诸侯以命大夫之计不成，却如何是好？"公山不狃道："我不是说了'既来之，有进无退'么？主公既是去了季孙氏府，你我难道不能去季孙氏府把主公夺过来？"公山不狃说罢，传下令去，将人马稍事整顿，发一声喊，一齐杀奔季孙氏府而去。公山不狃人马奔到季孙氏府东门之外，府墙之上，弓手乱箭射下如雨。公山不狃令骑兵一手执盾，一手执火把，轮番冲到府墙之前，将火把掷入墙内。过不多久，府门着火，守军溃散。公山不狃一马当先，冒烟突火，冲入府内，指挥骑兵直奔将台。将台之上，鲁公与季孙斯藏身敌楼，高柴凭倚女墙亲自督战。公山不狃冲到台下，正要指挥兵马围攻，忽听得背后战鼓齐鸣，喊声大作。叔孙辄听了大惊，又喊一声："不好！你我中了埋伏。"公山不狃拨转马头，正要去后边看时，一名小校骑马飞奔来，在马上拱手禀道："子路领骑兵不知多少，从背后掩杀而来。"公山不狃尚未作答，陡然一声号角冲天，箭矢、石块、火把从将台之上一齐飞下。叔孙辄道："事急矣！走为上计。"公山不狃叹一口气，道："功亏一篑！"说罢，传下令去，叫人马结成双龙出洞之阵，分两路杀出南门。

黎明时分，看看后面追兵渐远，公山不狃松了口气，道："孔丘虽然有备，却不善用兵。"叔孙辄听了一笑，道："孔丘令你我偷袭不成，败退至此，你还说他不善用兵？"公山不狃用马鞭向前一指，道："前面就是姑蔑，他要是预先遣人马埋伏于此，你我如何能退回费邑？"叔孙辄道："但愿他不曾如此！"叔孙辄的话音刚落，忽听得一声号角，前边树林之中鼙鼓齐鸣、旌旗摇动，一彪人马自林中杀出，南宫敬叔横刀立马，大笑一声，道："公山不狃哪儿走！孔子叫我在此等候多时矣！"公山不狃手下残兵败将见了，无心恋战，纷纷夺路而逃。叔孙辄道："费邑回不去，只有奔齐一条路。"公山不狃叹一口气，道："看来也只有如此。"说罢，拨转马头，与叔孙辄一起往齐国方向逃奔而去。

早朝之时，鲁公坐于听贤馆中，孔丘立于左，季孙斯、仲孙何忌与叔孙州仇依次立于右。鲁公道："据孔大夫奏，后邑与费邑的城墙皆已拆毁，唯成邑迟迟不见动静，不知是何道理？"仲孙何忌道："臣已经多次敦促公敛处父，无奈公敛处父拒不听命，说什么成邑有如曲阜之北门锁钥，一旦拆毁，齐师可以长驱直入曲阜城下，于鲁不利。"鲁公扭头问孔丘道："公敛处父所言，孔大夫以为如何？"孔丘道："臣以为公敛处父既不听命，就是反叛。既是反叛，就算成邑是曲阜的北门锁钥，这锁钥难道不是已经丢了？"鲁公道："然则孔大夫以为应当如何？"孔丘道："臣以为当立即兴师讨伐。"鲁公举目向右边一扫，道："众卿意下如何？"季孙斯面无表情，仲孙何忌微显局促，叔孙州仇翻眼朝天，三人皆不答话。鲁公略一踌躇，道："众卿既然也以为可，寡人就将此事交孔大夫全权处理？"季孙斯、仲孙何忌、叔孙州仇仍不答话。孔丘见了，拱手禀道："成邑规模宏大，城高池深，兵精粮足，名为一座都城，其实与附庸小国并无差别。臣恐不能胜任，须主公亲自征讨方能成功。"鲁公犹疑片刻，道："如此也好。孔大夫可先着司卦占卦择日，然后筹划粮草，调遣人马。"

当日午后，仲孙何忌正在后园盘马，南宫敬叔从场边树丛后转出。仲孙何忌见了，将缰绳猛地一勒，那马前蹄高举，仲孙何忌"啊呀"一声，跌下马来。南宫敬叔见了，慌忙奔过来，要将仲孙何忌搀扶而起。仲孙何忌摇手，道："不行。左腿痛不可支，恐怕是伤了筋骨。"说毕，连声"啊哟"。两童子见状，正要趋前，却被南宫敬叔挥手止住。南宫敬叔道："这儿用你们不着，还不快去将担架来！"俟两童子的背影从树丛后消失，仲孙何忌嘴角露出一丝微笑，压低声音道："不要惊慌，我其实并没有受伤，只是装个样子，好叫人把我落马受伤的消息传出去。"南宫敬叔听了，略微一怔，道："你又耍什么花招？吓我一跳！"仲孙何忌道："夫子请主公亲征成邑，我要是不耍这一招，如何躲得过？"南宫敬叔道："公敛处父据成邑造反，夫子请主公帮你去平乱，为何要躲？"仲孙何忌道："公敛处父不过是做戏，哪是真造反！"南宫敬叔听了不悦，道："你同他做戏给别人看也罢了，居然还瞒着我！"仲孙何忌赔笑道："我要真想瞒着你，怎么还会告诉你？"南宫敬叔冷笑一声，道："你如今所以告诉我，是怕我去找个医师来，你这戏不就是做不成了？"仲孙何忌道："我原来不曾告诉你，并不是信你不过，只是想替你省点儿麻烦。"南宫敬叔道："笑话！替我省什么麻烦？"仲孙何忌道："你要是知道了，夫子问起你，你不是就得说谎？你一向以说谎为难，免你说谎，难道不是替你省却麻烦？"南宫敬叔听了，不禁失笑。笑音刚落，两个童子抬一副担架从树丛后飞跑而来，仲孙何忌连声"啊呀"，南宫敬叔慌忙收起笑脸。

两日后下午，阳光懒散，洒在仲孙何忌书房前的草地上。走廊之上，仲孙何忌斜倚一张便榻，左腿自膝盖以下用绷带缠起，架在一个松木花架之上。司客领季孙斯自外入。仲孙何忌见了，吩咐身边童子将自己略微挽起，在榻上拱手施礼道："负伤不能起身，失礼得很。"季孙斯拱手还礼毕，道："你的骑术一向高明，怎么在自己府上的后园里堕马受伤？"仲孙何忌笑道："俗话说'阴沟里翻船'，这话你难道没有听说过？"季孙斯道："你这船，翻得也真不是时候。"仲孙何忌道："此话怎讲？"季孙斯道："孔大夫请主公亲征成邑，你既受伤，不就是去不成了么？成邑是仲孙氏的封地，你仲孙何忌不随主公亲征，这一仗打起来不就棘手得很了么？"仲孙何忌不答，却喊一声："还不快送一个坐褥来！"一青衣童子应声从书房内出，将一个绣花织锦坐褥在走廊栏杆上安顿好，侍候季孙斯坐下。仲孙何忌又喊一声："还不快送上浆汤来！"不移时，两名童子从院外进来，一个手捧托盘，盘盛一碗浆汤，另一个手持一张雕花几案。两童子将几案与浆碗在季孙斯面前放好，双双退下。季孙斯端起浆碗，喝了一口，笑道："人已经坐下，浆已经喝过，你还有什么拖延之术？"仲孙何忌假作不懂之状，道："什么拖延不拖延？"季孙斯道："我问你的话，你迟迟不答，难道不是故意拖延？"仲孙何忌道："你问我什么来着？"季孙斯道："我问：成邑之战不是会棘手得很么？"仲孙何忌听了一笑，道："嗨！我没听出你那是句问话。"季孙斯道："现在总该听明白了吧？"仲孙何忌一笑，道："棘手难道不是正中贵怀？"季孙斯道："笑话！这同我有什么相干？"仲孙何忌道："真人面前不说假话，你难道心甘情愿堕费？"季孙斯道："我在说堕成，你却说堕费，风马牛不相及。"仲孙何忌道："谁说堕费与堕成是风马牛不相及？主公要是不能把成邑给攻下来，你难道不就有借口重修费城？把城墙修得比原来更高、更厚？"季孙斯略一思量，道："你这话听起来倒也有些道理。"仲孙何忌道："岂止是有些道理而已！在对付公室这一点上，三桓得同进退。你何妨也找点借口不去参与这攻成邑之役？"季孙斯道："我找借口不难，不过，不知叔孙州仇会怎么想？"仲孙何忌道："叔孙州仇同我的关系差，同你却气味相投。你去把这意思告诉他，他必然也会抽手。"季孙斯听了，点一点头。仲孙何忌又道："你与叔孙州仇重修费城与后城之时，我仲孙何忌愿遣五百壮丁相助。如有食言，令我右腿有如左腿！"季孙斯瞟一眼仲孙何忌的左腿，道："你这腿伤可是苦肉计？"仲孙何忌道："苦肉计也好，不是苦肉计也好，反正疼的是我的腿，你却是凭空得个重修费城的机会。"季孙斯听了一笑，站起身来道："不多打搅，你慢慢养伤，就此告辞。"仲孙何忌道："恕不能相送。托你说给叔孙州仇的话，千万不要忘了。"季孙斯道："你尽管放心，我怎么敢忘？不说服叔孙州仇与你我同进退，我季孙氏的费城又怎么重修得成？"

光阴荏苒，司卦择定的吉日腊月初三，一晃之间早到。这一日，天色阴沉，北风凛冽，寒气逼人。仲孙何忌的腿伤还不曾痊愈，季孙斯患了伤风，叔孙州仇感染腹泻。三人都不能随军征讨且不说，三家合计总共只派出一千五百人马，而且大都老弱，充数而已。孔丘见了，心知三桓捣鬼，却又无可奈何，只得令冉求率鲁公所属兵车百乘先行，颜刻率执政卫队骑兵五十为中军，子路率领三桓所遣一千五百人马为殿后，浩浩荡荡，出了曲阜北门，往成邑进发。公敛处父早已在距城十里之外挖了宽约两丈、深约十尺的壕沟，壕沟之后又树起两人多高的鹿角。冉求领兵车先到壕沟之前，下车看时，但见壕沟挖得陡峭，不搭跳板，车不得过；鹿角扎得密实，不用火攻，难以逾越。无奈时值腊月，哪有东南风？倘用火攻，又怕烧着自己。冉求正一筹莫展之时，孔丘驱车载鲁公赶到。冉求趋前，将所见情形禀告孔丘。孔丘尚未作答，听见一串铃响，冉丘喊一声"小心"。孔丘抬头一望，只见一只响箭，挂一个竹筒，从鹿角之后成抛物线状高高地飞射过来，落在孔丘车前四五步之处。冉求从地上拾起响箭，从箭上取下竹筒，将竹筒交给孔丘。孔丘取竹筒在手，剔开封泥，从竹筒中取出一封帛书，正要在手上展开来看时，却见帛书顶端赫然写着"鲁公亲启"四个大字。孔丘见了，匆匆将帛书重新卷好，双手捧着，转身递给鲁公。鲁公在手上展开来匆匆看过一遍，交还孔丘，道："公敛处父在书中再三申明并无叛鲁之意，不过想为鲁国把守北门而已。他既然无意与寡人为敌，三桓又都不肯来，这成邑不攻也就算了。把公敛处父逼急了，他以城降齐，反而不美。"孔丘道："不堕成，季孙氏与叔孙氏必然据以为借口，重修费城与后城，堕费与堕后之功，岂不是尽弃？"鲁公道："冰冻三尺，非一日之寒。三桓的势力哪能一朝去之？先君昭公因不能忍，结果流亡在外、客死他乡。寡人不想重蹈覆辙，孔大夫可传下令去，就此班师。"

临淄齐宫无寒殿内，齐公与犁弥隔几相向而坐，聚精会神于几上的棋局。局中黑子白子犬牙交错，局势已过中盘。一名谒者进来禀道："孔丘伐成，无功而返。"犁弥听了，喜形于色，嘴上"啊"了一声，信手将手中黑子放下，不偏不倚，恰好自紧一气，好端端断送一条大龙的生路。齐公见了，笑道："这一盘你输了。"犁弥叹口气道："一着错，全盘输，正像孔丘之败走成邑。"齐公笑道："你自己输了棋，同孔丘有什么关系？"犁弥道："怎么没有关系？孔丘堕三都之举，就如同我这盘棋中走的这条大龙。走好了，大赢特赢，走错了，一败涂地。孔丘伐成，无功而返，就像我这臭着，自紧一气，哪还能有生路？"齐公道："你难道是说孔丘会引咎辞职？"犁弥摇头，道："孔丘不是急流勇退那种人。"齐公道："鲁公会罢免孔丘？"犁弥道："鲁公不过一傀儡，哪有这实权？"犁弥一边说，一边将局中黑子拈出，投入棋盒。齐公道："那你的意思，是说三桓会逼孔丘退位？"说罢，也伸过手来，取走局中白子。犁弥道："季孙斯感激孔丘帮他夺回了汶阳，仲孙何忌毕竟是孔丘的弟子，又是孔丘的姻亲，这两人都不会逼孔丘。叔孙州仇虽然对孔丘怀恨在心，无奈孤掌难鸣，料想也不会有所举动。"齐公道："既然如此，孔丘的执政之位，不是稳如泰山么？说什么'一着错，全盘输'？"犁弥摇一摇头，道："岂能稳如泰山？如坐针毡还差不多。"齐公道："此话怎讲？"犁弥道："孔丘伐成无功而返，季孙斯与叔孙州仇一定会借机重修费城与后城，孔丘堕三都之举是会前功尽弃。堕三都以失败告终，让人识破孔丘所鼓吹的儒术，不过是迂阔的老生常谈，并非无往而不胜的大道，鲁国朝廷上下不再会视孔丘为神明，孔丘自己也必然会怅然自失。主公于此时略施小计，何愁孔丘不去官？"齐公道："你所谓的'小计'，究竟何所指？"犁弥道："上次夹谷之会，鲁公看莱女裸舞，看得口角流涎，丑态百出，可见鲁公必然是个好色之徒。"齐公道："鲁公的好色，同孔丘的去官，又有什么关联？"犁弥道："主公选数十名能歌善舞的美女赠予鲁公，鲁公既得美女，少不得夜夜贪欢，如何还能早朝？孔丘既受挫于三桓，又见鲁公怠于政事，必然心灰意冷。主公再于此时遣人去鲁散布流言，说孔丘迂阔无能，恋栈尸位。孔丘现在已经如坐针毡，到那时候还怎么沉得住气？"齐公听了大喜，道："好！选美与传谣，这两件事寡人就都交给你去负责办理。"犁弥道："不敢有误。"说罢，起身告辞，却被齐公拽住，道："不争这一刻工夫，何妨再杀一局！"

十日之后，齐国所献美女八十进了鲁宫，鲁公既得美女，果然日日载歌载舞，夜夜翻云覆雨，一连三日，不听政事。孔丘三番进谏，鲁公不得已，第四日勉强起了个早，于辰时下半来到听贤馆中，却只见孔丘一人垂手而立。鲁公睡眼惺忪，精神不振，道："季孙斯、仲孙何忌与叔孙州仇怎么都还不来？"孔丘道："三位大夫空等三日，今日还会不会来，臣不得而知。"鲁公道："既然大家都不愿早起，又何必勉强早朝？从此以后，有事，随时上奏；无事，不必朝见。"鲁公说罢，打个哈欠，口喊一声："退朝！"双掌一拍，早有两名侍女从屏风后转出，将鲁公扶掖而去，把孔丘一人撂在厅上发呆。

孔丘返回孔府书房，郁郁不乐，闷坐半日，唤人将磬拿来，一边敲磬，一边唱道："'彼妇之口，可以出走；彼妇之谒，可以死败'。"春梅闻声而人，道："什么事又怪到女人头上？"孔丘不予理会，接着敲，接着唱。春梅道："你不是说：'食色，性也'么？好色既然是男人的天性，怎么能怪女人？"孔丘仍旧不予理会。春梅又道："我叫你不要去搞什么'堕三都'，你偏不听，所以才会落得这结果，同女人有什么相干？"孔丘停下手，道："胡搅蛮缠！鲁公不上朝，同'堕三都'有何干系？"春梅道："怎么不相干？鲁公见你得罪了三桓，办不成事，所以才懒得答理你。"孔丘尚未作答，听见门外响起脚步声，举头一望，见是子路。孔丘道："你怎么也得闲？"子路道："昨晚齐公送来二十名美女给季孙斯，季孙斯得了大喜，立刻在府上张灯结彩，大宴宾客，一夜贪欢，至今还未起床。听说鲁公三日不朝，所以趁便来打听消息。"春梅听了，不禁掩口而笑，道："我走了，让你师徒方便说话。"说罢，退出门外。孔丘道："君不君，臣不臣，还有什么可说？"子路道："好色乃人之常情，本来无可厚非。不过，好色贪欢以至于废寝忘政，我看夫子是不是该走了？"孔丘正要答话，门外又响起脚步之声，子路扭头望去，见是冉求与子贡联袂而来。子路道："你两个怎么也得闲？"子贡笑道："又没人送美女给我，怎么不得闲？"孔丘正色道："时局如此，你还有心思讲这笑话！"子贡道："不过一些流言蜚语，夫子何必在意？"孔丘道："什么流言蜚语？"冉求道："夫子所谓'时局如此'，难道不是指'迂阔无能，恋栈尸位'这些闲话么？"孔丘道："我是指鲁公三日不朝而言。你说的这些闲话，从哪听来？我怎么不知道？"冉求道："这些不三不四的闲话外面已经风传一两日，弟子不想令夫子分心，所以不曾禀告。"孔丘道："准是有人想叫我辞官而去，我偏不走，倒看他还能有些什么花招。"子路道："鲁公既然怠于政事，三桓又都从中作梗，留下来一事无成，又有什么意思？"孔丘听了，沉默不语。过了片刻，子贡道："再过五天就是郊祭之日，祭祀结束之后，倘若鲁公不忘据《礼》分赐祭肉给大夫，我看夫子还是可以留下不走。"孔丘略一迟疑，道："言之不为无理。倘若鲁公连分祭肉给大夫这礼都不守，留下来也就真是没有意思了。"子贡道："夫子倘若真须辞官而去，是打算回阙里山庄隐居呢，还是打算到别的诸侯国去？"孔丘道："退居阙里，或许会让人误以为我以退为进，只有流亡外邦方才能明我的心迹。"子路道："夫子准备去哪国？"孔丘道："流亡外邦，如丧家之狗，哪能预先准备？哪国见留，就在哪国住。"子路道："弟子妻兄颜浊邹在卫国都城郊外有座庄子，唤作'闲居'，现在正好空着，夫子若不嫌弃，可先去那儿歇脚。"孔丘道："闲居可以养志，这庄名倒是取得极好。"子路道："环境也极不俗。"孔丘道："卫大夫蘧伯玉数年前曾经请我去卫，如今在卫既有落脚之地，那就正好先去卫国看看再说。你先替我谢过你的妻兄。"子路道："夫子不必客气，颜浊邹早就想拜夫子为师，只可惜一向无缘，这回夫子倘若真去他庄上逗留，是他时来运转。"

五日后，孔丘陪同鲁公郊祭完毕，回到执政府中，直等到天黑，不见鲁公赐祭肉来，正想遣颜刻去打听消息，却见子路怒气冲冲从外而来。请安既毕，子路道："夫子不必等了，祭肉已经分赐给三桓，其他的大夫一概无份。"孔丘听了，忿忿然自言自语道："君使臣以礼，臣事君以忠。君使臣不以礼，臣事君如何能以忠？鲁公既然不以礼相待，孔丘不得不去。"说罢起身，吩咐冉求道："把屏风上的绢幅揭下带走。"冉求道："夫子当真要辞官而去？"孔丘不答，却吩咐颜刻道："明日一早备车，起程前往卫国。"

第十六回　仲尼见遏于匡　南子招摇过市

　　孔丘来到卫国，不觉已过数月，春夏皆去，迎来早秋。这一日，风清气爽，天蓝云白，孔丘与子路乘车出了闲居园，顺着一条小溪缓缓行了三四里。溪流渐宽，路径渐直，一棵硕大的垂柳傍溪而立，柳下一块青石，平整光滑如几。孔丘见了，叫子路把车停下，孔丘从车上取下磬来，盘腿在石上坐下，双目微闭，静坐了一回，然后睁目举槌，急敲骤打，音响铿锵，声调激越。敲不多时，一个农夫挑一担箩筐，筐里盛满青草，从路上下到溪边，听见孔丘敲磬，停下脚步听了一听，自言自语道："这磬也敲得算是不错的了，只可惜心绪过于褊激，好像在诉说：'这世上没人理解我呀！这世上没人理解我呀！'没人理解还不就算了？《诗》不云'深则厉，浅则揭'乎？"说罢，抬腿踩下溪水。水中歪歪斜斜露出一行石头，那农夫既不经意去踩这些石头，也不经意去避开这些石头，高一脚、低一脚，随意踩过溪水而去。子路目送这农夫走远了，道："山野之人居然也会引《诗》，想必是位隐者。"孔丘停下手，叹口气，道："这人对我的批评，好像是严厉得很！"子路道："我看这人有些犯傻，夫子何必在意他的批评。"孔丘道："何以见得他犯傻？"子路道："他嘴上说'深则厉，浅则揭'，其实却并不注意水的深浅，也不挽起裤腿，乱行胡踩，好像这水根本就不存在似的。"孔丘听了一笑，道："这人的《诗》学，比你可精多了。"子路不服，道："何以见得？"孔丘道："你只知道照字面的意思，把这'深则厉，浅则揭'理解为'水深，就这么过；水浅，挽起衣裳再过'。他却知道'深则厉，浅则揭'，不过就是'随心所欲'或者说'听其自然'的意思。"子路听了一怔，道："这两句诗的含义原来如此，夫子怎么不曾这么讲过？"孔丘道："我不是反复说过：'学而不思则罔'么？字面的意思不懂，可以问师傅；内在的含义如何？得靠自己去思考、去体会。否则，问一知一，不能举一反三，岂不就成了俗话所谓的'读死书'？"听罢，举起磬槌，正要敲下之时，却听得一阵急促的马蹄声由远而近。孔丘与子路扭头一看，见是子贡拍马而来。孔丘道："你也来凑兴？"子贡把马勒了，笑道："不是来凑兴，却是来扫兴。"孔丘道："怎么？难道庄上出了什么事情？"子贡道："事情倒没有，不过来了个客人，急着要见夫子。"孔丘道："客人不曾自通名姓？"子贡摇头，道："不曾。

只肯说是受夫子故人所托，有要事奉告。"孔丘听了，略微一怔，自我解嘲道："我的故人？这世上不是没人理解我么？怎么还能有故人？"子路解开拴马索，把车套好，请孔丘上车，道："何必琢磨？回去便知。"

卫侯与弥子瑕在卫宫后花园清香阁内并肩而坐。一名宫女双手捧一青铜托盘走到卫侯跟前，将托盘呈上。卫侯俯首一看，只见盘中盛两枚仙桃，殷红如滴。卫侯道："是谁遣你送这桃来？"宫女道："夫人。"卫侯道："原来如此。"卫侯一边说，一边伸手取出一枚，递与弥子瑕，弥子瑕受宠若惊，慌忙起身，双手捧桃送还卫侯，道："臣何敢！"卫侯不接，却从盘中取出另一枚，道："寡人这儿不是还有一枚么？有什么不敢？快坐下！"弥子瑕看着宫女侍候卫侯吃毕，方才将桃放在嘴边浅尝一口，喊一声："好桃！"取餐巾揩过流出嘴边的桃汁，将桃送到卫侯口边，道："从来没有吃过这么好的桃，主公快来尝一尝！"卫侯把嘴凑过来，就在弥子瑕手上将桃咬了一口，道："果然比寡人方才吃的那一枚更好！你自己快吃。"说罢，用手将桃推到弥子瑕嘴边，弥子瑕又咬了一小口，仍把仙桃送到卫侯嘴边，道："这么好的桃委实难得，主公快快把它吃完。"两个人推来送去，你一口我一口，好半天方才把那一枚仙桃吃毕。

卫侯携着弥子瑕的手站起身来，一起下了清香阁，顺着松径折东而去。两人手牵手穿过一扇月亮门时，险些儿与迎面而来的卫侯夫人南子撞个正着。卫侯见了南子，慌忙甩开弥子瑕的手，面上微露赧颜。南子掩口一笑，道："哎哟！看你，还怪不好意思的！以为谁不知道呢？"卫侯嘱咐弥子瑕道："你先回到清香阁去等一等。"弥子瑕扭扭捏捏而退。南子望着弥子瑕的背影一笑，道："难怪你喜欢他，连我看着都觉得可爱。"卫侯道："你有什么事情要找到这儿来？"南子又一笑，道："看你说的，好像这后花园没我的份儿似的，哪天我也把我那人儿带来，同你这人儿比个高低。"卫侯道："快别胡说！叫外人听见了，像什么话？"南子嗔道："这儿哪有外人？除非你把我当外人。"卫侯赔笑道："好了！好了！我不同你争，有事尽快说。"南子道："看你急的！你那人儿可得在清香阁里久等了。"卫侯道："什么意思？"南子道："赵鞅常驻这儿的使臣在勤政殿等你接见。"卫侯听了，略微一怔，道："他什么时候来的？"南子道："来了有那么一阵子了。"卫侯道："你怎么不早来告诉我？"南子笑道："你不觉得这使臣长得风流倜傥？"卫侯道："什么意思？"南子道："所以我就陪他多坐了一坐。"卫侯道："休要哄我！你无非是想对他盘问盘问。"南子听了，得意地一笑，道："男人谁也经不住我一问。"说罢，顿了一顿，又道："也许像你这样的男人除外。"卫侯不理南子的取笑，转身要走。南子道："等等！你要上哪去？"卫侯道："你这不是明知故问么？赵鞅的使臣既然在勤政殿等我，我还能去哪？"南子笑道："我说他在等你，不过是哄你，我其实已经把他给打发走了。"卫侯道："你怎么把他打发走了？他来自然是有要紧的事情。"南子不屑一辩地道："这我还不知道！"卫侯道："他究竟为什么事情而来？"南子道："他说佛肸派人来跟孔丘接头，叫你无论如何把孔丘留住，不能让孔丘去中牟与佛肸合伙。"卫侯道："佛肸怎么会来同孔丘接头？赵鞅又从何得知？"南子道："佛肸是孔丘的老相识，曾向赵鞅推荐过孔丘。佛肸派来的那人行事不慎，让赵鞅的手下一路跟踪。那人一入卫境，就向人打听孔丘的住处，所以走漏了风声。"卫侯道："原来如此。不过，孔丘是我的客人，并不是我的臣下，我怎么能拖住他不放？"南子道："依我看，晋国这回内乱，赵氏必然获胜。你若不答应赵鞅的请求，早晚受祸。"卫侯道："你难道已经答应了？"南子笑道："我不答应，能打发他走吗？"卫侯听了，略一踌躇，道："你有留住孔丘的办法？"南子点头，道："不错，只看你是要施软，还是要施硬？"卫侯道："如何施硬？"南子道："把他软禁在闲居园，叫他即使想走也走不脱。"卫侯摇头，道："软禁客人，岂是君子待客之道？这办法不行。传出去，让诸侯看我的笑话。"南子道："你既然不愿意施硬，那就只有施软。"卫侯道："如何施软？"南子道："让孔丘以为你要重用他，他难道不会自愿留下？"卫侯道："我已经将国事托付给大夫史鱼了，岂可出尔反尔？"南子笑道："我只是叫你让孔丘以为你会重用他，谁叫你当真？"卫侯道："他怎么以为，我怎么控制得了？"南子趋前，对卫侯一番耳语。

孔丘在庄门口送走不速之客，回到书房，子路接着，问道："这不速之客，来得神秘，走得匆忙，究竟为谁而来？"孔丘吩咐子路把门关好，压低声音道："不要声张，传出去不好。"子路悄声道："难道有什么秘密？"孔丘略一迟疑，道："你还记得佛肸其人么？"子路道："前几天听颜浊邹说，晋国发生内乱，六卿分成两拨捉对儿厮杀，赵氏的中牟宰又据中牟城反叛赵氏。我问这中牟宰是谁，他说是个姓佛名肸的人。这姓与名都很特别，我想一定就是夫子在雒邑结识的那位故人。"孔丘道："不错，方才这人，就是他遣来的使者，他想请我去中牟与他一起共举大事。"子路听了，冷笑一声，道："举什么大事？不就是一同造反么？"孔丘作色道："休要胡说！晋国六卿全然不把晋侯放在眼里，各自争权夺利，业已造反在先，佛肸不过是拒绝跟从赵鞅反晋而已。"子路道："佛肸是赵氏的家臣，并非晋国的大夫，身为赵氏家臣而不听命于赵鞅，就是造反，无可置疑。"孔丘摇头一叹，道："你只懂小理，不明大义，同你讲不通。"子路略一踌躇，道："难道夫子真打算应佛肸之请？"孔丘道："机不可失，时不再来。况且，我又不是匏瓜，怎能系而不食！"子路道："机不可失，时不再来。这话我懂。夫子自比匏瓜，是什么意思？我就不明白了。"孔丘道："乡下人把匏瓜风干之后，用丝带系着，挂在厨房墙上作为装饰，你难道没有看见过？"子路道："见倒是见过，不过，这同夫子的处境有什么相干？"孔丘道："来卫之后，卫侯问我在鲁俸禄多少。我说粟六万斗。卫侯道：'寡人也与你粟六万斗。'在鲁，得粟六万，是执政的俸禄。在卫，无官无职，无所事事，也得粟六万，难道不是把我当作匏瓜，系而不食么？"子路笑道："原来夫子是闲得无聊，所以才要到佛肸那儿去凑热闹。"孔丘听了不悦，道："什么话！"孔丘的话音刚落，门外传来脚步声，接着是敲门的声音。孔丘道："进来！"子贡应声而入，道："卫侯遣使者到，在客厅候见。"孔丘略整衣襟，疾步而出。

　　子贡目送孔丘走远了，笑道："夫子同你关着门讲什么秘密？"子路道："夫子自比匏瓜。"子贡道："卫侯既遣使者来，这匏瓜也许是当不成了。"子路叹口气，道："但愿如此。"子贡道："听你这口气，好像有什么难言之隐？"子路不答，从几上拿起磬槌，在磬上一通乱敲。敲不多久，廊下传来孔丘的声音道："你乱敲些什么！"子路慌忙住手，退到一边，孔丘径自走到书案之后坐下。子贡瞟了一眼孔丘，道："卫侯遣使者来，想必是有要事？"孔丘摇头，道："卫侯不过想请我去趟郑国，先遣使者来探探我的意思。"子路道："我怎么没听说卫、郑之间有什么事情需要交涉？"孔丘道："事情要是公开了，也许就用不着我去了。"子贡道："这么说，难道卫侯是想请夫子去谈件秘密？"孔丘尚未作答，子路抢先道："是秘密也好，不是秘密也好，总之，去郑远比去中牟好。"子贡听了，略微一怔，道："难道先前那不速之客，竟是佛肸派来的？"孔丘不答，却道："你两人今日在这儿听见的话，切不可外传，明白了？"子路与子贡一起点头。

　　子路与子贡刚刚退下，春梅自外而入，道："自从来到这庄上，门可罗雀，今日怎么一连来两位不速之客？"孔丘略一思量，道："卫侯想请我以私人身份去趟郑国。"春梅微微一笑，道："我听不明白这话的意思。"孔丘道："这么简单的话，你怎么会听不懂？"春梅道："既然是以私人身份，怎么要他请？"孔丘道："当然是托我暗中替他去办点事情。"春梅止住笑，道："说正经的，卫侯请你去郑，可有危险？"孔丘摇头。春梅道："既无危险，何必不公开？"孔丘道："卫侯想替太子娶郑伯之女，担心婚议不成，徒成笑柄，所以想请我去私下探个口风。"春梅道："卫侯既以私事相托，想必对你信任有加，说不定你从郑国回来，就会以国事相托也未可知。"孔丘听了，沉默不语，过了半晌，方才道："当年我在雒邑的时候，去过一次郑国，与郑相子产一见如故。如今子产已经死去多年，我倒是早已有意去他墓前祭扫一番。"春梅道："那你这次去郑，就以祭扫子产为名？"孔丘点头。春梅道："什么时候动身？"孔丘道："我明日去见卫侯，把细节商量妥当，后日起程。若无意外，不出两旬，将可返回。"春梅道："你打算叫颜刻驾车，还是叫子路驾车？"孔丘略一迟疑，道："叫子贡。"春梅嗔道："你这人也真够麻烦的，一个车夫，也要换来换去！"孔丘道："工欲善其事，必先利其器。"春梅道："此话怎话？"孔丘道："工匠想要把活做好，必须先把工具磨快。"春梅道："这跟叫谁驾车有什么关系？"孔丘道："用人也是同一个道理，人虽不能由你磨，却可以由你挑。谁胜任，就用谁。有时候车夫就是车夫，所以要驾车的功夫好。有时候车夫也是游伴，所以要兴致相近。有时候车夫兼充助手，所以要能办事。这次去郑，也想顺便交结郑国的大夫。"春梅听了一笑，道："原来如此，所以你要带个会说话的同去。"

一场秋雨过后，凉意陡然而生。郑邑东门之外，一座青冢面向郑城，背临异水，青冢之上，白石砌就一个四方形的坟墓，墓前一块白石墓碑，碑上刻着"郑相子产之墓"六个篆字，填作墨绿之色。碑前的草地上放着一个深黑描金漆厢，厢里盛着三牲。五步之外，孔丘一身缟素，拱手行长揖之礼。墓侧松林之后，停着一辆马车，子贡垂手，恭立在车旁。孔丘行礼既毕，又面对墓碑静静地立了一刻，叹口气，道："古之遗爱也。"说罢，不禁掉下几滴泪来。孔丘从怀里取出帛巾，将泪水揩去，口喊一声："子贡！"子贡应声而出，拱手道："夫子有何吩咐？"孔丘道："《诗》曰：'民亦劳止，汔可小康'，何所指？"子贡道："施政宽和，或许能致民于小康。"孔丘点头，道："不错。'无纵诡随，以谨无良'呢？"子贡道："意思是：对于贪官刁民，绝不能手软。"孔丘道："这四句诗，说透施政必须宽猛相济之道。执法过严，民不聊生，何能小康？包庇贪官，刁民效尤，何能太平？近世执诸侯之政而深谙这宽猛相济之道的，只有子产一人而已。"说罢，又叹一口气，吩咐子贡道："将三牲撒去，把墓前墓后仔细打扫一番。"

孔丘师徒二人从子产墓地回到郑邑南门，子贡忽然内急，只得把车在路边停了，下去方便，回来却不见孔丘，正彷徨无计之时，一个老者过来道："你左顾右盼，神色张惶，莫非在找人？"子贡点头。老者道："老朽方才见着一个人，额头长得像尧，脖子长得像皋陶，肩膀长得像子产，失魂失魄，恰似丧家之狗。你要找的，莫非就是这个人？"子贡尚未作答，那老者提起手中拐杖向右边横街一指，又道："那儿有个书市，你怎么不到那儿去找？"说罢，不待子贡回答，拄着拐杖，踱出南门。子贡顺着老者指点的方向走去，行不过数十步，果然看见一个书市，孔丘正在书摊之间徘徊观望。看见子贡，孔丘道："我以为你会在车上等着，怎么知道找到这儿来？"子贡道："全凭一老叟指点。"孔丘道："这老叟如何说？"子贡道："他说看见一个人，额头长得像尧，脖子长得像皋陶，肩膀长得像子产，失魂失魄，恰似丧家之狗，往这边书市去了。"孔丘听了大笑，道："你听他胡说八道！谁见过尧？谁又见过皋陶？不过，说我'失魂失魄，恰似丧家之狗'，这话倒是说得一点儿也不错。"

卫侯寝宫之内，烛影摇红，薰香缭绕。猩红锦被之下一阵翻滚之后，钻出两个人头来，一个是卫侯，另一个不是南子，却是弥子瑕。弥子瑕披衣欲起，卫侯道："你急什么？"弥子瑕道："主公不怕夫人进来撞见？"卫侯听了一笑，道："别瞎担心！她正在春草池中如鱼得水，哪会上这儿来？"弥子瑕道："原来主公早已有了安排。"卫侯道："可不是么？寡人特意从宋国接来夫人的旧情人公子朝，安排他在春草园中住下，好让她两人在春草池中尽情戏水。否则，寡人又岂敢明目张胆地把你接到寡人的寝宫中来？"弥子瑕道："夫人虽不见怪，依臣之见，仍须小心，否则，让左右侍从把这事给传出去，岂不是坏了主公的名声？"卫侯道："外面有人议论寡人与你的事？"弥子瑕略一迟疑，道："听说孔丘对他的弟子说什么'为政最忌男宠'。所谓'男宠'，难道不就是指的我？"卫侯道："寡人待孔丘不薄，孔丘这话，恐怕不过是泛泛之论，未见得就是说的寡人与你。"弥子瑕道："听说孔丘本来安心作客，感激主公待他以上宾之礼。自从去郑国回来，却心怀怨望，满腹牢骚。"卫侯道："休要胡说！寡人待他始终如一，他怎么会凭空改变态度？"弥子瑕听了一笑，道："主公原来有所不知。"卫侯道："寡人有什么不知？"弥子瑕道："主公请孔丘去郑国，他误以为主公要重用他，从郑国回来既不得重用，于是乎大失所望。"卫侯听了，沉默不语。弥子瑕又道："孔丘这种人，成事不足，败事有余。依臣之见，还是不如打发他走人为妙。"卫侯道："孔丘是个人望，寡人虽不能用他，待之以上宾之礼，足以显见寡人崇德好仁的胸襟。"弥子瑕道："卫国今非昔比，早已沦为一个小国，夹在晋、楚之间，左右为难。养这么个人望在卫，未见得就是卫国之福。"卫侯道："此话怎讲？"弥子瑕道："主公如此优礼孔丘，晋侯、楚王说不定误以为主公有复兴卫国的雄心壮志，凭空招来麻烦，难道不是有弊无利？"卫侯听了，沉吟半晌，道："你有什么不露痕迹的好主意？"弥子瑕略一思量，凑到卫侯耳朵

288

跟前，对卫侯一番耳语。卫侯听毕，点头道："就按你这计策去试一试。"

三日后，孔丘在书房与子路对弈，冉求与颜回在一旁观战。子贡匆匆从外来，道："卫大夫公孙余假领着十来个士兵，要进庄来搜查奸细，夫子快去看一看。"孔丘听了，放下手中棋子，道："岂有此理！"孔丘一边说，一边起身，踱出书房，众弟子跟在身后。孔丘一行来到庄门口时，颜刻正领着一帮弟子与公孙余假在门口僵持不下。孔丘分开众人，趋前向公孙余假道："弊庄除孔丘家室与弟子外，别无外人。公孙大夫既是要搜查奸细，恐怕是找错了地方。"公孙余假冷笑一声，道："这庄上虽然不见得住着外人，住在这庄上的人却未必不同奸细来往。"孔丘道："说话不能凭空臆想，不知公孙大夫这话可有实据？"公孙余假道："上个月有人亲眼看见佛肸派来的奸细走入这庄里来，难道不就是实据。"孔丘听了，略微一怔，道："所谓'有人'，究竟是谁？这人怎么就能辨认佛肸的手下？就算这人不曾看错，把佛肸的手下说成奸细，难道卫国什么时候成了赵鞅的附庸不成？"公孙余假道："我不同你狡辩，我只是奉命行事，你庄上既无奸细，何妨让我进去看个究竟？"孔丘听了，略一迟疑，道："请便！"说罢，向拦在门口的众弟子挥手示意，让开一条道来，令公孙余假一行鱼贯而入。公孙余假领着手下在庄上各处随便走了一趟，并不曾仔细搜查，径自回到庄口，不辞而别。俟公孙余假走远了，孔丘对跟在身后的子贡道："郑国那老叟说我如丧家之狗，果不其然！"子贡道："夫子的意思难道是要离开卫国，投奔他邦？"孔丘道："公孙余假来，所谓搜索奸细不过是个托辞，其实是来下逐客之令。既下逐客之令，我还不走，岂不是太不识趣？"子路道："夫子想上哪去？是不是该乘桴浮于海了？"颜回听了不懂，道："什么'乘桴浮于海'？"孔丘道："休要听子路胡说。赶紧去收拾行装，后日一早起程取道匡邑去陈。"颜回道："夫子难道不去见卫侯？就这么不辞而别？"孔丘道："不错。卫侯之所以叫公孙大夫如此而来，目的正在不留痕迹。我要是去辞行，就是逼他正式表白态度。不留痕迹，留有回来的余地。正式表白态度，这余地岂不是就没有了？"颜回道："夫子原来还有回来的打算？"孔丘道："打算也谈不上。不过，人无远虑，必有近忧。卫侯也许只是听了谗言，一时糊涂。留有余地，于卫侯、于我，都是有利而无弊。"

夕阳西下，倦鸟归林。颜刻驱车来到匡邑东门之外，孔丘在车上回头一望，不见随行弟子的车辆，吩咐颜刻减速慢行。颜刻道："动身前我同众弟子约好在门外会齐一起进城，夫子既是先到，何妨在城外先转一转？"孔丘道："也好。"颜刻听了，将缰绳一提，拨转马头顺城外壕沟往南而去。行不数十步，但见城墙曲折之处有一段倒塌，城砖黄土散落在壕沟里，黄土堆中冒出几丛酸枣来。颜刻见了，把缰绳一勒，举起手上马鞭往城墙缺口一指，道：“这段城墙塌了至少五年了。”孔丘道：“你怎么知道得这么清楚？难道你五年前来过这儿？”颜刻道：“可不是！五年前鲁军来攻匡邑，我驾着阳虎的战车，正是从这缺口冲进城去的。”孔丘听了，叹一口气，道：“原来如此。”孔丘与颜刻在缺口之外观望了一回，掉转马头，回到东门，子路、巫马子期、冉求、子贡、高柴等先后赶到，唯独不见颜回。久等不至，巫马子期道：“天色不早，夫子不如先率众弟子进城去歇息，我留下来单等颜回。”

　　孔丘一行正要进城，城里忽然传来一片呐喊，孔丘举头一看，但见城门里奔出几条汉子来。为头一人，双手握槊，口中喊道：“休走了阳虎！”跟在后面的人，或执刀剑，或拖棍棒，口中也一发乱喊：“休要走了阳虎！”孔丘听了，不禁一笑，在车上拱手施礼，道：“鲁人孔丘，也正要捉拿阳虎。敢问先生尊姓大名？想必是认错人了。”为头那人听了，冷笑一声，道：“我匡简子行不改姓，坐不改名。不像你阳虎无赖，居然冒充孔丘，方才我分明看见你与你的车夫在那城墙缺口之处指指点点，说什么五年前正从那缺口冲进城去的，你还想哄谁？”颜刻听了，赔笑道：“不错，五年前是我驾阳虎的车从那缺口进的城。不过，如今我是孔子的车夫，车上的人不是阳虎，而是孔子。”匡简子听了，又一声冷笑，道：“笑话！阳虎与孔丘是死对头，怎么会用同一个车夫？你既是阳虎的车夫，你车上的人不是阳虎，还能是谁？”说罢，向身后喊一声：“你们看那车上的人是不是阳虎？”众人七嘴八舌，都说就是阳虎，绝对没错。孔丘问颜刻道：“我当真有些像阳虎？”颜刻略一踌躇，道：“远看有七八分像，近看有三四分像。”孔丘听了，道：“既然如此，也就怪不得这些人了。”子路道：“怪不怪，都得找条出路才好，叫他们围困于此，总不是个事。”子贡趋前，向匡简子拱一拱手，道：“匡简子千万不可造次！阳虎从齐国逃出，投奔晋大夫赵鞅，现在当在晋阳，怎么会在这儿？”匡简子道：“孔丘去鲁至卫，现为卫侯之客，当在卫国都城楚丘，又怎么会在这儿？”子贡道：“孔子自卫去陈，所以经过匡邑。”匡简子道：“阳虎倘若自晋去陈，不是也要经过匡邑？”子贡道：“阳虎是个臭名昭著的恶人，怎么会有我们这样一帮儒生弟子？”匡简子道：“阳虎一向以儒者自居，上次来匡时，满嘴里讲的也都是仁义道德，他怎么就不能有你们这样的儒生弟子？”子路趋前，叫子贡退到一边，道：“同他这样的糊涂虫，有理说不清。”匡简子听了，勃然大怒，抄起木槊，弄个饿虎擒狼之势，对子路道：“有种的过来同我一搏，谁输了谁是糊涂虫！”子路听了一笑，道：“听你说话的口气，倒像是十五前的我。你既要胡闹，休怪我刀下无情。”说罢，从腰下抽出朴刀来，使个饥蛟取虎之势。两人正要动手，忽然人群之外传来一个声音道：

"匡简子不得无礼！还不向孔子赔罪，更待何时？"匡简子听了，慌忙举头一望，顿时收了架式，跳出圈子，把木槊丢到一边，向孔丘拱手道："匡简子误把孔子当成阳虎，失礼冒犯，盼孔子多多包涵，不予计较。"说罢，又拱一拱手，转身退下，跟来的汉子也一哄而散。子路见了，也把朴刀插回腰下，顺着声音传来的方向看去，但见两匹高头卷毛白马拉一辆漆红描金马车，停在不远不近之处，车厢两边各插一面三角锦旗，旗色深蓝，正中用白线绣作"宋"字。车窗锦帘掀开，露出一张男子的脸来，年纪大约三十上下，长得眉目清秀，须髯飘逸，神气不同凡响。子路正注目之时，车窗锦帘重新关上，马车徐徐起动，往东南方向去了。孔丘问子路："看清了那人是谁？"子路道："人倒是看清了，只是不认识。"孔丘道："车上插着宋国的旗帜，想必是宋国的公室。"子贡道："匡邑是公子朝的封地，难道那车中之人竟是公子朝不成？"孔丘尚未作答，却听见后面有人说道："谁说不是？"孔丘扭头一看，见是卫大夫蘧伯玉，不禁喜形于色，道："你怎么在这儿？"蘧伯玉道："这话该我问你才对。我月前出使陈国，如今经匡回卫。你不在卫，却来此地有何勾当？"孔丘道："哪有什么勾当！不过被人误会成阳虎，要不是公子朝一言解围，还不知道会是什么结果。"蘧伯玉道："上次阳虎来匡，掠夺甚多，所以匡人恨之极深。你最好不要在匡停留，免得又遭误会。"孔丘听了，叹口气，道："我如今是丧家之狗，无处可去。"蘧伯玉听了，吃了一惊，道："卫侯不是以上宾之礼相待么？难道有小人从中挑拨离间，所以你才不得不出走？"孔丘不答。蘧伯玉略一踌躇，道："一定是弥子瑕从中使坏。不过你放心，不出一个月，我担保能令卫侯回心转意。陈大夫司城贞子是我的好友，这一个月，你不妨先去他那儿住下。我在楚丘城里有座别业，专为待客而设，唤做"待贤馆"，景致也许不及闲居园，不过毕竟在城里，人来客往比较方便，一个月后我接你回卫，就搬到待贤馆去住如何？"孔丘笑道："丧家之狗，敢不从命？"

卫都楚丘春草园，山抹微云，枫染轻霜。一泓温泉流入一座松木便殿，殿内薰香袅袅，烛光摇曳，四面重垂锦帐，中央一池温汤。南子与公子朝两个脱得赤条条，尽情放任，在池中挑逗戏水。两人在水中几番云雨既毕，气喘吁吁，登上池岸，各自披上绣花浴袍，仰卧在池边便榻之上，双双闭目养神。一阵沉默过后，公子朝睁开眼睛，道："你猜我前日在匡邑看见了谁？"南子两眼半张不合，微微一笑，道："只要不是女人，我才懒得管他是谁！"公子朝道："真所谓'近墨者黑'！"南子睁大眼睛，道："此话怎讲？"公子朝道："卫侯对女人没了兴趣，你跟着就对男人没了兴趣，难道不是'近墨者黑'？"南子听了，不禁大笑，道："原来如此！"说罢，顿了一顿，又道：

"天下的男人，经我阅历过的也不算少了，能像你一样令我满意的，还真是不多。"公子朝道："我前日看见的这男人，你要是看见了，准会有兴趣。"南子听了，眼睛睁得更大，问道："这人究竟是谁？"公子朝道："孔丘。"南子不屑地一笑，道："我道是谁，原来是他！"公子朝道："怎么？你见过他？"南子摇头，道："不曾。我倒是想见他，无奈他推辞不肯。"公子朝笑道："你还真想见他？"南子嗔道："休要胡调！我想见他，不过是慕他德高望重之名。"公子朝道："难道你没听说他身材魁伟，仪表出众？"南子道："怎么没有？我小时候就听说过。不过，他如今年纪已过半百，难道还不是早已老态龙钟？"公子朝摇头，道："我前天看见他，虽然不能说还年轻，可是绝无老态，而且另有一番雍容高雅的气象，令人望之不觉神往。"南子道："真的？"公子朝道："我骗你干什么？"南子听了，沉吟不语。公子朝见了一笑，道："你是不是对他有兴趣了？"南子道："我不是跟你说过了么？我虽想见他，无奈他不肯见我。"公子朝道："你要是真想见他，我可以助你一臂之力。"南子笑道："你难道同他有什么交情？"公子朝道："交情虽然谈不上，但他欠我一笔人情。"南子摇头不信，道："他怎么会欠你的人情？"公子朝道："前日他在匡邑东门外被人围困，是我一语替他解围，否则，他吉凶未卜。他难道不是欠我一笔人情？"南子听了，依然不信，道："休想哄我。孔子同匡人无冤无仇，匡人怎么会同他过不去？"公子朝道："匡人把他误会为阳虎。"南子道："原来如此！难道他有几分像阳虎不成？"公子朝道："说来奇怪，还真有几分相似。"南子听了，不觉失口一笑。公子朝见了，问道："怎么？阳虎也是经你阅历过的？"南子笑而不答，却道："既然你以为他欠你一笔人情，那我就听你的好消息了。"公子朝道："你要等好消息，也不能全靠我，还得靠你自己才成。"南子听了大笑，道："真是笑话！要靠我自己，还要你帮什么忙？"公子朝道："卫侯听信弥子瑕的谗言，把孔丘给气走了，你得先叫卫侯把他请回来，我才能帮得上忙。"南子听了一怔，道："这事你是听谁说的？我怎么不知道？"公子朝听了一笑，："你以为卫侯会把弥子瑕同他说了些什么都一一告诉你？我是听蘧伯玉说的，蘧伯玉的话一向可靠。"南子道："原来如此。我说他孔丘怎么平白无故离开楚丘去匡邑！"公子朝道："你要是能把弥子瑕撵走，不愁孔丘不回。"南子道："孔丘的腿又不长在你身上，你凭什么担保他会回？"公子朝道："不是我担保，是蘧伯玉担保。"南子听了，略微一怔，道："这话可是蘧伯玉说的？"公子朝道："不错。不过，蘧伯玉担心你拿弥子瑕无可奈何。"南子不屑地一笑，道："笑话！别人拿弥子瑕无可奈何，我要撵走弥子瑕，比捏死梳子上的虮子还容易。"公子朝听了，略一迟疑，道："一旦撵走了弥子瑕，你我还能这么快活么?"南子道:"你是卫侯自己请来的,他还能对你怎么样?况且,天下的小白脸儿又不止他弥子瑕一个,撵走他弥子瑕,还怕找不着别人顶替他?"公子朝听了,一笑道:"如此便好。"

十二月腊日前夕,空中纷纷扬扬,飘下一场鹅毛大雪。孔丘立在待贤馆正厅外的走廊之上,仰头观赏雪景。春梅自厅内出,笑道:"今日果然是一个好日子。"孔丘道:"此话怎讲?"春梅道:"你今日不是要去见南子么?"孔丘道:"这同下雪有什么关系?"春梅道:"俗话说'腊日飞雪,两情相悦',你难道没有听说过?"孔丘听了一笑,道:"休要胡调!南子不止一次请我相见,我要是心中有些那个,还不早就去了。这回她托公子朝来相邀,我欠公子朝一笔人情,所以只好答应了。"春梅道:"南子不仅是个出名的大美人,而且也是个出名的风流种,听说十个男人见了她,九个人都会失魂落魄,我就不信你能例外。"孔丘道:"我怎么就不能是九个人之外的那一个?"春梅道:"因为那一个是阉过的。"春梅说罢,掩口而笑。孔丘听了,也不禁失口大笑。笑过之后,孔丘正色道:"千万不要再说这些疯话,叫弟子听见了成何体统!"春梅道:"你就知道担心什么成不成体统。我倒是担心你去了之后,真的不能脱身,坏了一生的清白!"孔丘听了,道:"我早已想好了一条脱身之计,不然,我又岂敢应南子之请!"春梅道:"原来如此。是条什么妙计?快说给我听听。"孔丘道:"我去了约莫半个时辰之后,你就假装昏厥,一头栽倒在地。子路见了,必然会驾车前去追我速回。"春梅笑道:"我以为是什么妙计,原来不过叫我装死!"

孔丘与春梅在走廊上谈笑之时,子路、颜回、冉求与子贡正立在待贤馆大门口赏雪。冉求道:"俗话说:'腊日飘雪花,出门坐香车。'果不其然。"颜回道:"此话怎讲?"子贡道:"今晚夫子要去见南子,你难道没有听说?"颜回道:"怎么没听说!不过,夫子去见南子,同这句俗话有什么关系?"冉求笑道:"南子会派自己的车来接夫子,南子的车,难道还不是香车?"颜回道:"原来如此。诸侯夫人的车,当然是要用香薰过的,这有什么好大惊小怪的?"子路听了,眉头略皱,道:"说点儿别的好不好?"子贡见了,笑道:"看样子,你是不大愿意夫子去见南子?"子路道:"前几天,大夫王孙贾来看夫子,两人谈起'与其媚于奥,宁媚于灶'这句俗话,夫子当时不以这话为然,如今却去见南子,难道不是言行不一吗?"颜回道:"'与其媚于奥,宁媚于灶'的意思是,与其讨好奥神,不如讨好灶神,这同夫子去见南子有什么关系?"子路不耐烦地摇一摇头,道:"同你说不清。"子贡道:"也难怪颜回不明白,王孙贾与夫子都在打隐语。"颜回道:"打什么隐语?"冉求道:"奥神,影射卫侯。灶神,影射南子。奥神的名分虽然在灶神之上,灶神却有实权。"颜回听了，不以为然地道："我看这都是些捕风捉影的话，未见得是夫子的本意。夫子同意去见南子，一定有他去见的理由，只不过我们当弟子的才智低下，不能理解罢了。"子路听了，冷笑一声，道："说我们才智低下还差不多，可不能把你自己也算在内。夫子不是说你'闻一知十'么？要是'闻一知十'的人还才智低下，我们这些人还不都成了傻瓜？"颜回见子路有些生气，赔笑道："我只不过是想说，夫子去见南子，未见得有讨好南子的意思。"子路道："去见南子的人，只有两种意思。一种是去讨好。另一种意思嘛，不说也罢。"子贡笑道："你也别想得太偏了，我看夫子去见南子，无非也就是打通关节之意。"颜回道："你的意思是说：夫子希望通过南子而见信于卫侯？"子贡道："不错。"子路道："何以见得？"子贡道："你既然不信，我进去替你问个明白。"颜回听了，慌忙摇手制止道："千万不可造次，怎么可以拿这样的话去问夫子？"子贡笑道："你别慌，我也会打隐语。"颜回略一迟疑，道："既然是打隐语，那就随你去。不过，我可不跟你去，"子贡道："谁同我一起去？"子路道："我同你一起去。"子贡问冉求："你去不去？"冉求笑道："你两人先走一步，我随后就来。"

孔丘与春梅立走廊上看了一回雪景，觉得有些凉意，正要退回厅中，却见子路与子贡一前一后走了进来。春梅道："方才看见你两个同颜回、冉求一起出去，怎么不见他两人回来？"子贡道："他两人还要在门口赏雪，子路与我觉得有些冷了，所以先回。"孔丘道："我也正觉得寒意袭人，他两人却偏不怕冷。"子路听了，不禁失口一笑，道："冷虽不怕，却有些怕事。"孔丘不予理会，转身折回厅中，春梅与子路、子贡相继而入。厅子中央一盆炭火烧得正旺，四人围着火盆烘了一回手，孔丘对春梅道："你去厨房吩咐庖人煮两壶黄酒来散散寒气。"春梅从屏风后退下。孔丘瞟一眼子贡，道："你好像心绪不宁，难道有什么事情难以决断？"子贡赧颜一笑，道："夫子明察秋毫，果不其然。"孔丘道："何妨说出来叫我听一听？"子贡略一迟疑，道："一个朋友最近得了一块美玉，他问我是珍藏在柜子里好呢，还是找个识货的商人卖掉好？我思量了半天，却拿不定主意怎样回答他。"孔丘听了大笑，道："这也费思量？当然是卖掉好。我这不也是天天都在等着识货的上门么？你难道还看不出？"子路道："天天等着识货的上门，是不是也属于'欲寡过而未能'？"孔丘尚未作答，颜回与冉求推门而入。厅内一阵沉寂，只听得木炭"劈啪"作响。半响之后，孔丘道："我知道你们也许不赞同我去见南子，我本来也不想去，否则，还不早就见过了。"子路道："夫子不想当匏瓜，这我能理解。不过，南子既有淫乱的名声在外，夫子去见她，难道不怕别人说闲话？"孔丘道："古人云：'坚乎，磨而不磷；白乎，捏而不淄。'这话你难道没听说过?"子路道:"听倒是听说过。不过,硬到磨都磨不薄,白到染都染不黑,这世上真有这样的事?"颜回道:"怎么没有?夫子难道不正好就是'磨而不磷,捏而不淄'的例子?"子路听了,沉默不语。春梅恰于此时领两个青衣童子入,吩咐童子把酒壶与酒盏在几上摆好之后,道:"都来喝酒散寒,不要再争。"

当日傍晚,春草园中南子寝室套间之内,南子坐在梳妆台前,卫侯立在南子身后,两名宫女各持一面铜镜分立南子两边。南子发挽玉髻,耳坠金环,对镜左顾右盼,时而取粉扑补粉,时而取眉笔描眉。卫侯见了,不禁失笑,道:"你又不是去见公子朝,如此这般费心!"南子笑道:"说你不解风情,果不其然。公子朝不过是个绣花荷包,想玩的时候,从怀里摸出来,玩够了,再放回去,哪用得着费心打扮去见他!"卫侯道:"我以为你不过是慕孔丘德高望重之名,原来你竟然想打他的主意!"南子嗔道:"有什么好大惊小怪的?"卫侯道:"你不嫌孔丘老?"南子道:"有人未老先衰,有人老而益壮。"卫侯道:"你怎么知道孔丘老而不衰?"南子笑道:"你以为除了你,就没人给我消息?"说罢,又伸头对镜顾盼了一回,道:"取麝香来。"右手边的侍女应声放下铜镜,从妆台上取过一个彩陶小瓶,拔开瓶塞,将瓶递到南子手中。南子用右手接过,在左手手掌上倒出几滴香精来,把瓶递回侍女,两手一搓,先在脖子上一擦,又在嘴边上一抹,最后把手伸进衣领之中,在酥胸上揩了又揩。一名侍女进来禀道:"孔大夫已经在延英阁候见。"南子匆匆起身。卫侯道:"要不要我去陪客?"南子道:"你今天怎么啦?啰啰嗦嗦。你去了,还不成了你见客?"卫侯道:"好!好!我不去。我在这儿等你。"南子道:"你也不用等。我在延英阁见过孔丘之后,还会在留春轩设宴款待他,万一酒兴大发,再去春草池中泡一泡温泉也未可知,什么时候完还不知道。"说罢,向卫侯抛过一个媚眼,腰身一扭,疾步出门。

孔丘峨冠博带,长裾阔袖,垂手立在延英阁客席之上。随着一阵环佩"叮当"之响,一股幽香扑鼻而来。孔丘举目一望,正见南子从屏风后转出。孔丘拱手长揖,南子拱手还礼。寒暄既毕,南子道:"四方诸侯、卿大夫,凡是不齿于同卫君相交结的,也都不齿于同我相识。孔大夫德高望重,盛名远播,今日也肯赏脸,实在令我不胜感激之至。"孔丘道:"孔丘不才,既蒙卫侯以上宾之礼相待,又蒙夫人赐见,实孔丘之幸。"南子笑道:"孔大夫真是会讲笑话。我请孔大夫相见,少说也请了不下三四回了,每回孔大夫都借故推辞,这回如果不是靠公子朝的面子,孔大夫恐怕还是不肯赏脸。"孔丘听了,慌忙拱手道:"前几回夫人相召,孔丘委实不得分身,非敢借故推辞,夫人错怪了。"南子笑道:"如此便好。我不过讲句笑话,孔大夫切莫在意。"

孔丘道："不敢。"南子道："我这人最不喜欢拘泥礼节，像你我这样分宾主站立，浑身上下不自在，何苦来哉？我已在阁后留春轩备下一席便宴，你我何不就此入席饮酒？"两名侍女从屏风后转出，南子吩咐侍女："快将孔大夫引到留春轩去！"说罢，向孔丘拱手一笑，率先退下。孔丘不便推辞，只得随着侍女的引领，出了延英阁，顺一条回廊行不十数步，早到留春轩门前。侍女将门拉开，放孔丘进去。孔丘进到门里，四下一望，但见地铺猩红毡毯，壁垂绛红锦帐，四角各立一座青铜犀牛，犀牛背上架一座青瓦火盆，盆中炭火烧得正旺。中央设一方漆黑描金食几，两边各设一个锦绣坐褥。食几四隅各立一青铜丹顶鹤，鹤头顶一只红烛，烛光摇曳生姿，席前若明若暗。南子面门而立，见孔丘进来，口喊一声："请！"早有两个侍女趋前，侍候孔丘在客席就座。南子自己在主席上坐了，又喊一声："上席！"不移时，四个侍女捧着青铜托盘，从屏风后转入，将酒浆菜肴布满一席。南子吩咐侍女道："孔大夫不喜欢俗人打搅，没有我的呼唤，你等不得进来，听明白了？"侍女点头，一一从屏风后退下。南子提起酒壶，先替孔丘斟满一杯，然后给自己也斟满，举杯齐眉，笑道："请！"孔丘也举杯齐眉，应了一声："请！"南子仰头倾杯，一饮而尽。孔丘浅尝一口，随即放下酒杯。南子似嗔似笑道："饮不尽兴，是何道理！"说罢，隔着几案伸过手来，端起孔丘面前的酒杯，递到孔丘嘴边。孔丘见了，慌忙接过酒杯，把杯干了，道："岂敢不尽兴？无奈酒量不行，万一喝醉了失态，岂不是得罪了！"南子听了大笑，道："俗话说'腊日飞雪，两情相悦'，不期正巧应在今日。既是两情相悦，何得罪之有？"孔丘听了，面呈赧颜，道："孔丘一向只好《诗》《书》雅言，于俗话甚少留意。"南子听了，又放肆一笑，道："听说孔大夫少时贫贱得很，连放牛牧羊的活都干过，哪能没听见过这句俗话？不过是害臊罢了。"说罢，又提起酒壶，要给孔丘斟酒。孔丘推辞不过，只好让南子斟满。南子放下酒壶，笑道："'来而不往非礼也'，这是雅言，不是俗话，孔大夫总该听说过吧？"孔丘道："这话孔丘岂敢忘！"南子道："虽然不敢，却还是忘了。"孔丘略微一怔，道："此话怎讲？"南子道："我已经给你斟了两回酒，你可给我斟过一回？这难道不是'来而不往'么？"孔丘听了，不禁一笑，道："原来如此。夫人不提醒，孔丘还真是忘了。"说罢，提起酒壶，便要给南子斟酒。南子见了大笑，道："我不过讲句笑话，你何必这么认真？"说罢，便伸过双手来，将孔丘提壶的手腕抓住，孔丘心中一惊，手腕一抖，酒壶倾倒，酒洒席上。南子见了，一边大笑，一边松了手道："看你紧张的！快起来，别让酒污了衣裳。"孔丘起身离席，南子也跟着起身，行到孔丘跟前，用手在孔丘胸前一摸，道："衣裳已经湿了，还不快脱下来。"说罢，伸手过来，要解孔丘的腰绦，孔丘慌忙中向后一退，南子假做失手，就势向前一扑，跌倒在孔丘怀中。孔丘正不知所措之时，门外传来侍女的声音道："孔夫人昏倒在地，不省人事，请孔大夫速回。"南子听了一怔，道："孔夫人也真是病得巧，早不病，晚不病，偏偏赶在这时候病！"孔丘趁机将南子扶起，道："天有莫测风云，人有旦夕祸福，这生病的事由不得人做主。荆妻既病，孔丘不敢久留，不能终席，失礼得很，还盼夫人谅解。"南子略整衣襟，对孔丘道："除夕之夜，卫君例率执政乘花车绕市一周，以示与民同乐之意。我已经同卫君讲妥，今年除夕，破例请孔大夫随行，盼孔大夫万莫推辞。"孔丘道："夫人如此盛意，孔丘敢不遵命！"说罢，拱手长揖而退。

孔丘匆匆出了春草园大门，望见子路驾车在门口等候，慌忙登车，遑遑然如漏网之鱼。子路闻到一股女人气息，眉头一皱，道："夫子怎么一身脂粉气息，难道同南子有了肌肤之亲？"孔丘道："休要胡说！南子不过在我胸前跌了一跤。"子路听了，发一声冷笑，道："有这等巧事！南子这一跤，哪不能跌？却偏偏要跌在夫子怀中？"孔丘听了，也发一声冷笑，道："天下的巧事多了！夫人怎么早不病，晚不病，偏偏赶在这时候病？"子路听了，略微一怔，道："夫人昏倒，难道是做假？"孔丘不答，却道："女人都会做假。"子路道："原来如此。"孔丘道："天机不可泄露！"子路道："弟子明白。"说罢，挥手扬鞭，拉车的黑马放开四蹄，踏雪而去。

除夕之夜，卫侯朝服衣冠、南子金玉盛妆，并肩立在一辆敞篷花车之上。花车在仪仗与卫队前呼后拥之下，驰出宫门，往南市方向而去。孔丘峨冠博带，也乘一辆敞篷花车，由子路驾着，尾随其后。楚丘南市广场，灯火通明，人潮涌涌。卫侯与南子的花车缓缓驰入市场，南子在车上左顾右盼，频频挥手，眼波流动，媚态横生。围观的人众欢呼雀跃，争相追逐。等到孔丘的花车驰入市场之时，人群大都随卫侯与南子的车队而去，剩下来的无非是跑不动的老弱病残，一个个只顾摇头叹息，并没有谁扭过头来看孔丘一眼。孔丘见了不悦，对子路道："这哪是与民同乐，不过是让南子得个搔首弄姿、招摇过市的机会而已！"子路笑而不答。孔丘发一声感叹，道："人要是能像好色一样好德就好了！"子路道："夫子因鲁公好色而离开鲁国，如今卫国举国上下好色如此疯狂，夫子难道还能留在卫国不走么？"孔丘道："丧家之狗，何去何从？"子路道："上次夫子去陈，司城贞子待夫子十分殷勤，以我之见，何妨再去他家做客？"孔丘不答。

第十七回　孔子荣归故国　哲人遗教千秋

不久，卫太子蒯聩遣人刺杀南子不遂，投奔晋大夫赵鞅。消息传来之时，孔丘正在书房与子路对弈，冉求与子贡在一旁观战。孔丘闻讯，将手中白子投入棋篓，起身拂袖，发一声感叹，道："危邦不居，乱邦不入。卫国将乱，现在是该走的时候了。"子路道："这局棋算谁赢？算谁输？"孔丘道："算你赢了。"子路道："有何犒赏？"孔丘道："赏你为驻陈国使者，如何？"冉求与子贡听了大笑。春梅自外入，道："什么事情这么热闹？"孔丘道："正要去找你，你倒是不请自来了。"春梅道："你会有什么事情找我？难道又要迁居？"孔丘点头一笑，春梅见了，摇头叹息。往后四五年间，孔丘大都居陈，间或往来于陈、宋、曹、卫之间。陈、宋、曹、卫各国诸侯都以上宾之礼待孔丘，却也皆无任用之意。孔丘仕途既不亨通，于是广招弟子，追随孔丘往来于陈卫之间的弟子数以百计，留在陈卫等国居官任职的弟子也不下数十。弟子越多，声势也就越浩大；声势越浩大，弟子也就越多。如此互为因果，相辅相成，数年之间，孔子弟子之数，竟然号称三千，出类拔萃、名显于诸侯者也不下数十百人。

孔丘六十岁这一年夏，卫侯死，赵鞅遣阳虎助蒯聩阴谋回卫夺位不遂，南子与大夫孔圉等拥立蒯聩长子登基，遣使者召孔丘执卫国之政。孔丘耻于介入蒯聩父子之争，婉言谢绝。次年秋，鲁相季孙斯死，临终留下遗言，命其子季孙肥尊请孔丘回国执政。季孙肥不敢有违，却遭大夫公华等人的反对。公华道："先公用孔丘有始无终，结果徒徒贻笑诸侯。如今再请孔丘，万一又是有始无终，岂不又为天下笑？"季孙肥道："先父遗命如此，为之奈何？"公华道："孔丘之道，过于高古，不切实用，难以施行。与其用孔丘，不如用冉求。冉求是孔丘的弟子，用冉求，也就等于是用孔丘，与先公的遗命并不相悖。"众大夫随声附和，季孙肥违拗不过，于是遣使至陈，甘辞厚币，聘请冉求。

冉求见过使者，来向孔丘辞行。孔丘道："临别不能无所赠，古人云：'富贵者，赠人以财；仁人者，赠人以言。'你这次回鲁，必然大用，不愁不富贵。我却依然如丧家之狗，寄人篱下，穷困潦倒，只能以言相赠。"冉求道："弟子洗耳恭听。"孔丘略一思量，道："仁、智、信、直、勇、刚，这六种美德，你想必是都听说过的了。"冉求点头道："不错。"孔丘道："倘若处置不当，这六种美德就会变成六种弊病。这你可曾想到过？"冉求道："不曾。"孔丘道："好，那我就赠你这么几句话。"冉求道："几句什么话？"孔丘道："好仁不好学，难免遭人愚弄；好智不好学，难免放荡无根；好信不好学，难免自食其果；好直不好学，难免尖酸刻薄；好勇不好学，难免犯上作乱；好刚不好学，难免狂妄自大。"冉求道："敢问夫子所谓的'学'，究竟何所指？"孔丘听了，眉头略皱，道："你跟我这么多年，难道还不知道我所谓的'学'，究竟何所指？"冉求道："夫子之道，高不可攀，不是弟子不好，无奈力不从心。"孔丘听了，发一声冷笑，道："倘若半途而废，也许是力不从心。你是还不曾起步就已经却步不前，你哪谈得上是什么力不从心！"冉求正待辩解，春梅从屏风后转出，半嗔半笑道："我看你师徒二人都是不知高低，临行话别之际，怎么也不说些吉利的话，却斤斤计较于这些没意思的琐屑！"说罢，一个青衣童子双手捧着一个青铜托盘而出，盘盛一壶酒、三盏杯。春梅提起酒壶，先斟满一杯，递给孔丘，孔丘不情愿地接了。又斟满一杯，递给冉求，冉求慌忙趋前，双手接过，口称："不敢！"春梅再斟满第三杯，自己拿在手中，对冉求道："你回鲁国，倘受重用，别忘了早日接你师傅回国！"冉求双手捧杯举到齐眉之处道："师母放心，弟子敢不遵命！"

　　冉求辞别过孔丘，步出门外，正要登车，冷不防被人在肩上拍了一掌。冉求吃了一惊，扭头看时，见是子贡。冉求道："搞什么名堂！吓我一跳。"子贡笑道："窃闻为君子者，仁而不忧，智而不惑，勇而不惧。你让我这么一拍就吓一跳，可见你至少不能'勇而不惧'，不配为君子。"冉求道："没心思同你胡调！"子贡又发一笑，道："怎么？还没上任就忧国忧民了？"冉求摇头，发一声叹息，道："我是担心令师傅、师母失望。"子贡道："师傅久客思归，你回鲁之后，立即设法迎接师傅回国。倘能如此，则必然不负师傅、师母之望。"冉求道："我之所以担心，正是因为恐怕接师傅不成。"子贡道："季孙肥既然是要重用你，你一旦掌权，还怕接师傅不成？"冉求道："你怎么聪明一世，糊涂一时？季孙肥要是愿意请夫子回鲁，还不早就遣使者来相请了？不遣使者来请夫子，却遣使者来请我，这意思不是明显得很么？"子贡道："据我所知，季孙肥本想请夫子，只因大夫公华等人从中作梗方才作罢。你只要取得季孙肥的信任，将公华等人撵走，不愁接夫子不成。"冉求道："要取得季孙肥的信任，少不得替季孙氏尽力。上次子路为季孙氏总宰时，替季孙斯筹粮征税，夫子极其不悦。我这回去了，不替季孙氏尽力，接夫子不回；替季孙氏尽力，少不得挨夫子的骂。里外难为人！"子贡道："挨夫子的骂，事小；让夫子客死他乡，事大。你切不可因小而失大！"冉求略一踌躇，道："我一定尽力而为。夫子面前，还盼你为我周旋。"子贡道："这个自然。"

　　冉求去鲁，不觉已过半载。这一日，孔丘正在厅中与众弟子切磋学问，不知是谁说起冉求在鲁仕宦得意，名为季孙氏总宰，实执鲁国之政云云。孔丘听了不悦，道："冉求一心一意替季孙氏效力，心中哪还有鲁国？像冉求这样的弟子，不要也罢，你们不妨大张旗鼓地抨击他！"众弟子听了，无人接话。一阵沉默过后，颜回道："真没想到冉求是这么个见利忘义的小人！"子贡听了，不理颜回，却对孔丘道："冉求身居季孙氏总宰之职，替季孙氏尽力，乃是其本分，夫子何必见责如此之深？"孔丘尚未作答，颜回抢先道："夫子说过：'君子周而不比，小人比而不周。'这话的意思就是说：君子注重团结而不私相勾结，小人私相勾结而不利于团结。谁都知道你同冉求私交不错，你因此而替他辩护，岂不正是'比而不周'的小人？"子路听了，怫然作色，道："这儿不是霸桥校舍，夫子的话用不着你来解释。况且，夫子不过指责冉求，你却跳出来抨击子贡，你这种做法，难道又有利于团结？"颜回见子路动了气，拱手赔笑道："夫子说过：'君子无所争'，我不同你争。"说罢，退到一边。樊须、有若、子夏、子游、子张、曾参等几个新来的年轻弟子见了，面面相觑，不知所措。一名青衣童子疾步而入，拱手禀道："陈大夫司城贞子求见。"孔丘起身拂袖，对众弟子道："你等且退下。"

　　众弟子纷纷退下，司城贞子匆匆自外入，孔丘道："多时不见，今日怎么得闲？"司城贞子道："今日早朝之时，一只鹗鸟中箭，从天而降，不偏不倚，恰好落在正殿石阶之下。陈公命卫士拔出箭来看时，但见箭杆非榆、非柳，乃苦木所制；箭矢非铜、非铁，却是一块石头。陈公与众大夫见了，无不大吃一惊，谁也不知这箭的来历。"孔丘听了，道："所以陈公叫你来问我？"司城贞子道："不错。"孔丘道："'肃慎'这名称你可听说过？"司城贞子略一思量，道："据说周武王灭商之后，南通蛮夷，其中一族，叫做'肃慎'。"孔丘道："不错。石矢苦箭是肃慎族的特产，肃慎族用以作为贡物，献之于武王。武王长公主大姬下嫁虞胡公之时，武王赐以石矢苦箭，作为陪嫁之物。"司城贞子道："虞胡公就是陈国的开国之君，如此说来，这石矢苦箭当是藏于国库的珍宝？"孔丘道："不错。"司城贞子道："如今公主下嫁，天子例赐宝玉，用箭矢作嫁妆，我还从来没听说过。"孔丘道："据古礼，天子赐同姓诸侯以玉，赐异姓诸侯以远方贡物。女婿为异姓，所以陪嫁之物，本不当用玉。如今这古礼早已被人忘却，知道的人寥若晨星、屈指可数，你不曾听说过，并不足以为奇。"司城贞子听了，发一声叹息，道："原来如此。"

数日后，司城贞子又来见孔丘，说陈公果然在国库发现同样的石矢苦箭数捆，却不知谁会从国库盗取这无用的石矢苦箭？也不明被石矢苦箭射中的鹯鸟怎么会落在朝廷正殿之下？孔丘听了，道："所以陈公又遣你来问我？"司城贞子道："不错。"孔丘道："石矢苦箭的来历，见诸文献，所以我孔丘得以知晓。至于谁会盗取国库珍藏，鹯鸟怎么会死于朝廷，我孔丘从何得知？"司城贞子道："陈公以为这事离奇古怪，必然是鬼使神差所致。"孔丘听了又一笑，道："倘若真是鬼使神差所致，陈公遣你来问我，就更是徒劳无益了。"司城贞子道："此话怎讲？"孔丘道："我孔丘于鬼神，一向敬而远之。"司城贞子听了，略微一怔，道："去年夏天鲁国太庙失火，你说鲁桓公的庙与鲁僖公的庙恐怕保不住，结果正如你所料。你要不是能通神鬼，如何能未卜先知？"孔丘道："《书》曰：'无德之君，其庙不保。'鲁君之中，桓公与僖公最无德，所以我才如此猜测，与鬼神有何干系？"司城贞子道："我也读过《书》，怎么不记得有这么一句话？"孔丘道："你读的《书》，是如今流行的版本。我读的《书》，是尼丘神祠夹壁中发现的古本。"司城贞子道："原来如此。"说罢，顿了一顿，道："既是神祠夹壁中发现的古本，难道不还是通鬼神所致么？"孔丘笑道："所以我才'敬而远之'，否则，早就是'驱而逐之'了。"孔丘送走司城贞子，回到正厅，子路、颜回、子贡接着。孔丘道："陈公不修人事，一心信鬼神，你我不如南下蔡国。"子路道："蔡与陈一样，都是夹在晋、楚、吴三强之间的小国，腹背受敌，左右为难，面对生死存亡之急，哪有工夫顾得上施行夫子之道？"颜回道："夫子之道，乃治理天下的大道。倘若夫子之道不能解救生死存亡之急，还有什么可以解救生死存亡之急？"子路听了，不予分辩，只发一声冷笑。子贡道："蔡国毗邻楚国，夫子居蔡，说不定可以有机会去楚国。"孔丘道："但愿如此。"子路道："楚国是蛮夷之地，民风鄙俗，夫子怎么会想去楚国？"颜回道："有夫子这样的人去了，还怕不能移风易俗？你要是不想去，我来替夫子驾车。"子路听了，又发一声冷笑，道："夫子即使乘桴浮于海，我都会跟着去，何况是楚国！上次途经匡邑去陈，你半路上翻了车，迟迟不到，夫子就因为等你，才受困于匡城之外。就凭你那驾车的本事，也敢替夫子驾车！"颜回听了，为之语塞。孔丘道："休要争吵！去不去楚，那是后话，先去蔡国再说。"

孔丘居蔡，一晃三年，一无所遇，弟子渐渐有离心。第三年夏，吴国兴师伐陈，陈求援于楚，楚王率师北上，途经蔡国，驻军于城父。陈蔡一时骚动不安，一些弟子趁机散走。于是，孔丘遣人唤子路、子贡与颜回入见。子路先入，请安既毕，问道："夫子唤我，不知有何吩咐？"孔丘道："《诗》曰：'匪兕匪虎，率彼旷野。'你以为这两句诗何所指？"子路道："既不是犀牛，也不是老虎，却处在旷野之地。寓意当是：处在不当处之地。"孔丘道："不错。'匪兕匪虎，率彼旷野。'恰好是对我眼下处境的写照，我怎么会落到这地步？难道是我的道不对吗？"子路道："夫子之道，博大高深，怎么会错？以我之见，也许是夫子不够仁，所以众人不信；也许是夫子不够智，所以众人不服。"孔丘听了，冷笑一声道："是这么回事吗？世上最仁的人，当数伯夷、叔齐，倘若够仁就必定能令人信，伯夷、叔齐怎么会饿死在首阳山？世上最智的人，当数比干，倘若够智就必定能令人服，比干又怎么会遭到剖心之祸？"子路不敢争辩，拱手而退。子贡继入。孔丘道："《诗》曰：'匪兕匪虎，率彼旷野。'恰好是对我眼下处境的写照。我怎么会落到这地步？难道是我的道不对吗？"子贡道："夫子之道，博大高深，怎么会错？不过，正因其博大高深，所以不能取容于世。夫子何妨降低姿态？必定会仕途亨通。"孔丘听了不悦，道："会种地的农夫不能保证收成好，手艺巧的工匠不能保证顾客满意。君子只能讲求修道，不能企图取容于世。你不专心于修道而想取容于世，你的志气也太小了！"子贡也不敢争辩，拱手而退。颜回最后入。孔丘道："《诗》曰：'匪兕匪虎，率彼旷野'，恰好是对我眼下处境的写照。我怎么会落到这地步？难道是我的道不对吗？"颜回道："夫子之道，博大高深，怎么会错？不过，正因其博大高深，所以不能取容于世。夫子坚定不移，我行我素。不能取容于世，有什么关系？不能取容于世，恰好显见夫子之为君子！修道不成，是自己的错。修道既成而不见用，正是诸侯之错！"孔丘听了，欣然大笑，道："说得好！你颜回要是家有千金，我就去替你管家。"颜回听了，怅然自失，道："可惜我不能像子贡那样生财有道。"孔丘道："不过讲笑，不必认真。"颜回拱手而退。

侯颜回的脚步声消失了，孔丘双掌一击，口喊一声："还不出来！"春梅应声从屏风后转出。孔丘道："依你之见，他三人谁说的是真话？"春梅道："依我之见，他三人说的都是真话。"孔丘道："愿闻其详。"春梅道："子路崇拜你的道胜过你的人，所以他以为你之所以不遇，是因为你修行不足。颜回崇拜你的人胜过你的道，所以他以为你之所以不遇，与你本人绝无干系。"孔丘一笑，道："言之不为无理。子贡呢？"春梅道："子贡崇拜你的道不如子路，崇拜你的人不如颜回。不过，他对你的爱戴，却在子路与颜回之上。"
孔丘道："此话怎讲？"春梅道："他唯恐你没世而名不称，所以才劝你降低
姿态。你却不识好歹，反唇相讥，笑话他志气短浅。"孔丘笑道："你识好
歹？我看你无非是念念不忘他拜师时赠你一斗珍珠。"春梅正欲回话，一青
衣童子入，拱手禀道："楚国使者求见。"孔丘道："快请使者请到客厅里
去。"春梅笑道："你刚才还在说什么'匪兕匪虎，率彼旷野'，怎么忽然就
时来运转了？"孔丘不答，起身拂袖，略整衣襟，道："你去唤子贡来，我见
过使者，有事吩咐他。"春梅笑道："你怎么不唤子路、颜回，却单唤子贡？
难道也是念念不忘他拜师时送了你什么东西不成？"孔丘听了，摇头一叹，
道："唯女子与小人为难养也。"说罢，疾步走出门外。春梅目送孔丘出了房
门，掩口而笑。

　　孔丘见过使者，兴冲冲返回书房，春梅与子贡已在房中等候。春梅道：
"看你喜上眉梢，莫非楚王请你去执楚国之政？"孔丘收起笑容，正色道：
"楚王不过请我去城父相见。"子贡道："夫子唤我，莫非叫我先行？"孔丘
道："不错。眼下吴楚两军对峙，胜负未决，蔡国表面中立，实则为吴之附
庸。楚王召见我，蔡人可能会从中阻拦。你随使者先去，禀告楚王，说我随
后就到，倘若三日之后不见我来，则必定是中途受阻，须请楚王派兵来相
接。"子贡道："弟子这就去结束行装，夫子可还有别的吩咐？"孔丘摇头，
道："你出去时，顺便把子路与颜回唤来。"不移时，子路与颜回相继而入。
孔丘道："楚王遣使者来相召，你二人意下如何？"子路道："十七年前楚王
几乎亡国，复国之后，不修仁义，却相继攻灭唐、顿、胡三国诸侯，与夫子
'兴灭国、继绝世'的主张背道而驰，夫子怎么会愿意去见他？"孔丘不答，
却问颜回："你的意思呢？"颜回道："十七年前楚国几乎灭亡，罪在楚国先
君平王，与今楚王无关。唐、顿、胡三诸侯皆昏庸失道，其相继覆灭，咎由
自取。况且夫子既然愿意见楚王，必有可以见的理由。"孔丘道："不错。"
子路道："敢问理由何在？"孔丘道："楚王患心疾，太史以为是厉鬼为祟，
请祷于鬼以嫁祸于将相，楚王不许。司卦以为是河神为祟，请祷于神以嫁祸
于民，楚王也不许。平时不信鬼神的人已经不可多得，更何况处于病危之
时。临危而不信鬼神，足已显见楚王识趣不同凡响，更何况不肯嫁祸于人以
求自己生存？楚王若不是深明大道，如何能办得到？"子路道："楚王既患心
疾，死亡在即，夫子去见他，恐怕是徒劳无益。"孔丘道："谋事在人，成事
在天。去，是尽人事。不去，是自绝于天。"春梅道："夫人在日常说：'天
又不说话，谁知道什么是天意？'"孔丘道："你听她胡说！假若我虽决意去

而竟去不成，难道不就是天意不让我去么？"颜回道："夫子既然决意去，有谁能阻挡得了？"子路听了，失口笑道："要是不怕人阻拦，又怎么会遣子贡先行？"孔丘道："闲话少说！听说从此去城父还有条小路，明日一早你同我一起去探一探这小路。"

次日一早，宿雨初收，晨雾未泮。孔丘与子路各骑一匹白马，一前一后，沿一条小路缓缓而行。大约行了十里，路侧树木渐稀，一片平畴在望。子路道："听说这小路十里开外便当入山，前面怎么是一片庄稼地？莫非行错了岔道？"孔丘道："既有庄稼，必有庄稼人。既有人，就不愁无从问津。"孔丘的话音刚落，前面朦胧之中出现一辆牛车。孔丘见了，用马鞭一指，笑道："果不其然！"子路道："待我上前去问一问。"待子路策马跑过去时，那牛车已在路边停住，车上跳下两个人来，一人扛锄，一人扛耙，正要走下庄稼地去。子路滚鞍下马，牵马趋前，拱手道："敢问两位，前面可是去城父的小路？"扛锄的与扛耙的一起转过身来，对子路打量了一番。扛锄的把锄放落在地，用手往孔丘的方向一指，道："那马上的人是谁？"子路道："孔丘。"那人道："是鲁国孔丘么？"子路道："正是。"那人道："既是鲁国孔丘，怎么会迷路？"说罢，重新扛起锄头，转身而去。子路愕然一惊，正欲追过去问个明白，却听见扛耙的道："你是谁？"子路拱手道："卞人仲由。"扛耙的道："你是孔丘的弟子么？"子路道："不错。"扛耙的道："天下大乱，如洪水之决堤，谁也阻挡不了。你与其跟着孔丘逃避乱人，还不如跟我们去逃避乱世。"说罢，也掉头不顾而去。子路听了，怅然自失，踌躇半晌，方才翻身上马，跑回孔丘身边。孔丘道："如何？"子路摇头，道："扛锄的说：'既然是鲁国孔丘，怎么会迷路？'扛耙的说起话来像老子，说什么天下大乱，如洪水之决堤，狂澜不可挽。还劝我不如跟他们一起逃避乱世。"孔丘听了，发一声感叹，道："人既不是禽兽，只能与人为伍，如何能够避世？天下要是太平，又如何需人出来力挽狂澜？"子路道："怎么样？是继续往前走呢？还是回头？"孔丘道："再往前走走看，说不定会碰上愿意指点路径的人。"

孔丘与子路又往前行了大约两三里，雾气大散，阳光粲然。一辆驴车，驮一车芦苇迎面而来。车上坐一老叟，须发皓然，上身着一件白葛短衫，下身穿一条黄麻长裤，腰勒一条草绳，脚踩一双草履，口中唱道："凤凰啊！凤凰！美德为何衰亡？以往虽已不可劝阻，未来或者仍可追还。算了吧！算了！如今的执政，没有一个方正！"孔丘听了，心中一惊，策马让到一边，正欲攀话，却见那老者举手扬鞭，口喊一声："咄！"策驴车疾驰而过。子路目送那驴车走远了，对孔丘道："怎么又遇见一个隐者？"孔丘不答，策马趋前，行了大约一里，但见一片水脉截住去路，风起处，芦苇翻动，野鸟腾空，一叶扁舟在芦苇丛中回荡，四顾并无人烟。孔丘看了一回，摇头道："眼前无路，只有回头。小路之说，也许只是无稽之谈。"

这日一早，孔丘与弟子数十百人，或乘车，或骑马，浩浩荡荡，出了蔡邑北门，顺驿道往城父方向而去。子路与高柴领十数名弟子为前趋，行不十数里，却见一伙人众各持刀棒弓箭截住去路，为首一人，双手握一条枣木槊，坐下骑一匹五花马。子路拍马趋前，横刀在手，喊道："什么人敢于白日行劫？"握槊的听了大笑，道："什么白日行劫？吴楚对峙，前面不远就是战场，我不过好意劝你等回头，免得前去枉自送了性命！"子路道："我的性命与你何干？还不让开一条路来，休怪我刀下无情！"握槊的道："这厮口出恶言，貌非善类，定是歹徒无疑。谁给我拿下？"握槊的身后一人应声而出，手持一把朴刀，并不攀话，拍马趋前，直取子路。子路横刀相隔，"怦"然一声，火花四溅。两人在马上一来一往，不移时早已斗了三十来个回合。又过了几招，那人渐渐力怯，握槊的见了，拍马舞槊，前来助战。高柴见了，挥刀拍马，将那握槊的截住。握刀的斗不过子路，虚晃一招，拨转马头便走。握槊的见了，无心恋战，也虚晃一招，拍马而退。子路与高柴正欲追赶，对面一阵乱箭射来，将两人逼退。

樊须驾车载孔丘恰于此时从后赶到，孔丘道："强攻难免伤亡，不是办法。"子路道："然则奈何？"孔丘道："不如权且学一回老子，暂为急流勇退之人。"高柴道："夫子的意思是：先回蔡邑，等候子贡的消息？"孔丘道："不错。"说罢，传下令去，叫子路与高柴领十数名弟子断后，叫原先殿后的弟子有若等人改为前趋，孔丘自己依旧居中，众人一齐掉头，折回蔡邑。行不三五里，有若拍马折回，禀告孔丘道："前方驿道已被人用沙袋垒起短墙拦截，短墙之后弓箭手不知多少，但见人马靠近，便不由分说，只顾放箭。"孔丘正要回话，忽然"啪啦"一声响，半空中打下一个闷雷。紧接着，狂风大作，乌云如万马奔腾，铺天盖地而来。孔丘抬头望了一回，道："真所谓'天有莫测风云'！方才路过一座祠庙，不如先去那庙里避过这场暴风雨再作计议。"孔丘等刚刚跨进祠庙大门，铜钱大小般的雨点便从天而降，打到地上"劈啪"有声。众弟子争先恐后涌入，不移时早把祠庙三进殿堂、东西厢房、前后左右回廊挤得满满。待到嘈杂之声甫定，门外不慌不忙踱进一个人来，全身湿透，头发散落，宛如落汤之鸡。孔丘与众弟子举目一看，原来不是别人，却是颜回。孔丘道："你怎么姗姗来迟？"颜回道："夫子不是说过

'君子无所争'么？众人争先恐后，我要是不从缓，怎么能不争？"孔丘听了，发一声感叹，道："既肯听我的话，又能无时无刻不想着照我的话做的人，除去颜回之外，恐怕没有第二人了！你们都应当向颜回看齐。"颜回道："我颜回有何德何能？这不过都是夫子善于教导的结果。夫子之道，高深莫测、博大无涯、美不胜收，令我目不暇接、耳不暇听、废寝忘食、欲罢不能。"孔丘听了，又发一声感叹，对众弟子道："古人云'知之者，不如好之者；好之者，不如乐之者'。你们大都懂得我的学问，堪称'知之者'。有一些也许还喜好我的学问，堪称'好之者'。至于能以我的学问为乐的，恐怕也是只有颜回一人！"孔丘的话音刚落，半空中又打下一个闷雷，声震瓦屋；铜钱大小般的雨点顿时化作倾盆大雨。大约过了两个时辰，风雨渐渐平息。孔丘遣子路、高柴各率弟子数名前后打探，回来都说道路依然通行不得。孔丘于是传下话去，叫众弟子安排在祠庙里过夜。

一夜无话。次日时过中午，又一场暴雨。孔丘盘坐于祠庙正殿之中，颜回侍立于一旁。孔丘一边抚琴，一边唱道："'风雨如晦，鸡鸣不已，既见君子，云胡不喜？'"子路冒雨而入，道："弟子大都只备一日干粮，早已饿得不行，再这么等下去，恐怕不是办法。"颜回道："不就是两餐没吃上饭么？有什么要紧？这点饿都挨不住，还怎么为君子？"子路听了，冷笑一声，道："你有挨饿的本事，无奈别人没有。万一众弟子经不住饿，一发散走了，蔡人围攻过来，就得靠你去却敌了。"孔丘停下琴，正要发话，却听见外面传来子贡的声音道："用不着颜回去却敌，楚军已将拦截路的蔡人驱走！"

城父楚军大营，楚王斜卧在锦帐之中，谒者进来拱手禀道："执政大夫子西在帐外求见。"楚王听了，略一点头，子西匆匆自外入。楚王道："执政夜深而来，莫非军情紧急？"子西摇头，道："临阵却敌，责在将帅，非臣之任。"楚王道："言之有理。只是不知临阵之际，除去军情，还能有什么别的事情令执政如此操心？"子西道："听说主公有意以七百里之地封孔丘？"楚王道："不错。难道执政夜深而来，就为这区区小事？"子西道："七百里之地虽小，以七百里之地封孔丘却不小。"楚王道："此话怎讲？"子西道："主公不妨想一想：替主公出使诸侯的，有谁能与子贡相比？"楚王略一沉吟，摇头道："似乎没有。"子西道："主公不妨想一想：替主公处理内政的，有谁能与冉求相比？"楚王略一沉吟，摇头道："似乎没有。"子西道："主公不妨再想一想：替主公统帅三军的，有谁能与子路相比？"楚王略一沉吟，摇头道："似乎也没有。"子西道："周武王以五百里之地，灭商兴周，可见能否兴邦称王，不在封地的大小，在得地之人是否贤能。孔丘德高望重，更有子贡主外交、冉求主内政、子路为将帅，孔丘一旦得地七百里，敢问主公能与之争锋么？"楚王略一沉吟，又摇一摇头道："似乎不能。"子西道："况且楚国先君受封于周，为子爵诸侯。据周《礼》，子爵诸侯之地不过五十里。孔丘一向鼓吹恢复周《礼》，敢问孔丘一旦得志，楚国还能像如今这样占据数千里之地么？"楚王道："想必也不能。"子西道："所以臣窃以为，以七百里之地封孔丘，绝不是小事，也绝非楚国之福，还盼主公仔细思量再作决定。"楚王听了，略一思量，张口欲言，突然觉得心疼，不禁双眉紧蹙、以手扪胸。子西见了，惊慌趋前，大声喊道："不好！快来人！"

卫都楚丘郊外闲居园客厅，孔丘与蘧伯玉对席而坐。蘧伯玉道："听说楚昭王有意以七百里之地相赠，不幸卒然病故，致令你空手而归，真是可惜得很。"孔丘道："倘若不尽人事，便是可惜。既然已尽人事，便是天意如此，何可惜之有！"蘧伯玉道："楚昭王卒然病故，也许的确是天意。三年前卫侯请你执卫国之政，你拒而不受，不能也说是天意吧？"孔丘道："卫侯父子相争，令人难以适从，我是知难而退。虽不能说是天意，也不能说是未曾尽人事。"蘧伯玉笑道："你什么时候成了老子之徒，竟然急流勇退了？"孔丘笑道："老子是以退为进，我是退则退，进则进，毕竟不同。"蘧伯玉道："你以执卫国之政为难，人家孔圉不是做得很好么？"孔丘道："此孔非彼孔，我孔丘怎能与孔大夫圉相提并论。孔大夫是卫国的世家，孔大夫的夫人又是旧太子之姊、新卫君之姑，堪称亲之又亲；我孔丘不过是外邦闲散之人，名副其实疏之又疏。古人云'疏不间亲'，你难道不曾听说过？况且，眼下孔大夫虽然为政平稳，将来也还不见得就不会有麻烦。"蘧伯玉道："愿闻其详。"孔丘道："以我之见，旧太子并不曾放弃夺位的心思，新卫君又丝毫没有让位的意思，父子之间早晚还会有一争。"蘧伯玉笑道："所以你这回来卫，就不肯住在我的待贤馆，却远远地躲在这闲居园，唯恐殃及池鱼？"孔丘捋须一笑，道："人无远虑，必有近忧。你称病不朝，难道还不也是这个意思？"

尔后五年之中，孔丘一直在闲居园闲居。子路应孔圉之请，出任孔氏邑宰，高柴仕卫为司寇，樊须、有若回鲁为季孙氏家臣，子贡往来于鲁、卫之间，时而经商，时而替鲁公、卫侯出使诸侯、排纷解难。第六年春上，春梅病逝。不久，冉求终于说服季孙肥，撵走大夫公华等，甘辞厚币，恭请孔丘回鲁。孔丘于是结束一十四年自我流放的生涯，以六十九岁的高龄，返回鲁国。此时，孔丘留在鲁国的儿子孔鲤、女儿孔朗、侄女孔紫皆已先后病故，孔丘子然一身，回到久违的阙里山庄，不由得不生无限凄凉之感！自从孔丘归鲁，鲁公与季孙肥虽然偶然以政事请教，却并无任用孔丘之意，孔丘自己似乎也不再有从政的兴趣，专下心来指导弟子整理《诗》《书》《易》《礼》，并从左丘明处借来鲁国史记《春秋》，着手为《春秋》编撰提纲。

孔丘回鲁的第二年秋，弟子颜回病故，无繇将颜回的死讯禀告孔丘之时，孔丘正在庄屋大厅之中与弟子子游、子夏、子张、曾参等讲授《春秋》。孔丘闻讯，拂袖而起，沉默半晌，忽发一声感叹道："天丧我也！"俟孔丘感叹毕，无繇道："丧事所需经费，子贡已为之筹措妥当，只缺一副陪葬车马，不知夫子可否愿将夫子的车马见赐？"孔丘听了，踱了两个来回，终于道："颜回虽然不是我的儿子，我一向把他当作我的儿子看待。鲤儿德才虽然远出颜回之下，毕竟也是我的儿子。鲤儿下葬，也不曾用车马。不是我舍不得我的车马，不过因我曾为大夫，据《礼》，大夫出门，不可以无车马。"无繇听了不悦，拱手而退，俟无繇的脚步声听不见了，孔丘对子游等人道："你们懂我的意思了么？"子游、子夏、子张点头，曾参摇头。孔丘见了，问曾参道："你有什么不懂？"曾参道："弟子不懂夫子为什么不能借钱给无繇去添置一副车马？"孔丘不答，却对子游等三人道："你们谁给曾参解释解释？"子夏道："既有子贡出资，无繇怎么会缺钱？无繇并不是随便要一副车马，而是专要大夫的车马。大夫的车马，只有大夫才能定做，不是大夫，有钱也买不来。"曾参道："原来如此。"说罢，想了一想，又道："无繇虽然买不来，夫子自己难道还不能添置一副送给他？"子游道："夫子说：'据《礼》，大夫出门，不可以无车马，'意思正在提醒无繇：只有大夫才能以车马陪葬。颜回在生既然不是大夫，死后就不能葬之以大夫之礼。"曾参道："既然如此，夫子怎么不同无繇明说？"子张道："无繇何尝不懂？不过爱子之心过切罢了。夫子举孔鲤为例，其意正在点拨他。"曾参道："原来如此，我怎么就没有想到。"孔丘略皱眉头，道："你思维鲁钝，所以想不到。"

次年秋，卫国发生宫廷政变，旧太子蒯聩夺位成功，卫君逃奔鲁国。孔丘闻讯，惊道："高柴必回，子路必死！"三日后，高柴来见孔丘，果然带来子路的死讯。孔丘问高柴："政变发生之时，你可见过子路？"高柴道："我逃出城门的时候，正巧碰上子路仓皇从城外入。我劝他同我一起出走。他不肯，说'既然受人的俸禄，就得为人效死'。我拖他不住，只好由他去了。"孔丘听了，摇头一叹，道："子路死的细节，你可听说？"高柴道："听说子路与人格斗之时，帽上的缨络被人击落，子路从地上拾起帽缨，用帽缨勒颈，自缢而死。"孔丘道："子路死前是否说过：'君子死而冠不免'？"高柴听了，略微一怔，道："听说正是如此，夫子从何得知？"孔丘不答，却发一声感叹，道："我虽不杀子路，子路因我而死！"曾参从旁问道："子路之死，怎么会同夫子有关？"孔丘道："你年纪太轻，以前的事情你从何得知！"曾参不敢再问。

次年暮春三月，阙里山庄大门之外，斜阳在地，海棠散落，杜鹃凋零。孔丘须发尽白，面色憔悴，右手拄一根竹杖，左手扶着门框。两匹高头卷毛白马，拉一辆漆红描金马车由远而近，车夫在庄门口把马勒住，子贡从车厢里出来，孔丘见了，深深地叹一口气，道："你怎么才来？"子贡慌忙趋前，拱手道："弟子月前去吴国做一笔生意，昨晚才回曲阜，得知夫子不适，匆匆赶来，让夫子久等了。"孔丘听了，淡然一笑，道："又是去做生意！你做生意怎么总是有赚无赔？"子贡道："敢问夫子所患，究竟是何疾病？请医师来诊断过没有？"孔丘摇头，道："并没有病，只是该走了。"说罢，举起左手，遮在额头，对着夕阳望了一回，口中唱道："太山坏乎？梁柱摧乎？哲人萎乎？"唱毕，歇了口气，又道："夏人的习俗，死后将棺材停放在西厢走廊之上；周人的习俗，死后将棺材停放在东厢走廊之上；殷人的习俗，死后将棺材停放在正厅走廊廊柱之间。昨天晚上我做了个梦，梦见我的棺材停放在正厅走廊廊柱之间，可见我毕竟仍是殷人。"孔丘说罢，不禁掉下几滴泪来。子贡趋前，从怀中摸出一块素绢，一边将孔丘面上的泪水拭去，一边道："夫子放心，弟子敢不遵命！"七日后，孔丘死。据后世史官断定，这一日正是周敬王四十一年四月己丑。孔丘既死，子贡遵孔丘遗命，将孔丘下葬于曲阜城北泗水之滨，又出资在墓冢之旁修筑房屋数百间，并提供起居饮食所需的费用，令众弟子得以遵循孔丘之教，行居丧守墓三年之礼。三年之后，众弟子一一相泣而别，子贡又在孔丘墓庐独居三年方才离去。各国诸侯闻子贡之贤能，争相聘请。子贡于是先后执鲁卫之政，为齐晋之卿，发财致富于吴越楚宋之间。子贡执政既有道，致富又有方；迎宾宴客、妙语如珠；排难解纷、算无遗策，令人钦佩不已。各国诸侯公卿私相窃议，大都以为子贡的贤与能，其实皆出孔丘之上。子贡听了大笑道："譬如宫墙，我的墙只有肩膀这么高，所以墙里面的风光，谁都看得见。至于孔子的墙，墙高万丈，能窥见其中奥妙者，寥若晨星、屈指可数。"

孔丘的弟子虽不能人人如子贡这般显赫，却也大都居高官、任要职、忙于立功、立事。少数几个不肯出仕或者仕途不怎么亨通的，于是乎效仿孔丘开门授徒，以传道讲学为业。比如，子夏居河西，为魏国开国之君魏文侯师；澹台灭明在楚国大行其道，有弟子三百人；商瞿专门传授《易》，使《易》成为一种显学；曾参思维迟钝、学无专长，一味讲究修身立德，却因孔丘之孙子思也专好此道，拜在曾参门下，不少人误以为曾参之学才是孔学正宗，于是曾参一派竟然最为风行。子贡见了，不以为然，对曾参道："夫子之道，以立功、立事为先，不得已才退而开门授徒。你有心传播夫子之学，用心虽然可嘉，可千万不可歪曲夫子之道，把弟子教成死读书、读死书、读书死的书呆子。"曾参口头称是，心中却不以为然，暗中指使子思写出一篇专讲道德的论文来，标榜为孔子学术的精髓。子贡、冉求、高柴、巫马期等都以为荒谬可笑，但都因子思是孔丘之孙，不便谴责，只好由他们去了。

一无所长，一事无成，贫乏不能自存的弟子也不是没有，不过，这样的弟子，大都被史书给忽略了，个别幸运的，比如原宪，却居然被史册捧为不屑出仕的高人，传为佳话，致令后世孔子之道，凭空多了隐居不仕、自负清高这么一个流派。不过，这件事却怪不着曾参，是子贡一手造成的。子贡那时为卫国之相，有一回出使齐国，路过曲阜，趁便去孔子陵墓祭扫。刚进陵园的大门，正巧碰上巫马期从门内出。寒暄既毕，子贡道："听说你已经退休隐居，这话可当真？"巫马期道："可不是！所以能得闲常来夫子陵墓祭扫。"子贡道："你也就比我大一岁，怎么就急着隐退？"巫马期摇头叹气道："不是因为年纪比你大一岁，是因为才干差你一大截。你居执政之位，谈笑间日理万机，还有闲空打听四方财货，囤积居奇，买贱卖贵。我呢，为一小邑之宰臣，日出而出，日入而入，从早到晚，忙得不可开交，方能勉强称职。你看我虽然只虚长你一岁，我已须发尽白，你呢，还全是青丝。我要不趁早退下来，还不得累死！"子贡道："我哪真比你能！我不过不自量力罢了，将来还说不定真落得个累死的下场。还是你好，能够急流勇退。"巫马期笑道："你就别想着法子安慰我了，急流勇退是老子之道。夫子之道，讲究的是急流勇进。我有自知之明，我嘛，比上虽然不足，比下也还有余。你可还记得原宪这个人？"子贡道："我怎么会不记得他！他为人是极好，只是有些迂，像颜回。当年夫子见他穷困，叫他做夫子的邑宰，他还不好意思接受薪俸。夫子说：你要是不缺钱用，你何妨把多余的送给你的穷乡亲，这他才肯收下。你提起他，难道是他有了什么难处？"巫马期说："你说他迂，一点儿也不错。他信死了夫子那句话，当真把钱拿去送人，自己一点积蓄也不留。办事也呆板，不得子思的欢心，子思不久前把他辞退了。他如今穷困潦倒不堪，也像当年的颜回。要不是冉求和我时时接济他，他恐怕早已饿死了。"子贡听了，略一思量，道："我不是拿不出钱，不过，这么接济他，不是个事儿，让别人看在眼里，会说夫子的弟子居然有不能自立的，不光是丢他原宪的脸，也是给夫子脸上抹黑。"巫马期道："我也是这么想，所以我去见过子思，劝他把原宪再请回去。无奈子思不买我的账，你的面子大，你去说说看，子思也许会听你的。"子贡道："夫子在日，替夫子当邑宰，尽弟子之责，无可非议。夫子既已不在，还靠当夫子的邑宰混饭吃，本不是个事儿。再说，子思心目中只有他的师傅曾参，曾参偏偏与我气味不相投。我的话，子思未必肯听。"巫马期道："你这话虽不错，可你我毕竟与原宪同学一场，总不能见死不救吧。"子贡一笑，道："谁说我见死不救，不过，我的救法与你不同。"巫马期道："愿闻其详。"子贡又一笑，道："我这办法一旦传出去了，就不灵了。严守秘密的最佳办法是根本不知道秘密，所以，我这法子，你还是以不知道的为妙。"巫马期听了，拱手笑道："既然如此，我就不多问了。就此别过，后会有期。不过，原宪要是当真因穷困而死，我唯你是问。"

次日一早，子贡带领随从数十，大张旗鼓，去见原宪。原宪的住处是三间东倒西歪的草房，坐落在一条死胡同的尽头。胡同狭窄且不说，路边还堆满垃圾，子贡的车马哪进得去？子贡叫车马随从都在胡同口等着，自己一人徒步而进。原宪见了子贡，不卑不亢，捧出两碗凉水来，以水代浆。子贡也不嫌弃，端起残破的陶碗，一饮而尽。喝完水，子贡说了几句不着边际的闲话，就起身告辞。三日后，鲁相季孙肥来见原宪，说鲁国有原宪这样的高人，他季孙肥居然不知，真是该打。原宪听了，莫明其妙，张口结舌，说不出话来。季孙肥道："你对子贡说的那话，令子贡都愧死，难道还不是高人？"原宪说："我对子贡说什么了？我什么也没说？"季孙肥笑道："你何必再装傻？子贡都告诉我了。他说：他看你居处简陋，衣服破旧，问你是不是病了。你回答说：没钱，那叫做穷。学道而不能行，那才叫病。你不过是穷，并不是病。言下之意，他子贡才是有病！你这高论，把子贡说得哑口无言，惭愧而退，再也不敢来见你。像你这样的高人，怎能住在这样的地方、受这种罪？外邦诸侯知道了，难道还不会笑话我季孙肥是个不能礼贤下士的小人？"说罢，不由分说，指挥从人把原宪强行搬迁到曲阜东郊季孙氏一座别墅，从此月给钱粮，令原宪得以养尊处优，无所事事。

五十年一晃而过，当年拜在孔丘门下为弟子者，无论显赫抑或平庸，一概化作黄泉之客。孔丘去世后的第五十年暮春，三月己丑之夜，曲阜南市风敲竹酒楼二楼雅座包间之内，子虚与乌有两人相向而座，子虚道："你怎么不拜在我的师傅有子门下，却去做曾参的门人？"乌有道："曾子是孔子的正宗传人，你不拜曾子为师，却拜倒在有若门下，这正可见糊涂的是你而不是我。"子虚道："你说曾参是孔子的正宗传人，你有什么证据？"乌有道："孔子的孙子子思，是曾子的弟子，这你难道不知道？"子虚道："子思早就死了，你我都没见过，不过是道听途说而已。"乌有道："真是一派胡言！这是师傅亲口对我说的，难道还会有错？"子虚笑道："就算不错，也不足以为证。"乌有道："此话怎讲？"子虚道："我问你，你知不知道孔子除了有个孙子，也还有个儿子？"乌有道："真是废话！没有儿子哪来孙子！"子虚道："你知不知道孔子的儿子也有个师傅？"乌有道："怎么不知！不就是那个叫做漆雕开的么？"子虚道："如果说曾参因为是孔子孙子的师傅，所以就是孔子的正宗传人，那么，我问你：漆雕开是孔子的什么人？"乌有道："你别拉扯漆雕开，反正曾子比你的师傅有若更有资格做孔子的正宗传人。"子虚道："笑话！孔子死后，好些弟子都正式认有子为师，这事你难道不知道？"乌有道："据师傅说，那只是因为有若长得与孔子有几分相似，而且也不过是开玩笑，并不是当真。"子虚道："不管怎么说，孔子不曾说过我的师傅傻，却说过你的师傅傻。一个傻子怎么能成为孔子的正宗传人？"乌有支吾道："谁也不曾亲耳听见孔子这么说过！"子虚道："笑话！有子、子游、子夏、子张、漆雕开等人口授的讲义中都有这样的说法，就连你师傅曾参自己也不敢隐瞒，怎么可能不真？"乌有为之语塞。子虚笑道："我今日请你来，并不是为了同你争谁是孔子的正宗传人，不过想同你联手合作，办一件正经事。"乌有听了，略微一怔，道："办一件什么正经事？"子虚道："如今开门授徒，传孔子之道的，有那么七八个派别，都称自己是孔门正宗。其实，各派口授的讲义大同小异。你我如果把这些口授的讲义汇集起来，写成一个定本，用这个书写的定本来传授弟子，从此你我两派既有书本可据，往后还怕竞争不过那些口说无凭的派别么？"乌有想了一想，道："这主意不错。不过，我不明白你为什么不自己一个人去做，却要让我也沾光？"子虚道："真人面前不说假话，曾派弟子人数最多，得不到你这曾派传人的支持，难以成功。"乌有又想了一想，道："既然是要写成定本，就得有个次序安排。如今各派口授的讲义，大都支离破碎，汇集起来之后拿什么开头？拿什么结尾？"子虚道："说得也是。不过，先别管结尾，至于拿什么开头，我倒是早就有了个想法。"乌有道："什么想法？"子虚道："子曰：'学而时习之，不亦说乎？有朋自远方来，不亦乐乎？人不知而不愠，不亦君子乎？'拿孔子说的这几句话作为开头，你看怎么样？"乌有听了，略一踌躇，道："这几句话倒是极好。不过，我记得好像听师傅说这几句话并不是孔子说的。"子虚道："笑话！不是孔子说的，还能是谁说的！"乌有道："据说是孔子之父孔梁纥说的。"子虚道："真是笑话！我听师傅说孔子从来没见过自己的父亲，孔子既然没有见过他的父亲，又怎么可能听见他父亲说过些什么？"乌有沉吟半晌，终于道："言之不为无理。那么往下呢？"子虚笑道："既有了开头，还怕没有下文？你我这就分头动手编写，等你我抄写完毕，再凑在一起不就行了。"乌有道："也好。你想什么时候可以完工？"子虚道："再过一月，就是孔子逝世五十周年，届时孔门各派将在曲阜孔庙举行祭祀典礼。我的意思是最好能在这之前编撰成书，你我就在那祭祀大典之上当众宣布。你以为何如？"乌有道："如此极好。书成之后，取个什么名字？你可有了主意？"子虚听了。略一沉吟，道："就叫'论语'，如何？"乌有道："这'论语'二字，于意何取？"子虚道："你我记录下来的，无非是孔子与弟子的问答，所谓问答，难道不就是轮流说的言语么？"乌有道："好！就这么定了。"